TEMPESTADE DE ÔNIX

2ª reimpressão

REBECCA YARROS

TEMPESTADE DE ÔNIX

Tradução
Karine Ribeiro e Laura Pohl

Planeta minotauro

Título original: *Onyx Storm*

Preparação: Laura Pohl e Renato Ritto
Revisão: Wélida Muniz, Ligia Alves e Caroline Silva
Projeto gráfico: Britt Marczak
Diagramação: Vivian Oliveira
Mapa e diagrama: Melanie Korte e Bree Archer
Capa: Bree Archer e Elizabeth Turner Stokes
Ilustrações de capa e miolo: Peratek/Shutterstock, Romolo Tavani/Shutterstock, VRVIRUS/Shutterstock, Dmitr1ch/GettyImage, KBL-loss/shutterstock, stopkin/shutterstcok e yanng/Depositphotos
Adaptação de capa: Isabella Teixeira

DADOS INTERNACIONAIS DE CATALOGAÇÃO NA PUBLICAÇÃO (CIP)
ANGÉLICA ILACQUA CRB-8/7057

Yarros, Rebecca
Tempestade de Ônix / Rebecca Yarros ; tradução de Laura Pohl, Karine Ribeiro. - São Paulo : Planeta do Brasil, 2025.
656 p. : il.

ISBN 978-85-422-2918-9 (capa dura)
Título original: *Onyx Storm*

1. Ficção norte-americana 2. Literatura fantástica I. Título II. Pohl, Laura III. Ribeiro, Karine

245467 CDD 813

Índice para catálogo sistemático:
1. Ficção norte-americana

MISTO
Papel | Apoiando o manejo florestal responsável
FSC® C019498
FSC www.fsc.org

Ao escolher este livro, você está apoiando o manejo responsável das florestas do mundo

2025

EDITORA PLANETA DO BRASIL LTDA.
Rua Bela Cintra, 986 – 4º andar
01415-002 – Consolação
São Paulo-SP
www.planetadelivros.com.br
faleconosco@editoraplaneta.com.br

Para aqueles que não estão no grupo dos populares,
aqueles que são pegos lendo um livro escondido embaixo da carteira,
aqueles que sentem que nunca são convidados,
incluídos ou representados em nada.
Vistam seus uniformes. Temos dragões a serem montados.

O CONTINENTE
MAR ESMERALDA
NAVARR
PROVÍNCIA DE LUCERAS
RIO IAKOBOS
PROVÍNCIA D
MORRAINE
PROVÍNCIA
DE ELSUM
O VALE
BASGIATH
CALLDYR
PROVÍNCIA DE DEACONSHIRE
PROVÍNCIA DE CALLDYR
PROVÍNCIA DE TYRRENDOR
LEWELLEN
ARETIA
ATHEBYN
DESFILADEIRO DE MEDARO
PENHASCOS DE DRALOR
DRAITHUS
OCEANO ÁRCTILE

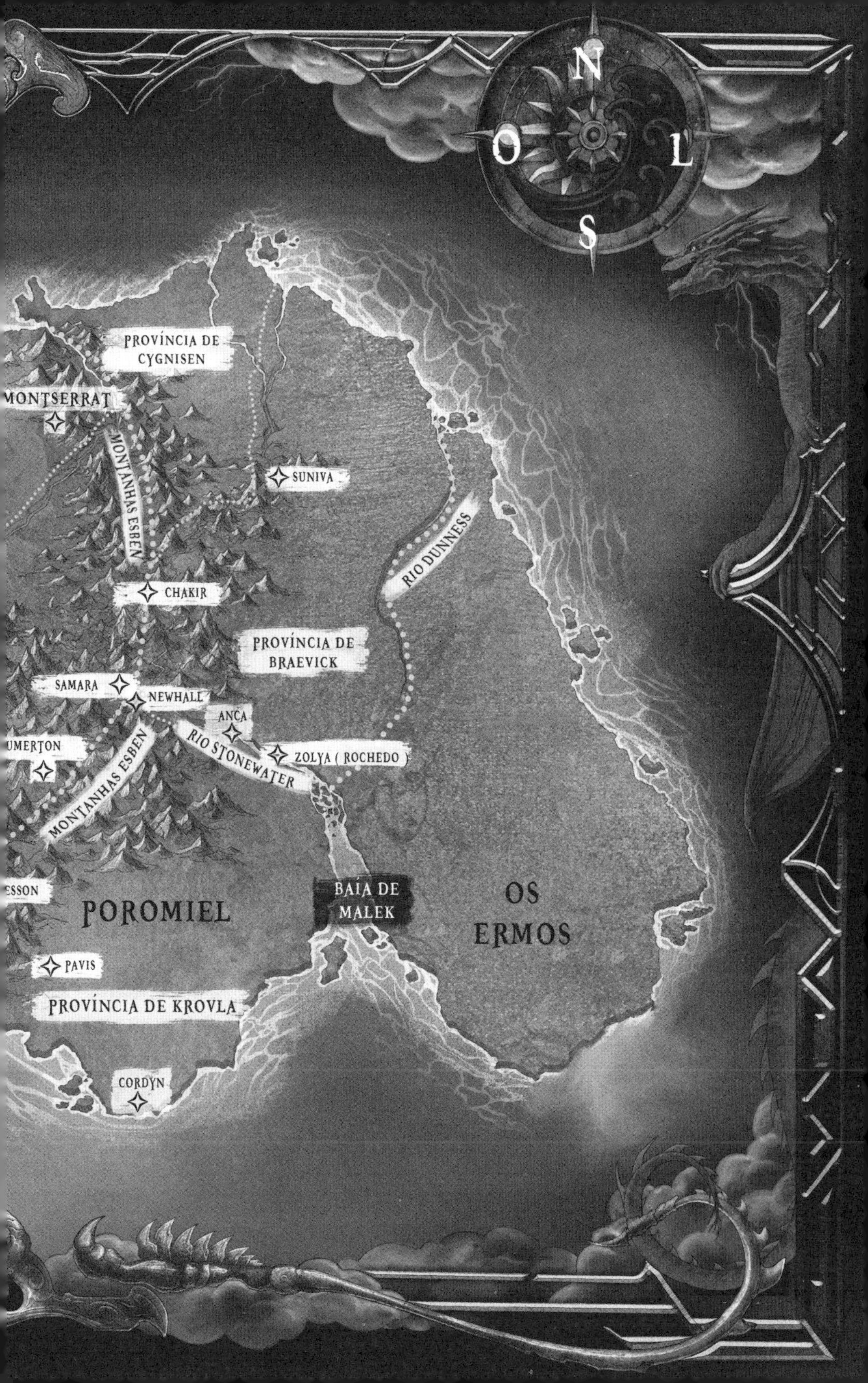

N
O
L
S
PROVÍNCIA DE
CYGNISEN
MONTSERRAT
MONTANHAS ESBEN
SUNIVA
RIO DUNNESS
CHAKIR
PROVÍNCIA DE
BRAEVICK
SAMARA
NEWHALL
ANCA
UMERTON
RIO STONEWATER
ZOLYA (ROCHEDO)
MONTANHAS ESBEN
ESSON
BAÍA DE
MALEK
OS
ERMOS
POROMIEL
PAVIS
PROVÍNCIA DE KROVLA
CORDYN

Tempestade de Ônix é uma aventura emocionante de fantasia que se passa em um instituto militar competitivo e brutal para cavaleiros de dragão. Elementos relacionados a guerra, batalhas, combate corpo a corpo, situações de perigo, sangue, violência intensa, ferimentos graves, sanguinolência, assassinato, morte de animais, reabilitação de lesões, luto, envenenamento, queimaduras, situações perigosas, linguajar pesado e atividades sexuais são relatados nestas páginas. É importante que leitores que se sentem sensibilizados diante de tais conteúdos estejam cientes antes de prosseguir, e preparem-se para encarar a tempestade...

NOME	UNIÃO	SINETE/ESPECIALIDADE *(se aplicável)*
VIOLET SORRENGAIL	TAIRN E ANDARNA	DOMINAR RELÂMPAGOS
XADEN RIORSON	SGAEYL	DOMINAR SOMBRAS, LER INTENÇÕES

SEGUNDO ESQUADRÃO, SETOR CHAMA, QUARTA ASA

IMOGEN CARDULO	GLANE	APAGAR MEMÓRIA
QUINN HOLLIS	CRUTH	PROJEÇÃO ASTRAL
RHIANNON MATTHIAS	FEIRGE	EXTRAIR
SAWYER HENRICK	SLISEAG	METALURGIA
RIDOC GAMLYN	AOTROM	DOMINAR GELO
SLOANE MAIRI	THOIRT	SIFÃO
AARIC GRAYCASTLE *(Também chamado Cam Tauri)*	MOLVIC	AINDA NÃO MANIFESTO

AVALYNN, BAYLOR E LYNX - *PRIMEIRANISTAS SEM SINETES MANIFESTOS*

CATRIONA CORDELLA	KIRALAIR	MANIPULAR EMOÇÕES
MAREN ZINA	DAJALAIR	

BRAGEN, NEVE, TRAGER E KAI - *PALADINOS DE GRIFOS*

LÍDERES MUNDIAIS

REI TAURI, O SÁBIO - *REI DE NAVARRE*

HALDEN TAURI - *PRIMEIRO NA LINHA DE SUCESSÃO DO TRONO DE NAVARRE*

RAINHA MARAYA - *RAINHA DE POROMIEL*

VISCONDE TECARUS - *PRIMEIRO NA LINHA DE SUCESSÃO DO TRONO DE POROMIEL*

O texto a seguir foi fielmente transcrito do navarriano para um idioma moderno por Jesinia Neilwart, Curadora da Divisão dos Escribas no Instituto Militar Basgiath. Todos os eventos descritos são verdadeiros, e os nomes foram preservados para honrar a coragem daqueles que caíram. Que suas almas sejam protegidas por Malek.

O preço para proteger Basgiath e as égides foi alto, incluindo a vida da general Sorrengail. Faz-se necessário um ajuste nas estratégias. É pelo interesse maior do reino que nos aliemos a Poromiel, mesmo que temporariamente.

— Correspondência recuperada do general Augustine Melgren, enviada para Sua Majestade o Rei Tauri

PRÓLOGO

Onde, em nome de Malek, ele pensa que vai? Aperto o passo pelos túneis embaixo da Divisão, tentando segui-lo, mas a noite é o período em que há mais sombras, e Xaden some completamente na escuridão. Não fosse pelo elo de nossos dragões me guiando na direção em que ele está, e o desaparecimento esporádico das luzes mágicas, jamais pensaria que ele poderia estar escondido em qualquer lugar à minha frente.

O medo me domina com um punho gélido, e meus passos se tornam incertos. Ele passou a noite de cabeça baixa, protegido por Bodhi e Garrick enquanto esperávamos por mais notícias do ferimento de Sawyer depois da batalha que quase nos custou Basgiath, mas não dá para saber o que ele está fazendo agora. Se qualquer pessoa perceber o círculo vermelho feito morango ao redor das íris dele, Xaden será preso... e provavelmente executado. De acordo com os textos que li, vai desaparecer no estágio em que ele está, mas, até lá, o que poderia ser tão crucial assim a ponto de correr o risco de ser visto?

A única resposta lógica me causa calafrios, e não tem nada a ver com o frio das pedras ali do corredor que invade meu corpo através das meias. Não tive tempo de calçar as botas nem de vestir a armadura depois que ouvi o clique da porta se fechando, o que me acordou de um sono inquieto.

— *Nenhum dos dois está respondendo* — diz Andarna, e escancaro a porta da ponte protegida enquanto a que fica do outro lado se fecha. Será que foi Xaden? — *Sgaeyl ainda está... possessa, e Tairn está fedendo a fúria e tristeza.*

É compreensível, considerando todos os motivos pelos quais não posso me deixar levar ainda, mas também inconveniente.

— *Quer que eu pergunte para Cuir ou Chradh…* — começa ela.

— *Não. Os quatro precisam dormir.*

Sem dúvida vamos acabar fazendo patrulhas em busca dos demais venin quando amanhecer. Atravesso a expansão gelada da ponte a passos cada vez mais incertos e me sobressalto com o que vejo pelas janelas. Estava quente o bastante para tempestades de relâmpagos mais cedo, mas agora a neve cai em uma cortina espessa, escondendo a ravina que separa a Divisão do campus principal de Basgiath. Sinto um aperto no coração, e uma nova onda de lágrimas aparentemente infinitas ameaça inundar meus olhos doloridos e inchados.

— *Começou uma hora atrás* — diz Andarna, com gentileza.

A temperatura caiu progressivamente nas horas desde que… *Não pense nisso.* Minha respiração seguinte sai trêmula, e enfio tudo aquilo com que ainda não consigo lidar na caixinha organizada mentalmente e à prova de fogo, que guardo em algum lugar bem fundo dentro de mim.

É tarde demais para salvar minha mãe, mas de jeito nenhum vou deixar que Xaden acabe se matando.

— *Está tudo bem se quiser viver seu luto* — Andarna me lembra enquanto abro a porta que leva à Divisão Hospitalar e entro no saguão apinhado de gente. Feridos em uniformes de todas as cores cercam as laterais do túnel, e médicos entram e saem apressados da enfermaria.

— *Se eu me afundar a cada perda, não vou ter tempo para fazer mais nada.*

Aprendi essa lição muito bem nesses últimos dezoito meses. Passando por um grupo de cadetes da infantaria claramente bêbados, atravesso o que se tornou uma expansão da ala hospitalar, procurando por um borrão de escuridão. Essa parte da Divisão não sofreu danos, mas ainda assim fede a enxofre e cinzas.

— Que sua mãe seja lembrada! À general Sorrengail, a chama de Basgiath! — grita um dos terceiranistas, e meu estômago dá um nó ainda mais apertado enquanto sigo pelo caminho, sem dizer nada.

Quando me aproximo do fim do corredor e viro, vejo um borrão de escuridão cobrir a lateral direita da parede por um segundo hesitante, e então o acesso à câmara de interrogatórios aparece, protegida por dois guardas sonolentos. As sombras somem escadaria abaixo.

Cacete. Normalmente adoro estar certa, mas, neste caso, estava torcendo pelo contrário. Tento alcançar Xaden através de nosso elo mental, mas tudo o que sinto é uma muralha espessa de ônix gélido.

Preciso passar pelos guardas. O que Mira faria se estivesse aqui?

— *Ela já teria matado esse seu tenente e tido confiança no caminho que escolheu seguir* — responde Andarna. — *Sua irmã é o tipo de cavaleira que age primeiro e só faz perguntas depois.*

— *Você não está ajudando.*

O pouco que havia comido no jantar ameaça subir por minha garganta. Andarna tem razão. Mira vai matar Xaden se descobrir que ele canalizou magia da terra, não importam as circunstâncias. Mas ter confiança? Essa ideia não é ruim. Reúno toda a arrogância que consigo fingir ter, endireito os ombros, ergo o queixo e caminho na direção dos guardas, rezando para que esteja parecendo mais segura do que estou me sentindo.

— Preciso de uma audiência com o prisioneiro.

Os dois guardas se entreolham, e então o mais alto, à esquerda, pigarreia.

— Recebemos ordens de Melgren para não deixar ninguém descer essas escadas.

— Então me digam… — inclino a cabeça e cruzo os braços como se estivesse com todas as adagas que possuo… ou se ao menos estivesse calçando sapatos. — Se o homem diretamente responsável pela morte da mãe de vocês estivesse a apenas uma escadaria de distância, o que fariam?

O menor olha lá para baixo, revelando um corte atrás da orelha.

— As ordens… — começa a dizer o mais alto, encarando as pontas da trança que se afrouxou enquanto eu dormia.

— Ele está atrás de uma porta trancada — interrompo. — Estou pedindo que façam vista grossa por cinco minutinhos, e não que me entreguem a chave. — Lanço um olhar significativo para as chaves penduradas no cinto manchado de sangue. — Se o que aconteceu tivesse sido com a mãe de *vocês* e ela tivesse garantido a defesa do reino inteiro com a própria vida, juro que eu ofereceria a vocês a mesma cortesia.

O mais alto empalidece.

— Goverson — sussurra o baixinho. — Ela é a dominadora de relâmpagos.

Goverson grunhe, e as mãos se flexionam na lateral do corpo.

— Dez minutos — diz ele. — Cinco por sua mãe e cinco por você. Sabemos quem foi que nos salvou hoje.

Ele indica a escadaria com a cabeça.

Só que ele *não* sabe. Nenhum deles sabe o sacrifício que Xaden fez para matar o Mestre… o *general* dos venin.

— Obrigada. — Começo a descer as escadas com os joelhos trêmulos, ignorando o fedor pungente de terra molhada que parece querer rasgar minha compostura. — *Não consigo acreditar que ele desceu até aqui.*

— *Ele provavelmente está atrás de informações* — comenta Andarna. — *Não posso culpá-lo por querer saber o que é.*

A melancolia na voz dela me pega de surpresa em diversos aspectos.

— *Ele não é um venin desalmado. Ainda é Xaden.* Meu *Xaden* — retruco, tentando me agarrar à única coisa da qual tenho certeza enquanto desço as escadas silenciosamente.

— *Você sabe o que acontece com aqueles que canalizam da terra* — avisa ela.

Se eu sei? Claro. Se aceito? Claro que não.

— *Se ele tivesse se perdido por completo, poderia ter me drenado em qualquer hora da noite, especialmente enquanto eu dormia. Em vez disso, garantiu nossa segurança e arriscou ser exposto para ficar ao meu lado durante horas. Só canalizou uma vez pela terra. Certamente podemos reparar qualquer coisa na alma dele que tenha... se partido.* — É o máximo que estou disposta a admitir. — *Já sei o que Tairn pensa disso, e a possibilidade de ir contra vocês dois é exaustivo, então, por favor, pelo amor de Amari, fique do meu lado nessa.*

A união entre nós duas cintila.

— *Tudo bem.*

— *Sério?* — Faço uma pausa súbita nas escadas, espalmando a mão na parede para recuperar o equilíbrio.

— *Tenho a natureza tão determinada quanto a dele, e você ainda confia em mim* — diz ela. — *Não quero ser mais uma batalha a ser lutada por você.*

Ah, graças aos deuses. As palavras dela inundam a medula de meus ossos, e abaixo a cabeça, aliviada. Não sabia quanto precisava ouvir isso até ela falar.

— *Obrigada. E você tem todo o direito de saber quais são suas origens, mas não tenho dúvidas de quem você é.* — Começo a descer o resto das escadas, mais certa dos meus passos. — *Só você pode fazer a escolha de encontrar sua família, e fico preocupada que Melgren decida...*

— *Eu queimei a venin durante a batalha* — interrompe ela em um rugido de palavras que se misturam umas às outras.

— *Você... queimou mesmo.*

Franzo a sobrancelha enquanto desço a espiral que leva às celas de interrogatório. Eu havia ficado chocada demais com o aparecimento dela, com a forma como as escamas dela haviam mudado, para pensar na dominadora das trevas queimando. Até onde eu sabia, nunca tínhamos conseguido incendiar nenhum. Tairn também não tinha tocado no assunto.

— *Pensei nisso a noite toda. Minha magia fica diferente quando mudo de cor. Talvez o poder que usei naquele momento tenha alterado a venin e feito com que ela ficasse fraca a ponto de se queimar.* — Andarna desacelera um pouco as palavras para enunciá-las melhor, mas não muito.

— *Isso poderia mudar... tudo.* — Vozes abafadas ressoam abaixo de mim, e me apresso. — *Vale a pena investigarmos esse assunto depois, com a mais plena certeza.*

Não que eu esteja disposta a arriscar Andarna ao anunciar aos quatro ventos que ela pode ser nossa nova arma, especialmente quando os boatos de que vamos tentar uma aliança com Poromiel já começaram a circular. O que poderia ser pior do que colocar Andarna numa posição de liderança perigosa? Os líderes do Continente *inteiro* estavam querendo a mesma coisa.

— Você pode lutar o quanto quiser, mas esse poder inundando as veias dela? — provoca Jack, as palavras dele soando mais claras conforme me aproximo das últimas voltas da escadaria. — Existe um motivo para o alto escalão a querer tanto. Quer um conselho de irmão? Fique na sua e encontre outra pessoa para comer. Se esse seu controle infame oscilar quando estiver com ela...

— Eu *nunca* faria isso — retruca Xaden, a voz gélida e letal.

Meu coração acelera e paro na última curva da escadaria, ainda longe de vista. Jack está falando de *mim*.

— Nem você conseguiria determinar quais partes de nós desaparecem primeiro, Riorson. — Jack ri. — Falando por experiência própria, o controle vai embora bem rápido. É só olhar para você, que acabou de receber alimento direto da fonte e já está aqui embaixo, desesperado por uma cura. Vai ser só um deslize até você... bem, vamos dizer que o cabelo prateado que deixou você tão apaixonadinho vai ficar tão cinza quanto o resto dela, e esses aros fracos de neófito nos seus olhos não vão durar só uns dias... vão ser permanentes.

— Isso não vai acontecer. — Cada palavra de Xaden é cortante.

— Você pode entregá-la pessoalmente. — O som de correntes balançando ecoa. — Ou pode me soltar e fazemos isso juntos. Quem sabe? Talvez mantenham ela viva para que possam ter algum controle sobre você até que vire aprendiz e se esqueça dela.

— Vai se foder.

Fecho os punhos. Jack sabe que Xaden canalizou. Vai contar para a primeira pessoa que interrogá-lo, e Xaden vai ser preso. Minha mente começa a dar voltas enquanto os dois continuam discutindo a apenas alguns metros de distância, as palavras borram no furacão dos meus pensamentos. Deuses, eu posso acabar perdendo Xaden assim como perdi...

Não posso. Não vou. Eu me recuso a perdê-lo, me recuso a permitir que ele *se* perca.

O medo ameaça me dominar e eu o abafo, negando o ar de que esse sentimento precisa para respirar ou crescer. A última coisa mais forte do que o poder que vive dentro de mim é a determinação que endurece minha espinha.

Xaden é *meu*. Ele é meu coração, minha alma, meu tudo. Acabou canalizando magia da terra para me salvar, e vou até os confins do mundo para encontrar uma forma de salvá-lo. Mesmo que para isso precise fazer um acordo com Tecarus para ter acesso a todos os livros da porcaria do Continente, ou capturar dominadores das trevas um por um para interrogá-los, vou encontrar uma cura.

— Nós *vamos encontrar uma cura* — promete Andarna. — *Vamos exaurir cada recurso mais próximo primeiro, mas se eu estiver certa e de alguma forma alterei aquele venin sem querer enquanto mudava minhas escamas, então o resto do meu povo deve saber como dominar essa tática. Como fazer para mudar Xaden. Curar Xaden.*

Minha respiração oscila com as possibilidades e os custos que uma coisa dessas envolveria.

— *Mesmo se estiver certa, não vou usar você...*

— *Eu* quero *encontrar minha família. Nós duas sabemos que a ordem de localizar minha espécie é inevitável, agora que sua liderança sabe o que sou. Então é melhor se fizermos isso nos nossos próprios termos, e para os nossos propósitos.* — O tom dela fica mais severo. — *Vamos seguir todos os caminhos possíveis até chegarmos a uma cura.*

Ela tem razão.

— *Todos os caminhos possíveis talvez levem a quebrar algumas leis.*

— *Dragões não se curvam às leis dos humanos* — rebate ela num tom que me lembra Tairn. — *E, enquanto unida a mim, enquanto cavaleira de Tairn, você também não se curva a elas.*

— *Aborrecente rebelde* — murmuro, formulando meia dúzia de planos, sabendo que metade deles talvez funcione.

Mesmo enquanto cavaleira dos dois, ainda existem alguns crimes que poderiam levar à minha execução... e de seja lá quem mais eu decida envolver. Assinto para mim mesma, aceitando o risco, ao menos pela minha integridade.

— *Vai precisar guardar segredos de novo* — avisa Andarna.

— *Só aqueles que protegem Xaden.*

O que, no momento, significa impedir Jack de revelar essa conversa sem matá-lo, já que não podemos arcar com as consequências que a morte do nosso único prisioneiro poderia acarretar.

— *Tem certeza de que não devo perguntar a Cuir ou Chradh...*

— *Não.* — Começo a subir as escadas. Só existe uma outra pessoa além de Bodhi e Garrick em quem posso confiar para priorizar os interesses de Xaden, uma outra única pessoa a quem posso confiar a verdade por inteiro. — *Diga a Glane que preciso de Imogen.*

~~Eu não vou morrer hoje.~~
Vou salvá-lo.

— Adendo pessoal de Violet Sorrengail ao Livro de Brennan

CAPÍTULO UM

Duas semanas depois

Voar em janeiro deveria ser considerado crime pelo Códex. Entre os uivos da tempestade e a névoa incessante nos óculos, não consigo ver porra nenhuma enquanto atravessamos a nevasca intensa que se abate nas montanhas acima de Basgiath. Torcendo para que já tenhamos passado a pior parte, aperto o pomo da minha sela com mãos enluvadas e seguro firme.

— *Morrer hoje seria inconveniente* — digo, pela conexão mental que me une a Tairn e Andarna. — *A não ser que esteja tentando me manter longe do Senarium hoje à tarde?*

Esperei mais de uma semana pela ordem, que veio disfarçada de convite, para comparecer ao conselho do rei, mas a demora é compreensível, considerando que chegamos a um inédito quarto dia de negociações de paz no campus. Poromiel declarou publicamente que vai embora depois do sétimo dia se não conseguirem chegar a um acordo, e as perspectivas não estão nada boas. Estou torcendo para que demonstrem mais boa vontade quando eu chegar.

— *Quer chegar a tempo da reunião? É só não cair dessa vez* — retruca Tairn.

— *Pela* última *vez, eu não caí* — rebato. — *Pulei para ajudar Sawyer...*

— *Nem me lembre.*

— *Vocês não podem continuar me deixando de fora das patrulhas* — interrompe Andarna, sob a proteção do Vale.

— *Não é seguro* — Tairn a lembra pelo que parece ser a centésima vez. — *Fora o clima, ainda estamos caçando dominadores das trevas, e esse não é um voo prazeroso.*

— *Você não deveria voar com um tempo desses* — concordo, procurando por sinais de Ridoc e Aotrom, mas só vejo branco e mais branco.

Sinto um aperto no peito. Como é que qualquer um de nós vai conseguir identificar a topografia ou outros membros do esquadrão nessa bagunça, isso sem falar em identificar dominadores das trevas que podem estar a centenas de metros abaixo de nós? Não tenho lembranças de uma série de tempestades mais brutais do que essas que assolaram o instituto militar nas últimas semanas, mas talvez sem…

Mamãe. O luto afunda as garras afiadas em meu peito, o que me faz erguer o rosto e sentir a ardência dolorida da neve contra as bochechas, me concentrando em qualquer outra coisa para continuar respirando, continuar em movimento. Deixo o luto para depois, sempre depois.

— *É só uma patrulha rápida* — resmunga Andarna, despertando-me de meus pensamentos. — *Preciso praticar. Ninguém sabe que tipo de clima vamos encontrar quando sairmos à procura da minha espécie.*

Essas "patrulhas rápidas" já se provaram mortais, e não estou querendo encontrar motivos para testar a teoria sobre o fogo de Andarna. Os dominadores das trevas têm poderes limitados dentro das égides, mas ainda são lutadores letais. Aqueles que não fugiram depois da batalha usaram o elemento da surpresa para acrescentar diversos nomes à chamada dos mortos. A Primeira Asa, a Terceira Asa e até o nosso Setor Garra sofreram perdas.

— *Então pratique dispersar magia o suficiente para manter todas as suas extremidades aquecidas durante o voo, porque suas asas não sustentarão o peso do gelo* — grunhe Tairn enquanto a neve cai.

— *"Suas asas não sustentarão o peso do gelo"* — imita Andarna, com escárnio. — *E ainda assim as suas conseguem, milagrosamente, sustentar o peso desse seu ego.*

— *Vá encontrar uma ovelha e deixe os adultos trabalharem.* — Os músculos de Tairn tensionam e se soltam de leve sob mim em um padrão familiar, e me inclino o máximo que a sela permite, preparando o corpo para um mergulho.

Meu estômago sobe até a boca quando Tairn fecha as asas e afundamos, cortando a tempestade. O vento rasga meu capuz de voo de inverno, e a faixa de couro da sela segura minhas coxas congeladas enquanto rezo para Zihnal para não irmos ao encontro direto de um pico montanhoso lá embaixo.

Tairn se endireita e meu estômago se acomoda enquanto levo os óculos à testa e pisco rapidamente, olhando para a direita. Diminuir a altitude acalmou a intensidade da tempestade e melhorou a visibilidade a ponto de dar para ver a cumeeira pedregosa acima do campo de voo.

— *A barra parece limpa.* — Meus olhos se enchem de lágrimas, agredidos pelo vento e pela neve, no que mais parecem minúsculos projéteis do que flocos. Limpo as lentes usando a parte macia das luvas antes de colocá-las outra vez sobre os olhos.

— *Concordo. Assim que Feirge e Cruth estiverem de acordo, encerraremos os esforços do dia* — resmunga ele.

— *Desse jeito fica parecendo até que não encontrar o inimigo por três dias seguidos é algo ruim.*

Talvez nós de fato tenhamos matado todos eles. Nós, cadetes, matamos trinta e um venin na área que cercava Basgiath, enquanto nossos professores trabalham para limpar o resto da província. O número aumentaria para trinta e dois se alguém suspeitasse que um venin estava vivendo entre nós (mesmo que ele tenha sido o responsável por dezessete dessas mortes).

— *Não me sinto reconfortado pelo silêncio...*

O vento estoura lá em cima com um *craque*, e a cabeça de Tairn se ergue. Sigo o movimento imediatamente.

Ah, não.

Não é o vento. São asas.

As garras de Aotrom dominam minha visão e meu coração se sobressalta, em pânico. Ele está saindo da tempestade bem em cima da gente.

— *Tairn!* — grito, mas ele já está rolando para a esquerda, levando-nos para longe da colisão.

O mundo gira, o céu e a terra trocam de lugar duas vezes em uma dança nauseante até Tairn abrir as asas com um estalo dissonante. O movimento provoca uma rachadura na camada grossa de gelo que fica ao alcance das pontas dianteiras de suas asas, e os pedaços caem pelo céu.

Respiro fundo, trêmula, enquanto Tairn bate as asas com esforço máximo, subindo trinta metros em questão de segundos e indo na direção do Rabo-de-espada-marrom unido a Ridoc.

Fúria escalda o ar em meus pulmões, as emoções de Tairn invadindo meu sistema por um segundo antes de eu conseguir levantar com tudo meus escudos para abafar o pior do que parece inundar nossa conexão.

— Não! — grito para o vento enquanto surgimos ao lado esquerdo de Aotrom, mas, como sempre, Tairn faz o que bem entende e arreganha a bocarra ao que parece ser centímetros da cabeça de Aotrom. — Foi claramente um acidente!

Um que teria sido evitado com bastante facilidade se os dragões estivessem se comunicando.

O Rabo-de-espada-marrom menor solta um *guincho* quando Tairn repete o aviso, e então Aotrom deixa sua garganta exposta em um gesto de submissão.

Ridoc olha para mim através da nevasca e ergue as mãos para o alto, mas duvido que me veja dar de ombros como pedido de desculpas antes de Aotrom se afastar, indo na direção sul, dirigindo-se ao campo de voo.

Ao que parece, Feirge e Rhi também terminaram a patrulha.

— *Isso era mesmo necessário?* — Abaixo os escudos e a conexão de Tairn e Andarna me inunda outra vez com força máxima, mas o caminho cintilante que leva a Xaden ainda está bloqueado, abafado como um eco da sua presença normal.

A perda da conexão constante que tínhamos é terrível, mas ele não confia em si mesmo (ou no que acha que vai se tornar) para deixar aquele caminho aberto entre nós.

— *Sim* — responde Tairn, declarando que só uma palavra é suficiente.

— *Você tem quase o dobro do tamanho dele, e obviamente foi um acidente* — repito enquanto descemos acelerados na direção do campo de voo. A neve no chão do cânion quadrado foi afofada em uma série de caminhos lamacentos depois das patrulhas constantes dos alunos do segundo e terceiro ano.

— *Foi negligência, e um dragão de vinte e dois anos já deveria saber que não pode se fechar para a legião da qual faz parte só porque está em pé de guerra com o próprio cavaleiro* — resmunga Tairn, a raiva diminuindo para irritação enquanto Aotrom pousa ao lado do Rabo-de-adaga-verde de Rhi, Feirge.

As garras de Tairn se chocam contra o chão gélido à esquerda de Aotrom, e o pouso repentino faz vibrar cada osso no meu corpo, como se fosse um sino. A dor explode por minha coluna, minha lombar recebe o pior do impacto. Respiro fundo, afastando o pior, e então aceito o resto da dor, seguindo em frente.

— *Que pouso gracioso* — comento, erguendo os óculos até a testa.

— *Da próxima vez, voe você, então.*

Ele se sacode como um cachorro molhado, e protejo meu rosto com as mãos enquanto neve e gelo respingam das escamas dele.

Puxo a faixa de couro da cela quando ele fica imóvel, mas a fivela se prende à linha torta e malfeita de pontos que costurei depois da batalha, estourando um deles.

— *Droga. Isso não teria acontecido se você tivesse deixado Xaden consertar a sela.*

Forço meu corpo a sair da cela, ignorando o protesto dolorido de minhas articulações congeladas enquanto percorro o caminho pelo padrão de escamas e espinhos gelados que conheço tão bem quanto minha mão.

— *Não foi o Sombrio que as cortou, em primeiro lugar* — responde Tairn.

— *Pare de chamar ele assim.*

Meu joelho cede, e levanto os braços para recuperar o equilíbrio, amaldiçoando minhas juntas quando chego ao ombro de Tairn. Depois de uma hora na sela com essa temperatura, um joelho irritado não é nada; tenho é sorte por meus quadris ainda não terem parado de funcionar.

— *Pare de negar a verdade.* — Tairn enuncia cada palavra da ordem condenatória enquanto desvio de um pedaço de gelo, me preparando para desmontar. — *A alma dele já não pertence mais a ele.*

— *Ai, que drama.* — Não vou entrar nessa discussão de novo. — *Os olhos dele já até voltaram ao normal...*

— *Esse tipo de poder é viciante. Você sabe disso, ou não estaria fingindo dormir à noite.* — Ele vira o pescoço de uma forma que me lembra uma serpente, lançando um olhar dourado e feio para mim.

— *Eu tenho dormido.* — Não é bem uma mentira, mas definitivamente é hora de mudar de assunto. — *Você me obrigou a consertar a sela para me dar uma lição?* — Minha bunda protesta contra cada escama na perna de Tairn enquanto deslizo, então aterrisso em uma nova camada grossa de neve. — *Ou por que não confia mais em Xaden com meu equipamento?*

— *Sim.*

Tairn ergue a cabeça muito acima da minha e sopra uma torrente de fogo na própria asa, derretendo o restante do gelo, e me viro contra o sopro quente que contrasta dolorosamente com minha temperatura corporal.

— *Tairn...* — Fico sem palavras, erguendo o olhar para ele. — *Preciso saber sua opinião antes dessa reunião. Com ou sem a aprovação do Empyriano, não posso fazer nada disso sem você.*

— *E o que está me perguntando, na verdade, é se vou apoiar você na infinidade de jeitos por meio dos quais planeja cortejar a morte em nome de curar alguém que está além da redenção?* — Ele serpenteia a cabeça na minha direção novamente.

A tensão estala pelo lado da união de Andarna.

— *Ele não está...* — interrompo aquele argumento em particular, já que o resto do que ele falou está certo, na verdade. — *É isso mesmo, basicamente.*

Ele solta um resmungo profundo que reverbera por seu peito.

— *Eu voo sem aquecer minhas asas quando me preparo para carregar pesos maiores por distâncias maiores. Isso já não responde a sua pergunta?*

Ele está falando de Andarna. O alívio escapa de meus lábios em uma respiração acelerada.

— *Obrigada.*

Um fiapo de fumaça se ergue das narinas dele.

— *No entanto, não confunda meu apoio inabalável a você, à minha consorte e a Andarna com qualquer fé que eu possa ter* nele. — Tairn ergue a cabeça, indicando que aquela conversa chegou ao fim.

— *Entendido.*

Com esse embate concluído, percorro o caminho batido até onde Rhi e Quinn esperam, e Ridoc passa longe de Tairn enquanto faz o mesmo à minha direita. Meus dedos quase inertes e enluvados se atrapalham com os botões na lateral do capuz de voo do inverno, e o tecido forrado de pelo é afastado do meu nariz e da boca quando alcanço o grupo.

— Tudo bem na rota de vocês?

Rhi e Quinn parecem estar com frio, mas sem nenhum ferimento, graças aos deuses.

— Ela ainda está... assustadoramente normal. Não vimos nada preocupante. A fossa de queimar wyvern também é só cinzas e ossos. — Rhi tira uma bolota de neve do forro do capuz e em seguida o puxa para trás, revelando tranças negras na altura dos ombros.

— Não vimos porra nenhuma nesses últimos dez minutos, ponto. — Ridoc enfia a mão enluvada no cabelo, os flocos de neve deslizam pelas bochechas marrons sem derreter.

— Ao menos você domina gelo. — Gesticulo para o rosto dele, que está livre de neve de um jeito irritante.

Quinn prende os cachos loiros em um coque rápido.

— Usar seu poder também pode te aquecer.

— Não vou arriscar canalizar sem conseguir ver o que pode estar no caminho. — Especialmente depois que perdi meu único conduíte na batalha. Olho de relance para Ridoc enquanto, atrás dele, uma fileira de dragões do nosso Setor Cauda levanta voo para a própria patrulha. — Sobre o que estava discutindo com Aotrom, aliás?

— Desculpe por isso. — Ridoc estremece e abaixa a voz. — Ele quer voltar para casa. Em Aretia. Diz que podemos começar a busca pela sétima raça de dragões por lá.

Rhi assente, e Quinn aperta os lábios até formarem uma única linha rígida.

— Eu entendo — respondo. Esse vem sendo um sentimento comum na legião. Não somos exatamente bem-vindos por aqui. A união entre os cavaleiros de Navarre e Aretia desmoronou horas depois do fim da batalha. — Mas o único caminho possível para uma aliança que pode salvar civis poromieleses requer que fiquemos aqui. Pelo menos por enquanto.

Isso sem mencionar o fato de que Xaden insiste que devemos ficar.

— *Ele quer ficar porque as égides de Navarre protegem você das ações dele.* — Tairn sopra outra labareda de fogo quando eu o ignoro, aquecendo a asa esquerda, e então se abaixa antes de se lançar aos céus com os outros.

O pátio está quase vazio quando entramos no túnel que percorre a cumeeira que separa os campos de treinamento. À nossa frente, a neve cobre os telhados da ala de dormitórios, o átrio redondo que liga as estruturas da Divisão e todo o resto, menos o telhado mais ao sul da Ala Acadêmica à nossa esquerda, onde o fogo de Malek queima, intenso, na torre mais alta, consumindo os pertences dos nossos mortos, como exige o deus.

Talvez o deus da morte vá me amaldiçoar por guardar os diários pessoais da minha mãe, mas não é como se eu já não quisesse ter uma boa conversinha com ele quando finalmente nos conhecermos.

— Relatório — ordena Aura Beinhaven da plataforma à nossa esquerda, onde está parada ao lado de Ewan Faber, o Dirigente de Asa corpulento e de rosto amargurado do pouco que restou da Quarta Asa de Navarre.

— Ah, que ótimo, vocês todos conseguiram voltar. — A voz de Ewan exala sarcasmo enquanto ele cruza os braços, a neve caindo nos ombros largos. — Estávamos todos *muito* preocupados.

— Esse otário não era nem Líder de Esquadrão na Garra quando fomos embora — murmura Ridoc.

— Nada a reportar nesta manhã — responde Rhiannon, e Aura assente, mas não se dá ao trabalho de falar. — Recebemos notícias do fronte?

Meu estômago dá um nó. A falta de informações é agonizante.

— Nada que eu estaria disposta a compartilhar com um bando de desertores — responde Aura.

Ah, ela que se dane.

— Um bando de desertores que salvou a vida de vocês! — Quinn dá o dedo do meio enquanto continuamos andando, as botas esmagando o cascalho coberto de neve. — Cavaleiros de Navarre, cavaleiros de Aretia… tudo isso aqui não vai dar em nada — diz ela, baixinho, para o grupo. — Se não estão dispostos nem a *nos* aceitar, não vão aceitar os paladinos nem com reza braba.

Assinto em concordância. Mira vem trabalhando nessa questão em particular; não que a liderança saiba disso ou que vá permitir que ela use seja lá o que aprenda, mesmo que possa ajudar a salvar as negociações. Babacas arrogantes.

— Devera e Kaori devem voltar daqui a pouco. Vão arrumar a estrutura de comando assim que a realeza assinar o tratado que, com sorte, deve perdoar todos nós por termos ido embora daqui, para começo de conversa. — Rhi inclina a cabeça quando Imogen sai do átrio à nossa frente, o cabelo cor de rosa na altura da bochecha enquanto desce os degraus de pedra. — Cardulo, você perdeu a patrulha.

— Fui designada a outro lugar pelo tenente Tavis — explica Imogen, sem hesitar um segundo enquanto se aproxima de nós. O olhar dela vem ao meu encontro. — Sorrengail, precisamos conversar.

Assinto. Ela estava tomando conta de Xaden.

— É melhor que esteja presente amanhã. — Rhi passa por Imogen com os outros dois, então para no meio da escadaria e olha para trás enquanto os outros seguem para dentro. — Espera aí. Mira volta hoje?

— Amanhã — respondo.

A ansiedade ata um nozinho bem apertado em minha garganta e dá um puxão. Uma coisa é fazer um plano, outra é executá-lo, especialmente quando as consequências podem envolver pessoas que amo, tornando-as traidoras... mais uma vez.

— *Todos os caminhos possíveis* — lembra Andarna.

— *Todos os caminhos possíveis* — repito, como um mantra, e endireito os ombros.

— Ótimo — responde Rhi, um sorriso lento se espalha por seu rosto. — Encontrem a gente na enfermaria quando acabarem — instrui ela, e então sobe o resto dos degraus até o átrio.

— Você contou aos segundanistas o que Mira anda fazendo? — sussurra Imogen com um quê afiado de acusação.

— Só aos cavaleiros — respondo, no mesmo tom baixo. — Se formos pegos, é traição, mas se os paladinos forem pegos...

— Aí é guerra — conclui Imogen.

— Ridoc, você congelou a porta para mantê-la fechada? — Rhi grita do topo da escadaria, puxando a maçaneta do átrio usando todo o peso do corpo antes de marchar para a outra porta à esquerda. — Volte aqui e conserte isso *agora*!

— Ah, tá. Contar a verdade foi mesmo uma ótima escolha. — Imogen esfrega o dorso do nariz enquanto Ridoc ri, histérico, de dentro do átrio. — Vocês quatro são um pé no saco. Vai ser um milagre se conseguirmos chegar ao fim disso sem acabarmos todos na forca.

— Você não precisa se envolver. — Eu a encaro de uma forma que jamais sonharia em fazer dezoito meses atrás. — Vou continuar nessa, com ou sem a sua ajuda.

— Cheia de marra, hein? — Ela ergue um canto da boca. — Relaxa aí. Desde que Mira tenha um plano, claro que estou dentro.

— Ela não conhece o significado da palavra fracasso.

— Já saquei. — A neve sopra em nosso rosto enquanto os olhos de Imogen ficam mais severos. — Mas por favor diga que não contou ao quarteto pateta *todo* o motivo para estarmos fazendo isso.

— Claro que não. — Enfio as luvas no bolso. — Ele ainda está irritado comigo por "sobrecarregar" você com isso.

— Então ele deveria parar de fazer um monte de idiotices que precisam ser encobertas. — Ela esfrega as mãos para afastar o frio e começa a me seguir pelos degraus. — Olha só, eu precisava falar com você em particular porque Garrick, Bodhi e eu conversamos...

— Sem mim? — Deixo as costas mais eretas.

— Sobre você — esclarece ela, sem pedir desculpas.

— Ah, uau, isso é mesmo muito melhor. — Estico a mão na direção da porta.

— Decidimos que precisa repensar seu local de descanso.

Aperto a maçaneta e contemplo a ideia de fechar a porta na cara dela.

— Pois eu *decidi* que vocês todos podem ir se foder. Não vou fugir dele. Mesmo nos momentos em que ele perdeu o controle, nunca me machucou. E nunca vai me machucar.

— Eu falei que você diria isso, mas não fique chocada se eles continuarem insistindo. É bom saber que você ainda é previsível, mesmo que o Riorson já não seja.

— Como ele estava hoje de manhã?

O calor inunda meu rosto quando entramos no átrio vazio, e abaixo o capuz. Sem as aulas, formatura ou qualquer senso de ordem, a Ala Acadêmica pode até estar abandonada, mas a área comum e o saguão estão congestionados com muitos cadetes preocupados, agitados e sem rumo, torcendo para sobreviver à próxima patrulha, e procurando descontar as próprias frustrações em outra pessoa. Todo mundo aqui *mataria* por uma única aula de Preparo de Batalha.

— Rabugento e teimoso como sempre — responde Imogen enquanto atravessamos na direção do dormitório, ficando em silêncio ao passarmos por um grupo de segundanistas da Primeira Asa que nos encaram feio. Entre eles está Caroline Ashton, o que significa que os oráculos da verdade devem tê-la liberado. Para nossa sorte, os degraus que levam à Divisão Hospitalar estão felizmente vazios. — Já considerou contar nossos planos a ele?

— Ele sabe que vamos ser enviados para encontrar a família de Andarna. Quanto ao resto? Não quer saber. — Aceno com a cabeça na direção de cavaleiros aretianos da Terceira Asa quando chegamos ao túnel, e espero para falar de novo quando estamos longe do alcance dos ouvidos deles. — Xaden está preocupado que possa vazar informações sem querer... o que é ridículo, mas estou respeitando a vontade dele.

— Mal posso esperar para ele descobrir que você está liderando sua própria rebelião. — Ela abre um sorriso enquanto atravessamos a ponte encoberta que leva à Divisão Hospitalar.

— Não é uma rebelião, e não estou... liderando.

Xaden, Dain, Rhi: eles são líderes. Inspiram e comandam para o bem da unidade. Eu só estou fazendo tudo ao meu alcance para salvar Xaden.

— Pôs na conta a missão de encontrar os dragões da espécie de Andarna? — Ela escancara as portas da Divisão Hospitalar, e eu a sigo.

— Essa situação é diferente, e eu não estou liderando nada, só escolhendo um líder. Pelo menos assim espero. — Encaro o túnel cheio, para além dos pacientes adormecidos e vestidos, na maior parte, com o azul da infantaria, e vejo um grupo de escribas encapuzados movimentando-se entre eles, sem dúvida tentando conseguir relatos precisos da batalha. — Parece a mesma coisa, mas não é.

— Aham. — A palavra soa carregada de sarcasmo. — Bom, considere o recado entregue, então essa conversa acabou. Me avise quando Mira voltar. — Ela volta na direção do campus principal. — Mande lembranças ao Sawyer e boa sorte hoje à tarde!

— Obrigada — respondo para ela, e me viro na direção da enfermaria.

O aroma de ervas e metal enche meus pulmões quando atravesso as portas duplas. Aceno para Trager à minha direita, que está entre os paladinos que receberam treinamento médico e que estão dando o melhor de si para ajudar como podem.

Ele assente ao lado da maca de um paciente e em seguida pega uma agulha e um fio.

Prossigo rapidamente até o canto mais próximo, saindo da frente dos médicos enquanto eles entram e saem de divisórias separadas por cortinas onde as fileiras dos feridos descansam.

A risada de Ridoc ressoa da última divisória quando me aproximo. As cortinas azul-claras estão abertas, revelando uma pilha de jaquetas de inverno descartadas no canto e todos os outros segundanistas do nosso esquadrão aglomerados ao redor da cama de Sawyer.

— Para de exagerar — diz Rhiannon, sentada na cadeira de madeira perto da cabeça de Sawyer, balançando um dedo na direção de Ridoc, que está sentado na cama, bem onde a perna do nosso membro de esquadrão costumava estar. — Eu só disse que aquela era a mesa do nosso esquadrão e que eles precisavam…

— Levantar aquelas bundas moles e covardes para voltar para o setor da Primeira Asa, de onde nunca deveriam ter saído — termina Ridoc, dando outra gargalhada.

— Não foi isso que você falou. — Sawyer ergue o canto da boca, mas não é um sorriso verdadeiro.

— Foi, sim — digo, tomando cuidado para não pisar nas pernas esticadas de Cat no chão ao lado de Maren quando entro no espaço apertado, desabotoando a jaqueta de voo e atirando-a na pilha.

— Cavaleiros se ofendem com tão pouco. — Cat arqueia uma sobrancelha escura e folheia um livro de história de Markham. — Temos problemas muito maiores do que as mesas.

— Verdade. — Maren assente enquanto trança os cabelos castanho-escuros usando quatro mechas.

— Como foi a patrulha, aliás? — Sawyer se endireita na cama para se sentar sem precisar de ajuda.

— Tranquila — responde Ridoc. — Estou começando a achar que já pegamos todos eles.

— Ou que conseguiram fugir — comenta Sawyer, e luz vai sumindo de seus olhos. — Vocês vão começar a persegui-los logo, logo.

— Só depois que *nós* nos graduarmos. — Rhi cruza as pernas. — Não vão mandar cadetes para além das fronteiras.

— Tirando a Violet, claro, que vai sair em busca da sétima raça para conseguirmos ganhar essa guerra. — Ridoc olha para mim com um sorriso convencido. — Não se preocupe, vou manter ela segura.

Não sei dizer se ele está brincando ou falando sério.

Cat bufa e vira outra página.

— Como se fossem deixar *você* ir. Garanto que vão ser apenas oficiais na missão.

— De jeito nenhum. — Ridoc balança a cabeça. — O dragão é dela, então as regras são dela também. Não é, Vi?

Todas as cabeças se viram na minha direção.

— Presumindo que vão nos dar ordens, vou providenciar uma lista de pessoas em quem confio para me acompanharem na missão.

Uma lista que já rascunhei tantas vezes que nem sei mais se estou andando com a certa por aí.

— Você deveria levar o esquadrão — sugere Sawyer. — Trabalhamos melhor como um time. — Ele bufa. — Quem estou tentando enganar? *Vocês* trabalham melhor como time. Eu mal consigo subir uma escada.

Ele indica as muletas encostadas ao lado da cama.

— Você ainda faz parte do time. Hidrate-se. — Rhi estica a mão para a mesa de cabeceira para pegar a caneca de latão que está por cima de um bilhete que parece ter sido escrito na caligrafia de Jesinia.

— A água não vai fazer minha perna crescer de volta. — Sawyer aceita a caneca e o metal sibila, moldando-se ao apoio dele. Ele ergue o olhar para mim. — Sei que é uma merda falar isso depois que você perdeu sua mãe…

— Não existe competição de dor — garanto a ele. Sempre tem o suficiente para todo mundo.

Ele suspira.

— Recebi uma visitinha do coronel Chandlyr.

Sinto um vazio no estômago.

— O comandante dos cavaleiros aposentados?

Sawyer assente.

— Quê? — Ridoc cruza os braços. — Os segundanistas não se aposentam. A gente morre, mas não se aposenta.

— Eu entendo — começa Sawyer. — Só…

Um grito agudo ecoa pela enfermaria num tom de fazer joelhos tremerem, reservado apenas para algo muito pior que a dor: medo. O silêncio que se segue me gela até os ossos, a apreensão faz os cabelos da minha nuca arrepiarem enquanto desembainho duas adagas e me viro para encarar a ameaça.

— O que foi isso? — Ridoc pula da cama de Sawyer, e os outros ficam atrás de mim enquanto saio da divisória e me viro na direção das portas abertas da enfermaria.

— Ela está morta! — Um cadete em um uniforme azul cambaleia para dentro e cai de quatro. — Estão *todos* mortos!

Não há como confundir a marca de mão cinzenta na lateral do pescoço dele.

Venin.

Meu coração acelera. Não os encontramos em patrulha… porque já estão *aqui dentro*.

Os sinetes mais raros de todos (aqueles que aparecem uma vez a cada geração ou século) já se manifestaram simultaneamente em pé de igualdade duas vezes em nossos registros, ambos durante épocas críticas de nossa história. Entretanto, em apenas uma única vez os seis sinetes mais poderosos caminharam no Continente ao mesmo tempo. Por mais que deva ter sido um espetáculo fascinante, eu preferiria não estar vivo em uma época em que isso volte a acontecer.

— Estudos sobre sinetes, por major Dalton Sisneros

CAPÍTULO DOIS

— *Invadiram as muralhas!* — grita Tairn.

— *Isso eu já entendi.*

Troco as adagas por duas com cabo de liga metálica em minhas coxas e me mexo com destreza para entregar uma delas a Sawyer.

— Nenhum de nós vai morrer hoje — digo.

Ele assente, pegando a lâmina pelo cabo.

— Maren, fique na retaguarda de Sawyer — ordena Rhiannon. — Cat, ajude quem conseguir. Vamos!

— Acho que eu só... vou ficar por aqui mesmo? — grita Sawyer para nós, murmurando um xingamento enquanto começamos a correr pelas fileiras de macas da enfermaria.

Somos os primeiros a conseguir sair pelas portas, onde Winifred está segurando o cadete de infantaria choroso pelos braços.

— Violet, não saia... — começa ela.

— Tranque as portas! — grito, e então passamos correndo.

— Como se isso fosse impedir alguém? — desafia Ridoc enquanto entramos pelo túnel, e então nós três seguimos até parar diante da visão com a qual nos deparamos.

Os cobertores de cada uma das macas improvisadas pelo corredor foram empurrados para trás, revelando corpos dessecados. Meu estômago dá um nó. Como isso pode ter acontecido tão rápido?

— Puta merda. — Ridoc pega outra adaga à minha direita quando dois cavaleiros, ambos da Segunda Asa, passam pelas portas da enfermaria atrás de nós.

Tento alcançar Xaden através de nossa conexão e noto que os escudos dele não só estão erguidos, mas também impenetráveis.

Frustrante, mas tudo bem. Sou perfeitamente capaz de lutar sozinha e, além do mais, Ridoc e Rhi estão comigo.

— *Você não está com um conduíte* — Tairn me relembra. O que significa que não vou conseguir acertar meus relâmpagos com precisão, especialmente em ambientes internos.

— *Sempre fui muito mais certeira com adagas do que com meu próprio poder. Avise os dragões de seja lá quais cavaleiros estejam protegendo a pedra de égides.*

— *Já avisei* — responde ele.

— Verifiquem a ponte! — ordena Rhiannon aos dois da Segunda Asa, que começam a correr na direção da Divisão de Cavaleiros.

— *Leve os corpos para fora assim que tiver terminado de matá-los, para que possamos atear fogo neles por diversão* — sugere Andarna.

— *Agora não dá.* — Acalmo a respiração e me concentro.

— Olhos abertos — diz Rhiannon, a voz tão firme quanto a mão quando ela saca uma adaga de cabo de liga metálica e se posiciona a minha esquerda. — Vamos.

Então começamos a nos mover como uma única entidade, silenciosos e rápidos enquanto percorremos o corredor. Mantenho os olhos em frente enquanto Rhi e Ridoc verificam à esquerda e à direita, respectivamente, e o silêncio deles me diz tudo que preciso saber. Não há sobreviventes.

Dobramos ao fim do túnel, passando pela última maca, e um escriba surge da escadaria acima, o manto esvoaçando atrás dele enquanto corre na nossa direção a toda velocidade.

Viro a adaga na mão e a seguro pela ponta, meu coração bate duas vezes mais rápido.

— Para que lado eles foram? — pergunta Rhi ao cadete.

O capuz do escriba cai para trás, revelando olhos vermelhos com veias destacadas como teias de aranha em suas têmporas. Opa, definitivamente *não* é um cadete. Ele tenta pegar algo embaixo do manto, mas já girei meu pulso antes que ele consiga segurar o pomo de uma espada.

Minha adaga se enterra na lateral esquerda do peito dele, que arregala os olhos em choque enquanto cai desajeitadamente no chão do túnel. O cadáver do venin seca em questão de segundos.

— Caramba. Às vezes eu me esqueço de como você é boa nisso — sussurra Rhi, avaliando nosso entorno enquanto seguimos em frente.

— Como você sabia o que ele era? — pergunta Ridoc no mesmo tom de murmúrio, chutando com agilidade o que sobrou do corpo para longe e recuperando minha adaga.

— Um escriba de verdade teria corrido na direção dos Arquivos. — Aceito a adaga e envolvo o cabo com a mão. — Obrigada.

O zumbido do poder da liga metálica está um pouco mais fraco, mas ainda está ali, e, com sorte, vai ser capaz de outro golpe mortal. Quantos deles Imogen e eu vimos em nossa caminhada até a enfermaria sem nem perceber?

— É assim que eles se alimentaram sem ninguém se dar conta — digo. — Estão disfarçados de escribas.

Duas figuras em mantos cor de creme se aproximam do outro lado do túnel, as luzes mágicas brilhando sobre a patente de primeiro ano, e eu me preparo para atirar a adaga outra vez.

— Abaixem os capuzes — ordena Rhi.

As duas se sobressaltam, e a cadete à direita abaixa o capuz rapidamente, mas a outra fica com as mãos tremendo enquanto obedece, os olhos azuis arregalados presos no corpo aos meus pés.

— Isso é… — sussurra ela, e a amiga passa um braço ao redor de seu corpo oscilante.

— Sim. — Abaixo a lâmina, notando que nenhuma das duas tem traços de vermelho nos olhos ou nas têmporas. — Voltem para os Arquivos e avisem os outros.

As mulheres se viram e correm para longe.

— Subimos ou descemos? — pergunta Ridoc, encarando os degraus.

Alguém grita lá embaixo.

— Descemos — Rhi e eu dizemos simultaneamente.

— Ótimo. — Ridoc estala o pescoço. — Então a gente desce a escada na direção da câmara de tortura, onde um número insondável de dominadores das trevas recém-alimentados nos espera. Só coisa boa.

Ele vai na frente, mudando a adaga para a mão esquerda e erguendo a direita a fim de se preparar para usar o próprio poder enquanto Rhiannon vem atrás de mim.

Descemos as escadas rapidamente, mantendo as costas pressionadas contra a parede de pedra, e faço um agradecimento silencioso para Eran

Norris por ter construído Basgiath com escadarias de pedra em vez de madeira, que poderia ranger… ou queimar.

— *Preste atenção ao presente, e não ao passado* — ralha Tairn.

Algo metálico ressoa abaixo de nós, o tom variando entre o *cling* de lâminas se chocando e o guincho de estourar tímpanos que é o aço raspando na pedra. No entanto, é a risada maníaca misturada a grunhidos de dor que me faz acelerar o passo, acionando meu poder, que a essa altura estala sobre minha pele.

— *Controle-se!* — ordena Tairn.

— *Hora de ficar quietinho* — eu o lembro, erguendo os escudos para bloqueá-lo, sabendo que ele conseguiria derrubá-los se quisesse.

— Pare de brincar com a sua presa e nos ajude a abrir essa porta! — exige alguém lá embaixo.

Se querem abrir a porta de uma cela, definitivamente *não* estão do nosso lado. Vieram buscar Jack.

— Quantos guardas estão cuidando de Barlowe? — sussurra Ridoc enquanto nos aproximamos da curva da escadaria que vai nos expor para seja lá quem esteja aguardando abaixo.

— Dois… — A resposta de Rhiannon é rapidamente abafada pelo som de um grito gutural e doloroso.

— Agora um só — respondo, preparando minha mão direita para atirar.

A antecâmara do calabouço surge e meu olhar encara aquele espaço familiar demais, avaliando nossa situação com rapidez.

Dois dominadores das trevas vestidos em mantos de escriba puxam a maçaneta da cela de Jack, que não se move, enquanto uma mulher rasga com a espada de punho rubi o pescoço do segundo-tenente, que foi preso a uma mesa grossa com adagas fincadas na mão. Uma quarta pessoa está às sombras, afastada.

A trança prateada comprida se liberta do capuz dela quando a atenção se vira para nós, e seu olhar vermelho sinistro encontra o meu. Ela arregala de leve os olhos sob uma tatuagem desbotada na testa. Meu sangue congela quando um sorrisinho aparece em seus lábios, distorcendo as veias vermelhas da têmpora, e então ela… desaparece.

Pisco outra vez contra a brisa repentina que solta uma mecha da minha trança e encaro o espaço vazio que ela ocupava. Ao menos, achava que ocupava. Será que estou começando a alucinar?

Rhi ofega atrás de mim, e meu foco se volta para o guarda aprisionado. O sangue escorre da mesa direto dos ferimentos do cavaleiro, e engulo a sensação ácida na minha garganta, vendo dois cadáveres à esquerda; um vestindo mantos creme, o outro, roupa preta.

A mulher na mesa com a espada de pedra preciosa se vira, o cabelo loiro curto colado nas maçãs do rosto bem pronunciadas quando olha na nossa direção, revelando galhos de veias vermelhas nas têmporas.

Giro o pulso só para o caso de ela também resolver desaparecer.

— Cavaleiros… — O susto dela desaparece quando minha lâmina se enterra no meio de sua garganta.

Ridoc ataca os dois que estão na porta, mas eles estão prontos, um já desembainhando uma espada que Ridoc bloqueia usando uma espessa camada de gelo ao redor do braço.

Atiro minha adaga restante no outro enquanto salto os dois últimos degraus, mas o venin de cabelos escuros se move rápido e de forma nada natural, desviando do golpe. Minha lâmina bate na parede de pedra atrás dele enquanto corro na direção do guarda que está perdendo sangue na mesa.

Caralho!

Rhi pula por cima do corpo da venin, seguindo até Ridoc, e continuo em frente, de olho naquele que desviou do meu ataque.

O venin gira o braço e uma coisa vem voando na minha direção.

— Abaixa, Vi! — grita Ridoc, esticando a mão com a palma para baixo, e uma coisa fria passa pelas minhas pernas enquanto espinhos vêm na minha direção.

Caio de joelhos e deslizo sobre a camada de gelo enquanto a maça de armas passa por cima da minha cabeça, cortando o ar com um assovio.

— A do cabelo prateado não! — grita o dominador das trevas com a espada, e eu me coloco de pé, escorregando pela pedra coberta de sangue. — Precisamos dela!

Para controlar Xaden? Eles é que pensam. Jamais serei usada contra ele.

— Agora é minha! — grita Rhi, e, quando olho para a esquerda, ela está girando a maça na direção do antigo dono, me dando tempo para chegar ao cavaleiro trêmulo que ainda está em cima da mesa.

— Aguente firme — digo para ele, colocando a mão sobre seu pescoço para estancar o sangramento, mas paro quando sinto a última respiração sacudir seu peito e ele desmoronar.

Ele se foi. Meu coração se aperta por um segundo antes de eu conseguir puxar mais duas adagas e me virar na direção dos meus amigos.

O venin de cabelo preto se move como um borrão, abaixando para desviar do golpe de maça de Rhiannon, e então aparece na minha frente como se estivesse parado ali o tempo todo.

Rápido. Eles são rápidos *demais*, cacete.

Meu coração dá um salto e viro a adaga na direção da garganta dele, que me examina com uma empolgação doentia naqueles olhos vermelhos.

O poder inunda minhas veias, aquecendo minha pele e fazendo os pelos do meu braço eriçarem.

— Ah, a dominadora de relâmpagos. Você está muito longe do céu, e nós dois sabemos que não vai conseguir me matar com essa faca — provoca ele, e as veias em suas têmporas *pulsam* enquanto Rhi se esgueira às suas costas, com a adaga de cabo de liga metálica pronta para desferir o golpe.

As sombras tremem nas beiradas da câmara e levanto um canto da boca.

— Mas não vou precisar te matar.

Os olhos dele ficam arregalados e confusos por um milésimo de segundo antes de as sombras explodirem ao nosso redor, imediatamente devorando cada centímetro de luz em um mar de preto infinito que logo reconheço como meu *lar*. Um aro de escuridão envolve meus quadris e me puxa para trás, e então roça na minha bochecha com carinho, tranquilizando meu coração acelerado, aquietando meu poder.

Gritos preenchem o cômodo seguidos por um par de baques, e não tenho dúvida nenhuma de que qualquer ameaça à minha vida foi extinguida.

Um segundo depois, as sombras recuam, revelando os corpos ressequidos dos dominadores das trevas no chão, com adagas de liga metálica enterradas no peito.

Abaixo minhas armas e Xaden vem na minha direção do centro da câmara, o cabo das duas espadas que mantém presas nas costas aparecendo por cima dos ombros. Ele usa o uniforme de voo de inverno sem nenhuma outra marcação além da patente de segundo-tenente e está coberto por pequenas gotas de água que indicam que esteve lá fora na neve.

Segundo-tenente. A mesma patente dos guardas de Barlowe.

A mesma patente de Garrick, que está parado na base dos degraus atrás de Xaden, e de quase todos os outros oficiais lotados de forma temporária aqui para proteger Basgiath.

Meu coração oscila quando percorro o corpo alto e musculoso de Xaden com o olhar, procurando por qualquer sinal de ferimento. Olhos cor de ônix com manchas douradas encontram os meus, e minha respiração se estabiliza apenas quando vejo que ele não está ferido e que não há sequer um sinal de vermelho em qualquer lugar de suas íris. Ele pode até ser, tecnicamente, um neófito, mas não é nada parecido com os venin com quem acabamos de lutar.

Deuses, como eu amo esse homem.

— Me diga uma coisa, Violência. — Um músculo no queixo quadrado dele fica tenso enquanto me encara, fazendo a pele marrom-clara de sua bochecha com barba por fazer ondular. — Por que as coisas sempre acontecem com você?

***

Uma hora depois, somos dispensados do relatório com o comandante da Divisão dos Cavaleiros, o coronel Panchek, e enviados de volta para nosso quarto.

— Ele não parece muito chocado por eles terem aparecido aqui para *resgatar* Barlowe, em vez de irem atrás da pedra de égides. — Garrick passa as mãos pelo cabelo curto enquanto desce a escadaria da Ala Acadêmica, com Xaden e eu em seu encalço.

— Talvez não tenha sido a primeira tentativa. — Rhi olha para trás, na direção de Garrick. — Não é como se a gente estivesse recebendo atualizações todos os dias.

Não estamos seguros aqui. Não que algum dia tenhamos estado.

— Panchek vai notificar o resto da liderança, certo? — pergunta Ridoc enquanto cruzamos o terceiro andar.

— Melgren já sabe. Só tinham dois de nós lá embaixo. — Xaden olha significativamente para a mão de Garrick, para o lugar onde a relíquia da rebelião dele aparece por baixo da manga do uniforme.

— Só fico feliz pelas égides que Sorrengail estabeleceu antes de nos deixar. — Garrick não se dá ao trabalho de esclarecer que está falando da minha irmã. — Barlowe não consegue ouvir nem ver qualquer coisa do lado de fora da cela, a não ser que alguém abra a porta, então não é como se estivesse conseguindo obter qualquer informação. Só de olhar para as pedras que drenou de dentro da cela dá pra saber que ele vai morrer em menos de uma semana.

Xaden fica tenso ao meu lado e tento me conectar a ele mentalmente, mas os escudos que ergueu são mais espessos do que as muralhas da fortaleza em que estamos.

— As coisas não acontecem *sempre* comigo — sussurro para Xaden, roçando a mão na dele enquanto seguimos pela larga escadaria em espiral, chegando ao segundo andar.

Xaden bufa e entrelaça nossos dedos, levando o dorso da minha mão à boca perfeitamente esculpida.

— Acontecem, sim — responde ele no mesmo tom baixo, terminando a declaração com um beijo.

Meu coração acelera, como faz todas as vezes que Xaden leva a boca à minha pele, o que não tem acontecido muito nas últimas semanas.

— Sabe, essa coisa de matar todos eles na escuridão é irado pra caralho — diz Ridoc, erguendo um dedo —, mas eu ia conseguir cuidar dele sozinho.

— Não ia. — Xaden acaricia o meu dedão com o dele, e os ombros de Garrick sacodem com uma risada silenciosa enquanto seguimos pelo último lance de degraus, voltando para a entrada principal.

— Eu estava *prestes* a cuidar dele — rebate Ridoc, sacudindo o dedo em riste.

— Não estava, não — garante Xaden.

— Como é que você sabe disso, hein? — Ridoc abaixa a mão.

Garrick e Xaden trocam um olhar exasperado, e tento suprimir um sorriso.

— Porque você estava de um lado da sala — diz Garrick —, e sua espada estava do outro.

— Um problema que eu estava a caminho de resolver. — Ridoc dá de ombros, chegando ao térreo com Rhi.

Xaden faz uma pausa, puxando minha mão em um pedido silencioso para que eu fique ali com ele, o que faço.

— Vamos ver como os outros estão. — Rhi ergue o olhar para mim. — Você vai para o saguão?

Assinto, o nervosismo atando nós em meu estômago.

— Você está pronta. Vai conseguir — diz ela, com um sorriso brilhante. — Quer companhia até lá?

— Não. Vá ver como está o esquadrão — respondo, e Garrick fica imóvel no degrau abaixo. — Encontro vocês depois.

— Vamos estar esperando — promete Ridoc por cima do ombro enquanto vira à esquerda com Rhi, desaparecendo ao dobrar no corredor.

— Tudo bem aí? — Garrick se volta para nós, examinando os olhos de Xaden.

— Vai ficar se você nos deixar cinco minutos a sós — responde Xaden.

A preocupação marca a testa de Garrick quando dirige um olhar para mim, mas rapidamente neutraliza a expressão quando aceno de volta com a cabeça.

— Puta que pariu. Você confia nela para tomar conta de mim à noite, não é? — Xaden estreita os olhos para o melhor amigo.

— Não aja como se *eu* fosse o motivo para você precisar ser supervisionado — retruca Garrick.

As sombras oscilam no degrau aos nossos pés.

— Está tudo bem — garanto a Garrick às pressas, mantendo minha mão unida à de Xaden. — Estou bem. Ele está bem. *Tudo* está bem.

Garrick lança um olhar que vai de mim a Xaden e em seguida se vira e desce o resto da escadaria.

— Vou ficar aqui por perto — avisa ele, virando à direita na direção do ginásio de treinamento.

— Cacete. — Xaden desvencilha nossas mãos e se inclina para a parede, as espadas batendo na alvenaria. A jaqueta se abre quando ele descansa a cabeça no parapeito de uma janela de pedra. — Nunca percebi o quanto gostava de ficar sozinho até não ter mais essa possibilidade.

Ele engole em seco, as mãos fechadas na lateral do corpo.

— Sinto muito. — Atravesso o espaço entre nós, colocando-me entre os pés dele e erguendo a mão até seu pescoço, passando por cima das linhas tatuadas magicamente de sua relíquia.

— Não sinta. Ele tem todo o direito de ficar preocupado ao me deixar sozinho com você. — Ele cobre minha mão com a dele, abaixando a cabeça, e lentamente abre os olhos, dos quais nunca me canso.

— Eu confio em você.

Nenhum traço vermelho à vista.

— Pois não devia. — Xaden passa os braços pela minha cintura e me puxa contra o próprio corpo. O contato imediatamente aquece minha pele e faz minha barriga revirar de uma forma deliciosa. — Tenho bastante certeza de que o único motivo para ele e Bodhi não estarem dormindo no pé da nossa cama é que sabem que eu já teria matado os dois por isso antes, imagine agora.

Não que nós dois estejamos fazendo qualquer coisa naquela cama além de dormir. Eu posso até ter confiança nele, mas, por Dunne, ele com certeza não confia em si mesmo, não a ponto de se soltar, em qualquer nível que seja.

— Só a título de transparência, preciso te informar que eles vieram me dizer que gostariam que eu reconsiderasse a questão de onde estou dormindo. — Espalmo a outra mão no peito quente dele.

Os olhos de Xaden faíscam e ele me aperta ainda mais.

— Talvez devesse reconsiderar mesmo.

— De jeito nenhum. Mandei Imogen ir se foder.

Um sorriso leve aparece nos olhos dele.

— Eu não duvido que tenha mandado.

— Eles vão parar com essa paranoia assim que você estiver curado.

Meu olhar percorre a linha entalhada da mandíbula, a elevação da maçã do rosto, e vai até as mechas de cabelo preto que recaem sobre sua testa. Ainda é Xaden. Ainda é meu.

Seus músculos ficam tensos sob os meus dedos.

— Está pronta para se encontrar com o Senarium?

— Sim. — Aceno com a cabeça. — E não mude de assunto. Vou encontrar uma cura para você. — Coloco toda a minha determinação naquelas palavras, erguendo as sobrancelhas na direção dele. — Me deixe entrar.

Não é um pedido. Para minha surpresa, ele abaixa os escudos, e o elo ônix cintilante entre nós dois se solidifica.

— *Você usou seu sinete hoje. Mesmo com as égides.*

Ele faz que sim, abaixando a mão da minha para colocá-la na minha cintura, me abraçando por completo.

— *Canalizei de Sgaeyl hoje.*

Eu me delicio com a sensação do corpo dele contra o meu, mas não arrisco a sorte com um beijo.

— *Foi ela que contou a você que estávamos em apuros?*

Ele desvia o olhar do meu e balança a cabeça.

— *Ela ainda não está falando comigo. Deve imaginar o quanto nossos voos são constrangedores.*

Meu peito ameaça rachar sob o peso da tristeza que ouço no tom dele.

— *Sinto muito, muito mesmo.* — Deslizo a mão até a base das costas dele e o abraço, virando a cabeça de leve para ouvir o coração dele contra meu ouvido. — *Ela vai superar.*

— *Não conte muito com isso* — avisa Tairn, com um grunhido na conexão mental que pertence apenas a nós dois, e o ignoro completamente.

Xaden abaixa o queixo e o apoia no topo da minha cabeça.

— *Ela sabe que eu não estou... inteiro. Consegue sentir.*

Eu me sobressalto e me afasto, erguendo as mãos para segurar o rosto dele.

— Você está inteiro — sussurro. — *Não sei qual foi o custo para ter acesso àquele poder, mas isso não mudou quem você é...*

— Mudou, sim — rebate ele, descendo um degrau, saindo dos meus braços.

Só consigo pensar em uma forma de provar que não mudou.

— Você ainda me ama? — Atiro a pergunta para ele como se fosse uma arma letal.

Seu olhar encontra o meu.

— Que tipo de pergunta é essa?

— Você. Ainda. Me. Ama? — Pronuncio cada palavra bem devagar, invadindo o espaço dele para provar que não estou intimidada.

Ele segura minha nuca e me puxa para perto, apenas a centímetros do rosto dele. Perto o bastante para nos beijarmos.

— *Eu poderia chegar ao título de Guardião, liderar exércitos de dominadores das trevas contra todas as pessoas com quem nos importamos e observar cada veia do meu corpo ficar vermelha enquanto canalizo todo o poder do Continente, e ainda assim amaria você. O que fiz não muda isso. Não sei se existe alguma coisa que pode mudar isso.*

— Está vendo? Você ainda é você. — Desço o olhar até a boca dele. — Me dizer que você é capaz de coisas horríveis enquanto ainda me ama é basicamente a ideia que você tem de preliminar.

Os olhos de Xaden ficam severos e ele me puxa para mais perto até apenas a teimosia dele separar nossos lábios.

— Isso deveria te assustar pra um caralho, Violet.

— Mas não me assusta. — Fico na ponta dos pés e roço os lábios nos dele. — Nada em você me assusta. Eu não vou fugir, Xaden.

— Cacete. — Ele abaixa a mão e recua um passo, aumentando o espaço entre nós outra vez. — *Com meus escudos erguidos, não sabia que você estava na câmara de interrogatório até ter descido quase todas as escadas.*

— Quê? — Pisco. — Então como você sabia que deveria vir ajudar?

O silêncio se estende entre nós, e uma pontada de apreensão me faz trocar o peso de perna, atiçando a dor que sinto nas costas.

— *Eu os senti* — responde ele, finalmente. — *Da mesma forma que eles sentem minha presença.*

Perco o equilíbrio e me seguro na parede, espalmando a pedra dura para me manter em pé.

— Isso não é possível.

— É, sim. — Ele assente devagar, olhando para mim. — *É por isso que sei que mudei, foi assim que Garrick e eu conseguimos matar mais de uma dúzia deles só essa semana. Eu consigo* sentir *os venin me chamando, assim como consigo sentir a fonte que pulsa sob meus pés, com seu poder incomparável... porque eu sou um deles.* — Ele estreita os olhos. — Agora está com medo?

Às vezes, eu me preocupo com a Violet. Ela puxou a sua astúcia, sua inteligência aguçada e seu coração inabalável, tudo isso combinado à minha obstinação. Quando ela decidir doar por inteiro aquele coração dela, tenho medo de que isso vá dominar todos os outros dons que concedeu a ela, e a lógica cederá a voz para o amor. E se os dois primeiros relacionamentos que ela teve servirem de indício do que podemos esperar pela frente... que os deuses a ajudem, meu amor. Temo que nossa filha tenha um gosto atroz para homens.

— Correspondência nunca enviada e recuperada da general Lilith Sorrengail

CAPÍTULO TRÊS

Xaden consegue *senti-los*.

Minhas unhas se dobram de leve quando flexiono a mão contra a palma, segurando firme, por tudo que é mais sagrado, enquanto minha mente entra em turbilhão. Mas só porque consegue senti-los, não significa ele que cedeu uma parte da própria alma, não é? Ela está ali nos olhos dele, me encarando, esperando que eu o rejeite, ou pior, que o afaste, assim como fiz depois de Resson.

Talvez seja ainda mais grave do que eu estava pensando, mas ele ainda está inteiro, ainda é ele. Só tem... sentidos mais aguçados.

Empurro meu estômago para o lugar onde deveria estar e sustento o olhar de Xaden.

— Com medo de você? — Balanço a cabeça. — Nunca.

— Mas vai ficar — sussurra ele, avaliando minhas feições como se precisasse memorizá-las.

— Seus cinco minutos acabaram — informa Garrick da base dos degraus. — E Violet tem uma reunião a que comparecer.

A expressão de Xaden muda perigosamente enquanto encara o melhor amigo e se afasta de mim.

— Ela contou que a gente acha que você deveria dormir em outro lugar, não é? — Garrick estala o pescoço como se estivesse se preparando para uma briga.

— Contou. — Xaden começa a descer os degraus, e eu o acompanho. — E vou te dizer a mesma coisa que ela falou para Imogen. Vá se foder.

— Imaginei. — Garrick volta um olhar suplicante para mim, e sorrio enquanto saímos da Ala Acadêmica e entramos no átrio surpreendentemente vazio, percorrendo o caminho entre dois pilares de dragões. — Achei que ao menos poderia contar com seu raciocínio lógico, Violet.

— Eu? São vocês que estão agindo com base em sentimentos e sem qualquer evidência concreta. Minha decisão de confiar nele é baseada puramente nos fatos do que já vivemos juntos.

— Por mais que eu agradeça a preocupação — interrompe Xaden, a voz quase gélida —, se continuar dando ordens sobre quem deve ocupar a cama de Violet no futuro, teremos problemas.

Garrick balança a cabeça na direção do melhor amigo, mas deixa o assunto de lado enquanto voltamos ao campus principal, passando pela caótica força-tarefa de limpeza perto da enfermaria.

A chamada dos mortos da Divisão da Infantaria será dolorosamente longa amanhã.

— Para alguém que está prestes a encarar a mais alta aristocracia do reino, você parece bastante calma, Sorrengail — comenta Garrick enquanto pisamos no tapete vermelho e espesso do prédio administrativo.

O corredor está abarrotado de pessoas usando túnicas de cores variadas, esperando as negociações serem concluídas, e que são identificadas apenas pelos brasões bordados em faixas que cruzam o peito e que me fazem lembrar dos nossos uniformes de gala. Nossas próprias províncias são fáceis de reconhecer, e até identifico os brasões de Braevick quando cabeças começam a se voltar na nossa direção.

— Percebi que isso iria acontecer e tenho um plano. Duas semanas é tempo o suficiente para pensar até demais em todos os cenários possíveis — respondo, enquanto a multidão vagarosamente se abre diante de nós de um jeito que comecei a nomear em minha cabeça como Efeito Xaden.

Não posso culpá-los por ficarem encarando. Ele é mesmo lindo. Também não posso culpá-los por recuar. Ele não é apenas assustadoramente poderoso, mas também é conhecido por ser o responsável pela divisão da legião de Navarre e por ter fornecido armas a Poromiel.

Posso dizer com bastante certeza que nem todos os olhares voltados para ele (ou para nós três) é exatamente amigável.

— *Tem certeza de que é isso que quer?* — pergunta Xaden, enquanto nos aproximamos das gigantescas portas duplas do saguão principal.

— *É o que ela quer* — digo para ele, e um dos guardas que veste o brasão de Calldyr entra no saguão, sem dúvida para anunciar nossa chegada. — *E nós precisamos disso. Ainda está disposto a nos acompanhar?* — Olho para ele. — *Mesmo para além das égides?*

A barreira mágica está fazendo muito mais do que nos proteger dele: também protege Xaden de si mesmo.

A mandíbula dele fica tensa.

— *Até mesmo além das égides* — confirma, quando chegamos às portas, onde a guarda restante que veste o azul da infantaria nos encara com o rosto pétreo.

— Presumo que estejam me esperando? — pergunto à guarda.

— Você deve aguardar até ser escoltada, cadete Sorrengail — responde ela, sem olhar diretamente para mim.

Que agradável.

— Estou começando a repensar essa coisa de reunião — diz Garrick do outro lado de Xaden, o olhar avaliando a multidão armada no corredor. — Ela foi convidada a se apresentar diante do Senarium sozinha, e nós não fomos exatamente perdoados por sair de Basgiath e levar uma parte da legião conosco. Tudo bem que Brennan está fazendo parte das negociações do tratado em nome de Aretia, mas nós não temos um lugar no conselho. Qualquer coisa pode acontecer com Violet lá dentro.

— Já pensei nisso — garanto. — Precisam de mim viva, se não por Andarna, pelo menos por Tairn. Vou ficar bem.

— Ela tem Lewellen lá dentro representando Tyrrendor, que pode botar fogo nesse lugar inteiro só com um aceno de mão — acrescenta Xaden, cruzando os braços e olhando feio para a guarda. — Estou mais preocupado com a segurança deles do que com a de Violet.

A porta à direita se abre e o outro guarda aparece.

Meu estômago dá um nó quando o general Melgren aparece no batente, os olhos miúdos se estreitando enquanto me encara por cima do nariz pontudo.

— Cadete Sorrengail, o Senarium está pronto para recebê-la. — O olhar dele dardeja na direção de Garrick e depois na de Xaden. — Sozinha.

— Vou estar bem aqui — diz Xaden, em tom quase de ameaça —, detido por essas portas de madeira que estão a centímetros acima do chão.

— *Nossa, que sutil.* — Tento relutar contra o sorriso que toma conta da minha boca.

Melgren gesticula para que eu entre, mas não tira os olhos de Xaden.

— *Nunca serei* — ele responde, enquanto entro no saguão. — *Tenho completa confiança na sua habilidade de proteger a si mesma, mas é só me chamar que arrombo essas portas e mando tudo pelos ares.*

— *Você é tão romântico.*

Avalio rapidamente a nova disposição de móveis daquela sala familiar, encontrando uma mesa longa que toma o comprimento do cômodo com dezenas de cadeiras, sem dúvida para acomodar todos os responsáveis pelas negociações. Seis nobres usando túnicas e vestidos ricamente bordados me encaram da ponta mais próxima, mas apenas o que está mais distante, à esquerda, me oferece um sorriso cansado enquanto me aproximo do centro do grupo, colocando as mãos sobre o encosto de uma cadeira.

Lewellen.

— *Você tem alguma coisa para me dizer de última hora?* — pergunto a Andarna enquanto Melgren dá a volta na mesa e vai se sentar à direita da duquesa de Morraine.

— *Nada que me ocorra no momento* — responde ela.

Aqui vamos nós.

— Vamos ser rápidos nessa questão — declara a duquesa de Morraine em um timbre agudo à direita, fazendo o rubi gigantesco que usa no pescoço balançar quando suspira. — Temos três dias para salvar essas negociações e precisamos de cada uma das horas disponíveis.

— Concordo plenamente... — começo.

— Recebemos o relatório do general Melgren e nos reunimos com o rei — interrompe o duque de Calldyr bem à minha frente, acariciando a barba curta e loira. — A partir de agora, você receberá uma... — ele olha para Melgren. — Como foi que você chamou?

— Uma força-tarefa — diz Melgren, sentado sinistramente imóvel enquanto me examina.

— Uma força-tarefa — repete o duque. — Que vai embarcar em uma jornada para encontrar e recrutar a sétima raça de dragões na intenção de aumentar nossos números e, com sorte, nos esclarecer melhor a forma de matar venin.

Estico a mão na direção do bolso do uniforme e tiro de lá dois pergaminhos dobrados. Ergo o primeiro.

— Caso nossa decisão de participar seja favorável, essa é uma lista das exigências de Andarna.

A duquesa de Elsum ergue as sobrancelhas escuras e o duque de Luceras recua visivelmente.

— Você não está em posição de fazer exigências — ralha a duquesa de Morraine. — Por mais que tenhamos uma dívida com a sua mãe, você ainda é considerada uma desertora.

— Uma desertora que salvou este instituto, nossas égides, nosso reino, isso sem mencionar que derrubou *diversos* venin dentro destas paredes poucas horas atrás, o que fiz sem sequer estar sob o comando de Navarre. — Inclino a cabeça. — É meio difícil me atribuir alguma tarefa, já que nenhum de vocês comanda a legião aretiana. E as exigências não são minhas, são *dela*.

— O retorno da *nossa* legião ainda é uma questão a ser negociada. — Melgren olha de relance para Lewellen do outro lado da mesa. — Essa tarefa está sendo designada de boa-fé, com o entendimento de que a legião permanecerá em Basgiath. Lewellen, visto que você secretamente representou Aretia por anos, aliás, uma questão diferente que o conselho ainda precisa discutir, talvez esteja disposto a ler as exigências *dela*.

Aquela reprimenda faz com que a maioria dos aristocratas se remexam nos assentos.

Lewellen estende a mão e entrego a ele a lista dobrada. O primeiro passo já foi dado. Um sorrisinho aparece no canto da boca dele quando começa a ler.

— Algumas dessas exigências são bastante... singulares.

— Assim como ela — respondo, dando início ao segundo passo. — Vou levar seis cavaleiros...

— *Você* não vai levar ninguém — interrompe Melgren. — *Você* é uma cadete do segundo ano que terá permissão para participar porque precisamos do seu dragão. Já foi decidido que o capitão Grady liderará a força-tarefa, devido, principalmente, à experiência que ele tem atrás das fronteiras inimigas.

Sinto o estômago afundar.

— Meu professor de ASC?

Não, não, não, *não* era assim que as coisas deveriam acontecer. Seguro a lista que tem o nome de Mira no topo.

— Ele próprio. — Melgren assente. — Já foi notificado e vai entrar em contato assim que estabelecermos a aliança e as exigências de Poromiel. Ele vai montar um esquadrão à própria escolha.

À *própria* escolha. O poder surge em meu sangue, fervilhante.

— Que ao menos incluirá o tenente Riorson, estou certa?

Os aristocratas olham para Melgren.

— O envolvimento de Riorson será decretado apenas por Grady. — Melgren me encara, sem ceder.

— Tairn e Sgaeyl não podem ficar separados — argumento.

— O que sugere que Riorson estará entre os membros selecionados — declara Melgren, com a mesma emoção de uma pedra. Não é à toa que minha mãe gostava tanto dele. — No entanto, devo reiterar que a escolha será do capitão.

A escolha será do capitão. Meu sangue *zumbe.*

— Determinar os membros do esquadrão é uma das exigências de Andarna.

Em todos os cenários que considerei em meus pensamentos, a concordância de Andarna era sempre a cartada que eu tinha na manga.

— Então é uma exigência que não poderá ser cumprida. — Melgren cruza as mãos sobre o colo. — Trata-se de uma operação militar não negociável, não de uma excursão escolar.

— *Então não iremos* — declara Tairn.

— *Precisamos ir!* — contra-argumenta Andarna, a voz ficando aguda.

Amasso o pergaminho.

— *Ela está certa. Precisamos ir.* — Andarna merece isso, mais do que qualquer coisa. Porém, se existir qualquer chance de os dragões saberem derrotar venin ou curar Xaden, então de fato não temos escolha. — *Todos os caminhos possíveis.*

O que significa que precisamos ceder.

— Devemos dar essa questão por concluída? — pergunta o duque de Calldyr.

Porra nenhuma.

— Sim — declara Melgren.

— Só se cumprirem com o restante das exigências de Andarna. — Ergo o queixo. — Acho que tanto ela quanto Tairn demonstraram que estão mais do que dispostos a ir embora de Basgiath, seja por terra ou por ar.

Melgren bufa, as narinas infladas, e tento não comemorar.

— Vamos levar em conta a aprovação das outras exigências.

— Então está decidido — anuncia o duque de Calldyr. — Excelente. Essa atualização deve ajudar a resolver as outras negociações.

— Ao menos deixar que os paladinos *entrem* na Divisão já ajudaria — acrescento, a frustração incendiando meu peito.

— Quando sequer têm poder para proteger a si mesmos? — desdenha Melgren. — Os cavaleiros vão comê-los vivos.

— Esse não é um dos argumentos de Poromiel contra deixar forças adicionais conosco? — pergunta a duquesa de Morraine, e Melgren assente.

Não são *forças.* São cadetes que precisam da proteção das égides.

O duque coça o pescoço.

— Pensaremos no assunto. Os paladinos estarem na Divisão poderia ajudar muito a acertar um dos pontos de negociação.

Minha opinião é exatamente a mesma.

— Está dispensada, cadete — ordena Melgren.

— Eu te acompanho até a porta — diz Lewellen, afastando-se da mesa e se colocando em pé.

Enfio a lista amassada em meu bolso e atravessamos o chão de pedra até a porta, tentando recuperar os fragmentos das minhas expectativas estilhaçadas. Não tenho como saber se poderemos confiar em seja lá quem Grady selecionar para o esquadrão.

— Vou me esforçar em cumprir isso aqui — diz Lewellen baixinho, erguendo a lista de Andarna. — E enquanto isso… — ele estica o braço e pega uma missiva do tamanho da palma da mão. — Foi requisitado a mim que entregasse isso a você, em particular.

— Obrigada — respondo, por hábito, pegando o pergaminho.

Ele bate duas vezes na porta e vou embora enquanto um guarda indica que devo sair pela porta à esquerda.

Abrindo a missiva, saio para o corredor, reconhecendo a caligrafia expansiva de Tecarus.

Você tem três dias para cumprir a sua parte do acordo.

Cacete. Isso não é uma opção. Ergo o olhar e vejo todos os membros do meu esquadrão esperando, uma parede de preto e marrom que segura um mar de túnicas e vestidos coloridos atrás deles.

— Como foi? — pergunta Imogen.

— Deixa ela respirar um segundo — ralha Rhi.

Meu olhar os percorre enquanto a porta se fecha atrás de mim, e encontro o olhar de Xaden, que corta a distância entre nós dois.

— O plano já era.

O que significa que o plano que seguro nas mãos agora não pode fracassar.

***

A luz matinal entra por minha janela e pisco vagarosamente ao acordar com o som dos sinos do campus badalando oito vezes. A neve está empilhada no parapeito, mas os céus acima estão completamente azuis pela primeira vez desde o solstício.

Puta merda, eu não só dormi como *não acordei* no horário. Talvez tenha sido o fato de que treinei ontem com Imogen, ou a exaustão emocional depois que reclamei com Rhi e Tara sobre o motivo de Grady ser a pior escolha possível para liderar a missão de Andarna, mas não acordei sequer uma vez durante a noite, graças aos deuses. Devo ter caído no sono assim que me deitei na cama com um livro sobre as importações de Navarre datadas de antes do Acordo Mercantil com Resson que Jesinia jogou em cima de mim quando apareci para visitar Sawyer, ainda puta com toda essa situação. Levanto a cabeça do travesseiro e vejo o livro fechado na mesa de cabeceira, uma das adagas de Xaden marcando a página em que tinha parado.

Um sorriso lento toma minha boca ao pensar naquele gesto carinhoso. Acho que já estava apagada quando ele finalmente veio dormir depois da reunião diária com Brennan, Lewellen, e, a partir da tarde de ontem, o duque Lindell, que tinha criado Xaden e Liam depois da rebelião.

Eu me reviro sob os cobertores quentinhos, esperando encontrar Xaden acordado, considerando a hora, mas ele ainda está dormindo, um braço curvado no entorno do travesseiro e o com a nova cicatriz no cobertor entre nós dois. Meu coração se aperta, e encará-lo parece ser a única ação lógica, mesmo que dure poucos instantes. Deuses, ele é tão lindo. Seu rosto se suaviza durante o sono, e toda a tensão que costuma levar na mandíbula e na bochecha está significativamente ausente. A última semana tem sido difícil para ele, dividido entre o dever de cavaleiro e navegar as responsabilidades por Aretia em um espaço que não a reconhece como independente. Luto contra a vontade de tocá-lo. Ele tem dormido muito mal depois da batalha também, e, se ele puder ter mais uns minutinhos, eu deveria deixá-lo aproveitar.

De modo lento e o mais silencioso que consigo, engatinho até o meu lado da cama e me sento, deixando os pés acima do chão. Meu cabelo ainda está meio úmido por ter feito a trança logo depois do banho ontem, e passo a escova rapidamente pelos fios para que talvez tenha chance de secar um pouco antes que chegue a hora de sair no frio. Assim que coloco a escova de volta na mesa de cabeceira, eu me espreguiço com uma velocidade que deixaria uma preguiça com inveja e…

Uma faixa de sombras envolve minha cintura um segundo antes de meu cabelo ser afastado para o lado e Xaden colocar os lábios na junção entre meu pescoço e ombro, dando um beijo de boca aberta.

Ah, *agora sim.*

Ofego e uma onda de calor imediata percorre minha coluna ao sentir a língua dele, o roçar dos dentes, e minha cabeça cai contra seus ombros. Xaden vai direto para o ponto ultrassensível em meu pescoço, como se meu corpo fosse um mapa que ele soubesse ler perfeitamente, e passo os dedos por seus cabelos, arqueando as costas. Caramba, ele sabe exatamente como tirar meus pés do chão e me levar pra porra do céu em questão de segundos.

— Minha — grunhe ele contra minha pele, a mão passando pela barra da minha camisola antes de elevá-la acima da minha coxa.

— Meu — respondo, fincando os dedos no cabelo dele.

Ele ri contra meu pescoço, o som baixo e intoxicante, enquanto passeia por cima das minhas coxas com as mãos e depois me pega pelo quadril e me puxa.

Meus dedos escapam do cabelo dele e o quarto gira antes de minhas costas baterem no colchão. Então, ele é tudo que vejo, acima de mim com um sorrisinho perverso, usando apenas a calça frouxa de dormir, deslizando a coxa dura entre as minhas.

— Seu — garante ele, como se fosse uma promessa, e prendo a respiração com a intensidade que vejo em seus olhos.

Deuses, parece que meu peito vai rachar ao meio quando ele me olha dessa forma.

— Eu te amo tanto que chega a doer. — Deslizo a mão pela pele quente e nua de seu peito, meus dedos roçando a cicatriz acima do coração, descendo pelas linhas rígidas do abdome.

Ele sibila pelos dentes.

— Bom mesmo, porque é exatamente a forma como eu te amo também.

A coxa dele se move entre as minhas com uma fricção deliciosa, e então ele está *inteiro* em cima de mim, apagando cada um de meus pensamentos a não ser a forma como desejo que ele chegue ainda mais perto.

Suas mãos acariciam cada curva do meu corpo e a boca roça cada centímetro de pele até a linha do meu pescoço. Desejo percorre minhas veias como uma chama, incendiando cada nervo, e então explode quando os dentes dele roçam no bico do meu seio por cima do tecido da camisola.

Solto um gemido e enlaço os dedos atrás do pescoço dele. *Puta merda*, como eu preciso deste homem.

— *Esse é um dos meus sons favoritos.* — As palavras dele entram na minha mente enquanto desliza a mão pela minha coxa, escorregando embaixo da camisola para brincar com o elástico da calcinha, e eu me derreto. — *Só perde para aqueles suspiros que você solta logo antes de gozar.*

Os nós dos dedos dele acariciam meu clitóris por cima daquela maldita camada de tecido entre nós, e mexo os quadris enquanto a boca dele se move para meu outro seio. Temos roupas demais entre nós dois, porra.

Ele ergue a cabeça para me observar enquanto seus dedos passam pelo elástico da minha calcinha. De repente ele chega *bem no ponto certo*, acariciando e provocando, passando o dedo em círculos em meu clitóris e enfim, graças aos deuses, caralho, ele me concede a quantidade exata de pressão de que tanto preciso.

— Xaden — gemo, e reviro a cabeça no travesseiro enquanto o poder me percorre, invadindo cada osso, cada veia, cada centímetro da minha pele.

— *Mudei de ideia.* — Ele desliza dois dedos para dentro de mim. — Esse aí é *o meu som favorito.*

Os dedos dele exploram mais fundo e em seguida se curvam para dentro enquanto ele os retira só por um segundo.

Minha respiração fica entrecortada e ergo um canto da boca em um sorrisinho convencido que me faz apertar os dedos talentosos dele ainda mais. O poder zumbe, espiralando, retesado, dentro de mim, e minhas mãos descem para apertar os ombros dele, pressionando a relíquia da rebelião.

— *Como prefere que eu faça, Violet?* — Ele franze a sobrancelha e aumenta a pressão do dedão em meu clitóris, e a energia acumulada dentro de mim vibra. — *Com você de costas e eu em cima? De quatro na minha frente com a bunda empinadinha? Comigo te prendendo contra aquela parede ali para meter em você com mais força? Com você em cima de mim para controlar o ritmo? Me fala.*

Controle? É só uma ilusão quando se trata dele. No segundo que Xaden me tocar, sou todinha dele e ele pode fazer o que quiser comigo.

— Todas as opções — respondo.

Estou pegando fogo de um jeito delicioso, e as palavras só alimentam as chamas que me consomem. Não me importo com a forma como ele entra em mim, só preciso que seja agora. Imediatamente. Cacete.

Os olhos dele faíscam.

— Estou sentindo. Eu consigo sentir *você.* — Ele me encara por um segundo demorado e depois abaixa a cabeça na direção da minha, pairando um centímetro ou dois acima dos lábios, e acelera o ritmo dos dedos, me fazendo ficar tão eufórica que sei que a única forma de sobreviver é me deixar estilhaçar. — Iluminada, intensa e perfeita pra cacete.

E eu quero Xaden por inteiro, incluindo o pau dele, e não só os dedos. Consigo sentir o quanto ele está duro contra minha coxa e quero que se mova dentro de mim, comigo, desfazendo-se, selvagem e descontrolado. Só não consigo encontrar essas palavras, não quando ele está determinado a me deixar sem fôlego.

Alcanço o ônix cintilante que conecta nossas mentes e deixo que necessidade pura transborde enquanto meu fôlego fica cada vez mais entrecortado.

— *Violet* — grunhe ele, e as linhas entre as sobrancelhas e as da mandíbula ficam mais contraídas, como se ele estivesse se contendo.

Por que está tentando lutar contra isso? Lutar contra a paixão que sentimos? Eu sou dele, mas ele também é meu. Será que não se lembra do quanto nós dois somos bons juntos? Sustentando a união entre nós com uma força impossível, eu me lembro do armário em que estava encostada rachando, a sensação sublime de Xaden metendo dentro de mim, com força e tão fundo, e nós dois perdidos um no outro, respirando o mesmo ar aquecido, sem outro motivo para viver a não ser o auge da próxima estocada.

O poder acumulado dentro de mim começa a *queimar*, aquecendo minha pele e ameaçando incinerar tudo que sou se não soltá-lo. Deuses, como seria bom sentir aquela sensação aveludada das sombras contra a minha pele, embrulhando meu corpo com milhares de carícias enquanto ele...

Xaden encosta a testa na minha e começa a tremer, o suor acumulando-se em sua testa.

— Caralho, *meu amor*.

Tem algo indescritível em ouvir esse grito gutural, rouco e desesperado, que me leva para o além com a próxima carícia de seus dedos. Tento fazer a sensação durar, mas o poder estala e a luz irrompe à minha esquerda enquanto me sinto estilhaçar. Sombras inundam o espaço por um milésimo de segundo enquanto o prazer me domina em ondas, me arrastando até a superfície de novo e depois mais uma vez.

Sinto o cheiro de madeira queimando e Xaden leva as duas mãos até a cabeceira da cama acima de mim. A tortura que revira o rosto dele me deixa sóbria em menos de um segundo. Ele parece estar sentindo uma dor insuportável.

— Xaden? — sussurro, tentando tocar nele.

— Não. — A voz dele sai meio exigente e em completa súplica.

Recolho as mãos e, quando percorro nossa união, está apagada e *selada* por aquela parede fria de ônix.

— O que está acontecendo?

— Preciso de espaço. — As palavras saem entrecortadas.

— Tudo bem. — Saio de debaixo dele e me afasto da cama, vendo imediatamente a rachadura queimada da mesa de cabeceira. Ao menos não botei fogo em nenhuma árvore. — Se eu ficar aqui já está bom?

— Acho que nem se você fosse até os reinos arquipélagos estaria bom — murmura ele, lutando para desacelerar a própria respiração.

Mas que porra é essa?

— Desculpa...? — Fico encarando Xaden, completamente confusa, enquanto ele recupera o controle e em seguida acena com a cabeça como se tivesse completo domínio sobre quem era mais uma vez.

— Eu me esqueci. — Ele solta a cabeceira lentamente e se senta sobre os calcanhares, segurando as coxas, e então deixa as mãos penderem para os lados. — Acordei e vi você sentada ali, e foi a coisa mais natural do mundo beijar você, mas não sou mais *natural*. Cacete, me desculpe, Violet.

Ah.

— Eu também me esqueci. — No segundo em que ele havia colocado a boca em minha pele. — Você não tem por que pedir desculpas, e não diga que não é natural...

Espera aí. Minha boca se espalha em um sorriso. Isso é um problema facílimo de se resolver.

— Na verdade, acho que você acabou de fazer um favor a nós dois. — Dou um único passo na direção da cama, e ele volta a cabeça na minha direção. — Não aconteceu nada de errado, Xaden. Você estava com as mãos em mim, dentro de mim, e estou perfeitamente bem. Se me der dois segundos para subir na cama de novo, você também vai se sentir gloriosamente bem.

Ele fecha os olhos e gesticula na direção da cabeceira.

— Não está tudo bem.

Meu olhar se volta para a madeira escura, e preciso me inclinar um pouco para finalmente ver duas marcas leves e desbotadas, um pouco mais claras do que a madeira original, bem onde os dedões dele estavam. Cubro a barriga com as mãos, como se dessa forma pudesse impedi-la de se revirar.

Espera, ele acabou de canalizar?

Existem dois motivos para cadetes da Divisão de Cavaleiros não receberem o mesmo período de folgas no verão e no inverno que os outros: em primeiro lugar, os civis não reagem bem a dragões passeando casualmente por seus vilarejos. Em segundo, criar tigres para a guerra requer que se tranquem as jaulas em que estão, a menos que a intenção seja que se voltem uns contra os outros... ou contra quem os criou.

— Afiando a garra: um guia para professores, por coronel Tispany Calthea

CAPÍTULO QUATRO

Balanço a cabeça na direção das duas marcas sutis.

— Isso não foi nada. Quase nem dá pra ver.

E, pelo menos da distância em que estou, os olhos dele estão normais. Seja lá o que ele tenha feito, não chegou nem perto do que aconteceu durante a batalha.

— Porque eu consegui parar. — Ele sai da cama pelo outro lado e recua até as pernas estarem encostadas em minha escrivaninha. — No segundo em que seu poder ficou mais forte, eu senti, e lembrei a mim mesmo por que tinha prometido que não iria tocar em você. E pensei que se ao menos pudesse cuidar de você, já seria o bastante para mim, mas então fiquei perto pra caralho de... — Ele agarra a escrivaninha até os nós dos dedos ficarem brancos, erguendo o olhar para mim. — Não posso me dar ao luxo de perder o controle perto de você. Nem sequer por um segundo. — Ele lança um olhar de soslaio para a cabeceira. — Não assim. Nunca mais.

Meu peito dói, e respiro fundo, tentando desacelerar o batimento cardíaco. Se ele canalizou de verdade...

— Posso ir até aí? Não vou tocar em você.

Ele assente.

— Estou bem agora. Recuperei o controle pra valer.

Atravesso o espaço a pés descalços e me coloco diante dele, suspirando de alívio quando não encontro sequer um traço vermelho em seus olhos.

— Não está vermelho.

Ele relaxa os ombros.

— Que bom. Controlei bem rápido e sequer senti que tinha tirado alguma coisa, mas obviamente tirei.

— Uma lixa faria estrago pior. — Olho para a cabeceira só para me certificar de que não estava imaginando nada. — Eu mal consigo ver, e só porque estou *procurando*.

— Eu canalizei sem nem pensar. Sem ter poder de escolha. E se tivesse sido você? — Ele coloca uma mecha do meu cabelo atrás da orelha. — Eu nunca teria me perdoado.

Ele solta um suspiro pesado. A dor em meu peito só fica mais intensa.

— Você vai ficar todo emburrado e tentar se afastar de mim? Só pra te avisar, não vou deixar isso acontecer.

— Não vou. — Os cantos da boca dele se erguem. — Só acho que estávamos certos em não praticar certas atividades quando não dá para garantir que vou continuar no controle. É o único jeito de você estar segura, e, por mais que eu queira que você fuja de mim, sou egoísta demais para desistir de você.

Aceno lentamente com a cabeça, concordando, já que não vou discutir com o que obviamente é um limite que está sendo estabelecido por ele.

— E só para você saber, aquela sua lembrança é *muito* sexy. Amei cada segundo dela. — Ele engole em seco, segurando a escrivaninha de novo, como se já estivesse arrependido da decisão que tomou.

Franzo o cenho.

— Nem sei bem como fiz aquilo. A coisa de compartilhar pensamentos vem por você ser inntínnsico? Ou é algo que veio da nossa união? Já aconteceu mais de uma vez com nós dois.

Um canto da boca dele se ergue e ele relaxa o aperto.

— Não faço a menor ideia. Nunca tentei fazer isso com mais ninguém. — O sorrisinho dele se transforma em um sorriso completo e sinto sua respiração mais relaxada. — Da primeira vez, estava sentado na aula de estratégia e não conseguia tirar você da cabeça nem que tentasse. Aí você apareceu com dificuldade de usar o próprio poder quando tinha praticamente incendiado o campus na noite anterior, e só projetei aquela memória até você, parcialmente para te ajudar, mas, no geral, só para você sentir o inferno que eu estava sentindo. — Ele não demonstra culpa alguma com a confissão que acabou de fazer. — Agora vamos nos vestir. A gente deve ter perdido o café da manhã.

Nós nos aprontamos com uma normalidade surpreendente, considerando o que tinha acabado de acontecer. Enfaixo o joelho rapidamente, passando por cima e por baixo da articulação para segurá-la no lugar, e então termino de me vestir. Quando enfim coloco a armadura por cima da minha camiseta, Xaden está ali, enlaçando-a com a mesma eficiência com que a tira, apesar de uma tarefa ser consideravelmente mais demorada do que a outra.

— Você ficou fora até tarde ontem — digo, enquanto ele chega até o laço. — Essa demora teve alguma coisa a ver com o duque Lindell estar aqui?

— Sim. — Ele puxa com cuidado, e meus ombros se endireitam.

— Fico feliz que esteja dormindo comigo — comento, e os dedos dele ficam imóveis. — Todas as três pessoas de maior cargo da Casa de Tyrrendor estão aqui, duas delas famosas por alianças apenas com a província, e suspeitam a mesma coisa da terceira. — Olho por cima do ombro na direção dele. — Não foi Lindell que se certificou de que você e Liam treinariam para entrar na Divisão?

Xaden assente.

— Foi, mas Lewellen também teve parte nisso.

Ergo as sobrancelhas.

— Imagino que tenha ocorrido a Melgren que ele talvez tente apagar tudo isso e começar do zero. Tem muito caos acontecendo nos corredores, e quase ninguém de patente alta o suficiente para notar.

Tome cuidado. Digo aquelas palavras só com os olhos.

Ele assente outra vez, voltando a amarrar meu corpete, e eu me viro para a frente.

— Me matar não é requisito para aniquilar a aristocracia týrrica. Oficialmente, sou só um tenente que não tem espaço nas negociações, e ainda assim supostamente devo ser porta-voz de Aretia, de acordo com o seu irmão. Pronto, terminei.

Ele amarra o cadarço do corpete e em seguida me choca completamente ao depositar um beijo embaixo da minha orelha antes de ir até a estante de armas perto da porta.

— Obrigada. Mas você quer? — pergunto, colocando a camiseta do uniforme por cima e a abotoando.

— Ter lugar nas negociações? — questiona ele, encaixando as bainhas no uniforme.

— Ser o porta-voz de Aretia. De todo o território. — Atravesso a sala, começando a trançar meu cabelo na coroa de sempre, a caminho da escrivaninha, e ele me encara com uma expressão indecifrável. — Você falou que estava feliz com o jeito com que estavam coordenando as coisas, mas não sei se alguém… consultou você.

Ele franze o cenho.

— A Assembleia governa Aretia. Só a casa é minha, o que provavelmente é uma coisa boa, já que eu… bom, sou um venin. O que é muito útil em batalhas, mas não é uma qualidade lá muito boa para se ocupar uma posição de comando.

Tensiono todos os músculos para não me encolher ao ouvir isso e continuo trançando o cabelo.

— Enfim, estamos tentando estabelecer os termos para a legião ficar, e Lewellen acha que ao menos consegue recuperar, com Tauri, a espada do meu pai, mas tudo parece um emaranhado. Se nós não ficarmos, Poromiel vai embora. Se Navarre não consegue proteger os paladinos em Basgiath, Poromiel vai embora. Se qualquer pessoa matar qualquer pessoa, o que acontece com frequência por aqui…

— Poromiel vai embora — adivinho, pegando os grampos na escrivaninha para prender a trança, e *definitivamente* notando que ele usou o termo *nós*. Está na ponta da língua falar para ele que estarei ativamente trabalhando nessas questões nas próximas quarenta e oito horas, mas ele não quer saber, e ter perdido o controle alguns minutos atrás não o fará repensar essa postura.

— Precisamente, e dois entre os paladinos do terceiro ano tiveram um encontrinho com a Primeira Asa ontem à noite no saguão principal que deixou todo mundo sangrando. — Ele começa a encaixar as adagas nas bainhas das coxas. — Se Tauri não está disposto a acolher os civis, então Poromiel não tem nada a ganhar ao prometer que não vai atacar os entrepostos. O único incentivo que tem são as armas, e manter os paladinos seguros.

— E as duas coisas são possíveis ao forjar uma aliança apenas com Aretia — comento, no que Xaden começa a colocar as *minhas* adagas no lugar, encaixando-as nas bainhas das minhas coxas, além daquelas escondidas no uniforme perto das costelas.

— Agora quem é que está soando como uma separatista? — Ele sorri. — Se tivéssemos égides estáveis, talvez fosse possível. Mas sabemos que estão falhando, e, mesmo que não estivessem, da última vez que Tyrrendor tentou uma secessão, as coisas não… — Ele vira a cabeça como se estivesse escutando algo, depois vai na direção da porta, escancarando-a. — Vocês só podem estar de zoeira, caralho. Nenhum de nós nem foi ao banheiro ainda, porra.

Ah, aí está o cara durão que todo mundo sempre encontra. Não luto contra o instinto de sorrir que me toma. Tem uma parte enorme de mim que adora saber que sou a única a ver o lado mais suave de Xaden.

— Quem é? — pergunto, pegando minha jaqueta de voo das costas da cadeira.

— Você estava aí dentro com a minha *irmã caçula* e está perguntando se *eu* é que estou de zoeira? — retruca Brennan. — Eu normalmente sou bem tranquilo com o fato de que você dorme na cama dela, e desvio o olhar quando vocês dois resolvem grudar no rosto um do outro, mas temos uma reunião em meia hora e preciso falar com vocês antes disso.

— Bom dia, Brennan — grito, vestindo a jaqueta de voo.

— E aí, Violet — responde ele.

— Tenho que ir para a patrulha — diz Xaden.

— Tem mesmo — acrescenta Garrick, de algum lugar atrás de Brennan.

— Quantas pessoas tem aí fora? — pergunto.

Passo por baixo do braço de Xaden, agachando o corpo, e ergo as sobrancelhas. O corredor está *lotado*. Brennan, Garrick, Lewellen, Bodhi e Imogen estão todos aguardando. Os dias de negociação estavam deixando tanto Lewellen quanto Brennan com uma aparência desleixada, as olheiras do meu irmão estão ainda mais escuras e o resquício de barba grisalha de Lewellen se destaca ainda mais no queixo, como se ele estivesse cansado ou ocupado demais para se barbear.

— Alguém morreu? — pergunto. — Por que ninguém resolveu bater na porta?

— Porque ela é malvada. — Garrick indica Imogen com a cabeça, que está inclinada na parede à minha direita.

— Ela precisa dormir, porra. — Ela vira a cabeça na direção dele. — Considerando que você está com uma expressão mais descansada, imagino que tenha descansado *bastante* na cama da Nina Shrensour ontem. O que deve ter sido bem decepcionante para ela.

— Cacete. — Bodhi tenta disfarçar o riso.

Um sorriso lento se espalha pelo rosto de Garrick e uma covinha aparece em sua bochecha esquerda.

— Cuidado aí, Imogen. Desse jeito fica parecendo que tem alguém com ciúmes.

— Quem é que teria ciúmes de uma *paladina*, caralho? — O olhar furioso dela promete uma morte rápida.

— Beleza. — Brennan esfrega o nariz e Lewellen se afasta, balançando a cabeça. — Sabe, a gente precisa só do Riorson.

— Falando sério, vocês que se resolvam, criançada. Estamos no meio de uma guerra — diz Mira do pedaço mais curto do corredor, as bochechas vermelhas, as marcas dos óculos ainda fortes na pele.

Abro um sorriso imediato.

— Você chegou!

Graças a Amari, agora temos quarenta e oito horas e uma boa chance.

— Achei que fosse chegar no mínimo hoje à noite. — Brennan ergue as sobrancelhas arruivadas.

— Teine estava animadinho. — O sorriso de Mira poderia cortar vidro, mas ao menos ela está tentando. Levou meses para permitir que Brennan voltasse para a vida dela depois que descobriu que ele estava vivo. Não dá para saber de quanto tempo ela vai precisar para superar a perda da nossa mãe sob o que ela considera ser a responsabilidade de Brennan. — Trago notícias e algumas missivas.

Preciso que todo mundo vá embora *agora* para saber o que é cada uma das notícias.

— Obrigado — diz Brennan para Mira, e vira o corpo na direção de Xaden. — Isso aqui é mais importante do que uma patrulha.

A mão de Xaden roça a base das minhas costas quando ele sai para o corredor e segue Brennan na direção do corredor principal, onde Lewellen espera, com Garrick no encalço deles.

— Alguma coisa que eu devesse saber? — pergunta Bodhi, duas rugas aparecendo em sua testa enquanto Mira tira a mochila das costas.

— Não, de boa — Brennan o tranquiliza, e os outros quatro viram no corredor e desaparecem.

— Como é gostoso saber que sou necessário — murmura Bodhi, aproximando-se enquanto Mira completa nosso próprio grupinho. — Acho que nós dois vamos acabar na patrulha, Imogen.

— Você descobriu? — pergunto para Mira, sem conseguir aguentar mais nenhum segundo.

— Primeiro, Felix mandou um presente. — Ela pega um conduíte da mochila e o entrega para mim com um sorriso.

— Ah, graças aos deuses. — Respiro aliviada enquanto meus dedos se fecham ao redor da esfera com aro metálico que me permite um pouco mais de controle sobre meu sinete.

— Daí tem isso aqui. — Aquela faísca de esperança em minhas costelas se acende em uma chama quando Mira pega um disco de madeira com runas na bolsa. — Trissa é um gênio.

Fico boquiaberta. Três runas foram temperadas no disco: uma no meio para levitação e duas em camadas que se entrelaçam; parecem ser um escudo de som e outro de calor. A linha mais externa, a de aquecer, é rompida por um pequeno indício verde de vegetação.

— Como você fez isso? — pergunto, e é quase impossível manter a voz baixa.

— Depois de quase me explodirem e ser lançada como um projétil — diz ela, com um sorrisinho de canto de boca —, alteramos o material no qual a runa foi temperada sem destruir nada, só mudando a forma de verdade. Acontece que Kylynn é uma agrícola.

— Espera, a Machado de Batalha tem o poder de controlar plantas? — sussurro.

— Não precisa sussurrar, Vi. — Mira sorri. — O escudo de som ainda está ativo, mesmo depois de nulificar a runa do aquecimento. Deve ter um alcance que nos garante proteção de som até o fim do corredor.

— Tem certeza? — pergunto.

— Certeza. Está frio ao toque e... — Mira coloca uma moeda dourada no centro da runa de levitação, que *flutua*. Nulificar uma runa é impressionante. Descobrir como fazer isso sem afetar as outras? Indescritível. — Nós conseguimos. Há riscos, mas dá para fazer.

Meu coração acelera.

— Podemos salvar as negociações.

Os paladinos vão ficar, e posso cumprir minha parte do acordo com Tecarus.

— Quer dizer, isso se eles concordarem — solta Imogen, lentamente —, coisa que você sabe que não vão.

— Tem gente vindo — anuncia Bodhi, virando o queixo na direção do corredor.

Brennan caminha devagar na nossa direção, o olhar concentrado no chão como se estivesse perdido em pensamentos.

— Já estávamos de saída — diz Bodhi.

— Não conte aos outros ainda — Mira se apressa em dizer, enfiando o disco na mochila que tem aos pés. — Precisamos dar ao Senarium a chance de fazer a coisa certa, e, quanto menos pessoas souberem, menos serão executadas por traição.

Bodhi e Imogen assentem e pisco enquanto começam a se afastar.

— Ei, do que você precisava? — pergunto a Imogen. — Por que estava esperando aqui?

Bodhi enfia a mão nos bolsos e segue andando, e Imogen olha de soslaio para Brennan quando passam por ele.

— Só estava querendo ter certeza de que você... estava dormindo um pouco — responde ela, e depois vira no corredor e desaparece.

Bodhi. Garrick. Imogen. Meu estômago se aperta. Estavam verificando se Xaden não tinha me matado.

— Você está com uma aparência de merda — diz Mira quando Brennan nos alcança.

— Eu estou mesmo me sentindo um merda. — Ele esfrega o rosto. — A política poromielesa não é nada parecida com a nossa. Só tenho alguns minutos antes de precisar voltar e implorar para Cygnisen continuar na mesa. Nenhum dos lados quer falar a língua da razoabilidade.

— Achei que não querer ser mortos por venin encorajaria todos os presentes a aprenderem a falar essa língua bem rápido — declara Mira, inclinando a cabeça da exata forma como nossa mãe costumava fazer, o que cria um nó em minha garganta.

— Era de se imaginar que fossem aprender, mesmo. — Ele balança a cabeça. — A única coisa com que todos concordam é que os paladinos vão poder fazer o tour da Divisão hoje com os cavaleiros do primeiro ano de cada um dos esquadrões que ocupam, já que aparentemente não são tão ameaçadores assim. — Ele se vira para mim antes de dizer: — e também vão com a força-tarefa que vai partir com você.

— Para onde ela vai? — retruca Mira, ficando ao meu lado.

— Vamos ser enviados para encontrar o resto da espécie de Andarna — respondo por Brennan.

— Você vai o *quê?* — Os olhos dela ficam impossivelmente arregalados.

— É o que Andarna quer fazer. Deveria ter te contado antes de você ir embora, mas o Empyriano ainda não tinha aprovado nada. — A culpa ameaça me consumir enquanto vejo a expressão desolada dela. — Essa era a intenção dela desde o início. Ao menos Andarna conseguiu fazer algumas exigências dessa forma.

— Você permitiu que isso acontecesse? — Ela encara Brennan, furiosa.

— Mira… — começo a dizer.

— Silêncio, *cadete*, os oficiais estão conversando — ralha ela.

Nossa, quanta grosseria.

— Além das nossas próprias necessidades, a rainha Maraya espera que a sétima raça conheça uma forma de derrotar os venin, considerando a idade do ovo de Andarna. — Brennan não parece muito longe do nosso próprio raciocínio. — Mira, essa esperança é a única coisa mantendo Poromiel nas negociações, e ainda estamos negociando pela segurança dos paladinos e fazendo conferências com os navarrianos para que os cadetes de Aretia possam ficar. Sabe, protegidos por égides que de fato estejam funcionando. O assunto é mais complicado do que parece.

Mira se empertiga.

— Vou fazer uma pergunta simples: chegou a falar para eles que só por cima do seu cadáver que nossa irmã vai voar para um território cheio de wyvern, controlado pelo inimigo, para o que provavelmente é uma *missão fadada ao fracasso*?

— *Deveriam se preocupar mais com o que vai acontecer quando nós os encontrarmos* — grunhe Tairn. — *Se uma casta da nossa espécie escolheu partir, escolheu se esconder, não vão receber nossa intrusão de bom grado.*

— *Não tem como você saber disso.* — O tom de Andarna é magoado.

— *Você que é ingênua por supor o contrário.* — O tom dele fica mais afiado e Andarna fecha com força a conexão de nossa união. — *Ela precisa se preparar. Assim como você. Existe uma grande chance de essa missão nos matar.*

Ou de salvar a todos nós. Pessimista do caralho.

— Não tem como ele recusar. — Aperto o conduíte com ainda mais força. — Aretia precisa de outro membro da raça de Andarna para acionar a própria pedra de égides.

Mira vira o rosto na direção do meu, pavor arregala seus olhos antes de se estreitarem até nosso irmão.

— Foi por isso que você me mandou avaliar a situação das égides? Para saber quanto tempo teria antes de usar nossa irmã como uma mera ficha de aposta?

— *Não* foi isso que aconteceu. — A mandíbula de Brennan fica tensa. — Estou só tentando apoiar o que ela quer.

— Pois *nem ferrando*. Temos seis meses, Brennan! — Ela pega a mochila e tira de lá uma série de missivas, empurrando-as na direção do peito dele, acertando-o bem onde ele está com o crachá de Aisereigh. — Considerando o ritmo em que estão diminuindo, calculo que temos seis meses antes do colapso total, isso se tivermos sorte. Encontrar a raça de Andarna poderia levar *décadas*. Quando ela os encontrar, quer dizer, isso *se* encontrar, Aretia já vai ter desaparecido. Você estaria arriscando a vida de Violet para nada.

Meu estômago vai ao chão. Seis meses? Achei que teríamos ao menos um ano ou dois antes de as égides pararem de funcionar. O cronograma da situação acabou de se complicar, mas de jeito nenhum vou deixar Xaden perder a casa dele duas vezes.

— Seis meses. — O olhar de Brennan se perde no espaço entre as portas de Ridoc e de Rhi, como se estivesse fazendo cálculos de cabeça.

— Não. Esse é o tipo de missão da qual os cavaleiros não retornam. — Mira se afasta, olhando para nosso irmão como se ele fosse um estranho.

Uau, que reconfortante.

— Isso é maior do que nós três. Centenas de milhares de civis estão sob ataque em Poromiel. — Ele pega as missivas e as enfia no bolso com um suspiro. — É claro que não quero que Violet se coloque em perigo, e não vão me deixar acompanhá-la em missão. Já pedi.

— Então encontre outro jeito. — Mira balança a cabeça. — Não pode trocar a vida de Violet pela de um bando de estranhos.

— Agora você está soando igualzinha à mamãe.

As palavras escapam da boca dele, e, para ser justa com Brennan, ele imediatamente estremece quando Mira e eu ofegamos.

— Merda — diz ele, abaixando a cabeça.

— Como ousa mencionar nossa mãe quando não se dá ao trabalho nem de citar o nome dela? — Ela pega o disco com runas da mochila e o atira na direção do nosso irmão, fazendo-o bater com tudo no peito dele, que se atrapalha para segurá-lo. — Veja só o que estive fazendo essa semana, *tenente-coronel Aisereigh*. Não sei se a mamãe aprovaria.

Merda. Esse *não* era o plano calmo e bem estruturado que apresentaríamos ao nosso irmão.

Ele franze o cenho enquanto estuda o disco.

— Não estou entendendo.

— Encontramos um jeito de manter os paladinos em segurança em Basgiath — diz ela.

Ele continua olhando na direção das runas, e vejo o instante em que a verdade o atinge em cheio. Ele empalidece e fica de queixo caído.

— Vocês querem...

— Sim. E você deveria encontrar um espelho — interrompe Mira, fazendo com que ele volte a atenção para ela. — Sacrificar membros da nossa família para o que você considera ser um bem maior é uma arma típica do arsenal da mamãe.

Ela se afasta sem dizer mais uma palavra sequer.

Dou um tapinha no ombro dele.

— Leve isso ao Senarium.

— Eles nunca vão concordar com isso.

— Tanto eu quanto você sabemos que é o único jeito de firmar essa aliança.

Ele assente.

— É disso que tenho medo.

Nunca se esqueça de que cavaleiros de dragão foram selecionados, treinados e até criados para a crueldade. Esperar pela misericórdia de um cavaleiro é um erro, já que ela nunca será concedida.

— Capítulo um, Guia tático para derrotar dragões, por coronel Elijah Joben

CAPÍTULO CINCO

Algumas horas depois, tenho bastante certeza de que esse foi o dia mais longo que já vivi na vida. Nem sequer um quarto da capacidade total do saguão está preenchida, o que faz dele o lugar perfeito para aguardar notícias, então é isto que nós três fazemos enquanto Sawyer tira um cochilo e os primeiranistas fazem um tour com os paladinos: ficamos sentados (de costas para a parede, caso algum cavaleiro navarriano decida tentar alguma gracinha) e aguardamos Brennan e Mira aparecerem com notícias.

Xaden também não voltou ainda.

Não ter certeza se mais venin podem estar correndo soltos pelo campus é aterrorizante, mas é estranhamente reconfortante saber que, se isso estiver acontecendo, Xaden vai senti-los.

— Aquela venin perto da cela de Jack tinha cabelo prateado — murmuro, aproximando minha adaga de uma maçã e a descascando em uma faixa só. — Esquisito, né?

— O cabelo de todo mundo acaba ficando grisalho uma hora ou outra. Essa é a coisa menos esquisita do ataque de ontem. Quanto tempo precisamos esperar até saber se vão nos acusar de traição? — Ridoc tamborila os dedos na mesa de carvalho pesado. — Vamos já executar o plano B antes que outro grupo de dominadores das trevas estranhamente coordenado tente tirar Barlowe da prisão de novo.

— Chama-se plano A por um motivo. Tenha paciência — ralha Rhi à direita de Ridoc, passando os olhos pelo livro sobre nós týrricos que Xaden me deu antes de saber que deveria me preparar para as runas. — Duvido muito que o Tratado de Aretia tenha sido escrito em questão de poucas horas.

— A fase inicial teve treze dias de negociação. — Termino de descascar a maçã no instante em que um primeiranista entra correndo pelas portas duplas e abaixo a adaga enquanto o cara desengonçado vai na direção de uma mesa lotada na seção da Primeira Asa, e logo começa a espalhar o que parece ser uma fofoca deliciosa. — Quando é que os primeiranistas vão acabar?

Seja lá qual for a fofoca de que a Primeira Asa tenha ficado sabendo, ela se espalha rápido, partindo da mesa central até as outras fileiras em um teatro fascinante de cabeças virando e cadetes apressados.

— Não faço a menor ideia — responde Rhi, virando uma página. — Só espero que seja uma experiência de união pacífica, já que tenho bastante certeza de que Avalynn, Baylor e Kai estão envolvidos em algum triângulo amoroso. O que normalmente não me estressaria; não é como se Aetos tivesse dado a mínima para com quem estávamos transando...

— Isso não é lá muito verdade. — Ridoc solta uma risada, dando um cutucão em mim.

Olho para a mesa ao lado para ter certeza de que Dain não ouviu nada, mas ele está claramente envolvido em uma conversa com um grupo de terceiranistas que inclui Quinn e Imogen.

— ... mas eles ficam... — Rhi franze o nariz. — Sei lá, de briguinha. O que não contribui em nada para ajudar os paladinos a se integrarem em um ambiente hostil, além de estragar as dinâmicas interpessoais de todo mundo.

Ridoc para de tamborilar os dedos, percebendo um padrão que eu mesma estava começando a notar. As notícias começam a se espalhar de uma pessoa para outra, e cavaleiros começam a sair do saguão.

— Está vendo a mesma coisa que eu?

Assinto e guardo a adaga, deixando a maçã de lado.

— Rhi.

Ela fecha o livro e olha para cima.

— Acha que eles vão ganhar? — pergunta uma morena da Terceira Asa, empolgada, abaixando a caneca de latão na mesa à nossa frente.

— Mas nem fodendo. Vai ser um massacre — responde o cara ao lado dela, encontrando meu olhar e logo desviando o dele enquanto se levanta da mesa, agarrando a jaqueta de voo e deixando a bebida de lado.

— Tem alguma coisa acontecendo — digo. Um rápido olhar pela mesa faz minha pele formigar. Os únicos cavaleiros que restam no saguão são aretianos.

Nós três nos levantamos no instante em que um cadete corpulento entra correndo pelas portas duplas, e vejo a patente de primeiro ano dele, assim como sua designação, *Norris*, um segundo antes de ele abaixar o capuz e revelar um rosto familiar.

— Baylor? — A apreensão domina meus ombros ao ver o pânico que domina os olhos castanhos do nosso colega de esquadrão, uma preocupação que faz a pele marrom-escura de sua testa enrugar.

— Estão aqui! — ele grita por cima do ombro, e Sloane entra correndo atrás dele.

Agarro minha jaqueta e saio correndo da mesa para encontrar os primeiranistas no meio do saguão.

— O que aconteceu?

— Você precisa fazer alguma coisa. — Sloane encara Rhiannon atrás de mim. Ela não consegue me olhar nos olhos desde que usou o próprio sinete de sifão para tirar a vida da minha mãe. — A Primeira Asa pegou um dos paladinos do Setor Cauda no pátio e estão forçando um desafio.

Meu estômago vai parar no chão. Se uma gota de sangue de paladino for derramada, as negociações de paz podem acabar.

— Beinhaven está insistindo com uma faca — Baylor praticamente rosna.

Um *Dirigente de Asa* orquestrou isso? Não tenho palavrões suficientes para xingar essa situação. Artigo Quarto, Seção Quatro... precisamos de outro Dirigente de Asa.

— Vamos logo — ordena Rhiannon, e correm na direção da porta, Ridoc passa por mim enquanto me viro para os terceiranistas.

— Dain! — grito, e ele ergue a cabeça, os olhos castanhos familiares me encontrando imediatamente. — Precisamos de você.

Sem esperar por uma resposta, corro atrás do meu próprio esquadrão, enfiando os braços na jaqueta.

Dain nos alcança antes de sairmos da sala comunal e o resto dos cavaleiros aretianos não ficam muito atrás.

Irrompemos da porta do átrio direto para o pátio, meu olhar avalia a multidão, tentando entender a situação. Existe uma divisão clara no grupo de pessoas reunidas na frente da plataforma, com a maior parte dos cavaleiros navarrianos ocupando a esquerda, ao menos metade deles exibindo sorrisinhos nojentos enquanto Caroline Ashton recebe apostas na escadaria mais ao longe. O resto tenta conter uma multidão raivosa de cavaleiros e paladinos aretianos que estão discutindo bem na frente de...

Sinto meu coração bater na garganta.

Aura Beinhaven está no meio da multidão, segurando uma das adagas que normalmente leva no antebraço contra o pescoço corado de sol de um paladino aterrorizado do primeiro ano.

E não há ninguém da liderança à vista.

— Encontrem seus esquadrões e tentem apaziguar a situação a qualquer custo — ordena Dain por cima do ombro enquanto descemos os degraus correndo e adentramos na multidão.

— Se ao menos tivessem nos ensinado essas técnicas — murmura Ridoc.

— Estão lá na frente. Me sigam — Baylor nos diz, e então atravessa a multidão como se não fosse nada, deixando para a gente um caminho fácil para seguir. A neve parou de cair, mas foi substituída por uma brisa gélida enquanto o sol se esconde atrás das montanhas.

— Solta ele! — A voz de Cat se eleva por trás dos outros assim que chegamos à frente da multidão, e, quando Baylor dá um passo para o lado, vejo que Maren está segurando Cat pela cintura, para afastá-la da fileira de cavaleiros navarrianos que protegem Aura.

— Sinta-se à vontade para aceitar o desafio, já que ele não vai. — Uma terceiranista da Segunda Asa ergue a ponta da espada a menos de trinta centímetros da barriga de Cat.

— Vou ficar bem feliz em fazer isso! — grita ela.

Puta merda, esse lugar é um barril de pólvora só esperando por uma fagulha para explodir.

Pegando uma adaga, eu me mexo antes que meu bom senso possa me vencer e me posiciono na frente de Cat, erguendo o queixo na direção da terceiranista.

— Não é assim que tratamos nossos colegas cadetes.

— Eles *não* são cadetes! — desdenha ela.

— Não ouvi você reclamar quando eles estavam levando sua irmãzinha para a enfermaria durante a batalha. — O ombro de Imogen roça o meu quando ela se coloca em posição, me puxando para trás. — Mas se vão começar a empunhar lâminas… — Ela saca a própria espada. — Então é melhor que seja contra alguém do seu ano, Kaveh.

Quinn aparece do meu outro lado, forçando Neve (uma das paladinas do terceiro ano) para trás dela e colocando a cabeça de seu machado duplo no chão, encarando um cara da Primeira Asa que parece ter o dobro da altura dela.

— Eu acabei com você no nosso primeiro ano e não me importo em fazer isso outra vez, Hedley.

Aproveito a oportunidade e me viro, colocando o antebraço contra a clavícula de Cat e a obrigando a voltar para a segurança do nosso esquadrão.

— Eu quero lutar! — esperneia ela.

— Mas não pode. — Seguro o braço de Cat com a mão livre. — Cat, você *não pode*. Se você morrer...

— Você ficaria triste por perder sua rival, né? — Ela estreita os olhos escuros na direção dos meus. — Ou está só mais intimidada pelo fato de que posso ganhar e provar a você mais uma vez por que sou melhor para...

— Ah, cala essa boca. — Preciso de todo o meu autocontrole para não dar uma boa sacudida nela. — Não pode usar seus poderes dentro do limite das égides, então pare de tentar manipular minhas emoções. Não tem como ganhar aqui. Se verter sangue de quem quer que seja, perdemos a chance de forjar a aliança, e não estou disposta a perder um membro do esquadrão só porque a Segunda Asa resolveu ser cuzona. Se ganhar e machucar um cavaleiro, vai confirmar todos os medos deles.

A expressão dela fica menos severa e, por um segundo, ela fica idêntica à irmã mais velha.

— Eles nunca vão nos aceitar.

— *Eles* não precisam aceitar — garanto a ela. — Nós já te aceitamos.

— Desafio! Desafio! Desafio! — O grito coletivo vem da esquerda e ecoa rapidamente pelas fileiras de cavaleiros navarrianos.

Merda. Não tem nada pior do que o efeito manada.

— Esse covarde aqui não aceita o desafio de uma Dirigente de Asa mais velha! — grita Aura acima da multidão, usando uma magia menor para ampliar a voz. — Mas vou ser misericordiosa e aceitar outra pessoa no lugar dele. Escolham o campeão de vocês ou assistam à execução dele.

— Isso é contra o Códex! — Dain acotovela um cadete navarriano da Terceira Asa na cabeça e atravessa a linha de contenção. — Desafios só podem ser decretados na presença de um mestre de combate.

— Que tipo de autoridade você tem para fazer objeções, Aetos? — rosna Aura.

A multidão fica quieta, mas o silêncio parece ainda mais perigoso do que os gritos quando todos se viram para observar a interação dos dois.

— Fique aqui — ordeno para Cat, e então me enfio entre Imogen e Quinn.

— Artigo Quarto, Seção Quatro. — Dain se aproxima de Aura, as mãos erguidas, as palmas das mãos expostas. — "Um Dirigente de Asa tem autoridade e o dever de manter..."

— Artigo Segundo, Seção Um — grita Aura, passando de leve a ponta da adaga pela garganta do paladino. — "Cavaleiros que estão fora da cadeia hierárquica da Divisão não podem interferir em questões de cadetes". *Você* não está mais na cadeia hierárquica.

Os cavaleiros navarrianos murmuram em concordância e a tensão aumenta como as bolhas em uma panela com água logo antes do ponto de fervura. A Divisão nos deixou confortáveis demais em derramar o sangue uns dos outros.

Aperto mais minha adaga enquanto uma cor preenche minha visão periférica. Olho para cima e vejo tanto grifos quanto dragões pousando nas muralhas de pedra grossas do pátio.

Que ótimo, exatamente o que precisamos em uma situação como esta: fogo e garras.

— *Você está aqui?* — pergunto.

Não vejo escamas pretas entre os dragões, mas avisto Cath atrás da plataforma.

— *Você está em perigo?* — questiona Tairn, e sinto a presença de Andarna, mas ela continua em silêncio.

— *Não exatamente, mas...*

— *Então confio na sua capacidade de lidar com a situação.*

— Machucar um paladino colocará essa aliança em risco — argumenta Dain, e assinto como se ele precisasse desse encorajamento.

— E quem disse que queremos uma aliança? — Aura arrasta a lâmina de leve até o queixo do paladino, que estremece, mas não se move. — Eles não atravessaram o Parapeito. Não passaram pela Armadilha. Nem sequer aceitam um desafio. Não toleraremos covardes!

Os cavaleiros navarrianos aplaudem e uso essa distração para passar entre os dois que montam guarda na nossa frente, e, quando percebo, fui flanqueada por Ridoc a minha esquerda e, surpreendentemente, por Aaric a minha direita. O primeiranista é quase da altura de Xaden, e seu olhar ameaçador silencia Kaveh e Hedley enquanto param com as armas de Quinn e Imogen às costas.

— Eu aceito! — grita Kai, o paladino do primeiro ano, passando pela linha à direita, e todas as cabeças se viram na direção dele enquanto Rhi e Baylor rapidamente o arrastam para trás.

O som de osso sendo esmagado ecoa à frente e volto o olhar para Dain, que empurra o paladino do Setor Cauda na direção da nossa linha enquanto Aura cambaleia para trás, desarmada, com sangue escorrendo por entre os dedos enquanto tenta proteger o nariz.

— Isso acaba agora! — o grito de Dain ecoa pelas paredes de pedra.

— Não obedecemos a desertores! — Aura cospe sangue na neve e se endireita. — Você não é mais responsável pela Quarta Asa, Aetos. Você não é ninguém aqui.

Dain recebe a ofensa de queixo erguido, e abro uma fresta da porta para acessar o poder de Tairn, dando boas-vindas ao calor que inunda minhas veias, aquecendo minhas mãos expostas e meus músculos com câimbra pelo frio.

— Quarta Asa! — Ewan Faber se destaca da multidão perto dos degraus. — Preparem-se para defender seu Dirigente de Asa!

— Puta que me pariu — murmura Aaric, desembainhando a espada enquanto Ridoc faz o mesmo à minha esquerda.

Armas são empunhadas nos cantos da minha visão, mas mantenho o olhar fixo em Aura e ajusto meu punho na adaga. Talvez eu tenha alguns sentimentos complicados quando se trata de Dain, mas, enquanto estiver sob o céu de Amari, não vou deixar Aura machucar *nenhum* cavaleiro aretiano, muito menos um que é meu amigo mais antigo.

— Nós recebemos ordens de Aetos — grita Ridoc por cima da linha, apontando a espada na direção de Faber. — E estamos em maior número que vocês.

— Só a Quarta Asa! — declara Iris Drue, dirigente da Primeira Asa, parando ao lado de Faber. — A Primeira Asa continua forte! Continua leal a Navarre!

Aplausos irrompem à esquerda.

— Não sei se eu ficaria me gabando se soubesse que estou na Asa que criou Jack Barlowe! — retruca Ridoc.

— Ridoc! — sibila Rhi.

— Pronto, parei — promete ele, e Dain lança um olhar feio na direção dele.

— Estou sentindo tanta falta dos professores agora — murmura Aaric baixinho.

— Então desafiem Aetos! — alguém grita à esquerda, e um novo medo começa a tomar conta de mim, apertando meu coração.

Não existe uma única pessoa neste pátio com autoridade o suficiente para comandar todos nós. A única coisa mais perigosa do que uma Divisão cheia de máquinas mortíferas arrogantes é uma Divisão *sem liderança*, e se Dain aceitar o desafio e... perder, a aliança com Poromiel vai ser uma questão totalmente irrelevante, já que nós mesmos vamos acabar nos matando.

Agora seria uma ótima hora para Xaden abaixar a porra dos escudos dele.

— *O Sombrio não pode unir aquilo que ele próprio quebrou.*

— *Pare de chamá-lo desse jeito.*

— Vocês nos culpam por Barlowe, mas foram vocês que decidiram ir embora! — Aura gesticula para o nosso lado da formação, mostrando uma variedade de brasões que usa abaixo daquele que indica o sinete de dominadora de fogo enquanto anda na direção de Dain.

Dain desembainha a adaga e a derruba na neve, encarando Aura sem estar armado.

— Não vou empunhar minha arma contra você, Beinhaven.

— Uau, que decisão… interessante — diz Aaric, baixinho. — Ele pretende vencer ela com base na *conversa*?

Um por um, flexiono os dedos no cabo da adaga, preparando a mão para o movimento enquanto o poder zumbe dentro de mim.

— Sim, nós fomos mesmo embora — continua Dain, as mãos fechadas em punho. — Mas também voltamos.

Aura estica a mão na direção do próprio ombro, como se tivesse se esquecido de que já usou e perdeu aquela adaga pela qual está tateando, mas não desembainha a espada que tem no quadril.

— Já ocorreu a algum de vocês que eles só nos atacaram porque sabiam que não estávamos na nossa força máxima? Que foi a deserção de vocês que permitiu que as égides fraquejassem, para começo de conversa?

Ai.

— Nós escolhemos a verdade — grita Dain em resposta, e uma veia pulsa em seu pescoço. — Escolhemos defender os inocentes…

— Escolheram enfraquecer a legião! Abalar a Divisão! — rebate Aura, apontando o dedo enluvado para o peito de Dain enquanto se aproxima dele a passos lentos e metódicos que fazem meu coração acelerar. — Depois, ainda por cima, trouxeram para casa o inimigo, aqueles que passamos *séculos* enfrentando, o inimigo que matou meu primo em uma das invasões deles! E ainda acha que deveríamos dar as boas-vindas a eles no coração do reino, o lugar que foram treinados para destruir?

Os navarrianos murmuram em concordância.

— Acho que nosso garoto vai perder essa — sussurra Aaric. — Ele é bom, mas não é o Riorson.

Xaden não tinha apenas liderado a Quarta Asa, mas recebido o respeito (e o medo) de toda a Divisão. Minha mandíbula fica tensionada. Só que ele não é mais um cadete, e a Divisão dos Cavaleiros só vai responder a um dos seus. *Ele não pode unir aquilo que ele mesmo quebrou.*

— Xaden não pode consertar isso — murmuro, mais para mim mesma. Caralho, odeio quando Tairn está certo.

Por sorte, ele fica em silêncio.

— Nós precisamos dos paladinos! — Dain se mantém firme.

— *Vocês* precisam deles! — A voz de Aura beira a amargura quando ela dá mais um passo na direção de Dain. — *Nós* estávamos aqui, lutando para salvar Basgiath! Fomos firmes em nossa defesa! Nunca hesitamos!

Outro coro de aplausos ressoa enquanto ela se vira na direção da Divisão como se fosse uma figura política.

— Ele não vai conseguir ganhar a aprovação da multidão. Ela vai desafiar ele de verdade — avisa Aaric, o olhar passando pelo público de dragões e grifos, e, de repente, eu me lembro *exatamente* de quem ele é.

— Existe qualquer chance de você ter uma afinidade por falar em público? — pergunto a Aaric, desabotoando o primeiro botão da jaqueta de voo enquanto sinto o calor aumentar. — É um dom da sua família, afinal.

— Não sei, será que rejeitar meu direito de nascença e trocá-lo por uma alta probabilidade de morrer foi o que fez você pensar nisso? — responde ele, seco.

Imagino que isso seja um *não*.

— O que você me diz? O mais forte de vocês contra o nosso mais forte? — Aura dá uma batidinha com a mão ensanguentada sobre o coração. — Quero fazer um acordo com você, *Dirigente de Asa*. Se me derrotar, os paladinos de vocês podem ficar vivos até amanhã. Se não topar o desafio, só saímos deste pátio quando ele estiver pintado de vermelho.

O rugido de aprovação dos navarrianos faz meus dentes trincarem.

— *Dain não é o nosso mais forte* — pontua Andarna.

— *Dain consegue lidar com ela em combate corpo a corpo.*

O nepotismo não é o único motivo para ele ter recebido a patente, e não podemos usar nossos poderes em desafios. Observo cada movimento enquanto Aura puxa a luva pelas pontas em vez de pegar outra adaga ou a própria espada. Meu estômago fica tenso. Só existe um motivo para ela precisar tirar as luvas.

Dominar o fogo sempre será uma vantagem em cima de um dominador de memórias.

Aura gesticula para a neve pisoteada entre os dois.

— Que este seja o nosso tatame. O que é que nosso mestre de combate diria? — pergunta ela à multidão.

— Comecem! — grita a Primeira Asa em uníssono.

— Não vou lutar contra você, Aura! — ruge Dain.

— Mas eu vou lutar contra *você*! — Aura remexe na luva e eu viro a adaga, segurando-a pela ponta. — Ou realmente virou um covarde? Só mais um rebelde precisando ser marcado?

Marcado. A fúria estreita meus olhos.

— *Dain não é o mais forte!* — repete Andarna e, dessa vez, finalmente entendo.

Eu sou a mais forte.

Aura tira a luva e espalma a mão. Eu atiro, soltando a adaga segundos antes de as chamas irromperem da palma da mão dela.

O aço prende a luva dela ao suporte de madeira da plataforma.

Aura ofega, e suas chamas cessam antes de tocarem em Dain, a cabeça dela acompanhando a perda da luva antes de se virar na minha direção. A garota estreita os olhos.

— Sorrengail.

— Violet, não — protesta Dain.

— "Rebelde" é um termo tão... ultrapassado. Preferimos "revolucionário" — informo a Aura, dando um passo comedido na direção dela, aproveitando a sensação do estalo do poder em meus dedos. — E, se vai usar seus poderes, então vai ter que lidar comigo.

Nunca dê as costas para um cavaleiro.

— O guia para a Divisão dos Cavaleiros, por major Afendra (edição não autorizada)

CAPÍTULO SEIS

— Como ousa... — Aura vira o corpo para me encarar, arrancando a outra luva.

— Ah, mas eu ouso, sim.

Ergo as palmas das mãos abertas na direção do céu e o calor percorre meus braços enquanto solto uma onda de poder, forçando-a para cima e a libertando.

O relâmpago corta o céu ao meio, um vislumbre claro acima da nossa cabeça que se esparrama entre as nuvens. O trovão segue o clarão de imediato, o ribombar tão alto que faz as paredes de alvenaria tremerem.

A multidão fica em silêncio, e Aura fica boquiaberta por um segundo antes de abaixar as mãos.

— Sabe, Dain é honrado demais para usar os próprios poderes em um desafio, mas você talvez descubra que meu senso de moralidade aprendeu a... fazer certas concessões. — Desembainho outra adaga e a aponto na direção de Aura. — Da próxima vez que erguer a mão contra ele, vou jogar essa daqui para acertar você. Ele é o motivo para você estar viva. O motivo para vocês *todos* estarem vivos!

O poder zumbe pelo meu corpo, a postos, e coloco a mão esquerda no bolso da jaqueta e tiro de lá o conduíte.

— Violet — avisa Rhiannon baixinho à minha direita.

— Ah, para, é bem mais divertido quando ela resolve explodir as coisas — sussurra Ridoc em resposta.

Viro o corpo de leve e uso uma magia menor para permitir que minha voz se estenda até que os cavaleiros navarrianos me ouçam enquanto ainda fico de olho em Aura. Eles fecham ainda mais o cerco, elevando a situação de perigosa para letal.

— O único motivo para vocês terem sobrevivido ao ataque é porque tivemos acesso a um conhecimento que Navarre escondeu de nós de propósito. Nós roubamos essa informação. Traduzimos ela. Salvamos vocês, seus desgraçados. — O calor percorre meu braço, o conduíte começa a zumbir. — E, sim, exigimos que vocês reconheçam que precisamos desta aliança para sobreviver ao inimigo que vai nos atacar!

— Está exigindo que confiemos neles? — grita Caroline em resposta.

Aura recua um passo, encarando o conduíte.

— Vocês precisam confiar — respondo, lutando contra o calor que deixa minha pele corada enquanto o poder se acumula dentro de mim outra vez. — Mas, mais importante que isso, vocês *podem* confiar. Eles lutaram ao nosso lado durante meses, mesmo depois que passamos séculos condenando o povo deles à morte porque não estávamos dispostos a compartilhar o único recurso que poderia ter salvado todos eles. Não precisamos gostar um dos outros, mas precisamos confiar uns nos outros, e não podemos continuar assim. Não podemos continuar aceitando baixas desnecessárias na Divisão em nome de fortalecer a Asa, não quando cada um de nós será necessário nesta guerra.

— A guerra é deles! — desafia Aura. — Acha mesmo que deveríamos enfraquecer as égides e colocar nosso povo em perigo só para armar o lado deles? Escolheria Poromiel acima de Navarre?

— Nós podemos escolher os dois.

Deslizo a adaga de volta para a bainha e deixo minha mão livre para usar meu poder.

Aaric levanta a espada no instante em que Ewan Faber se aproxima demais.

— Os cavaleiros que vieram antes de nós fracassaram em proteger os inocentes só porque estavam do outro lado da nossa fronteira — prossigo. — Mentiram e esconderam a verdade. *Eles* são os covardes! Mas nós não precisamos ser. Podemos escolher nos unir e lutar. A liderança, neste instante, está atrás de portas trancadas, numa sala, tentando formular um tratado. — Meu olhar percorre os cavaleiros que ficaram quando fugimos para Aretia três meses atrás. — Mas eles estão fracassando, assim como todas as gerações antes de nós fracassaram, e se fizermos o mesmo...

Balanço a cabeça, tentando encontrar as palavras certas.

— Vocês viram o que vamos precisar enfrentar. Ou essa aliança começa aqui, conosco, com a *nossa* geração, ou vamos ser os últimos cavaleiros de dragão e paladinos de grifo a pisar no Continente. — O suor se acumula em minha nuca, a temperatura do meu corpo se elevando a cada segundo que mantenho meu poder a postos. Então eu questiono:
— E aí, como vai ser?

O silêncio recai, pesado e fúnebre, mas ninguém se mexe.

— É isso que vocês fazem quando ganham uma folga das aulas?

Todo mundo se vira para o átrio ao ouvir a voz de Devera. A professora está em pé, as pernas afastadas, acompanhada dos professores Emetterio e Kaori. Os três parecem precisar desesperadamente de um banho e de uma noite bem-dormida.

Graças a Dunne. Forço a porta dos Arquivos que me dá acesso ao poder de Tairn a se fechar e noto o vapor saindo da minha mão antes do conduíte apagar.

— Sorrengail está certa — grita Devera. — Existem grandes chances de todos aqui se encontrarem com Malek nos próximos meses, mas precisam decidir se preferem morrer brigando uns contra os outros ou encarando nosso inimigo em comum. — Ela ajeita os pés. — Podem escolher. Vamos esperar.

— Morrer agora ou morrer depois, qual é a diferença? — grita alguém da Segunda Asa.

— Se morrer agora, os escribas vão ler o seu nome pela manhã — diz Emetterio, dando de ombros. — Se escolher lutar contra o inimigo, existe uma chance de ficarem vivos até se graduarem. Pessoalmente... — Ele coça a barba. — Gosto das nossas chances. A última vez que um dominador de sombras e outro de relâmpagos lutaram lado a lado, conseguiram empurrar os venin de volta para os Ermos durante algumas centenas de anos. Vamos descobrir como fazer isso outra vez.

Eu me atrapalho com o conduíte e quase o derrubo. Xaden e eu somos os primeiros dos nossos sinetes a viver concomitantemente desde a época da Grande Guerra?

Cabeças se viram na minha direção, e, uma a uma, todas as armas são abaixadas.

— Estão deixando os dragões de vocês, e os grifos, orgulhosos. — Devera assente. — Acabou as férias, pessoal. Os professores de vocês devem voltar a trabalhar nas próximas vinte e quatro horas, e, se eu fosse vocês, me ocuparia em ter uma boa noite de sono antes que o Emetterio aqui decida que vão treinar na Armadilha só por diversão. Cansamos de esperar que os nobres cheguem a uma decisão. Preparo de Batalha se inicia amanhã às nove em ponto, com ou sem tratado. — Ela olha para o nosso grupo de forma significativa. — E isso inclui *todos* os cadetes, independentemente da cor do uniforme que prefiram usar. Estão dispensados de seja lá o que achavam que estavam fazendo aqui.

Os cadetes se dispersam, passando pelos professores enquanto os três caminham na nossa direção; as criaturas aladas voltam a cobrir os céus em seguida. Não deixo de notar que os cadetes continuam separados entre navarrianos e aretianos, mas ao menos ninguém mais está tentando se matar.

Mantemos as costas dos nossos paladinos voltadas para a plataforma até todos os navarrianos terem ido embora, e nosso esquadrão segue por último.

— Eu consigo entender, às vezes — diz Cat, erguendo o capuz enquanto anda à minha frente. — Por que ele escolheu você. Ótimo discurso. Só demorou demais para concluir.

— De nada — murmuro na direção das costas dela, mas sinto um sorriso minúsculo curvar meus lábios.

— Nunca pensei que sentiria saudades de um dia simples em sala de aula. — Ridoc joga o braço por cima do meu ombro enquanto andamos. — Talvez uma boa e velha sessão no Parapeito.

Vejo Xaden mais para o lado dos degraus do átrio com Lewellen, Brennan e Mira, e meu estômago se revira. Devem ter recebido notícias.

— Nossos colegas de classe tentarem se matar não é lá muito original — diz Sloane, passando por nós enquanto desacelero ao ver o olhar tenso no rosto de Brennan.

Acho que não são notícias *boas*.

— Você ficou mesmo ali só observando tudo se desenrolar? — pergunta Rhi, quando nossa professora se aproxima.

— Sim. — Devera limpa os óculos de voo, esticando a faixa de couro sobre a cabeça. — Isso aconteceria uma hora ou outra, mas ao menos se deu em um ambiente controlado — diz ela, por cima do ombro.

— Caraca, desse jeito a gente se sente tão querido. — Ridoc coloca uma mão sobre o coração. — E até meio protegido. Não concorda, Violet?

— Você acabou de descrever o jeito como Violet foi criada — solta Dain, aparecendo atrás de nós com Aaric, enquanto o resto do Esquadrão segue lá para dentro. Ele olha para mim. — Obrigado por interferir. Por um segundo, jurei que ela fosse me tostar.

— Obrigada por aparecer sem hesitar quando falei que precisava de você.

Nossos olhares se encontram e, por um segundo, percebo como as coisas teriam sido diferentes se ele tivesse demonstrado a mesma confiança em mim durante meu primeiro ano como demonstrou hoje. Só que não diferente o bastante para mudar o que sinto por Xaden.

— Sempre vou aparecer. — Ele me lança um breve sorriso antes de se virar na direção do dormitório.

Quando olho para Xaden, eu o vejo observando, a sobrancelha com a cicatriz levemente erguida enquanto encara minha interação com Dain antes de voltar o foco para mim.

Estreito os olhos. Isso é... não, ele não pode estar com ciúmes, certo?

Rhi relanceia Ridoc e Aaric, gesticulando com a cabeça.

— Violet, a gente se fala mais tarde.

— A gente precisa falar com você também, Aaric — diz Brennan, parecendo que envelheceu cinco anos nas últimas horas. Ele não chega nem perto de Mira, o que faz meu coração se afundar.

Ridoc tira o braço de cima dos meus ombros.

— Ah, qual é. Por que Aaric pode ficar? Ele é só um calouro.

— Não me obrigue a arrastar você — avisa Rhi, erguendo um dedo, e Ridoc assente com um suspiro, seguindo adiante e deixando nós seis nos degraus do átrio.

— Vamos lá pra dentro. — Brennan me surpreende ao descer os degraus, fazendo um caminho diagonal até a Ala Acadêmica.

Vou para o lado de Xaden, examinando as linhas firmes do rosto dele enquanto seguimos Brennan, com os outros em nosso encalço.

— Está tudo bem? — pergunto baixinho, sentindo os escudos dele travados no lugar. — *Você* está bem?

— Foi um ótimo discurso. — Ele pega minha mão, entrelaçando nossos dedos.

— Ela ia matar o Dain. — Abaixo a voz até um sussurro. — Eles odeiam a gente de verdade.

— Não muda o fato de que estamos aqui. Especialmente agora que chegamos a um acordo para a legião ficar. — Xaden segura a porta antes que se feche atrás de Brennan e em seguida a segura antes de eu passar, os dedos desvencilhando-se dos meus.

— Então isso é bom, certo? — Olho para ele enquanto entramos no ginásio de treino vazio. — E você não respondeu a minha pergunta.

— Fale com o seu irmão primeiro.

Ele cruza os braços quando chegamos à beirada da primeira fileira de tatames, onde Brennan espera. Quando os outros se juntam a nós, formamos um círculo.

Isso não parece nada bom. A ansiedade retesa meu estômago como uma serpente prestes a dar o bote enquanto avalio a expressão séria dos cavaleiros mais velhos à nossa frente.

Aaric, à minha esquerda, enfia as mãos no bolso e diz:

— Deixa eu adivinhar. Halden complicou as negociações?

Eu fico *pálida* pra porra.

— Seu irmão certamente não ajudou — comenta Lewellen, coçando a barba por fazer.

— Halden está aqui? — consigo perguntar.

— Apareceu de manhã na companhia da Guarda Oeste. — Aaric me lança um olhar significativo, que retorno com um olhar feio.

— Que ótimo.

A última coisa que precisamos na mesa de negociações é do temperamento dele.

Mira olha para Xaden e para mim num exame intenso, mas fica em silêncio.

— Seu segredo ainda está seguro, aliás — diz Lewellen para Aaric —, mas talvez devesse considerar parar de afligir seu pai. Metade da guarda pessoal dele está a sua procura.

— Uma ótima demonstração da eficiência deles, né? — Aaric faz uma careta sarcástica. — Mas, e aí, tiveram notícias? Ou decidiram aparecer por aqui só para ouvir o discurso da Violet? — A atenção dele vai de um para o outro, sem dúvida analisando os mínimos detalhes em cada mudança de expressão, como foi criado para fazer. Sempre foi o mais observador dos irmãos. — Foi bem emocionante.

— Nós ouvimos. — Brennan lança um sorriso orgulhoso na minha direção. — E também assistimos.

— Ela daria uma ótima representante política — continua Aaric. — Ou talvez general? Mas definitivamente da nobreza.

— Com aquele discurso? No mínimo uma duquesa. — Xaden troca o peso de perna, roçando o cotovelo contra meu ombro.

Chacoalho a cabeça.

— Não graças a... nada do que rolou. Não sinto amor nenhum pela política, além de não ser boa lidando com o Senarium. — Olho em nosso entorno. — Beleza, alguém precisa contar pra gente que notícias são essas.

— Tenente Riorson? — um cavaleiro com uma faixa de mensageiro interrompe, chamando do batente.

— Volto já. — A mão de Xaden acaricia minhas costas enquanto vai responder ao chamado.

— Sua missão foi discutida hoje na mesa de negociação na esperança de que nos dessem uma extensão — diz Brennan —, e considerando os presentes...

A serpente da ansiedade dá seu bote.

— Halden — adivinha Aaric, os olhos verde-esmeralda estreitando de leve em especulação na direção do meu irmão. — Halden quer ir junto, não quer?

Meu queixo *cai*, e então fecho a boca ao ver o pedido de desculpas nos olhos de Brennan.

— Mas nem fodendo. — Balanço a cabeça. — Você não pode estar falando sério.

Eu me recuso a sequer *pensar* nessa possibilidade.

— Estão falando sério — diz Aaric, sem olhar na minha direção. — Poromiel aceitaria um Sorrengail sem nem hesitar, então, se estão pensando na possibilidade de precisar de um membro da realeza capaz de falar por Navarre, devem estar considerando que você está indo para os reinos arquipélagos, ou mesmo para o norte. — Ele inclina a cabeça, estudando os outros cavaleiros. — É mais ou menos isso, né?

Vou vomitar.

— *Por que você está se sentindo tão mal?* — pergunta Andarna.

— *O problema é Halden?* — Tairn avalia lentamente, e posso jurar que sinto as sobrancelhas não existentes dele se elevarem.

— *Então é só matá-lo se ele deixar Violet desconfortável* — sugere Andarna. — *Problema resolvido.*

— *Você não pode matar o herdeiro do trono.*

Mesmo que eu tenha ficado tentada a isso uma ou duas vezes.

— Você é realmente o mais sábio de vocês, não é? — Lewellen dá uma risada sardônica. — Nosso reino teria se beneficiado muito se *você* tivesse sido o primogênito, Vossa Alteza.

— É só Aaric — corrige ele, cruzando os braços. — É por isso que me queriam aqui? Para ver se eu anunciaria que estou aqui, já que Halden quer sair e dar rolê em uma missão perigosa? Para deixar todo mundo feliz e contente que ainda tem um herdeiro sobrando?

— Talvez. — O duque sorri para Aaric.

— Uma tentativa admirável, mas só estou aqui pelo meu esquadrão. Prefiro desmantelar meu negócio familiar a entrar de novo nele — comenta Aaric.

— O príncipe de vocês não está pra brincadeira. — Mira arqueia uma sobrancelha na direção de Lewellen. — Agora conte o resto para Violet, ou eu conto.

Aquele comentário faz com que eu me lembre:

— E as exigências de Andarna?

— Então — diz Lewellen, no instante em que Xaden volta, ainda com o rosto pétreo, mas segurando um pergaminho enrolado quando retoma seu lugar ao meu lado. O duque tira a lista de Andarna do bolso. — Você já sabe que o ponto número dois está nas mãos do capitão Grady. Mas você ganhou o ponto três. O Senarium concordou que todos aqueles que voaram para Aretia serão recebidos de volta com perdão completo pela traição e também sedição, que estará no acordo que foi negociado com Aretia... — Ele olha na direção de Xaden. — E que será assinado pela manhã quando os escribas terminarem de redigi-lo. Pessoalmente, acho que você os assustou muito ao ameaçar ir embora ontem, Violet. Bom trabalho. Ponto quatro, Andarna não será submetida a nenhum exame...

— *Porque nunquinha que isso ia acontecer, mesmo* — comenta ela.

— E cinco, ela terá acesso para caçar na floresta do rei sempre que quiser.

— *Esse aí foi só por diversão.*

— Você pulou os paladinos. — Endireito a coluna, olhando para meu irmão. — Mantê-los a salvo e nossos esquadrões intactos era o primeiro item da lista.

Estreito os olhos. Temos só mais dois dias. *E demos a solução de bandeja.*

Brennan pressiona os lábios em uma linha fina e sinto meu estômago revirar.

— Essa questão em particular não chegou à mesa de Poromiel. — Lewellen dobra a lista de Andarna e a coloca de volta no bolso dianteiro da túnica verde. — Sua irmã argumentou de maneira admirável e exibiu uma habilidade impressionante, mas o voto do Senarium foi de seis para um, então não mexeremos na segurança das fronteiras de Navarre.

Mira cruza os braços.

O calor invade a minha união com Andarna e fecho os punhos, fincando as unhas na carne.

— Mas e a aliança? — pergunto.

Sem ela, o acordo com Tecarus perde a validade.

— Fracassou — anuncia Lewellen, sem emoção, como se estivesse lendo a chamada dos mortos.

— Porque os paladinos não estão em segurança aqui. — Cada palavra sai como um golpe na direção do meu irmão.

— Porque tratados como esse levam *tempo*, e não vamos conseguir resolver tudo antes do prazo da rainha daqui a dois dias. — Brennan passa o dedo pelo queixo. — Cadetes de paladino estarão seguros em Aretia enquanto ainda tivermos as égides, e, com sorte, a rainha Maraya pode forçar seus nobres a se reunirem na mesa de negociações mais tarde — promete Brennan, os ombros caindo. — Política é uma coisa complicada.

Que se foda. Como é que *nossos* nobres podem deixá-los ir embora sem uma aliança, sabendo que temos como proteger os paladinos?

— *Ainda temos os meios* — Andarna me lembra.

Certo. Plano B: traição. Acho que esse caminho era inevitável.

— Quando você coloca dessa forma... — Forço meus ombros a relaxarem e minhas mãos pendem soltas na lateral do corpo. — Acho que Basgiath volta ao normal amanhã, e eu deveria me preparar para a nossa missão… ou a pesquisa está tão fora do meu controle quanto escolher os membros da equipe?

Mira estreita os olhos na minha direção como se fosse a inntínnsica da sala, e não Xaden.

— Todos os recursos, incluindo a biblioteca real, vão estar disponíveis a você — promete Brennan.

— Ah, que ótimo, porque os *livros* vão mantê-la a salvo. — Mira lança um olhar gélido para Brennan.

O livro certo vai.

— Bom, por mais que isso tenha sido divertido, chegou a hora de ir. — Aaric assente para mim e vai embora sem dizer mais uma palavra.

— Ele vai repensar. — Lewellen suspira e se vira na direção de Xaden com um sorriso tão orgulhoso que praticamente faz lágrimas brotarem nos próprios olhos. — Aproveite sua vitória, Xaden. Adiar uma aliança é uma infelicidade, mas nós ganhamos. Seu pai ficaria orgulhoso.

— Duvido muito disso. — O tom dele é afiado.

Quê? Tento me conectar a ele, mas os escudos estão mais firmes do que nunca. Será que recuperou a espada do pai dele? Por que não ficaria feliz com isso?

— Vamos deixar que conte as boas notícias para ela. Sinto muito, mesmo, pela aliança não ter funcionado. — Brennan me lança um sorriso constrangido, meio como se estivesse me pedindo desculpas, em seguida sai da sala, levando Lewellen e Mira com ele.

Espero até a porta se fechar atrás deles antes de me virar para Xaden.

— O que foi que você ganhou?

Todos os músculos no corpo dele parecem ficar ainda mais tensos, se é que isso é possível.

— Eu não *ganhei*. Sequer pedi por isso. Sou a última pessoa que… — ele balança a cabeça e enfia o pergaminho enrolado com ordens no bolso do peitoral. — Lewellen e Lindell disseram a eles que era o preço para manter a legião aqui, e o Senarium cedeu. Dá para ver como estão com medo de perder nossos números. Na verdade, concordaram em me devolver uma coisa, e queria de verdade que não tivessem devolvido. Não agora. Não quando estou… neste estado. — Ele aponta para os olhos como se ainda estivessem vermelhos, mas consigo apenas enxergar ele pelo que é. — Meu pai não ficaria orgulhoso. Ficaria horrorizado.

Cada palavra sai curta, contida.

— Eu não acho que ele fosse se sentir horrorizado.

É impossível não sentir orgulho dele, é impossível não amá-lo.

— Você não o conheceu. Só havia uma coisa neste mundo que ele amava mais do que eu.

Ele desvia o olhar, e começo a repensar se o que foi devolvido foi mesmo a espada.

— O que foi que o rei te deu?

Uma lâmina não o deixaria preocupado assim.

— Gastei a última hora inteira tentando pensar em um jeito de me esquivar dessa. O rei fez reprimendas a Lindell e Lewellen pelo papel deles ao esconder Aretia, exatamente como imaginaram que aconteceria hoje de manhã, então os dois não são opção. E não posso recusar o acordo, ou todo mundo vai saber que tem algo de errado. — O olhar torturado dele finalmente encontra o meu, e meu coração se aperta. — A única solução em que consigo pensar é você. Você será a primeira a sentir quando eu perder o restante do que me torna... eu mesmo.

Lentamente, ele afasta uma mecha do meu cabelo até trás da orelha.

— Você não vai se perder.

Eu tenho tanta fé nele que vale por nós dois.

— Vou, sim. O que aconteceu hoje de manhã me mostra que é apenas questão de tempo e ocasião. — Ele assente com uma certeza que azeda meu estômago. — Não é justo, e você talvez me odeie por isso mais tarde, mas preciso que me faça uma promessa. — As mãos quentes dele seguram minha nuca, os olhos encontram os meus. — Jure que vai avisar a todos se eu for longe demais e que vai mantê-la segura, mesmo que seja de mim mesmo.

— O que... — começo a dizer, mas a porta do ginásio se abre, e olho para trás e vejo que Garrick está sacudindo um pergaminho enrolado.

— O *conde* de Lewellen disse que você estaria aqui. Ordens não são opcionais, Riorson, nem mesmo para a nobreza. Precisamos ir.

— Me prometa — diz Xaden, acariciando o lugar embaixo da minha orelha com o dedão, ignorando completamente o melhor amigo.

— Você está indo embora? — Volto o olhar para Xaden, percebendo que foi por isso que o mensageiro veio atrás dele. — Agora?

Ele se inclina para mais perto, bloqueando o resto do mundo.

— Me prometa, Violet. Por favor.

Ele nunca irá longe demais, nunca perderá a alma, então assinto.

— Eu prometo.

Os olhos de Xaden se fecham por um segundo, e um alívio nítido brilha nas profundezas de seu ser quando os abre outra vez.

— Obrigado.

— Sei que está me ouvindo. — Garrick ergue a voz: — Vamos *logo*.

— Eu te amo. — Xaden me agarra e me beija, um beijo rápido e intenso que acaba antes mesmo de eu conseguir registrar o que aconteceu.

— Eu também te amo. — Seguro a mão dele quando se afasta. — Me diga o que foi que o rei te deu.

Ele respira fundo.

— Ele me devolveu meu título e minha cadeira no Senarium.

Puta merda. Fico boquiaberta.

— Não foi só Aretia... ele me deu Tyrrendor inteira — diz Xaden lentamente, como se nem ele estivesse acreditando nisso.

E ele não quer. Meu coração se aperta.

— Xaden...

— Não me espere acordada. — Ele pressiona um beijo na parte interna do meu pulso e depois vai até Garrick. — Estarei de volta às oito da manhã para assinar o tratado — diz, por cima do ombro. — Tente não se meter em encrenca enquanto eu estiver fora.

— Tome cuidado.

Ele é o *duque de Tyrrendor*. Isso é tão maior do que como eu me sinto quanto a ele agora. Uma província inteira depende dele.

Preciso encontrar uma cura, e isso significa salvar a aliança hoje à noite...

Mesmo que isso me torne uma traidora pela manhã.

Se serei expulsa pelo tribunal militar por ajudar Braxtyn a defender seu povo, então aceitarei o julgamento de braços abertos. Todos aqueles que canalizam, seja por dragão ou grifo, deveriam poder florescer sob as égides, e agora Aretia será esse paraíso, caso algum dos outros volte um dia.

— Diário de Lyra de Morraine.
Traduzido por cadete Jesinia Neilwart

CAPÍTULO SETE

— Quero fazer parte do esquadrão da missão — sussurra Ridoc ao meu lado enquanto atravessamos a ponte coberta até a Divisão Hospitalar, meu coração estranhamente estável, considerando o que estamos prestes a fazer.

— Pela última vez, *não existe* um esquadrão da missão — Rhi sibila para ele. Os sinos anunciam a chegada da meia-noite, abafando o som das dobradiças enferrujadas enquanto Imogen abre a porta diante de nós. — O grupo de pessoas que vai acompanhar Violet para encontrar o povo de Andarna é muito pequeno e muito habilidoso.

— Isso aí tá parecendo um esquadrão de missão pra mim. Considerando a última promoção de Riorson, ele deveria poder mexer os pauzinhos com Grady, certo? — Ridoc verifica as adagas embainhadas do lado direito do corpo, como se estivesse com medo de ter se esquecido de alguma. Com sorte, não vamos precisar de nenhuma. — O que achamos disso?

— Acho que você deveria calar a porra da boca antes que denuncie a gente e todo mundo morra — diz Imogen por cima do ombro, entrando no túnel iluminado por luzes mágicas.

Ridoc revira os olhos e se volta para mim enquanto entramos na Divisão Hospitalar.

— Ainda me parece um esquadrão de missão.

— Se a decisão fosse minha, levaria você junto — prometo, fechando a porta assim que estamos todos dentro.

O túnel está vazio: todas as macas foram retiradas desde o ataque de ontem de manhã, que parece ter acontecido uma década atrás. Nós encontramos o pedaço mais escuro entre as luzes mágicas e nos inclinamos contra a parede, longe da vista das portas da enfermaria.

— Agora a gente espera — murmura Rhi, tamborilando os dedos nos braços cruzados.

Não demora muito até nos depararmos com Bodhi e Quinn vindo na nossa direção do lado oposto, Maren segue atrás com marcas de travesseiro ainda no rosto.

— Está pronta para fazer isso? — pergunta Bodhi para mim, a voz baixa quando nos alcança. — Quer *mesmo* fazer isso?

— Não é hora para questionar — garanto a ele, erguendo o queixo. — Precisamos fazer o que for preciso.

Ele assente e olha para o grupo.

— Todo mundo sabe quais são as próprias tarefas?

— Eu não — sussurra Maren, olhando para nós como se tivéssemos enlouquecido. — Isso é algum tipo de trote?

— É melhor você não saber até precisarmos de você. — Pego no bolso esquerdo o frasco de tintura roxa de raiz de valeriana concentrada. — É para o seu próprio bem, e para poder negar tudo depois, que peço que confie em nós. Por enquanto, só fique aqui com Imogen.

Maren olha para cada um dos presentes, decidindo, e então assente.

— Então vamos logo. — Bodhi gesticula para a enfermaria e eu saio na frente.

Deuses, espero ter pensado em tudo. Se uma única coisa der errado, estamos fodidos.

Nós cinco nos aproximamos das portas da enfermaria e bato de leve quatro vezes. *Por favor, esteja aqui.*

— Como mesmo você conhece esse cara? — sussurra Bodhi.

— Salvei a vida dele durante o exercício de navegação no ano passado — respondo, e então prendo o fôlego enquanto a porta à direita se abre silenciosamente.

Dyre coloca a cabeça para fora, os olhos castanhos se enrugando quando sorri.

— Fiz tudo o que você pediu. Pode entrar. — Ele abre mais a porta e nós entramos da forma mais silenciosa possível.

— Obrigada por pegar esse turno extra com tão pouca antecedência, e por nos ajudar. — Entrego o frasco para ele. — Aqui tem outra dose, caso precise. Os outros médicos precisam continuar dormindo até podermos devolvê-lo.

— Entendido. — Ele aceita o frasco. — Mas sabe que eu não posso fazer nada se alguém sair da câmara de cuidado crítico, né?

— É um risco que vamos ter que correr.

Nós o deixamos de guarda na porta e percorremos silenciosamente as fileiras até chegar na maca de Sawyer, as luzes mágicas projetando diversas sombras enquanto passamos pelos feridos adormecidos.

Sawyer está sentado na cama, mas não diz uma palavra enquanto entramos na sua baia bem iluminada, e só ergue as sobrancelhas e deixa a caneta e o pergaminho na mesa de cabeceira.

Bodhi fecha as cortinas e lança uma linha de energia azul que nos envolve em uma bolha.

— Escudo de som ativado. Está a fim de uma voltinha pelo campus? — pergunta ele para Sawyer.

— Dei uma voltinha mais cedo hoje como parte do programa de reabilitação. Posso fazer outra por um bom motivo. — Sawyer assente. — É por isso que Dyre me sugeriu que ficasse acordado?

— Precisamos da sua ajuda com o plano que discutimos. — Eu me acomodo no assento à direita da cama dele. — Mira encontrou um jeito. Envolve alterar o material em que a runa foi temperada sem destruir nada.

Ele descansa a cabeça na cabeceira.

— Então vocês estão fodidos, porque não consigo pensar em um único dominador de pedra ou terra sequer em toda a história.

— Tenho bastante certeza de que é feita quase só de ferro — digo, lentamente.

O queixo dele cai, e fica assim por alguns segundos.

— Não. — Ele balança a cabeça, e depois olha para Rhi. — Encontrem outra pessoa. Tem pelo menos uma dúzia de metalúrgicos no exército.

Ele cruza os braços por cima da camiseta preta.

— Aqui, não. — Ridoc vai para o outro lado da cama, vasculhando as gavetas. — Foram todos lotados na fronteira, assim como praticamente todos os outros cavaleiros que temos.

— Então esperem até que voltem — argumenta Sawyer. — Eu... eu ainda não estou bem para uma coisa desse tipo.

— Você precisa estar. — Rhi se senta no pé da cama dele.

— Sliseag sequer... — ele passa as mãos pelo cabelo castanho despenteado. — Não sei se consigo.

— Consegue, sim. — Ergo a sobrancelha e encaro a caneca na mesinha de cabeceira dele, que tem a marca exata de sua mão.

— Não sou o cavaleiro que você precisa para essa tarefa, Vi. Nem sei mais se sou um cavaleiro. Esperem até alguma outra pessoa voltar.

— Esperar é irrelevante — diz Bodhi ao lado de Rhi.

Os ombros de Sawyer pendem.

— A liderança não vai aprovar.

Balanço a cabeça.

— Se não fizermos isso hoje à noite, as negociações vão acabar. Os paladinos serão escoltados até Aretia amanhã.

— Vão desmembrar nosso esquadrão? — Sawyer olha de mim para Bodhi e depois para Rhi como se esperasse que alguém o corrigisse.

— Não se você fizer algo quanto a isso. — Ridoc joga a parte de cima do uniforme de Sawyer na cama. — Enfim, eu te amo como um irmão, e sei que você perdeu uma perna, e respeitamos seja lá o que estiver sentindo quanto a isso, mas você ainda é um de nós. Ainda é um cavaleiro, com todos os benefícios e todas as merdas que vêm junto com esse uniforme preto aqui. Então é com todo o amor que tenho no coração que vou te dizer: vê se veste essa porra desse uniforme logo porque nós *precisamos* de você.

Sawyer pega o uniforme e esfrega o dedo sobre o brasão de metalurgia, depois desce para o que nos designa como Esquadrão de Ferro. Meu coração conta os demorados segundos que ele leva para assentir.

— Alguém me passa minhas muletas.

Minutos depois, nós cinco saímos da enfermaria, incluindo Sawyer.

— Cadê a Quinn? — pergunta Maren, afastando-se da parede.

— Está se certificando de que ninguém descubra que Sawyer desapareceu — responde Bodhi.

— É bom ver você vestido de forma apropriada — diz Imogen para Sawyer. — O caminho vai ser longo e inclui dois lances de escadas intencionalmente difíceis, então, se precisar de ajuda, nós damos um jeito.

Sawyer olha para onde Ridoc amarrou a parte da calça vazia na altura do joelho dele.

— Entendido — solta, com uma determinação silenciosa. — Vamos.

Subimos as escadas em espiral na direção do campus principal e cruzamos o corredor até a torre noroeste, tirando uma fina de uma das patrulhas de guarda com o uniforme azul da infantaria, e entramos em uma sala de aula dos médicos no meio do caminho, evitando outros em túnicas escarlates, e finalmente chegamos a uma escadaria no instante em que eles dobram o corredor.

— As coisas estão bem animadas por aqui — comenta Sawyer entre respirações entrecortadas, as costas pressionadas contra a parede de pedra. O suor se acumula na testa dele, e o rosto está mais pálido.

— Tudo bem aí? — pergunto, enquanto chegamos perto da marca de três minutos.

Ele assente e seguimos nosso caminho.

— Todos os nobres do Continente estão aqui — comenta Maren. — Talvez você devesse ter feito isso com Riorson. Ele teria dado uma ajudinha com as sombras.

— Ele meio que não sabe o que estamos fazendo — digo para ela enquanto Imogen desce alguns degraus a nossa frente.

Para Tairn, pergunto:

— *Alguma chance de ele aparecer?*

— *Estão fora do meu alcance* — responde Tairn. — *Ele não vai ser um problema para você hoje à noite.*

— Me deem sessenta segundos para apagar os guardas e só depois desçam — ordena Imogen, desaparecendo na primeira curva.

— Será que agora eu posso saber? — pergunta Maren.

— Não — dizem Bodhi e Ridoc em uníssono.

— *E como o Empyriano se sente quanto a isso?* — Tamborilo os dedos na coxa, contando os segundos.

— *Você tem o total apoio da legião aretiana. Nós descobriremos como os outros se sentirão pela manhã.*

Então estamos preferindo pedir perdão a permissão. Entendido.

Começamos a descer as escadas, Bodhi e eu na liderança.

— O Xaden vai ficar tão puto — sussurro para os outros não ouvirem.

— E é por isso que é você quem vai contar pra ele quando conseguirmos — responde ele, fazendo careta. — Porque pelo menos *você* ele não vai matar.

Descemos os degraus, mantendo um ritmo que parece confortável para Sawyer, e meu peito fica mais apertado a cada passo. Deveriam ser apenas dois guardas essa noite, o que não seria nenhum desafio para Imogen, mas a ansiedade não cede até ela aparecer, esperando por nós no último degrau de braços cruzados.

— Temos um probleminha — diz ela, a boca tensa enquanto dá um passo para o lado. — Não achei que fosse querer que eu derrubasse essa guarda em particular.

Mira adentra o centro da câmara e inclina a cabeça na minha direção numa imitação sinistra de nossa mãe.

Meu estômago vai parar no chão.

— Eita, porra — murmuro.

— "Eita, porra" descreve bem o sentimento. — Mira coloca as mãos no quadris. — E eu achando que estava exagerando quando dispensei os guardas e fiquei no lugar deles.

— Como é que você sabia?

Eu a encontro no meio do túnel, notando que está posicionada entre mim e a entrada da câmara da pedra de égides.

— Porque eu conheço *você*. — Ela me lança um olhar mordaz e em seguida olha para trás. — Tirou um cavaleiro ferido do hospital?

— Sou eu que digo quanto estou "ferido" — retruca Sawyer atrás de mim.

— Tá. — Ela volta a atenção para mim. — Você não deveria fazer isso.

Ergo o queixo.

— Você vai me impedir?

Ela estreita os olhos de leve.

— Dá pra te impedir?

— Não. — Balanço a cabeça. — Você estava lá quando demos nossa palavra de que os paladinos receberiam a mesma educação que os cavaleiros. Se Navarre nos quer, então precisam aceitar *todos* nós.

— E está disposta a arriscar as égides que nossa mãe deu a vida para alimentar só para manter sua palavra? — Ela ergue a sobrancelha.

— Foi você que me disse que dá pra ser feito. — Desvio da pergunta enquanto os outros se posicionam ao meu lado.

— E vou precisar viver com as consequências disso. — Ela olha para cada elemento do nosso grupo. — Sabem que se fracassarmos, as égides podem cair? E se tivermos sucesso, tem uma grande chance de sermos acusados de traição e sermos executados por dragões?

— *Isso não acontecerá* — garante Tairn com um rosnado baixo.

— Espera aí, o quê? — Maren olha à nossa direita.

— Relaxa. — Imogen dá uma cotovelada amigável nela. — Seu único trabalho vai ser usar seu poder. Não vai precisar fazer nada do resto.

— Nós temos bastante consciência dos riscos — digo para Mira. — Se as égides falharem, provavelmente teremos uma migração em massa para Aretia, e já estou numa corrida contra o tempo para encontrar o povo de Andarna de qualquer forma. Mas não vão falhar, porque você encontrou a solução e nunca está errada. Então vou te perguntar de novo: vai tentar me impedir?

Ela suspira, abaixando os braços.

— Não, mas apenas porque sei que você só tentaria de novo, e talvez numa próxima eu não esteja aqui para me certificar de que vai dar certo. Você tem mais chance com a gente aqui.

Ela gira o corpo e desaparece pela abertura da câmara de égides.

Com Bodhi de guarda, nós seis atravessamos a passagem estreita, Maren e eu segurando as muletas de Sawyer enquanto Rhiannon e Ridoc se esgueiram de lado, dividindo o peso de Sawyer entre os dois.

Só quando entramos na enorme câmara que guarda a pedra de égides do nosso reino é que entendo o que Mira quis dizer com "a gente".

— Essa sua aventura me diz que está passando tempo demais com Riorson — constata Brennan, esperando ao lado de Mira na frente do enorme pilar de ferro e da estranha chama preta.

Acho que agora isso é um problema de família. Os cantos da minha boca se elevam.

— Você é quem está liderando a revolução junto com ele. Talvez tenha me passado uns maus hábitos.

Mantenho o olhar em meus irmãos, ignorando todo o resto da câmara de pedra de égides, em nome da autopreservação.

— E pensar que você teria sido um desperdício na Divisão dos Escribas. — Um sorriso passa por seu rosto, mas rapidamente desaparece quando ele assume uma expressão séria. — Henrick, você fica com Mira. Ela vai te ajudar no processo. Paladina...

— Maren Zina — corrige ela.

— Excelente. Zina, prepare-se para usar seja lá qual a magia menor que preferir. Vocês três... — ele aponta para Rhi, Ridoc e eu. — Não toquem em nada.

— E você? — pergunto.

— Estou aqui para o caso de isso tudo ir pra merda. — Ele olha para a pedra. — Não seria a primeira vez que regenero uma pedra dessas.

Entrego as muletas para Sawyer e todos nós nos sentamos em fileira para começar o processo extenuante de esperar. O futuro da guerra que estamos travando será determinado nesta sala, exatamente como aconteceu semanas atrás. Fecho os olhos para evitar olhar para a pedra, mas não há como bloquear o aroma da câmara ou a memória dos meus gritos.

E logo vou poder estar com ele. A voz dela enche minha cabeça, transpondo todas as barreiras que coloquei entre ela e a dor da perda para me impedir de sentir e ferindo meu coração como a lâmina enferrujada de uma arma antiga. *Vivam bem.*

— Vi? — Rhiannon passa um braço pelos meus ombros.

— Eu não consegui impedi-la — sussurro, forçando meus olhos úmidos a se abrirem enquanto Sawyer ergue a mão à esquerda. — Ela estava bem ali, e não consegui impedi-la.

— Sua mãe? — pergunta ela, com gentileza.

Assinto.

— Eu sinto muito, Violet — diz Rhi baixinho, colocando a cabeça em meu ombro.

— Eu nem sei se sinto saudades *dela* em si — confesso, num sussurro despedaçado —, ou se é da chance que tínhamos de em alguma hora… ser alguma coisa. Talvez não o que você tem com a sua mãe, mas *alguma coisa*.

— Dá pra sentir as duas coisas.

Ela pega minha mão e aperta, e meu peito se abranda enquanto observamos um ponto na linha do topo das runas que diferencia a pedra de égides de Navarre da de Aretia fervilhando para fora. Está funcionando.

Viramos a cabeça para a direita, para Maren, e a paladina encara a pedra pequena na mão e então balança a cabeça.

Uau, que decepção.

— Passando para a próxima — ordena Mira.

— Faz a gente pensar em que tipo de proteção acabamos de retirar — murmura Ridoc enquanto Sawyer levanta a mão outra vez, à esquerda de onde estamos.

Os braços de Sawyer começam a tremer, e continuo apertando a mão de Rhi com força.

— Talvez tenhamos forçado ele demais — sussurro para ela.

A próxima linha na pedra se destaca para fora, e então racha por um segundo aterrorizante antes de o metal derretido escorrer dali. Ah… merda.

— Gamlyn! — grita Brennan enquanto Ridoc ergue as mãos, jogando uma bola de gelo na direção da pedra. Ela entra em contato com o metal soltando um guincho e Ridoc a sustenta ali enquanto o vapor sobe da pedra, e por fim estala e morre.

— Talvez essa não tenha sido uma ideia assim tão boa… — começa ele.

— Ei, pessoal — diz Maren.

Viro a cabeça na direção dela tão rápido que a sala gira, e vejo a pedra pairando acima da mão dela. Perco o fôlego, o ar escapando na forma de uma risada de alívio.

— Mira? — questiona Brennan.

Minha irmã já está andando na direção da pedra de égides, as mãos espalmadas na superfície.

— Ainda estão intactas. Precisamos nos certificar de que Barlowe ainda esteja *contido*, considerando que ele é a nossa única cobaia, mas tenho quase certeza de que as proteções contra os dominadores das trevas ainda estão no lugar.

— A gente conseguiu! — Ridoc salta e fica em pé, lançando os punhos no ar. — Porra, é isso aí, Sawyer! Vai tomar no cu, Senarium... Os paladinos finalmente vão conseguir usar seus poderes! Podem *ficar* nos nossos esquadrões!

Abro um sorriso tal qual o de uma criança. Em oito horas, o acordo para a legião ficar será assinado e os esquadrões estarão completos.

— E agora? — Maren pega a pedrinha na palma da mão.

— Agora encaramos o tribunal por alta traição. — Sawyer consegue dizer entre grandes golfadas de ar, mas, quando nossos olhares se encontram, ele está sorrindo, assim como eu.

— Não. Não vamos. — Meu sorriso se abre ainda mais. — Maren, preciso que me ouça com muita atenção.

***

Na manhã seguinte, meu coração está acelerado, e a sala de Preparo de Batalha vibra com uma mistura de empolgação, apreensão e medo puro enquanto ocupamos nossos lugares. Rhi e Ridoc ficam à minha direita, enquanto Maren segura uma cadeira vazia para Cat entre ela e Trager à minha esquerda.

— Fique de olho nele — ordena Rhi para Aaric enquanto ele escolta Kai e os outros primeiranistas até os primeiros degraus na beirada da sala.

Aaric assente, e noto que Baylor e Lynx estão de olho nas costas deles enquanto Sloane e Avalynn tomam a liderança, mantendo Kai protegido de todos os ângulos.

— Nunca fiz isso sem ter um caderno. — Espano o pó da carteira à minha frente enquanto Cat desce os degraus até chegar em nossa fileira.

— Tenho certeza de que vão enviar nossas coisas — diz Rhi. — Ao menos espero que enviem. Acho que tudo depende de como a Assembleia vai reagir à notícia de que Riorson não satisfez os desejos dela de mandar que a legião volte para Aretia.

— Ele não precisava satisfazer o desejo de ninguém. — Cat se senta ao lado de Maren e puxa a trança por cima do ombro. — Não é mais só herdeiro de Aretia. É duque de Tyrrendor a partir das oito horas de hoje, de acordo com meu tio.

Graças a Amari, o acordo foi assinado. Eu me remexo na cadeira, procurando uma posição que cause menos dor às minhas costas, e respiro fundo, tentando desacelerar meu coração.

— Tudo bem aí? — pergunta Rhi, estreitando os olhos ao ver um grupo de cadetes da Quarta Asa de Navarre que preenchem os assentos à nossa frente.

— Tudo certo. — Estico o pescoço. — Só não dormi o suficiente e agora estou aguentando as consequências.

— ... porque você pegou a porra da minha caneta! — O segundanista na nossa frente esbraveja, virando abruptamente para o assento da garota ao lado dele. — Você sempre pega minha caneta, não aguento mais isso!

Ele arranca a caneta dela e se acomoda de novo na cadeira.

Encaro o rosto presunçoso de Cat.

— Não comece.

— Que foi? Eu estava só testando. — Ela abafa um risinho. — Você disse que não poderíamos contar para ninguém, não que eu não poderia me divertir um pouco.

Maren bufa e ri, e não consigo conter um sorriso também. Ao menos ela não está mexendo comigo, e os navarrianos meio que estão merecendo.

— Sejam bem-vindos à aula de Preparo de Batalha — anuncia Devera, descendo os degraus à nossa esquerda, e a sala fica em silêncio. — Fiquei sabendo que foram guiados pelo coronel Markham em minha ausência, mas isso acaba hoje. — Ela chega ao tablado elevado na base da sala e se inclina contra a escrivaninha. — Mesmo que tenhamos só um dia com nossos colegas paladinos, vamos prosseguir...

— Professora Devera! — A professora de cabelos arruivados dos paladinos, Kiandra, desce os degraus praticamente correndo, e nosso esquadrão troca olhares rápidos enquanto ela relata algo aos cochichos para Devera.

— Excelente — diz Devera, abrindo um sorriso. — Para todos que não sabem, esta aqui é a professora Kiandra, e ela vai lecionar Preparo de Batalha comigo a partir de agora, considerando as notícias de que nossos nobres voltaram a negociar ativamente uma aliança.

Um rugido de aprovação se sobrepõe aos resmungos dos navarrianos.

— Quando você contou ao seu tio? — pergunto a Cat.

— Há uns vinte minutos, do jeito como você pediu — responde ela. — Ele trabalha rápido.

O que significa que temos só alguns minutos. Tamborilo os dedos na escrivaninha e encaro o mapa impreciso de Navarre. Tudo está prestes a mudar.

— Com isso em mente... — Devera ergue a voz e ficamos quietos. — Vamos discutir estruturas. Para facilitar um pouco as coisas, vocês continuam onde sempre estiveram. Se acharem esquisito servir em um esquadrão junto com pessoas que fizeram uma escolha diferente nesse último outono, sintam-se livres para reclamar disso diretamente com Malek.

— Isso não é justo! — grita um terceiranista atrás de nós. — Com a adição dos paladinos, a Terceira e Quarta Asa são consideravelmente maiores, o que dá a eles vantagem durante os Jogos de Guerra.

— Pois é. — Devera inclina a cabeça. — Supere. Não vamos mais ter Jogos de Guerra, só *guerra* mesmo.

— Acha que eles se esqueceram do que aconteceu duas semanas atrás? — sussurra Ridoc.

— Olha, eu acho que eles não se lembram nem do que comeram no café da manhã — responde Rhi.

— A Primeira e a Segunda Asa ficarão menores até o resto dos cadetes de paladinos chegarem de Cygnisen — continua Devera. — E quando isso acontecer, vocês vão recebê-los.

— Porra. — O cara na nossa frente se afunda ainda mais na cadeira.

— Próxima questão: temos Dirigentes de Asas demais entre nós — continua Devera, e olho por cima do ombro na direção de Dain, que enrijece na cadeira algumas fileiras atrás com o resto dos terceiranistas. — Foi determinado que a liderança vai se alinhar à... população de cada asa. — Ela ergue as sobrancelhas. — Portanto, Iris Drue, você continua na liderança da Primeira Asa; Aura Beinhaven mantém a liderança da Segunda Asa, enquanto a Terceira Asa fica com Lyell Stirling e a Quarta Asa será liderada por Dain Aetos.

Graças aos deuses.

A sala explode em aplausos e gritos de discordância.

— Essa questão não está aberta a debate! — A voz magicamente ampliada de Devera faz as cadeiras tremerem, fazendo todos se calarem antes de ela prosseguir. — Se estiver com dúvidas de a quem deve se reportar ou se ainda está no comando, uma lista da liderança dos cadetes será divulgada na área comum hoje à tarde.

A porta da sala se escancara e bate contra a parede com tanta força que ouço a pedra rachar enquanto todos nos viramos para encarar uma nova comoção.

— Violet Sorrengail! — O coronel Aetos grita do batente, o rosto num tom escarlate enquanto vasculha a sala com os olhos.

— Aqui. — Apoiando as mãos na cadeira para relutar contra a onda de atordoamento repentina, eu me levanto enquanto outros quatro cavaleiros aparecem acompanhando Aetos.

— Vi... — sussurra Rhiannon.

— É melhor que ninguém abra a porra da boca — falo baixinho. — Vou ficar bem.

— De agora em diante, considere-se acusada de alta traição contra o reino de Navarre!

É, talvez não.

Enquanto muitos pregam que a lealdade a Hedeon está acima de qualquer outra coisa, especialmente na província de Calldyr, vejo que favorecer Zihnal tem um apelo mais universal. Todo mundo quer sabedoria, mas *precisa* de sorte.

— O GUIA PARA AGRADAR AOS DEUSES, POR MAJOR RORILEE, SEGUNDA EDIÇÃO

CAPÍTULO OITO

Ser presa por traição não é exatamente um choque, mas ser o coronel Aetos quem faz a acusação é um golpe que eu não esperava receber.

— Pai? — Dain fica em pé.

A cabeça de Aetos se vira na direção de Dain e a boca dele se retorce em uma careta de desdém.

— Eu não tenho mais filho.

Eu ofego, e a mágoa aparece no rosto de Dain antes de ele controlar as feições e endireitar os ombros.

— Como Dirigente de Asa da cadete Sorrengail...

— Pedido negado — rebate o coronel Aetos.

— Não podemos só ficar aqui sentados — argumenta Ridoc baixinho.

— Vocês podem e vão. — Começo a passar pela fileira e ergo o olhar na direção de Dain. — Está tudo bem.

— Não está nada bem! — rosna Aetos.

O mundo oscila sob meus pés e amaldiçoo minha falta de sono enquanto desço os degraus para chegar até onde Aetos e os quatro tenentes estão postados. Uma das mulheres indica a porta e ergo a cabeça enquanto passo por Aetos, de alguma forma conseguindo não vomitar quando vejo que a patente dele foi elevada a *general*.

Ele mantém o ritmo ao meu lado no corredor.

— Pode se considerar uma mulher morta depois do que fez.

— Vou falar somente na presença do Senarium.

— O bom é que ele já está reunido. O julgamento vai ser rápido.

Depois de uma procissão silenciosa pela Divisão na direção do campus principal, Aetos me escolta para além de uma barreira de guardas e cadetes de outras divisões e me leva ao saguão principal, entrando na sala à minha frente.

— Eu trouxe a traidora! — grita ele.

Ele dá um passo para o lado e revela a mesa comprida preparada para a retomada das negociações. Os membros do Senarium ocupam novamente a esquerda, todos deslumbrantes em sua escolha de roupa para aquela manhã tirando uma única pessoa, que veste o preto dos cavaleiros.

Xaden vira o corpo na cadeira, na ponta da mesa, erguendo a sobrancelha que tem uma cicatriz, e suas sombras acariciam minha mente.

— *Lembra que pedi para você não se meter em encrenca?*

— *Eu nunca prometi que não me meteria.* — Sustento o olhar dele, notando suas olheiras. — *Você parece cansado.*

— *É tudo que um homem quer ouvir da pessoa que ele ama.* — Xaden tamborila os dedos na mesa, chamando atenção para um pedaço de tecido na frente dele: o meu brasão de dominadora de relâmpagos. — *Decidi que é melhor eu voltar a saber o que você está aprontando.*

— *Ah, que ótimo.*

— *Você realmente fez merda nas égides?*

— *Uma vez eu escutei de uma pessoa que o caminho certo não é o único caminho.* — Uso contra ele as palavras que ele mesmo me disse no primeiro ano, e sua boca se contrai em resposta.

— Como pode ver, temos a evidência de que precisamos para provar que ela estava na pedra — declara Aetos quando alcança a mesa. — Peço ao Senarium que julgue o caso com rapidez. — Ele olha na direção de Xaden. — A não ser que a nova adição ao conselho precise pedir licença devido à *proximidade* que tem da traidora.

— Retire-se se não é capaz de ficar em silêncio, Aetos. — O duque de Calldyr se inclina para trás na cadeira, passando a mão pela barba loira e curta. — Isso está fora da sua alçada.

Aetos fica rígido ao meu lado e em seguida se retira com os outros cavaleiros, me deixando sozinha para enfrentar o Senarium.

— *Você tem um plano, Violência?* — questiona Xaden, e, embora um músculo no queixo dele esteja tenso, as sombras da sala continuam no mesmo lugar. — *Estou presumindo que tem, já que esse brasão parece ter sido cortado sem deixar rasgos.*

— Alguém já conseguiu atestar se as capacidades das égides foram danificadas para além de permitir que os paladinos usem magia? — pergunta o duque de Calldyr.

— *Você assinou o tratado para que a legião fique?* — pergunto para Xaden, só para me certificar.

— Estão intactas contra os dominadores das trevas. — Os dedos de Xaden ficam imóveis. — *Eu não estaria sentado aqui se não tivesse assinado.*

— *Então tenho o plano perfeito.*

— Como você sabe? — A duquesa de Morraine se vira na cadeira.

— *Sabendo, óbvio* — Xaden responde só para mim, e para a sala, em voz alta, ele fala: — Não fomos invadidos, e Barlowe continua em nossa câmara de interrogatório. As égides permanecem fortes. — Ele inclina a cabeça e me lança o mesmo olhar de avaliação de quando estamos treinando no tatame. — *Estou ansioso pelo seu show.*

— Vou poupar todo mundo da trabalheira de organizar um tribunal e uma execução. — Aponto para o brasão que cortei do meu uniforme na noite de ontem. — O brasão é meu. Fui eu quem orquestrou a alteração da pedra de égides. Eu sou o motivo para os paladinos conseguirem usar magia agora e para vocês poderem negociar uma aliança sem maiores percalços. De nada.

A confissão é recebida por seis pares de sobrancelhas elevadas e um sorrisinho sexy pra caralho.

— *Já vi que não vai ser nada sutil.*

— *Não tenho tempo para sutilezas, nem quero dar qualquer evidência que incrimine outras pessoas caso as coisas deem errado.*

— Eu... — a duquesa de Morraine olha para seus pares, os enormes brincos de rubi batendo contra a linha do queixo de pele marrom bronzeada enquanto vira a cabeça de um lado para o outro. — O que vamos fazer diante dessa questão?

— Nada — responde Xaden, me observando como se eu fosse a única pessoa da sala. — A cadete Sorrengail, e os associados com quem agiu, cometeram um crime na noite de ontem, e agora pela manhã, todos vocês e nosso rei assinaram um tratado perdoando-os de tudo.

Eu faço que sim com a cabeça.

— *Você é uma mulher brilhante. E imprudente.* — O olhar dele fica mais quente e reprimo um sorriso.

— Então não há nada que possamos fazer? — A duquesa de Elsum se inclina para a frente, as tranças castanhas compridas roçam a mesa. — Ela mexe em nossas defesas e fica por isso mesmo? Vai só voltar para a sala de aula?

— É o que parece. — O duque de Calldyr assente lentamente.

— Parece que essa jovem conseguiu um feito e tanto — diz uma nova voz.

Eu olho para a direita e me sobressalto ao ver a mulher parada na porta norte do corredor. A prata do intrincado peitoral de armadura brilha sob a luz matinal enquanto ela caminha mais para dentro da sala, o sorriso fazendo a pele marrom-clara enrugar ao redor dos olhos escuros. Está vestindo calça escarlate com uma espada embainhada no quadril e uma tiara cintilante em cima dos cachos robustos, a delicadeza da coroa faz um contraste impressionante com as armas que carrega. *Rainha Maraya.*

— Vossa Majestade. — Abaixo a cabeça como meu pai me ensinou.

— Cadete Sorrengail — diz ela, e ergo a cabeça para encontrá-la a poucos passos de distância. — Ouvi muito sobre a única dominadora de relâmpagos do Continente, e fico feliz em ver que os elogios não foram meramente hiperbólicos. — Ela olha de soslaio para o Senarium. — Presumo que esteja livre para voltar aos seus deveres, pois certamente seu rei chegará a qualquer minuto para continuar nossas negociações.

— Não há nada que possamos fazer com ela. — Xaden guarda meu brasão, e os outros concordam lentamente, quatro deles carregando um pouco de raiva nos olhos.

— Excelente. — A rainha Maraya lança um sorriso ao Senarium e em seguida me puxa para o lado, abaixando a voz. — O visconde Tecarus falou do acordo que fizeram. Arriscou mesmo a fúria do seu rei e as defesas do próprio reino só para manter meus paladinos aqui?

— Sim. — Sinto um nó no estômago. — Era a coisa certa a ser feita.

— E, em troca, a única coisa que pediu foi acesso irrestrito à biblioteca dele? — Ela me examina com atenção, mas sustento seu olhar.

— É a melhor do Continente, e nossa maior esperança de encontrar registros históricos de como fizemos para derrotar os venin séculos atrás.

E como podemos curá-los.

— *Diga que não fez isso por mim.* — A cadeira de Xaden se arrasta pelo chão de pedra.

— *Achei que tínhamos prometido nunca mentir um para o outro.*

— *Você se colocou em perigo…* — o tom dele fica sério.

— *E não me arrependo de nada.*

Quanto mais rápido ele botar nessa cabecinha dele que vou fazer qualquer coisa que estiver ao meu alcance para curá-lo, mais fácil as coisas vão ficar para nós dois.

— Fascinante. — O sorriso da rainha é caloroso. — Mas a dele não é a melhor. É a minha. Tenho milhares e milhares de volumes guardados em minha casa de veraneio, e agora poderá ler qualquer um deles. Vou pedir ao meu secretário que envie um catálogo completo, mas já aviso que ainda não encontramos nenhum registro histórico do tipo.

— Obrigada.

Sinto a esperança encher meu peito. Se eu não encontrar nada, Jesinia vai.

Ela assente uma vez e então segue na direção da mesa, me dispensando.

— *Essa discussão não acabou* — avisa Xaden enquanto corro até o corredor, praticamente derrubando Rhi e Ridoc no processo.

— *Por enquanto, sim.*

Recupero o equilíbrio quando a porta se fecha atrás de mim.

— O que estão fazendo aqui? — pergunto aos meus amigos.

Todos os segundanistas do nosso esquadrão parecem ter passado pelos guardas.

— Estávamos meio preocupados que fossem arrastar você para o fundo da escola e te transformar em cinzas. — Ridoc esfrega a mão sobre a tatuagem de dragão na lateral do pescoço.

— Eu estou bem. Tudo que fizemos até hoje de manhã foi perdoado. Vocês cabularam o resto da aula de Preparo de Batalha?

— Não é como se a gente precisasse muito das informações que Devera vai passar nessa aula, já que elas estão vindo das fronteiras bem devagar. Até onde eles sabem, só existe uma zona ativa de combate... — Rhi para de falar, o olhar arregalando. — Vi.

— Você enfrentará as consequências! — ruge Aetos da esquerda, e eu me viro, colocando-me entre ele e meus amigos enquanto o general atravessa o tapete vermelho espesso, marchando até onde estamos.

A raiva sobe, rápida e furiosa, fazendo meu poder florescer por debaixo da pele.

— Mas não vindas de você. — Brennan atravessa a linha dos guardas e se coloca bem na minha frente, balançando a cabeça.

— *Você* — recua Aetos. — Esse tempo todo...

— Eu mesmo. — Brennan assente, e me posiciono ao lado dele.

— Você perdeu. — Meus dedos roçam o cabo da adaga que tenho na coxa enquanto encaro o homem que considerava um modelo a ser seguido. — Você tentou nos matar em Athebyne, enviou assassinos para me matar no outono e fez até Varrish me perseguir, mas ainda assim estou aqui. Você *perdeu*. Fomos perdoados. Vamos ficar aqui.

— E ainda assim eu sou aquele que o rei nomeou para ficar no cargo de comandante-general de Basgiath. — Ele gesticula para o corredor agitado ao nosso redor. — Então talvez *você* tenha perdido, *cadete* Sorrengail.

Meu coração acelera, e os cantos de minha visão ficam escuros. Oscilo no lugar. *Não*. Qualquer um, menos ele. *Qualquer um*. Balanço a cabeça enquanto Brennan agarra um pouco do tecido nas costas do meu uniforme para me estabilizar.

— Você não é digno de se sentar na mesa dela — vocifera Brennan.

— E, ainda assim, aqui estou eu. — Ele apruma a postura. — O Senarium pode se contentar com o perdão, mas garanto que você não vai sair ilesa por ter alterado uma pedra que nenhum de nós entende por completo enquanto coloca nosso reino em perigo.

— E ainda assim, aqui estou *eu* — respondo baixinho, a raiva substituindo o choque com rapidez. — Suas ameaças não passam de ameaças. Não sou mais uma caloura assustada, sem saber se vou sobreviver à Ceifa ou se vou manifestar um sinete. — Dou um único passo na direção dele. — Um dos meus dragões está entre os mais poderosos do Continente, e o outro é da raça mais rara. Não sabia disso no ano passado nem até alguns meses atrás, mas sei disto agora: você não pode arcar com os custos de me matar.

O rosto dele (tão parecido com o de Dain) se retorce em uma carranca.

— Você não pode arcar com os custos de perder nenhum dos meus dragões, muito menos o meu sinete, e, por Malek, deve saber que não pode perder o tenente Riorson... ou será que devemos chamá-lo de duque de *Tyrrendor*? — Estendo os braços, expondo meu peito. — Manda ver, faça o seu pior, mas nós dois sabemos que agora estou muito acima do seu alcance, General.

Lentamente, abaixo os braços.

— Fazer o meu pior? — A respiração ofegante dele eleva e abaixa seus ombros enquanto olha na direção de Brennan e depois para algo atrás dele. — Sei exatamente onde mirar para te fazer obedecer, cadete. Seus irmãos podem não estar sob meu comando, mas seus amigos, sim.

Sinto o estômago dar um nó.

— Os segundanistas parecem bem leais uns aos outros. — Ele volta o olhar para o meu. — Vão pagar a cada vez que você desobedecer a uma ordem ou sair da linha, a partir deste instante. — Ele inclina a cabeça, encarando um ponto atrás de mim. — Querem brincar com assuntos de guerra? Então não vão se importar de servir no fronte. — Ele olha para Rhi. — Líder de Esquadrão, todos os segundanistas servindo sob seu comando estão agora designados a cumprir dois dias de dever ativo no entreposto de Samara, começando amanhã de manhã. — Um sorriso cruel curva a boca dele enquanto se dirige a mim. — A luta lá é... bastante intensa, mas certamente seu *sinete* vai garantir a sobrevivência dos seus membros de esquadrão, e dois dias devem ser o bastante antes que seu dragão sinta a falta de sua consorte.

— Amanhã de manhã? — Fico boquiaberta. — Mas esse voo vai levar pelo menos dezoito horas para os grifos, e eles vão precisar de pausas. No total, serão quase vinte horas, e vão estar exaustos quando finalmente chegarmos.

— Então sugiro que se apressem. Espero ver todos de volta... intactos.

Enviar cadetes para o serviço ativo durante tempos de guerra requer uma autorização que pode ser concedida somente pelo comandante-general de Basgiath.

— Artigo Oitavo, Seção Um, Códex do Cavaleiro de Dragão

CAPÍTULO NOVE

Vinte e duas horas depois, nós seis nos apresentamos ao tenente--coronel Degrensi no pátio de Samara, com olhos inchados e oscilando com um cansaço que chega aos ossos. Não somos os únicos exaustos. O tenente-coronel definitivamente já viu dias melhores. As bochechas dele estão descarnadas, e tem sangue seco grudado na lateral de seu pescoço.

A fortaleza deveria parecer familiar, graças a todas as visitas que fiz a Xaden quando estava servindo aqui no outono, mas a cena ao nosso redor torna o lugar praticamente irreconhecível. Um dragão parece ter atravessado a muralha oeste, demolindo quase um quarto da estrutura, e feridos em variados estados de sofrimento fazem fileira no que sobrou dela, enquanto médicos em túnicas ensanguentadas ziguezagueiam entre eles.

— *Não foi um dragão* — Andarna corrige. — *Foi um wyvern.*

Sobrevoamos o que sobrou dos ossos queimados da criatura a alguns quilômetros de distância.

— *Tente descansar um pouco* — digo a ela.

— *Fui a única que dormiu a caminho daqui* — argumenta ela. — *E essa coisa dá coceira.*

— *Não tire a coleira. Não dá para saber se vamos ser forçados a ir embora rápido demais.*

— *Não quero estar vestindo isso aí quando encontrarmos minha família* — resmunga ela.

— *Então comece a voar mais longe* — rosna Tairn. — *Alguns de nós estão tentando dormir.*

O tenente-coronel Degrensi termina de ler as ordens que Rhi trouxe e em seguida ergue o olhar por cima do papel para nos encarar.

— Deram mesmo o comando de Basgiath para *Aetos*?

— Sim, senhor. — Rhi está ereta e com os ombros retos, o que é mais do que o restante de nós consegue fazer.

Cat e Maren parece que foram atingidas por um furacão, e Trager não para de bocejar. O mesmo vale para Ridoc. E depois de passar a noite inteira na sala, estou praticamente encostada nele para conseguir me manter em pé. Todos os músculos em meu corpo doem, meus quadris estão me matando e minha cabeça parece pulsar no mesmo ritmo do meu coração.

— E ele invocou o Artigo Oitavo para me enviar cadetes? — diz Degrensi enquanto avalia nossa fileira, o olhar se demorando nos paladinos.

— Sim, senhor — Rhi assente.

— Nossa, que maravilha. Bom, as informações dele estão desatualizadas. — Degrensi amassa o papel das ordens até virar uma bolinha. — A luta acabou ontem, e, mesmo se não tivesse acabado, não estou apto a enviar cadetes para uma batalha. — Ele aponta para o enorme buraco na fortaleza. — O maior dos wyvern caiu em cima da muralha quando as égides voltaram a funcionar, mas, depois que o perímetro regrediu, os venin não precisaram de magia para entrar no entreposto. Usamos quase o nosso arsenal inteiro para matar todos eles. Conseguimos expulsá-los até o outro lado da fronteira, mas o fronte é logo depois daquele morro. — O olhar dele se volta na direção dos paladinos. — As baixas estão bem piores para além da fronteira.

— Sempre são — comenta Cat.

— Newhall foi afetada? — Maren franze o cenho. — É um vilarejo pequeno no Rio das Pedras, cerca de meia…

— Eu sei onde fica Newhall — interrompe Degrensi, claramente farto de ter que lidar conosco. — Pelo que recebi no relatório matinal, continua de pé.

Os ombros de Maren relaxam e Cat passa um braço ao redor dela.

— E os civis poromieleses? — pergunta Trager. — Vocês estão… — ele se encolhe. — Nós estamos oferecendo abrigo?

Degrensi balança lentamente a cabeça.

— Recebemos ordens estritas de não permitir que ninguém entre a não ser que algo mude na negociação, mas cruzamos a fronteira e lutamos junto com seu povo até a horda partir ontem.

— Você tem nossa gratidão — disse Cat. — Nem todo mundo faria o mesmo.

Ele assente.

— Só para deixarmos tudo às claras, não espero que os outros sejam amigáveis, especialmente os cavaleiros. Essa provável aliança não é lá muito popular. — O tenente-coronel volta a atenção para mim. — Ficamos todos arrasados ao saber da partida de sua mãe. Ela foi uma comandante extraordinária.

— Obrigada. Ela tinha muito orgulho disso.

Ajusto as alças da mochila nos ombros só para ter algo para fazer com as mãos.

Ele assente.

— Me faça um favor e peça para aquele seu dragão ficar fora de vista. Vocês são armas formidáveis, mas também são um alvo gigantesco. O inimigo pode ver nisso uma oportunidade para um ataque em massa e dispensar vocês dois de nossas fileiras, e não podemos arcar com os custos de tirar mais adagas do arsenal se quisermos continuar com as égides funcionando. Não há muito o que fazer se ele já tiver sido visto, mas vamos tentar evitar mais oportunidades.

— Sim, senhor — respondo.

— *Concordarei apenas para manter a sua segurança* — murmura Tairn, resmungando algo sobre a insolência dos humanos.

— Tenente-coronel! — Um cavaleiro de uniforme empoeirado grita do portão. — Precisamos de você!

Degrensi acena com a cabeça na direção dele e depois olha para nós.

— Olha, não estou nem aí para o que vocês fizeram para irritar Aetos; estou ocupado demais travando uma guerra para conferir castigo a cadetes. — Ele gesticula para a bagunça ao nosso redor. — Então encontrem um espaço e se virem. Descansem um pouco. Depois vejam se têm alguma utilidade por aqui, da melhor forma que conseguirem.

Vejo que ele está mancando de leve quando se afasta em direção ao portão.

Somos deixados lá, recebendo alguns olhares questionáveis de soldados e cavaleiros, e outros completamente hostis.

— Como é que a gente vai dormir sabendo que a maioria desses cavaleiros enfiaria uma adaga nas nossas costas na primeira oportunidade? — pergunta Maren.

— Podemos nos revezar — sugere Trager, tirando uma pena do próprio cabelo castanho-claro. — Depois que eu dormir um pouco, vou me oferecer para ajudar os médicos.

— Isso se eles aceitarem — comenta Cat, cruzando os braços quando uma capitã de preto lança um olhar furioso do outro lado do pátio, na nossa direção. — Provavelmente vão enfiar a adaga nas suas costas de tanta gratidão.

— Violet? — Rhi olha para mim de soslaio. — Você conhece o entreposto melhor do que todos nós.

Meu olhar vai para a torre a sudoeste, e um sorriso cansado marca meus lábios. Mesmo a centenas de quilômetros, ele ainda está cuidando de mim, e sequer sabe disso.

— Sei onde estaremos seguros.

***

Não consigo encontrar. O pânico domina meu coração enquanto atiro os itens do baú de carvalho ao pé da minha cama de dossel, ficando mais e mais desesperada a cada minuto que passa.

Tem que estar aqui.

Calor invade meu rosto enquanto chamas azuis irrompem pela janela do quarto, e o sopro me lança para trás. Bato com força contra o espelho de corpo inteiro e o vidro estilhaça, cortando o topo da minha cabeça. Fico de quatro e engatinho na direção do baú enquanto as cortinas pegam fogo e gritos ressoam nos corredores atrás de mim.

O pânico ameaça domar meus músculos. Estou sem tempo, mas não posso abandoná-los. São tudo que tenho.

Cada milímetro de movimento é uma luta, meu corpo se recusa a obedecer ao comando simples de *se mexer*, e suor se acumula em minha testa enquanto as chamas se espalham pelos lençóis da cama.

— O que você está fazendo? — grita alguém atrás de mim quando chego ao baú, mas não posso perder tempo virando o corpo, não até encontrar.

Travesseiros, um cobertor extra, os livros que meu pai enviou comigo… dispenso todos eles, atirando-os no fogo como se fossem sacrifícios enquanto vasculho mais fundo no baú sem fundo.

— Precisamos ir! — Cat se ajoelha ao meu lado. — Já invadiram o corredor. Precisamos voar!

— Não estou conseguindo encontrar! — tento gritar, mas o que sai é quase silencioso.

Por que não consigo gritar? Relutar conta a crueldade, a ansiedade perpétua da ruína à espreita?

— Vá embora! — digo. — Eu alcanço você.

— Não posso deixar você aqui! — Ela me agarra pelos ombros, as cinzas cobrem metade de seu rosto, e o medo que vejo em seus olhos castanho-escuros os enche de lágrimas. — Não me peça para tentar, porque não consigo.

— Você precisa sair viva dessa. — Eu me desvencilho dela e volto para o baú. — Ele vai escolher você. Sei que vai. Você é a futura rainha de Tyrrendor, e seu povo precisa de você.

Ela não perdeu a coroa. Vai lutar pelo que é dela.

— Eu preciso de *você*! — grita ela, e então ofega, atirando-se em cima de mim enquanto o fogo ruge às nossas costas. A madeira estala e racha, a fonte de calor muda e vem na nossa direção por todos os lados.

— Só mais... — meus dedos se atrapalham, e então finalmente encontram a pintura em miniatura, e vejo os sorrisos tranquilos, os alegres olhos castanhos quase cor de mel da minha família antes de segurar a arte junto ao peito. — Consegui!

Cat me puxa para ficar em pé, me arrastando na direção do corredor, e nós nos sobressaltamos quando as vigas da cama desmoronam. As brasas voam, queimando minha mão, e a pintura escorrega dos meus dedos, pegando fogo no ar.

— Não! — grito enquanto Cat me puxa para trás, e, conforme as chamas engolem o retrato, ele se torna não apenas mais uma pintura...

Mas eles. Meus pais. Minha família. Estão *queimando*.

— Pare! — Minha garganta não consegue forçar a palavra para fora enquanto sou puxada para longe do som dos gritos deles, das lágrimas que imploram para que eu os salve. — Não! Não!

***

Acordo na cama com um sobressalto, ofegante e piscando para afastar os fantasmas do pesadelo enquanto o suor escorre da minha nuca.

O sol do fim da tarde entra pela janela e ilumina o quarto que já foi de Xaden, aquele em que ele fez uma égide para que só eu ou ele pudéssemos entrar. Meu coração acelera enquanto olho para o rosto dos membros do meu esquadrão, todos dormindo. Graças aos deuses Xaden usou a mesma técnica de égide no quarto dele que usou no meu em Basgiath: consegui puxar meu esquadrão para dentro, um por um.

Trager está dormindo contra a porta, usando a mochila como travesseiro, e Ridoc está apagado a uma pequena distância com a adaga a apenas centímetros dos dedos.

— Vi? — sussurra Rhi, sentando-se ao meu lado e esfregando os olhos para afastar o sono. — Tudo bem aí?

Eu assinto, vendo Maren e Cat enroscadas de costas uma para a outra no meio do quarto em uma cama improvisada. Estamos todos aqui. Não tem fogo algum. Não estamos em perigo imediato. E por mais que eu sinta saudades de Sawyer, fico feliz por ele não estar em perigo. Estamos claramente perto demais do fronte para eu conseguir dormir tranquila e desligar a mente, que em vez disso me alimenta com sonhos do tipo.

— Só tive um pesadelo.

— Ah. — Ela deita outra vez no lado em que normalmente eu dormiria da cama, e volto a me recostar no travesseiro de Xaden, encharcado de suor. — Basgiath? Eu também sonho com isso às vezes.

— Acho que sim.

Já faz uns meses desde que ele dormiu aqui, mas posso jurar que sinto um resquício de hortelã quando viro a cabeça para Rhi, mantendo a voz baixa.

— Só que Cat estava no meu sonho, e eu tentava encontrar uma pintura que tenho da minha família, só que tudo estava estranho, e aí de repente todo mundo estava queimando. — Suspiro. — O que faz sentido, considerando que minha mãe se transformou em uma chama literal.

Rhi faz careta.

— Sinto muito.

Bufo de leve, lembrando do sonho.

— E eu disse para Cat que ela precisava ficar viva porque *ela* era a futura rainha de Tyrrendor.

Rhi arregala os olhos e abafa o riso com a mão em seguida.

— *Isso* sim é que é pesadelo.

— Né? — Meu sorriso desaparece. — Quais costumam ser seus pesadelos?

Ela alisa a touca de seda preta que cobre seus cabelos.

— Normalmente tenho pesadelos com não conseguir salvar Sawyer, e neles eu não consigo chegar rápido o suficiente porque tomei a decisão errada…

— Vocês duas não falam tão baixo assim, tá? — murmura Ridoc. — Que horas são?

— Provavelmente é hora de acordar — diz Rhi.

O resto do esquadrão começa a se mexer e revezamos o banheiro antes de voltar para o corredor, prontos para sermos úteis. Um par de cavaleiros (uma com a patente de major e outro de capitão) aproximam-se quando fecho a porta de Xaden, os passos tão cautelosos quanto a expressão em seus olhos.

— Maise disse que eles têm menos de uma hora — diz a major, prendendo um curativo na própria mão e tirando o cabelo loiro curto dos olhos logo em seguida. — Vieram do nada.

Maise. Esse nome me é familiar.

— *É a consorte de Greim* — Tairn me lembra.

Certo. São consortes há décadas, e conseguem se comunicar a uma distância muito maior do que Tairn e Sgaeyl.

— Não estamos dando conta. — Uma fileira de pontos está esticada na bochecha do capitão, e ele balança a cabeça. — Se foram espertos, já evacuaram Newhall.

Nós todos damos passos para trás e nos achatamos contra a parede para eles passarem.

Bem, todos exceto Maren, que se coloca no caminho.

— Perdão, vocês disseram Newhall?

— Sim — responde o capitão, olhando na direção de Maren como se tivesse mordido um limão.

— Por que está sendo evacuada? — questiona Maren, as sobrancelhas franzidas.

Os oficiais trocam um olhar significativo, e o restante de nós se afasta da parede em pares enquanto Cat sai rapidamente de trás de Trager para chegar até Maren.

— A área está sob ataque. É estranho os venin alvejarem um vilarejo tão pequeno, mas os batedores reportaram terem avistado fumaça.

Maren prende o fôlego e Cat passa o braço pelo cotovelo dela.

— Você conhece alguém por lá? — O tom da major se suaviza, o olhar cheio de pena.

Maren comprime os lábios entre os dentes e assente.

— A família dela fugiu para lá — responde Cat. — Não fica a mais de meia hora daqui. Nós vamos voar até lá?

— *Nós*? — O capitão olha para cada um de nós, demorando-se em minha trança, antes de se voltar para Cat. — *Nós* não estamos dormindo quase nada e já perdemos um cavaleiro essa semana. Metade da nossa legião está patrulhando ao norte e a outra metade está a ponto de chamuscar, então por mais duro que seja… — Ele lança um olhar para a major, um que não consigo decifrar. — O vilarejo é pequeno demais para arriscarmos mais baixas na unidade.

Perco o fôlego.

— Então só vamos deixar que todo mundo morra? — Trager eleva a voz. — Por quê? Só porque são de Poromiel?

— Não, não por serem de Poromiel. Porque *nós* não conseguimos ajudar. — As palavras da major ficam mais tensas. — Nem todos nós sabemos dominar relâmpagos. — Ela olha para mim. — Se quisermos salvar os municípios, as cidades, as áreas com maior densidade populacional, então uma parte infeliz da guerra é saber que vamos perder alguns vilarejos. Se ainda não tiverem entendido o conceito de estratégia no terceiro ano, vão ter que aprender bem rápido quando se graduarem.

O par de cavaleiros passa por Maren e Cat, os passos ressoando pesados enquanto se afastam.

— Isso se algum de nós ainda estiver vivo quando eles se graduarem... — diz a voz do capitão antes de sumir.

— Minha família está lá — sussurra Maren, o rosto desmoronando. — Por que meus pais não foram para o sul quando Zolya caiu? Teriam ficado a salvo em Cordyn. Ou podiam ter voltado para Draithus.

— Shh. — Cat esfrega o braço da amiga. — Tenho certeza de que eles vão conseguir sair de lá.

Maren balança a cabeça violentamente.

— E se já tiverem morrido?

Meu estômago dá um nó enquanto olho para Rhi.

— Tairn e eu podemos voar até lá muito mais rápido se nos separarmos do esquadrão.

— Não é como se já não tivéssemos visto batalhas — acrescenta Cat. — Nós *lutamos* para sair do Rochedo.

Rhi enrijece.

— Aetos invocou o Artigo Oitavo, então, legalmente, estamos liberados, mas tem tantos elementos desconhecidos envolvidos nisso — sussurra ela para si mesma. — O número de venin, wyvern... isso sem falar nos civis...

— Olha, só vai ser uma luta se a gente escolher lutar. — Ridoc olha para os paladinos. — Vamos diminuir o escopo da missão. Demovemos a família de Maren. Salvamos o máximo de civis possíveis. E vamos embora.

— Sem saber o que vamos enfrentar, não podemos só... — começa Rhi.

— A gente defendeu Basgiath — retruca Cat.

Rhi fecha a boca bem rápido.

Se fossem Mira e Brennan em perigo, eu iria, especialmente considerando o pesadelo ainda bem fresco em minha mente, mas existe um motivo para eu não ser a Líder de Esquadrão, e sim Rhi.

— Vamos votar — sugiro. — Eu entendo... nos mandar para uma zona de guerra pode ter resultados catastróficos, e nós só somos cadetes, então vamos votar. Foi o que fizemos em Resson.

Nenhum de nós menciona que Liam e Soleil não voltaram para casa naquele dia.

Rhi assente.

— Todos aqueles que estão a favor…

Todas as mãos se erguem no ar, incluindo a dela. Ela suspira.

— Bem — diz ela. — Degrensi falou para sermos úteis. Então vamos ser úteis.

O clima é um dos grandes equalizadores em uma batalha, tanto prejudicial como favorável em igual medida aos dois lados, a depender das condições. Sem nossos dominadores usando esse elemento a nosso favor, estamos sempre à mercê da natureza.

— TÁTICAS, UM GUIA MODERNO DE COMBATE AÉREO, POR MAJOR CONSTANCE CARA

CAPÍTULO DEZ

Quarenta minutos depois, o sol desaparece enquanto Tairn e eu descemos sob a cumeeira coberta de neve, mergulhando milhares de metros na direção do vale mais quente que abriga o Rio das Pedras. O sol sempre se põe cedo demais nessa época do ano. O poder vibra em minhas veias, crescendo e minguando a cada batida do coração. Eu quase tinha me esquecido de qual é a sensação da magia selvagem além das égides, de como ela é acessível. O poder de Tairn parece infinito, mais profundo do que os oceanos que nunca atravessei, mais vasto do que o céu aberto acima de nós.

— *Maise nos viu partir* — avisa Tairn, guardando as asas. Meu estômago vai parar na boca enquanto ele mergulha, acompanhando o terreno com uma velocidade nauseante. — *Está repassando a ordem para voltarmos imediatamente.*

— *Você pode só ignorar?*

Estamos uns bons cinco minutos à frente dos outros dragões, dez à frente dos grifos, que estão viajando com Andarna, embora eu tenha implorado para ela ficar para trás.

— *Eu não recebo ordens de Maise.*

Tairn estabiliza o voo acima do rio, uma brisa notável ajuda a manter a velocidade. Ele bate as asas tão perto das corredeiras que quase espero sentir o esguicho de água quando fazemos a curva. Em alguns meses, esse rio será o mais traiçoeiro do Continente, com as águas de degelo da primavera, o que aumenta ainda mais o clima imprevisível da região, considerando a mudança abrupta de altitude.

A fumaça sobe em colunas grossas à nossa frente, juntando-se às nuvens de tempestade enquanto simultaneamente sufocam o vilarejo lá embaixo. Meu coração se sobressalta com um arroubo de pavor e adrenalina.

— *Lá na frente* — aponto.

— *Acredite, eu também tenho olhos. Chegamos em cinco minutos.*

Ele se inclina para a direita para se encaixar em um afunilamento do cânion entalhado pela água e meu peso muda de lado, o cinto da sela me mantém no lugar.

Assim que terminamos de passar pelo afunilamento, arranco as luvas e as enfio no bolso direito, avaliando em seguida os dois lados da margem do rio turbulento à procura de sinais de vida.

— *Preciso que desacelere. Não consigo saber se o que vejo são pessoas ou árvores.*

— *Você pede por velocidade e então reclama quando eu a providencio.*

No entanto, ele desacelera, e a paisagem muda para planícies altas.

— *Este é o único caminho lógico que pegariam para...* — vejo uma fileira de civis andando em nossa direção vindo da margem sul do rio. — *Ali!*

— *Repassei as informações para Feirge. Os grifos e Andarna pararão ali primeiro, como planejado* — Tairn me informa, acelerando outra vez. — *Um minuto. Prepare-se. A pressão está diminuindo. Estamos voando na direção de uma tempestade.*

Dito e feito: meus ouvidos estalam enquanto enfio os pulsos nas faixas de couro que vão manter o conduíte em segurança. Desabotoo com destreza o capuz de voo, deixando que o vento mais quente o arranque do meu rosto para me permitir uma visibilidade melhor enquanto voamos em direção ao vilarejo cheio de fumaça e chamas. Os civis fogem através de um portão na parede oeste, e o fedor acre de fumaça enche meus pulmões, ficando mais pungente a cada batida das asas de Tairn.

Uma silhueta rompe o pilar de fumaça...

— *Wyvern!* — Agarro o conduíte na mão esquerda e escancaro a porta que me dá acesso ao poder de Tairn, aumentando o fluxo de um fio para uma torrente.

O poder me abraça, o fogo corre por minhas veias, as brasas queimam meus ossos enquanto o conduíte brilha, tirando o excesso.

— *Não canalize mais do que pode usar!* — avisa Tairn enquanto o wyvern voa em nossa direção, as asas cinzas encouraçadas cheias de buracos.

— *Eu estou bem.*

Se eu errar de primeira, aqueles dentes podres alcançarão Tairn. Eu me endireito contra o vento, minha barriga retesada para me manter ereta enquanto ergo a mão direita e em seguida miro e disparo meu poder com um *crack*.

O relâmpago brilha, iluminando as nuvens acima por menos de um segundo antes de rasgar o céu e acertar o wyvern no peito. A fera ruge enquanto cai, e Tairn passa tão perto acima dela que sinto o cheiro de carne queimada.

Não tenho tempo para sentir alívio enquanto dois outros wyvern irrompem da fumaça.

Estamos em menor número, e, por mais que Tairn seja maior, eles são mais rápidos.

— *Aclive* — avisa Tairn antes de dar uma guinada à direita e subir, deixando o vilarejo para trás.

Viro o máximo que o cinto da sela me permite e ergo a mão, dando boas-vindas à queimação enquanto a energia se acumula dentro de mim, mas...

— *Eles estão nos alcançando!*

Perto demais para que eu consiga usar meu poder sem colocar Tairn em perigo.

A bocarra gigantesca do wyvern se abre, revelando dentes manchados de sangue, e a língua enrola enquanto acelera com um ímpeto veloz.

— *Tairn!*

Tairn vira a asa de lado, usando o vento a seu favor, e a diminuição repentina de velocidade quando ele gira o rabo enorme me joga para a frente da sela. Ossos se racham, sangue jorra e o wyvern rodopia para a direita sem a parte de baixo da mandíbula.

Não consigo me virar por inteiro, mas miro a partir do que consigo ver daquele que ainda nos persegue, disparo um raio e... erro.

— *Cacete.*

Começo a tirar...

— *Se desafivelar esse cinto, jogarei você no rio e deixarei que seus deuses cuidem do que sobrar de você* — avisa Tairn, girando para a esquerda em seguida e me permitindo uma visão perfeita.

Disparo outro raio, guiando-o com o movimento da mão, e dessa vez acerto, rasgando a cabeça do wyvern e a separando do corpo.

— *Consegui!*

Isso aí, porra.

Porém, a não ser que esses três wyvern sejam uma patrulha de batedores (o que é improvável, considerando o vilarejo em chamas), deve haver um criador por perto. Viro o corpo para a frente e me inclino, voltando o olhar para baixo. A linha de demarcação fica evidente acima do vilarejo. Metade perdeu a cor, drenada de magia, e no centro dele está uma única figura com uma túnica escura fluida, os cabelos claros (prateados, talvez?) chicoteando ao vento.

É ela. A dominadora das trevas da cela de Jack. Aperto ainda mais o conduíte.

Ela ergue o olhar na nossa direção, levanta a mão e remexe os dedos como se estivesse *acenando*. Um enjoo repentino toma conta do meu estômago.

— *Acho... acho que ela estava nos esperando.*

Caímos numa armadilha.

E viemos direto ao encontro dela. Meu coração congela com aquela descoberta, mas não muda o fato de que a família de Maren está em perigo

— *Lá em cima!* — berra Tairn, e ergo o olhar para avistar dois wyvern surgindo da tempestade.

Ergo a mão, mas não temos mais tempo. Já nos alcançaram.

Tairn lança a cauda para a frente, *embaixo de nós*, virando o corpo de uma forma que nunca vi antes, e caio para trás, meu estômago indo à garganta enquanto o chão toma o lugar do céu e a faixa em minha coxa se aperta, segurando-me de cabeça para baixo por tempo o suficiente para o meu sangue pulsar nos ouvidos duas vezes.

Craque. Ossos se quebram, e Tairn vira para a direita, arrastando o cadáver de pescoço quebrado de um wyvern conosco, soltando-o quando desvira o corpo. Forço meu estômago a ficar onde deve e me preparo para acertar o outro quando ele vem na nossa direção.

Então fecha a bocarra, os dentes batendo a apenas *centímetros* do ombro de Tairn quando erra, e perco dois anos de vida nesse susto. Estendo o braço...

— *Não!* — ordena Tairn, e, um segundo depois, escamas marrons dominam minha visão enquanto Aotrom agarra a cabeça do wyvern entre os dentes, *mordendo-a* enquanto passamos.

O vento ruge feito um animal, bloqueando qualquer outro som, e Tairn dá uma guinada brusca, voltando para o lugar de onde estava vindo. Meu rosto se contorce em uma careta devido à força com a qual meu corpo absorve essa manobra, e luto para me manter consciente enquanto nos viramos na direção da batalha.

A cauda de Aotrom se curva para cima, a ponta venenosa enfiada na barriga do wyvern... e pisco. Um Rabo-de-escorpião?

Não é Aotrom.

— *Chradh* — explica Tairn, e o wyvern cai quando o dragão o solta.

— *Mas que porra Garrick está...*

— *Tornado!* — avisa Tairn segundos antes de uma parede de vento nos atingir com tanta força que arranca o ar dos meus pulmões e nos arrasta em seu vórtex rodopiante.

Somos atirados como uma boneca de pano, e o rugido da tempestade vibra em cada osso em meu corpo. Tairn fecha as asas e me seguro aos pomos da sela, abaixando a cabeça enquanto os destroços voam ao meu redor, o pavor trava meus músculos enquanto somos levados de um lado ao outro, girando, girando e girando como se não pesássemos *nada.*

Ah, Malek, ainda não estou pronta para o nosso encontro.

— *Violet!* — grita Andarna.

— *Não!* — ruge Tairn enquanto somos levados a rodopiar em posição quase vertical.

— *Fique aí!* — grito, e o medo irrompe pelos meus ossos como ácido enquanto somos atirados para longe em um movimento centrípeto.

Ela não pode ser pega por esse furacão. Tem uma chance grande de nos matar, e com certeza tirará a vida dela.

Somos arremessados para fora da tempestade como projéteis, içados no ar na direção do que acho que é uma montanha. Tairn abre as asas bruscamente, diminuindo nossa velocidade de meteórica para apenas letal em um movimento tão repentino que minha cabeça ricocheteia para trás e meus ouvidos zumbem. O rugido dele faz minhas costelas tremerem quando fecha as asas e contorce o corpo em uma tentativa de se virar.

A lateral do corpo dele bate primeiro, e a colisão me deixa sem fôlego, soltando algumas pedras ao nosso redor com um baque assustador. Algo bate contra meu joelho e as asas de Tairn me cobrem por um instante antes de eu ouvir um segundo impacto.

A união fica escura.

NÃO.

— Tairn! — grito, o terror trava todos os músculos, roubando meus pensamentos exceto por um: *ele não pode ter morrido.*

Caímos penhasco abaixo, derrapando sem graciosidade. Sem conseguir enxergar nada, só consigo ouvir as pedras rasgando as escamas dele, sentir os baques que estremecem enquanto atropelamos obstáculos e continuamos em queda.

— *Tairn!* — repito, tentando alcançá-lo mentalmente, mas não encontro... nada.

— *Violet* — choraminga Andarna. — *Eu não consigo senti-lo.*

— *Fique longe!* — repito enquanto caímos e caímos ainda mais.

Será que tem um penhasco embaixo de nós?

Eu deveria ter escutado os avisos de Tairn sobre a tempestade. Será que ele está bem? Será que ele...

— *Não pense nisso!* — grita ela.

Meu coração ruge, acelerado, enquanto mergulhamos, e ergo as mãos do pomo e as coloco sobre as escamas dele. Não consigo sentir sua respiração, mas não significa que ele não esteja respirando. Ele tem que estar bem. Eu sentiria se não estivesse, certo? O pânico ameaça fechar minha garganta. Não é assim que ele acaba, não é assim que *nós* acabamos.

Liam só teve poucos minutos depois que Deigh parou de respirar, mas ele *sabia*.

— *Escolha viver* — imploro para Andarna, às pressas. — *Você é a única da sua raça, você precisa viver. Independentemente do que acontecer com nós dois.*

Ah, deuses, *Xaden*.

— *Fique comigo* — suplica ela, a voz rachando. — *Vocês dois precisam ficar.*

Despencamos em queda livre durante um segundo, meu estômago subindo, e eu me preparo para meu último fôlego.

A terra nos recebe outra vez com um abraço duro, e, dessa vez, deslizamos até parar.

As asas de Tairn se abrem e fico pendurada a um ângulo de noventa graus do chão, ofegando e respirando o ar cheio de poeira. Ele caiu de lado.

Não consigo ver a cabeça dele deste ângulo, então abaixo qualquer resquício de escudo e tento senti-lo livremente. Um único fio cintila onde nossa união deveria estar, mas é o suficiente para invadir meu sistema com a esperança enquanto algo cai atrás de mim. Um fio quer dizer que ele não está morto. O batimento do meu próprio coração significa que ele não...

O peito dele estremece e a respiração volta a ter um padrão profundo e estável.

Obrigada, deuses.

— *Ele está respirando* — digo para Andarna.

— Sorrengail! — Passos correm na minha direção.

— Aqui! — respondo, meu abdome sofre para manter a posição enquanto luto com a fivela da sela.

O peito de Garrick ofega quando ele aparece a três metros abaixo de mim, o capuz abaixado, sangue escorrendo do lado direito da linha do cabelo.

— Você está viva. — Ele apoia as duas mãos no joelho e se inclina, e não sei se está tentando recuperar o fôlego ou se vai vomitar. — Graças a Dunne. E Tairn?

Ele ergue o olhar, avaliando rapidamente e empalidecendo.

— Apagado… o que foi? — pergunto.

— Seu joelho. Está feio pra caralho.

Olho para minha perna e um grito sobe pela minha garganta quando a dor me atinge, como se tivesse esperado até eu ver exatamente quanto estou fodida para aparecer. Meu uniforme rasgou no joelho direito e minha boca está cheia de saliva, a bile subindo rapidamente quando vejo que a patela não está onde deveria. Uma dor lacerante sobe por minha perna e coluna, roubando os pensamentos lógicos enquanto me consome, vindo em ondas que acompanham meu coração.

— Quebrou? — pergunta Garrick.

Segundos se passam enquanto me concentro puramente em afastar a dor e enfiá-la em uma caixa que me permita aguentá-la, forçando meus dedos do pé a se mexerem em seguida, um por um.

— Acho. Que só. Deslocou. Não consigo consertar. — A náusea me percorre a cada respiração. — Deste ângulo.

Ele assente.

— Se cair, eu pego você. Vamos arrumar você no chão.

— Chradh? — pergunto, segurando o cinto com firmeza. Meu peso está segurando a porcaria da fivela no lugar.

— Ele está acordando. — Garrick olha por cima do ombro. — O idiota teimoso virou e recebeu o impacto na barriga. Salvou minha vida, mas uma das pedras fez ele desmaiar temporariamente.

Deve ter acontecido o mesmo com Tairn. Aquele segundo impacto que ouvi devia ter vindo da cabeça dele.

Merda. A venin de cabelos prateados ainda está por aí, e os dois dragões estão indefesos sem nós dois, ao menos até os outros chegarem.

— Se não me pegar, chuto essa sua cara — digo, e trinco os dentes com a dor.

Eu não vou morrer hoje, e Tairn também não vai.

— Olha, pra ser bem sincero… você não está na posição de chutar ninguém com esse joelho aí. — Ele ergue os braços e de repente sinto uma vontade insensata de que fosse Xaden no lugar dele. — Vem, Violet. Pode confiar em mim.

Elevo o corpo, empurrando os pomos para mudar o lugar do peso, e então desato a tira da fivela e caio como se fosse uma pedra. O grito que segurei é arrancado de mim quando Garrick me pega, o mundo irrompe em tons de uma dor vermelha intensa com aquela colisão.

— Quer que eu encaixe de volta? — pergunta ele, me segurando o mais cuidadosamente possível.

Eu assinto e ele me coloca em pé rapidamente e se abaixa na minha frente, segurando minha cintura para me mantar ereta. As bainhas da espada que ele tem nas costas arrastam as pedras grandes que caíram com o baque no chão pedregoso.

— Estique a perna devagar — ordena ele, mantendo os olhos cor de mel no meu joelho. Eu viro a cabeça, mordendo o colarinho da jaqueta para não gritar outra vez quando me estico. — Isso não vai ser nada agradável. Me desculpe — diz ele, e então coloca minha patela de volta no lugar.

— Não peça desculpas — consigo ofegar, a dor voltando imediatamente a um nível que ao menos me permite pensar um pouco. — Tenho atadura na mochila.

O som ritmado da respiração de Tairn acalma meu coração, mas não consigo ver nada além das escamas escuras à minha esquerda e pedaços de granito à nossa direita, que praticamente arrastamos conosco desde as montanhas.

Ele pega a atadura e segura firme meu corpo enquanto dou o meu melhor para estabilizar a articulação. A dor irrompe quando testo o peso sobre a perna, mas é minúscula se comparada ao que pode acontecer a Tairn se não começarmos a nos mexer, então amarro o curativo e digo a mim mesma que está ótimo. Vai resolver até eu encontrar um médico ou Brennan… mas, primeiro, precisamos sair vivos daqui.

— Você é boa nisso — comenta ele. Abaixando o corpo, passa um braço pela base das minhas costas, e jogo o meu por cima do ombro dele.

— Tive muita prática. — Andamos até as costas de Tairn, tomando cuidado para não pisar na asa dele, e finalmente passamos por sua cauda quando os ventos do tornado seguem para o leste. — Sua cabeça está sangrando bem em cima da cicatriz que ganhou em Resson.

— Que bom. Seria horrível machucar o outro lado do meu rosto perfeito — brinca ele. — Não se preocupe comigo. Uns pontos devem resolver.

— *Os outros estão se aproximando* — diz Andarna. — *Não sabem que Chradh está com você, e não contei para eles.*

O Rabo-de-escorpião-marrom bloqueou a própria legião?

— *Diga a eles que procurem a família de Maren primeiro. Fique onde está até sabermos o que está rolando de verdade.*

Ouço um resmungo na resposta dela enquanto cambaleio para a frente com a ajuda de Garrick, ocupando uma posição central entre Tairn e Chradh, que parece que perdeu algumas escamas na linha da mandíbula.

— Os outros estão a caminho — digo para Garrick. — E tenho bastante certeza de que aquela venin sabia que estávamos vindo.

— Isso é... ótimo. — Ele faz uma careta. — Já passei por muita merda enquanto voava, mas nunca na vida por um tornado.

Ele avalia o horizonte. Estamos a pelo menos um quilômetro e meio ao sul do vilarejo.

— Nem eu.

A fumaça volta a subir em uma coluna crescente acima do vilarejo. Tento alcançar o poder de Tairn, mas, como esperado, os Arquivos incendiados de quem tanto dependo estão cobertos pela escuridão.

— Quer me contar o que está fazendo aqui?

— Eles conseguiram sair. — Garrick fica tenso e lança um olhar significativo para o lado oeste do vilarejo enquanto Feirge e Aotrom atravessam a luz da lua. Kira, Daja e o grifo de Trager, Sila, vêm logo atrás, todos eles carregando seus respectivos cavaleiros e paladinos. — A família de Maren, no caso, certo? Foi isso que a major Safah repassou.

— Esse é o motivo para *eu* estar aqui. Você supostamente deveria estar com Xaden. — Não adianta confirmar o que ele já sabe. — A oito horas de distância.

— É, então, mas no segundo em que ele ficou sabendo que você ia sair para enfrentar perigo, ficou... um pouco irracional. — Um músculo na mandíbula de Garrick trava, e tiro o braço de seu ombro para que ele possa endireitar a coluna, aproveitando para mudar o peso da perna para aliviar o joelho direito ao máximo. — Nunca vi ele assim antes. — Garrick lança um olhar preocupado na minha direção. — Nunca mesmo. Não quero pensar no que ele teria feito se estivesse aqui, longe das égides, porque achei que ia acabar arrancando as pedras da parede. Ele sempre se orgulhou de ter controle... e precisa mesmo ter controle, considerando o tanto de poder que ele domina, mas estou falando pra você, ele ficou *maluco* quando ouviu que você ia atravessar a fronteira, Violet. Ele... não é mais o mesmo.

Meu peito se aperta. Ele tinha ficado irritado, até mesmo bravo, quando eu voei para Cordyn com meus irmãos alguns meses atrás, mas não tinha ficado *completamente maluco.*

— Porque foi o Aetos que nos mandou para... — as palavras morrem na minha língua enquanto processo o que ele acabou de dizer. — Ele sabia que eu atravessaria a fronteira? Ah, Maise — termino em um sussurro, encarando o rosto de Garrick. — Como você chegou aqui?

— Essa parte não é importante. — Ele desembainha a espada com a mão esquerda.

— Maise nos viu sair no máximo quarenta minutos atrás e você já estava *aqui*. Você domina os ventos, mas nem fodendo que empurrou Chradh com um vento traseiro de milhares de quilômetros por hora, então *como* foi que chegou aqui, hein?

Minha voz se eleva com a irritação que sinto e um relâmpago cai a seis metros de nós, deixando o chão preto enquanto o trovão ressoa simultaneamente.

Eu me assusto, e então gemo quando meu joelho protesta pelo movimento repentino.

— Caramba, Sorrengail, você não precisava... — começa ele.

— Não fui eu — respondo, balançando a cabeça.

— Fui eu.

Nossas cabeças se voltam para a direita e a venin de cabelos prateados vem em nossa direção, o manto roxo esvoaçando ao vento. Ela não se dá ao trabalho de olhar para Tairn enquanto passa a apenas metros da garra da frente dele e mantém os olhos vermelhos e sinistros fixos em nós. Em *mim*.

Espera aí. Foi ela quem produziu... o relâmpago?

O sangue escapa totalmente do meu rosto e ergo meus escudos, puxando o poder de Andarna.

Por Dunne Sagrado, ela dominou *relâmpagos*. Só que, supostamente, venin não têm sinetes... e muito menos o *meu* sinete.

O pavor faz meu coração afundar no peito, mas minhas mãos trabalham rápido enquanto desembainho duas adagas e as atiro na direção do peito dela.

Ela abana a mão para a esquerda e direita e as minhas facas são interceptadas em pleno voo.

— Isso é jeito de me agradecer?

Cacete. Deveria ter trazido a besta em miniatura que Maren me deu.

— Agradecer pelo que exatamente? — Garrick ergue a espada e se coloca ao meu lado enquanto tento alcançar o poder de Tairn, e só sinto um zumbido fraco.

— *Agora não seria uma hora ruim de manifestar um segundo sinete* — digo para Andarna enquanto a dominadora das trevas se aproxima.

Meu coração bate feito tambor. Tudo que a venin precisa fazer é tocar a terra e nós quatro ficaremos dessecados em segundos.

— *Como se eu tivesse qualquer controle sobre como você usa meu poder?* — retruca Andarna.

Segundo sinete. Meu olhar vai na direção de Garrick, mas um olhar é tudo que posso dar considerando que a dominadora das trevas continua vindo na nossa direção.

— Por não matar vocês, é claro.

A dominadora das trevas inclina a cabeça para o lado e seu olhar me percorre em evidente avaliação, e então para a três metros de distância. As veias escarlates ao lado dos olhos dela me fazem lembrar de uma máscara de fantasia, considerando a tatuagem apagada que ela leva na testa, e o brilho vermelho ao redor das íris é dez vezes mais claro do que o de Jack. Ela é uma Mestre, provavelmente... talvez até uma Guardiã, e, não fosse pelos sinais físicos da alma perdida, seria incrivelmente linda, as maçãs do rosto altas e a boca carnuda, mas a pele dela é sinistramente pálida.

— Embora precise dizer que fico decepcionada por ter sido assim tão fácil te atrair para longe das égides. — Ela faz *tsc, tsc.* — Que pena que a família da garota levantou armas contra mim, ou teriam ficado vivos.

Ela lança um olhar de aviso para Garrick, que, entretanto, não abaixa a espada.

A família da garota... Fecho minhas mãos em punhos.

— Você matou a família de Maren? — Esmago pedras e gelo sob as botas quando dou dois passos na direção dela. — Para *me* atrair para cá?

A raiva faz meu estômago fervilhar.

— Só os pais. — Ela revira os olhos. — Deixei os meninos vivos, como sinal de boa vontade, mas você não pode dizer o mesmo sobre os meus wyvern, não é?

— Boa vontade? — berro.

Maren vai ficar devastada.

— Violet — avisa Garrick, mas se mantém ao meu lado a cada passo que dou.

— Cuidado com o tom de voz, dominadora de relâmpagos — diz a dominadora das trevas.

Então ela vira o pulso e Garrick é levantado no ar em uma reencenação nauseante de cada um dos meus pesadelos. A espada dele vai ao chão e ele segura o próprio pescoço.

— Tenho grande curiosidade quanto a você — diz ela. — Confesso que até um certo desejo, considerando todo esse poder que você tem, sem mencionar que é uma coleira bem eficiente. Mas ele? — Ela balança a cabeça e Garrick começa a chutar.

Coleira. Foi dessa exata mesma coisa que Jack me chamou. Ela sabe sobre Xaden.

— Solta ele! — Eu desembainho outra adaga e afasto todo o meu medo. Nada vai acontecer a Garrick enquanto eu estiver cuidando dele. — Isso pode não matar você, mas vai doer pra caramba.

— Acho melhor não compararmos armas. — Ela pega uma faca embainhada no cinto do manto roxo esvoaçante e revela só o bastante da ponta esverdeada para eu perder o fôlego por um segundo. — Nossos caminhos estão entrelaçados demais para começarmos com tamanha hostilidade. Já sei: se você responder uma pergunta minha, devolvo esse andarilho ao chão. Acho que é um começo civilizado para o nosso relacionamento, não acha, *Violet?*

— Então faça a sua pergunta. — Sinto Andarna pairando em nossa união, alerta e, com sorte, nada perto de onde estamos. — *Avise os outros.*

— *Eles estão chegando.*

A frustração demarca cada palavra que ela pronuncia.

— Você preza mais pela vida de um amigo do que por fornecer informações. Interessante. — Ela coloca a faca de volta na bainha. — Meu nome é Theophanie, aliás. Acho justo que saiba meu nome, já que sei tudo sobre você, Violet Sorrengail.

Porra, que *máximo.*

— Por causa do Jack?

É a única explicação lógica. Ela dá de ombros de uma forma que me lembra a duquesa de Morraine, desdenhando.

— Unir-se a um dragão é... invejável. Todo esse poder, de repente *entregue* a você. — Ela comprime a boca até virar apenas uma linha. — Mas dois é um feito inédito. Será que você não é a garota mais sortuda do Continente? Talvez seja eu, por estar tão perto num momento em que seu Rabo-de-chicote foi avistado.

— É isso que você queria perguntar? — Afundo as unhas na palma da mão enquanto os chutes de Garrick no ar ficam mais desesperados.

— Não, foi só uma observação. — Ela olha na direção de Garrick. — Para provar a boa-fé. — Então vira a mão, e Garrick cai no chão ao meu lado, ofegando enquanto tenta puxar o fôlego. — Mas agora me diga, qual deles escolheu você primeiro? Aquele que deu a você o poder dos céus? Ou o irid?

No espírito esperançoso e empolgado advindo dessa nova evolução da união entre dragões, grifos e seus humanos escolhidos, fico me perguntando se alguém já parou para contemplar a natureza do equilíbrio da magia. Será que não estamos arriscando a ascensão de poderes contrários equivalentes àqueles que estamos tentando manipular?

— Registro de correspondência de Nirali Ilan, comandante--general, Fortaleza do Rochedo, endereçado a Lyra Mykel, representante dos comandantes-generais, Campo de Guerra de Basgiath

CAPÍTULO ONZE

— Irid? — questiono, piscando, tentando manter a expressão neutra.

— Sim, seu irid — Theophanie avalia o céu e em seguida a paisagem atrás de nós enquanto Garrick cambaleia ao se levantar, com a espada em mãos. — Alguns não acreditam nisso, mas eu soube assim que os estudiosos de mantos cor de creme sussurraram sobre a sétima raça no seu instituto militar. É uma pena que eu tenha precisado me retirar tão de repente. Há séculos ninguém vê um deles, e eu tinha tanta esperança... de dar uma olhada. — Ela termina a declaração como a ameaça que é, o olhar escarlate sustentando o meu.

Andarna. Pavor percorre meu corpo, deixando minha cabeça zonza.

— *Irid* — sussurra Andarna. — *Sim. Agora eu me lembro. Esse é o nome do meu povo. Eu sou uma Rabo-de-escorpião-irid.*

— *Voe até a proteção das égides!* — grito mentalmente. — *Ela não está aqui por minha causa. Ela quer você.*

— *Não vou te abandonar* — ruge ela.

— *Todos no Continente precisam de você viva. Agora* voe.

Meus dedos roçam o conduíte pendurado no meu pulso, mas que não me serve de nada sem o poder de Tairn. Preciso enrolar e ganhar tempo para Andarna escapar.

— Ela está longe do seu alcance — digo.

— Hum. — Theophanie examina meu rosto. — Decepcionante, mas não seria tão divertido se eu capturasse minha presa na primeira tentativa. Você não faz mesmo ideia do que ela é, né? — A boca da dominadora das trevas se abre num sorriso deliciado que imediatamente me provoca ânsia. — Um prêmio e tanto esse que você recebeu. Às vezes, me esqueço de como a memória mortal pode ser curta.

Mortal. Em oposição ao quê? *Imortal?* Qual a porra da *idade* dela?

Teophanie dá um passo para o lado, indo na direção do vilarejo, e tanto eu quanto Garrick acompanhamos o movimento dela, colocando-nos entre ela e Tairn.

— Quando o dominador das trevas chegar aqui...

— Ele não vai — interrompo. O poder zumbe, me enchendo aos poucos enquanto o som de asas preenche o ar.

Tairn está despertando, mas, seja lá o que estiver vindo na nossa direção, está vindo *rápido.*

— Ele vai, sim — diz ela, naquele mesmo tom de certeza enfurecedor que Xaden usa. O relâmpago estala como se fosse um ponto-final, atravessando a nuvem acima.

Ela nem precisou erguer as mãos. Puta merda, eu perderia para ela em qualquer situação.

— E quando você o acompanhar, peço que se lembre de que fui eu que deixei que você ficasse viva hoje e me escolha como sua professora, e não Berwyn. — Ela dá um passo lento para trás, estendendo os braços para o lado.

Talvez os venin percam a noção junto com a alma, mas bater palma para essa maluca dançar nos ganha mais tempo para Andarna fugir.

— E por que eu faria isso?

O poder me invade como uma enchente, escaldando meus ossos, e deixo que se acumule e retese.

— Para além do fato de que ele é medíocre e você estaria presa a ele, impotente contra suas ordens? — Ela faz uma careta enojada, desmanchando-a logo em seguida. — Vou deixar que fique com seus *dois* dragões enquanto darei a você o que mais deseja neste mundo. — O olhar dela abaixa até o conduíte enquanto o vento pulsa ao nosso redor. Os outros devem ter chegado — Controle e *conhecimento.*

Tairn vira a cabeça na direção de Theophanie, mas os dentes dele se fecham pouco abaixo dos pés dela enquanto ela é levantada no ar pela garra de um wyvern. As asas cinzentas batem rápido e com força, soprando vento na nossa cara e levando a criadora dele para longe do campo de batalha.

— Caralho, a gente ainda está vivo — diz Garrick, abaixando a espada. — Ela deixou a gente *vivo.*

— Você está bem? — pergunto para Tairn, a voz fraquejando.

— *Eu não faleci.* — Ele se levanta, fincando as garras no chão rochoso.

O alívio faz meus olhos se encherem de lágrimas, e minha visão fica borrada.

— *Não se desidrate por minha causa* — ralha ele. — *É preciso muito mais do que um ventinho para me derrubar.* — O olhar dourado dele se fixa no meu joelho — *Queria poder dizer o mesmo de você.*

— Aham, tá, você está ótimo — murmuro, me virando na direção de Garrick, que já está pegando uma das minhas adagas perdidas. — Você não precisa fazer isso.

— Você não está exatamente numa posição em que consegue andar — ele me lembra, pegando a segunda.

— E *você* andou? — pergunto rapidamente enquanto o som de asas fica mais alto. — Ela te chamou de andarilho.

Ele tinha viajado milhares de quilômetros em questão de *minutos*, e, pelo que li, só existe um jeito de conseguir fazer isso, mas era algo que ninguém fazia há séculos.

Garrick passa o dorso da mão pela têmpora e a pele sai vermelha.

— Pois é, e chamou você de coleira.

Não é à toa que ele é o melhor amigo de Xaden. Os dois são especialistas em se esquivar de perguntas.

— Você tem um segundo sinete, não tem?

E, assim como Xaden, ele havia escondido o mais forte.

— Você também tem. — Ele me entrega as adagas, oscilando. — Ou ao menos vai ter.

— Obrigada. — Sustento o olhar dele enquanto embainho as armas e avalio a importância do que ele está escondendo. — Você sabe que a última vez que alguém dominou distâncias…

— Eu nunca disse que dominava — interrompe ele, olhando para Chradh com um vislumbre de sorriso enquanto o Rabo-de-escorpião-marrom fica em pé. — Me assustou por um segundinho aí, amigão. — Ele bufa. — Tá, eu sei quanta energia é necessária para fazer uma coisa dessas. Confie em mim, você perdeu bem mais pele do que eu.

— Você deveria ir embora. — Gesticulo na direção de Chradh, e meu joelho pulsa conforme a adrenalina começa a baixar. — Agora, antes que se aproximem a ponto de te verem. Sei que ele bloqueou o resto da legião, então seu segredo estará a salvo comigo se for embora em poucos segundos.

O olhar de Garrick encontra o meu, claramente em conflito.

— Posso te ajudar a montar na sela…

— Obrigada por ter arriscado se expor para vir me ajudar, mas *vai embora logo.* — Ergo as sobrancelhas. — Meu esquadrão pode me ajudar.

Garrick inclina a cabeça como se estivesse escutando algo e depois assente.

— Você vai voltar direto para Basgiath?

Faço que sim.

— Corra.

Ele fica só mais um segundo e então sai correndo na direção de Chradh. Levanta voo em meio às sombras, voando para longe de vista enquanto meu esquadrão se aproxima.

— *Você sabia?* — pergunto a Tairn.

— *Não costumamos fazer fofoca sobre nossos cavaleiros.*

É bem por aí. Se fofocassem, Xaden já estaria morto.

***

— *Isso é ridículo* — digo a Tairn enquanto ele desce na direção do pátio da Divisão, e não do campo de voo, vinte horas mais tarde.

— *Ridículo é pensar que você seria capaz de mancar lá do campo de voo até aqui.*

Gritos ressoam da meia dúzia de cadetes que correm até a segurança da ala dos dormitórios enquanto Tairn aterrissa na lama. Ao menos parou de nevar.

— Violet! — Brennan surge correndo por entre os cadetes fugitivos, as sobrancelhas franzidas de preocupação.

— *Sério que você me dedurou para o meu* irmão? — Lanço um olhar feio para Tairn, sabendo muito bem que ele não consegue me ver.

— *Claro que não.* — Tairn bufa e o vapor embaça as janelas dos dormitórios.

— *Eu contei para Marbh* — anuncia Andarna, pousando à direita de Tairn, as escamas dela tão pretas quanto as dele.

— Estou bem! — grito para Brennan, desatando o cinto e xingando alto quando ele fica preso nos pontos de novo. Mordo o lábio para não choramingar enquanto me forço a sair da sela. — *Achei que não fofocassem.*

Ela bufa e começo o exercício humilhante de me locomover de bunda pelas costas de Tairn enquanto ela me observa.

Tairn abaixa o ombro quando chego na altura certa, e não consigo abafar a arfada de dor ao levantar a perna direita para conseguir deslizar e descer.

— Que tal você me arrumar um par de muletas, aí eu...

— Que tal você descer logo aqui — diz Xaden, parado onde eu estava imaginando que fosse ver Brennan.

Meu coração se sobressalta. Deuses, ele fica tão bonito me encarando desse jeito, com aquela intensidade que costumava me deixar toda nervosa quando eu era caloura. Ele ergue um braço e as sombras surgem por baixo de Tairn e se solidificam, me abraçando pela cintura.

— Logo, se possível. — Ele dobra um dedo na minha direção. — Eu faria o mesmo por qualquer cavaleiro machucado.

— Eu meio que duvido. — Deslizo pela perna de Tairn e as sombras me viram de lado no último segundo, erguendo meu corpo até que eu me encaixe nos braços de Xaden. — Ora, ora. — Afasto uma mecha de cabelo escuro da testa dele, e em seguida passo os braços por seu pescoço e me acomodo no peitoral, ignorando os protestos do meu joelho quando ele dobra. — O que mais você consegue fazer com essas sombras, hein, tenente Riorson?

Ele contrai a mandíbula e mantém os olhos fixos no horizonte enquanto me leva para longe de Tairn, passando por Brennan, que segura aberta a porta para a ala dos dormitórios.

— A sala comunal fica mais perto — diz Brennan, alcançando Xaden rapidamente.

Cada linha no corpo de Xaden está rígida enquanto ele segue Brennan pelo átrio até a sala comunal. Tensão irradia do corpo dele em ondas de sombras que rodopiam feito pegadas enquanto olho por cima de seu ombro. Quando tento falar com ele pela nossa conexão, percebo que me bloqueou.

— Você está com raiva — sussurro conforme Brennan segue adiante, ordenando aos cadetes que saiam da sala de reunião que fica à direita do quadro de anúncios.

— Raiva não chega nem perto de descrever todos os meus sentimentos atuais — responde Xaden, passando pela porta e entrando na sala sem janelas.

As sombras empurram para fora do caminho todas as seis cadeiras que ficam do lado em que estamos da mesa comprida, e ele me deposita cuidadosamente na superfície, recuando em seguida e colando as costas na parede.

— Fiz exatamente o que você teria feito na mesma situação — argumento, apoiando o peso nas mãos enquanto Brennan se aproxima para dar uma olhada em meu joelho, deixando a porta aberta. — Se você tivesse…

Xaden ergue um único dedo.

— Ainda. Não.

Estreito os olhos na direção dele enquanto Brennan corta a atadura com a adaga.

— Achei que estivesse voltando para casa? — questiono meu irmão.

— Só estou ajudando a ajeitar os últimos detalhes do acordo — Ele faz careta ao ver o calombo azulado e preto que meu joelho virou. — Sorte a sua que ainda estou aqui. Vinte horas em cima de uma sela não ajudou muito com o inchaço.

— Também não teria ajudado se eu tivesse desmontado em Samara. — Estremeço quando Brennan cutuca a articulação.

— Trouxe um pouco de arinmenta comigo. Vou coar no leite para ajudar a acelerar a cura profunda. — Ele assente para si mesmo. — Ajudou depois que você foi envenenada.

— Você trouxe arinmenta de Aretia? — Xaden lança um olhar carrancudo para meu irmão.

— Caramba, quebrando a lei na frente do *duque*. — Tento provocar Brennan, mas a dor faz minhas palavras saírem esganiçadas e a piada bate errado.

Porra, que dor. Minha perna lateja quase que duas vezes mais sem a atadura.

— Sei muito bem como usar essa planta. Você sabe que não vão encarar de forma muito favorável o fato de você ter se retirado das negociações agora que fala em nome de sua província, certo? — Brennan espalma as mãos sobre minha articulação e encara Xaden por cima do ombro. — Você não é mais um cavaleiro comum, e provavelmente deveria voltar…

Ele pisca quando Xaden lança outro olhar fulminante em sua direção.

— Deixa pra lá. Eu é que não queria estar no seu lugar — murmura ele, baixinho, para mim, e então fecha os olhos.

— Não foi culpa dela! — grita Garrick enquanto atravessa o batente correndo, praticamente deslizando até parar a um metro da mesa.

— É mesmo? — pergunta Xaden.

— Atravessar a fronteira de Poromiel definitivamente foi escolha dela. — Garrick tira a jaqueta de voo e a deixa na cadeira mais próxima. — Mas aquele tornado? Foi um azar comum à região. A dominadora das trevas…

— Você já a defendeu. Duas vezes. — O tom de Xaden soa entediado e ele cruza os braços.

— Não preciso que me proteja dele. — Balanço a cabeça na direção de Garrick enquanto sinto um calor envolvendo meu joelho, depois olho na direção de Xaden. — Eu banco minhas próprias decisões.

— Infelizmente sei disso mais do que gostaria, caralho. — Xaden fecha os olhos e encosta a cabeça na parede.

— Ela está aqui! — Rhiannon chama da porta.

Segundanistas enchem a sala, incluindo Maren e os dois irmãozinhos, que parecem estar grudados nela.

— Sentem aí, vocês dois — diz ela com gentileza para os garotos, e Trager puxa duas cadeiras do outro lado da mesa para eles.

Os gêmeos têm sete anos e compartilham da mesma pele ocre, cabelos escuros e olhos cor de mel amarronzados e cheios de pesar, e deve ser por isso que me passam uma sensação tão familiar. Também ficaram em silêncio todas as vezes que paramos no voo até aqui. Ela se abaixa na frente dos irmãos.

— A gente vai dar um jeito nisso tudo. Prometo.

— Sente-se — diz Trager para Cat, puxando outra cadeira.

— Eu estou de boa. — Ela oscila de leve, esfregando a nuca.

— Você não está conseguindo parar em pé. — Ele indica a cadeira. — Senta.

— Tá bom — resmunga ela, praticamente caindo no assento. — Maren, você também.

Todos nós estamos exaustos.

— Vocês desobedeceram a uma ordem direta? — O general Aetos entra na sala feito uma tempestade e se sobressalta ao ver Brennan e Xaden ali.

O calor em meu joelho se intensifica e a dor diminui lentamente enquanto Brennan regenera o ligamento rompido e o tecido inchado.

— Recebemos ordens para sermos úteis, e foi isso que fizemos... — Rhiannon se coloca entre Aetos e o resto do esquadrão. — Senhor.

O título não sai como um elogio.

— Nosso retorno antecipado foi autorizado pelo tenente-coronel Degrensi, considerando que eles não têm um regenerador à disposição no entreposto e já estão sobrecarregados de feridos. O senhor deve estar satisfeito em ver que a cadete Sorrengail está ferida. Completamos nossa punição.

— E faríamos de novo. — Ridoc inclina a cadeira para trás, apoiando os pés na mesa. — E de novo, e de novo.

O rosto de Aetos fica corado.

— O que disse, cadete?

— Ele disse que faríamos de novo. — Levanto o queixo e noto que as sombras se esgueiram pelo chão de pedra na direção de Aetos.

— Nós tomamos decisões como um esquadrão. Vamos aceitar seja lá qual punição quiser nos dar como esquadrão. O que não vamos fazer é ficar parados enquanto civis estão morrendo, independentemente de a qual país eles pertençam. E, antes que possa perguntar, todos os dragões e grifos concordaram.

O ódio faísca nos olhos de Aetos, mas ele olha rapidamente na direção de Brennan.

— Você não tem permissão para estar aqui, Aisereigh. Isso é assunto de Divisão.

— É Sorrengail — diz Brennan, sem abrir os olhos. — E mesmo que o Artigo Segundo, Seção Quatro do Código de Conduta de Basgiath não permitisse que regeneradores tivessem acesso a todas as áreas do campus, o que é o caso, não devo obediência a você.

Sinto um nó na garganta quando vejo a plaqueta nova que foi costurada ao uniforme dele.

— E quem se responsabiliza por eles? — Aetos aponta para os garotos. — O rei Tauri se recusou a abrir as fronteiras.

Mesmo depois de tudo que aconteceu? Tenho dificuldade de disfarçar minha expressão de choque. Como é que isso não foi parte das negociações?

Um canto da boca de Aetos se eleva como se ele soubesse que ganhou.

— Terão que ser devolvidos para casa. Imediatamente.

Meu olhar se volta para Xaden e vejo que ele já estava olhando para mim. Ergo as sobrancelhas, e ele suspira, voltando a cabeça na direção de Aetos.

— Já que estamos concluindo a rodada de negociações prevista para a tarde, o tenente-coronel Sorrengail ficará feliz em levar os meninos para casa... — começa Xaden, e Maren protesta alto. — Em Tyrrendor, já que agora são considerados cidadãos týrricos.

— Desde quando? — Aetos enrijece, e o calor em meu joelho se dissipa quando Brennan levanta as mãos.

— Desde o momento em que eu decidi — responde Xaden com uma autoridade gélida.

— Ah. Entendo. — Se Aetos ficar mais vermelho, acho que talvez estoure igual a um balão. — E com as negociações dessa tarde terminadas, espero que você e o tenente Tavis se juntem à Asa Leste conforme o ordenado, assim não haverá necessidade de lembrar a você que oficiais de patente não são bem-vindos na Divisão nem são encorajados a fraternizar com cadetes. A complacência da qual tanto *aproveitaram* neste último outono não será concedida sob meu comando.

Não. Meu coração afunda. Xaden não vai poder ir e vir quando quiser como fazia em Aretia, o que significa que vamos ficar separados. E na fronteira existem grandes chances de ele ter que sair das égides, onde o acesso dele à magia não será limitado.

— Duvido muito que Sgaeyl concorde com isso — avisa Xaden em um tom que me lembra que não sente nem um mínimo de culpa quando se trata de matar inimigos que se colocam em seu caminho.

— Seu dragão é sempre bem-vindo no Vale. É você que não é bem-vindo na Divisão. — Aetos volta o foco para Garrick. — Você e o tenente Riorson devem partir amanhã à tarde para a Asa Oeste, como foi ordenado.

— Como ordenado pelo general Melgren — responde Garrick, assentindo de leve. — Já que respondemos às ordens dele. Ou ao menos eu respondo. — Ele olha de relance para Xaden. — Não sei qual é a posição de Sua Graça aqui, já que faz alguns séculos desde que um membro ativo do Senarium usou preto, mas tenho bastante certeza de que ele agora é o comandante das forças týrricas.

Xaden não se dá ao trabalho de responder.

— Eu não estou nem aí para quem dá ordens a quem desde que vocês dois saiam do meu instituto militar. — Aetos endireita a lapela. — Para o resto de vocês, as aulas retornam amanhã. — O olhar dele encontra o meu, e se ilumina com uma crueldade nauseante. — Temo que terei que abandoná-los agora, já que no momento meus pertences estão sendo levados para os aposentos do comandante-general. Vou dizer uma coisa, o escritório pessoal tem uma vista encantadora.

O comentário dele me atinge da forma esperada e sinto meu peito ameaçar desmoronar ao pensar em Aetos morando no espaço que mamãe e papai costumavam dividir.

Brennan endireita as costas e Aetos se afasta com um sorriso, desaparecendo na sala comunal.

— Eu odeio tanto esse fodido — diz Ridoc, inclinando a cadeira para a frente e depositando todas as pernas do móvel no chão. — Como é que esse otário conseguiu produzir o Dain, que é quase normal?

— Olha a boca — sibila Maren, mas duvido que os meninos tenham ouvido, considerando que os dois estão dormindo.

— Ele também tinha o nosso pai — diz Brennan para Ridoc.

— Até não ter mais — murmuro.

— Ela já está regenerada? — pergunta Xaden, sem se dar ao trabalho de olhar para Brennan, os olhos fixos em mim.

— Está, sim — comento com um sorrisinho, dobrando o joelho de forma praticamente indolor logo em seguida.

— Não está mais sentindo dor? — pergunta Brennan, passando o dorso da mão na testa suada enquanto me encara.

— Não mais do que o normal. — Flexiono a articulação outra vez. — Obrigada.

— Saiam — ordena Xaden, sem desviar o olhar, mas sei muito bem que não está falando comigo.

Todo mundo fica imóvel.

— Eu vou repetir — diz Xaden lentamente. — Saiam todos, *agora*. E fechem a porta.

— Boa sorte aí, Violet — diz Ridoc por cima do ombro enquanto Rhi o empurra pela porta junto com os outros.

Maren e Cat carregam os gêmeos no colo e, em menos de um minuto, ouço o som da porta se fechando.

— Sério, não é possível que você esteja bravo comigo — começo a dizer enquanto Xaden se afasta da parede, aproximando-se com a força de um furacão. — Você nunca questionou minha autonomia... — Ele chega até onde estou, segura meus quadris e arrasta minha bunda até a beirada da mesa, virando meu corpo para que eu o encare. — E eu não vou tolerar você começar com essa palhaçada agora. *O que* está fazendo?

Ele me agarra pela nuca e esmaga os lábios nos meus logo em seguida.

Talvez você fique brava quando descobrir que não te acordei para me despedir, mas é só porque não confio mais tanto assim na minha habilidade de conseguir ir embora.

— Correspondência recuperada de Sua Graça, tenente Xaden Riorson, décimo sexto duque de Tyrrendor, endereçada à cadete Violet Sorrengail

CAPÍTULO DOZE

Ah. *Ah.* Abro os lábios e ele devora meu mundo.

Xaden me beija forte e com intenção e invade minha boca como se aquela fosse a única oportunidade que tivesse para fazer isso. É esse toque de desespero, o roçar dos dentes no meu lábio inferior, que fazem minhas mãos subirem aos seus cabelos. Enterro os dedos entre as mechas escuras e me seguro por tudo que é mais sagrado, depositando tudo que sinto naquele beijo.

O calor e a urgência se acumulam em minha barriga, retesando mais a cada carícia da língua habilidosa. Ele não me beija desse jeito desde antes da Batalha de Basgiath. Ele não me beija assim nem na nossa cama, e, pelos deuses, como senti falta disso. É tão carnal quanto sexo, tão íntimo quanto acordar nos braços dele de manhã.

Meu coração acelera e afasto os joelhos. Ele preenche aquele espaço e me beija com mais força, trazendo nosso corpo para perto um do outro, mas não perto a ponto de satisfazer nenhum de nós dois. Os dedos dele se entrelaçam na parte de baixo da minha trança e ele inclina minha cabeça, encontrando aquele ângulo perfeito que me faz gemer por instinto.

— Violet — grunhe ele contra a minha boca, e, caralho, eu me *derreto*.

Tiro a jaqueta de voo e a ouço bater na mesa, mas mesmo abandonar aquela camada de roupa não alivia o calor insistente que ameaça me incendiar por dentro. Só Xaden consegue uma proeza dessas. Ele flexiona as mãos em meu quadril e em seguida acaricia a curva da minha cintura enquanto suga meu lábio inferior, e gemo ao sentir o calafrio de desejo puro que percorre minha coluna.

Estico a mão para segurar a camisa do uniforme dele e passo os dedos por ela antes de puxar o tecido macio da camiseta para que se solte das calças. Minhas mãos encontram a pele macia e quente sobre o relevo de músculos torneados e traço as duas linhas que correm ao longo de sua barriga e desaparecem dentro da calça.

Ele respira pelos dentes e me beija até todos os pensamentos coerentes sumirem da minha cabeça, mantendo-me naquele estado agoniante de loucura que só ele consegue provocar em mim, e em seguida me levando mais e mais longe até virarmos um emaranhado de línguas e mãos que exploram o corpo um do outro.

A boca dele roça em meu queixo naquele lugar sensível da garganta e ofego quando ele chega ao ponto que sabe que vai me fazer derreter e se demora ali, garantindo que eu me liquefaça por inteiro.

— Você… — Jogo a cabeça para trás para ele ter melhor acesso, e Xaden aproveita a oportunidade. Em minhas veias corre fogo, e o poder vem logo em seguida num golpe vibrante que manda meu bom senso para o outro lado do Continente. — Xaden, preciso de você.

Aqui. Nesta mesa da área comunal. Encostada na parede, bem aqui, na porra da área comunal. Não dou a mínima para onde estamos ou para quem vai estar vendo desde que eu possa tê-lo ali, naquele exato momento. Se ele estiver disposto, eu também estou. Um som rouco escapa de sua garganta antes de ele afastar a boca da minha.

— Não, sou eu que preciso de *você.* — Ele ergue o rosto até ficar de frente para o meu e emoções demais faíscam das profundezas daquele olhar.

— Eu já sou sua — sussurro, levando a mão ao seu pescoço, bem acima da relíquia. O sangue dele corre sob meus dedos, pulsando tão rápido quanto o meu.

— Teve uma hora que eu não tive tanta certeza assim. — Ele desliza os dedos pela minha nuca e se afasta, recuando dois passos preciosos que parecem quilômetros enquanto o ar frio toma o lugar dele, esfriando minhas bochechas coradas. — Sgaeyl preferiu nem me contar. Foi Chradh quem contou para Garrick. — Ele balança a cabeça. — Não fiquei só com raiva, Violet. Fiquei *apavorado.*

O olhar de agonia que vejo no rosto dele me faz engolir em seco e me inclino para segurar a beirada da mesa.

— Eu só fiz a mesma escolha que você teria feito… a escolha que *fizemos*, de fato, e estou bem.

— Sei disso! — Ele ergue a voz, e as sombras não só explodem de repente; fogem por completo.

Hum, tá. Isso é diferente.

Ele passa a mão pelo rosto e respira fundo.

— Sei disso — repete ele, mais baixo dessa vez. — Mas pensar que você estava lá, fora do alcance das égides, encarando um ataque de venin, fez algo que nunca senti antes acordar em mim. Era mais intenso do que a raiva e mais incisivo do que o medo, além de mais acentuado do que a impotência, e tudo isso porque eu não tinha o poder de salvar você.

Abro a boca, uma dor fincando raízes em meu peito. Odeio que ele esteja passando por isso.

— Eu teria matado qualquer coisa e qualquer um naquele instante, tudo para chegar até você. Sem exceções. Teria canalizado cada centímetro de poder sob meus pés sem nem hesitar se isso tivesse me colocado ao seu lado.

— Você nunca mataria nenhum civil — argumento, tendo a mais plena certeza do que estava dizendo.

Ele dá outro passo para trás.

— Se eu estivesse lá, fora do alcance das égides, teria sugado a terra até o núcleo para manter você segura.

— Xaden... — sussurro, sem encontrar mais palavras.

— Sei muito bem que você consegue cuidar de si mesma. — Ele assente e recua mais um passo. — E, logicamente, respeito suas escolhas. Caralho, tenho orgulho da decisão que tomou para salvar a família de Maren. Só que tem alguma coisa que não está funcionando entre isso aqui — ele leva o indicador à têmpora —, e isso aqui. — Faz o mesmo gesto, apontando acima do coração. — E não estou conseguindo controlar nada. Você recebeu ordens de encontrar a raça de Andarna, e eu recebi ordens para ir ao fronte, e não consigo nem confiar em mim mesmo o bastante para tocar em você.

— Mas acabou de me beijar. — Esfrego os dedos na madeira áspera e mudo o peso de lado enquanto luto contra a necessidade egoísta de diminuir a distância entre nós, sem me esquecer das marcas de dedo em minha cabeceira.

Ele pode até sentir que está enlouquecendo, mas acabou de demonstrar controle completo.

— E isso já está bom para você? — O olhar dele fica tórrido conforme percorre meu corpo. — Um beijo. Sem mãos. Completamente vestida. É isso que você quer de mim a partir de agora?

Que pergunta mais capciosa, especialmente quando meu corpo ainda está vibrando por ele. Só que todos os meus instintos me dizem para tomar cuidado.

— Eu quero o que você puder me dar, Xaden.

— Não. — A sobrancelha dele que tem a cicatriz se eleva enquanto ele volta lentamente até onde estou. — Você se esqueceu de que conheço seu corpo tão bem quanto o meu, Vi. — O dedão dele paira acima dos meus lábios. — Sua boca está inchada; seu rosto, corado; e seus olhos... — Ele passa a língua pelo lábio inferior. — Estão nebulosos, e mais verdes do que azuis. Seu coração está acelerado, e a forma como fica mudando o peso de lugar me diz que, se eu arrancasse sua calça agora, constataria que já está molhadinha para mim.

Reprimo um gemido. Se não estava molhadinha antes, agora, com a mais plena certeza, estou.

— Um beijo não é o suficiente. Pra gente, nunca é. — Os dedos dele encontram a ponta da minha coroa de trança e ele dá um puxão, virando meu rosto em sua direção. — Você me deseja da mesma forma que eu desejo você. Por inteiro. Por completo. Sem nada a não ser a pele entre nós. De coração, mente e corpo. — Ele roça a boca na minha, roubando meu fôlego. — Tudo que quero é me perder dentro de você, e não posso fazer isso. Você é a única pessoa no mundo capaz de roubar todo o meu controle, e a única com quem não posso sequer pensar em perder esse controle. — Ele ergue a cabeça. — E aqui estou eu, sem conseguir ficar nem à porra de um metro longe de você.

— A gente vai dar um jeito — prometo, me esforçando para acalmar meu coração. — A gente sempre acaba dando um jeito. Você vai aprender a manter o controle enquanto eu procuro uma cura.

— E se precisarmos limitar as coisas a apenas um beijo? — O olhar dele desce até a minha boca.

— Então esse vai ser nosso limite. Mesmo que isso signifique que você não pode ficar na minha cama até que eu encontre um jeito de curar você, acho que vai funcionar apenas como um incentivo maior para eu trabalhar mais rápido.

Ele solta minha trança e se endireita.

— Você acredita mesmo que vai conseguir, né?

— Sim. — Assinto com a cabeça. — Não vou perder você, nem para você mesmo.

Ele se inclina e pressiona um beijo em minha testa.

— Não posso lutar no fronte — diz ele, baixinho. — Posso ser um dos cavaleiros mais poderosos do Continente, mas, lá, também sou o mais perigoso.

— Eu sei. — Endireito a coluna enquanto contemplo tudo o que pode dar errado por lá, e o que acabou de dar *certo* para mim. — Falando em poder...

Ele segura meu queixo para me encarar nos olhos.

— O que foi?

— Garrick domina distâncias, né? — pergunto, sem me dar ao trabalho de jogar verde nessa pergunta.

Um momento de silêncio se passa entre nós, mas vejo a confirmação nos olhos de Xaden.

— Está com raiva por eu não ter te contado antes?

Balanço a cabeça.

— Você não me deve satisfação sobre o segredo dos seus amigos. — Meu coração se aperta. — Mas as vinte horas de voo me deram bastante tempo para pensar. Você. Garrick. — Inclino a cabeça. — E, uma vez, achei que tinha visto Liam...

— Dominar gelo — diz Xaden, passando o dedo pelo meu queixo.

Assinto.

— Quantas vezes dois sinetes acompanham essas relíquias em particular? — pergunto, os dedos descendo pela lateral do pescoço dele.

— O suficiente para saber que Kaori não tem amostragem o bastante para chegar a conclusões, e uma quantidade não tão grande a ponto de todo mundo ficar se perguntando por que eu só tenho um — responde ele. — Foram nossos dragões que nos escolheram. Sabiam o que estavam fazendo.

— Estavam dando uma chance melhor de sobrevivência a vocês? — Repouso a mão no coração dele.

— Se quiser encarar as coisas de forma mais sentimental... mas, na verdade, estavam construindo o próprio exército. — Ele eleva um canto da boca. — Mais sinetes significam mais poder.

— É mesmo. — Respiro fundo, sabendo que ainda precisamos falar sobre Samara. — O relatório de Rhiannon sobre Samara deixou algumas coisas de fora porque não queríamos contribuir com mais informações equivocadas, nem parecer que não fazíamos ideia do que estávamos falando. O que Garrick contou?

— Além do fato de que a dominadora das trevas primeiro brincou um pouco com vocês e depois deixou os dois vivos? — Ele estreita os olhos. — Nada muito além do que chegou no relatório, o que me irritou, porque dava para *saber* que ele não estava sendo sincero. Ele nunca conseguiu mentir para mim. O que você deixou de fora?

— Estou falando com o homem que amo? Ou com o duque de Tyrrendor? Seja lá qual for a sua resposta, o que eu tenho a dizer pode ser meio vergonhoso.

Sinto o pescoço esquentar. Se eu soar um alarme falso, vou parecer uma tonta.

— Os dois — responde Xaden. — Não quero ser uma pessoa diferente para você. Com os outros, quaisquer que sejam, tudo bem. Mas com você, não. Vai ter que me aguentar sendo quem sou por inteiro, e o meu eu por inteiro é bem capaz de guardar seus segredos. Quero usar Tyrrendor para proteger você, e não usar você para proteger Tyrrendor.

— Já disse que fico feliz em proteger o seu lar. — Fecho as mãos no uniforme dele. — Ela dominou relâmpagos — sussurro, e ele franze a testa. — Xaden, eu acho que estamos errados. Não acho que eles são limitados a magias menores. Acho que talvez... eles também tenham sinetes.

— Eu acredito em você. — Ele sequer hesita. — O que mais você deixou de fora do relatório?

***

Durante a semana seguinte, nossos professores demonstram o quanto são capazes de fazer com que tudo em Basgiath pareça quase rotineiro, como se não estivéssemos no meio de uma guerra. As aulas de física, de ASC (com um professor novo, já que Grady está ocupado montando o esquadrão da missão e fazendo pesquisa sobre o local da expedição), matemática e magia já foram retomadas, com exceção de uma: a aula de história.

Acho que ainda vamos ter que esperar os cadetes de Cygnisen chegarem antes de começarmos essa.

Se os terceiranistas não estivessem passando metade do tempo fora da escola para fazer turnos nos entrepostos do interior, a sensação de que nunca tínhamos nos ausentado predominaria, tirando o fato de que os paladinos se juntaram a nós. Quando os paladinos de Cygnisen chegarem, vamos estar quase com capacidade máxima nos dormitórios, o que me faz perceber a quantidade de dragões que pararam de se unir no último século.

— Isso chegou a Treifelz ontem à noite — diz Imogen, reprimindo um bocejo e me entregando uma missiva dobrada e selada quando nos encontramos na ponte que leva à Divisão Hospitalar.

Não posso culpá-la, já que passou a noite inteira em um entreposto do interior.

O amanhecer irrompe pelas janelas, mas as luzes mágicas são iluminação o suficiente para distinguir o nome dela no destinatário.

— Acho que não é para mim — digo, lendo o nome do remetente. — Especialmente vindo de Garrick.

— Ah, tá, como se o Garrick *me* escrevesse alguma coisa. — Ela revira os olhos, alongando os ombros antes de abrir a porta do túnel. — Todo mundo sabe que Aetos vai ler qualquer correspondência que tiver seu nome escrito.

Rompo o selo e sorrio ao ver a caligrafia de Xaden, mas meu semblante feliz se desfaz rapidamente.

V.

Lutamos em Fervan ontem à noite, respondendo a um chamado de ataque de civis. É com grande pesar que preciso adiar meu retorno para descanso. Cheguei a ponto de quase chamuscar, mas as vidas que salvamos fazem valer o custo, e Garrick informou aos médicos que vou ficar nos meus aposentos me recuperando até segunda ordem. Lewellen está me substituindo para o caso de o Senarium convocar qualquer reunião de emergência.

O estado dos lugares fora do alcance das égides está bem pior do que imaginamos, mas tenho uma solução em mente para prevenir futuros chamuscamentos. É coisa da minha cabeça? Ou o meu travesseiro está com o seu cheiro?

Sempre seu,

X

Desacelero os passos enquanto percorremos o túnel, pavor forma um nó em minha garganta, e paro nas escadas que levam à câmara de interrogatório, enfiando a carta no bolso do peito do uniforme.

— Ele teve um deslize.

Imogen fica tensa.

— Foi o que ele disse na carta?

Balanço a cabeça.

— Ele tomou bastante cuidado com as palavras, mas tenho certeza de que foi isso que aconteceu. Não existe nenhum outro motivo para ele precisar se trancar em um quarto para se recuperar de um quase chamuscamento, a não ser que esteja esperando os olhos voltarem para a cor normal.

— Caralho. — Ela começa a descer os degraus, e eu a sigo. — Precisamos tirar ele logo da fronteira.

— Eu sei. E preciso encontrar uma cura.

— Tem certeza de que é essa a abordagem que quer adotar para essa questão? — Imogen reprime outro bocejo.

— Todos os caminhos possíveis — digo para ela, passando as mãos pelas bainhas para me certificar de que todas as adagas estão no lugar, além de um frasco ou dois. — Ele é a única fonte direta de informação que temos. Tem certeza de que está disposta? Eu entendo se estiver cansada demais.

Eles estão deixando todos os terceiranistas acabados de tanto trabalho.

— Consigo fazer essas merdas até dormindo. — Ela desabotoa a jaqueta de voo. — Já se encontrou com Grady?

— Ele marcou para a semana que vem. — Suspiro. — Ainda está *pesquisando* antes de se dignar a me encontrar, mas ontem me mandou um primeiro rascunho de quem pensou para o esquadrão, e a única cavaleira que conheço na lista é a filha da puta da Aura Beinhaven, porque, escuta essa, ela supostamente é uma companheira de confiança da minha idade e a dominadora de fogo mais poderosa da Divisão.

— Ele sabe que você quase matou essa desgraçada faz uns dias? — Ela ergue a sobrancelha.

— Acho que ele não está nem aí. Ele também não faz ideia de por onde começar, e só sei disso porque ele tentou fazer a dragão dele interrogar Andarna. E isso foi *depois* de ele ler meu relatório no qual narro tudo o que ela me contou de se lembrar dos primeiros cem anos dela em um ovo, o que, como você deve imaginar por ser comum a todos os dragões que demoram para eclodir, não é muita coisa.

— E como foi que ele se saiu nessa? — pergunta Imogen, franzindo a testa.

— Tairn removeu uma dúzia de escamas do pescoço dela e Andarna deixou marcas de dentes no rabo dela.

— *A gente vai arrancar tanta escama da próxima vez que vai dar pra fazer uma armadura nova para você* — promete Andarna.

— *Daquela dragão dele? Obrigada, mas não quero* — respondo.

Um sorriso aparece nos lábios de Imogen.

— Quem procura, acha. — O sorriso logo desaparece. — Concordo que você precisa de cavaleiros experientes no esquadrão, mas é difícil confiar no julgamento dele com essas palhaçadas.

Emery e Heaton levantam os olhos do jogo de cartas quando fazemos a última curva.

— Trouxe Sorrengail com você dessa vez? — pergunta Emery, erguendo as sobrancelhas.

— É evidente que sim — responde Imogen.

Atravessamos o chão de pedra, e desvio o olhar da mesa manchada de sangue quando nos aproximamos.

— Por que sinto que você só vem nos visitar quando estamos de guarda? — Heaton coloca as cartas na mesa. — Aliás, ganhei.

Emery encara as cartas de Heaton e solta um suspiro.

— Você tem uma sorte sobrenatural nas cartas.

— Zihnal me ama. — Heaton sorri e coça o cabelo, que pintou para que tivesse chamas magentas. — Vocês duas vão entrar? — Elu olha para nossas armas. — Ele provavelmente tem só umas vinte e quatro horas restantes se continuar nesse ritmo, mas não posso garantir do que ele é capaz.

— Eu cuido disso. — Indico os frascos amarrados em meu bíceps.

— Eu não duvido. Nolon e Markham costumam chegar às sete para fazer o interrogatório diário, então andem rápido. E eu não esperaria muito. Ele geralmente fica quieto. — Heaton destranca a porta da cela e sai do caminho. — Trouxe visitas.

Vou até o batente e paro abruptamente, fazendo Imogen xingar alto atrás de mim.

Jack não está só com uma aparência horrível; está com uma aparência de *morte*. Está esparramado no chão de pedra no qual eu quase tive uma hemorragia alguns meses atrás, mas algemas grossas prendem seus punhos e tornozelos, atando-o à parede atrás de uma cama que devem ter reconstruído depois de Xaden ter explodido tudo. O cabelo loiro de Jack está oleoso e grudado na testa, e a pele pálida do rosto parece afundada no crânio, parecendo mais um cadáver do que um humano.

Só que, até aí, ele também não é mais humano.

E o que Xaden é, então?

Respiro fundo, atravessando as égides que Mira criou, a magia pinica minha nuca quando Jack levanta os olhos vermelhos na minha direção. A cor do centro de suas íris ainda é de gelo glacial, mas o vermelho borra as beiradas.

— Jack.

Imogen aparece atrás de mim, fechando a porta da cela e nos prendendo lá dentro. É um mal horrível, mas necessário, nos certificarmos de que Heaton e Emery não vão ouvir a conversa que teremos ali dentro.

Respiro fundo pelo nariz e solto o ar pela boca, fingindo que essa não é a cela onde Varrish estilhaçou meus ossos durante *dias*, mas o cheiro da terra molhada e sangue velho faz meus dentes trincarem.

— O que você poderia querer de mim, Sorrengail? — resmunga Jack pelos lábios rachados, sem se dar ao trabalho de erguer a bochecha do chão.

Imogen se apoia na porta e eu me abaixo na frente de Jack, longe do alcance dele caso decida testar o limite das algemas.

— Quero propor uma troca — digo.

— Acha que depois de todos esses interrogatórios e *regenerações*, vou ceder finalmente só por ser você? — O ódio ilumina os olhos dele.

— Não. — Não me dou ao trabalho de dizer que ele já cedeu por Xaden diversas vezes. — Mas eu tenho um palpite de que você quer continuar vivo. — Estico a mão até o bolso e recupero o minúsculo medalhão de liga metálica do meu conduíte. A substância brilhante e pesada é lisa e quente ao toque da palma da minha mão, zumbindo de leve enquanto eu a estendo para demonstração. — Está imbuído de uma quantidade de poder que te manteria vivo por pelo menos mais uma semana.

O olhar dele encara o metal, faminto.

— Mas não de uma quantidade que me saciaria.

— Não vou ajudar você a fugir, se é isso que está pedindo. — Sento no chão e cruzo as pernas. — Mas, se responder algumas das minhas perguntas, posso dar isso aqui pra você.

— E se eu preferir um encontro com Malek? — desafia ele.

— Será que sua espécie se *encontra* com Malek? — rebato, deixando o metal pouco além do alcance dele e pegando um dos frascos de vidro da braçadeira quando não recebo resposta. — Acho que amanhã mesmo você deve descobrir, mas, se quiser que eu alivie seu sofrimento, também vim preparada.

Deixo o vidro na pedra ao lado da liga metálica.

— Isso aí é... — ele encara o frasco.

— Pó de casca de laranja. Simples, mas eficiente no seu caso, considerando que seu corpo está fraco. Também seria um ato de bastante misericórdia se levarmos em conta que suas ações resultaram na morte da minha mãe. Mas não sou assim tão misericordiosa a ponto de te entregar uma adaga.

Ele sorri, desdenhoso, finalmente se sentando em uma exibição macabra de ossos emaciados e angulosos. As correntes se arrastam contra a pedra e fico aliviada ao ver que minha estimativa estava correta. Estou a um metro dele, mas ele só consegue atravessar metade dessa distância.

— Você sempre foi misericordiosa demais. Fraca demais.

— Verdade. — Dou de ombros. — Sempre tive dificuldade quando deparava com um animal em sofrimento. Enfim, diferente de você, tenho outras coisas para fazer, então escolha logo.

O olhar dele vai para o conduíte.

— Quantas perguntas seriam?

— Depende de quanto tempo você quer de vida. — Empurro a substância prateada na direção dele, mas mantendo-a fora do alcance. — Quatro por hoje.

Já sei a resposta para uma delas, mas só quero me certificar de que ele não tentará me enganar.

— E eu deveria confiar que você vai entregar isso aí para mim se eu responder? — Ele olha de esguelha para Imogen.

— Você tem sorte de estar lidando com ela em vez de comigo, cuzão. Se fosse por mim, eu estaria sentadinha aqui para *ficar assistindo* você morrer ao vivo — responde Imogen.

— Primeira pergunta — começo. — Vocês conseguem sentir a presença de outros venin?

Ele encara o conduíte e engole em seco.

— Sim. Quando somos jovens, não somos tão adeptos a nos esconder. Me disseram que isso acontece para que sejamos encontrados logo a fim de recebermos instruções de um Mestre, mas em alguns raros casos um Guardião pode se interessar. — Ele levanta um dos cantos da boca. — Nós, neófitos e aprendizes... podemos todos ser rastreados uns pelos outros, mas o salão comunal inteiro poderia estar cheio de Mestres e Guardiões e eu nunca saberia. Nem vocês. — Os olhos dele faíscam, e as veias vermelhas pulsam no canto das têmporas. — Faz a gente ficar pensando em quem estaria canalizando por aqui há anos, certo? Quem estaria trocando informações por poder?

Meu coração sobe para a boca.

— Vocês precisam ser ensinados a canalizar? Ou ficam malignos sozinhos? — pergunto, me recusando a dar a ele a satisfação de confessar que estou aterrorizada com a possibilidade de eles já estarem entre nós.

— Pergunte o que quer saber de verdade. — A voz dele fica rouca, e ignoro o instinto de entregar a ele o copo de água intocado da bandeja de café que não foi consumida. — Pergunte quando me transformei, e como. Me pergunte por que só os neófitos sangram.

Absorvo aquela informação e sigo em frente.

— Vocês precisam ser ensinados? — repito.

Xaden aprendeu sozinho, mas preciso saber se corremos riscos com qualquer cadete aleatório da infantaria que não teve a coragem de atravessar o Parapeito.

A respiração dele sai chiada, e ele encara o conduíte, focado.

— Não se já tiver experiência com o fluxo de magia. Alguém que nunca manifestou um sinete precisaria de instruções, mas um cavaleiro ou paladino? — Ele balança a cabeça. — A fonte está lá. Só precisamos escolher enxergar, passar por aqueles que a mantêm para si e tomar o que é nosso por direito. — Ele ergue a mão, mas a algema o impede. — O poder deveria ser acessível a qualquer um que é forte o bastante para usá-lo, e não só aos que *eles* acham dignos. É conveniente pensar em mim como o vilão, mas você é quem está unida a dois vilões de verdade.

Ignoro aquela ofensa.

— Você sabe quais são os planos deles?

Ele bufa.

— Um calouro dá ordens às Asas? Não. Nós não somos assim tão idiotas como você está pensando. A informação é dada com base na necessidade. Que desperdício de pergunta. Você só tem mais uma.

— Última pergunta. — Empurro o conduíte até a beirada da pedra em que está no chão. — Como você se cura depois que canaliza da fonte?

— Cura? — Ele olha para mim como se eu tivesse enlouquecido. — Está falando como se eu estivesse doente, sendo que estou *livre*. — Ele oscila. — Bem, parcialmente livre. Trocamos parte de nossa autonomia pelo acesso incondicional ao poder. Talvez você enxergue isso como a perda da nossa alma, mas não sofremos com o peso na consciência nem com a fraqueza dos elos emocionais. Avançamos com base nas nossas próprias capacidades, talentos, e não só a partir do capricho de alguma criatura. Não existe *cura* porque a magia não negocia, e não *queremos* ser curados.

O desdém puro pela pergunta me atinge como um golpe no estômago, arrancando o ar que tenho nos pulmões. Será que, a certa altura, Xaden vai parar de *querer* ser curado?

— Mantenho minha palavra — consigo dizer antes de jogar o conduíte na direção dele.

Jack o pega com uma rapidez surpreendente, fechando os punhos e depois os olhos.

— Isso — sussurra ele, e eu observo, hipnotizada, ao ver as bochechas dele se encherem de carne e cor. A rachadura em seus lábios desaparece e vejo sua camiseta ficar mais substancial com o que tem por baixo. Ele abre os olhos, e as veias que tem do lado deles pulsam quando ele joga o conduíte de volta para mim.

Eu o pego, registrando imediatamente o vazio, e então o guardo e coloco o frasco de laranja na braçadeira antes de ficar em pé.

— Venha me visitar de novo — diz ele, sentando-se e erguendo os joelhos.

— Em mais ou menos uma semana — respondo, e assinto para Imogen, que fica ao meu lado. Nosso tempo está quase se esgotando, mas tenho uma última pergunta a fazer. — Por que eu? Certamente já ofereceram a mesma recompensa para você. Então por que responder às minhas perguntas, e não às deles?

Ele estreita os olhos.

— Você chamou Riorson aos gritos para que ele viesse te salvar quando te trancaram aqui embaixo e quebraram seus ossos?

— O quê?

O sangue se esvai do meu rosto. Não é *possível* que ele tenha acabado de me fazer essa pergunta assim sem mais nem menos, nem ferrando.

Jack se inclina para frente.

— Você gritou por Riorson quando prenderam você na cadeira e ficaram assistindo seu sangue encher as rachaduras entre as pedras até escorrer pelo ralo? Só estou perguntando porque posso jurar que consigo sentir isso quando me deito no chão... toda aquela dor que você sentiu me embala como se fosse uma canção de ninar.

Eu estremeço.

— Pronto. — O sorriso de Jack fica afiado e sou tomada por calafrios quando vejo a empolgação de dar nojo que ele demonstra. — Esse olhar aí é o motivo para eu ter escolhido responder às suas perguntas, a simples satisfação de nós dois sabermos que ainda posso te machucar, e nem preciso usar uma arma.

Respiro fundo, sentindo o aroma que ainda atormenta meus pesadelos e olho ao redor da cela, quase esperando que tudo tenha sido uma alucinação e que ainda estou presa na cadeira. Quase espero ver Liam, mas tudo que vejo são pedras cinza e dessecadas, drenadas de qualquer tipo de magia.

— Acha mesmo que essa é a única sala onde sofri? A dor não é novidade para mim, Jack. É uma velha amiga com quem passei grande parte dos meus dias, então eu não me importo se ela cantarolar um pouco para você. Sinceramente, nem parece a mesma sala depois que você redecorou. Está monocromática demais para o meu gosto. — Dou um passo para o lado. — Imogen, vamos embora.

— E o que me impede de contar a seu escriba favorito que você andou alimentando o inimigo? — O sorriso de Jack fica ainda mais largo.

— Vai ser meio difícil falar de uma coisa da qual você não se lembra. — Imogen invade o espaço de Jack e o sorriso que estava nos lábios dele desaparece.

Quatro minutos depois, saímos das escadas e nos deparamos com Rhiannon, Ridoc e Sawyer esperando no túnel.

— Puta que pariu, hein, será que vocês quatro não conseguem fazer *nada* sozinhos? — resmunga Imogen.

Depois de reprovar em três exames, Jesinia Neilwart foi rejeitada do caminho de adepta, e todas as responsabilidades e privilégios sagrados foram removidas de seu poder a partir da data de quinze de janeiro. Sob protestos, eu a transferi para o comando do professor Grady, aquiescendo ao pedido excessivamente autoritário que me fez.

— Registros oficiais: Divisão dos Escribas, coronel Lewis Markham, comandante

CAPÍTULO TREZE

— Que foi? — Rhiannon dá de ombros e se afasta da parede. — A gente nem quis ir junto quando Violet resolveu bancar a inquisidora. Respeitamos os limites um do outro.

— E vocês *têm* limites uns com os outros, por acaso? — Imogen lança um olhar para os três. — Se vão acompanhar Violet, então eu vou me retirar do que tenho certeza que será uma visita fascinante aos Arquivos. Vejo vocês na formatura.

Ela presta uma continência de brincadeira para Rhi e em seguida vira à esquerda, a caminho da Divisão.

— Ele disse basicamente que poderíamos estar rodeados de venin e nunca teríamos como saber — conto a eles.

— Ah, nossa, que reconfortante — responde Sawyer.

— Você parece ótimo — falo, notando a cor nas bochechas dele enquanto se equilibra sobre a muleta. — Cortou o cabelo? Fez a barba?

— É quase como se ele tivesse acordado mais cedo para se preparar para a visita — provoca Ridoc enquanto descemos pelo túnel, mantendo Sawyer no meio.

— Cale a boca. — Sawyer balança a cabeça. — Acordei mais cedo para tentar encaixar um pedaço horroroso de madeira na perna porque era a única hora que o carpinteiro tinha disponível. Estou começando a achar que seria melhor se eu mesmo tentasse fazer uma peça.

— Você devia. E aposto que pensar em se encontrar com uma certa escriba fez a hora parecer tolerável. — Um sorriso aparece na boca de Rhi, que está à minha direita.

— A gente por um acaso fica comentando sobre seja lá o que estiver rolando entre você e a Tara? Ou sobre como Riorson e Sorrengail ficam brigando igual a um casal de velhos? — Sawyer lança um olhar feio na nossa direção e depois na de Ridoc, mas não consegue esconder o rosto corado, mesmo sob as luzes mágicas. — Ridoc fica pulando de uma cama pra outra como se fosse uma gazela, mas nada disso, vamos atormentar o *coitado* do Sawyer.

Conseguimos descer só alguns degraus antes de ninguém mais conseguir conter a risada.

— Uma gazela? — Ridoc ri à esquerda de Sawyer. — Foi a melhor coisa em que você conseguiu pensar? Uma gazela?

— Eu e Tara já não somos novidade nenhuma. — Rhi dá de ombros. — A liderança pega pesado demais com o nosso cronograma. Ficamos juntas quando temos tempo, mas não é como se estivéssemos saindo com outras pessoas. — Ela olha de soslaio para mim. — Mas ele está certo, você e o Riorson ficam mesmo brigando como se estivessem casados há cinquenta anos e nenhum de vocês quisesse lavar a louça.

— Nada a ver — protesto, enquanto Sawyer assente.

— Concordo — diz Ridoc. — E é sempre a mesma briguinha. — Ele leva a mão ao peito. — Eu vou começar a confiar em você se parar de guardar segredos! — Ele abaixa a mão e faz uma carranca. — É essa minha natureza cheia de segredos que te atrai, e por que você não consegue ficar longe do perigo nem por cinco minutos, caralho?

Rhi solta uma risada tão alta que quase engasga.

Estreito os olhos para Ridoc.

— Se continuar falando, vou enfiar uma adaga em você num lugar que vai te impedir de praticar suas atividades de gazela.

— Não me odeie por ser o único do grupo que continua solteiro de fato e sabe aproveitar cada instante disso.

Viramos a esquina e a porta enorme e circular dos Arquivos aparece.

— Aposto que a liderança esconde o fato de que ama que você esteja com Riorson — diz Sawyer para mim, mudando o apoio da muleta para o lado direito. — Filhos de cavaleiros normalmente são cavaleiros ainda mais fortes, e considerando o poder de vocês? Aposto que Melgren vai escoltar os dois ao templo que quiserem no segundo em que você se tornar uma oficial de patente.

— Duvido que Loial me deixe entrar — murmuro. — Não lembro de qual foi a última vez que pisei em um templo dela.

Tinha parado de rezar a ela anos atrás, assim como a Hedeon, por puro despeito. Não era como se o amor e a sabedoria tivessem dado as caras quando eu havia precisado deles.

— Quer dizer, isso se o general esperar todo esse tempo. — Rhi ergue as sobrancelhas. — Riorson já se graduou.

— Não é algo que discutimos. — Balanço a cabeça. — E eu não sou contra me casar no futuro, mas estou mais focada em chegar viva na graduação. E você?

— Talvez um dia — reflete ela. — Só estou dizendo que você tem sorte de Melgren não ter arrancado você de Preparo de Batalha e organizado tudo pessoalmente na esperança de que o seu filho seja aquele que consiga prever o futuro das batalhas daqui a vinte e um anos. — Rhi dá um empurrãozinho no meu ombro.

— É uma pena que ele tenha tão pouca visão — diz Ridoc enquanto passamos pelo escriba do primeiro ano que está sentado de guarda na porta.

O aroma de pergaminho e tinta enche meus pulmões, me dando boas-vindas ao meu lar. Encaro as prateleiras que se enfileiram ao lado direito do espaço cavernoso como se meu pai fosse surgir do meio delas a qualquer segundo.

— Estamos aqui para ver a cadete Neilwart — diz Rhi para o escriba do primeiro ano que está cuidando do balcão de entrada, que delimita a linha invisível que só aqueles que vestem mantos cor de creme podem ultrapassar.

O cadete sai apressado enquanto Ridoc pega uma cadeira para Sawyer, e nosso amigo se acomoda no exato lugar em que passei minha vida inteira sentada, me preparando para entrar nesta Divisão.

— Tudo bem aí? — pergunta Rhi baixinho.

Assinto e forço um sorriso rápido.

— Só perdida em pensamentos.

— Relaxa, Violet. — Ridoc se senta ao lado de Sawyer. — Não é como se o mundo inteiro dependesse de você encontrar o que restou dos irids. — Ele esfrega a nuca. — Vocês acham que isso aí é uma abreviação de "iridescente"?

— Sim — nós três respondemos simultaneamente.

— Caraca. E se a gente voltasse a implicar com o Sawyer?

Ridoc se inclina na cadeira no instante em que Jesinia vem ao nosso encontro, com os braços cheios de volumes encapados em couro.

Um terceiranista entra no caminho dela e ela desvia dele. O incidente se repete com um segundanista algumas fileiras mais perto de nós.

— Eles são piores do que cavaleiros. — Sawyer segura as muletas com os nós dos dedos brancos enquanto as ajeita na mesa.

— Ah, são mesmo — concordo, notando orgulhosa que Jesinia mantém a cabeça erguida enquanto um terceiranista praticamente a fulmina com o olhar de onde está, na primeira fileira de mesas de estudo.

Estreito os olhos para o garoto, que estremece quando me nota.

— Vou fazer uma petição para que Grady me coloque no esquadrão de missão — diz Ridoc, começando a falar com linguagem de sinais quando Jesinia nos alcança. — Acha que ele vai concordar?

E ergue a sobrancelha na direção dela.

Jesinia deposita seis livros na mesa e ergue as mãos.

— E Violet por um acaso está precisando de um dominador de gelo? — sinaliza ela.

— Ela poderia precisar — diz Ridoc, sinalizando ao mesmo tempo. — Acho que tudo depende do que você encontrar na sua pesquisa.

— Sem pressão — sinaliza ela, revirando os olhos, mas o olhar se suaviza no instante em que fita Sawyer. — Você não precisava ter vindo até aqui — sinaliza ela, e Ridoc traduz. — Eu teria ido visitar você.

— Eu. Queria. Aqui. — Sawyer sinaliza devagar.

Rhiannon e eu trocamos um sorriso. Ele está aprendendo rápido.

Duas rugas de preocupação aparecem entre as sobrancelhas de Jesinia, debaixo da linha do capuz, mas ela assente e se volta para mim.

— Trouxe seis volumes que acho que podem ser úteis — sinaliza ela, enquanto Ridoc traduz para Sawyer baixinho.

— Precisa que eu enterre algum corpo? — pergunto, minhas mãos se mexendo rápido para sinalizar. — Porque Andarna ficaria muito contente em torrar alguns escribas se estiverem agindo feito uns babacas.

— *Eu ficaria mesmo contente* — comenta ela, alegre.

— *Não* — ralha Tairn. — *Não dê corda.*

Jesinia olha novamente na direção dos cadetes, que estão reunidos para começar o dia.

— Já acompanhei derramamento de sangue demais — sinaliza ela. — E posso lidar com a punição dada pela deserção da minha Divisão.

— Punição? — Sinto meu estômago azedar.

— Eles chutaram… — Sawyer começa a sinalizar a palavra "empurrar" em vez disso e abaixa as mãos. — Droga — xinga, olhando para o teto. — Ridoc?

— Pode deixar — diz Ridoc, sinalizando. — E prometo que não vou usar disso para marcar nenhum plano sexual para você mais tarde.

Jesinia arregala os olhos.

— Que os deuses nos ajudem — murmura Rhi, e então o repreende, sinalizando: — Ridoc!

— São eles que saem perdendo — diz Ridoc em voz alta, enquanto sinaliza a frase ao mesmo tempo.

— E pensar que quase sempre fomos só nos duas nesta mesa — sinalizo para Jesinia sem abrir a boca.

Ela pressiona os lábios entre os dentes, reprimindo um sorriso.

— Como eu estava dizendo. — Sawyer lança um olhar feio para Ridoc enquanto ele traduz. — Eles a expulsaram do programa de adepta. Inventaram umas provas nada a ver nas quais sabiam que ela não ia conseguir ser aprovada.

Meu estômago dá um nó. Eu sabia que Markham daria um jeito de punir Jesinia por ter escolhido Aretia, mas nunca passou pela minha cabeça que ele fosse expulsar a escriba mais brilhante do caminho onde mais precisam dela.

Jesinia volta a atenção de Ridoc para Sawyer e eu não queria que ela lançasse aquele olhar que direcionou a ele nem para o meu pior inimigo.

— Você não devia sair compartilhando informações que não lhe dizem respeito desse jeito — sinaliza ela.

Ridoc fala em voz alta.

— Essa eu entendi — murmura Sawyer. — Eles precisavam saber, considerando as novas ordens que recebeu.

— Discordo — sinaliza ela em resposta, e então desvia o olhar de propósito, encontrando o meu. — Não se preocupe comigo. Não sou eu que estou lá fora, lutando contra os venin.

Para essa última palavra, ela soletra letra a letra.

— Sinto muito — sussurro, sinalizando ao mesmo tempo.

— Não sinta. — Ela balança a cabeça. — Recebi a única tarefa que sabem que podem confiar a mim para fazer: ajudar você com pesquisas. Bem, oficialmente sob o comando de Grady, mas, na verdade, ao seu.

E tinham reduzido o acesso dela ao conhecimento? Preciso reunir cada pedacinho de autocontrole que tenho no corpo para engolir o nó de ódio que sobe por minha garganta.

— Eu não queria que isso tivesse acontecido com você.

Ela faz uma careta na minha direção.

— Imagina, tá tudo bem — sinaliza ela. — Eles me deixam em paz no meio de um enorme tesouro de tomos reais que ninguém lê há no mínimo quatrocentos anos. Oh, deuses, como eu sofro. — Ela revira os olhos, sorrindo.

— Já encontrou alguma menção aos irids? — pergunta Ridoc.

Jesinia pisca uma vez, lançando um olhar para Ridoc que já vi vezes o suficiente para estremecer em nome dele quando ela começa a gesticular.

— Aham, claro, no segundo livro que peguei do Arquivo.

— Tá falando sério? — O rosto dele se ilumina.

— Seríssimo — sinaliza ela, o rosto completamente sarcástico. — Existem registros que dizem que quando o último irid chocasse do ovo e se unisse a uma cadete nascida de uma cavaleira com um escriba, ela seria abençoada com dois sinetes.

— Tá zoando? — sinaliza ele, empolgado. — Tem profecia e tudo? — Ele vira o corpo na minha direção. — Violet, você foi esc…

Balanço a cabeça rapidamente, franzindo o nariz.

Ridoc suspira e ergue as mãos na direção de Jesinia.

— Você estava zoando mesmo, né? Não tem profecia nenhuma.

— Ah, você está tão fodido — sussurra Sawyer.

Jesinia se inclina levemente sobre a mesa, na direção dele.

— É claro que não tem profecia nenhuma. — Ela sinaliza usando gestos abruptos, os olhos semicerrados na direção dele, e dessa vez é Rhiannon que traduz para Sawyer. — Só pesquisa. Eu mal terminei de traduzir o diário de Lyra, e agora ainda tenho registros pessoais de seiscentos anos para revisar. Acha mesmo que eu teria encontrado uma coisa dessas já na primeira semana em que tive acesso ao cofre, ou que não teria ido falar com Violet imediatamente se tivesse conseguido qualquer informação?

Remexo os pés.

— Eu só estava alimentando esperanças — responde Ridoc, sinalizando. — Credo, você fica meio assustadora quando está brava.

— Eu não sou nenhum tipo de oráculo da montanha drogada com seja lá qual for a poção do dia no templo. Sou uma escriba que recebeu uma educação extremamente rígida. Me trate como tal e não vou ficar brava — retruca ela, virando-se para mim. — Enfim, reuni aqui seis volumes para você ler e que vão, na maior parte, cobrir a área mais ao sul da ilha de Deverelli, já que essa é a última ilha com que tivemos um canal de comunicação. Imaginei que seria um bom lugar para começar, mas já aviso que Grady pediu por livros sobre a exploração do Mar Esmeralda ao norte.

Ela empurra os livros em cima da mesa, levantando as mãos outra vez.

— Pra ser sincera, fico horrorizada com o que não encontrei no cofre. Graças aos deuses a rainha Maraya mandou a lista dela para você, porque estamos sem… — ela vira a cabeça de lado. — Eu não sei nem dizer o que está faltando. Estava lendo o diário do general Cadao ontem de manhã e um capítulo inteiro parece ter sido arrancado depois que ele comentou que pode ter havido uma ilha forasteira apoiando o segundo levante krovlano. — Ela abaixa os braços, exasperada. — Não posso pesquisar o que não temos.

— O segundo levante krovlano recebeu apoio de um dos reinos arquipélagos? — digo, sinalizando bem lentamente só para garantir que entendi. — Mas isso foi lá nos anos 400, certo? E o que se presume é que Cordyn enviou soldados. Nós cortamos as comunicações com a maior parte das ilhas depois que ficaram ao lado de Poromiel no ano 206, ou por aí, e, em retaliação, eles assassinaram todos os emissários que mandamos nos séculos seguintes, então como é que o general Cadao saberia disso?

— Exatamente — sinaliza ela. — Só consigo pensar em um único escriba que poderia ter essa resposta.

Ela ergue as sobrancelhas significativamente.

Ah. Pisco, processando aquela informação com rapidez, e então praguejo internamente enquanto chego à conclusão inevitável e inútil.

— Ela tá falando de você? — pergunta Rhi, sinalizando ao mesmo tempo. — Ah, não. É do *Markham*?

Balanço a cabeça.

— É do meu pai. E toda a pesquisa dele, e o trabalho que nunca teve a chance de publicar, é *muito* difícil de ser acessado.

Meus ombros relaxam. Estive tão concentrada em sair dos aposentos da minha mãe com os diários dela depois que ela morreu que me esqueci completamente do que o meu pai tinha escondido por lá.

— Difícil tipo vamos precisar do Aaric e de uma missão à meia noite? — pergunta Sawyer, e Ridoc traduz para linguagem de sinais.

— Difícil tipo vamos precisar que Dain traia o próprio pai.

O que é altamente improvável.

— Depois de Aetos deserdar Dain na frente da Divisão inteira, acho que não vai ser assim tão difícil — considera Rhiannon, erguendo as sobrancelhas enquanto sinaliza.

— E não é como se Dain já não tivesse traído o pai, de qualquer forma — acrescenta Sawyer.

Balanço a cabeça.

— Ele abandonou Navarre, não o pai, e acreditem em mim quando digo que existe uma diferença aí. — Olho para os livros, depois para Jesinia. — Obrigada por isso, e por todo o trabalho que você tem feito. Vou começar por aqui.

***

Três dias depois, estou na aula de Preparo de Batalha, refletindo sobre o problema Dain. Devera vira o pulso e o maior mapa do Continente que já vi na vida se desdobra em cima do mapa da Divisão, e a visão disso é assustadora.

— Imagino que tenham entregado isso com nossas coisas de Aretia ontem — comenta Cat à minha esquerda.

— Tem bem mais vermelho nesse mapa do que gosto de ver — diz Rhi, batendo com a caneta no caderno.

Aquela cor incriminatória se espalha desde os Ermos até o Rio das Pedras, e acaba pouco antes de Samara antes de se esparramar por toda a linha das égides, como se o inimigo estivesse à procura de fraquezas. Samara, no entanto, continua firme. Xaden está seguro, pelo menos por enquanto. Faz mais de dez dias que ele foi embora, e Tairn está à beira da loucura, e, com ele, somos dois. Todos os dias que Xaden está na fronteira, está arriscando a própria alma e a sanidade. Ou ele executa a solução que prometeu, ou precisamos encontrar uma forma de tirá-lo da fronteira.

A maior parte de Braevick está saturada de bandeirolas vermelhas, especialmente ao longo do rio Dunness, mas Cygnisen não foi atacada recentemente... e também não mandaram os cadetes de lá para cá.

A capital de Braevick, Zolya, foi atacada meses atrás, mas a sede do governo fica em Sunisa, e ainda está de pé no norte da província. Não consigo evitar me questionar a localização da casa de veraneio da rainha Maraya (na qual fica a biblioteca). Espero que ao menos estejam bem protegidas.

— Cordyn ainda está segura — sussurro para Cat.

— E, nesse ritmo, por quanto tempo ainda vai estar? — Ela aperta os lábios até virarem um risco, mas não levo o comentário para o lado pessoal. Minha irmã foi lotada em Aretia, e a dela está além da proteção das égides.

— Como podem ver — diz Devera, pedindo silêncio à sala —, existe um ataque bem definido e elaborado acontecendo ao longo das égides e que tem como foco o entreposto de Samara. Acreditamos que é simplesmente por ser o caminho mais direto até Basgiath... e os ninhos.

Levanto as sobrancelhas. Não é do feitio dela já nos dar respostas.

— Nosso conhecimento sobre os venin até agora sofreu alguns... impedimentos — confessa Devera.

— O eufemismo do século — murmura Ridoc baixinho.

— E tenho certeza de que alguns de vocês vem ficando frustrados com a falta de instrução das últimas semanas. Se fizerem o favor de pegar o que está debaixo do assento de vocês, vão descobrir o motivo de estarmos esperando.

Eu me abaixo igual a todos os outros cadetes e encontro ali um livro grosso encapado em tecido, e o pego. Pisco rápido para afastar a tontura de me endireitar rápido demais e olho para a lombada simples antes de abrir para ver o índice.

— *Guia para derrotar os Venin, por capitã Lera Dorrell* — leio. — *Venin, um compêndio* e... mais ainda. Olha só, fizeram uma pequena antologia para estudarmos.

— Você já leu todos eles, né? — pergunta Rhi, folheando o livro dela.

— Todos menos o último. *Dominadores das trevas em tempos trevosos*. Tecarus me mandou esses livros em Aretia.

— Foi meu primo Drake quem escreveu o compêndio — gaba-se Cat.

— Tá, Cat, a gente já entendeu, você é a maioral. — Ridoc lança um olhar para Rhi. — Precisamos de um exemplar desses para dar para o Sawyer.

Rhi assente.

— Não podemos deixar ele perder conteúdo ou vai acabar enlouquecendo quando decidir voltar.

— Não vi muitos cavaleiros de uma perna só por aqui. — Cat coloca a antologia debaixo do próprio caderno. — Quer dizer... no caso, não vi nenhum. Talvez devessem perguntar o que ele quer fazer antes de supor esse tipo de coisa.

Ela tem certa razão, então seguro a vontade de brigar com ela por causa do comentário.

— Os cadetes na Divisão dos Escribas trabalharam incansavelmente durante as últimas semanas para que cada aluno tenha acesso à própria cópia desses livros. — Devera senta em cima da mesa. — Nada neles vai ser novidade para os paladinos, é claro, então espero que consigam passar na primeira prova da nova aula de história com nota máxima. — Ela gesticula na direção de Kiandra. — Essa aula em particular será lecionada pela professora Kiandra, e, para fins de agilidade e conveniência, acontecerá nesta mesma sala às terças e quintas. Já que nossa especialista em runas recusou o convite para se juntar a nós, vocês também entrarão em uma rotação de ciclos de duas semanas para ir a Aretia e fazer um intensivo de runas. Verifiquem com os líderes de setor de vocês para saberem o novo cronograma de compartilhamento do campo de voo, além das datas das aulas de runas.

Um resmungo se espalha pela sala inteira, até mesmo entre os terceiranistas atrás de nós. Olho de relance por cima do ombro e vejo que

Dain está na última fila. Anda ficando longe de Basgiath com tanta frequência que ainda não tive a chance de pedir para que me ajude a recuperar a pesquisa do meu pai.

— Não quero ouvir reclamação — avisa Devera, erguendo um dedo. — Estamos acrescentando só três matérias ao plano de aulas, e todas vão salvar a vida de vocês.

— Três matérias a mais? — geme Ridoc, e o sentimento é ecoado por toda a sala. — Além da pesquisa do esquadrão de missão? — Ele olha de relance para mim. — Eu só cheguei na metade do primeiro texto de Deverelli, e olhe lá.

Abro um sorriso, sabendo que ele entrou nessa de cabeça, independente de saber que não tem chance nenhuma de se juntar a essa missão

— Estou falando sério. Quem reclama, dragão não chama — retruca a professora Devera. — Se lerem o livro, continuarão vivos. Se não lerem, vão morrer.

Ela suspira, endireita os ombros e olha ao redor da sala.

— No entanto, infelizmente preciso informar a vocês que uma informação crucial foi descoberta durante a impressão desses livros e, portanto, não teve tempo de ser incluída. Foi confirmado a partir de três fontes diferentes que venin do alto escalão, acreditamos que os Mestres e os Guardiões, não só possuem a habilidade de usar sinetes como se utilizam dela, de fato.

O silêncio que recai sobre todos é mais espesso do que a camada de neve lá fora, e todos os cadetes além daqueles que já sabiam dessa informação congelam por completo. Levou *dez dias* para confirmarem isso?

— Eu sei — diz Devera, com uma gentileza pouco característica. — É mesmo um choque. Vou dar alguns segundos para que absorvam essa informação.

Vejo mais de uma cabeça abaixando nas fileiras à nossa frente, como se tivessem nos entregado nossa derrota. Não posso culpá-los; a maioria de nós só aprendeu a lutar contra paladinos que usam magias menores.

— Pronto, agora acabou o tempo. — Devera fica em pé. — Bem-vindos à nova era da batalha, onde não somos superados em número apenas no céu, mas somos igualmente equiparados em campo em termo de habilidades contra nossos oponentes. Vocês podem e devem esperar enfrentar um dominador das trevas com as mesmas habilidades que as de seus amigos, membros do próprio esquadrão de vocês — ela olha na minha direção —, e que a de vocês mesmos.

Outro murmúrio ressoa e a professora Devera o silencia, levantando uma mão.

— Com isso em mente, a natureza dos desafios vai mudar sob a supervisão do professor Emetterio, para incluir uso dos poderes de vocês, para prepará-los melhor para o combate de verdade. — Ela eleva a voz acima do tom preocupado das conversas. — Mas a morte não é mais um resultado aceitável quando enfrentarem os colegas de vocês. Acabou os dias de tentar resolver desavenças no tatame. Precisamos que todos, cada um de vocês, sobrevivam à graduação.

— Fácil falar quando não é você que vai enfrentar a Sorrengail — solta, de repente, Caroline Ashton.

Justo. Usar meus poderes no tatame não é algo que eu posso fazer.

— Nós não vamos só jogar vocês aos lobos — Devera informa a ela. — A terceira matéria que vão estudar será uma abordagem mais prática para preparar vocês para os combates de sinetes. Vamos ter um quadro de professores que vão se revezar para que todos os tipos de sinetes se beneficiem do treino, e a Asa Leste temporariamente nos emprestou o cavaleiro mais poderoso deles para começar a instrução de vocês.

Sinto um nó na garganta e meu coração começa a martelar em meus ouvidos.

— Aproveitando a deixa… — Devera indica a porta nos fundos da sala, e eu me viro tão rápido que minha visão fica borrada. — Olha só quem acabou de chegar.

Xaden está parado à porta, ao lado do professor Kaori, casualmente inclinado no batente, com os braços cruzados, um sorrisinho minúsculo, mas inegável, no rosto quando nossos olhos se encontram.

Abro um sorriso imediato. Graças aos deuses ele encontrou um jeito de ficar dentro do limite das égides ao virar professor de…

Virar professor.

Ah, merda. Artigo Oitavo, Seção Um do Código de Conduta de Basgiath.

Meu rosto desmorona, e Xaden inclina a cabeça enquanto sombras acariciam meus escudos.

— *O que aconteceu?* — pergunta ele, quando eu o deixo entrar.

— Pessoal, deem boas-vindas ao novo membro do time de mestres de vocês. O professor Riorson — anuncia Devera.

Minhas costelas doem como se, caso apertassem bastante meu coração, fossem conseguir evitar que ele se despedaçasse.

— *Acho que nosso relacionamento acabou de chegar ao fim.*

Embora os paladinos se utilizem apenas de magias menores, na minha vasta experiência com a Asa Norte, são oponentes formidáveis quando se trata de mentalismos e combate corporal. Escutem bem, jovens cavaleiros: não desmontem do dragão de vocês a não ser que sejam forçados a isso.

— Táticas parte II: uma autobiografia, por tenente Lyron Panchek

CAPÍTULO CATORZE

— *De jeito nenhum* — responde Xaden antes de Kaori o levar para longe, mas sinto um rugido nos ouvidos enquanto Devera repassa as mudanças em nosso cronograma acadêmico e nos informa de que devemos formar pares para a nova aula de Xaden, que será chamada de *Combate de Sinetes*.

Somos dispensados poucos minutos depois.

Estou bem. Está tudo bem. Eu penso nisso depois. Por enquanto, vou tentar me concentrar no objetivo que está à minha frente, que por acaso já atravessou metade do corredor quando finalmente saio da sala de Preparo de Batalha com o resto do esquadrão.

— Você não parece muito feliz — comenta Rhi, lançando um olhar de soslaio na minha direção. — Por quê? Vocês dois agora vão poder se ver o tempo todo.

— Vamos mesmo. — Faço um aceno de cabeça forçado. — Todas as vezes que eu tiver aula. — Dou um pulinho no lugar, mas sou baixinha demais para conseguir ver muito além da multidão de cadetes. — Preciso alcançar o Dain.

— Dain? Xaden volta para Basgiath e você quer ir falar com o Dain? — Rhi coloca a mão na minha testa. — Só quero ter certeza de que você não está com febre.

— Depois desse último anúncio, acho que não vou conseguir ver Xaden por agora, pra ser bem sincera — falo baixinho para que Cat não ouça. Deuses, ela vai ficar *tão* feliz com isso. — E não vejo Dain faz uns dias. Preciso perguntar a ele se…

Ergo as sobrancelhas.

— Ah, entendi. — Ela assente e passamos por duas salas de aula de terceiranistas, e Rhi estica o pescoço para olhar adiante. — Ele está na porta da sala de aula do professor Kaori falando com Bodhi. Vai me contar que lance é esse com o Riorson?

— Valeu. Artigo Oitavo, Seção Um, Código de Conduta.

Acelero o passo, passando por entre o mar de cadetes.

— Eita. Não se atrase para a aula de estratégias de voo! — grita ela para mim.

Para meu alívio, Dain não se mexeu ainda quando chego ao arco profundo da porta de Kaori e saio da corrente de alunos para não atrasar ninguém nem ser atropelada por ficar no caminho.

Dain olha de relance para mim, mas, quando vê que sou eu, para tudo o que está fazendo e me garante toda a sua atenção, inclinando-se contra a porta fechada e abrindo um pouco de espaço para que eu me encaixe.

— Vi?

— Desculpa interromper, mas faz dias que você está nos entrepostos do interior e eu precisava falar com você.

Ajeito as alças da mochila nos ombros doloridos. Imogen pegou pesado essa semana com os exercícios, e minhas sessões sozinha treinando o meu poder também deixam meus braços exaustos.

— Ah, não está interrompendo nada — garante Dain. — Estamos só tentando acertar o problema do cronograma do campo de voo.

Bodhi olha entre nós dois.

— Estão precisando que eu saia?

— Não, você pode ficar — falo, balançando a cabeça.

— Ah. — Ele gesticula para o lugar dele, e trocamos de posição enquanto ele fica de costas para a multidão. — Esse lugar aí é mais silencioso.

— O que está rolando? — pergunta Dain, abaixando a voz.

Afasto qualquer apreensão que esteja sentindo. Talvez essa seja a única chance que vou ter.

— Preciso da sua ajuda, e sei que o que vou pedir é muito, então só vou falar logo tudo de uma vez para você ter tempo de decidir.

O corredor vai se esvaziando atrás de Bodhi.

— Agora fiquei preocupado. — Dain olha dentro dos meus olhos. — Você se meteu em algum problema?

— Não. — Balanço a cabeça — Preciso de uma coisa que meu pai deixou nos aposentos que ele e minha mãe dividiam antes de ele morrer. Não é algo que fosse necessário ser queimado, nem nada do tipo.

— Pesquisa? — adivinha Dain, a expressão se suavizando.

Assinto.

— Está... escondida, e os aposentos do general-comandante de Basgiath têm égides que só quem é da linhagem deles pode transpor, seja por sangue ou casamento, e agora essa linhagem não é mais a minha.

— Entendi. — Ele engole em seco. — Então acho que é até mais fácil se você mesma pedir direto para o meu pai. Eu não sou a pessoa favorita dele neste momento. — Ele pestaneja, escondendo rapidamente a mágoa que aparece em seus olhos. — Sei que ele está a algumas salas daqui, em uma reunião com Panchek.

— Na verdade, minha preocupação é que ele talvez não me entregue as pesquisas — digo, lentamente. — Ele mencionou ano passado que as queria, e estou com medo de que decida guardar para si, ou que ele e Markham acabem dando um jeito de censurar as informações presentes nelas.

Dain cruza os braços.

— Então está querendo a minha ajuda para roubá-las.

— Isso.

Nem adianta mentir.

— Não sei se ele de fato me considera parte da linhagem dele... — começa Dain, mas então a porta se abre às suas costas.

— Olha só, nem demorou tanto — diz Kaori com uma risada, olhando em seguida para trás. — Acho que essas pessoas não vieram até aqui por minha causa. — Então se vira de volta para nós. — Rápido, cadetes. Ele precisa comparecer a uma reunião em dez minutos. Agora, se me derem licença, preciso ir.

Abrimos caminho, e o professor Kaori segue na direção do corredor vazio.

— Professor Riorson. — O tom de voz de Dain não é lá muito respeitoso quando Xaden aparece na porta.

Meu coração acelera ao vê-lo de perto, as bochechas marcadas pela barba por fazer, os lábios carnudos e os olhos lindos. Não vejo indício algum de vermelho neles.

— Violet. — Xaden ignora Dain e o primo, a voz deslizando por minha pele como veludo. — Podemos ter uma palavrinha em particular?

— Acho que agora não seria uma boa ideia. — Balanço a cabeça devagar.

— Tenho certeza de que já tive ideias piores. — Ele oferece a mão.

— Você agora é professor — digo, segurando as alças da mochila para não ir de encontro a ele. — E eu sou cadete.

— E daí? — Xaden me olha feio.

— Ah, cacete — diz Dain baixinho. — Artigo Oitavo, Seção Um do Código de Conduta.

— Pera aí. Vocês dois terminaram? — A voz de Bodhi fica esganiçada.

— Sim — respondo.

— Não — diz Xaden ao mesmo tempo, fulminando o primo com o olhar, depois voltando-se na minha direção, repetindo: — Não.

— Quer dizer... se você é nosso novo professor, então o Código se aplica. Ao menos enquanto ocupar o cargo — comenta Dain. — E não consigo pensar em nenhuma parte do Códex que anule essa cláusula.

— E alguém te perguntou alguma coisa por acaso, Aetos? — retruca Xaden.

— Ei, não jogue a culpa em mim. Não fui eu que escrevi o Código. — Dain se afasta na direção do corredor, levantando as mãos. — Também não fui eu que aceitei esse emprego.

Xaden fica tenso.

— Bom, eu tenho aula, então boa sorte lidando com isso aí. — Bodhi sai apressado, seguindo Dain.

Xaden espera só meio segundo antes de agarrar a alça direita da minha mochila e me puxar para dentro da sala de Kaori. E lá se vai a ideia de não me atrasar para a próxima aula.

Ele me solta, fechando a porta.

— Garrick não veio com você? — pergunto.

Como estratégia de enrolação, essa que uso é bem fraquinha, mas é tudo que tenho enquanto recuo na direção da escrivaninha de Kaori, desviando das duas cadeiras que estão de frente para ela. O escritório é um dos maiores, e conta com duas janelas arqueadas e uma estante embutida cheia de livros empilhados de forma caótica em cada centímetro disponível.

— Considerando que ele estava perigosamente perto de mim quando perdi o controle, decidimos que o plano de ele ser minha babá não estava sendo lá tão eficiente quanto esperávamos que fosse. — Xaden encosta na parede à esquerda da porta, o ombro descansando na moldura de uma pintura dos dragões dos Seis Primeiros.

Seis dragões. Não sete.

— Mas você está aqui agora, então isso não vai mais se repetir. — Apoio as mãos na escrivaninha e dou um pulo para sentar em cima dela. — Fiz uma promessa de que faria qualquer coisa para salvar você, para curar você, então se isso significa que não podemos...

— Não ouse terminar essa frase. — Ele caminha até onde estou e meu coração palpita a cada passo que ele dá. — Você já é a pessoa mais letal do instituto, então não é como se eu precisasse me preocupar em dar notas justas a você. Isso não muda nada.

— Nós vivemos segundo o Códex… — tento outra vez.

— Eu vivo segundo *você*. Quando foi que dei a mínima para o Códex ou para o Código de Conduta? — Ele segura meu rosto e se inclina para perto, encostando a testa na minha. — Eu sou seu e você é minha, e não existe lei nem regra neste mundo ou além dele que vá mudar isso.

Fecho os olhos como se isso pudesse impedir meu coração de amar ainda mais este homem.

— Então o que vamos fazer?

— Kaori acha que podemos dar entrada num pedido de dispensa. Só preciso solicitar a Panchek daqui a alguns minutos.

Ele acaricia minhas bochechas com os dedos e, devagar, abro meus olhos outra vez, me apegando à esperança de que ele esteja certo. Que isso possa ser resolvido de uma maneira fácil como essa.

— Não importa o que aconteça, precisamos manter você aqui. Você só ficou na fronteira por uma semana.

E olha só o que aconteceu. Não preciso dizer em voz alta o que nós dois estamos pensando.

— Eu sei. — Ele ergue a cabeça. — E a pior parte dessa história é que não consigo sequer me lembrar de ter puxado poder ou o usado durante a batalha. Ele só estava *lá*. Se Sgaeyl não tivesse… — o peito dele se eleva quando respira fundo. — Ela falou comigo pela primeira vez… quer dizer, na verdade a descrição mais precisa seria gritou comigo, e então acordei, mas o dano já estava feito. Decepcionei você.

— Não decepcionou. — Seguro os pulsos dele. — Vamos dar um jeito nisso. E se Panchek concordar com a dispensa, há algumas coisas que preciso te contar.

Ele assente.

— Encontro você no seu quarto…

A porta se abre e abaixo as mãos, mas Xaden não se mexe nem um centímetro.

— Ah, professor Riorson — diz Aetos da porta. — Kaori mencionou que você talvez estivesse aqui, então pensei que lidaria eu mesmo com a questão de você inevitavelmente pedir por uma dispensa do Código de Conduta, para que nem precise se envergonhar diante do coronel Panchek.

Meu estômago dá um nó. Não preciso do sinete de Melgren para prever que o resultado dessa batalha não vai ser favorável a nós.

— General Aetos. — As mãos de Xaden fazem uma última carícia nas minhas bochechas, e então ele se vira para o comandante. — Estou formalmente requisitando uma dispensa do Artigo Oitavo, Seção Um, com base no fato de que este é um relacionamento preexistente, e o cargo é temporário.

— Petição negada — responde Aetos sem nem piscar. — Vou obedecer às ordens de Melgren e ceder o cargo, mesmo que acredite que existam cavaleiros mais adequados para ele, mas não quero que pense nem por um segundo que concordo com a sua presença aqui, Riorson. Com ou sem perdão, com ou sem título, não vou me esquecer nunca de que você assassinou o vice-comandante a sangue frio alguns meses atrás e destruiu esta instituição por dentro. O seu relacionamento com a cadete Sorrengail me dá a desculpa perfeita de expulsar você do meu campus, e ficarei mais do que feliz em me aproveitar disso caso quebre o Código de Conduta, *professor*. O general Melgren pode até comandar o exército, mas esta escola quem comanda sou eu. Ficou claro?

Deuses, como eu odeio esse filho da puta.

— Se ficou claro que você é um cuzão? Com certeza. — Xaden ergue o dedo em riste. — E ofender você não vai contra o Código de Conduta. Eu já verifiquei.

Aetos fica escarlate e vira um olhar fulminante na minha direção.

— A hora do adeus já acabou. Vá para a aula, cadete.

— *Nada muda. Vamos fazer aquilo em que somos os melhores* — diz Xaden.

— *Roubar metade da legião da Divisão e fugir para Aretia?* — Saio de cima da escrivaninha, a raiva faz meu poder responder.

— *Não, espertinha. Vamos dar umas escapadas por aí. Ao menos por enquanto.*

— *Por enquanto* — concordo, enquanto o general Aetos se afasta da porta bem a tempo de eu passar. — Só para você saber quem deve odiar — digo, por cima do ombro, quando estou no corredor. — Não foi Xaden que matou Varrish. Fui eu.

Aetos enrijece e fica de olhos arregalados enquanto Dain sai do arco escuro do outro lado do corredor.

— Vem, Violet. Eu te levo pra aula. — Dain olha para o pai como se o homem tivesse abandonado o próprio dragão para morrer no campo de batalha.

Caminhamos em silêncio até chegar nas escadarias.

— A culpa não foi só sua. Você deu o golpe final, mas nós dois sabemos que quem matou Varrish fui eu — diz Dain baixinho enquanto descemos para o terceiro andar. — Você poderia ter dito isso para ele e talvez usado essa informação em benefício próprio para que ele concedesse a dispensa a Xaden.

— E no que isso te ajudaria?

— Ah, eu já perdi as esperanças com o meu pai. — Ele dá uma risada infeliz. — E acho que meu pai... Sabe, eu já perdi as esperanças nele em mais sentidos do que só nesse.

— Dain — sussurro, odiando o fato de que ele está me lembrando demais a forma como eu me sentia em relação a minha mãe no ano passado.

— Ele vai estar em Calldyr no fim de semana que vem. — Dain assente, fazendo uma escolha. — É quando vamos pegar a pesquisa do seu pai.

E eu não sinto como se isso tivesse sido uma vitória.

***

Na segunda-feira seguinte, contemplo bater a cabeça na mesa de doze lugares que enche o que minha mãe chamava de "sala de planejamento" no segundo andar do prédio da administração. Seria um uso melhor do meu tempo do que escutar o capitão Grady e o tenente (merda, já esqueci o nome dele) discutirem sobre possíveis locais para a busca na frente de um mapa do Continente pendurado entre duas janelas.

Minha parte favorita do mapa? As bolotas desenhadas à mão e sem forma que representam os reinos arquipélagos ao sul e ao leste. Bastaram três minutos dessa "reunião" para eu saber que ninguém aqui faz a menor ideia do que caralhos está fazendo.

Jesinia revirou os olhos duas vezes do lado esquerdo da mesa, onde está sentada com uma pilha de livros, pena e pergaminho, redigindo uma ata da reunião e registrando também todas as pessoas que agora foram oficialmente selecionadas para a missão.

— *Por favor me diga que você está quase chegando* — digo para Xaden enquanto a união de sombras entre nós dois fica mais forte com a proximidade.

— *Estou subindo as escadas* — responde ele.

— A resposta obviamente é irmos para o norte. — Grady usa linguagem de sinais simultaneamente à fala, assim como todos estão fazendo desde o começo da reunião, e então coça a barba que não está tão bem aparada como antes.

— Sim, nós com certeza deveríamos nos aventurar por territórios que ainda não foram descobertos — murmura sarcasticamente a capitã Anna Winshire no assento à minha direita.

Ela é uma capitã de infantaria particularmente tagarela com cabelos loiro-avermelhados, olhos castanhos astutos e usa lâminas serradas nos dois ombros, mas, fora a profusão de medalhas de valor e fitas costuradas no uniforme, não consigo entender o motivo de ela ter sido escolhida para integrar o esquadrão.

Na verdade, não consigo entender por que *qualquer uma* dessas pessoas foram escolhidas. Ao menos três cavaleiros mais velhos sentados à minha frente conheci somente hoje, e aquela que já conheço, Aura, está o mais longe possível, ao lado direito e mais perto do mapa. Ao menos Halden não foi selecionado, e também não estava na lista de rascunho, o que é um alívio. Talvez tenham decidido que era melhor não enviar um representante da realeza.

Grady ainda está discutindo com o time.

— O norte é...

A porta se abre à esquerda, e Xaden adentra a sala.

Todas as cabeças se viram na direção dele, mas a minha é a mais rápida. Esses últimos quatro dias pareceram uma eternidade. Estar perto dele sem acesso ao contato a que estou acostumada é frustrante pra caralho. Estou constantemente ciente de onde ele está quando abaixa os escudos, e até mesmo quando estão posicionados eu me vejo procurando pelos corredores na esperança de ver alguma coisa espreitando pelas sombras.

Agora que Xaden dorme nos aposentos dos professores, dar umas escapadas não é mais uma tarefa difícil, e sim impossível. Tem sempre um cavaleiro navarriano me observando, onde quer que eu vá.

Na biblioteca? Ewan Faber convenientemente está de olho no esquadrão.

No dormitório? Aura parece ter desenvolvido um interesse súbito pelos turnos da madrugada nas patrulhas de corredor.

Visitando Sawyer? Caroline Ashton e seus puxa-sacos logo aparecem na enfermaria.

— Esta é uma reunião particular — diz o tenente-esqueci-o-nome, movendo o queixo com covinha, indignado.

— Perdoo vocês por terem fracassado em me convidar — responde Xaden, afundando-se na cadeira à minha esquerda.

Reprimo um sorriso. Ele pode até achar que mudou muito, mas só ele faria um comentário desse tipo.

— Não vamos aceitar *separatistas*... — começa a argumentar o tenente, as mãos se movimentando violentamente enquanto sinaliza.

— Já aceitaram — interrompo, com um sorriso doce.

Jesinia abaixa a cabeça e sei que está segurando o riso.

— Podemos desperdiçar o tempo discutindo — diz Xaden —, ou só concordar que Tairn não vai a lugar nenhum sem Sgaeyl, e seguir em frente.

A pena se move rapidamente pelo pergaminho enquanto Jesinia faz anotações, mas ainda vejo um sorrisinho marcado na boca dela.

O capitão Grady fica com a mandíbula tensa, mas preciso ser sincera aqui, esse é o único sinal de irritação que demonstra. Qualquer um que tivesse uma marcaçãozinha no ombro teria previsto que isso fosse acontecer, mas fico curiosa para saber como ele vai lidar com a questão, considerando a forma ilógica como o esquadrão foi escolhido.

— Está bem — diz ele, por fim. — Cadete Neilwart, por favor acrescente o nome dele à nossa lista de presença. — Ele passa os olhos pela mesa. — Todos aqui foram escolhidos para esta missão porque confio neles. Apresentem-se, se ainda não tiverem feito isso — ordena ele aos outros, e então se volta para o mapa.

— Capitã Henson — diz uma mulher com tranças negras apertadas, à direita, assentindo. — Dominadora de ar.

— Tenente Pugh. — O homem seguinte estreita os olhos azuis. — Visão além do alcance.

— Tenente Foley. — *Ah, esse é o nome dele.* — Agrícola.

— Cadete Beinhaven. — Aura ergue o queixo. — Dominadora de fogo.

— Capitã Winshire. — Anna sorri. — Representante da infantaria.

— Tenente Riorson — apresenta-se Xaden. — *É como se ele tivesse pegado uma lista dos sinetes mais comuns e escolhido nomes aleatórios.*

— *E não temos paladinos nem cavaleiros aretianos.* — Reviro a caneta na mão. — *Não é um bom sinal para o espírito da aliança.*

— Por que não temos sinetes de escudos? — pergunta Xaden. — Claramente sairemos para além do alcance das égides, a não ser que estejam achando que exista uma casta inteira de dragões escondida dentro do território de Navarre e o Empyriano simplesmente não saiba disso.

— Você conseguiu esconder dragões — retruca Foley.

— Pensar que o Empyriano não tinha ciência disso por seis anos me diz tudo que preciso saber sobre as prioridades de vocês, além das do dragão de vocês. — Xaden dá de ombros.

— Parem — ordena Grady. — E eu também pedi ao general Tinery por um dominador de escudos em particular. Só estou aguardando uma resposta.

Xaden franze o cenho por um microssegundo, só tempo o suficiente para eu saber que está investigando as intenções de todo mundo.

— Poderia ter perguntado a mim quem chamar. Mira Sorrengail é a única cavaleira que já se provou digna além do alcance das égides, e está cumprindo ordens em Aretia.

Seguro a caneta com força. Mira sempre foi minha primeira escolha nesta missão de qualquer forma... se ao menos tivessem me perguntado.

— Que faz parte da Asa Sul e está claramente sob o comando do general Tinery. — Pugh lança um olhar feio para Xaden.

— Com exceção de Tyrrendor — responde Xaden —, que a partir do Segundo Tratado de Aretia, agora cabe à casa governante. — Ele inclina a cabeça para o lado. — Bem, cabe a Ulices e Kylynn, mas eles respondem a mim.

A pena raspando no pergaminho é o único som na sala enquanto algumas pessoas ficam boquiabertas, e outras travam a mandíbula com força.

Eu me recosto na cadeira, reprimindo um sorriso.

— *Preciso dizer que esse jeito de usar sua autoridade é muito sexy.*

— *Não começa* — avisa ele. — *Eu quase nem estou conseguindo segurar minhas mãos. Se soubesse quantas vezes já pensei em entrar no seu quarto...*

Meu coração acelera.

— É isso que posso esperar, *tenente Riorson?* — pergunta Grady, o calor subindo por seu pescoço. — Você usando do próprio título para influenciar questões militares? Existe um motivo para aristocratas não usarem preto.

— Isso acontece com mais frequência do que você imagina — murmuro, sinalizando discretamente para minha amiga.

Jesinia ergue a pena e não registra meu comentário engraçadinho, mas definitivamente tenta esconder a risada.

— Depende de como estão lidando com essas questões — ameaça Xaden, os gestos de mão ficando mais bruscos enquanto sinaliza, o tom de voz transformando-se naquela calma perigosa que faz os tenentes na nossa frente se remexerem nos assentos.

Viro o olhar para encará-lo.

Os cabelos da minha nuca se arrepiam. Vejo o vislumbre de algo... gélido nos olhos dele, mas que some em um piscar de olhos. O quê...?

— Você e eu teremos problemas — avisa o capitão Grady.

— Provavelmente — concorda Xaden.

Grady respira fundo, a pele corando até o queixo.

— Como íamos dizendo, temos seis meses para encontrar a sétima raça. O Senarium solicitou que enviemos relatórios entre as buscas que fizermos em possíveis lugares para mantê-los informados...

— *Quanta perda de tempo* — diz Xaden.

— ... isso quer dizer que precisamos selecionar nossas primeiras áreas de busca em locais aos quais teremos acesso fácil voando — continua Grady.

— *Aguenta firme que fica ainda melhor.* — Pego a caneta e a reviro entre os dedos para me manter ocupada. — *Sinto falta das suas mãos.*

— *Eu digo o mesmo.* — Ele mantém os olhos no mapa, mas uma faixa de sombras sobe pela minha perna, amarrando-se à minha coxa. — *Sinto falta da sua boca também, já que é a única coisa que posso me permitir.*

Está na ponta da língua responder a ele que não precisa ficar se limitando, mas tenho certeza de que o fato de ele ter arrancado poder da terra na última missão não tenha ajudado muito com a questão da confiança no autocontrole dele.

— E escolhi começar pela costa ao norte — termina o capitão Grady.

As sobrancelhas de Xaden sobem quase até o teto.

— *Eu disse que ficava melhor.*

A capitã Henson tamborila os dedos na mesa.

— Por quê?

Grady pigarreia.

— Basear nossa operação na costa nos dá acesso à magia. Além do mais, o Mar Esmeralda foi pouco explorado...

— Porque nenhum marinheiro volta das águas mais profundas — retruca Henson, olhando para mim em seguida. — Onde seu dragão gostaria de buscar primeiro?

— A cadete Sorrengail não está no comando da missão — interrompe Aura.

— Você só está aqui porque decidi não te matar por atacar meu Dirigente de Asa — respondo. — *Isso é um erro. As únicas pessoas nesta sala em quem confio são você e Jesinia, e ela só está aqui para fazer relatórios de missão depois que voltarmos, ou seja, nem vai conosco.*

— *Concordo.* — As sombras oscilam na base da parede. — *Mira deve ajudar um pouco, mas não vai ser o bastante.*

— O último contato conhecido que tivemos com qualquer um dos reinos arquipélagos foi com Deverelli — digo, em meio ao silêncio constrangedor. — Pelo que li, a ilha mercantil comercializa mais do que apenas bens. Se existe alguma informação por lá, podemos comprá-la pelo preço certo. Precisamos procurar por todos os lugares possíveis, não só ao norte.

Jesinia assente sutilmente enquanto registra minha sugestão.

Todo mundo do outro lado começa a falar o mesmo tempo.

— Vão nos matar se formos até lá.

— Dividir as forças enfraquece o esquadrão.

— Eles odeiam dragões.

— Se um dragão vivesse na ilha deles, já teriam se gabado disso.

— *Ou utilizado um deles no ataque* — murmuro mentalmente.

— *O que você sabe sobre isso?* — pergunta Xaden, e o feixe de sombras *acaricia* a parte interna da minha coxa.

Porra, é muito difícil pensar quando ele faz isso.

— *Registros do segundo levante krovlano foram arrancados do diário do general Cadao, e Jesinia acha que um oficial talvez tenha dado indícios de que um reino arquipélago estivesse envolvido nisso centenas de anos* depois *que cortamos contato. O general Aetos perguntou sobre as pesquisas do meu pai no ano passado...*

— *Sobre os Rabos-de-pena.* — Xaden trava a mandíbula. — *Eu me lembro vagamente de ele mencionar algo do tipo quando estávamos indo para o campo de voo.*

— *Exato. O fato de dragões terem sido mencionados junto com ilhas me dá a impressão de que deveríamos ir para o sul.*

Observo enquanto os outros começam a gritar, as mãos voando aceleradas enquanto sinalizam, e Aura tem a voz mais estridente de todas. É bem audaciosa para uma cadete.

— *Não sei qual é o conteúdo da pesquisa de papai, mas me lembro de ele começar a guardar segredo de repente cerca de seis meses antes de morrer. Se quisesse que Aetos ou Markham tivessem acesso a ela, teria deixado tudo no escritório dos Arquivos.*

— *E o que ele fez em vez disso?* — Ele olha para mim enquanto os gritos aumentam.

— *Está nos aposentos deles.* — Estremeço. — *Nos aposentos do general Aetos. Não se preocupe, Dain concordou em me ajudar a encontrar.*

Xaden estala o pescoço.

— *"Não se preocupe" e "Dain" não são conceitos que deveriam estar na mesma frase.*

— Silêncio! — grita Grady, completamente escarlate. — Além da lógica que já foi providenciada, Deverelli requer um preço alto demais por uma audiência. O sul não é uma opção — diz ele para mim, enquanto se vira na direção da capitã Henson. — E quanto ao Mar Esmeralda, talvez dragões sejam o motivo para marinheiros não retornarem. Até decretarem o contrário, presumam que vamos voar para o norte no mês que vem. Preparem os suprimentos. Essa reunião foi adiada.

Porra. Todos os ossos do meu corpo dizem que devemos ir a sul.

— *Fique* — diz Xaden. — *Eu mataria por trinta segundos com você.*

— *Com certeza.*

Só um *abraço* já me pareceria ótimo.

Xaden e eu ficamos para trás enquanto todos saem, até mesmo Jesinia, mas Aura Beinhaven fica na porta como se fosse uma ama de leite, a sobrancelha arqueada enquanto guardo minhas coisas.

— Que foi, Aura? — pergunto, fechando a mochila.

— Só estou te esperando para escoltar você de volta à Divisão. — Ela lança um olhar significativo para Xaden. — Não quero que fique encrencada ou faça alguma coisa que eu vá precisar reportar ao general Aetos, já que Grady me escolheu como sua *companheira* e tudo mais.

Ela é mais uma porra de carcereira.

— Não seria Panchek a receber o relatório?

Ela balança a cabeça.

— Aetos deixou bem claro para os Dirigentes de Asa que o Código de Conduta precisa ser seguido ao pé da letra. — Ela estreita os olhos. — Naturalmente, transmitimos essa ordem para nossa cadeia hierárquica. Tem muita gente nessa escola que ficaria muito feliz em fazer da sua vida um inferno.

— Que ótimo. — Forço um sorriso, e as sombras escorregam da minha coxa enquanto passo por Xaden, mantendo os olhos fixos em frente para ela não ter nada a relatar.

— *Vamos arrumar um tempo* — promete ele.

— *Você está seguro aqui. Isso é tudo que importa.*

Ao menos, até irmos para o norte.

Alguns sinetes de combate são assustadores, mas qualquer cavaleiro pode ser derrubado por duas coisas: falta de escudo... ou um esforço em grupo. Nunca deem ao inimigo a vantagem de cercar vocês.

— Os grifos de Poromiel: um estudo de combate, por major Garion Savoy

CAPÍTULO QUINZE

Quando chega finalmente a vez do nosso esquadrão de descer os degraus de pedra que levam ao anfiteatro externo da Divisão da Infantaria na sexta-feira, já se passaram mais quatro dias desde que vi Xaden pela última vez, e ele mantém os escudos no lugar com tanta frequência que talvez a coisa mais fácil a fazer seja voltar a escrever cartas.

Entalhada na encosta ao norte, a oeste da Divisão da Infantaria, a arena em meio-círculo é mais um fosso de luta do que uma sala de aula. Tem capacidade para os mais de mil cadetes da infantaria se sentarem, mas, naquela tarde, o lugar magicamente aquecido só abriga nosso esquadrão, o de Caroline Ashton, da Primeira Asa, e o homem devastadoramente lindo parado no meio da base reta do anfiteatro, com impaciência entalhada em todas as linhas de seu rosto. Sempre amei vê-lo de uniforme, mas existe uma faísca em vê-lo usando uma roupa de treino apertada, com as espadas presas nas costas, que me faz imediatamente desejar que aquela fosse uma aula bem particular.

— Que coisa mais incrível — diz Sloane à minha frente. — A neve ainda está empilhada nos cumes, mas parece que aqui é verão.

— É uma égide climática? — palpita Lynx, tirando a neve derretida do cabelo bem preto e curto.

— Acho que é um pouco mais do que isso.

Considerando a forma com a qual a magia me repuxou ao passar, como se eu fosse uma bala grudenta, tenho certeza de que o clima não é a única coisa que estamos mantendo afastado daqui.

As sombras roçam meus escudos enquanto tiro a jaqueta pesada de inverno, desço os degraus e abro uma fresta em minhas defesas só para deixar Xaden entrar.

— *Senti saudades.* — O olhar dele me devora, mas faz um bom trabalho em desviá-lo rapidamente.

— *Eu também.* — Deixo a jaqueta na primeira fileira de assentos de pedra ao lado de meus colegas e fico só com o uniforme de treino tradicional. — *É aqui que você anda se escondendo?*

— Sejam bem-vindos à primeira sessão de Combate de Sinetes, no que gosto de chamar de fosso — anuncia ele, quando chegamos à base dos degraus. O chão foi feito com um padrão de pedras arredondadas em arco em diversas cores, mas apenas um metro e pouco fica visível antes do tatame estendido. — Aqueles que conseguirem usar magia podem se posicionar nas pedras, e vou ressaltar bem essa parte, mantenham-se fora do tatame. Os que não manifestaram poderes, sentem-se na primeira fileira.

Ele gesticula para as pedras atrás de nós e os cadetes começam a se mexer.

— *Se por se esconder estiver querendo dizer construindo égides extremamente complexas que deixariam até sua irmã orgulhosa, então, sim* — fala ele, só para mim. — *E não é como se você estivesse muito acessível. Bodhi disse que ou está lendo encostada em Andarna, ou treinando sozinha na montanha.*

Uma hora por dia: foi isso que prometi a mim mesma. Não importa se está frio nem se estou exausta, apareço na montanha com Tairn, praticando relâmpagos menores e mais concisos até meus braços ficarem com a consistência de gelatina.

— *Também passo muito tempo na biblioteca.* — Rolo os ombros e me coloco entre Ridoc e Rhiannon, ocupando a segunda fileira sem estar no tatame enquanto prendo a faixa do conduíte pelo gancho do cinto no lado esquerdo da cintura. — *O esquadrão da missão pode até estar pendendo para se dirigir ao norte, mas ainda estou lendo tudo que posso sobre Deverelli. Não que seja o suficiente.*

Além de todos os livros sobre dominadores das trevas que a rainha Maraya e Tecarus me mandaram, embora ainda não tenha encontrado menção de uma cura nem de um dragão incendiando um venin como Andarna conseguiu fazer. Talvez esteja sendo bom eu não passar minhas horas noturnas com Xaden, ou não conseguiria ler nem metade do que preciso.

— Vamos logo. Não deveria ser tão difícil assim se organizar. — O olhar dele encontra o meu. — *Esquadrão da missão?*

— *Ridoc inventou esse apelido e pegou.* — Dou de ombros enquanto o outro esquadrão preenche os assentos ao lado dos nossos terceiranistas, ficando como uma imagem espelhada, os mais velhos ocupando o centro do arco. — *Aetos vai partir em breve para a viagem até Calldyr, e então estamos preparando para ir pegar nos aposentos dos meus pais...* — Estremeço. — *Ir pegar as coisas nos aposentos dele.*

— *Precisa da minha ajuda?* — Ele examina nossa fileira, sem dúvida avaliando forças e fraquezas.

— *Não, mas aviso se algo mudar.* — Dobro o joelho esquerdo, testando para me certificar de que a atadura está no lugar. Não importa quantas vezes Brennan me regenere, essa articulação em particular nunca fica curada por muito tempo. — *Alguma chance de você conseguir dar um passeio em Chantara nesse fim de semana? Vamos arrastar Sawyer até lá.*

— *Espero que se divirtam, mas ficar te encarando enquanto aproveita do outro lado do bar seria tortura pra mim.* — Ele flexiona a mandíbula. — *Acho que tínhamos mais tempo juntos quando eu estava em Samara.*

— *Concordo, mas ao menos você está a salvo aqui.*

Avalio as pessoas que temos aqui no chão. À direita de Rhiannon, Bragen e Neve (os paladinos do terceiro ano) estão ao lado de Imogen e Quinn, e à esquerda de Ridoc estão Trager, Cat, Maren, Baylor, Avalynn, Sloane e Kai. Aaric e Lynx estão sentados atrás de nós, e me pega de surpresa ver que todos os quatro calouros cadetes do esquadrão da Primeira Asa também estão sentados.

Os dragões estão demorando bastante quando se trata de canalizar.

— *Estou começando a achar que a segurança é superestimada.*

Ele olha na direção da Primeira Asa.

— Acabaram a fofoca aí?

— Estávamos só dizendo que não temos certeza se alguém que graduou há menos de um ano tem capacidade para ser um professor tão bom assim. — Loran Yashil cruza os braços. O terceiranista de cabelo roxo vívido é um dos melhores lutadores na Asa.

— Ô, caralho — sussurra Rhiannon.

Um canto da minha boca se eleva. Eles merecem qualquer coisa que Xaden decidir fazer com eles.

— Vamos ver se consegue me derrubar e resolvemos essa preocupação neste instante. — Xaden dobra o dedo como provocação. — Você é metalúrgico, certo?

Meu coração se aperta.

— Sawyer também deveria estar aqui — sussurro para Rhi.

— Pois é, mas tudo que a gente fez para tentar convencer ele não adiantou de nada. — Ela fica tensa.

Merda.

— Você está dando o seu melhor. Eu não estou falando...

Ela relaxa os ombros.

— Eu sei.

— Sim, metalúrgico. — Loran assente. — E essas aqui são bem boas e afiadas.

Ele entra no tatame, desembainhando a espada do quadril e tirando uma adaga da cintura.

— Que bom pra você. — Xaden bate duas palmas, mas mantém os pés afastados no tatame. — Espero que te ajudem.

Loran ergue a espada e começa a traçar um círculo para a esquerda, ao redor de Xaden.

— Não vai pegar uma arma?

— Vamos descobrir num instante. — Xaden dá de ombros, os olhos acompanhando os movimentos de Loran. — Agora faça um favor para nós dois e vê se não pega leve. Pode mandar ver.

Loran ataca, e minhas costelas se apertam como se eu estivesse em uma prensa.

Xaden não se move.

Loran corre até estar a menos de um metro dele, e então toma impulso com a espada para a frente, mantendo a adaga contra a lateral do corpo.

Prendo a respiração. Xaden deixa a lâmina chegar a centímetros do peito e só então dá um passo para o lado, batendo com o punho esquerdo fechado no pulso de Loran. O garoto grita quando a espada cai, mas já está se virando na direção de Xaden antes de a lâmina ir ao chão, o braço esquerdo se ergue em um arco para cortar a jugular de Xaden.

Xaden agarra o antebraço de Loran e dá uma volta, puxando o membro para trás das costas do garoto e erguendo o cotovelo para cima até o terceiranista gritar de dor e frustração. Então, tira a adaga da mão de Loran e o solta com um empurrãozinho.

— A porra do *domínio* que esse cara tem — murmura Ridoc, balançando a cabeça. — Se tivesse esperado mais meio segundo...

Só que não esperou, porque sabia exatamente o que Loran estava planejando.

Um sorriso lento se esparrama pelo meu rosto.

— Sempre amei ver você lutando no tatame.

— Eu sei. — Xaden estala o pescoço. *— Já usei meu poder para tirar vantagem de você algumas vezes.*

É claro que sim.

Loran cambaleia, mas, para mérito dele, imediatamente se vira para encarar Xaden outra vez, que joga a adaga, enterrando-a no tatame entre os pés de Loran.

— Você colocou energia demais no ataque. Usar força bruta em vez de controle é estratégia de calouro. — Ele meneia a cabeça, estudando Loran de um jeito quase entediado. — Agora que provamos que sou capaz de acabar com você sem suar nem usar uma arma, que tal voltarmos para a questão central da aula e você começar a usar os próprios poderes?

Xaden ergue os braços em um ângulo de noventa graus, as palmas erguidas.

Loran engole em seco, mantendo os olhos em Xaden enquanto recupera as armas.

— Comece — ordena Xaden.

Loran cambaleia para se firmar e vejo o que só pode ser um brilho de pânico nos olhos dele enquanto dá a volta em Xaden de novo. Para minha pura consternação, o homem que amo sequer olha para Loran enquanto o cadete se esgueira pelas costas dele. Não: em vez de seguir os movimentos do oponente, Xaden olha para mim e simplesmente dá uma *piscadela* enquanto Loran o ataca por trás, a espada se transformando e ficando mais comprida quando desfere o golpe.

Na verdade, ele sustenta meu olhar sem desviar até a lâmina de Loran estar a centímetros do pescoço dele.

Então, Xaden olha para a esquerda, onde as sombras da lâmina se estendem além da bota, alongadas pelo sol vespertino, e ergue um único dedo.

A sombra recua até Loran e, no espaço de um segundo, envolve o pescoço e o braço do cadete.

Xaden dá um passo para o lado enquanto Loran cai de joelhos no espaço em que Xaden estivera segundos atrás, e a espada também vai ao chão, abandonada enquanto Loran agarra as sombras que apertam o pescoço dele. O rosto do garoto fica inchado, e o outro esquadrão começa a se remexer desconfortavelmente antes de Xaden abaixar as mãos.

As sombras voltam para o lugar, e Loran puxa o fôlego com desespero.

— Ainda não entendi se estou completamente apaixonado pelo seu namorado ou se completamente apavorado por causa dele — diz Ridoc baixinho. — Não sei dizer qual das duas sensações está ganhando neste instante.

— As duas — responde Cat, à esquerda. — Dá pra sentir as duas coisas ao mesmo tempo. Confie em mim.

— Você não deveria estar sentindo nenhuma — murmura Trager.

Ridoc olha de relance para mim, revirando os olhos.

Reprimo um sorriso.

— Eu nunca tenho medo dele — digo, os olhos de Xaden encontram os meus e meu coração saltita. — E ele não é meu namorado.

Rhi bufa e Ridoc me oferece um sinal de joinha sarcástico.

— *Concordo* — Xaden diz. — *É um termo casual demais para o que somos.*

O olhar dele desce até Loran, que ainda está tentando recuperar o fôlego no tatame.

— Levante-se — ordena ele.

Loran fica em pé, cambaleando, e passa a mão pelo hematoma roxo que se forma ao redor do seu pescoço.

— Tenho duas espadas e quatro adagas no meu corpo — Xaden diz para ele. — E você não pensou em aquecê-las? Revirá-las para dentro? Manipulá-las de qualquer forma que seja?

— Usei minha espada… — começou Loran.

— Foi uma escolha idiota. Volte para o seu esquadrão. — Xaden o dispensa, e Loran recupera as armas antes de sair de fininho. — Tenho certeza de que vocês todos notaram a égide climática que temos aqui, para deixar vocês bem confortáveis nessas primeiras aulas, mas o que não estão vendo é que a área do tatame foi protegida pelos melhores tecelões de égide de Navarre.

Ele espalma as mãos e as sombras se esparramam dos pés dele, expandindo em todas as direções como uma nuvem de escuridão que vem ao nosso encontro, e então batem contra uma barreira invisível e fluem para cima. Elas são recolhidas com uma velocidade espantosa, clareando o ar na nossa frente em poucos minutos.

— Com algumas poucas exceções — diz ele, olhando para mim de relance —, o que for usado aqui no tatame ficará entre os oponentes, e recebi garantias de que seus sinetes *não* vão sair do anfiteatro nem colocar o campus em perigo, então quando eu disse para não pegarem leve, estava falando sério. Os venin não vão pegar leve com vocês. Próximo?

Um por um, ele derruba praticamente todo mundo.

Uma dominadora de fogo bate de frente com Xaden e ele desvia da labareda, as próprias sombras a forçando a ficar de joelhos com um giro de pulso.

Quinn dá um passo em frente criando duas versões de si mesma, e, quando as sombras a puxam pelos pés, a Quinn de verdade cai e a projeção é dissipada.

Rhiannon acaba desarmada da própria adaga, que é arrancada de seu punho e levada contra seu pescoço por um feixe de sombra.

Caroline mal consegue levantar as mãos antes de Xaden a jogar para trás com um fluxo de sombras que a arrasta pelo tatame, forçando-a a voltar para a pedra.

Neve pisa no tatame segurando as adagas e em seguida usa magia menor para levitá-las.

— Olha só, finalmente alguma coisa divertida — diz Xaden, sorrindo, enquanto as adagas voam na direção dele e são agarradas pelas sombras e devolvidas com as pontas viradas para fincar em Neve acima das clavículas.

Ela ergue as mãos e as sombras caem, deixando as lâminas baterem no chão.

— Estão felizes agora? — pergunta Xaden enquanto Neve recupera as lâminas e volta para a fileira. — Não preciso de espada porque a arma sou *eu*. Só sou bom com lâminas por diversão.

— Nada disso — diz Loran, a voz ainda rouca. — Você batendo em todo mundo no tatame não é nenhuma novidade. Já acontecia ano passado.

— Correto. — Xaden ergue a sobrancelha que tem a cicatriz. — Até agora, quando treinávamos ou fazíamos desafios, nossa prioridade era ganhar do nosso oponente a qualquer custo. Isso significava que treinávamos em particular, ou encontrávamos alguma outra vantagem... — Ele levanta o canto da boca. — *Tipo envenenar seus oponentes.* — Ele enfia a mão nos bolsos. — E mantemos nossas estratégias em segredo porque precisamos dessa vantagem no tatame. A diferença entre minha posição como cadete no ano passado, e até mesmo como Dirigente de Asa, para o que sou agora, é que como professor de vocês, quero ensinar as *minhas* vantagens. Quero que aprendam não só comigo, mas uns com os outros. Vou ajudar a expor as fraquezas dos sinetes de vocês para que, mesmo que acabem enfrentando um dominador das trevas com um poder equivalente, já tenham prática em como derrotá-los. Cada um de vocês precisa aprender uma coisa nova, e estou aqui para garantir a sua segurança nessa.

— E aqueles que não conseguem usar sinetes? — pergunta Caroline. — São só sacos de pancada?

Cat bufa.

— Nós não somos nada impotentes. — Ela fulmina Caroline com o olhar. — Você pode até tentar usar água contra mim, mas já vou estar na sua cabeça, usando suas próprias emoções contra você.

— E ela é bem boa nisso — confesso, cambaleando para me apoiar na perna direita.

— Vocês verão que o mentalismo pode ser tão letal quanto os sinetes — concorda Xaden. — E, se ainda não tiverem aprendido a fazer escudos, sugiro que passem algum tempo com o professor Carr antes de enfrentar um paladino ou qualquer um que tenha um brasão confidencial.

Ele olha de relance para Imogen.

— E você vai nos ensinar como derrotar *você*? — pergunta Aaric, atrás de nós.

Um canto da boca de Xaden se curva lentamente para cima.

— Posso ensinar vocês a tentarem, mas só existe uma pessoa capaz de me derrubar um dia, e não é você, Graycastle.

Minhas bochechas esquentam quando cabeças se viram na minha direção.

— Agora vamos nos concentrar enquanto ainda existe certa privacidade. A partir da semana que vem, os cadetes da infantaria vão assistir às aulas para terem uma pequena chance no campo de batalha. — Xaden avalia a fileira. — Gamlyn, você é o próximo.

Ridoc acaba enjaulado pelas estalactites que ele mesmo produziu.

Sloane é retirada do tatame com as mãos amarradas nas costas pelas sombras, e sem sequer *tentar*. Olho para a relíquia da rebelião, me perguntando se ela também está escondendo um segundo sinete.

Nem Cat, nem Maren conseguem chegar perto antes de serem expulsas do tatame e voltarem aos tropeços para o nosso lado, mas Cat é a única que parece momentaneamente devastada por ter fracassado.

— Você vai superar ele uma hora, né? — murmura Trager para Cat quando ela volta para a fila. — Parece um desperdício de tempo correr atrás de alguém que não te quer quando está cheio de gente que quer você.

O olhar de Cat se volta para ele, e ergo as sobrancelhas.

Vai que é tua, Trager.

E então Xaden levanta as sobrancelhas para mim.

— Sem exceções, Sorrengail.

— Pronto, *isso* é o que eu queria ver. — Caroline começa a dar pulinhos como se fosse uma criança.

— Me faça um favor — digo para Xaden, desenganchando a faixa do conduíte do quadril e a encaixando no pulso para que a esfera se encaixe confortavelmente na palma da minha mão. Então dou três passos para a frente, pisando no tatame, e abro as portas para o poder de Tairn, com um sorrisinho convencido. — Não me deixa te machucar.

Fica, então, registrada a sugestão categórica de que nem a dragão unido, nem a grifo, seja permitido o pouso ou a caça no perímetro de dois quilômetros do vilarejo de Chantara, a fim de sustentar os esforços de nossos pastores de ovelhas durante o período de aumento repentino de demanda que vivemos.

— Comunicado do quadro de avisos, vilarejo de Chantara, Transcrito por Percival Fitzgibbons

CAPÍTULO DEZESSEIS

— Um pouco arrogante, não acha? — Ele me lança um sorriso inegável que desaparece pouco antes de eu poder sucumbir ao efeito que me deixaria de joelhos tremendo. — Vamos ver como você se sai no escuro.

Sombras enchem o tatame e devoram cada centímetro de luz do sol, deixando-me em uma escuridão total e completa não importa para onde eu olhe. Aceito o desafio.

— *Você está jogando sujo.*

Ergo o conduíte acima do ombro, liberando um fluxo estável do poder de Tairn a partir da minha mão esquerda. A esfera estala, capturando os feixes de relâmpagos enquanto imbui a liga metálica em seu núcleo, iluminando a área que me cerca de imediato.

— *Você já está na vantagem* — responde ele, e um feixe de sombras acaricia minha bochecha, mas não se solidifica mais perto do conduíte. — *Só estou deixando o jogo mais igual.*

Dou um passo em frente, conseguindo enxergar um relampejo dele antes de que se molde à escuridão outra vez.

— *Liberte o relâmpago* — ordena ele.

— *E acabar acertando você sem querer? Melhor não.* — Meu braço esquerdo fica quente, e trinco os dentes, sustentando o fluxo de poder. É muito mais fácil liberar tudo em um golpe do que controlar aos poucos.

— *Use nossa conexão para me rastrear* — ordena ele.

Os lábios de Xaden roçam minha nuca e um arroubo de percepção plena percorre minha medula, mas, quando me viro, ele já desapareceu.

— *Isso é roubo.* — Ando para a esquerda, depois para a frente, e em seguida me viro outra vez, completamente perdida, sem saber para que lado eu estou.

— É só usar todas as ferramentas ao seu dispor — contrapõe ele. — *Vamos, Violência. Faça jus ao seu apelido. Eu já poderia ter matado você uma dúzia de vezes a essa altura, porque está relutando em usar o próprio poder.*

— *E eu poderia matar você com um único relâmpago nada hipotético.*

Expando meus sentidos, mas é impossível me concentrar em nossa conexão enquanto meu corpo está canalizando poder continuamente. Foda-se. Não é como se eu conseguisse ver nada mesmo. Abaixando o braço, rompo o fluxo das pontas dos dedos e sou tomada pelas sombras, que resfriam minha pele aquecida.

Concentro toda a minha atenção em nossa conexão, em nossa união, e obedeço ao puxão sutil e quase imperceptível que vem da minha direita.

— *Ótimo.* — A conexão se fortalece quando ele fala, e ajusto levemente a direção do meu corpo, seguindo a conexão. — *Consigo dominar qualquer coisa que projete uma sombra ao meu favor, mas ninguém sabe que os pedaços mais fortes são feitos da minha própria sombra. Se conseguir distinguir quais são, sentir a diferença, vai poder seguir meus passos quando eu estiver no escuro.*

— *É isso que você quer que eu aprenda?* — Passo a mão pelas sombras, mas a sensação é de que não existe diferença em lugar algum entre elas.

— *Você precisa aprender a diferença, para o bem de nós dois.* — Nossa união nos cerca no mesmo instante em que ele coloca os braços ao meu redor, vindo de trás, e uma sombra mais forte, a dele, inclina meu queixo na direção do ombro e para cima. — *Só você.*

Sua boca encontra a minha na escuridão, e ele me beija, um beijo demorado e lento, como se só nós dois existíssemos no mundo, como se o tempo fosse infinito e nada mais importasse a não ser ouvir meu próximo suspiro. É um beijo inebriante, intenso, e só me faz querer mais. Meu coração acelera, batendo mais rápido a cada carícia daquela língua perfeita.

— *Use seu poder* — exige ele, os dedos deslizando pela minha barriga, escorregando para dentro do cós da calça. — *Ou vão achar que estou pegando leve com você.*

Ele mordisca meu lábio inferior.

— *Queria que você fizesse o oposto de pegar leve comigo.*

O poder se eleva, zumbindo através de mim com uma urgência insistente, e ergo a mão direita, levantando a palma na direção do céu do anfiteatro aberto.

Xaden desaparece de trás de mim um segundo antes de eu liberar o relâmpago.

A luz irrompe, iluminando a arena enquanto um relâmpago é liberado para cima, atravessando a barreira de égides na direção das nuvens acima, e ouço o ofegar de surpresa coletivo dos outros cadetes antes de a escuridão retomar outra vez.

— *Você é impressionante* — diz ele, moldado outra vez às sombras.

— *Por que só eu?* — pergunto, dando voltas a esmo até encontrá-lo.

— *Você precisa saber me encontrar.*

As sombras se chocam contra minha pele, e, menos de meio segundo depois, desaparecem, me fazendo cambalear perto do limite do tatame e encarar as costas de Xaden enquanto ele se afasta, subindo as escadas.

— A aula acabou por hoje — diz ele, por cima do ombro. — Espero que venham preparados para a próxima sessão.

— *Por que só eu?* — repito, sabendo muito bem que outras pessoas me encaram enquanto recupero o equilíbrio, me examinando como se tentassem descobrir alguma marca, já que Xaden saiu ileso. — *Xaden!*

Ele sequer para de subir as escadas.

— *Porque só você é capaz de me matar.*

***

— E aí teve a Violet — diz Ridoc na tarde seguinte, acenando a caneca de cerveja enquanto estamos sentados em uma mesa de canto na taverna Seis Garras em Chantara. — Que assustou o *professor* com um relâmpago. Ele saiu vazado de lá e deixou ela tropeçando no escuro.

Sawyer ri. Ri de verdade, e não ligo se é só por causa da segunda caneca de cerveja ou se porque a própria Amari arrancou isso dele, mas fico aliviada em ouvir seu riso. Por um segundo, parece que ele está de volta, como se a gente fosse… só a gente.

A porta do outro lado da sala se abre, e neve se abate para dentro da taverna antes que alguém consiga fechá-la, apesar do vento insistente. O estabelecimento barulhento está lotado de aldeões e cadetes em busca de uma fugidinha de sábado à noite. Vi Dain mais cedo no balcão, tentando a sorte com uma curandeira do segundo ano, e Ridoc já precisou impedir três tentativas distintas de roubarem as cadeiras que guardamos do outro lado da mesa para os paladinos.

Nosso grupo visitou alguns templos depois do almoço, mas os paladinos já estão sumidos há horas, fazendo suas preces. Se não voltarem logo, acabaremos perdendo as últimas carroças de volta para o campus.

— Riorson colocou minha própria adaga contra o meu pescoço — diz Rhi, balançando a cabeça como se ainda não estivesse acreditando naquilo. — Sempre soube que ele era poderoso, só nunca imaginei que ele… — e para de falar.

— Tivesse a capacidade de matar todo mundo na sala sem nem se levantar da cadeira? — termino por ela, pegando minha limonada de lavanda e tomando um gole.

E ele acha que preciso aprender a matá-lo.

Sinto a bebida, que normalmente é doce, amarga em minha língua. Talvez ele tenha perdido o controle na fronteira, mas não *se perdeu*. Um único erro não equivale a perder a alma por inteiro.

— Exatamente. — Ela assente. — Você sempre soube disso?

— Uhum. — Abaixo a caneca. — Bom, não sempre, mas definitivamente depois que ele invadiu meu quarto e matou Oren e os outros no nosso primeiro ano.

— Qual é o assunto? — pergunta Cat, depositando uma caneca na mesa e se sentando bem na minha frente. Ela tira a jaqueta coberta de neve enquanto Maren e Trager fazem o mesmo.

— A habilidade de Riorson de aniquilar… bem… todo mundo — responde Ridoc, tirando a jaqueta do assento de Maren enquanto Sawyer pega as muletas para apoiá-las contra a parede atrás de nós.

— Ah. — Maren se acomoda ao lado de Cat, olhando para a amiga. — Isso… é meio novo, né?

Cat encara a própria caneca.

— Ele não era tão poderoso quando a gente… — ela se interrompe e toma um gole da bebida.

— Nossos sinetes podem se fortalecer — digo, para preencher aquele silêncio constrangedor. — Passamos a vida treinando e descobrindo nossos próprios limites. Um terceiranista é bem mais poderoso do que um calouro, assim como um coronel pode acabar com um tenente magicamente em um piscar de olhos.

— E ele nunca assusta você. — Cat me encara pelo outro lado da mesa. — Foi o que você disse ontem. Ele *nunca* te assusta.

— Eu fico com medo *por* ele, mas não tenho medo *dele* desde a Ceifa. — Passo o dedo pela beirada da caneca.

— Porque a vida de vocês está conectada. — Ela inclina a cabeça como se estivesse tentando entender.

— Porque ele nunca me machucaria. — Tomo outro gole. — Ele tinha os próprios motivos para me querer morta, mas, em vez disso, me ensinou a aplicar um golpe mortal no tatame... e isso foi antes até mesmo da Ceifa.

— Aliás, falando em sinetes, estou começando a ficar preocupada. — Rhi muda rapidamente de assunto. — Sloane é um sifão. Avalynn começou a dominar fogo semana passada e Baylor manifestou visão além do alcance.

Assim como Liam.

— Só que Lynx e Aaric não manifestaram ainda, e o tempo está acabando — conclui Rhi.

— O que acontece se não se manifestarem no tempo necessário? — pergunta Trager.

— A magia fica acumulada e nós meio que... explodimos. — Ridoc faz um gesto com as mãos, para enfatizar. — Mas ainda estamos no fim de janeiro. Temos alguns meses antes de as coisas ficarem perigosas. Vi não manifestou até que época mesmo? Maio? — pergunta Ridoc.

Pestanejo quando me lembro da primeira vez que Xaden me beijou contra a parede de Basgiath.

— Foi em dezembro. Eu só não tinha percebido ainda.

— Isso não me reconforta em nada — solta Rhi, franzindo o cenho para a caneca. — A última coisa de que precisamos é que Lynx ou *Aaric* explodam do nosso lado.

Sinto um aperto no peito.

— Por favor, me lembrem de não ficar do lado de nenhum dos dois durante a formatura — comenta Cat.

— Melhor do que se um dos dois manifestasse um poder inntínnsico — murmura Ridoc. — Imagina só se executassem o...

— Não — interrompe Rhi, estremecendo. — Eu é que não vou imaginar nada, e você também não deveria. — Ela olha para Maren. — E aí, como foi no templo?

— Nossas oferendas foram recebidas — atesta Maren com um sorriso tranquilo. — Acho que Amari vai cuidar dos meus irmãos em Aretia. Não sei nem como agradecer a sua família por ter aceitado abrigar os dois, Rhi.

— Tá brincando? — Rhi dispensa a fala dela com um gesto. — Minha mãe adora crianças, e meu pai está superanimado em ter dois garotos correndo pela casa. Só fico triste por eles não terem podido ficar por aqui com você.

Maren olha para baixo.

— Eu também, mas Basgiath não é um lugar bom para crianças crescerem, mesmo.

Cat esfrega os ombros dela.

— Os templos que vocês têm aqui para Malek e Dunne são desproporcionalmente grandes comparados aos de outros deuses — comenta Trager, inclinando-se no encosto da cadeira. — O de Amari é pequeno, claro.

— É uma coisa meio regional — responde Sawyer, empurrando os braços da cadeira e reajustando o próprio peso. Ele parece mais confortável vestindo a nova prótese de metal e madeira na qual está trabalhando, mas preferiu não falar sobre o assunto, então não insistimos. — Como estamos perto de Basgiath, a morte e a guerra são os aspectos mais presentes.

— É verdade — concorda Ridoc.

— Os escribas de vocês não fazem preces a Hedeon, clamando por sabedoria? — Trager me questiona, deixando a cerveja intocada por tempo o suficiente para Cat esticar a mão e roubar um gole com um sorrisinho travesso.

— Sabedoria e conhecimento são duas coisas diferentes — respondo. — Os escribas tomam o cuidado de não clamar por aquilo que deve ser conquistado.

— Então você não era praticante quando estava estudando para entrar na Divisão? — Ele aproxima mais a cadeira quando alguns cadetes bêbados tentam passar por ele, e lança um olhar feio para Cat por roubar a bebida, mas vejo um sorriso em seus lábios.

— Minha mãe nunca foi muito de ir aos templos, o que é estranho, considerando que seria de se pensar, pelo senso comum, que ela adoraria a Dunne. E eu preferia passar o tempo de adoração no templo de Amari. — Olho para minha caneca quase vazia. — E, depois que meu pai morreu, cheguei a frequentar o templo de Malek, mas acho que passava mais tempo gritando com ele do que de fato em louvor.

— Minha preferência pessoal é Zihnal — acrescenta Ridoc. — Dá pra passar por qualquer situação no mundo se tiver sorte.

— E a nossa deve ter acabado, porque lá vem o nosso Dirigente de Asa — comenta Rhi, olhando de soslaio para mim.

Os paladinos olham por cima do ombro e ficamos em silêncio enquanto Dain espera um grupo de cadetes passar antes de alcançar nossa mesa no canto.

— Vi. — Ele ainda está com aquele mesmo olhar triste e vazio, e odeio que não tenha conseguido afastar isso dele.

— Pois não, Dain? — Aperto a caneca.

Preferiria que ele voltasse a ser um escroto, ou até mesmo que tivesse aquela certeza irritante, em vez de ser essa versão vazia de si mesmo.

— Posso falar com você? — A atenção dele se volta para os outros na mesa. — A sós?

— Tudo bem.

Eu me afasto da mesa, abandonando minha limonada, e sigo Dain até um corredor deserto e mal iluminado que dá para o alojamento da taverna. Meu estômago se aperta quando ele se vira para me encarar.

— Passei os últimos dias fazendo reconhecimento da segurança dos aposentos do meu pai e não existe qualquer jeito de outras pessoas entrarem sem serem pegas. — Ele enfia as mãos no bolso da jaqueta de voo.

Sinto meu coração afundar no peito.

— Então não vai ter como você me ajudar.

— Eu disse que iria, então vou. — Ele aperta os lábios. — Só preciso que confie em mim a ponto de me deixar recuperar a pesquisa e eu mesmo tirá-la de dentro dos aposentos dele. Preferivelmente amanhã à noite, já que meu pai não vai estar por lá.

Merda. Tudo que Dain precisa fazer para voltar a ser o filho querido é entregar essa pesquisa ao pai. Minha única forma de garantir que isso não vá acontecer seria acompanhá-lo. Nosso histórico, todos os momentos bons e ruins, espessam o ar entre nós.

— A decisão é sua — diz ele, dando de ombros de forma despreocupada. — Ou você confia em mim, ou não confia.

— Não é tão simples assim — eu me apresso em dizer. Existem tantas formas de isso dar errado. — Se você for pego com a pesquisa, ou se os cadetes que estão sempre no meu pé e no de Xaden acabarem vendo você me entregar alguma coisa em segredo...

— Eu já dei um jeito nisso — ele me interrompe, como se eu o tivesse ofendido. — Qual vai ser a sua escolha?

Avalio os prós e os contras em menos de um segundo e suspiro em seguida.

— Tem um compartimento secreto embaixo da escrivaninha do meu pai, no escritório. O ferrolho fica no fundo da gaveta central da escrivaninha da minha mãe.

Ele assente.

— Segunda de manhã eu entrego para você.

Não sei se isso é bom ou ruim, mas meu destino está nas mãos de Dain Aetos.

Minha luz mais brilhante, minha intenção era preparar você, mas só tive tempo para metade das lições de que vai precisar, metade da história e metade da verdade, e agora o tempo está acabando. Fracassei com Brennan no dia em que o vi atravessar o Parapeito, depois fracassei com Mira quando não pude impedi-la de seguir o mesmo caminho, mas sinto que, ao morrer, fracassarei com você. Sua mãe e eu não confiamos em ninguém, e você também não pode confiar.

— Correspondência recuperada do tenente-coronel Asher Sorrengail endereçada a Violet Sorrengail

CAPÍTULO DEZESSETE

— Thadeus Netien — lê o capitão Fitzgibbons na plataforma na manhã seguinte, a voz se elevando sobre a formatura no pátio coberto de neve, segurando a lista de mortes diante dele. — Nadia Aksel. Karessa Tomney.

Escutar os nomes de todos os membros em serviço ativo que haviam morrido no dia anterior leva mais tempo do que a chamada dos mortos mais típica da Divisão, mas gosto dessa mudança. Parece certo honrar aqueles que morreram. Também serve para nos lembrar de que, embora a major Devera tenha banido o abate uns dos outros dentro das paredes do instituto, existe um inimigo esperando por essa oportunidade no segundo em que sairmos daqui.

Existe uma inimiga que acha que eu vou para o lado *dela*.

— Melyna Chalston — continua o capitão Fitzgibbons enquanto o vento gélido sopra, açoitando o pergaminho, e faz a ponta do meu nariz e minhas orelhas arderem. — E Ruford Sharna.

Pestanejo.

— Da Terceira Asa? — Ridoc vira para a esquerda, assim como Quinn e Imogen à nossa frente.

— Caiu do assento durante as manobras de ontem — diz Aaric atrás de nós. — De acordo com o Setor Cauda, Haem não estava com uma visão que o permitisse pegá-lo na neve.

Havia sido um acidente. De alguma forma, isso conseguia ser ainda pior.

— Que suas almas sejam protegidas por Malek — entoa o capitão Fitzgibbons, e, depois de alguns outros avisos, a formatura se desfaz.

Vamos todos na direção da ala dos dormitórios, e Sloane agarra meu cotovelo quando chegamos na porta.

— Preciso te entregar uma coisa — diz ela, encarando o chão. — Pode me seguir?

— Claro. — Ao menos é um começo que ela esteja falando comigo.

Sloane me leva pelo átrio, subindo pela área comunal, e segue até nossa pequena biblioteca da Divisão à direita. Está vazia neste horário, e fico esperando no último grupo de mesas enquanto ela rapidamente entra atrás das primeiras estantes altas.

— Você pode olhar para mim, sabe. — Desabotoo a jaqueta de voo. — Foi minha mãe que fez a escolha dela. Não você.

— Não exatamente. — Sloane empurra o carrinho cheio da biblioteca para longe do corredor. — Eu senti o poder dela. Poderia tê-lo rejeitado. Até interrompido o fluxo. — Ela leva o carrinho diretamente até a minha frente. — Mas eu queria que as égides voltassem para o lugar e queria sair viva dessa, então permiti que aquilo acontecesse.

Ela termina seu argumento em um sussurro.

— Sua emoção é bem válida. — Especialmente considerando que minha mãe tinha sido responsável pela execução da mãe dela. — E não estou com raiva...

— Você sabia que fui designada para a tarefa dos Arquivos? — interrompe ela, abaixando-se para pegar algo na última prateleira do carrinho. — Fez todo o sentido na minha cabeça, já que Liam sempre ia com você até lá quando era sua responsabilidade.

— Está gostando? — Consigo perguntar, sentindo um nó na garganta.

— Bom, tive a chance de ver Jesinia hoje de manhã. — Ela fica em pé, mostrando que está carregando uma bolsa preta grande.

— Obrigada. — Coloco as alças da mochila no ombro, notando o peso excepcional.

Ela assente e enfim encontra o meu olhar.

— Não foi por vingança, juro. Sinto muito por não ter impedido o que aconteceu.

Seguro as alças grossas da bolsa, sabendo que ela não está falando sobre Jesinia.

— Fico feliz que não tenha impedido. Alimentar o poder da pedra exigiria a vida de uma pessoa. Se eu tivesse feito o que minha mãe fez, Xaden, Tairn, Sgaeyl e eu teríamos todos morrido. O mundo precisa de Brennan, Aaric é... insubstituível, e eu não trocaria você por égide alguma, Sloane. Minha mãe fez a escolha que precisava ser feita. Você era a ferramenta, mas ela escolheu entregar a própria vida.

A respiração seguinte dela sai trêmula.

— Enfim, Jesinia queria que eu dissesse a você que dois dos volumes que estão aí foram escolha dela, e o terceiro foi passado para ela pela liderança hoje de manhãzinha.

Dain. Um sorriso se espalha por meu rosto. Ele não só conseguiu, como deu um jeito de que ninguém que fosse potencialmente nos vigiar suspeitasse de nada. Seguro a bolsa com mais firmeza. Isso pode ser a última coisa na qual meu pai trabalhou.

— Obrigada — digo.

— Estão dizendo por aí que vocês vão para o norte. — Sloane cruza os braços.

— Infelizmente, esse rumor pode ser verdade. — Faço uma careta.

Ela franze o cenho.

— Parece um lugar bem esquisito para procurar, considerando o clima frio. Não sei Tairn, mas Thoirt odeia o frio.

Assinto.

— Faz sentido, já que Thoirt é um vermelho. Muitos dos ninhos da linhagem ancestral ficavam nos penhascos de arenito à beira do rio Dunness. Meu instinto me diz que o norte é a direção errada, mas Tairn não liga para o frio e a maioria dos marrons prefere o clima gelado, então talvez Grady tenha certa razão.

Andarna não gosta muito da neve, mas talvez não seja uma amostragem muito boa da própria raça.

— Espero que tenha mesmo, para o bem de todos — diz Sloane.

— Eu também.

Mas não consigo ignorar aquela voz da intuição me dizendo que deveríamos ir para o sul.

Quando levo o pacote para o meu quarto, qualquer esperança que tinha de encontrar a pesquisa de meu pai se transforma em frustração pura quando desenrolo o pergaminho e encontro o mecanismo que tranca o livro grosso e encapado em couro. É uma tranca de seis letras, e vejo que tem seis frascos de tinta espaçados na mesma distância nas beiradas do papel, prontos para destruir seja lá o que meu pai tenha deixado lá dentro caso eu erre a senha. Pior ainda, tem uma runa no centro que desconfio que piore as coisas caso alguma magia decida interferir na tranca.

Eu preciso mesmo passar mais tempo estudando runas.

Pego o pedaço de pergaminho que meu pai enfiou atrás da trava, e leio a caligrafia formal outra vez.

O primeiro amor é insubstituível.

Caralho. Nada do que meu pai escreveu foi simples desse jeito. Então que porra é esse bilhete e o que ele significa?

***

— Será que estamos perdendo tempo ao pensar demais nisso? Obviamente é para ser Lilith, né? — pergunta Ridoc enquanto descemos os degraus até o fosso alguns dias depois.

— Meu pai iria gostar que eu pensasse bastante nisso. E se estiver errada, vamos arruinar tudo o que tem lá dentro.

Coloco a jaqueta embaixo do braço e esquadrinho o último degrau do anfiteatro, na esperança de ver Xaden.

— Talvez devêssemos pensar mais como um pai — considera Rhi.

— Boa ideia. Talvez seja Bren… — Ridoc conta nos dedos. — Esquece, tem letras demais. E Mira é curto demais, mas e se for Violet?

— Sinceramente, não é do feitio do meu pai ser assim tão autocentrado. Tanto Lilith quanto Violet são respostas óbvias demais.

Passamos pela infantaria, que já se acomodou no meio das fileiras da arquibancada de pedra, e vejo Calvin, o Líder de Esquadrão da unidade de infantaria com que fizemos o exercício de ASC. Aceno com a cabeça e ele devolve o gesto.

— Tá, então quem foi o primeiro amor de Brennan? — pergunta Ridoc quando chegamos quase ao fim das escadas.

— Nossa diferença é de nove anos. Não é como se ele tivesse ficado me contando todas as aventuras românticas que teve… — paro de falar quando Ridoc se enfia em um assento ao lado de Maren. — Mas eu me lembro de Mira me contando que ele estava num relacionamento com um cavaleiro um ano ou dois mais velho que ele.

— Acho que isso aí é de família, então — comenta Ridoc, tirando a jaqueta.

— Vocês *ainda* estão tentando descobrir a senha para abrir a porcaria do livro? — questiona Cat, inclinando-se para a gente e recebendo um olhar revoltado dos primeiranistas sentados na nossa frente.

— Óbvio, ou não estariam falando do assunto — diz Trager, apoiando os cotovelos no degrau de trás e inclinando o corpo.

— Larga de ser folgado! — Neve empurra com a bota o braço dele para longe do degrau. — Que livro é esse?

— O que o pai da Violet deixou escondido e que todo mundo acha que tem alguma informação sobre o paradeiro da raça de Andarna — responde Cat. Lanço um olhar para ela, que responde com um dar de ombros. — Que foi? Ninguém no esquadrão vai delatar você, que obviamente está precisando de mais opiniões antes de se sentir segura para tentar uma senha.

Justo, mas ainda assim.

— Tá, quem foi o primeiro amor de Mira? — pergunta Rhi, o olhar dela vagando entre Avalynn, Kai e Baylor, que estão todos sentados com o máximo de distância possível.

Penso no assunto, virando a cabeça e prendendo o bracelete do conduíte por cima da pele exposta do meu pulso. Uma hora por dia de treino com meus poderes está mesmo me ajudando a moldar meus relâmpagos de forma mais precisa, mas meu corpo já *cansou.*

— Não sei se ela algum dia já se apaixonou — digo. — E, se foi o caso, nunca me contou nada.

— Você ainda nem tinha encontrado o Xaden quando seu pai foi fazer uma visitinha a Malek... — Ridoc me encara e suspira com certo exagero. — Hum, mas, pera, quem foi o *seu* primeiro amor?

Ah, de jeito nenhum que vamos ter essa conversa.

Descanso minhas mãos no colo e noto a infantaria descendo atrás de nós. Nada melhor do que ser humilhada em público.

— Meu pai não suportava o primeiro cara que namorei, e nunca soube do segundo.

Aaric vira o corpo inteiro para me encarar.

— Quantas letras?

Estreito os olhos.

— Seis.

Ele levanta as sobrancelhas castanho-claras.

— Sei lá, tipo... encaixaria.

— De jeito nenhum. — Sinto as bochechas corarem.

— Espera aí. — Ridoc fica olhando para o espaço entre nós dois. — Por que o calouro aqui tem direito a ter informações que nós...

— Boa tarde. — A voz de Xaden preenche o anfiteatro quando ele sai de um túnel à direita, vestido com a roupa de treino, o que imediatamente suga *toda* a minha atenção.

Surpreendentemente, Garrick está em seu encalço.

— Putz, a Imogen vai amar a aula de hoje... ai! — Ridoc massageia a parte de trás da cabeça.

— Cavaleiros, quero que se posicionem da mesma forma que na última aula. — Xaden gesticula em direção ao aro de pedra do lado de fora do tatame. — Espero que ninguém aí tenha problemas com se apresentar em público, porque como podem ver... — Ele indica os assentos atrás de nós. — Estamos com a casa cheia hoje.

— *Não vem dormindo bem?* — pergunto para ele, notando suas olheiras.

Deixando os casacos de lado, meu esquadrão se dirige à beirada do tatame, fazendo o mesmo que a Primeira Asa.

— *Um certo cavaleiro me manteve acordado para conversar ontem à noite.* — Ele se vira para murmurar algo para Garrick, que assente. — *E não me importei com isso, já que minha cama está fria demais sem você fisicamente nela, e silenciosa demais sem você gritando meu nome.*

Ah, ele quer brincar, é? Um canto de sua boca se ergue.

Então vamos brincar.

— *Estou com saudades de Aretia, e sinto saudades de dormir do seu lado. Se encontrar um jeito de me colocar dentro do quarto, vou deixar a cama na temperatura perfeita para você conseguir... descansar.*

Reviro os ombros e estendo os braços para aquecer os músculos, assim como meus colegas de esquadrão estão fazendo.

— *Se eu te encontrar na minha cama, não vai ter descanso nenhum, confie em mim.*

Xaden se vira na direção do público, afastando os pés e cruzando os braços lindamente torneados.

— O tenente Tavis aqui é um dominador de ventos incrivelmente poderoso...

— *Não se esqueça de que sei apagar você por completo por uma noite...* — digo, abaixando os braços, e Xaden me lança um olhar de aviso, mas com os cantos da boca ainda curvados para cima.

— ... e concordou em me deixar fazer o meu máximo para... — Ele sorri por inteiro. — *Me apagar? Geralmente é você que fica implorando por misericórdia depois de só uns orgasmos...*

— *Ah, então você quer disputar quem implora mais? Porque tudo que preciso fazer é passar a língua na cabeça do seu...*

Xaden tosse como se tivesse engolido um inseto inexistente, e Garrick olha de soslaio para ele.

— Derrotá-lo — termina Xaden finalmente. — O tenente Tavis se dispôs a ser o saco de pancadas de vocês.

Ele estala o pescoço e arrisca um olhar na minha direção.

Me limito a sorrir.

— *Foi você quem começou.*

— *E eu daria qualquer coisa para terminar também.* — Os dedos de Xaden se curvam. — *Você vai acabar me matando.*

— *Você vive dizendo isso.*

Tento *não* pensar nos outros significados que essa frase poderia ter.

A dominadora de fogo dá um passo para a frente primeiro e Garrick sopra a própria labareda de volta para ela.

— Ai que... nervoso — murmura Ridoc, e Imogen esconde um sorriso à minha direita.

— Vamos entrar nessa como um time — diz Rhiannon baixinho ao meu lado. — Nunca disseram que precisava ser combate um a um.

Assinto.

— Boa ideia.

Rhiannon repassa as ordens baixinho para todos.

O metalúrgico, Loran, aprendeu com a última tentativa que fez, e, dentro de segundos, Garrick desprende o cinto que leva no peito e as armas caem das costas antes de soprar Loran de bunda no chão.

— Estão prontos para o exercício, Segundo Esquadrão? — pergunta Garrick, dobrando o dedo em um gesto direto para Imogen.

— Não vai querer saber até onde essas daqui conseguem ir. — Ela ergue as duas mãos, exibindo-as.

— Por que não coloca elas em mim e daí a gente vê? — Ele levanta um canto da boca, e a covinha aparece.

— Deuses, chega de flertar e vão logo pra cama — comenta Ridoc.

Lentamente, todas as cabeças se voltam na direção dele.

— Putz, falei em voz alta, né? — ele me pergunta com um cochicho.

— Uhum, falou sim — digo, dando um tapinha em suas costas. — Garrick vai socar você quando chegarmos naquele tatame.

— Olha, talvez eu até *gostasse*, viu, dependendo do método que ele fosse... — Ridoc geme. — Acho melhor eu calar a boca, né?

— Tente manter as vozes da sua cabeça na parte de *dentro* da sua cabeça quando estivermos lá em cima — concordo, seguindo Rhiannon, Cat e Quinn para o tatame, e puxando Ridoc junto comigo quando ele hesita.

— Em que mundo vocês pensaram que isso seria justo? — pergunta Garrick.

— Ué, a gente nunca está sozinho no campo de batalha, né? — Inclino a cabeça para o lado.

O rosto dele fica tenso, obviamente entendendo aonde quero chegar.

— A gente luta como esquadrão — diz Rhiannon do centro do grupo, e Ridoc se move para ocupar o espaço a minha esquerda.

— Vocês têm razão. — Xaden se retira para os fundos do tatame. — Podem começar.

Rhiannon ergue as mãos ao meu lado e duas adagas de Garrick aparecem nelas.

— Boa — admite Garrick com um sorrisinho, e então leva as mãos para cima.

Ao mesmo tempo, Ridoc dá um passo para a frente, erguendo uma parede de gelo que é imediatamente assolada por um sopro de vento quase equivalente ao tornado que eu e Tairn enfrentamos.

Uma ponta do gelo se quebra no ataque e o pedaço vem na minha direção.

Eu me viro na direção do esquadrão e jogo Rhi no chão enquanto o gelo voa tão perto de nós que consigo ouvir seu assobio.

— Perto demais! — grita Xaden, e ergo o olhar e o vejo dando um passo na direção de Garrick, a raiva estampada nas feições duras.

— *Para com isso! Eu estou bem!* — Fico em pé, cambaleando, enquanto Quinn fecha os olhos e vira as palmas na direção do sol.

— *Ele quase arrancou sua cabeça.*

Xaden olha para Garrick de uma forma que nunca vi antes, como se o melhor amigo de repente tivesse se transformado em uma presa, e vejo aquele lampejo frio nos olhos que arrepia os pelos da minha nuca.

Meu poder se eleva em resposta e eu o recebo de braços abertos, aproveitando o calor rápido da energia que zumbe em minhas veias.

— *Minha cabeça ainda está firme e fixada no pescoço.*

Através do gelo translúcido, vejo duas Quinns aparecerem aos lados de Garrick.

— Me dê as lâminas dele — digo, me virando na direção de Rhi e estendendo a mão direita. Ela prontamente me entrega a adaga de Garrick.

Para minha surpresa, Garrick encara uma Quinn, depois a outra e, por fim, vira a cabeça entre as duas repetidamente.

Cat.

— Vai ter que ser rápida — avisa Rhi.

— Não se preocupe — respondo.

No segundo em que o vento diminui, passo pelo lado do gelo de Ridoc e então atiro a própria adaga de Garrick perto o bastante para assustá-lo, mas não para causar danos de verdade. O calor inunda minha pele enquanto o poder se acumula, exigindo liberdade.

A mão dele se volta para cima e um sopro de vento afasta a lâmina do percurso, fazendo com que caia a seis metros dele.

Tudo bem. Isso também funciona.

Ele começa a redirecionar, levando a mão para a frente do corpo, mas a minha já está voltada para o céu. O conduíte ceifa meu poder o bastante para que eu assuma o controle, e solto o resto, puxando para baixo com uma virada precisa de pulso.

O relâmpago corta o ar, rasgando tudo com um flash branco que acerta o alvo, intensificando-se ao descer dos céus e então desaparecendo tão rápido quanto surgiu. O trovão engole alguns dos gritos de surpresa e medo que vêm dos assentos à minha direita, mas mantenho os olhos em Garrick enquanto minha mão ainda está voltada para o céu.

Ele arregala os olhos na minha direção.

— Você conseguiu mesmo.

— Consegui. — O conduíte zumbe na minha mão esquerda.

— Odeio dizer isso a você, Sorrengail, mas não só você se deixou exposta como também errou o alvo. — Ele sorri.

— Errei mesmo? — Lanço um olhar significativo para a adaga derretida atrás dele e ele acompanha minha visão, ficando visivelmente tenso quando enxerga a lâmina arruinada. — Se eu te quisesse morto, já teria te matado.

— *Por Malek, eu amo você pra caralho* — diz Xaden.

— E se eu estiver exposta, *tudo bem*. O resto do meu esquadrão continua vivo. — Dou de ombros.

O olhar de Xaden se volta na minha direção.

Garrick vira o corpo para mim, ainda levemente boquiaberto, e alguém começa a bater palmas lentas no topo dos degraus.

Ergo o olhar (igual a todo mundo) e meu equilíbrio oscila.

Não. Não. *Não.*

O cabelo castanho-claro cai, despenteado, sobre o olho esquerdo enquanto ele desce as escadas, e sei que isso não faz o menor sentido, mas posso jurar que consigo ver o verde daqueles olhos, apesar da distância a que estou.

— *Ajude Aaric a se esconder* — digo a Xaden. — *Agora.*

— *Deixa comigo.*

Um arauto real infla o peito na fileira dos fundos.

— Sua Alteza Real, o príncipe Halden!

Todos os cadetes ficam em pé.

— Sentem-se — diz ele, alto o bastante para a voz se esparramar pelo anfiteatro, e então faz um gesto para baixo com as mãos.

Conheço bem a expressão que vejo naquele rosto. Ele a aperfeiçoou para que transpareça uma irritação amigável com aquele auê que é a apresentação real, mas na verdade ele *ama* ser o centro das atenções.

— Impressionante — diz ele para mim, passando pela primeira fileira e pela parede de pedra que separa os degraus da arena, posicionando-se nas pedras perto do tatame.

Respire fundo. Só respire.

— Vossa Alteza ficaria mais seguro nos assentos... — começa Garrick.

— Entendi, mas a visão daqui é muito melhor. — Ele coloca as mãos nos bolsos do uniforme azul-escuro da infantaria que foi feito sob medida para ele, e sorri. — Por favor, não se detenham por minha causa.

Garrick olha para trás, e imagino que tenha sido na direção de Xaden, mas estou com o olhar fixo demais em Halden, com medo de desviar os olhos e denunciar acidentalmente a localização de Aaric. Garrick assente e olha para a fileira de cavaleiros.

— Próximo.

Nosso esquadrão sai do tatame e, em vez de voltar com os segundanistas, ocupo o lugar vazio ao lado de Halden, notando que atrás dele está a capitã Anna Winshire.

Ela não é a só a representante da infantaria no esquadrão da missão; é a representante de Halden. Fui ingênua demais ao presumir que o príncipe se retirara da força-tarefa, e se ele algum dia descobrir que Xaden é o motivo de o gêmeo dele não estar mais respirando... bom, ele não será tão compreensivo quanto Aaric.

Isso é ruim.

— O que está fazendo aqui? — pergunto, olhando de relance para ele.

Ele não parece tão alto quanto eu me lembrava. Definitivamente alguns centímetros mais baixo do que Aaric. No entanto, está tão devastadoramente lindo quanto da última vez que o vi. As maçãs do rosto altas, os lábios perpetuamente marcados com um sorriso convencido e a proporção perfeita de suas feições bastam para fazer cabeças se virarem na direção dele, mas os olhos é que são as verdadeiras joias. São tão verdes quanto as folhas de verão. Mas, cacete, como gostam de passear por corpos alheios.

— Aprendendo, é claro, como todos nesta arena. — Ele me lança um sorrisinho e chega a formar rugas ao redor dos olhos. — Nunca imaginei que fosse te ver vestida com o preto dos cavaleiros, mas o poder combina com você.

— Não começa. — Eu balanço a cabeça e encaro o próximo embate.

Garrick explode o restante da parede de gelo de Ridoc com um sopro de vento, e Caroline Ashton sobe ao tatame, levando a dominadora de fogo em seu encalço.

Xaden estreita os olhos quando me vê ao lado de Halden, e em seguida volta a atenção para o confronto.

— Não estou falando da arena. — Engancho o conduíte na faixa da cintura. — O que está fazendo aqui em Basgiath? Que eu saiba, não estão fazendo reunião de ex-alunos neste fim de semana.

Por favor, não me diga que vai nos acompanhar até o norte.

— Nossa, está querendo ir direto ao assunto desse jeito? — Sinto o peso do olhar dele me estudando de perfil. — Não vai nem me perguntar como estou? Meu irmão desapareceu, sabia?

Ele soa cerca de zero por cento preocupado com isso.

— Ah é? — Cruzo os braços. — Ou será que Cam só queria tirar umas férias desse seu ego?

Tanto Caroline quanto a dominadora de fogo são jogadas para trás com o vento, caindo de bunda e deslizando até o limite do tatame.

— O que tornou o ataque do Segundo Esquadrão eficiente foi o uso de mentalismo — Garrick lembra ao esquadrão da Primeira Asa. — Quinn e Cat trabalharam juntas para confundir minha cabeça, permitindo que Sorrengail tivesse tempo para usar o próprio poder.

— Não que ela precisasse disso — Trager fala alto, e está certo.

Eu poderia ter usado um relâmpago a qualquer momento. Só quis esperar para ter certeza de que acertaria o alvo.

Um sorrisinho marca os cantos da boca de Xaden.

— Mas falando sério. — Halden estala a boca. — Não vai me dar nem um oi? Nem fazer um elogio ao meu uniforme? Ou ao meu corte de cabelo novo? Desse jeito eu fico de coração partido, Vi.

— Você primeiro precisaria ter um coração para ele ficar partido — retruco de imediato. — E o único corte de cabelo de que me lembro foi o da sua professora cobrindo o seu rosto quando entrei no quarto e vi ela montada em cima de você. Era ruiva, né?

O próximo grupo entra no tatame, dessa vez junto com paladinos, e Xaden muda de posição, movendo-se de leve para a esquerda.

— Poxa. Assim você me magoa. — Halden esfrega o peito. — Tudo bem que eu traí você, mas você não pode se esquecer de que eu estava sofrendo a perda do meu irmão gêmeo. Fui…

— Um idiota? Irresponsável? Cruel? — sugiro. — Luto não justifica nada disso. Nunca justificou.

Ele suspira.

— E eu aqui achando que você ia me agradecer por ter interferido e concordado com você na sua nova missão.

— Como assim? — Franzo o cenho.

Ele enfia a mão no bolso do uniforme e tira de lá uma missiva que exibe o selo rompido do visconde Tecarus.

— Toma. Grady está demorando demais e ainda não apresentou um planejamento claro que satisfaça meu pai. Gosto dessa opção aqui.

Pego o pergaminho e arregalo os olhos.

— A carta está endereçada a mim.

— Detalhes. — Ele dá de ombros, sem pedir desculpas.

Espremo os lábios e abro o pergaminho dobrado.

Cadete Sorrengail,

Como estabelecido em nosso acordo, aqui estão os volumes requisitados. Também fiz uma seleção da minha biblioteca pessoal que, creio, achará educativa. No que se refere a sua busca, o rei Courtlyn, de Deverelli, aceitou fazer uma única reunião (com uma pessoa de sangue real apenas) pelo preço razoável de citrino ameliano. A rainha Maraya concordou em ceder a joia de presente para ele, mas não se responsabilizará pela entrega dela, que está exposta em Anca.

Por favor, avise-me quando estiver com o citrino em mãos, para que possa combinar com ele a data de sua visita.

A seu dispor,

Visconde Tecarus

— Está trocando livros com o homem que é herdeiro do trono de Poromiel? Então quer dizer que você não abandonou tanto assim os escribas — comenta Halden enquanto termino de ler.

— Você não deveria estar lendo minhas cartas.

Dobro o pergaminho e o coloco em uma bainha vazia de adaga perto das costelas.

— Para sua sorte, eu estou.

— Sorte? Você só pode estar zoando — bufo, enquanto Garrick manda outro cavaleiro pelos ares.

— Eu não zoaria sua missão futura. Nem nada que se trate de você. — Ele olha para mim. — Pesquisei sobre…

— No caso, mandou alguém pesquisar pra você? — rebato.

— Dá no mesmo. — Ele abre um sorriso torto, convencido. — O citrino ameliano é um amplificador de magias menores usado por um dos membros da primeira revoada. Se estiver disposta a ir buscá-lo, estou disposto a ordenar a Grady que mude de rumo.

— Não é tão simples assim. Anca é um território ocupado.

Eu só não tenho certeza se *ainda* está ocupado ou se é uma das cidades que os venin drenaram e depois foram embora. De qualquer forma, fica além das égides, e o mero fato de *ir* até lá já é um risco para Xaden.

— Como eu disse, se *quiser* ir, dou a ordem em seu nome. Devo a você ao menos isso, e meu título fala mais alto que qualquer patente. — Ele pigarreia. — Agora me diga, é verdade o que estão dizendo por aí? Você e… Riorson?

Ele diz o sobrenome de Xaden com um desgosto profundo.

— Se está me perguntando se estou apaixonada por ele, então a resposta é um sim. Veementemente, sim. — Olho para Xaden e vejo que ele já está me encarando também. — Se está perguntando se ainda estamos juntos, então vou garantir a você que estamos respeitando o Código de Conduta de uma forma que você jamais se deu ao trabalho de fazer. Pode relatar *isso* ao seu pai.

— Não estava perguntando pelo meu pai, Vi. Estava perguntando por *mim.*

— Quê? — Deixo de lado toda a pretensão de observar o treino e me viro na direção de Halden.

— Nunca te pedi desculpas. — O rosto dele se suaviza, o olhar percorre meu rosto como se notasse cada detalhe que mudou. — E eu deveria ter pedido. Se não estiver com Riorson...

— Eu o amo — digo, empertigada. — Nem sequer *pensei* em você nos últimos, sei lá, anos. Não venha atrás de mim só porque gosta de um desafio. Você vai perder.

Halden bufa.

— Qualquer um que namorou um cavaleiro sabe que a prioridade deles, o primeiro amor, é um dragão. Depois que você aceita isso, outro homem sequer parece um desafio.

Abro a boca. Ele está certo. Nossas prioridades são sempre nossos dragões. Eles são *insubstituíveis.*

— Além do mais, com todo o tempo que vamos passar juntos nesta missão, achei que ao menos você estaria disposta a jantar comigo... — Ele abre um sorrisinho. — Não me diga que deixa o cara que não é nem seu namorado controlar você. Permita que eu te peça desculpas de verdade, da forma como deveria ter feito três anos atrás.

Ele leva uma mão na direção de uma mecha solta da minha trança, mas nunca chega ao objetivo.

As sombras passam direto pelas égides e acertam Halden no peito como um aríete, fazendo com que o príncipe herdeiro de Navarre voe para trás e bata com tudo no muro de pedra.

Cacete.

Não consigo imaginar que a vida seja sustentável para além do Mar Esmeralda. Nenhum navio sobreviveu às tempestades que se formam nas ondas de cristas de gelo, e os únicos marinheiros que voltam da exploração retornam derrotados.

— O ÚLTIMO ALMIRANTE, UMA BIOGRAFIA POR LEVIAN CROSLIGHT

CAPÍTULO DEZOITO

— Halden! — Corro e me ajoelho ao lado dele, e a sombra evapora como se nunca tivesse existido. — Tudo bem aí?

— Meu príncipe! — Anna pula até as pedras, o pânico nos olhos, e o outro guarda se junta a ela. — Ah, Halden, você...

Espera, essa aí não é só uma guarda dele? Levanto as sobrancelhas, olhando para os cabelos. Dito e feito: as ruivas são mesmo o tipo do cara.

Halden a afasta enquanto se esforça visivelmente para respirar, e os dois guardas recuam.

Graças a Malek, Xaden não o matou. Não vejo sequer uma rachadura na pedra acima da cabeça dele.

— Em um segundo, você vai conseguir respirar — prometo a Halden, torcendo para que as costelas dele não estejam quebradas.

Passos de bota ressoam atrás de mim, e uma onda de ônix cintilante envolve minha mente como uma carícia.

— Sinto muito por isso — diz Xaden, o tom de voz insinuando o contrário. — Estava bloqueando um golpe potencialmente letal de um calouro e acabei derrubando você.

Arqueio uma sobrancelha e olho por cima do ombro para ele.

— *Sério mesmo?*

— *Ele ia tocar em você.* — A fúria glacial que vejo em seus olhos faz os meus se arregalarem.

— *Ah, sim, porque essa é uma resposta supermadura mesmo.*

Halden inspira fundo, depois solta o ar.

— Está. Tudo. Bem.

— *Não foi uma resposta, foi... só* foi.

Xaden agacha atrás de mim enquanto Halden se ajeita para se sentar.

— Vamos deixar três coisas bem claras, *Vossa Alteza*. Primeiro, tenho uma audição impecável graças às sombras que estão bem aos seus pés. Segundo, eu não controlo Violet. Nunca controlei, nunca vou controlar. Mas, terceiro, e mais importante de tudo... — ele abaixa a voz. — Ela, com toda a sinceridade do mundo, *não* pensou em você nos últimos tempos. Ao menos não desde o segundo em que me viu.

Eu vou *matar* o Xaden, caralho.

***

A-I-M-S-I-R. Uma hora depois, ainda estou furiosa, sentada na cama com Rhi, revirando os discos de bronze do tamanho de unhas até que cada letra esteja visível no mecanismo de trava do livro. Meu dedo paira sobre a minúscula alavanca que ou vai abrir o livro... ou destruí-lo para sempre.

— Não consigo fazer isso.

— Beleza, então em vez disso a gente pode falar sobre como o cara que não é seu namorado jogou o cara que claramente é seu *ex*-namorado na parede — diz Rhi. — Ou até falar sobre o fato de que você nunca mencionou que tinha tido um relacionamento com o *príncipe*.

— Nunca pareceu ser relevante. — Dou de ombros. — Ele sempre foi só o Halden pra mim, assim como o Aaric é... o Aaric, e prometi a mim mesma que não daria nem um espacinho para ele na minha vida quando, no fim das contas, ele se mostrou o babaca que todo mundo me avisou que ele era.

— Príncipes? Duques? Você claramente tem um tipo — provoca ela. — O Xaden sabia desse rolê?

Balanço a cabeça. Halden não mandou prender Xaden, mas definitivamente havia um brilho vingativo no olhar dele quando subiu as escadas acompanhado dos guardas.

A aula acabou logo depois disso.

— Isso explica a coisa de jogar na parede, então — comenta ela.

A falta de controle emocional completa de Xaden por ele ser um venin é o que de fato explica a coisa de jogar na parede, mas não posso contar isso a ela, então mudo de assunto.

— Aimsir. É a resposta certa — digo, mais para mim mesma. — O mundo do meu pai girava em torno do eixo que era minha mãe, e eles só se conheceram no terceiro ano no instituto. O primeiro amor de verdade dela tinha sido Aimsir, que era insubstituível. Toda a felicidade da nossa família dependia da saúde e da sobrevivência de Aimsir.

— Você não precisa me convencer. — Rhi continua sentada com uma perna embaixo do corpo, as mãos esticadas na direção do livro.

Descanso a ponta do dedo na alavanca.

— Acha que consegue me salvar se eu estiver errada?

— Nunca tentei segurar o líquido de seis frascos... ou qualquer líquido, no caso, mas acho que consigo segurar uma quantidade decente para que nem *todo* o trabalho do seu pai fique arruinado. — Ela flexiona os dedos, suspirando. — E se essa runa for ativada... bom, não deve ter muito poder guardado aí. Provavelmente só o bastante para destruir o livro.

— Provavelmente. — Assinto. — Olha, acho que preferiria subir a Armadilha de novo a errar esse meu palpite.

— Então é só não errar.

Eu não vou errar. *Lilith* é a resposta óbvia e, portanto, a errada. Qualquer outra pessoa teria colocado isso sem pensar duas vezes e arruinado o livro. Não, ele deixou isso para *mim.*

Pressiono a alavanca.

Ela afunda no mecanismo e meu coração dá um tropeço quando ouço o *clique* metálico da trava se abrindo. O livro se abre, e os seis frascos de tinta giram para ficarem virados contra as páginas, o conteúdo perfeitamente selado.

— Graças a Zihnal.

— Acho que essa prece deveria ser redirecionada a Hedeon, mas aceito a benção de qualquer deus que quiser nos ajudar — diz Rhi, chegando mais perto de mim enquanto giro o livro para que nós duas possamos ler.

— *Uma história do segundo levante krovlano*, rascunho, por tenente-coronel Asher Sorrengail — leio, sorrindo ao ver a caligrafia familiar da escrita formal.

— Tudo isso por um texto de história. — Rhi balança a cabeça. — Vocês, Sorrengails, são todos uns doidos.

Viro a página e prendo o fôlego ao ler as primeiras palavras.

Querida Violet,

Está escrito, mas eu praticamente consigo ouvir a voz dele falando com tanta nitidez em minha cabeça que sinto meus olhos se encherem de água.

— Então não é só um texto de história. — Rhi passa um braço pelo meu ombro. — Que tal se eu te der um tempinho para ficar com seu pai? Bato na porta quando precisarmos ir para a aula de manobras de voo.

Assinto em silêncio, agradecida, e Rhi sai do quarto, fechando a porta atrás de si.

Tenho sentimentos conflitantes de querer ler quase tudo de imediato e ao mesmo tempo me limitar a uma linha de cada vez para poder guardar uma para amanhã e o dia que vier depois, como fiz com os diários de minha mãe. Eu conseguiria fazer isso durar, guardá-lo ali comigo pelo máximo de tempo que pudesse.

Só que preciso desse conhecimento agora, então levo o livro ao colo e começo.

Querida Violet,

Espero muito que esteja lendo isso ao meu lado, rindo da bagunça gloriosa que é um primeiro rascunho, mas temo que não seja o caso. Se agora eu estiver caminhando ao lado de Malek com seu irmão, então proteja esse manuscrito com cuidado. No entanto, se o pior tiver acontecido e sua mãe também tiver se juntado a nós, então deve proteger esse conhecimento com a própria vida. No interior destas páginas você encontrará meu estudo cuidadoso sobre o segundo levante krovlano, mas, minha filha... lembre-se do que eu ensinei a você sobre a História: é só uma coleção de narrativas, cada uma influenciada por aquilo que aconteceu antes e criando um gancho para as que virão em seguida. Escrevi este estudo para que pudesse ser lido por outros, mas compreendido por você. Se estiver com tempo de sobra, leia as páginas livremente; você verá que a conexão entre o levante e a busca pelos Rabos-de-pena é tanto alarmante quanto esclarecedora. Porém, se o tempo de fato tiver se esgotado e você estiver à procura da arma para derrotar aqueles sobre os quais ouviu falar apenas através de lendas, então abandone seu manto e vá para Cordyn. Você sempre teve dificuldade com krovlano, mas fiz questão de que Dain desenvolvesse essa habilidade para o caso de precisar dela... e caso ele não escolha cruzar o Parapeito neste verão. Se ele seguir os passos do próprio pai, precisa encontrar força de vontade para abandonar a afeição que nutre por ele. Em Cordyn, reserve uma passagem para Deverelli: lá você estará a salvo, longe do alcance da magia, e deve procurar discretamente por uma mercadora que atende pelo nome de Narelle Anselm. Leve a ela o item mais raro que você possuir: certifique-se de que seja excepcional de verdade para que receba de volta aquilo de que precisa. Não envie outra pessoa em seu lugar. Caso faça a viagem sob os brasões de Navarre, tome cuidado com o rei; ele guarda rancores e tem apenas o próprio lucro em mente. Sinto muito que essa tarefa caiba a você, minha luz mais brilhante.

Confie apenas em Mira.

Com amor,
Papai

Leio a página de novo e de novo, guardando-a na memória enquanto minha mente fica acelerada. Como ele saberia sobre uma mercadora em Deverelli? *Procure a arma...* Será que ele sabia sobre Andarna? Sobre o resto da espécie dela?

Pela primeira vez na vida, percebo que talvez eu não conheça meu pai tão bem quanto achei que conhecia.

Narelle Anselm. Repasso aquela informação para Tairn e Andarna.

— *A salvo, longe do alcance da magia?* — pergunto, dobrando o pergaminho e escondendo-o de volta no livro.

— *Não existe magia além do Continente. É por isso que nós, dragões, permanecemos aqui* — Tairn me informa. — *É por isso que é surpreendente que os irids tenham partido de nossas terras.*

— *Sei o que devemos levar* — acrescenta Andarna.

— *Cheguei à mesma conclusão* — grunhe Tairn —, *mas não desejo passar meu tempo com os fofoqueiros dos ninhos.*

— *Acha mesmo que as ilhas são nossa melhor chance de encontrar o seu povo?* — pergunto.

— *Acho que é um plano melhor do que voarmos para o norte até morrer* — responde Andarna.

— *Concordo* — opina Tairn. — *Se o capitão está tão convencido, então que o esquadrão seja dividido em dois, mas* nós *iremos para Deverelli.*

Alguém bate na porta.

Eu me sobressalto, tranco o livro e em seguida o enfio embaixo do travesseiro antes de me levantar e abrir a porta.

Xaden está parado no batente, os dedos segurando a madeira dos dois lados, a jaqueta de voo abotoada e a cabeça baixa.

Minha alegria imediata é destruída pela lógica.

— O que está fazendo? — sussurro, olhando para além dele no corredor para ver se alguém está nos espionando e poderia denunciá-lo.

— Você o amava? — A pergunta sai em um sussurro rouco.

— Alguém vai te ver!

— Você. O. Amava? — Xaden ergue a cabeça, e me encara com um olhar praticamente animalesco. — Eu preciso saber. Consigo lidar com a resposta. Mas preciso saber.

— Ah, pelo amor de Amari. — Eu o agarro pela lapela da jaqueta e o puxo para dentro do quarto, e ele vira o pulso, fechando a porta. O clique alto me avisa que ele também a trancou. — Faz *anos* que fiquei com Halden.

— Sim, isso eu entendi. — Ele franze a sobrancelha, assentindo. — Aliás, entendi *muitas* coisas ao ver o que ele estava pensando.

Pestanejo.

— Não é assim que seu sinete…

— Você o amava? — repete ele.

— Puta merda. — Tiro as mãos dele. — Você está com ciúmes. De verdade.

— Sim, meu amor, estou com *ciúmes*. — Ele espalma as mãos em minhas costas e me puxa na direção dele. — Estou com ciúmes da armadura colada em seu corpo quando não posso estar aqui, dos lençóis da sua cama que acariciam sua pele toda noite, e das lâminas que sentem o toque das suas mãos. Então, quando o príncipe da nossa nação aparece na minha sala de aula e começa a falar com a mulher que amo com o que apenas pode ser considerada uma familiaridade intensa e logo em seguida tem a audácia de querer um *encontro* com ela bem na minha frente, naturalmente vou ficar com ciúmes.

Ele traz o corpo para mais perto do meu.

— Por isso você decidiu jogar ele na parede? — Minhas mãos acariciam a pele fria do pescoço, segurando as bochechas geladas. Ele deve ter passado um *bom* tempo lá fora.

— Eu disse que faria isso. — Ele encontra meu olhar e meu coração acelera. — Em Aretia, você lembra? Logo depois de colocar você no meu trono e abrir essas lindas pernas…

Coloco o dedo sobre aquela boca perfeita.

— Eu me lembro.

Assim como meu corpo, que imediatamente fica quente.

Ele mordisca meu dedo e abaixo a mão.

— Eu disse que sentiria ciúmes e que depois acabaria com ele. Posso ter me transformado, mas ainda sou um homem de palavra quando se trata de você.

— Você é Xaden Riorson. — Fico na ponta dos pés, pressionando um beijo no queixo dele. — Dominador de sombras. — Outro beijo, na mandíbula. — Duque de Tyrrendor. — Minha boca roça o lugar embaixo do lóbulo de sua orelha. — O amor da minha vida. Não precisa sentir ciúmes.

Ele flexiona as mãos perto da minha coluna e então dá um passo para trás, abrindo espaço.

— Você o amava? Violet, você precisa me dizer.

Aquela nota de angústia na voz dele acaba comigo.

— Não da forma como amo você — confesso baixinho.

Ele continua recuando até bater de costas na escrivaninha e encara o chão.

— Você o amava.

— Eu tinha dezoito anos. — Vasculho minhas memórias, tentando pensar em uma palavra melhor para descrever o que sentia por Halden, mas não consigo pensar. — A gente só ficou juntos uns sete meses... acabou pouco antes do Dia do Alistamento dele em dezembro. Eu estava apaixonada e deslumbrada, e, na época, aquela inocência pura é o que eu conhecia do amor. Então, sim, eu o amava.

Ele se segura na escrivaninha, os nós dos dedos brancos.

— Cacete. E ele vai na missão conosco. Ouvi isso também.

— Sim. E eu entendo. — Diminuo a distância entre nós. — É *muito* difícil para mim ver você perto de Cat...

— Nunca amei Cat. — Xaden ergue a cabeça. — Claro, a ideia de... — Ele engole em seco como se fosse vomitar. — Halden colocando as mãos em você me faz querer jogar ele *de novo* na parede, especialmente considerando que ele pode tocar em você, e eu, não, mas saber que ele esteve aqui... — Xaden descansa a mão pouco abaixo da minha clavícula. — Me faz considerar um assassinato, já que assim não haverá qualquer chance de aquele idiota real se esgueirar aqui para dentro de novo.

— Ele não pode tocar em mim. — Ergo a mão de Xaden e pressiono um beijo no centro da palma calejada antes de colocá-la outra vez sobre o meu coração, segurando-a ali. — Isso aqui pertence somente a você. Você poderia até me abandonar ou ir de encontro a Malek, mas ainda assim seria seu. Já aceitei que nunca vou conseguir superar você.

Ele se move mais rápido do que nunca, e, em um piscar de olhos, agarra minha bunda, e estou levantada contra ele, na altura de seu peito.

— Peça para eu parar se eu cruzar algum limite.

Esse é o único aviso que ele me dá antes de sua boca vir de encontro à minha.

Ele reivindica cada centímetro da minha boca como se fosse a primeira vez, com carícias habilidosas e rápidas, enfiando a língua até o fundo de uma forma que me deixa devastada da melhor forma possível.

No segundo em que se impele para a frente, não consigo mais me importar com o *motivo* para ele estar me beijando como se o amanhã não existisse. O mundo vira de ponta-cabeça e sinto a cama embaixo das costas; tudo o que mais quero é que ele não pare nunca. Podemos viver neste exato instante e nunca dar mais nenhum passo desde que ele continue com os lábios nos meus.

Ergo os quadris e ele se acomoda entre minhas coxas, e o peso de Xaden é tão bom que gemo. Limitar-se a apenas um beijo só faz com que tudo seja mais intenso, como se nós dois estivéssemos desesperados para provocar cada sensação possível na conexão simples, e ainda assim complexa, de nossa boca.

Isso é loucura. Essa urgência entre nós dois é sempre uma loucura arrebatadora. Ele é a única vontade que jamais vou saciar, aquele sentimento do qual nunca me canso. Só ele é capaz de me fazer sentir isso.

Engancho os tornozelos atrás da base das costas de Xaden e o beijo com cada centímetro de desejo que cresceu dentro de mim nas últimas semanas. Ele chupa minha língua para dentro da própria boca e gemo enquanto o calor inunda minha pele, embotando meus pensamentos.

— Eu te amo — diz ele contra minha boca, movendo os quadris.

— Eu te amo. — A confissão acaba em uma respiração ofegante quando sinto que ele está completamente duro por mim. Minhas mãos deslizam pelos músculos das costas e por cima do couro da jaqueta. — Estou com saudade.

— Violet — grunhe ele, as mãos capturando as minhas, prendendo-as acima da cabeça...

Não. As mãos, não.

As sombras.

Minha respiração fica ofegante. Sou uma prisioneira mais do que disposta, e ele me beija de novo e de novo, uma combinação inebriante de urgência e exigência combinadas a um controle implacável.

Ele desliza os dedos pelo meu pescoço e eu me arrepio enquanto uma vontade elétrica percorre meu corpo.

— Cacete, sua pele é tão macia.

Minha única resposta é um choramingo, e depois um gemido quando uma carícia é seguida pela boca dele.

— *Isso.* — Minhas mãos repuxam as sombras e arqueio o pescoço, pedindo por mais.

— *Ainda é só um beijo.*

Ele desce pelo meu pescoço, segurando meu quadril...

E de repente sai de cima de mim tão rápido que quase sou levada junto com ele, e então fico encarando o teto, ofegando, mas ao menos ele está no mesmo estado que eu.

— Caralho. — Ele levanta os braços por cima do olho. — Por favor, tenha pena de mim e diga alguma coisa, qualquer coisa, para me distrair da sensação de ter você nos braços.

Pisco, tentando forçar minha mente a funcionar, e as sombras macias que me seguravam recuam e soltam meus pulsos. Meu coração desacelera só o suficiente para permitir que a lógica volte, e enfio as mãos debaixo do travesseiro para me impedir de tentar puxá-lo para mim outra vez.

Encontro o livro lá embaixo.

— Meu pai me deixou uma carta — digo. — Ele precisa que eu vá para Deverelli.

Ele vira a cabeça e lentamente viro a minha, nossos olhares se encontram.

— Então nós vamos — diz ele.

Meu corpo não é grande o suficiente para conter todo o amor que sinto por este homem.

— Precisamos ir sob a pretensão de procurar o povo de Andarna, e acho que é a isso que ele está se referindo, mas posso estar errada. Preciso de fato ler a pesquisa.

Ele franze o cenho.

— Ainda acha que deveríamos procurar nas ilhas, certo?

Assinto.

— Então parece que conseguimos cumprir dois objetivos com uma única viagem.

Passo a língua pelo meu lábio inchado.

— Procurar nas ilhas significa que vamos precisar de uma audiência com o rei, o que requer sair do alcance das égides para ir buscar um artefato para o rei de Deverelli *e* também receber ajuda de Halden, então não é uma escolha fácil assim...

— É, sim. Se *meu* pai tivesse me deixado uma carta... — Xaden endireita a coluna, apoiando o corpo nos cotovelos. — Você pode me falar todas as formas que vai ser horrível, e ainda assim direi que devemos ir.

— O artefato está em território ocupado.

Ele faz careta.

— E se eu pedir para você ficar para trás, aconchegada e a salvo enquanto eu vou buscar?

Balanço a cabeça.

— É. Foi o que pensei. — Ele suspira. — Ao menos vai ser uma chance de avaliar como vamos funcionar nesse esquadrão aí que Grady montou. Quando você quer partir?

— O mais rápido possível.

A joia dada a vocês ao se graduarem em Rochedo deve ser usada sempre próxima ao coração, mas, se ainda não tiverem dominado o próprio controle por completo, ela vai apenas contribuir para a ruína de vocês.

— Capítulo três, O Cânone do Paladino

CAPÍTULO DEZENOVE

Quatro noites depois, nossa legião de oito (que agora inclui Mira, graças a Halden e a seu aval real) atravessa a fronteira em Samara, e a magia fica livre da jaula de égides. O poder expande em todas as direções, atravessando feito uma corrente de rio que flui ao meu redor, chamando-me para brincar... ou para me destruir. Minha pele formiga enquanto descemos aos vales através das Montanhas Esben, e sou tomada por uma urgência estranha de tentar puxar os fios do próprio céu e tecer runas.

— *Parece que há mais poder aqui do que o normal* — digo para Tairn enquanto mergulhamos ao longo da ravina.

— *Na verdade, é menos poder... e graças aos venin* — responde ele. — *Mas é* você *que está ficando mais poderosa a cada dia, mais capaz de reconhecer algo que antes lhe era inteiramente invisível.*

— *Eu reconheceria também* — opina Andarna. — *Se algum dia me deixasse ir com você.*

— *Com Theophanie caçando você, vai ficar mais segura em Samara.* — Seguro os pomos da sela enquanto Tairn se endireita em cima da margem do rio, mantendo-se às sombras que a noite nublada nos providenciou.

Juro, eu já devo estar com um hematoma permanente logo abaixo do esterno de tentar dormir na sela. Deveríamos fazer algumas modificações nessa coisa antes de irmos para Deverelli.

— *Mas nem* você *está segura* — argumenta Andarna, a voz ficando mais fraca conforme aumentamos a distância entre nós. — *Eu posso queimar os venin.*

— *Já disse uma dúzia de vezes, o primeiro fogo queima com mais intensidade, o que explica o fenômeno* — responde Tairn. — *Esta missão já é bem perigosa sem nem acrescentarmos um alvo desejado por qualquer um dos dominadores das trevas que estão à espreita.*

— *Estão todos ocupados ao sul...* — a voz dela some quando a conexão é rompida.

— *Temos cerca de doze horas antes de você começar a sentir a dor de estar distante de Andarna* — Tairn me lembra enquanto atravessamos a noite, abrindo o caminho para as conversas com Sgaeyl e Xaden.

Não tenho o menor desejo de testar o limite de três a quatro dias que os cavaleiros e dragões podem ficar distantes, ou sofrer as consequências fatais disso. São três horas até Anca. Uma hora para localizar o citrino. Três horas para voltar. Um terço da legião postada em Samara deslanchou um ataque ofensivo contra um reduto ao norte do entreposto cerca de uma hora atrás, o que permitiu que passássemos pela linha vermelha do mapa de Preparo de Batalha sem sermos notados pelos inimigos. Tudo está indo de acordo com o plano.

Três horas depois, parece que as coisas estão fáceis demais quando pousamos na praça em ruínas do vilarejo que outrora foi Anca. *Definitivamente deserta.* Para além de termos precisado desviar de duas patrulhas de wyvern ao voar baixo, não encontramos um único inimigo, apenas vilarejos espaçados e acampamentos mal iluminados de civis em meio à terra que os venin drenaram antes de seguir na direção de Samara. Tairn pousa primeiro, como sempre, embora tenha sido avisado por Grady para ficar para trás na formação, e os outros dragões o acompanham, cercando os destroços secos de uma torre de relógio.

— *Só porque aceitei os termos da missão não significa que gosto deles* — resmunga Tairn baixinho, o peito ressoando enquanto eu me ajeito com a jaqueta de voo e a mochila antes de desmontar.

— *Eu sei.*

Aterrisso e tudo parece... estranho sem a presença da magia. De acordo com nossas últimas informações, usar nossa magia em territórios drenados não é apenas desafiador, mas também um chamariz para venin, então deixo o conduíte pendurado no pulso, mantendo-o por perto só para o caso de as coisas darem errado.

— *Siga o plano* — digo a ele. — *Eu aviso quando estivermos com a joia.*

Tairn se dobra e então alça voo em direção ao céu, bem alto, acima do prédio de dois andares, e rapidamente os outros dragões o seguem, um par deles com os cavaleiros que Grady escolheu para fazer o reconhecimento da missão lá de cima: Pugh e Foley.

Xaden passa pela torre do relógio, vindo na minha direção. Ele fez um bom trabalho disfarçando o desconforto que está sentindo, mas consigo ver o esforço nos olhos dele ao flexionar os dedos.

— *Você deveria ter ficado com a tarefa de sentinela* — falo para ele enquanto Grady reúne os outros à minha esquerda.

— *Não ia deixar você ficar sozinha no chão.* — Nossas mãos quase se roçam enquanto viramos e caminhamos na direção do grupo, mas tomamos cuidado para não nos tocar, especialmente considerando a forma com que Aura Beinhaven estreita os olhos na nossa direção. — *E não é como se eu estivesse arriscando alguma coisa desde que fique calmo, comedido e controlado dentro do perímetro. A magia aqui já foi drenada há muito.*

É por isso que os dragões estão no céu, voando acima da terra que os dominadores das trevas deixaram intocadas em sua pressa de chegar até Samara.

— Não consigo identificar... — Grady vira o mapa do outro lado. — A letra dela é um horror.

— Parece que é por aqui — comenta o capitão Henson, inclinando-se para ver e apontando para o outro lado da praça.

— E é por isso que você deveria ter trazido Cat, como Violet pediu. — Mira arranca o mapa da mão de Grady e o examina.

— Os grifos não conseguem manter o ritmo — Grady nos lembra. — E essa missão é um teste para aquelas que se seguirão. Uma pessoa a mais mudaria a dinâmica das coisas.

— *Que porra de dinâmica?* — pergunto a Xaden. — *Detesto Aura, não confio em Grady depois que ele nos deu o soro durante o treinamento de ASC e não conheço nenhum dos outros.*

— *Calmo. Comedido. Controlado.* — Xaden coloca as mãos nos bolsos.

— É mesmo? Não estou vendo nem o príncipe nem os guardas por aqui, e muito menos alguém que representa Poromiel. E pare de cochichar como se alguém fosse ouvir. — Mira vira o mapa e alinha as marcações no terreno que Cat desenhou. — A área está deserta, e vamos ficar bem desde que as sentinelas interceptem alguma patrulha aleatória e ninguém use magia. — Mira aponta para algo atrás do meu ombro direito. — É por aqui.

— Eu fico com isso, *tenente*. — Grady arranca o mapa da mão dela de novo.

— Se eu não te conhecesse, acharia que está fazendo de tudo para essa missão fracassar de propósito. — Mira lança um sorriso afiado na direção dele.

— Vamos logo. — Grady fulmina minha irmã com o olhar e passa por mim, seguindo na direção que ele apontou.

— Se faz alguma diferença — diz a capitã Henson, olhando para Mira enquanto ela passa —, concordo com você.

— Eu, não. — Aura afasta as mangas do uniforme e vai correndo atrás de Grady. — Não podemos confiar nos paladinos.

— E ainda assim é um artefato deles que Cat está nos ajudando a encontrar — murmuro enquanto passamos.

— Calmo. Comedido. Controlado. — Xaden olha para cada prédio pelo qual passamos.

— Mantra novo, agora que virou duque? — pergunta Mira, avaliando, à nossa direita, os escombros do que parece ter sido um mercado.

— Só estou tentando não explodir com Grady enquanto fazemos nossa missão de teste — responde Xaden.

O vilarejo continua silencioso enquanto passamos por ruas abandonadas e por restos dessecados de pessoas a cada quadra. O lugar me lembra um castelo de areia. A estrutura toda existe, mas é tão delicada que até uma brisa forte pode derrubar aquelas construções sem cor.

Dobramos a esquina seguinte, passando por entre colunas de fileiras de casas que mal têm espaço para duas carroças na rua. Algumas casas se conectam com o outro lado da rua por pontes cobertas, criando um efeito túnel a cada seis metros.

— É irônico que tenham construído as ruas tão apertadas para que os dragões não pudessem passar por elas, e ainda assim são os dragões que talvez nos salvem — comento, examinando o que restou da arquitetura.

— Um grifo não teria problema algum em passar por aqui, desde que ficasse de asas fechadas — comenta Mira.

— É essa aqui. — Grady para diante de uma casa maior.

— Foi a plaquinha escrita *Casa de Amelia, Primeira das Revoadas* que entregou a localização? — pergunta Xaden, indicando o lado direito da porta com a cabeça.

Grady espreme a boca.

— Vocês sabem o trabalho de cada um. Vamos.

A porta da frente range tão alto que daria para acordar os mortos quando ele a abre, e todo mundo congela.

Meu estômago faz seu melhor para acomodar meus pulmões, e fecho os punhos quando o poder imediatamente surge em minhas veias em resposta ao medo que sinto.

— Eles não conseguem ouvir — repete Mira, e então dá um aperto no meu ombro quando passa por mim, seguindo até Grady e Henson.

— Eu já volto — diz Xaden, e não sinto o roçar de mão ou sombras nas minhas costas porque Aura está nos observando como se fôssemos começar a nos agarrar a qualquer segundo.

Os quatro oficiais desaparecem dentro da casa rangendo e deixam Aura e eu no meio da rua.

— Fico com o lado sul — digo, indo para a porta e depois me voltando na direção certa.

— Tudo bem.

Ela vira de costas para mim e começamos nossa vigia.

Um som retumbante ecoa de dentro da casa e a luz da lua ilumina as ruas de paralelepípedo.

Olho para cima e vejo que as nuvens começaram a se desfazer enquanto o vento aumenta.

Merda.

— *Fique longe de vista* — digo a Tairn.

— *Eu sei me esconder.* — Ele soa bastante ofendido. — *É com Dagolh que você deveria se preocupar.*

O Rabo-de-clava-vermelho de Aura.

— *Teve sorte?* — pergunto para Xaden.

— *Este lugar inteiro é um museu, e Cat só se lembra de que ficava exposto em uma caixa protetora em um andar acima. Não sei se notou, mas tem* muitos *andares acima* — responde ele.

Ergo o olhar para o prédio de cinco andares que parece prestes a desmoronar a qualquer segundo.

— Vamos ficar aqui por um tempo — comento.

É exatamente por isso que Cat deveria ter vindo conosco. Talvez estar aqui fizesse com que a memória dela despertasse com a localização correta da joia.

— Que ótimo. — Aura cambaleia, nervosa, atrás de mim, a sombra oscilando perto dos meus pés.

— Está com medo? — pergunto, da forma mais legal que consigo.

— Estamos a centenas de quilômetros das égides, em cima da porra de um cemitério — retruca ela. — O que acha?

— Falando como uma pessoa que passou bastante tempo longe das égides, uma dose de nervosismo é até saudável.

Algo chacoalha em frente e ergo a cabeça, concentrando-me naquela direção. Uma garrafa de vidro rola pela leve inclinação da rua, levada por um sopro de vento, e então encalha no batente de uma das casas ali perto.

— Viu? É só... — Olho por cima do ombro e viro o corpo inteiro na direção de Aura. — Mas que porra é essa?

— Só estou me preparando. — Ela ergue as mãos, um aparelho de atear fogo preso entre o dedão e o indicador, o rosto inteiro contorcido pelo medo.

Gesticulo para as mãos dela.

— Isso aí… é um medo *nada* saudável e que coloca a missão em perigo. Abaixe isso. E guarde. Fique de luvas. Não pode se esquecer de que usar nosso sinete é a *pior* coisa que poderíamos fazer.

— Não. — Ela ergue o queixo. — Ser drenado seria bem pior. Eu é que não vou ser pega de surpresa. Na verdade, você também deveria estar preparada.

— De jeito nenhum. — Balanço a cabeça e viro de costas para ela. — As ordens são para não usarmos nosso sinete a não ser que exista uma ameaça iminente de morte, e é muito difícil que uma garrafa represente esse perigo.

— Como Dirigente de Asa e sua veterana, estou *ordenando* que esteja preparada — esbraveja Aura. — De que adianta você ser a nossa melhor arma se não puder usar seu sinete de imediato?

— A única patente que importa aqui é cadete, então com todo respeito, vai tomar no cu.

Eu dou de ombros e reviro os ombros, tentando dissipar a maré de energia que empurra contra a porta dos Arquivos. Ao menos isso significa que Tairn está em algum lugar em que a terra não foi drenada.

— Encontrei! — Mira fala pela janela aberta.

Solto um suspiro de alívio.

A porta do outro lado da rua se abre com um rangido de estourar os tímpanos, e viro a cabeça na direção do som, o medo fazendo meu coração subir na garganta enquanto uma figura sai das sombras…

— *Vi, cuidado, Aura vai…* — começa Xaden.

— Não! — Eu me viro e me jogo por cima de Aura, mas o dano já foi feito.

O fogo estala e jorra da mão dela como fogo de dragão, engolindo a porta.

Caímos em um emaranhado de braços e pernas, e por pouco não bato a cabeça no degrau de pedra enquanto uma onda de calor sopra ao lado do meu rosto, iluminando a noite. Pavor toma meu coração, mas eu o interrompo antes que se enraíze ali ou, pior, que eu fique congelada de medo.

— Sai de cima de mim! — grita Aura, empurrando meu corpo para o lado enquanto a figura cambaleia para a frente sob o luar e *grita*.

Ofego e, por um segundo, o medo vence.

O capitão Grady está pegando fogo.

— Não! — Aura cambaleia pela pedra enquanto ele se ajoelha no meio da rua. Cada centímetro do uniforme que deveria protegê-lo está coberto em chamas que chegam a trinta centímetros.

E não temos nenhum dominador de água ou gelo conosco.

— *Xaden!* — grito mentalmente, ficando em pé e correndo em direção ao capitão. — Aura! Tire a jaqueta!

A gente vai conseguir abafar as chamas. Precisa conseguir.

O grito de Grady se enraíza em minha memória enquanto ele desmorona, e arranco a jaqueta de voo de Aura das mãos dela e a jogo por cima dele na esperança de apagar o fogo. O cheiro de carne queimada faz meu estômago ficar embrulhado, mas é rapidamente abafado pela fumaça espessa e nauseante que surge do prédio atrás dele.

Xaden chega primeiro, me puxando para trás do capitão, e as sombras saem dos nossos pés e abafam o fogo, os gritos cessam, mas o fogo no prédio da frente *ruge*.

— Cacete — murmura ele.

Nós três olhamos para cima enquanto o vento sopra.

Sinto um aperto no coração quando uma casa atrás da outra começa a pegar fogo, espalhando-se pela rua. A terra, assim como os prédios e a própria madeira na qual foram construídos, foi drenada de magia, mas tudo isso ainda serve de *lenha*.

— Riorson! — grita Mira, saindo correndo da casa atrás de nós, seguida de perto por Henson. — Vai logo! A gente já tá praticamente morto mesmo!

Eu me desvencilho dos braços de Xaden e cambaleio na direção de Grady enquanto as sombras crescem pelas laterais dos prédios, mas as chamas já começaram a consumir o caminho que leva às pontes. Estamos presos no meio de uma porra de caixa de fósforo.

— Senhor! — Eu me abaixo na frente de Grady, mas ele não se mexe.

— Ele está morto — anuncia Xaden, como se estivesse declarando a previsão do tempo. — E eu não consigo…

Olho por cima do ombro e vejo o suor acumulado em sua pele enquanto balança a cabeça, erguendo as mãos de novo e de novo, direcionando as sombras de um prédio ao outro, mas não existe um jeito de conseguir impedir isso quando o vento está a toda. Cada faísca, cada sopro faz com que outra construção pegue fogo.

A capitã Henson faz o que pode, mas nem mesmo o melhor dominador de vento do mundo consegue controlar aquela corrente de cinzas e brasas.

O céu dá um estalo e ergo os olhos. A ponte que conecta as duas metades da casa desaba, engolida pelas chamas. Eu me mexo para empurrar Xaden para fora do caminho, mas Mira está parada entre nós dois, os braços erguidos e as mãos espalmadas.

Um pulsar de azul brilha como uma luz mágica, e a ponte desaba acima, rachando ao meio e caindo uma metade de cada lado.

— Precisamos sair daqui. — Mira me puxa, ficando em pé, e então segura uma Aura estarrecida pelo colarinho. De olhos arregalados, a Dirigente de Asa só encara a destruição que se esparrama.

— Eu consigo! — grita Xaden, elevando cada vez mais sombras.

— Desiste — ordena Henson. — O melhor que podemos fazer é esperar para conseguir uma brecha que nos leve à praça para evacuarmos.

Os braços de Xaden tremem e o medo que ele sente causa uma pontada em meu peito, me deixando gélida. Se a terra na qual ele está pisando já não estivesse drenada…

Eu me coloco na frente dele, sem me importar com o fato de que todos estão vendo, e seguro o rosto dele entre as mãos.

— Desiste — imploro. — Xaden, desiste. Precisamos sair daqui.

Os olhos torturados dele encontram os meus, refletindo as chamas nas profundezas de ônix.

— Por favor. — Mantenho o olhar fixo nele. — Não temos como conter este incêndio. Só temos como sobreviver.

Ele assente e abaixa as mãos.

Minha respiração seguinte sai aliviada, mas só tenho tempo de um único segundo.

— Corram! — Mira nos empurra e aceleramos pela rua estreita.

Dor irrompe dos meus tornozelos e sobe até os joelhos, mas não importa, não quando os dois lados da rua estão pegando fogo com uma velocidade só um pouco menor do que a que estamos correndo.

— *Concentre-se na tarefa e chegue até a praça* — ordena Tairn.

E faço exatamente isso: eu me concentro.

Dragões não cabem nessas ruas. Precisamos chegar à praça ou estaremos todos mortos.

Cada centímetro da minha energia se dedica a me concentrar em colocar um pé na frente do outro para eu não torcer o tornozelo nas pedras, no movimento da respiração, no espaço entre mim e Xaden enquanto ele corre ao meu lado, no mesmo ritmo que eu.

Mira vai na frente, correndo, dobrando as esquinas com uma certeza que eu jamais teria neste vilarejo labiríntico, e eu a sigo, correndo da morte, literalmente.

— Ali! — grita Mira, apontando para a torre do relógio que aparece no final da rua, asas batendo acima dela, e então grita: — Não! Tairn primeiro!

Balanço a cabeça, correndo mais rápido.

— Vai logo! Se Teine já estiver aqui, só vai!

— Eu não vou… — ela começa a querer discutir.

— Vai logo pra que a gente consiga ir também! — grita Henson.

Xaden estica os braços de lado, segurando-me para trás enquanto Mira corre até o pátio para ir ao encontro de Teine. A manobra de montar correndo que fazem é impecável, cronometrada com perfeição, e Mira já está subindo pela perna dianteira do Rabo-de-clava enquanto Teine sobrevoa o vilarejo.

Henson assente como se estivesse falando com o próprio dragão e então olha para Aura.

— Você é a próxima. Daqui a um minuto.

As chamas começam a consumir as casas atrás de nós.

— Isso é tudo culpa minha. — Aura fecha os punhos à minha direita, olhando para o pátio com os olhos assustados. — Grady... se foi. Eles sabem que estamos aqui. Não temos como esconder um fogo desse tamanho.

— Só precisamos conseguir sair daqui — digo para ela. — Não pense em mais nada.

— Acima! — grita Xaden, enquanto asas bloqueiam a luz da lua.

— *Não somos as únicas asas no céu* — avisa Tairn, e sinto um pavor gélido escorrer pela nuca.

— Vai! — ordena Henson para Aura, apontando na direção do pátio. — Dagolh está se aproximando!

— Espere! — grito, mas ela já está correndo na direção da torre do relógio. — Tairn disse que não estamos sozinhos.

— Ela vai conseguir — diz Henson em uma voz que não me convence por inteiro.

Um calor arrebatador irrompe das minhas costas, mas mantenho o olhar fixo em Aura enquanto ela corre em direção ao céu aberto.

Uma garra se estica na direção dela, e prendo a respiração até que ela tenha sido pega. As unhas se curvam da mesma forma que as de Tairn, quando ele me pega se...

Vejo a garra sair do outro lado da barriga dela.

O sangue espirra da ferida, mas o grito de Aura é silenciado quando o wyvern arrasta o corpo sem vida dela de volta para o céu. Em algum lugar pouco acima de nós, um dragão grita.

O braço de Xaden se aperta ao meu redor, sustentando meu peso quando meus joelhos cedem.

— *Tairn...*

— *Sessenta segundos* — diz ele, a urgência permeando o tom de voz.

— Cacete, chegaram rápido — murmura Henson, cambaleando. — Tudo bem. Riorson, sua vez...

Chegaram rápido? É tudo que ela tem a dizer?

— Não recebemos ordens suas — diz ele, sem tirar os olhos do pátio.

O luar reflete sobre um par de asas azul-marinho, mas, em vez de pousar, Sgaeyl corta o ar acima, voando rápido na direção do wyvern, que começa a ganhar altitude.

— O que em nome de Dunne...

— E *ela* com certeza não recebe ordens suas — fala Xaden para Henson.

Sgaeyl dá o bote e então parece fincar as unhas no wyvern, *subindo* pelas costas dele. A cabeça dá uma guinada para a esquerda, depois para a direita, e ela arranca as asas da criatura.

— Me lembre de nunca deixar ela irritada — murmuro enquanto o wyvern despenca do céu, caindo em algum lugar na extremidade do vilarejo.

Um cantinho da boca de Xaden se levanta.

— *Estou me aproximando* — anuncia Tairn.

— *Leve nós dois.* — Agarro a mão de Xaden. — Corra comigo.

Xaden franze a sobrancelha por um instante e depois assente.

— *Eu não sou cavalo* — retruca Tairn irritado enquanto Xaden e eu corremos até o pátio, o calor às nossas costas aumentando até atingir uma temperatura insuportável.

— *Eles fazem patrulhas em pares* — grito pelo caminho que conecta nós quatro. — *Leve. Nós. Dois!*

Minhas botas ecoam contra a pedra e, lá na frente, vejo Sgaeyl dar uma guinada brusca para voltar.

Chegamos ao céu aberto e bloqueio a possibilidade muito real de que o parceiro do wyvern nos veja primeiro, correndo mais rápido para o lugar mais largo onde Tairn pode nos pegar.

— *Estou aqui* — diz ele em nossa conexão.

— *Confie em mim* — pede Xaden, e não sei dizer com qual de nós ele está conversando, mas assinto de imediato. Ele se vira com uma velocidade alarmante, colocando-se à minha frente, e então me puxa contra o peito, nivelando nossa cabeça em altura. — *Segura firme.*

Jogo os braços ao redor do pescoço dele, o conduíte batendo contra suas costas enquanto ele joga os braços para cima, e feixes de sombras da cor da meia-noite envolvem nós dois, me prendendo a ele.

O som de asas familiares ressoa por cima das chamas nos poucos segundos antes de sermos arrancados do chão, as garras de Tairn se enganchando nos ombros de Xaden, e nos levando noite adentro.

O vento açoita meus olhos enquanto voamos na direção de Sgaeyl, mas outro par de asas se aproxima da direita para nos interceptar. Duas pernas, e não quatro.

— *Está vindo da direita* — aviso para Tairn, e então me viro para Xaden. — É melhor que você seja bom mesmo com essas sombras.

— *Pode deixar, você está segura* — promete Xaden, e então as sombras me apertam mais.

O poder inunda meu corpo e abro a porta dos Arquivos, o calor inundando minha pele. Deuses, se eu canalizar demais enquanto estiver grudada a ele...

— *Você já canalizou com ele bem mais perto* — Tairn me lembra, e...

Argh, *não*, agora não é hora de pensar em como ele sabe disso.

Eu me atrapalho por um segundo para segurar o conduíte e afastá-lo da pele de Xaden, e então deixo a energia acumular até chegar ao auge, totalmente concentrada na minha mão direita.

O poder *estala*, me invadindo e se projetando de mim, tudo ao mesmo tempo. O relâmpago cai e eu o puxo para baixo no céu com um dedo, mirando bem. O calor chamusca a ponta do meu dedo, mas seguro o relâmpago pelo máximo de tempo que consigo antes de liberá-lo.

Diretamente nas costas do wyvern.

A criatura despenca e Sgaeyl ruge, soprando fogo no cadáver enquanto cai ao lado dela. Dá uma volta para seguir Tairn enquanto viramos para a esquerda, seguindo pelo caminho que margeia o rio e nos dirigindo a oeste.

Voamos desse jeito por mais alguns minutos até termos certeza de que estamos seguros e, por fim, aterrissamos para subir em nossos respectivos dragões e ir embora de vez.

Tairn nos guia por baixo pelas sombras da montanha e subindo os desfiladeiros. Duas horas e meia depois, atravessamos as égides a cerca de cento e cinquenta quilômetros a sul de Samara.

Conseguimos chegar na fortaleza com pouco menos de três horas sobrando do nosso limite de doze horas.

— Não estou acreditando que você deixou ele morrer — murmura o tenente Pugh enquanto atravessamos o rastrilho de Samara.

Xaden se vira para ele e o prende contra a parede usando apenas o peso do próprio antebraço.

— Beinhaven era uma cadete assustada que achou que ele era um venin. Qual é a sua desculpa, hein, cacete? Onde você estava quando aquele wyvern espetou ela ao meio?

— Estávamos patrulhando ao norte. — As feições do homem ficam vermelhas feito tomate enquanto ele força aquelas palavras, mas nem eu nem Mira interferimos.

— Precisavam de você em cima do vilarejo. — Xaden retira o braço, e o tenente desliza pela parede até cair no chão.

Henson e Foley ajudam Pugh a se levantar e se afastam de nós, seguindo para o pátio. Quando estão de costas viradas para nós, Mira ergue a mão e ficamos exatamente onde estamos.

— Fui eu quem chegou lá primeiro — diz ela, virando-se para nos encarar e tirando uma corrente comprida do bolso interno da jaqueta.

Uma pedra do tamanho da unha de um dedão que outrora teve a cor de um citrino pende da corrente, agora rachada ao meio, nebulosa e com a cor de fumaça.

— Merda. — Meus ombros se abaixam. — Se Courtlyn não aceitar essa joia, então tudo isso terá sido à toa.

— Não foi por isso que fiquei contente de ter chegado lá primeiro. — Mira me entrega o colar e então tira um pergaminho dobrado do bolso. — Foi por isso aqui.

Segurando o colar em uma mão, pego o pergaminho com a outra, notando que está endereçado à *Dominadora de Relâmpagos*.

— Estava do lado do colar — diz Mira enquanto eu o abro, e Xaden fica tenso ao meu lado.

Violet,

Só um lembrete: por mais que eu queira que venha até mim por vontade própria, sou capaz de te capturar onde e quando quiser. Por que não me pede as respostas daquilo que está procurando tão desesperadamente?

T

— É de Theophanie. — Sinto o estômago embrulhar.

Ou ela sabe que estou procurando pela raça de Andarna…

Ou sabe que estou procurando por uma cura.

Xaden enrijece tanto que mais parece uma estátua.

— Ela sabia que estaríamos lá.

Putz, caralho, tem *isso* também.

Talvez a questão central levantada aqui não seja recomendar que você não se junte à rebelião, mas que vá para a guerra apenas com aqueles em quem confia cegamente.

— SUBJUGADOS: O SEGUNDO LEVANTE DO POVO KROVLANO, POR TENENTE-CORONEL ASHER SORRENGAIL

CAPÍTULO VINTE

Quando voltamos, passo alguns dias lendo todos os livros sobre Deverelli que Jesinia conseguiu arrumar para me preparar para a minha reunião sobre o progresso da missão com o Senarium. Entre isso, as aulas e os livros que a rainha Maraya manda quando peço, modificar minha sela e as horas que passo treinando nos cumes de neve acima de Basgiath, acabo caindo exausta na cama todas as noites.

Quando a sexta-feira finalmente chega, já devorei *O lado sombrio da magia, Vestes vermelhas, A escória de nosso tempo* e o livro que me deu até pesadelos, *Um estudo da anatomia do inimigo*. Nenhum me forneceu as respostas de que preciso para Xaden.

Jack também não me deu respostas. Parece que fica feliz até demais em me contar sobre a progressão dos neófitos, sobre como canalizar da terra é tão fácil quanto respirar além das égides, mas não me fala o nome do próprio Mestre nem me conta nada além de informações triviais sobre o cara. E, por Malek, é claro que ele não me disse como Theophanie sabia que estaríamos procurando o citrino, ou quais respostas estou buscando.

Porém, assim que finalmente leio o manuscrito do meu pai pela terceira vez e avalio a bibliografia e pesquisa que um calhamaço desse requer, tenho uma vaga ideia de qual era a hipótese dele. Guardo isso para mim, em parte porque fico com medo de estar errada, mas, na verdade, porque fico aterrorizada por estar *certa*. Quando Varrish mencionou no ano passado que acreditava que a pesquisa tinha a ver com os Rabos-de-pena, nunca imaginei que me levaria *nessa* direção.

— Eu quero ir também — diz Ridoc enquanto passamos pelo tapete vermelho espesso do prédio da administração, indo na direção do saguão principal.

Procuro pelas palavras certas para tentar aplacar o barril de náusea em que se transformou meu estômago. Apresentar a ideia para Halden já é bem ruim, mas pulei o café da manhã sabendo que todo o Senarium me aguardava, provavelmente para me designar um novo comandante.

E não vou aceitar nenhum.

— Não vai rolar — diz Rhi, suspirando do outro lado. — Ela já vai precisar lutar muito do jeito que as coisas estão, e não vão deixar você faltar à aula de qualquer forma. Não vão nem deixar a gente entrar naquela sala.

— Posso te proteger — insiste ele, virando-se para mim, segurando uma laranja sem descascar na mão.

— Tenho bastante certeza de que Riorson já ocupa essa função — comenta Sawyer, andando ao lado direito de Rhi com a ajuda das muletas e sua última prótese de metal. Ele até voltou a acompanhar as aulas essa semana, embora não tenha ido ao campo de voo.

— E Mira também — acrescento, lembrando da carta do meu pai.

Quatro cadetes da infantaria dão um passo para o lado para que possamos entrar, e as enormes portas duplas do Salão Principal aparecem. Cat está perto do batente, sorrindo para um paladino alto que nunca vi antes.

Ele parece ser um pouco mais baixo do que Xaden. É esguio e tem um sorriso marcante. O cabelo é tão escuro quanto o de Cat, refletindo a mesma luz mágica azul que brilha sobre o cabo da espada que leva ao lado do corpo, e as adagas embainhadas em V que estão sobre seu torso.

Ergo as sobrancelhas. Imaginei, quando pedi que ela viesse a essa reunião com alguém em quem confia, que ela escolheria Maren, mas sou completamente a favor de ela fazer a fila andar se isso significa que vai parar de olhar para Xaden constantemente. Embora eu sinta um pouco de pena de Trager, porque estava torcendo por ele.

— Tá, mas você pode tentar? — A voz de Ridoc não fica só tensa, ela se eleva, fazendo uma dúzia de pessoas no corredor olhar para nós.

— Por que você está insistindo tanto nisso? — Seguro o braço dele, e nós quatro paramos a poucos metros da porta.

— Eu só... preciso ir. — Ele desvia o olhar, segurando a laranja com as duas mãos agora. — Um de nós precisa ir com você. Desde... — Ele faz uma careta, a mágoa está estampada nos olhos castanho-escuros enquanto ele me encara. — Desde Athebyne, um de nós sempre esteve do seu lado. — Ele ergue um dedo. — Tirando aquela vez em que saiu escondida para sua viagenzinha só de irmãos para Cordyn. Quando a escola se dividiu, nós fomos com você. Basgiath foi atacada e estávamos lá. Você precisou ir até Poromiel para buscar os irmãos de Maren? Nós aparecemos de novo. Quando estamos separados, e ou você é levada para uma câmara de interrogatório e torturada por dias ou quase é tostada pelo fogo de Aura, e sei que não fui a única pessoa a pensar que se Liam tivesse estado lá cuidando de você, isso nunca teria acontecido. — Ele vira o dedo na direção de Rhiannon e Sawyer. — Vocês dois também devem ter pensado nisso.

Um nó se forma na minha garganta.

— Eu agradeço mesmo pelo cuidado, mas não preciso que ninguém fique de olho em mim.

— Não foi isso que eu quis dizer. — Ele segura a laranja outra vez. — Só acho que coisas ruins acontecem quando não estamos juntos. Rhi não pode ir porque precisa liderar o esquadrão inteiro, Sawyer ainda está se recuperando, então só sobrou eu. E se Riorson estivesse com capacidade plena de impedir que coisas ruins acontecessem, não teria mandado Liam para nosso esquadrão para começo de conversa. O cara é poderoso, mas não é infalível.

Se ao menos ele soubesse da verdade. Só os deuses sabem quem está me esperando atrás daquela porta para substituir quem perdemos, mas sei que só posso confiar em duas pessoas: Mira e Xaden.

— E você tem certeza? — pergunta Sawyer, apoiado nas muletas.

Ridoc estreita os olhos.

— Sou um lutador tão bom quanto vocês, e enquanto você estava concentrado na própria reabilitação e Rhiannon estava perseguindo os calouros para manter todo mundo na linha, eu fiquei lendo cada um daqueles malditos livros que Jesinia enfia no nosso colo, e passei horas extras treinando... — A casca da laranja *racha.* — Fico puto da vida quando vocês agem como se eu fosse só o engraçadinho do grupo, como se isso diminuísse minha capacidade de ajudar o esquadrão.

— Ridoc — sussurro, encarando a laranja. — O que você fez?

— Venho tentando falar pra você. — Ele me entrega a fruta, que imediatamente gela minhas mãos. — Não é só você que está passando horas e horas treinando o próprio sinete.

Usando o dedão, descasco a laranja. A fruta está completamente congelada por baixo da casca.

— Como fez isso?

— Sempre consegui tirar água do ar — diz ele. — Além do mais, fico entediado esperando Sawyer acordar quando ele está descansando, sem ofensas, e se tem uma coisa que os médicos são bons em fazer é largar umas frutas por aí. Percebi que conseguia congelar a água do interior da fruta.

Abro a boca, minha mente rodopiando em turbilhão com as possibilidades.

— Sorrengail, nós vamos entrar ou você vai ficar aí só enrolando? — grita Cat do outro lado do corredor.

Olho para Ridoc e sussurro:

— Está tentando me dizer que consegue congelar a água no *corpo* de alguém?

Ele esfrega a própria nuca.

— Olha, nunca tentei com ninguém, nem com nada vivo, claro, mas… é, acho que sim.

Isso é bizarro. E glorioso. E terrível. Tudo junto e ao mesmo tempo, na verdade.

— Caralho, velho. — Sawyer se aproxima. — Tem algum outro dominador de gelo que consiga fazer isso?

— Acho que não? — Ridoc balança a cabeça. — No fim, só alguns de nós conseguem tirar a água do ar.

— Sorrengail! — berra Cat.

— Tá, você vem comigo. — Enfio a laranja na mão de Ridoc e em seguida indico a porta. — Mas não tem nada a ver com o gelo, porque não existe magia aonde estamos indo, e tudo a ver com o que disse antes.

— Coisas ruins acontecem quando não estamos juntos — diz ele baixinho.

Vá para a guerra apenas com aqueles em quem confia cegamente.

Aceno com a cabeça e percorremos o resto do caminho.

— Que demora. — Cat revira os olhos, mas o amigo dela abre a porta à direita e vejo o nome na tarjeta dele enquanto entramos. *Cordella.*

Ele é primo de Cat?

Metade das mesas e bancos no salão foram afastados para as paredes, deixando um espaço aberto diante da mesa comprida central, onde os membros do Senarium estão sentados voltados para nós, e não estão sozinhos. Aetos e Markham estão parados ao lado de Halden, que está sentado no centro do grupo, escutando seja lá qual mentira Markham estiver sussurrando.

Xaden ocupa a ponta esquerda da mesa, a cadeira voltada na minha direção, as pernas esticadas como se essa reunião fosse determinar o cronograma de voo, e não o futuro do Continente, os olhos fixos em mim.

— *Está tudo bem?* — pergunto, indicando Halden com o olhar.

— *Ele ainda está respirando, então eu consideraria isso uma vitória* — responde Xaden, parecendo entediado, mas as sombras ao redor dele têm um contraste maior e beiradas afiadas em contraste com as sombras borradas do outro lado da mesa, que é resultado natural de diversas fontes de iluminação. — *Estão bem determinados no plano deles, então é melhor que esteja determinada no seu.*

— Ah, cadete Sorrengail. — O sorriso de Halden ilumina seus olhos e ele se afasta de Markham. — Bem na hora.

— Na verdade, tem uma pessoa faltando.

Olho de relance por toda a sala e noto que, pela primeira vez na vida, Mira está atrasada. Também é impossível não notar Foley, Henson e Pugh (tudo o que restou da nossa força-tarefa) sentados mais distantes na mesa com uma nova adição: o capitão Jarrett.

— Pelo que percebi, temos duas pessoas a mais na sala. — A duquesa de Morraine lança um olhar desdenhoso por cima do meu ombro.

— Estão aqui a meu pedido. — Ergo o queixo. — Assim como o cadete Gamlyn.

Ridoc fica em silêncio ao meu lado.

— Não pode estar falando sério… — começa a duquesa.

— Eu permito — diz Halden, erguendo a mão. — As perdas recentes foram lamentáveis, mas um mês já se passou e chegou a hora de agir. Vocês estão com o citrino e uma reunião foi marcada com o rei Courtlyn. O comando foi transferido para a capitã Henson.

Halden gesticula para o pergaminho enrolado diante dele.

— *Porra, ele está falando sério?* — Olho de esguelha para Xaden.

— *Completamente.* — Um canto da boca dele se eleva. — *Divirta-se comendo o cu de todo mundo.*

Atravesso o chão que acabou de ser limpo e pego o pergaminho, dando um passo para trás logo em seguida para me colocar ao lado de Ridoc, lendo minhas ordens rapidamente. Vamos partir para Deverelli em dois dias e devemos nos encontrar com o rei para tentar negociar uma aliança e garantir apoio para a expansão da pesquisa se não conseguirmos encontrar a espécie de Andarna por lá, e então voltar para apresentar nosso relatório, tudo sob o comando da capitã Henson e do tenente Pugh como vice-comandante.

Enquanto Markham e Melgren procuram em Aretia por qualquer *pista* que tivermos deixado passar.

— *Você leu isso?* — pergunto, e preciso de toda a minha força de vontade para não amassar essas ordens. — *Eles querem vasculhar Aretia.*

— *Eles que vão para a casa do caralho.*

— Não — digo para Halden.

— Perdão? — Halden se inclina para a frente.

— Eu disse que *não*. — Rasgo as ordens. — Não para o seu comandante. Não para as suas seleções. Não para a busca em Aretia. Só *não*.

— Eu avisei — Xaden fala do outro lado da mesa.

Halden enrijece, e o duque de Calldyr se remexe no assento, semicerrando os olhos na minha direção.

— O capitão Jarrett é uma adição excelente e o melhor espadachim que temos entre os cavaleiros.

— Um elogio generoso, considerando que vi o tenente Riorson humilhá-lo em luta sem nem tentar alguns meses atrás em Samara. — O poder ondula por minhas veias, mas mantenho a raiva sob controle. — Tentamos do seu jeito...

— E claramente obtivemos sucesso — rebate Halden. — Ou não está em posse do artefato?

— Perdemos dois cavaleiros na missão porque me colocaram com o fardo de ter um esquadrão cheio de pessoas que não confiavam umas nas outras. Sim, estou em posse do artefato e vou levá-lo para Deverelli, mas apenas com um esquadrão que *eu* escolher. — Endireito os ombros, e vejo Ridoc assentindo pelo canto do olho.

A porta se abre atrás de nós e o ritmo familiar de passos rápidos impulsiona minha coragem, que vira pura audácia.

— Desculpem o atraso — diz Mira, passando por Cat e o primo, parando à minha direita. — Um vento daqueles ao norte. O que foi que perdi?

— Acho que Violet está prestes a surtar de vez — sussurra Ridoc.

— Isso aqui — digo, jogando as metades rasgadas do pergaminho para Halden, que as pega no ar com o reflexo que o torna letal no campo de batalha — não é o plano, e eles — gesticulo para os cavaleiros sentados — não são meu esquadrão.

O sorriso de Xaden se alarga, e ele se acomoda na cadeira como se estivesse pronto para assistir a um espetáculo.

— Procurar em Aretia é o plano mais lógico que poderíamos ter, considerando que é a única área sobre a qual não temos informação... — começa Markham, as bochechas ficando vermelhas aos poucos.

— Você não vai falar — interrompo, encontrando o olhar dele pela primeira vez em meses. — Ao menos não comigo. Na minha opinião, você tem a credibilidade de um bêbado de praça e a integridade de um rato. Está ousando reclamar de seis anos de falta de informações sobre Aretia quando escondeu *séculos* da história do nosso continente do conhecimento público?

As sobrancelhas de Halden se elevam, e Mira desliza a mão para apoiá-la no punho da espada.

— Você não pode falar com um oficial superior, e muito menos um comandante de Divisão, com tamanho desrespeito! — ruge Markham, levantando-se da cadeira.

— Caso não tenha notado quando atravessei o Parapeito, eu *não* estou mais sob seu comando — disparo.

— Mas está sob o meu — avisa Aetos. — E falo com a autoridade de Melgren.

A fúria acaba vencendo.

— E eu falo com a autoridade de Tairn, Andarna e do Empyriano. Ou você se esqueceu de que dois *dragões* também perderam seus cavaleiros?

— *Se eu já não estivesse apaixonado por você antes, agora definitivamente estaria* — diz Xaden, cruzando os tornozelos.

— Sente-se, Markham — ordena Halden, com certa surpresa na voz. — Você tentou e fracassou.

Markham se afunda na cadeira.

— Nós lhe daremos essa única chance. Nomeie seu esquadrão para a missão em Deverelli, cadete Sorrengail — diz Halden. — Mas saiba que, se fracassar, vamos designar outro comandante, e se você se recusar a continuar, os termos do Segundo Tratado de Aretia serão considerados anulados.

O que devolveu o título para Xaden.

Engulo o nó na garganta. Sem pressão.

— Aceito. — Endireito os ombros. — Para a missão de Deverelli, meu esquadrão será composto pelo tenente Riorson, a tenente Sorrengail, cadete Gamlyn, cadete Cordella — olho por cima do ombro para enxergar a parente —, capitão Cordella, cadete Aetos, príncipe Halden e seja lá qual for guarda favorito dele para acompanhá-lo, caso acabe dando uma topada no dedão — digo para Halden. — Quando obtivermos sucesso, eu me reservo o direito de trocar os membros do esquadrão depois da primeira expedição.

— De jeito nenhum. — Aetos balança a cabeça. — Vai levar apenas oficiais de patente, *nenhum* paladino, e Riorson está fora de questão.

Halden ergue a mão e Aetos se cala.

Xaden fica imóvel a tal ponto que preciso olhar para ele para ver se ainda está respirando.

— Vou levar quem eu quiser — rebato. — Como terceira na linha de sucessão do trono, Catriona pode falar por Poromiel…

— E o *capitão*? — questiona a duquesa de Morraine, o rosto retorcido como se estivesse cheirando algo fedorento. — Precisa de dois paladinos?

— Cadete Cordella também merece ter alguém em quem confia nesta missão. — Viro o rosto para Halden. — Os dragões não levam humanos que não atravessaram o Parapeito nem subiram na Armadilha, mas você tem sorte de grifos serem mais gentis nessa questão, ou jamais conseguiria nos acompanhar. A tenente Sorrengail é a única cavaleira capaz de criar as próprias égides. O cadete Aetos é o único cavaleiro em quem confio e que fala krovlês fluente, que é a segunda língua mais comum falada em Deverelli, o cadete Gamlyn está dedicado à minha segurança pessoal, e mesmo que o tenente Riorson não fosse o cavaleiro mais mortal de nosso exército — olho para Aetos, depois para Halden —, o que no caso ele é, sabem muito bem que Tairn e Sgaeyl não podem ficar separados, e não sabemos qual será a duração de nossa viagem. Estou exausta de precisar insistir nesse ponto.

— Ele é professor neste instituto — balbucia Aetos.

— E eu o escolhi.

Halden se recosta na cadeira e me encara como se nunca tivesse me visto antes.

— *Ele nunca viu, mesmo* — Tairn me lembra. — *Já não sabe mais quem você é.*

Encaro Halden diretamente.

— Além disso, os týrricos mantiveram contato com Deverelli até o século passado. Quem melhor para reabrir essas linhas de comunicação senão o próprio duque de Tyrrendor?

A surpresa de Xaden invade nossa conexão, mas ele continua completamente imóvel.

— *Pode ler o livro do meu pai quando quiser* — falo para ele.

— Riorson ocupa uma cadeira no Senarium — argumenta a duquesa de Morraine. — Não pode simplesmente *ir embora.* Ele sequer tem um herdeiro caso... alguma tragédia aconteça, mas posso ser persuadida a concordar com essa ausência caso ele considere a proposta de matrimônio da minha filha.

— *Matrimônio?* — O sangue se esvai de meu rosto.

— *Uma entre a uma dúzia que me mandaram desde que me devolveram o título. Não precisa se estressar com isso.* — Um feixe cintilante de ônix acaricia minha mente.

Meu coração se aperta. Nós temos ideias muito diferentes do que se qualifica como estresse.

— Seja sincera, pelo menos, Ilene. — Halden a olha de soslaio. — Você não confia nele e gostaria de ver sua linhagem sanguínea não só em Morraine, como também em Tyrrendor.

— Ele liderou uma rebelião! — Ela bate no tampo da mesa com as mãos.

— Meu pai liderou uma rebelião — diz Xaden, sem tirar os olhos de mim. — Eu fiz parte de uma revolução. Existe uma diferença nas palavras usadas, pelo que me disseram.

Me dou conta de que estou sorrindo.

— Além do mais, essa discussão não tem o menor sentido. — Xaden se senta. — Eu vou junto. Lewellen vai ser meu porta-voz em minha ausência, enquanto recebe conselhos do meu único outro familiar sanguíneo vivo, o cadete Durran. O tenente Tavis tem me ajudado nas aulas, e ficará no papel de professor para ensinar os cadetes enquanto estivermos fora, até que seja a hora do novo professor chegar.

— Isso se eu der permissão — retruca Halden.

Errou na jogada, Halden.

— Eu só peço permissão a *uma* única pessoa no Continente, e, por Amari, com certeza ela não é você. — Xaden vira a cabeça lentamente para olhar para Halden, e fica difícil respirar.

— Eu falo em nome do meu pai — diz Halden, entre dentes.

— Ah, sim. Porque é *ele* mesmo quem me dá ordens. — Xaden se volta para mim. — Quando vai querer partir?

— Assim que Sua Alteza estiver preparado, voamos para Deverelli. — Olho diretamente para Xaden, dependendo da incapacidade completa dele em ler meu rosto ou de sentir o medo de que o príncipe retalie contra Xaden usando o poder da coroa.

Halden fica em pé, como todos na mesa, exceto por Xaden.

— Vamos ao menos manter *essa* parte das ordens intactas. Partimos daqui a dois dias.

Halden sai pela porta norte, seguido por todos que ficaram em pé.

— E não quero comentário engraçadinho — digo para Ridoc, sorrindo. — Estou orgulhosa de você.

— Consegui manter as vozes da minha cabeça dentro dela — responde ele com um sorriso enquanto Xaden se aproxima.

— Precisava mesmo irritá-lo assim? — pergunto quando Xaden para perto de nós.

— Não. — Seu olhar baixa para a minha boca. — Fiz isso só por diversão.

— Drake Cordella? — grita Mira, e nós três viramos enquanto ela atravessa a sala na direção de Drake. — Da revoada noturna?

Ele lança um sorriso encantador e arrogante para minha irmã.

— Já ouviu falar de mim?

— Você foi essencial para derrubar as égides na ofensiva em Montserrat no ano passado. — Ela estreita os olhos.

— Fui, sim. — O sorriso dele se alarga.

Mira dá uma joelhada no meio das pernas dele.

Ah, *deuses*.

— Ai. — Ridoc estremece. — Ele vai...

Drake cai de joelhos e Cat arfa.

— ... bom, agora já era — termina Ridoc.

— Você deve ser Mira Sorrengail — Drake consegue dizer, a dor estampada em cada linha do rosto.

— Então você também ouviu falar de mim. — Ela se abaixa para ficar na altura dele. — Se colocar a vida da minha irmã em risco outra vez, em vez do meu joelho, vai sentir minha adaga. Sacou?

Para mérito dele, Drake levanta a cabeça e suga a respiração entre os dentes.

— Saquei.

— Que bom. — Ela dá um tapinha no ombro dele e fica em pé, dispensando Cat com um olhar feio antes de se virar para mim. — Você tem a chance de formar o próprio esquadrão e escolhe seu ex, seu atual, o maior palhaço da Divisão, duas pessoas que tentaram matar você no último ano, uma *por causa* do seu atual, e seja lá o que *Dain* ainda represente para você? Essas são as escolhas que você faz para a missão mais importante que qualquer cavaleiro já recebeu em toda a vida?

— *Fico feliz que alguém tenha mencionado esse ponto* — opina Tairn.

— E... *você* — respondo, mas sem a menor moral.

— Não se esqueça do guarda de Halden — acrescenta Ridoc. — Tenho certeza de que vai ser uma pessoa megaútil.

Ela revira os olhos para ele e segue na direção da porta.

— Vou precisar de provisões aqui, mas parece que terei tempo de ler o próximo livro daquela série que você ama — diz ela para mim por cima do ombro.

Os diários de mamãe. Assinto e me permito comemorar a vitória por um segundo de alegria.

É possível que estejamos a meros *dias* de ter tudo de que precisamos: a família de Andarna, a cura para Xaden e seja lá o que meu pai queira que eu busque com a mercadora de Deverelli.

Tenho certeza de que vai caber uma semana inteira dentro desses dois dias.

Tyrrendor foi a última a interromper o contato com as ilhas. A província tem uma reputação de ter uma liderança astuciosa, mas, neste caso, eu também acrescentaria: sagaz.

— Subjugados: o segundo levante do povo krovlano, por tenente-coronel Asher Sorrengail

CAPÍTULO VINTE E UM

Paramos em Athebyne na primeira noite, testando o limite de velocidade e resistência dos grifos. Depois disso, forçamos todos eles a avançarem o máximo possível em vinte e quatro horas seguidas em sela, parando apenas para alimentar e dar água aos alados antes de desembarcar em Cordyn ao amanhecer.

Todo mundo acha que aquele dia torturante está servindo para preparar os grifos para voarem acima do mar.

Apenas Xaden sabe o motivo real: apesar de ter conseguido passar pela noite incólume, fico aterrorizada em deixá-lo tocar o chão sem égides mais do que o absolutamente necessário.

Passamos por cima de extensões de terras dessecadas e queimadas, fugindo dos venin com a ajuda das informações que Drake nos forneceu. Parte de mim não consegue evitar pensar que estamos fugindo da luta, mesmo sabendo que estamos buscando um jeito de encerrá-la.

— *Os grifos não estão conseguindo acompanhar* — Tairn me avisa enquanto descemos no palácio de Tecarus. — *Especialmente os que estão carregando o peso de dois humanos.*

"Carregar" é um termo generoso para as cestas nas quais Halden e sua guarda estão pendurados, presos nas garras dos grifos.

— *Está se oferecendo para carregar um deles?* — pergunto, tentando afastar o sono que vem pesando sobre minhas pálpebras nas últimas três horas. O clima drasticamente mais quente também não ajuda.

— *Estou sugerindo que prossigamos apenas com cavaleiros e paladinos.*

O bater das asas dele está lento e quase preguiçoso para se render ao passo dos grifos e de Andarna, que se desprendeu da coleira uma hora atrás *só* para o caso de sermos vistos e escoltados até o palácio.

— *Por mais que eu fosse adorar, ele é porta-voz de Navarre.* — Pego meu cantil, mas me lembro de que já o esvaziei algumas horas atrás.

— *Ele não será relevante quando encontrarmos os irids. Apenas Andarna será.*

— *Bom, assim que estabelecer contato com eles, ficarei mais do que feliz em dar um pé no príncipe. Até lá, estamos presos com os humanos para conseguirmos respostas.* — Olho para a direita, vislumbrando Andarna entre as batidas das asas de Tairn. — *Está cansada?*

— *Com fome* — responde ela. — *Kira diz que eles têm uma variedade de cabras, já que o clima não é tão adequado para a lã das ovelhas. Talvez também tenham comida superior, assim como o clima superior.*

— *Já entendemos que você não gosta de neve.* — Abro um sorriso para o vento quente e Tairn se aproxima da expansão que é o coliseu de Tecarus em vez do terraço de grama que escolheu na nossa última visita.

— *Talvez você seja parecida com a raça de Sgaeyl* — diz Tairn. — *Eles preferem climas mais quentes.*

É verdade. Os ninhos dos azuis costumavam ficar por aqui antes da Grande Guerra.

Os guardas notam nossa chegada e se aproximam do terraço mais alto do coliseu enquanto Tairn pousa no meio do campo, fechando as asas enquanto Andarna aterrissa um pouco menos graciosamente à sua direita.

Dentro de instantes, nossos cinco dragões e dois grifos ocupam quase todo o espaço do terreno.

Tiro uma das mochilas, mas hesito ao deixar a segunda presa na sela.

— *É mais seguro que eu a carregue* — Tairn me lembra, abaixando o ombro, impaciente.

— *Mas aí você não vai poder tirar a sela.* — Não quero que ele fique desconfortável.

— *Como se eu fosse desonrar meus ancestrais ao estar despreparado para o caso do inimigo...*

— *Já entendi.*

Desafivelo meu cinto e imploro para que meu corpo coopere enquanto saio do assento. Os músculos, tendões e ligamentos rangem e estalam quando desmonto, e meus joelhos quase cedem ao chegar ao chão.

Não consigo evitar lançar um olhar feio para Cat enquanto ela sobe correndo as escadas para encontrar-se com os dois guardas paladinos, como se não tivesse passado as últimas vinte e quatro horas voando também.

— *Posso tirar a minha?* — pergunta Andarna, virando a cabeça para mordiscar a faixa de metal no ombro.

— *Não!* — Tairn e eu gritamos simultaneamente.

— *Ai, não* — Andarna zomba de nós dois. — *Tá bom. Vou procurar sustento.*

— *Você esperará até nossas boas-vindas estarem asseguradas* — ordena Tairn, no que Andarna solta um sopro de fumaça na direção dele e então se senta sobre as patas traseiras, de mau humor. — *Tire sua cauda do chão neste instante. Você pensa que está onde? No Vale, por um acaso?*

Ajusto as alças da mochila por cima da jaqueta de voo de verão e reprimo uma risada quando Andarna sopra uma pequena labareda de fogo contra a perna traseira de Tairn ao se levantar.

— *Eu não vou nem me dignar a responder a uma coisa dessas* — rosna ele.

Na nossa frente, Sgaeyl se eleva no ar e minha sobrancelha se franze ao ver Xaden observá-la enquanto ela se afasta, as feições moldadas naquela máscara cuidadosa da qual ele tanto gosta.

Aotrom, Teine e Cath ficam todos no lugar, mas Kiralair se alça ao voo junto com o grifo de Drake, que se chama Sovadunn.

— Como está se sentindo? — pergunto quando alcanço Xaden, notando que Mira já subiu metade dos degraus da arena, a espada empunhada.

— Sou eu que deveria estar perguntando isso. — Ele estala o pescoço e desvia o olhar de Sgaeyl para me encarar, demorando-se nos quadris e joelhos como se estivesse vendo que estão doloridos. — Seu corpo não deve estar muito feliz por ter passado tanto tempo na sela.

— Eu...

Paro de chofre, e Xaden também, enquanto Halden desce de maneira desajeitada do cesto de um metro e meio que Kira depositou na nossa frente.

— Estou melhor do que seja lá o que está acontecendo ali — termino.

O príncipe pragueja quando a mochila se engancha ao vime espesso da cesta enquanto ele sai de lá de dentro, o tecido o prendendo no lugar. Em vez de erguer a mochila por cima da barreira, Halden a puxa até arrancar, rasgando a alça.

— *Foi o evidente bom senso do herdeiro que deve ter te atraído.* — A voz de Tairn é carregada de sarcasmo.

— *Eu tinha dezoito anos e ele era lindo. Me dá um desconto.*

Estremeço, notando que Halden não se apressa para ajudar a capitã Winshire, a guarda ruiva, a sair do próprio cesto.

— O reino vai estar em excelentes mãos com esse aí. — Xaden olha para as pedras drenadas que cercam o coliseu enquanto andamos na direção dos outros. — Acha que alguém vai notar se eu dormir nessas pedras até estarmos prontos para partir?

— Vão, sim — respondo.

Abaixo a voz quando nos aproximamos de Dain e Ridoc, que observam, constrangidos, a capitã recusar as ofertas de ajuda e sair da cesta tropeçando com seu quase um e oitenta de altura à esquerda de Halden, e depois subir os degraus atrás dele rapidamente, irritada.

— Mas durmo com você aqui se quiser — ofereço. — Se achar melhor assim.

Vou fazer o que for preciso para diminuir os riscos para ele.

— Poupe essa sua preocupação para outra pessoa. Desde que não tenha motivos para usar magia, ficarei bem, assim como ontem à noite. — Xaden pega minha mão e aperta, e depois a solta antes que Halden veja.

Dain e Ridoc ficam boquiabertos, olhando os arredores, enquanto subimos as escadas para sair do coliseu. Está um pouco mais fresco do que da última vez que estivemos aqui, mas a umidade faz o couro da jaqueta grudar desconfortavelmente na minha pele.

— Foi daqui que você tirou a ideia de usar o fosso de treino em Basgiath? — pergunta Dain por cima do ombro quando enfim chegamos ao topo dos degraus.

Xaden assente, avaliando o perímetro.

No segundo em que vejo Tecarus vestindo o que são obviamente seus robes de dormir e abraçando Cat no pátio ali perto, Tairn e Andarna levantam voo do coliseu e os outros dragões rapidamente os seguem. Mira fica de lado e embainha a espada, lançando um olhar semicerrado de aviso aos dois paladinos que acompanham Tecarus antes de Drake dar um abraço amigável com dois tapinhas nas costas de um deles.

— *Não se esqueça de me avisar se ele estiver mantendo algum venin trancafiado numa caixa como teste surpresa* — diz Tairn, voando na mesma direção para a qual Sgaeyl partiu.

Atravessamos as últimas fileiras de pedras drenadas importadas da terra perto dos Ermos e, por fim, Halden e Anna chegam ao pátio.

— *Pode deixar. Não deixe ela comer nada nem ninguém que não deve.*

Uma gota de suor escorre pela minha coluna e ajeito o peso da mochila nos ombros doloridos, estremecendo com a leve virada que sinto na articulação direita enquanto minha cabeça começa a ficar enevoada por uma onda de atordoamento. Exaustão, desidratação e calor nunca são uma boa combinação para o meu corpo.

— *Você é tão velho, mas tão velho... talvez meu povo não seja estraga-prazeres como você. Talvez eles se alimentem do que quiserem! Talvez eles... aah! O que é* aquilo?

— *Um jabuti chifrudo vermelho mamute, e* de jeito nenhum*! O casco ficará preso entre seus dentes e eu é que não vou carregar você e um casco apodrecido até... volte já aqui!*

A voz dele desaparece enquanto voam para longe.

Xaden fica tenso no segundo em que saímos das pedras drenadas e chegamos na faixa de grama que separa o coliseu do pátio de mármore que leva ao salão de jantar do palácio.

— *Eu estou bem* — garante ele quando chegamos perto do grupo.

Ocupamos os lugares vazios no pequeno círculo, o que me deixa ao lado de Halden, que de alguma forma ainda parece majestoso... e também arrogante, a despeito do uniforme de infantaria amassado.

Estremeço quando o sol nascente brilha sobre a insígnia real dourada embaixo da tarjeta, me ofuscando, e rapidamente olho para minha própria jaqueta de voo preta e austera. Nunca usei uma dessas feita para o combate de verdade, apenas para treinar. Não tenho nenhuma marcação de nome nem brasão, nada além do meu cabelo que possa denunciar quem sou caso acabe em território inimigo, apenas duas estrelas de quatro pontas que indicam minha posição de cadete do segundo ano.

— Aí está o meu garoto! — Tecarus abre um sorriso para Drake, avaliando em seguida para o resto de nós, os olhos se demorando em Halden. — Vossa Alteza Real. — Ele abaixa a cabeça. — Não estávamos esperando um convidado tão distinto.

— Agradecemos imensamente pela hospitalidade, visconde. — Halden faz aquele aceno de cabeça condescendente que sempre me deixou irritada. Quer dizer, acho que ainda me irrita. A mão dele se eleva até a base das minhas costas e enrijeço. — Estávamos esperando descansar durante um dia, talvez até dois, dependendo da condição dos grifos, antes de seguir viagem até Deverelli.

As sombras se erguem pela parte de trás das minhas coxas, enroscando-se em meu quadril, e dou um passo na direção de Xaden, efetivamente me desvencilhando da mão de Halden no processo.

— *Ainda está tudo bem aí?* — pergunto.

— *Ajudaria se o filho da puta do seu ex não ficasse de mãozinha boba* — sibila ele, a sombra me segurando firme pelo quadril.

— Deverelli? — pergunta Tecarus, as sobrancelhas quase se elevando até a raiz do cabelo antes de virar o olhar na minha direção. — Você está com o artefato.

Abro a boca...

— Estamos, sim — responde Halden por mim.

Deuses, eu sempre odiei quando ele fazia isso.

Dain me lança um olhar que é praticamente um revirar de olhos, que serve para me lembrar de que ele também nunca foi muito fã de Halden.

— É claro — diz Tecarus lentamente, a atenção se voltando para as sombras no meu quadril. — Bem, então deixaremos vocês confortáveis. — Ele se vira para o palácio em um rodopio de tecidos de brocados e meus ombros relaxam com a exaustão enquanto o seguimos até a sala de jantar. — Perdoem a segurança adicional. Somos uma das poucas cidades maiores que ainda estão em pé no sul — diz ele enquanto damos a volta na enorme mesa, passamos pelas portas e entramos no palácio bem arejado.

Eu quase tinha me esquecido de como esse lugar é deslumbrante.

Foi projetado para abrigar o movimento do ar. Foi feito pela beleza, pela arte e pela luz. Mesmo o chão de mármore branco cintila, refletindo o amanhecer, assim como as piscinas de água que fluem por entre os espaços abertos que entremeiam a larga escadaria central. O palácio não terá nenhuma chance caso os venin decidam se aventurar mais ao sul.

Seja lá quem o tiver construído, deveria ter considerado isso.

Mira para na base dos degraus brancos, encarando o pilar preto que mal fica visível no andar abaixo através da escadaria aberta. Assim como da última vez, diversas pessoas se reúnem ali.

— É claro que com o número de paladinos em residência, os quartos são limitados — diz Tecarus, apertando mais a faixa do robe de brocados enquanto começa a subir. —Vocês se importam de dividir? Temos alguns aposentos disponíveis no último andar. — Ele olha por cima do ombro na plataforma da escada. — Com sua exceção, Vossa Alteza. Naturalmente, vamos arranjar um quarto particular.

Merda. De jeito nenhum vou conseguir subir mais dois lances de escada quando esse já está me matando. Meu joelho protesta a cada passo e, amaldiçoando a umidade, continuo subindo, mesmo que sinta o chão oscilar sob as botas.

— Naturalmente. — O tom de voz de Halden é quase grosso. O cansaço é evidente, e, se ele não mudou durante os anos que ficamos afastados, isso só serve para deixá-lo com um pavio ainda mais curto.

— Seu quarto também continua vazio, Riorson. Ou deveria agora dizer *Vossa Graça?* — acrescenta Tecarus enquanto chegamos ao andar no qual ficamos no passado. — Não posso deixar de notar que não está usando a insígnia de sua patente.

Ele para no meio do corredor largo, fazendo o grupo inteiro estacar junto.

Quase começo a chorar quando percebo que estamos na frente do quarto que Mira e eu dividimos em nossa última visita, e vejo as portas que sei que levam ao quarto de Xaden. Como é que vou conseguir chegar ao último andar?

— *Você ainda vai me querer, mesmo se eu precisar subir as escadas engatinhando?* — pergunto para Tairn.

— *Você não vai engatinhar* — responde Xaden.

Opa, conexão errada. Deuses, estou mesmo exausta.

— Coisas brilhantes são alvos fáceis — diz Xaden para Tecarus, à minha esquerda, enquanto Halden se aproxima pela direita. — E nunca fui de confundir um título com poder.

Ah, puta que pariu. Ele vai mesmo arrumar uma encrenca com Halden essas horas? Tento revirar os olhos e pisco em seguida. Era isso que Xaden estava vivendo quando Cat apareceu aqui no outono passado?

Ridoc dá uma bufada atrás de mim e ouço o som distinto de um tapa no couro (sem dúvida, a mão de Dain segurando o ombro do meu colega de esquadrão). Fico feliz de não estar vendo o rosto de Mira. Só Amari sabe que ela deve estar exasperada lá atrás.

— Mas como vou saber com qual autoridade está vindo me visitar? — Tecarus se vira na nossa direção com um floreio, mostrando os dentes impossivelmente brancos em um sorriso de político. — Como tenente? Apenas como cavaleiro? Como professor? Ou como duque de Tyrrendor? — Ele estala os dedos. — Ou talvez como o amado da única raridade que não consigo convencer a se juntar à minha corte. — Ele volta o olhar para mim, como se eu precisasse de um lembrete da proposta de me juntar à *coleção* dele como um cão de guarda em troca do privilégio de envelhecer com Xaden e nossos dragões em paz, morando em sua residência nas ilhas. — Aliás, aquela oferta ainda é válida.

— Minha resposta a ela também.

Cambaleio de leve e respiro fundo para afastar a vertigem. Preciso descansar, e precisa ser *agora*. Dessa vez, as sombras em meu quadril me apoiam em vez de serem meramente territoriais, e, quando olho para baixo, são tão finas que se misturam ao uniforme, quase imperceptíveis.

— *Obrigada.*

— Que autoridade você está recebendo aqui? Vamos perguntar ao nosso príncipe. O que me diz, Vossa *Alteza Real*? — Ele lança um olhar para Halden capaz de ressecar uma árvore *inteira*.

Apreensão faz minha nuca arrepiar.

— Não sei se entendi a pergunta. — Halden trava a mandíbula, cerrando os punhos.

— *O temperamento dele pode engatilhar seu poder* — aviso a Xaden enquanto Tecarus sorri com uma alegria pura diante do caos que semeou.

— *Pois eu estou contando que engatilhe mesmo.* — Xaden abaixa o olhar para a insígnia real. — Acho que me entendeu perfeitamente. Estou aqui como professor? Ou como duque? Ou...

— É óbvio que você é a porra do duque — rebate Halden. — Lewellen quis ter certeza disso, não foi? O segundo título mais poderoso no caralho do reino vai para um *Riorson*, de todas as linhagens possíveis.

— Não seja babaca... — começo, mas as sombras me puxam gentilmente, pedindo silêncio, então eu me calo.

— Então não estou aqui com a autoridade de professor — esclarece Xaden, ignorando a ofensa direta de Halden com maestria.

— Você *não* tem autoridade aqui — esbraveja Halden, a cor subindo às bochechas enquanto dá um passo na direção de Xaden, as botas quase pisando nas minhas no processo. — Eu sou o oficial de patente mais alta aqui.

— *Xaden, ele vai explodir. Vai atacar.*

Paredes. Espelhos. Mesas. Coisas que quebram. O que estiver mais perto, na verdade. Existe um motivo para os guardas nunca se voluntariarem a serem designados a Halden. O mesmo motivo para Alic ter gostado de comprar briga e Cam (Aaric) ter evitado os dois irmãos sempre que possível.

— Então, não sou professor. — Xaden estreita os olhos e meu corpo tenta vacilar, mas continua em pé pelas sombras de Xaden.

— Não! — O grito de Halden ecoa pelo corredor. — Não é a porra de um professor...

— Só queria esclarecer isso — interrompe Xaden, e então me ergue nos braços. — Encontramos vocês quando estivermos *descansados.*

Ele passa por Tecarus, caminhando pelo corredor.

— O que está fazendo? — sibilo.

— Dividindo o quarto, como me foi mandado — diz Xaden, escancarando as portas do quarto dele e depois chutando-as para fechá-las assim que passamos.

— Não acredito que você acabou de fazer isso!

Deslizo pelo torso dele e ignoro a forma como o meu se acende enquanto ele segura meus quadris e me vira, colocando-me contra a porta. É uma presença sólida e gratificante em minhas costas.

— Sério mesmo? — Ele abaixa a cabeça para mais perto da minha. — De todas as coisas que eu fiz, é *nessa* que você não consegue acreditar? — A voz dele se suaviza e ele leva os dedos ao meu pescoço. — Foi o que pensei. Você está com o pulso acelerado. Teve dois momentos que quase desmaiou lá. — Ele aproxima o rosto do meu. — Você estava pensando mesmo que ia *engatinhar* para subir as escadas?

— Não — confesso.

— Nem precisou. — Ele deposita um beijo na minha testa. — Você cavalgou por dois dias direto com só doze horas de descanso. Eu sabia que você precisava sair de lá para descansar, e poderia só ter cedido meu quarto, mas sou egoísta...

Ergo o olhar para ele.

— Já cansei de dormir em uma cama sem você. — O dedo dele acaricia meu pulso.

Esperança faísca em meu peito. Se ele está disposto a que durmamos na mesma cama outra vez, então talvez exista uma chance de que, em certa altura, volte a confiar em si mesmo a ponto de colocar as mãos em mim, e não só porque está com ciúmes de Halden.

— Por mim, de boa — concordo.

Sou recompensada com um pequeno sorriso e então puxada para o peito dele, o ritmo do coração de Xaden é um tambor perfeito contra meus ouvidos. Estou me sentindo mal pra caralho, ele está se perdendo aos poucos, e estamos a milhares de quilômetros de Basgiath, mas ainda assim a batida perfeita desse coração faz com que tudo isso seja suportável.

Parece tão certo estar nos braços dele.

— Porque é mesmo — diz ele, me segurando com mais força.

Pisco e me afasto para olhar para ele.

— Não falei isso em voz alta.

Ele franze o cenho.

— Então deve ter pensado na conexão, porque eu não estava lendo nenhuma intenção.

Meu coração acelera por um motivo diferente. *Não. Mas... talvez.*

— Ou seu sinete está ficando mais forte.

Ele arregala os olhos.

Alguém bate na porta.

— Cacete — murmura Xaden, e eu me aninho no peito dele. — Não seja...

— Me põe no chão. — Quero encarar de pé quem quer que esteja do outro lado da porta.

— ... tão teimosa. — Ele me põe no chão, colocando o braço ao redor das minhas costelas para me manter em pé enquanto encaro a porta. — Pronta?

Assinto, e o braço dele dá um giro ao meu lado esquerdo. A maçaneta dourada da porta se abre para revelar Tecarus e dois guardas que o acompanham a uma distância respeitável.

O olhar ciente do visconde vai de Xaden para mim, mas ele não se dá ao trabalho de fazer qualquer comentário.

— Seja rápido — ordena Xaden, sem explicações.

— O príncipe não pode chegar em um *cesto* — censura Tecarus, cruzando os braços e franzindo o nariz em desgosto. — É indecoroso para a realeza, e, em uma cultura que valoriza itens raros, trocas astuciosas e luxo, nunca conseguirá uma audiência se *ele* for visto como um item sendo entregue.

— Então o que propõe? — pergunto, ignorando o meu peito afundando e a cabeça ficando mais leve.

— A viagem demora dois dias com meu navio mais veloz — diz Tecarus, franzindo o cenho enquanto me avalia. — Isso daria o quê? Um voo de doze horas para o sul?

— Estamos estimando dezesseis, já que estamos com grifos e levamos em conta o que os seus textos nos informaram sobre o histórico dos padrões de ventos — respondo, piscando para afastar a escuridão. Já faz muito tempo desde que me esforcei tanto assim, e, porra, estou pagando duras penas.

— Vou partir dentro de uma hora com o príncipe — oferece Tecarus. — Parece que precisam descansar...

— Ela está bem — interrompe Xaden. — Sou eu que estou carente.

Reprimo um sorriso.

— Certo. — Tecarus entrelaça os dedos. — Sugiro que aterrissem em minha propriedade na costa norte cerca de doze horas depois de chegarmos. Fica a quinze quilômetros da capital, mas eles medem a distância em...

— Léguas — interrompo. — Li tudo que me mandou.

E também tudo que meu pai escreveu.

— Excelente. O resto da costa é bastante... diremos... bem defendido, e vou precisar preparar o rei para a chegada dos dragões, ou voltaremos com menos deles.

Meu estômago dá um nó.

— Confie em mim, nossa legião voltará intacta. — Um aviso permeia o tom de Xaden, e o antebraço dele fica tensionado.

— Já estou tendo que me preocupar com um aristocrata esquentadinho — ralha Tecarus. — Devo criar uma lista e me preocupar com um segundo?

— Se atacarem os dragões, não estarão lidando com o aristocrata. — A voz de Xaden fica com aquela calmaria letal, que é um pouco mais aterrorizante do que um grito.

— Diga que vai me ajudar a controlá-lo. — Tecarus volta o olhar para mim.

Levanto o queixo.

— Por que acha que é com ele que precisa se preocupar?

Tecarus suspira.

— Vou garantir que tenham acesso a um mapa. — Ele leva os dedos entrelaçados ao queixo. — Estão preparados para perderem as habilidades quando atravessarem o oceano?

— Estamos — responde Xaden. — *Definitivamente preparado para ter um segundo de alívio.*

— Vai ser fascinante ver se os poderes de vocês surgem outra vez quando aterrissarmos. E trouxeram o artefato requisitado para a audiência? — questiona Tecarus.

— Está com Halden. Ele vai para a audiência — respondo.

Nesta única vez, o ego gigantesco de Halden vai funcionar a nosso favor. A insistência de ser o único navarriano a se encontrar com o rei libera Xaden de ter que fazer isso e nos dá tempo de procurar a mercadora mencionada por meu pai.

— Excelente. — Tecarus assente. — E um conselho sábio... — Ele olha entre nós dois. — Posso colecionar raridades, mas o rei Courtlyn as rouba para esconder. Não se afastem uns dos outros, não fiquem alardeando sobre o tipo de joia rara que são e não façam nenhum acordo que não possam manter... por nada nesse mundo.

***

Quase vinte e quatro horas depois, meu acesso à magia desaparece até quase virar um fiapo na beirada da orla enquanto sobrevoamos as cores do amanhecer, trocando o poder pela luz do sol. A perda é estonteante, imensurável de uma forma que, por um instante, me faz ter pena de Jack Barlowe.

Pela primeira vez desde a noite em que Tairn e Andarna canalizaram a magia deles em mim, eu me sinto... pequena, quase nua, roubada de todo o poder que não apenas me encorajou no último ano, mas que veio a me definir.

Um calafrio percorre minha pele com o próximo sopro de vento, e Andarna solta um grito lá em cima. Viro a cabeça na direção dela enquanto o som ecoa ao nosso redor.

Tairn mergulha inesperadamente, as asas fraquejando, e caio para a frente, segurando os pomos da sela de forma atrapalhada. Minhas mãos sofrem o impacto, sacudindo os pulsos, mas segurando o peso do corpo antes que minha barriga se choque enquanto Tairn se endireita acima do oceano.

— *Tudo bem aí?* — Vasculho o céu à procura de Andarna.

— *Só fomos pegos de surpresa. Usamos a magia para nos fortalecer* — explica Tairn. — *Não tinha percebido como somos verdadeiramente dependentes...*

Andarna mergulha rapidamente à nossa direita, as asas batendo em um ritmo furioso, mas inútil.

— *Enganche-se* — ordena Tairn.

— *Eu. Sou. Perfeitamente. Capaz.* — Ela perde altitude a cada segundo, mergulhando na direção do oceano ondulante abaixo.

— *Não tenho nenhum desejo de ficar encostando em escamas salgadas. Se você se molhar, estará sozinha* — avisa ele, e então ergue a cabeça, virando-a de um lado para outro de forma reptiliana.

— *O que tem de errado?*

Ele mergulha na direção de Andarna sem aviso e o suspiro de aceitação dela sai quase como um rosnado quando os ombros de Tairn ficam tensos, e ouço o *clique* metálico da coleira travando no lugar. O peso de Andarna faz Tairn se abaixar por um segundo, mas então suas enormes asas batem com mais força, nos elevando na direção da legião.

Andarna está estranhamente quieta.

— *Tairn?* — questiono, meu estômago ficando amargo e inquieto.

— *Não estou conseguindo me comunicar com Sgaeyl.* — Cada palavra sai contida. — *Nem com nenhum dos outros. Nossas comunicações foram rompidas.*

Tento alcançar a conexão de ônix cintilante, e, mesmo que Tairn ainda esteja lá, Xaden não está.

Estamos todos desconectados.

Nos círculos acadêmicos, o boato era que Cordyn fornecera tropas e armas ao segundo levante krovlano, mas a pesquisa me levou a atravessar o Oceano Árctile até Deverelli, conhecida do nosso reino como a ilha traiçoeira de mercadores, que, para minha surpresa, pode não ter sido a fonte das armas, mas talvez a negociante.

— SUBJUGADOS: O SEGUNDO LEVANTE DO POVO KROVLANO, POR TENENTE-CORONEL ASHER SORRENGAIL

CAPÍTULO VINTE E DOIS

É quente para *caralho* aqui, e, pelas minhas estimativas, deve ser apenas umas nove da manhã quando nos aproximamos da costa infinita de praias brancas que seguem os pedaços de água turquesa e verde.

Os morros verdes suaves se elevam diretamente atrás da praia, pontilhados por estruturas de pedra. A cor insólita me lembra da última resma de lã, quando a tinta do tecelão perdeu sua potência: como se estivesse apagada, quase esmaecida, e a falta de cor fica mais óbvia em contraste com a água. Quanto mais nos aproximamos, mais eu me inclino no assento, completamente fascinada. Os morros não são *nada* pontilhados.

— *Aquela ali é a cidade, não é? Escondida nas árvores?* — Meus dedos se fecham no pomo da sela em empolgação. A área é um porto próspero, com quatro docas centrais e diversas menores.

— *Parece que sim.*

Antes que possamos nos aproximar mais para distinguir as pessoas, Tairn dá uma guinada à esquerda, nos levando a leste.

— *Me deixe sair dessa coisa antes que alguém me veja* — exige Andarna.

— *Não até estarmos longe do alcance dos disparos de bestas.*

Tairn olha significativamente para uma muralha de pedra comprida, construída na subida do primeiro morro, e que tem uma dúzia das maiores bestas que já vi, todas equipadas com pontas metálicas e brilhantes.

Para matar dragões.

Pela primeira vez na vida, Andarna não o contradiz.

— *Para uma ilha dedicada à paz, eles estão bem preparados para a guerra.*

Meu estômago fica tenso. Já faz séculos desde que o último navarriano colocou os pés nesta ilha, e, se tivermos superestimado a influência de Tecarus com o rei, existe uma boa chance de essas bestas se virarem contra nós.

Voamos entre a praia e uma ilha-barreira, onde a água é de um tom de azul deslumbrante que nunca vi antes, e não consigo evitar ficar encarando, tentando memorizá-lo enquanto lentamente descemos a trinta, depois a quinze metros acima do chão. Ler sobre esse lugar de forma alguma me preparou para vê-lo.

Apesar da exaustão, sequer quero piscar por medo de perder uma única coisa. Porém, depois de voarmos a noite toda, estou ainda mais preparada para modificar essa sela para dormir quando voltarmos para Basgiath.

— *De acordo com o mapa que recebeu, a propriedade adiante pertence a Tecarus* — diz Tairn enquanto passamos por um agrupamento de mansões elegantes na ilha principal, cada uma com a própria doca, e um navio que anuncia o status e riqueza de seu dono. Tairn remexe os ombros e o clique da corrente ressoa um segundo antes de Andarna aparecer ao lado da asa direita dele, as próprias asas dela batendo duas vezes mais rápido para acompanhar o ritmo.

Um grupo de criaturas pula das águas abaixo, saltando no ar com uma série de malabarismos graciosos que quase compensam a agitação das pessoas gritando e correndo para se fecharem em suas casas enquanto as sobrevoamos.

— *Qual será o gosto de...* — Andarna começa.

— *Não.* — Meu protesto me pega de surpresa. — *São delfins, e são bonitos demais para acabarem como seu lanche.*

São ainda mais lindos dos que os desenhos que vi.

— *Você está ficando molenga.* — Andarna bufa.

Pousamos na areia na frente de uma extensa mansão de dois andares que me lembra uma versão menor do palácio de Tecarus em Cordyn. Os pilares brancos e altos deixam uma parte da estrutura aberta para a brisa do mar, mas as paredes de pedra grossa me dizem que também aguentou tempestades. Palmeiras altas e finas, com folhas grandes no mesmo tom de verde-claro, fazem um caminho até a casa, e, antes de desmontar, me certifico mesmo de que é o brasão de Cordyn que está flamulando no topo do navio nas docas, e pego a mochila extra que deixei com Tairn até agora.

A areia é tão fina que não consigo me conter e me abaixo para passar o dedo entre os grãos, com um sorriso. É muito diferente da textura rochosa que margeia o rio em Basgiath, ou a praia áspera de Cordyn. Essa areia me faz querer arrancar as botas e andar descalça por aqui.

Andarna ergue a garra e se sacode ao meu lado, fazendo com que grãos de areia voem em uma nuvem enquanto os outros aterrissam ao nosso redor, agitados.

— *Vai ficar preso entre minhas escamas.*

— *E agora você entendeu o motivo para eu não ter permitido que comesse o jabuti* — murmura Tairn, a cabeça perpetuamente se virando, observando os arredores. — *Precisaremos caçar antes de voar de volta. E não estamos mais sozinhos.*

Um homem de meia-idade se encontra parado na porta da mansão de Tecarus, a túnica de manga curta com um cinto branco e calça combinando contrastando com a pele marrom enquanto os braços tremem. Ele fica de queixo caído enquanto encara Tairn e Andarna.

— *Vou descobrir onde vocês podem fazer isso sem dar início a uma guerra* — garanto, e me levanto enquanto Ridoc marcha em frente, assustando quando de repente Aotrom ruge.

O homem deverelli dá um grito e corre de volta para dentro da casa.

— Que ótima primeira impressão — murmuro, espanando a areia das mãos.

Andarna bufa e então saltita na direção da água, as asas rentes ao corpo.

— *Não entre mais fundo na água do que na altura das suas garras!* — ralha Tairn, a cauda praticamente derrubando uma árvore quando se vira para olhá-la. — *Juro que se passar de sua cabeça, vou* deixar *que se afogue.*

Aotrom ruge outra vez, voltando a atenção de todos para ele, incluindo a de Tairn.

— Não entendo o que você está dizendo! — Ridoc se vira na direção de Aotrom.

O Rabo-de-espada-marrom abre a boca e ruge mais alto, soprando o cabelo castanho-escuro de Ridoc para trás, cobrindo meu amigo em uma camada de saliva espessa.

Que nojo.

Ridoc lentamente ergue a mão e tira a saliva do rosto.

— Gritar comigo não adianta de nada. É como gritar em uma língua que eu não falo.

Uma sensação agourenta e asfixiante toma conta do meu peito, e me viro em direção a Tairn, olhando além, onde Sgaeyl e Teine avaliam os arredores, inquietos. Mira vem na nossa direção, esfregando a nuca, mas Xaden está na beirada da água, o olhar voltado para o mar.

— *Acho que somos só nós* — digo para Tairn, virando-me lentamente para absorver tudo.

— *Nós, como?* — questiona ele.

Kira finca as garras na areia e Cat se ajoelha ao lado dela, segurando a cabeça do grifo entre as mãos enquanto Drake se ajoelha ao lado. Sova, o grifo dele, balança a cabeça prateada de um lado para o outro como se estivesse tentando se concentrar. Cath guarda o ponto oeste da propriedade, a cauda balançando agitada, e Dain fica com o olhar fixo no chão enquanto vem na nossa direção.

Tem algo de errado com *todo mundo.*

— *Acho que somos os únicos que conseguem se comunicar* — respondo.

Meus pés afundam na areia enquanto caminho na direção de Mira, abrindo os botões da jaqueta enquanto o calor começa a me cozinhar dentro do uniforme de couro.

— Você está conseguindo falar com Teine?

Mira balança a cabeça.

— Perdemos a conexão assim que saímos do Continente.

— Eu... — engulo em seco, abaixando a voz. — Ainda consigo falar com Tairn e Andarna.

Ela pestaneja e olha para o grupo rapidamente.

— Considerando o estado de todo o resto, eu diria que você está mesmo sozinha nessa. — Ela franze o cenho. — Acha que tem alguma a coisa a ver com você ter se unido a dois dragões? Ou é só por causa de Andarna?

Balanço a cabeça, o foco voltando para as costas de Xaden.

— Não faço ideia.

— De qualquer forma, fico feliz que ainda tenha essa conexão. — Ela aperta meu ombro de leve. — Ficar sem contato com a magia é...

— Desorientador. — Faço uma careta.

— Sim — ela assente. — Mas perder essa união? — Ela comprime o rosto por um segundo antes de disfarçar a emoção. — Bom, acho que você sabe, considerando que te enfiaram aquela poção goela abaixo.

— Não só todo mundo vai ficar mais irritado, mas coordenar qualquer coisa vai ser um inferno, considerando que ninguém consegue mais se comunicar — digo, erguendo o olhar para Tairn, que recuou até uma posição que o deixa a uma distância simétrica de Sgaeyl, Andarna e eu.

— Acho que vamos ter bastante oportunidade para experimentar isso aqui. — Mira tira a mochila dos ombros, pegando diversas bolsas de couro antes de escolher uma com uma proteção em runa circular que não reconheço e enfiando o resto de volta na mochila. — Trissa mandou para testar e ver se as runas funcionam por aqui.

Ela abre a bolsa e me entrega o que parece ser um pedaço de quartzo lilás do tamanho da palma da minha mão. A mesma runa da bolsa tempera a superfície dela.

— Essa é para proteger você da luz do sol. Fique com isso enquanto estiver aqui, por mim, tá? — Ela ergue a sobrancelha. — Mas não conta pra ninguém.

Assinto e deixo o quartzo no bolso. Ter algum (ou qualquer) poder por aqui nos deixaria em uma situação mais familiar, mas abre uma porta para um tipo de troca que não tenho certeza de que qualquer um de nós quer contemplar.

— Vocês chegaram! — grita Tecarus, alegre, da porta, os braços estendidos em boas-vindas ostensivas enquanto caminha na nossa direção, trajando uma túnica fúcsia bordada com fios de ouro. — O príncipe Halden ainda não acordou, mas consegui uma reunião emergencial com o chanceler do rei depois da nossa chegada ontem à noite e ficarão felizes em saber que as criaturas de vocês podem caçar nos vales três léguas ao sul daqui, onde os animais selvagens existem em abundância. Humanos *não* são parte do cardápio.

— Entendido — digo para ele, me voltando imediatamente para Tairn. — *Eu preferiria que você fosse agora enquanto ainda tem força, do que arriscar que algo dê errado...*

— *Concordo.* — Ele arqueia o pescoço e solta um som curto que me faz elevar as sobrancelhas, mas que cumpre a função de chamar a atenção de todos. — *Não morra enquanto eu estiver longe.*

— *Vou me esforçar.*

Ele se abaixa um pouco mais fundo do que o normal, considerando a areia, e então deslancha no céu, as asas criando um sopro de vento que faz com que a areia ao nosso redor vire uma arma. Ergo os braços para proteger o rosto e fico nessa posição durante os próximos segundos enquanto os outros dragões seguem a liderança de Tairn.

Quando abro os olhos outra vez, só os humanos estão na praia: os cavaleiros vestidos de preto, os paladinos de marrom, deverellis encarando o que parece ser o limite da propriedade de Tecarus e um visconde muito pomposo.

— O príncipe tem uma audiência marcada com Sua Majestade nesta tarde, então presumo que gostariam de descansar antes de... — Tecarus inclina a cabeça para o lado. — Suponho que nada, considerando que o rei Courtlyn deseja falar apenas com aristocratas. — Ele franze o nariz quando Ridoc se aproxima. — Você precisa de um banho.

— Precisamos de cavalos. — Ridoc tira um último resto de baba do ouvido e sacode o dedo.

— Perdão? — Tecarus dá um passo para se afastar da baba.

— Violet quer visitar o mercado. Comprar uns livros — responde Dain quando nos alcança, tomando o lugar à direita de Ridoc.

Tecarus assente.

— É claro. Farão isso com discrição, imagino?

— O máximo de discrição possível — concordo.

Ele nos diz onde encontrar nossos respectivos quartos e, depois de agradecer, volto na direção da água. Minhas botas afundam na areia a cada passo dado, e chego no pedaço onde ela fica um pouco mais dura, pouco acima da linha da água.

Xaden está parado ali, os pés separados, as espadas nas costas e de braços cruzados, mas, quando meu ombro roça no cotovelo dele, ergo o olhar e vejo que seu rosto está completamente relaxado.

Fecho os olhos com força e depois os reabro só para garantir que não estou imaginando nada. Não, ele de fato está encarando o mar como se estivéssemos no vale acima da Casa Riorson, e não no território inimigo, sem nenhum acesso à magia.

— Oi — digo a ele baixinho.

— Oi. — Ele abaixa o rosto na direção do meu e me lança um sorriso pequeno, mas real.

Quase pergunto a ele como está se sentindo, já que não consegue falar com Sgaeyl e nossa conexão foi bloqueada, mas parece uma coisa escrota de se fazer depois desse sorriso.

— Todo mundo vai subir para tirar um cochilo antes de sairmos para encontrar a mercadora. Halden vai se encontrar com o rei às três, então podemos dormir umas boas quatro horas se quiser.

— Vou ficar mais um pouquinho por aqui. Pode ir. — Ele se vira para mim e segura minha nuca. — Você precisa do descanso, e definitivamente precisa sair de debaixo do sol. Seu nariz está ficando vermelho.

— Tecarus deu um quarto só para nós dois...

— Porque ele tem amor à vida. — Ele afasta as mechas soltas da minha trança, colocando-as atrás da orelha. — Durma um pouco. Você precisa. Subo daqui a pouco.

— Quer que eu fique sentada aqui com você?

Ele abre um sorriso maior.

— Quando você claramente precisa descansar? Não, amor, mas agradeço a oferta. É difícil explicar, mas só quero ficar um tempo aqui sozinho, aproveitando a vista.

Ele pega minha mão e a leva até o peito, onde o coração dele bate em um ritmo firme que parece mais relaxado do que estava em Cordyn. Do que estava há semanas, na verdade.

— Consegue sentir?

— Está mais devagar — sussurro.

— Não tem magia nenhuma aqui. — Ele me puxa para um abraço. — Poder nenhum. Tentação nenhuma. Lembrete nenhum o tempo todo de que posso salvar *todo mundo* se só pegar o que já estiver sendo oferecido. Aqui existe só... paz.

Pela primeira vez desde que fui buscar a lucerna, considero seriamente a oferta de Tecarus.

O levante fracassou de súbito na noite de treze de dezembro do ano de 443 D.U. no que foi chamado de Massacre da Meia-Noite. As tropas estrangeiras desapareceram e os rebeldes foram mortos nas próprias camas pelas forças poromielesas. Não foi o desaparecimento cruel e impiedoso deles que chamou a atenção do estudioso que vos narra, mas a óbvia traição que sofreram. Existe um ditado em Deverelli que diz: *A palavra é sangue.* Quando negociam uma troca, mediam uma transação, o que fica acordado é lei. Não consigo deixar de me perguntar qual parte do acordo os rebeldes krovlanos não cumpriram.

— Subjugados: o segundo levante do povo krovlano, por tenente-coronel Asher Sorrengail

CAPÍTULO VINTE E TRÊS

— Que jeito mais ridículo de se viajar — diz Ridoc pela décima vez, endireitando-se na sela depois de escorregar de novo enquanto cavalgamos pelas ruas de paralelepípedos desiguais de Matyas, a capital de Deverelli.

Abafo o riso, mas Cat não demonstra a Ridoc a mesma gentileza duas fileiras atrás, onde está com Mira, enquanto passamos pelas ruas ladeadas de árvores. Nós nos dividimos em pares, com exceção de Drake, que vai sozinho na frente de Xaden e eu.

A cidade é ainda mais fantástica do que eu imaginava vendo do ar. Construída embaixo da copa de árvores gigantescas, apenas as estruturas mais altas ficam visíveis no ar. O resto parece um tesouro escondido, e sequer subimos o morro do palácio, onde Halden está agora. As ruas pelas quais passamos em sua maioria eram residenciais até agora, as construções espaçadas e mais distantes, e vão ficando mais apertadas conforme nos aproximamos das docas e do centro da cidade; no último quilômetro e meio, cada um dos edifícios foi construído em pedra.

— Desculpe, mas acho difícil de acreditar que um cavaleiro de dragão esteja estabelecendo um limite contra cavalos — diz Cat com outra risada enquanto passamos o que parece ser uma casa de chá, a julgar pela placa pintada do lado de fora.

— Ei, veja bem, cavalos *mordem* — diz Ridoc por cima do ombro, e uma mulher dá um pulo ao nos ver, levando a mão para o colarinho da túnica bordada.

— E o que dragões fazem, exatamente? — questiona Drake lá da frente.

— Você nunca vai descobrir, já que nunca vai montar em um — retruca Mira em um tom entediado antes de voltar a vigiar o perímetro de um lado a outro. Ela está alerta desde que saímos da mansão, mesmo que eu a tenha assegurado de que Tairn está por perto e pode colocar fogo na cidade inteira em poucos minutos se eu o chamar.

O que precisamos mesmo é de uma porcaria de runa de comunicação para os outros, se é que existe uma coisa dessas.

Drake estreita os olhos para Mira e depois olha para Xaden, cuja boca forma o sorrisinho.

— Estou surpreso de que não tenha tentado brigar comigo pela posição na dianteira, Riorson.

Xaden bufa e o sorrisinho irônico se transforma em um sorriso largo quando passamos por um trecho no qual a luz do sol brilha entre as folhas. Eu o encaro como se estivesse outra vez no primeiro ano. Ele está com a camisa de uniforme de manga curta como todos nós, deixando aqueles lindos braços musculosos expostos, mas é a postura relaxada e a tranquilidade de seu sorriso que me deixam completamente transfixada, e confesso que até… um pouco estressada. Xaden Riorson é muitas coisas, mas normalmente não é *feliz*.

— Por mim está ótimo se você morrer primeiro, Cordella. Estou no exato lugar em que queria estar.

Depois decide só *dar uma piscadinha* na minha direção, o que quase me faz cair do cavalo.

Aperto as coxas por instinto para não deslizar da sela, e a égua baia trota sob mim antes de eu me lembrar de relaxar. A tontura sempre fica pior no calor, e definitivamente não está me ajudando hoje.

— Tá vendo? A Violet também prefere dragões — diz Ridoc.

— Eu estou bem. — Relaxo os ombros para ajeitar a mochila nas costas (além da carga preciosa nela) de volta no lugar.

— Ela sempre montou muito bem — Dain me defende.

— Vocês dois costumavam andar muito a cavalo quando eram mais novos? — pergunta Xaden quando passamos ao lado de uma taverna, e mais do que uma caneca de bebida é espirrada em túnicas brancas quando as pessoas nas mesas do lado de fora nos avistam.

Fico boquiaberta, lançando um olhar na direção dele.

O couro range, e, quando olho para trás, vejo que Mira está inclinada para a frente na sela.

— Que foi? — Xaden olha para mim, erguendo a sobrancelha em seguida e encarando os outros.

Cat o encara como se ele tivesse sete cabeças. Dain está com duas rugas entre as sobrancelhas como se não conseguisse determinar se aquilo era uma armadilha, e Ridoc abre um sorriso como se tivesse acabado de receber os melhores assentos do teatro. Xaden volta a olhar para mim por um segundo antes de se voltar para a estrada. Escolhemos a bifurcação à direita, que leva ao mercado e ao porto, de acordo com a placa bastante avantajada enfiada entre um paralelepípedo e uma árvore.

— Por acaso estou proibido de fazer perguntas sobre sua infância? — pergunta Xaden.

— Não — deixo escapar. — Claro que não.

— É só que você normalmente age como se nós dois não tivéssemos crescido juntos — responde Dain, em tom casual. — Como se nunca tivéssemos sido melhores amigos.

— Caralho, eu tô muito feliz de ter subido nesse cavalo — diz Ridoc, segurando as rédeas com mais força.

Lanço um olhar de aviso para ele, que espero que deixe claro que estou reavaliando minha decisão de designá-lo ao esquadrão, para começo de conversa.

— Mas para responder a sua pergunta — prossegue Dain, tão à vontade com o cavalo quanto Xaden —, sim, a gente costumava andar a cavalo sempre que o lugar para o qual nossos pais tinham sido designados permitia. O que não aconteceu nos anos que estávamos em Luceras, claro.

— Porra, era um frio do caralho — diz Mira.

— Era mesmo — concordo, estremecendo só de lembrar. — Andar a cavalo era difícil quando eu estava sem prática, e cair sempre era uma merda, mas também me ajudou a ter uma percepção melhor do meu corpo. E você? — pergunto para Xaden enquanto viramos em uma rua movimentada.

— Acho que comecei a cavalgar antes de aprender a andar. — Ele me dá um sorriso rápido. — Provavelmente é uma das coisas das quais mais sinto falta depois de ter atravessado o Parapeito, na verdade. Os cavalos vão aonde você manda, na maioria das vezes. Já Sgaeyl… — Ele ergue o olhar para as árvores, como se pudesse ver o céu acima, um olhar saudoso no rosto. — Não está nem aí para onde quero ir. Eu só acabo indo junto.

— Cara, nem me fala — murmura Dain, e dou uma risada.

— Atenção, pessoal — chama Drake, e o humor do esquadrão imediatamente muda enquanto a rua fica mais cheia de cavalos, carroças e pedestres levando cestos nos braços ou pendurados nas costas. As únicas armas que vejo são as que trouxemos conosco.

Lojas de pedra cercam os dois lados da rua larga e congestionada. As portas estão abertas para a brisa, a mercadoria disposta em carrinhos na frente, embaixo de toldos de tecidos vibrantes. Parece que a rua segue por quase um quilômetro reto adiante, e, pelo que li, sei que essa área faz uma bifurcação para o sul, na direção de um mercado que vende temperos e ouro, e, acima do morro, o setor financeiro está empoleirado como se supervisionasse tudo.

Estamos a cerca de oitocentos metros da praia, mas o cheiro de sal e peixe carrega o ar, e compreendo o motivo de os negócios serem feitos sob a proteção das árvores. Não consigo imaginar como seria o cheiro, ou a rapidez com a qual os produtos estragariam embaixo do sol nesse clima quente.

Para todos os lados, encontro pessoas pechinchando, frutas que nunca comi, flores que nunca cheirei, pássaros que nunca ouvi cantar. É uma festa para os sentidos, e absorvo tudo como uma mulher sedenta.

— Alguém mais está com essa sensação de que a gente mora numa fossa de esgoto? — pergunta Ridoc quando paramos no tráfego do lado de fora de uma loja de tecidos, e me vejo encarando um rolo de seda preta cintilante tão diáfana que é quase prateada.

Não duraria nem um dia contra a armadura de escamas de dragão que cobre meu torso no momento.

— Fale por você — diz Xaden, virando a perna e desmontando do cavalo ao meu lado. — Aretia é a segunda coisa mais linda que já vi na vida. — Ele me entrega as rédeas, virando para mim aqueles olhos de ônix lindos, salpicados de dourado, armas capazes de derreter minha calcinha. — E meu lar é a primeira.

Awn. É, eu me derreto de vez.

— Que exagero, Riorson — digo, mas ainda estou sorrindo quando aceito as rédeas.

— Vou perguntar sobre a nossa mercadora. Não vão embora sem mim. — Ele olha de esguelha para Dain. — Anda logo, krovlês.

Lança outro sorriso precioso para mim e desaparece dentro da loja, seguido rapidamente por Dain.

— Esse aí ainda é o mesmo cara? — pergunta Drake para Cat, virando-se na sela. — Não é possível que seja o mesmo cara, porra.

Tento não encará-los, mas fracasso, e, quando olho por cima do ombro, vejo Cat dando de ombros e rapidamente desviando o olhar.

— Talvez esse aí seja quem ele teria sido se o pai não tivesse liderado uma rebelião e aí ferrado a vida dele ao ser executado, fazendo o filho ser jogado na Divisão e deixando ele responsável por todos os marcados quando tinha só o quê? Coisa de uns dezessete anos? — questiona Ridoc.

— É — concordo, o olhar fixo na porta. — Isso.

E ainda assim... se tudo isso não tivesse acontecido, ainda seríamos quem somos? Ou o milagre do nosso relacionamento é resultado de uma combinação precisa de tragédias que nos desamparou de modo tão profundo que, quando nossos caminhos se cruzaram, pudemos nos tornar uma coisa completamente nova?

— Ou talvez seja só o fato de que ele ama a Violet, então não é um cuzão com ela — diz Mira, encarando um homem deverelli de cenho franzido que logo entra de volta na própria loja ao nos ver, arrastando uma mulher consigo. — Acho que chamamos mais atenção do que achávamos.

— Somos os únicos vestidos inteiros de preto — murmuro.

— Incendiários! — acusa um homem na língua comum, e fecha a porta com tanta força em seguida que sacode os vidros.

— Que grosseria. — Ridoc se ajeita na sela.

— Uma grosseria equivocada — murmura Cat. — Já que alguns de nós só querem brincar com sentimentos, não incendiar casas.

Sopro a risada pelo nariz, mas Ridoc gargalha alto.

Xaden sai da porta do mercador de tecidos acompanhado de Dain, enfiando uma bolsa de veludo preto no bolso esquerdo do uniforme enquanto desce os degraus de pedra até a rua.

— Ela vende livros raros e a loja fica a duas ruas daqui, subindo o morro.

Perplexa, entrego as rédeas para ele outra vez, que monta no cavalo.

— Não é possível que vá ser tão fácil assim — digo.

— É, sim — diz ele, dando um tapinha no bolso. — Não temos a mesma moeda, mas pedras preciosas aparentemente são uma língua universal. — Ele olha por cima do ombro. — Bom trabalho, Aetos.

— Tá me elogiando? Mas que porra está acontecendo? — pergunta Dain, voltando o olhar para mim. — Você deu alguma coisa para ele beber?

Balanço a cabeça e Drake começa a seguir viagem.

As pessoas nos ofendem com "incendiários" mais vezes enquanto passamos pelas fileiras de lojas e seguimos na direção que Xaden e Dain nos indicaram. O agito de atividades diminui ao nos afastarmos do distrito mercantil de bens e alimentos diários, e a área passa a ser preenchida por lojas mais variadas e nichadas quando chegamos na segunda rua. Quando paramos diante da Livros & Lendas, encontramos um espaço amplo ao lado do tronco de uma enorme árvore para amarrar os cavalos e esperar.

A loja em si tem dois andares e foi construída em diversos tons de pedras cinza; diferentemente das ruas mais abaixo, nenhuma das laterais toca uma construção vizinha. Pelo lado de fora, parece ter o mesmo tamanho da livraria que visitei em Calldyr com meu pai e ser um pouco maior do que a biblioteca na Divisão dos Cavaleiros, mas não tem sequer um oitavo do tamanho dos Arquivos.

— É sua vez — diz Xaden do chão, erguendo os braços para mim.

Viro a perna para o outro lado da égua baia e desmonto nos braços dele, notando como ele demora um tempo considerável para me abaixar ao chão, colada ao seu corpo.

Ele sustenta meu olhar. Encontro um calor ali e desejo se acende quando minhas mãos descem pelo peito dele, o que me faz prender o fôlego. Tento me conectar à nossa união por reflexo para dizer o quanto quero esse homem de volta na minha cama, mas fecho as mãos no tecido do uniforme dele quando me lembro de que estamos bloqueados.

— Sinto falta da conexão — sussurro, antes que tenha tempo de repensar.

— Eu também. Mas você não precisa me dizer o que está pensando para eu saber — sussurra ele, as mãos descendo da minha cintura aos meus quadris. — Consigo ler em cada linha do seu corpo. Seus olhos também entregam tudo. — Sob minhas mãos, o coração dele acelera. — Sempre entregaram tudo. Você não tem ideia de quantas vezes quase fui derrubado no treino quando via você olhando pra mim.

E ele resolve dizer isso *agora*? Quando não posso arrastá-lo até o quarto mais próximo e trancar a porta? De súbito, as últimas seis semanas parecem ter durado uma eternidade.

— Juro por Amari, se vocês resolverem se apertar por só mais um centímetro, vou jogar um balde de água em cima dos dois — avisa Mira, rompendo o feitiço.

Caio para a frente, encostando a testa no peito de Xaden entre meus punhos, e sinto a risada dele ecoar quando me abraça.

— Os cavaleiros recebem apelidos quando conquistam suas asas? — pergunta Drake para Mira. — Porque tenho certeza absoluta de que o seu seria Empata-foda.

— A gente vai entrar ou não? — questiona Mira, fazendo questão de ignorá-lo.

Assinto e suspiro resignada, afastando-me dos braços de Xaden.

— Ridoc, Drake e Cat, por favor, fiquem com os cavalos e estejam preparados para o caso de as coisas darem errado. Mira, Dain e Xaden, vocês vêm comigo. Se tivermos sorte, vamos sair rápido daqui.

Ridoc espana o uniforme de verão e pega as rédeas.

— Vou ficar por perto.

— Eu sei — respondo. A forma como ele diz isso de um jeito tranquilizante me faz franzir o cenho.

— Que foi? — pergunta Mira, vendo minha cara.

— Só estou me perguntando se fizemos certo em deixar Halden ir sozinho se encontrar com o rei. — Meu estômago embrulha só de considerar todas as coisas que podem dar errado.

— Não é como se a gente tivesse tido escolha — diz Ridoc. — Courtlyn só deixa a aristocracia entrar.

— E mesmo que a gente pudesse entrar, não conseguiríamos estar em dois lugares ao mesmo tempo. — Mira indica a livraria com a cabeça.

É mesmo.

Ninguém desembainha armas, mas nossas mãos ficam soltas e de prontidão enquanto atravessamos o curto caminho de pedras que leva aos degraus de entrada que ficam no centro do lado sul da loja. Mira entra primeiro, mais porque ninguém quer brigar com ela mesmo, e Xaden vai por último atrás de mim, mais porque acho que ele jamais vai confiar em ninguém sem uma relíquia da rebelião para ficar na retaguarda.

O cheiro de poeira e pergaminho enche o ar assim que nossas botas pisam no assoalho, e imediatamente compreendo o motivo para não existir loja alguma ao lado. As janelas vão do chão ao teto, permitindo que a luz natural recaia sobre as fileiras de estantes impossivelmente altas e inalcançáveis que cobrem a parede à minha direita, acompanhadas de equivalentes à nossa esquerda, deixando um corredor comprido e espaçoso que leva a um único balcão. Os livros estão empilhados de forma desajeitada, mas nenhum deles toca o fundo da estante, deixando espaço para a circulação de ar. É lindo... mas também quente horrores.

Se eu já estava achando o clima do lado de fora abafado, a temperatura lá dentro (sem qualquer brisa) é completamente opressiva. Suor imediatamente começa a se acumular embaixo de minha armadura e na lateral de meu pescoço.

Alguns clientes estão olhando os títulos perto da escada estreita nos fundos, e uma mulher, que parece ter cerca de sessenta anos, com um nariz arrebitado e um coque grisalho, está atrás do balcão lambendo os dedos de pele marrom-avermelhada a cada poucos segundos enquanto folheia um registro, mas não vejo ninguém perto das pilhas à direita, então indico o balcão com a cabeça quando Mira me olha.

Percorremos o corredor que se abre em um espaço pequeno de poltronas, e Dain fica de olho nos clientes no fundo (dois homens que definitivamente nos notaram). Olho de relance por cima do ombro enquanto nos aproximamos do balcão e vejo que Xaden se esgueirou até atrás da última estante à esquerda e se apoiou na parede, a expressão normal de tédio.

Vai entender, mas ele encontrou o que parece ser o único lugar com sombras para esperar ali enquanto tento descobrir o motivo para meu pai ter me mandado até ali.

Dain vai até o balcão, o que chama a atenção da atendente, e se coloca entre Mira e os clientes enquanto minha irmã se afasta até a última poltrona, estabelecendo um perímetro.

Dentro de uma livraria.

Consigo não revirar os olhos.

O olhar da mulher vai de Dain para Mira e se volta para mim antes de fechar o registro, guardando-o debaixo do balcão.

— Dain, pode perguntar a ela se... — apoio uma das mãos no balcão para me equilibrar.

— Eu falo o idioma comum — diz a mulher. — *Nós* recebemos educação extensiva aqui em Deverelli.

Pisco na direção dela, surpresa.

— Entendi. Sabe, eu estava só me perguntando se você conheceria uma mulher chamada Narelle, por acaso.

O olhos dela ficam arregalados e meu estômago vai à garganta quando ela olha por cima do meu ombro direito.

Mira.

— Incendiários! — grita alguém.

Desembainho duas adagas no segundo que demoro para me virar na direção da minha irmã.

Dois agressores saltam de trás das estantes nos fundos, que eu, idiota, achei que estivessem vazias, e Mira suspira quando um deles, uma mulher que parece ter a minha idade, ergue uma adaga serrilhada na direção dela.

— Se vai ser assim... — diz Mira, puxando a própria adaga enquanto o homem mais velho, que parece ter a idade e o tamanho de Brennan, com cabelos pretos espetados, vestindo uma túnica branca e dourada padrão, apressa-se pelo corredor. O ódio estampado nos olhos dele fica claro quando vem me atacar, as duas lâminas mais compridas serrilhadas viradas na minha direção.

Viro uma das minhas próprias adagas para segurá-la pela ponta e me preparo para atirar, virando o corpo para que a balconista ainda permaneça à vista.

O homem vai chegar até mim em quatro segundos.

Três.

Dois.

Xaden dá um único passo e chuta uma poltrona grande diretamente no caminho do homem. As costas da poltrona o acertam no estômago e ele fica sem fôlego, mas se recupera bem rápido, virando o corpo para encarar Xaden com as armas erguidas.

— Não vai querer fazer isso. — Xaden balança a cabeça.

O homem solta um grito de batalha e em seguida ergue o braço direito para trás, e eu giro o pulso. A adaga acerta o ombro dele, que uiva enquanto uma enxurrada escarlate escorre pela túnica branca, e a adaga dele vai ao chão.

— Eu avisei — diz Xaden para o homem, agora ajoelhado no chão. — Seu erro foi mudar de ideia e *me* designar como alvo, e não continuar olhando para *ela*.

Ele caminha devagar até o homem enquanto Mira esmurra a agressora no rosto, nocauteando-a de vez. Então, Xaden arranca as armas do homem como se fossem brinquedos.

— Eu *sabia* que alguns de vocês tinham armas. Não existe sociedade no mundo que não utilize alguma ferramenta cortante, e uma hora ou outra... Bem, todos precisamos cortar alguma coisa, certo?

Dain estala a língua, e quando me viro vejo que tanto a adaga quanto a espada dele estão desembainhadas, a arma mais curta apontada para a vendedora e a maior apontada para os clientes.

— Eu ficaria paradinho bem aí — diz ele para os homens, que puxaram as próprias adagas serrilhadas. — Na verdade, se essa loja tem uma porta dos fundos, eu aproveitaria para sair logo daqui.

Eles se apressam para seguir a instrução.

O homem ferido cai para a frente, segurando-se com a mão boa antes de se deitar de bruços, e Xaden se inclina sobre ele.

— Vai doer — avisa Xaden antes de arrancar minha adaga do ombro dele. Para ser justa, o homem não grita nem reclama quando Xaden limpa a lâmina nas costas da túnica branca. — Você não deveria empunhar uma arma se não estiver pronto para receber uma em troca.

Mira embainha suas adagas e passa por cima da mulher inconsciente.

— Ai que saco, sabe? Vocês por um acaso estão protegendo alguma coisa? Ou só odeiam cavaleiros, mesmo? — pergunta ela para a vendedora, que se encolheu o máximo que conseguiu em um canto atrás do balcão.

— Só odiamos incendiários que entram nessa loja procurando por Narelle — responde a vendedora.

Protegendo alguma coisa. Entendi.

As escadas rangem, e o ângulo na espada de Dain muda quando viramos a cabeça coletivamente.

O homem grunhe, e, com o rabo do olho, vejo-o se esforçar para se levantar do chão.

— Não faz isso não. Ficar deitado aí é a escolha mais inteligente que pode fazer para todos os envolvidos — avisa Xaden. — Ela só feriu você, mas eu vou te matar se der mais um passo na direção dela, e acho que isso vai ser bastante ruim para as relações internacionais.

Olho para Xaden enquanto alguém desce os degraus na escada, e ele arqueia a sobrancelha com a cicatriz.

— Vou tentar dar uma chance para a diplomacia — diz ele. — Não que seja muito a minha praia.

O homem fica completamente frouxo.

Dain hesita um segundo enquanto uma figura encolhida aparece na base da escadaria.

A vendedora grita algo em krovlês e eu pisco.

— Ela acabou de falar...

— Mãe — confirma Dain, assentindo. — Ela disse "não, mãe, você precisa ficar viva".

— Não estamos aqui para matar ninguém — digo para a vendedora.

A mãe dela dá um passo e fica sob a luz, apoiada pesadamente em uma bengala. O cabelo dela é prateado, e as rugas no rosto são mais fundas, mas ela tem o mesmo nariz arrebitado da filha, os mesmos olhos castanho-escuros e rosto redondo.

— Você é Narelle — faço uma aposta.

Dain abaixa a espada enquanto ela se aproxima e então a embainha quando a mulher passa por ele, avaliando a cena no que presumo ser sua loja.

Ela examina Xaden por trás de lentes grossas e depois Dain, Mira e por fim eu, o olhar se demorando em meu cabelo antes de finalmente assentir.

— E você deve ser a filha de Asher Sorrengail, que veio pegar os livros que ele escreveu para você.

Meu coração *congela.*

Ela não vai entender por que você a manteve no escuro. Você partiu cedo demais, deixou planos demais inacabados. Agora só podemos torcer para que o elo entre nossas filhas seja forte o bastante para suportar os caminhos que elas escolheram. Precisam uma da outra para conseguirem sobreviver.

— Correspondência nunca enviada e recuperada da general Lilith Sorrengail

CAPÍTULO VINTE E QUATRO

— Livros? — sussurro, meus dedos se fechando ao redor da adaga que percebo que ainda está em minha mão esquerda.

Narelle inclina a cabeça.

— É isso mesmo que você ouviu. — Ela olha para a poltrona de forma significativa. — Ponha isso aqui no lugar.

Xaden ergue uma sobrancelha, mas atende o pedido, atravessando o espaço pequeno e embainhando a adaga em meu quadril.

— Obrigada — sussurro.

Ele deixa um beijo na minha têmpora e então se coloca no lugar vago ao meu lado direito.

— Levante do chão, Urson, você está sangrando em meu tapete. Leve sua irmã para os fundos e a acorde. Eu já não avisei que você ainda não estava preparado para ficar andando por aí com uma arma? — ralha Narelle, desviando do sangue derramado. — Por favor, perdoe meus netos. Eles levam a nossa tarefa de proteger os livros de quaisquer cavaleiros que não sejam… você, no caso, a sério até demais. — Ela se afunda na poltrona. — Obrigada, meu jovem — diz ela para Xaden, e então olha para ele um instante antes de voltar os olhos para Dain. — Ora, até que o Continente tem alguns belos exemplares.

Um canto da boca de Xaden se curva para cima e não consigo deixar de concordar com ela em silêncio.

— Mamãe. — A vendedora vai até o lado de Narelle, sem dúvidas preocupada com a possibilidade de atacarmos sua mãe.

Urson se apressa para cumprir as ordens de Narelle, ajudando a irmã a se levantar do chão enquanto ela, relutantemente, se recupera do soco de Mira. Eles desaparecem pela parte dos fundos e quase me sinto mal pelos dois até me lembrar de que foram eles que nos atacaram primeiro.

— Tenho noventa e três anos, Leona, e ainda não morri. — Ela dispensa a filha com um gesto. — Como é que vocês, amaralis, falam mesmo? Ainda não me *encontrei com Malek*. Ele é o deus da morte de vocês, não é?

Franzo o cenho ao ouvir aquela palavra desconhecida: amaralis.

— Ele não é o deus da morte do mundo inteiro? — Mira se inclina contra a estante mais próxima.

Balanço a cabeça.

— Os deverelli não cultuam nenhum deus.

— É por isso que somos considerados a mais neutra entre as ilhas. É o lugar perfeito para o comércio. — Narelle dá de ombros. — O que vocês chamam de deuses, nós chamamos de ciência. O que chamam de destino, chamamos de coincidência. O que chamam de intervenção divina do amor, chamamos de... — Ela faz um floreio com a mão. — Alquimia. Duas substâncias que, quando combinadas, produzem algo inteiramente novo, não muito diferente do que acontece entre vocês dois.

Ela olha de relance para o espaço entre Xaden e eu, descansando a mão contra o peito.

Meu coração se aperta. Se ao menos ela soubesse quanto chegou perto dos meus próprios pensamentos mais cedo.

Ela indica Xaden com um dedo.

— Ouvi você falando que mataria meu neto se ele desse mais um passo na direção da sua amada, meu jovem. Um gesto ilógico, tóxico e romântico. Preciso confessar que esse tipo de violência arrogante não era o que eu imaginava quando Asher me falou de você, mas os cabelos escuros, esses... imagino que sejam olhos castanhos, e como estão perdidamente apaixonados, da exata forma que ele previu que ficariam um pelo outro? Bem, ele descreveu você quase perfeitamente, Dain Aetos.

Ai, caralho, por favor, alguém me mata.

Abro a boca e a fecho em seguida.

Xaden levanta as sobrancelhas, pressionando o lábio inferior entre os dentes.

Dain esfrega a nuca.

Mira dá uma bufada, cobre a boca com a mão e depois se abaixa, *gargalhando*.

— Foi mal — ela consegue dizer, endireitando-se, virando o rosto bem rápido e pigarreando, e então volta a rir, os ombros sacudindo. — Não dá. Eu não vou conseguir. Preciso de um segundinho.

Meu rosto parece que acabou de passar pelo ataque de fogo de um dragão.

— Como você prefere lidar com isso? — pergunta Dain para mim enquanto Narelle olha para nós três, as sobrancelhas prateadas franzidas.

— Do jeito que lidamos com isso nos últimos dezoito meses — responde Xaden, perdendo qualquer traço de bom humor e cordialidade que demonstrou com Dain apenas uma hora atrás. — Todo mundo presume que ela vai acabar com você, mas é o meu sobrenome que ela veste na jaqueta de voo durante a formatura.

— Ai, sério mesmo? — pergunto. Fico *sem* palavras por ele ter resolvido mencionar esse exato dia. Foi só *uma* vez. Tá, duas, se eu contar o retorno de Samara, depois que ficamos juntos outra vez.

— Que bom que você está voltando a si. — Dain se inclina contra o balcão. — Mas não usamos sobrenomes em jaquetas de voo.

— E mesmo assim você entendeu o que eu quis dizer, cacete. — Xaden trava a mandíbula.

Narelle estreita os olhos para Xaden atrás das lentes grossas.

— Você não é Dain.

Xaden balança a cabeça.

— Eu sou o Dain. — Dain levanta a mão rapidamente.

— E esse aí é? — Narelle me pergunta.

— Xaden Riorson. — Ergo o queixo, como se estivesse justificando a escolha que fiz ao meu pai. — E ele é meu, mesmo quando está sendo um idiota possessivo.

— O filho de Fen Riorson. — Narelle tamborila os dedos enrugados no braço da poltrona. — Asher certamente não previu *isso*.

— Ele teria, se tivesse conhecido Xaden. — Estico a mão para Xaden, entrelaçando nossos dedos.

— Nossa mãe sabia — diz Mira, voltando ao lugar em que estava, lá no fim das estantes. — Ela não estava superfeliz com a perspectiva nem nada, mas sabia identificar o amor quando via. Só que ela nunca nos contou sobre nosso pai ter vindo até aqui.

— Ela não teria contado, teria? — Narelle se remexe no assento. — Quando foi que ele morreu?

— Há pouco menos de três anos — respondo, com gentileza. — Ele teve um ataque cardíaco.

O rosto de Narelle desmorona por alguns instantes dolorosos, mas ela assente como se estivesse tendo uma conversa consigo mesma antes de levantar a cabeça outra vez.

— O pai de vocês arriscou a vida de todos para esconder o trabalho ao qual dedicou a própria vida com o único propósito de que você um dia o fosse descobrir, Violet. Ele deixou a última parte comigo há quase quatro anos, com instruções explícitas para que você o recebesse apenas se tivesse obtido a inteligência e o entendimento que precisaria para compreender tudo.

Enrijeço.

— Isso é... — Dain balança a cabeça.

— A cara do nosso pai — diz Mira, lentamente.

— Você consegue — encoraja Xaden, apertando minha mão.

Eu me esforço para engolir o nó repentino que se forma em minha garganta seca.

— Ele me disse para trazer o item mais raro que eu possuísse. — Uma risada irônica escapa da minha boca. — E pensei...

Balanço a cabeça, percebendo que todo o trabalho que tivemos para trazer a bolsa até aqui foi inteiramente à toa.

— Pensou que, por se tratar de Deverelli, naturalmente seria uma troca por mercadorias e tesouros. — Narelle une as mãos sobre o colo.

— Ele estava falando do meu cérebro. — Olho para Mira, mas o olhar dela está fixo no chão. — É por isso que ele disse para não mandar ninguém em meu lugar.

— Os livros são para você, e só você — confirma Narelle, e Leona apoia o braço nas costas da poltrona da mãe. — Vou te fazer três perguntas simples, e, se conseguir respondê-las, os livros são seus.

— Que arrogância em pensar que você tem qualquer direito de guardar algo que nosso pai escreveu para Violet baseado no seu próprio julgamento. — O tom de Mira seria capaz de rachar pedras.

— Está tudo bem — garanto, recusando-me a oscilar, mesmo naquele calor. — Pode fazer suas perguntas.

Narelle lança um olhar seco para minha irmã e então volta a atenção para mim.

— Ele deixou um manuscrito para você. Qual é o título?

— *Subjugados: o segundo levante do povo krovlano*, por tenente-coronel Asher Sorrengail — respondo. — E você já sabia que eu sabia disso. De que outra forma estaria aqui?

Ela tamborila os dedos com impaciência evidente.

— No capítulo catorze, seu pai faz alusão ao levante krovlano ter fracassado por causa de Deverelli, mas não dá detalhes específicos.

Qualquer escriba... — Ela passa os olhos pelo meu uniforme preto. — ... que valha a pena que segura não teria ficado satisfeita com essa especulação. Então me diga: qual é a sua hipótese?

De *todas* as coisas no livro, é sobre isso que ela quer saber?

— Essa é fácil. Krovla não cumpriu seja lá qual foi a parte que lhe foi incumbida no acordo com Deverelli. Em vez de perder a própria reputação, Deverelli se retirou das negociações, o que levou à remoção das tropas da outra ilha, e contou ao rei regente de Poromiel onde encontrar os rebeldes. Esse foi o fim do levante — concluo, dando de ombros.

— Dá pra ser melhor. — Ela balança a cabeça e meu estômago dá um nó. — Por que as coisas desmoronaram? O que estava sendo negociado?

— Isso não é justo... — começa Dain.

Narelle ergue a mão, exigindo silêncio.

— Ela sabe a resposta.

Suspiro.

— Eu... tenho uma ideia. Só não gosto de estar errada.

Ou, neste caso, certa.

— Você está entre amigos. — O sorriso dela me diz o contrário.

Tudo bem. Sinto o suor escorrer pela nuca, mas reúno minha coragem feito uma tola.

— Acho que eles prometeram dragões e depois não conseguiram entregar.

— Eles o quê? — guincha Mira.

Xaden fica tenso e Dain se vira para me encarar, os olhos impossivelmente arregalados, mas o sorriso lento de Narelle me diz que ou estou horrivelmente errada... ou tragicamente certa.

— Apresente suas provas — diz ela, num tom de voz que me lembra Markham de um jeito meio sinistro. — Convença aquele ali.

Ela aponta para Dain.

Aperto a mão de Xaden com mais força e o dedão dele faz carícias no meu.

— O Comunicado Público 433.323 reconhece uma tentativa de invasão fracassada da fronteira pelas forças krovlanas próxima ao entreposto de Athebyne no dia onze de dezembro do ano de 433 D.U., dois dias antes do Massacre da Meia-Noite. O único outro registro deste evento está no diário do coronel Hashbeigh, o comandante do entreposto, que cuidou dos interrogatórios. — Olho para Dain por cima do ombro. — Meu pai me fez decorar isso enquanto estava trabalhando no manuscrito, e na época não entendi o motivo, mas obviamente entendo agora. Acho que foi no ano em que você estava obcecado pelas estratégias de impedir a pirataria no Mar Esmeralda ou coisa do tipo.

Dain se apruma.

— Foi um problema real no século V.

Consigo não revirar os olhos.

— Tá, foco. A gente estava no sofá. Meu pai estava andando em círculos na frente da lareira e você achou ridículo que os soldados tivessem atravessado a fronteira até Navarre para adquirir *penas de cauda*, lembra?

Ele faz uma careta.

— Aham. Lembro. E aí seu pai me disse que eu era uma causa perdida se quisesse fazer o exame da Divisão dos Escribas, considerando que eu não era capaz de aplicar as habilidades superiores que eu tinha com línguas a todas as áreas do conhecimento para analisar dados históricos importantes. Não que algum dia tenha sido minha intenção ser escriba, mas ainda assim. Bons tempos. Obrigado pelo lembrete.

— Isso vai a algum lugar ou a gente está só desfrutando de um excelente momento de nostalgia? — pergunta Xaden.

— Use as habilidades superiores que você tem com línguas, Dain — peço. — O registro do interrogatório foi feito na língua comum…

Dain arregala os olhos.

— Mas os invasores falavam krovlês, e os adjetivos ficam em ordem invertida em krovlês. Estavam caçando Rabos-de-pena. Dragões.

Assinto.

— Acho que Deverelli fez um acordo com Krovla e outra ilha; essa ilha providenciaria o exército, e, em troca, Krovla forneceria dragões. Quando não conseguiram, o acordo foi encerrado, e o Massacre da Meia-Noite aconteceu, e Krovla continuou sendo parte do reino de Poromiel.

Dain cruza os braços com força.

— Estavam negociando dragões. — Ele olha para Narelle. — Eu acredito nela. Só preciso de um minuto para absorver essa informação. Não dá pra… negociar dragões, e seria impossível levar os filhotes para ilhas que não possuem magia. Não quando se está arriscando a fúria do Empyriano.

— Ah, espera só até você entender que o seu pai sabia que o livro que o meu pai estava escrevendo tinha *algo* a ver com os Rabos-de-pena, o que significa que o meu pai sabia que precisava parar de confiar no seu em certa altura — digo.

O rosto de Dain se vira para mim e a expressão estarrecida que vejo ali me faz querer recolher aquelas palavras.

— Terceira pergunta — anuncia Narelle, e parece particularmente cruel, considerando o que ela acabou de me fazer passar.

— Pergunte. — Meu tom deixa implícito muitas coisas.

— O que fez você se separar do príncipe? — Ela inclina a cabeça para o lado e seus olhos se iluminam como se tivéssemos nos reunido ali para tomar chá e fofocar.

— Perdão? — Eu me inclino para a frente como se tivesse escutado errado.

— O príncipe? — Ela une as mãos. — Seu pai sabia que não iria durar, mas quero saber qual foi a gota d'água.

— *Alguma chance de você querer vir até aqui tocar fogo nessa livraria?* — pergunto para Tairn.

— *Como disse o Sombrio, não seria um bom princípio para as relações internacionais* — responde ele.

— *Eu posso tocar fogo* — oferece Andarna. — *Mas aí você ficaria sem seus livros.*

— Eu… — O peso de todos os olhares na sala faz minha pele ficar tão quente que sinto que estou chamuscando mesmo sem ter acesso a um pingo de magia sequer. — Terminei as coisas com o príncipe depois que o encontrei em uma situação delicada com uma das professoras dele.

Narelle se inclina para a frente, levantando as sobrancelhas.

— Ele estava transando com uma professora?

— Mamãe! — ralha Leona.

— Escroto do caralho — murmura Dain. — Por que você não me contou?

— E você ia fazer o quê? Meter um socão no príncipe herdeiro de Navarre? — rebato.

Dain franze o cenho.

— Sim — responde Xaden. — Que é uma coisa que a gente ainda pode fazer, aliás.

— Então você o largou depois de um acesso de fúria ciumenta mesmo tendo a coroa de Navarre nas mãos? — provoca Narelle. — E por um acaso ele chegou a implorar pelo seu perdão? Você o aceitou de volta?

Agora eu tenho certeza do motivo para ela ter uma livraria e qual o gênero de leitura favorito dela.

— Eu nunca quis a coroa, e, além do mais, não é da natureza de Halden implorar por perdão a ninguém. Fechei aquela porta e nunca mais me dei ao trabalho de sequer falar com ele até algumas semanas atrás. Ele não me amava, não do jeito que eu merecia ser amada, e não tem poder no mundo que me faça ficar com alguém que não me ama.

— Você sabe o valor que tem — diz Narelle, assentindo devagar. — Seu pai ficaria orgulhoso. Traga os livros para ela.

Leona se endireita e nos deixa na área das poltronas, desaparecendo nos fundos. Suspiro de alívio, me refestelando em Xaden.

Mira tira a mochila das costas e a deixa na poltrona vazia ao lado de Narelle.

— Pode deixar que eu carrego isso pra Violet, a não ser que ache que o meu pai tivesse algum problema com isso. Prometo que nem vou ler nem nada.

O tom amargo dela faz com que um arroubo de culpa me percorra. Por que meu pai foi tão insistente para que eu fosse a única a vir buscar os livros?

Narelle simplesmente sorri, cruzando os tornozelos.

— E é exatamente por esse motivo que ele não os deixou para você, minha querida. Todos temos um papel a cumprir no futuro; este só é o dela. Enquanto ele estava ocupado criando Violet para esta missão em particular, sua mãe estava criando você. Fico me perguntando que tipo de legado você herdou.

Mira estreita os olhos.

Saímos da livraria dez minutos depois com seis livros escritos pelo meu pai. E cada um deles possui uma tranca com senha.

***

Mais tarde naquele mesmo dia, inclino a cabeça contra a banheira entalhada em madeira no aposento adjacente ao quarto que Xaden e eu estamos dividindo, escutando o canto de pássaros que não consigo identificar na janela acima de meus pés. Sou baixinha demais para apreciar a vista espetacular do mar, mas o céu também não é ruim, suavizando-se nas cores do crepúsculo.

Que horas será que são? Fico me perguntando se Halden já voltou. Se conseguiu garantir a permissão de usar Deverelli como ponto de partida para visitar as outras ilhas ou se tocou no assunto da sétima raça. Tento alcançar a conexão para perguntar a Xaden e em seguida suspiro, frustrada com o lembrete imediato de que as coisas não funcionam assim por aqui.

A brisa fica mais forte e as cortinas brancas esvoaçam na minha direção; e a água esfria a uma temperatura que, se estivéssemos em

Basgiath, poderia me fazer querer pegar mais água quente, mas que definitivamente é bem-vinda em Deverelli.

Meus dedos, no entanto, estão começando a enrugar, então é hora de sair.

— Vi? — Xaden dá uma batidinha na porta.

— Pode entrar. — Um sorriso lento se espalha pelo meu rosto.

E desaparece completamente quando ele abre a porta e se inclina no batente apenas com uma toalha ao redor dos quadris. Deuses, ele é tão perfeito. Seus cabelos estão molhados e ainda um pouco desgrenhados. Gotas de água se acumulam em cada linha de seus músculos. Eu poderia ficar aqui apreciando o tanquinho dele para sempre, sempre mesmo, *todo* o sempre.

— Só pra avisar que cheguei... — As palavras cessam quando o olhar dele encontra meus ombros expostos, e tenho certeza de que é tudo que ele consegue ver, considerando o meu tamanho. Bom, meus ombros e o cabelo bem molhado e solto. — Cacete. Só... cacete.

— Eu falei que você deveria ter ficado e tomado banho no nosso quarto. Tem bastante espaço aqui. Não precisava ter ido para o quarto de Ridoc. — Bato com o dedão do pé no cano de cobre na banheira. — Eles têm um encanamento fantástico.

— Pois é. — Os olhos dele escurecem e ele aperta ainda mais a maçaneta. — Achei que seria mais educado tomar banho lá para te dar tempo de deixar os músculos de molho para ajudar a se recuperar da jornada.

— Educado? Que gentileza sua.

Junto o cabelo nas mãos, puxando-o por cima do ombro esquerdo para que eu o torça, e então bato na alavanca com o pé, para começar a drenar a banheira, tentando me concentrar em qualquer lugar que não seja nele e naquele corpo incrível que ele insiste em ter.

— E você está se sentindo recuperada? — Ele baixa a voz.

— Um pouco exposta depois de ter minha inteligência e minha vida amorosa testadas em interrogatório, mas, fora isso, estou ótima.

Esticando o corpo para a direita, pego a toalha branca felpuda que deixei no banco enquanto a água é drenada com um ruído, e então me viro de costas para Xaden, ficando em pé rapidamente e me embrulhando na toalha.

— Você está ótima — repete ele. — Não está atordoada. Dolorida. Cansada? Porque passamos a noite toda voando ontem.

— Eu não diria que estou pronta para subir a Armadilha nem nada... — Eu me inclino para a esquerda, torcendo os cabelos em cima da banheira. — Mas, sim, estou me sentindo tão bem quanto possível.

Limpa, alimentada e pronta para me enroscar no homem que amo.

— Que bom — diz ele, no meu ouvido, e ofego, surpresa, quando ele agarra minha cintura e me vira em sua direção. — Porque já cansei de ser educado.

A boca dele se choca contra a minha.

A palavra mais inútil na linguagem da aristocracia sempre foi e sempre será: amor. O matrimônio é um mal necessário para garantir a linha de sucessão. Nada mais. Poupe o amor apenas para seus filhos.

— Correspondência confiscada de Fen Riorson para um destinatário desconhecido

CAPÍTULO VINTE E CINCO

Deixo minha toalha e meu bom senso de lado, jogando os braços ao redor do pescoço dele e colocando todo meu coração naquele beijo. Quem se importa se estamos em uma casa cheia de criados e um visconde em quem não confio? Ou que Xaden tenha estabelecido limites para nossos avanços sexuais nas últimas seis semanas? Ele está me beijando como se eu fosse o ar que ele respira, e isso é tudo que importa... tudo com que eu me *permito* me importar.

Meu pé molhado escorrega no azulejo e não há nada sob eles quando sou erguida junto ao peito de Xaden. A sensação dos meus seios nus contra a pele molhada dele me faz ofegar em sua língua.

Ele grunhe, me segurando pela parte de baixo da bunda com uma mão, e prendo as pernas em volta de sua cintura. Empurro a toalha de Xaden para o chão antes de enganchar meus tornozelos, nos deixando só pele contra pele enquanto ele me beija sem parar, roubando qualquer lógica e a substituindo por puro *desejo*.

Nossa boca se encontra de novo e de novo, sem delicadeza nem sedução. Não há flerte nem joguinhos aqui. Não, tudo é sede e uma exigência pura e brutal. É perfeito, irrestrito e absolutamente voraz.

A sala se mexe, ou talvez seja só nós dois. De qualquer forma, a luz muda, e me vejo empoleirada na beirada da pequena mesa de café da manhã, a poucos metros da janela do quarto. Tiro a boca da dele para verificar os arredores, mas Xaden me segura pelo queixo e me puxa de volta.

— Ninguém vai ver a gente desse ângulo. Eu chequei — promete ele, e então volta a me beijar, arrancando qualquer protesto da minha cabeça com a carícia indulgente de sua língua.

Espera aí. Ele checou. Já tinha pensado nisso.

Ah, deuses, a gente vai até o fim, finalmente.

O calor e a urgência me percorrem, fazendo com que cada nervo do meu corpo exploda, alerta. Não parece que faz só umas seis semanas desde que o senti em cima de mim, embaixo de mim, dentro de mim pela última vez... parece que faz *anos*.

Ele enrola meu cabelo molhado na mão e me puxa para trás com cuidado, interrompendo o beijo e levando os lábios ao meu pescoço. Cada toque de sua boca dispara um "*mais, mais*" que percorre minha coluna, e rapidamente se acumula em um ponto dolorido de "*por favor*" bem entre minhas coxas.

Minhas unhas se agarram ao cabelo dele e arqueio as costas pedindo por mais, gemendo baixinho, e ele entrega o que peço, tocando meu corpo com habilidade. Ele tira vantagem dos lábios firmes que tem, da língua macia e da barba áspera por fazer, até eu ter certeza de que ele poderia me levar ao auge só beijando meu pescoço.

— Amo sua pele — diz ele, descendo até minha clavícula. — Você é tão macia.

Meu coração acelera e minhas mãos descem para a linha forte dos ombros dele, tocando cada centímetro de pele quente que consigo alcançar. Quero deitá-lo naquela cama e lamber cada pedaço que esse homem manteve escondido de mim nas últimas seis semanas, mas não quero arriscar pará-lo ao mudar de posição.

Ele solta meu cabelo e leva as duas mãos aos meus seios. Prendo a respiração quando ele leva a boca a um mamilo e usa a língua e os dentes para venerá-lo. *Cacete*, como a sensação é boa. Meu corpo está sedento pelo toque dele, e tudo que posso fazer é abafar um gemido quando ele segue na direção do outro.

— Shh — sussurra, com um sorriso travesso. — Não quero que ninguém escute a gente.

É o sorriso que me pega, um medo que parece frenético, rompendo a névoa de prazer que ele só faz aumentar.

— Então não pode ficar me provocando — digo, balançando a cabeça.

As mãos dele descem aos meus quadris e ele endireita a postura, franzindo o cenho confuso, aqueles lindos olhos me encarando.

— Quer dizer, pode — confesso imediatamente, colocando as mãos na mesa. — É só que quero você, *preciso* de você, e estou tentando muito respeitar a regra de sem sexo que estabelecemos, então se você ficar me provocando...

Ele abre um *sorrisinho* e repenso a ideia de ter superado tão rápido o estágio da nossa relação em que eu tinha vontade de lançar adagas na cabeça dele.

— Não tem magia aqui — diz ele.

— É, eu sei. — Cruzo os braços em cima dos seios e faço que vou fechar as pernas, mas ele está em pé no meio delas.

— Não tem magia aqui — repete ele, abaixando a cabeça, roçando os lábios nos meus. — Posso te comer quantas vezes a gente quiser, quantas vezes você aguentar, sem precisar me preocupar com perder o controle.

— Ah.

Meu corpo inteiro fica mais tenso do que a corda de um arco, e prendo a respiração.

— Ah. — Ele passa o dedo por dentro da minha coxa, os olhos fixos nos meus. — Parece uma coisa que você estaria interessada em fazer?

Passo a língua pelo lábio inferior, e ele flexiona as mãos.

— Só se você estiver interessado. Eu não queria... — engulo em seco. — Não queria forçar você a fazer algo que vá te deixar desconfortável.

Ele segura minha mão e a guia até que envolva seu pau duro.

— Sentindo isso aqui você diria que eu não estou confortável?

Por reflexo, faço pressão com a mão e ele geme baixinho, fechando os olhos. Meu sexo se aperta só de sentir como ele está quente, duro e perfeito.

— Porra, Violet, se você fizer isso de novo, vou chegar lá em *minutos*. — Tem um tom de desespero ali quando Xaden abre os olhos, e ele sibila pelos dentes, guiando minha mão para longe de seu corpo. — Ficar longe de você foi puramente para te preservar, e não para me preservar, confie em mim. Venho querendo fazer isso aqui com você desde o segundo em que acordo até o instante em que vou dormir. Eu tenho *sonhado* com você.

Abro a boca, e sinto o calor se espalhar por meu peito.

— Eu te amo — digo.

— Eu te amo. — Ele segura meus joelhos. — E, aqui, não tenho nenhum caralho de poder. Não me leve a mal, tem uma parte de mim que está bem de boa com isso...

Meu estômago embrulha. A parte dele que é venin.

— Mas sem as sombras — continua ele —, sem prever intenções, sem magias menores? Não consigo nem criar um escudo de som para impedir que todo mundo nessa casa ouça você quando gozar, e isso faz eu me sentir...

Ele trava a mandíbula.

— Eu sei — sussurro, passando o dorso da mão na barba por fazer dele. Não ter aquele fluxo constante de poder vibrando embaixo da minha pele me faz sentir… menos inteira.

— E não posso falar com Sgaeyl — acrescenta ele. — Não consigo nem *sentir* você, o que está me matando. Mas ficar sem essa porra toda? — Ele levanta a sobrancelha que tem a cicatriz. — Me permite fazer minha coisa favorita no mundo, que no caso é comer você. Agora tenho que compensar por umas seis semanas, e, meu amor, estamos perdendo tempo.

Apoio minhas mãos na mesa e abro um sorriso quando suas pupilas se dilatam ao ver meu corpo.

— Ué, se você insiste…

Um sorriso lento se espalha por sua boca, e ele afasta ainda mais meus joelhos.

— Eu insisto.

Minha risada se transforma abruptamente em um gemido quando ele se ajoelha na minha frente e coloca a boca entre minhas pernas.

Ai. *Caralho.*

Ele não me provoca nem brinca comigo. Não, ele passa a língua pelo meu clitóris sem a menor cerimônia e afunda dois dedos na minha vagina.

— Cacete, senti falta do seu gosto.

— Xaden! — Prazer inunda meu corpo como se fosse poder, fazendo minhas veias vibrarem, acumulando-se em meu ventre.

Cubro a boca com a mão para abafar meu próximo gemido enquanto ele começa a mexer aqueles dedos excepcionalmente talentosos, a língua trabalhando no mesmo ritmo para tocar meu corpo como se fosse um instrumento criado apenas para ele.

A tensão se acumula ainda mais, mas ele me dá uma trégua, e tudo que consigo fazer é ficar sentada, manter meu corpo equilibrado com uma mão e abafar os gemidos com a outra. Oscilo, meu corpo tremendo, e Xaden leva a mão até a minha boca.

Levo a mão dele à minha boca, pressionando um beijo em sua palma enquanto começo a balançar o quadril contra o rosto e a outra mão dele, procurando o ápice que consigo sentir se aproximando a cada movimento de dedos, a cada carícia de língua.

Só que eu quero mais. Quero Xaden dentro de mim, os braços me envolvendo, a voz dele em minha cabeça… e tudo isso é possível, tirando a última coisa, o que já é ótimo.

É bom. É bom pra cacete. Minha respiração fica entrecortada; as coxas, rígidas.

Ele curva os dedos dentro de mim e ataca meu clitóris com a língua, e me *despedaço*. Meu clímax vem forte e brutal, e grito contra a mão dele enquanto um prazer intenso me leva ao orgasmo e as ondas me preenchem, roubando meu fôlego enquanto percorrem meu corpo.

Ele continua me estimulando mesmo enquanto ainda estou sendo perpassada pelos tremores do orgasmo, só parando quando um último estremecimento me percorre.

— Não tenho palavras para descrever a destruição que essa boca tem o poder de causar — digo. — Sobe aqui.

Beijo o pulso dele e Xaden se endireita, levando o dedão até o lábio inferior. Minha temperatura se eleva mais uma vez, a respiração fica fraca enquanto o percorro com o olhar.

Meu. É a única palavra que tenho em mente quando o devoro com os olhos.

— Continue me olhando assim e... — avisa ele, vindo na minha direção. Xaden desliza as mãos entre minhas coxas, me empurrando para mais para cima da mesa.

— E você vai fazer o quê? — Eu me deito na mesa, levando os calcanhares ao tampo, e ele sobe em cima de mim, apoiando o peso nas mãos.

— Você tem razão. — Ele leva a boca à minha, seus braços tremem de leve. — Preciso de você.

— Estou bem aqui.

Ergo os joelhos para apoiar os quadris dele e estico a mão entre nós para guiar a cabeça do pau dele até minha entrada. Nós dois ofegamos fundo com o contato, e os olhos de Xaden faíscam.

— Tem certeza? Você sabe o que eu sou — diz ele devagar, e um sentimento que parece medo atravessa o rosto dele.

— Eu sei *quem* você é. — Seguro o rosto dele com as mãos. — *Agora*, Xaden. Você precisa compensar as seis semanas, lembra?

Ele assente, sustentando meu olhar, e então leva uma mão ao meu quadril e mete dentro de mim com uma estocada funda, entrando centímetro a centímetro até que ele seja a única coisa que consigo sentir. A pressão e a sensação de tê-lo ali é tão perfeita que meus olhos, bobos, começam a lacrimejar, porque senti *tanta* falta dessa conexão.

— Está tudo bem? — Ele arregala os olhos e afasta os quadris.

— Estou ótima! — Enrosco as pernas ao redor dele. — Só senti falta disso.

— Eu também.

Ele abaixa o rosto, aproximando a testa da minha até que se toquem, e então impele os quadris, afundando-se em mim.

Nós dois gememos.

— Sinto falta de estar dentro da sua cabeça. — Ele se afasta, e então mete outra vez, e vejo *estrelas*. O prazer parece irromper pelos meus ossos enquanto ele dá início àquele ritmo lento do qual nunca me canso. — Amo estar dentro de você em todos os sentidos quando fazemos isso aqui.

— Eu também.

Passo meus braços pelo pescoço dele e me seguro, arqueando os quadris para recepcionar cada estocada deliciosa enquanto o suor começa a correr pelo nosso corpo. — Amo quando você fala comigo... — deslizo os dedos pelos lábios dele. — Mesmo quando sua boca está ocupada.

Ele abre um sorriso, que logo desaparece quando remexo os quadris, e ele grunhe.

— Cacete, Violet, você é tão gostosa. Nunca vou desistir de você. Você sabe disso, certo? Já teve sua chance de fugir. Deveria ter fugido, Vi.

Ele pontua cada frase com uma estocada mais forte e profunda que me faz ofegar, e meu raciocínio se limita de *mais* para *isso* enquanto a madeira range sob nosso peso.

Puxo a boca dele na direção da minha, respirando enquanto o prazer intoxicante cresce dentro de mim outra vez, mais fundo e mais quente do que antes.

— Eu nunca vou fugir. Não importa o que acontecer, somos eu e você pra sempre.

— Eu e você — repete ele, o suor acumulando-se na testa enquanto os quadris me prendem contra a mesa, que começa a ranger, balançando com nós dois.

— Só não para.

Tenho bastante certeza de que se ele parar, vou morrer. Eu o seguro firme com braços e pernas, prendendo-me nele com tudo enquanto ele abaixa o peso para o braço, protegendo minha cabeça com a mão, e então continua metendo dentro de mim, levando-me para mais longe.

A madeira racha um segundo antes de a gravidade mudar, e meu estômago embrulha quando caímos.

Minha pele só toca a dele no impacto.

Ele me segurou contra o peito com um braço, enquanto a outra mão e os joelhos dele receberam o pior do acidente.

— Está tudo bem? — pergunto, com o rosto enterrado em seu pescoço.

— Estou bem. Caímos só um metro, e não quinze. — Ele ri, afastando nosso corpo da mesa destruída e voltando ao assoalho, tomando cuidado de não esmagar meus tornozelos.

Então continua exatamente de onde parou, só que dessa vez estou perto do pé da cama, então consigo me empurrar contra ele, apoiando melhor o corpo.

— Espere aí.

Ele estica a mão e pega um travesseiro na cama, deslizando-o embaixo dos meus quadris. A próxima estocada atinge um lugar tão bom que consigo *sentir* o gosto inundando minha boca.

Ele abafa meu grito com um beijo e arqueio o corpo contra o dele de novo e de novo, deliciando-me com cada respiração exalada entre os dentes, cada músculo rígido do corpo incrível, cada beijo arrebatador enquanto o prazer se retesa mais e mais entre nós dois.

E que os deuses me ajudem, mas aguento o máximo que é humanamente possível. Não quero que acabe, não quero voltar para o desejo sem fim. Um gemido escapa dos meus lábios enquanto luto contra a pressão, contra aquela onda que sei que não vou conseguir evitar, não quando cada movimento dos quadris de Xaden me leva até ela.

— Eu quero ver você gozar pra mim, amor. Não se segura. — Xaden mordisca meu lábio inferior.

— Eu não… — ofego, meu corpo se debatendo embaixo do dele.

Caralho, isso é tão delicioso.

— Está, sim. — A mão dele vai para a minha barriga. — Não preciso estar na sua cabeça para saber que você está se segurando. Essa não vai ser a única vez, Vi. Temos a noite inteira. Goza pra mim.

A noite inteira parece melhor do que qualquer paraíso.

Afundo os dedos no cabelo dele enquanto ele acaricia meu clitóris hipersensível com uma pressão exata que sabe que gosto, e então me *estilhaço*. Eu me desfaço enquanto o orgasmo me toma em pulsos delirantes. Ele engole meus gemidos com um beijo enquanto as ondas se rompem de novo e de novo, e então me coloca de volta no lugar com carícias delicadas das mãos no que volto para meu corpo.

— Tão linda — sussurra ele na minha boca, e só quando caio de novo no chão, trêmula e feliz, ele me beija como se estivesse procurando pela própria alma e então encontra o próprio auge com algumas estocadas fortes, finalizando com um gemido baixo.

Eu o seguro com força enquanto ele nos rola para o lado, fazendo-nos ficar de costas para o móvel destruído e apoiando minha cabeça em seu bíceps.

Traço a linha da cicatriz em sua sobrancelha enquanto meu coração desacelera, tentando memorizar cada contorno de seu rosto enquanto Xaden me observa com uma expressão suave e aturdida. Tem muitas partes nossas faltando para que sejamos *nós* de verdade por aqui, mas essa é uma versão de que quero me lembrar, uma na qual ele não está atormentado pela ameaça de se transformar, na qual ele não está me dizendo que preciso aprender a matá-lo.

— A gente podia simplesmente ficar aqui — sussurro.

Ele franze a testa e afasta meus cabelos do rosto.

— Aqui, neste quarto?

— Aqui, em Deverelli. — Passo os dedos pelo queixo dele. — Posso aceitar a oferta de Tecarus... se Tairn e Andarna concordarem. Tenho certeza de que concordariam, se isso significasse impedir qualquer progressão sua até eu encontrar uma cura. Você e Sgaeyl podem ficar aqui enquanto faço as buscas...

Ele passa os dedos por meus lábios.

— Ela está sofrendo.

Pestanejo.

Como posso não ter percebido isso? A culpa pesa sobre meus ombros.

— Acho que todos os dragões estão sofrendo, mas não vão admitir. Acho que não conseguem sobreviver, ou prosperar, como fazem no Continente, assim tão longe da magia. Não quero jamais deixar Sgaeyl em estado de sofrimento. — Ele passa os dedos calejados por meu pescoço e por cima das minhas costelas, encaixando-se na minha cintura. — E eu jamais deixaria você abandonar todos os que ama.

Um nó do tamanho de uma rocha se acomoda em minha garganta.

Alguém bate na porta.

— Ei... hum... — Ridoc diz do outro lado.

Meu rosto fica corado e cubro a boca com a mão.

— Estamos bem! — diz Xaden com um sorriso malicioso, acariciando meu quadril.

— Hum, é... que bom — diz Ridoc. — Não, é que eu não...

A voz dele fica abafada.

— Olha, estamos com um problema aqui — esbraveja Cat.

— Gritar pela porta não vai ajudar — diz Dain.

— Saiam já daí! — ralha Mira, e tanto eu quanto Xaden damos um pulo para ficar em pé. — Violet, abre essa porta.

Quantas pessoas estão enfiadas naquele corredor?

Xaden corre mais rápido para o banheiro do que eu e atira minha toalha pela porta, certificando-se de que a peguei antes de sair com a própria toalha enroscada nos quadris.

— Você não pode abrir a porta assim — sibilo para ele, me cobrindo e me lastimando porque vou demorar uma eternidade para vestir todas as minhas roupas.

— Você também não. E eu com certeza não vou proporcionar uma visão sua só de toalha para o Aetos depois de ouvir que seu pai praticamente planejou o seu casamento com aquele cuzão — retruca Xaden no mesmo tom baixo, a mão já na maçaneta.

Reconheço a derrota e me afasto na direção da parede, longe da vista, e Xaden abre a porta.

— A que honra devemos a visita de literalmente todos vocês? — pergunta ele. — Achei que dois de vocês iam voar pela rota sul, para confirmar que não temos nenhum irid se escondendo por aí?

O silêncio é a única resposta.

Eu me inclino para a esquerda só o bastante para ver Xaden olhando por cima do ombro.

— Sim, a mesa quebrou. O que vocês querem?

— Foram vocês dois que quebraram, né? — pergunta Ridoc, segurando o riso. — Tipo foi com aquele armário que ninguém deveria ter percebido que estava sendo tirado do quarto de Violet no primeiro ano?

— Aquele o *quê*? — A voz de Mira fica estridente, e me encolho contra a parede, pendendo a cabeça para trás, horrorizada.

— O que pode ser tão importante assim que vocês estão tentando arruinar minha única noite? — rebate Xaden.

— Um mensageiro chegou — diz Dain. — O rei Courtlyn decidiu *ficar* com Halden.

Meu estômago dá uma reviravolta.

— Putz, que peninha para o Halden. — Xaden dá de ombros.

— Xaden! — exclamo, erguendo as sobrancelhas.

Ele aperta os lábios.

— Vamos voar como planejado, mas Tecarus precisa de você — continua Dain. — Você é o único *aristocrata* que vão deixar entrar.

— Você precisa ir — sussurro.

Xaden olha para mim, e emoções demais atravessam seu rosto lindo. Desejo. Desespero. Súplica. Frustração. Raiva. Resignação.

— Caralho. Tá certo. — Ele fecha a porta na cara de todo mundo. — *Nós* precisamos ir.

Nas primeiras vinte e quatro horas em que esteve removido da magia da fonte, a cobaia (um aprendiz) apresentou-se de forma controlada. A abstinência, porém, rapidamente revelou a verdadeira natureza do indivíduo, requerendo que fosse imediatamente transferido ao estágio dois do estudo. Os resultados da pesquisa podem ser encontrados no grupo 33-B sob a categoria: MORTE POR FOGO e, subsequentemente, no grupo 46-C sob a categoria: MORTE POR ENVENENAMENTO.

— Um estudo da anatomia do inimigo, por capitão Dominic Prishel

CAPÍTULO VINTE E SEIS

Deverelli fica maravilhosa ao pôr do sol, ou ao menos ficaria, se eu conseguisse me concentrar em separar um tempinho para realmente apreciar a ilha.

Em vez disso, estou calculando quão perto Tairn acha que consegue voar das árvores sem bater nelas enquanto descemos o morro com Sgaeyl na retaguarda.

Para o desdém de Andarna, Tairn ordenou que ela ficasse na mansão de Tecarus, para a própria segurança.

— *Tem certeza de que estamos fora do alcance das bestas?* — pergunto, agachada perto dos pomos da sela, com a mochila pesando nas costas, como se minha pequena estatura pudesse, de alguma forma, afetar a aerodinâmica do dragão.

— *Não são feitas para virar para o interior, e sim para defender a costa. Subestimaram terrivelmente nossa inteligência.*

Ainda assim, a existência das bestas significa que essa ilha quer nos machucar, e possivelmente já está machucando.

— *Você está com alguma dor? E Andarna?* — pergunto, e então vejo quatro enormes pilares cinza adiante, suportando os resquícios de um aqueduto, no que se curvam ao redor do morro, marcando o caminho até o palácio.

— *Por que está perguntando isso?* — O tom rabugento responde por ele enquanto cruza um espaço aberto que parece fazer parte de um distrito de artes, pelo que me lembro de ter lido, e um coro de gritos ressoa e logo some ao passarmos.

Desculpem, mas, quando vocês sequestram nossa realeza, nós assustamos vocês pra caralho com os dragões. Parece uma troca justa.

— *Por que não me contou?*

A culpa por sequer ter sugerido a Xaden que ficássemos por aqui e a culpa por não ter percebido que eles estavam sofrendo se acomoda em meus ombros.

— *Você vive com dor. Sente a necessidade de me alertar cada vez que seu joelho dói ou que suas articulações saem do lugar?* — Até o bater das asas dele muda, tornando-se mais ritmado. — *Houve diversos momentos até aqui em que o bater do seu coração se elevou e você quase perdeu a consciência, e ainda assim não viu isso como algo digno de nota.*

Acompanho o movimento com o corpo, quando ele dá uma guinada para a esquerda, seguindo o caminho do aqueduto de séculos atrás.

— *Essa é minha vida todos os dias. Mas não é o normal para você.*

— *Andarna não demonstrou sinal de dificuldades. Sinto uma inconveniência, uma irritação, e fui cortado da fonte do meu poder e força e dos pensamentos da minha consorte, mas ainda assim sou Tairneanach, filho de Murtcuideam e Fiaclanfuil, descendente de...*

— *Tá, beleza, já entendi. Você é superior de todas as formas.* — Eu o interrompo antes que ele comece a recitar toda a linhagem pomposa como se eu já não tivesse memorizado todos os dragões a essa altura.

Tairn se endireita, seguindo a topografia, e observo o máximo da paisagem que consigo antes de estarmos alto demais. O tamanho dele é uma vantagem considerável em batalha, mas é um saco quando estou tentando enxergar o que tem embaixo de mim.

O palácio é diferente de qualquer coisa que já vi. É uma estrutura de quatro andares entalhada dentro da encosta da montanha, mas a campina de quase cem metros diante do palácio também foi escavada. É verdadeiramente espetacular, um grande feito da engenharia, considerando que foi construído há mil anos, e além de tudo uma prova da tradição daquele povo, que ainda ocupa o centro do poder e não caiu em ruínas como tantos dos castelos dos antigos reinos do Continente.

Uma luz azul suave brilha em esferas que ladeiam uma trilha central, iluminando nosso caminho enquanto o sol se esconde atrás dos morros e nós aterrissamos na grama verde-clara. O espaço é grande a ponto de aguentar a largura de dois dragões com as asas estendidas; provavelmente quatro, se estiverem retraídas.

— *Sabe onde está indo?* — pergunta Tairn enquanto nos aproximamos, abrindo as asas para diminuir a velocidade da descida.

— *A maior parte dos espaços formais fica do lado de fora, de acordo com o que li, assim como os aposentos do rei, além daquela primeira fileira de árvores, então em teoria... sim, sei.*

Posiciono meu corpo para a aterrisagem enquanto Tairn sobrevoa um batalhão de guardas em pânico que carregam o que parecem ser lanças de ponta prata, e então pousa à esquerda da fileira de esferas azuis incandescentes.

— *Não que alguém vá me deixar entrar* — comento.

Sgaeyl e Xaden pousam à nossa direita.

Os gritos continuam enquanto desafivelo o cinto e desço até o ombro de Tairn.

— *Nenhuma mudança de plano?* — pergunto, preparando meus nervos para o que com certeza será um enfrentamento controverso.

Quero a porra do meu poder de volta, e quero ele *agora*.

— *Nenhuma. Ficarei com você até o fim, Prateada.*

A promessa dele me tranquiliza enquanto desmonto, o peso da mochila sacudindo minha coluna com o impacto. Ignoro a dor e caminho na direção de Xaden, que já espera por mim no centro do caminho em meio às esferas azuis. Carrega as espadas nas costas, mas as adagas estão a fácil alcance, e ele está com a mesma mochila enorme que trouxe de Navarre, que me disse que era só *por precaução.*

Acho que um reino arquipélago raptar seu príncipe se qualifica como uma emergência que precisa de *precaução*.

Não consigo evitar olhar de perto para as esferas enquanto passo por elas, adentrando o caminho. O brilho azul não vem de uma única fonte de luz, mas de uma dúzia de insetos grandes bioluminescentes com asas translúcidas, e todos se alimentam de... abro um sorriso.

— São mariposas fallorínias.

— O quê? — As botas de Xaden esmagam o caminho de cascalho enquanto ele vem na minha direção.

— Mariposas fallorínias. — Toco a esfera de vidro fria. — Elas não existem no Continente, só uma espécie irmã. Brilham quando se alimentam de mel. Li sobre isso no *Guia da fauna Deverelli,* de Sir Zimly, mas não fazia ideia de que eles as usavam para iluminar tudo. É incrível. Venenoso, mas brilhante.

— É claro que leu — diz Xaden. — Mas acho que a gente devia se concentrar na dezena de guardas raivosos que estão vindo até nós.

— Justo.

Jogo a trança por cima do ombro, amaldiçoando o fato de que não tive tempo de trançar os cabelos em coroa como sempre faço, e me viro para encarar a horda de guardas deverelli vestidos de branco. Imagino que temos menos de dez segundos, e aquelas lanças não são nada amigáveis. Deixo as mãos perto das bainhas em meu corpo, mas Xaden fica com os dois pés afastados, os braços cruzados como se não estivesse preocupado com a situação.

Com os olhos, porém, ele avalia o grupo metodicamente, sem dúvida categorizando cada ameaça que apresentam. Resolvo me concentrar na mulher parecida com uma raposa à direita, que alarga as narinas e sai do caminho como se eu não fosse notar, e no companheiro à esquerda, fazendo seu melhor para se esconder nas sombras, sem perceber que ele está na presença de um mestre.

— Olha só, mais lâminas — diz Xaden. — E eu achando que vocês eram uma sociedade que não gostava de armas.

O guarda no centro, com uma faixa azul, dá um passo em frente e começa a gritar. Só consigo distinguir algumas palavras, e duas delas são *parem* e *matar*.

— Dain seria bem útil se estivesse com a gente — sussurro.

— Minha vida seria mais feliz se você nunca mais pronunciasse essa frase outra vez — responde Xaden.

Nossa conexão também seria bastante útil.

— Algum de vocês fala o idioma comum? — pergunto, quando as lâminas prateadas serrilhadas das lanças erguidas estão a cerca de um metro e meio do nosso torso.

Eles param e lanço um olhar de aviso para a mulher das narinas à minha direita.

— Estão proibidos de entrar no palácio do rei Courtlyn, o Quarto — declara o de faixa azul, estocando a lâmina na nossa direção, mas não perto o bastante para que precisemos reagir —, soberano de Deverelli, mestre das trocas, guardião de barganhas, justiça do tribunal e herdeiro de antiguidades.

Quando ele finalmente termina, é difícil manter as sobrancelhas no lugar.

— Que humildão — diz Xaden. — Mal posso esperar para conhecê-lo.

— Pois não vai conhecer. — Faixa Azul dá um passo em frente, a lâmina erguida.

Flexiono as mãos perto das bainhas enquanto a mulher à minha direita vira a lâmina de um lado para o outro entre mim e Tairn, que se aproxima lentamente. A cabeça dele está abaixada, quase rente ao chão, e as asas estão espremidas contra o corpo para proteção. Se eu não fosse a humana dele, provavelmente estaria cagando nas calças.

— Ah, mas a gente vai, sim — responde Xaden, com um suspiro entediado. — Eu estou *mesmo* me esforçando para ser diplomático, já que este é o meu papel aqui, mas vou ser bem claro para que você consiga compreender. O rei de vocês raptou o filho da puta do nosso príncipe, e tem uma parte bem grande de mim que não se importaria nada se ele ficasse por aqui para irritar *vocês* pelo resto da vida infeliz que devem levar, mas isso tornaria as coisas difíceis para alguém que está lá em casa, e por quem... nutro uma lealdade complicada, então preciso que nos devolvam o nosso babaca.

Aaric.

Faixa Azul franze as sobrancelhas, mas não abaixa a lança.

— Agora, no caso — ordena Xaden. — Tenho coisas *muito* mais importantes para fazer hoje à noite.

A mulher à minha direita vira completamente a lança para Tairn e retrai o braço, preparando-se para jogá-la com um grito de batalha.

Puxo uma adaga no mesmo segundo em que Tairn escancara a bocarra e ruge, o som estilhaçando todas as esferas de vidro em um raio de três metros e provocando um zumbido em meus ouvidos.

— *Precisava disso?* — Meu ouvido direito não vai funcionar por um mês.

— *Não, mas eu me diverti.*

A guarda solta a lança e fica parada, tremendo feito vara verde segundos antes de se virar lentamente para nos encarar, os olhos castanhos mais arregalados do que deveria ser fisicamente possível, a pele cor de bronze parecendo pálida.

Inclino a cabeça na direção dela.

— Eles não gostam quando fazem isso.

Estremecendo, ela leva o olhar ao meu e então desaba, sentando-se no chão.

Os braços do Faixa Azul definitivamente estão tremendo, mas ele merece crédito por pelo menos ainda estar segurando a arma.

— Vocês. Não. Vão. Entrar.

— Eu sou Xaden Riorson, duque de Tyrrendor. — Xaden inclina a cabeça. — Ele provavelmente está me esperando.

Faixa Azul pisca, e então dirige o olhar a mim.

— E você é...?

Ô, merda. Abro a boca e...

— Minha consorte — responde Xaden em tom casual. — Violet Sorrengail.

Mas que porra é essa? Fecho a boca com tanta força que meus dentes batem. Quero nossa conexão de volta, e quero neste instante. Ele não pode simplesmente anunciar coisas assim sem termos discutido nada antes.

— *Prefere que eu te deseje congratulações ou pêsames?* — Tairn levanta a cabeça.

— *Ah, cala a boca.*

Embainho a adaga para me impedir de atirá-la na cabeça do homem que amo.

— Neste caso… — Faixa Azul levanta a lança, e os outros imitam o movimento. — Se descartarem as armas aqui, escoltaremos os dois até a mesa.

— Sem chance. — Balanço a cabeça. Esse lugar já me tirou os relâmpagos e minha conexão. Nem Malek em pessoa poderia tirar minhas lâminas de mim sem que eu ofereça resistência.

— Isso aí que ela disse — concorda Xaden.

Faixa Azul balbucia.

— Não acreditamos em armamento…

— A não ser que seja… vocês a carregarem as armas — digo lentamente. — Já viu o tamanho dos dentes deles? — Gesticulo para Tairn e Sgaeyl. — Eles também soltam fogo. Nossas armas deviam ser a menor das preocupações de vocês.

Tairn sopra um aro de fumaça com cheiro de enxofre, e Faixa Azul ergue o queixo, ordenando aos outros que fiquem onde estão, e então começa a guiar Xaden e eu pelo caminho.

Sgaeyl e Tairn nos acompanham até chegarmos à primeira barricada da clareira, duas fileiras de palmeiras grossas que demarcam a entrada formal do palácio externo.

— As criaturas de vocês devem permanecer aqui — exige Faixa Azul.

— Vamos repassar o pedido — responde Xaden.

— *Conseguimos enxergar por cima das árvores* — comenta Tairn.

— *Lembre-se de que a diplomacia ainda é o plano A.*

Estico a mão para segurar a de Xaden e me aproximo mais dele enquanto atravessamos o caminho iluminado pelas esferas, passando pelo que parece ser uma sala de visitas a céu aberto, à esquerda, com diversas poltronas e sofás, além de uma sala de música, à direita, com instrumentos que esperam pelos músicos.

— Não tem parede — comenta Xaden. — Não tem teto. O que eles fazem quando chove?

— Toldos. — Aponto para as vigas de madeira que percorrem as salas, prontas para abrigar seus ocupantes com tecido. — Aliás, *consorte*? — questiono, sussurrando. — Nós não somos casados.

Ele abre uma porra de um *sorrisinho*.

— Pois é, eu também cheguei a reparar nisso. Mas "namorada" não tem o tom *permanente*. Se isso te deixa mais confortável, *consorte* é um termo usado com bastante flexibilidade nos círculos aristocráticos de Navarre. Tenho bastante certeza de que o duque de Calldyr teve quatro consortes diferentes em quatro anos. A designação só cede a você um convite ao palácio, além de conceder a proteção e privilégio do meu título...

— Não preciso da proteção e do privilégio do seu título... — balanço a cabeça enquanto passamos por outra fileira de coqueiros.

— Ai. — Ele leva uma mão ao peito. — Não achei que fosse me rejeitar assim.

Reviro os olhos.

— Agora não é hora pra isso. — As piadinhas deviam ficar pra mais tarde.

— E quando vai ser? — O olhar que ele me lança não deixa a menor sombra de dúvida de que ele está falando sério.

Quase tropeço, e meu coração também dá um sobressalto. Só a ideia de *realmente* passar a eternidade ao lado dele faz meu peito doer com um anseio que não pertence a um possível campo de batalha.

— Quando não estivermos sob ameaça de morte...

— A gente está sob ameaça de morte o tempo todo — responde ele, acariciando minha mão com o dedão.

— É verdade — admito, enquanto passamos pelo chão de pedra, adentrando o salão de jantar do palácio.

O cômodo conta com duas fileiras de oito mesas circulares, cada uma delas contendo dez deverellis em seus melhores trajes ocupando cadeiras sem encosto e trajando uma legião de cores pastel e túnicas e vestidos leves. As toalhas de algodão são bordadas, e cada convidado tem uma variedade extravagante de taças douradas e cálices de cristal. As joias cintilam sob a luz azul suave que emana do centro de cada mesa e das esferas que acompanham o comprimento do salão, iluminando uma fileira de guardas, fazendo as lâminas que carregam reluzirem.

Ao final da câmara a céu aberto, há uma plataforma com uma mesa em U com capacidade para cinco pessoas. Um homem, que presumo ser o rei de Deverelli, está ao centro, revirando uma adaga incrustrada de pedras preciosas nas mãos e encarando Halden do lado direito da mesa, como se ainda não tivesse decidido se vai usar a adaga para atacá-lo ou não.

Não vejo nem sinal da capitã Winshire, mas Tecarus parece que gostaria de estar em qualquer outro lugar que não entre Courtlyn e Halden.

— Cacete — murmura Xaden.

— Ele é... mais novo do que eu pensava — comento baixinho, falando do rei.

Deve ter cerca de quatro décadas, por aí. Courtlyn parece ser apenas alguns anos mais velho do que Xaden e eu. É bonito, com uma pele marrom com subtom dourado, maçãs do rosto salientes e um queixo marcante, olhos castanhos astuciosos e cabelos negros na altura dos ombros, mas a velocidade com que localiza Xaden e eu e nos avalia da cabeça aos pés me deixa inquieta.

Xaden aperta ainda mais a minha mão e se abaixa para roçar os lábios em meu ouvido.

— As sombras aqui não me pertencem. Conheço sua habilidade com uma adaga, e não estou diminuindo sua habilidade de proteger a si mesma, mas, pelo bem da minha sanidade, pode, por favor, ficar ao meu lado enquanto tento livrar Halden da encrenca em que se meteu?

Assinto. Como poderia recusar? Ele não está me pedindo para me esconder atrás dele, e não me deixou com Tairn para me manter segura. Está apenas pedindo para que eu fique por perto.

E, sinceramente, é o único lugar no mundo em que quero estar.

Xaden aperta minha mão uma vez e solta em seguida, libertando nós dois para o caso de precisarmos lutar, e seguimos em frente quando Faixa Azul nos chama, claramente exasperado com a nossa demora.

O rei Courtlyn dispensa o casal à esquerda quando nos aproximamos, escutando o que Tecarus sussurra em seu ouvido, e criados se apressam para substituir os pratos e as taças quando o casal parte.

— Eles não apertam as mãos — digo para Xaden baixinho enquanto percorremos o corredor principal. — Não desperdiçam palavras nem falam com floreios. Só falam com duplo sentido quando é conveniente. Valorizam status, riqueza, conhecimento e segredos: qualquer coisa que sirva de troca. Se não cumprir com a sua palavra uma vez, nunca mais confiarão em você.

— Ser direto. Não mentir. Agir como um babaca rico e mimado. Entendi. — Ele assente.

Fúria brilha no olhar de Halden quando encontra o meu, e finalmente chegamos à última fileira de mesas. Os dedos dele se fecham ao redor de um garfo dourado.

Faço uma súplica silenciosa e sutil para que ele fique na dele, e o príncipe deixa o garfo na mesa, travando a mandíbula em seguida.

— O duque de Tyrrendor — anuncia Faixa Azul bem alto, gesticulando para os quatro degraus à esquerda, que levam à plataforma —, e sua consorte, Violet Sorrensail.

É, chegou perto.

Xaden sobe as escadas primeiro, o olhar percorrendo o chão, as cadeiras, a mesa e até os pratos antes de esticar a mão para trás. É um gesto desnecessário, mas fofo, então eu a aceito e subo atrás dele.

— É Sorrengail — corrige ele.

Eu me acomodo no assento mais distante, e Xaden fica no assento mais perto de Courtlyn, à direita.

— O que foi que você fez? — pergunto a Halden do outro lado da mesa.

— Direta ao ponto, né? — diz Courtlyn, revirando a adaga de pedras preciosas. — Gosto disso.

— O que faz você pensar que eu fiz alguma coisa? — desafia Halden, inclinando-se sobre o prato.

— Seu histórico.

Os criados aparecem atrás dos outros três ocupantes para retirar os pratos.

— Sinto dizer que chegaram tarde para o jantar — anuncia Courtlyn —, mas logo a sobremesa será servida.

— O que foi que você fez, Halden? — repete Xaden por mim.

— Exatamente o que vim fazer aqui. — As bochechas de Halden ficam vermelhas e ele bate com a mão na mesa. — Reestabeleci conexões diplomáticas com Deverelli e pedi a permissão deles para usar a mansão de Tecarus para executar a missão de busca por uma legião de dragões em troca do artefato que ele pediu, e, quando isso não bastou, resolvi oferecer...

— Uma coisa que *não* era sua para oferecer! — Courtlyn passa por cima de Tecarus e enfia a adaga com tudo na mão de Halden.

Puta. Que. Pariu. Caralho. Meu estômago dá um nó.

— *Vossa Majestade!* — estremece Tecarus, empalidecendo.

Abaixo a mão e aperto o joelho de Xaden para impedir que grite da mesma forma que Halden está gritando, encarando a adaga em completo choque.

Xaden fica tenso, mas, como um profissional, continua com a máscara de indiferença entediada.

— Pare de choramingar feito criança. — Courtlyn volta a se sentar e então toma um gole de vinho tinto do cálice de cristal.

Halden ofega, respirando fundo, encarando a própria mão, mas ao menos para de gritar.

— Tire isso, faça uma atadura, receba pontos de um médico e ficará bem dentro de quinze dias — instrui Courtlyn. — O corte está entre seus ossos, na parte macia. Não rompi tendões. Minha mira é muito precisa. — Ele ergue a taça na direção de Halden. — Tem sorte de que respeito Tecarus, porque o que fez aqui é imperdoável.

— Eu decido o que fazer com a minha adaga — Halden consegue dizer, encarando a lâmina de pedras preciosas. Parece antiga, com um cabo de prata e esmeraldas do tamanho das minhas unhas o adornando.

— Não é sua. — Courtlyn balança a cabeça.

— É minha — diz Xaden, e preciso de todo o meu controle para ficar com a expressão neutra. — Ou melhor, deveria ter sido. É a Lâmina de Aretia, confiscada para o cofre real por Reginald durante a Unificação.

— Sim! — Courtlyn vira a taça na direção de Xaden enquanto três criados sobem as escadas ao nosso redor, um de cada lado. — É fascinante que tenha escolhido esse... presente em particular, sabendo que poderia provocar suas emoções. Normalmente, quando se trata de heranças desse tipo, consideraríamos a posse de um item como propriedade, mas, neste caso, Sua Alteza já não tinha cumprido com a própria palavra uma vez, portanto não pude aceitar o acordo. Imagino que descobrir quanto ele vale no mercado de resgates será fascinante, ou talvez eu opte pela clássica rota da chantagem. Certamente o rei Tauri concordará com algumas coisas caso o filho dele permaneça residindo aqui.

— Não pode mantê-lo aqui — argumenta Tecarus.

— E por que não? Não era você que estava me dizendo agora há pouco que queria ficar com aquela ali? — Courtlyn aponta para mim.

— Eu cumpri com a minha palavra! — grunhe Halden, e segura o punho da adaga enquanto os criados depositam um prato coberto no meio de cada um de nós na mesa.

Parece que ficamos todos para a sobremesa.

— Espero que não se importe em esperar um pouquinho — diz Courtlyn, e os criados esperam, as mãos de prontidão para erguer os cloches de cobre. — Minhas meninas acabaram de chegar.

Ele gesticula para o corredor e prendo o fôlego.

Tairn grunhe e Andarna se empertiga, parecendo notar que algo está acontecendo na nossa conexão, a energia dourada se intensifica enquanto três panteras inteiramente brancas caminham em nossa direção. Só vi essa espécie ilustrada em livros, e nunca vi brancas desse tipo. São graciosas, elegantes e muito lindas, e quanto mais perto chegam... mais eu adoraria que voltassem a existir apenas nos livros. As patas são *gigantescas*.

O vento sopra nas árvores às minhas costas; e sinto um arrepio na espinha.

O palácio inteiro fica do lado de fora, e as panteras ficam livres.

Não sinto o menor desejo de me tornar jantar.

— Não são magníficas? — pergunta Courtlyn, o tom maravilhado como o de um pai orgulhoso. — Shira, Shena e Shora. Eu mesmo as criei, desde filhotes. São todas caçadoras cruéis. Todas bastante competentes em identificar um ladrão.

Ele lança um olhar significativo na direção de Halden.

Meu estômago dá mais um nó e meu coração acelera.

— Tire a adaga e embrulhe essa mão *agora* — falo para ele.

Xaden se mexe, como se fosse se levantar da mesa...

Courtlyn ergue a mão.

— Se fizer isso por ele, então não teremos qualquer chance de concluir um acordo. — Ele deixa a taça sobre a mesa. — Preciso saber que consegue honrar sua palavra em um acordo mesmo quando as condições forem desagradáveis, assim como seu pai já provou para mim.

Xaden assente uma vez, o rosto insondável, mas a perna tensa sob minha mão.

Acho que meu pai não foi o único que guardou segredos.

— Agora, Halden! — berro, sem nenhum problema em gritar com o herdeiro.

As panteras já avançaram até a metade do caminho.

Halden arranca a adaga com um sibilo e então a embainha como se fosse *dele*, embrulhando com agilidade a ferida com o guardanapo, revestindo-a da melhor forma que consegue.

— Agora que concluímos isso... — Courtlyn se vira para Xaden. — Presumo que o acordo que veio até aqui fazer seja o mesmo que ele já ofereceu?

Aperto o joelho de Xaden.

— Não posso afirmar, já que não faço ideia do que Halden pediu — diz Xaden. — Mas gostaríamos de reabrir as negociações diplomáticas e obter permissão para usar a mansão do visconde Tecarus como nossa base principal para uma legião que não será composta por mais do que oito dragões e um número semelhante de grifos, para o propósito de buscas, e que também envolveria garantir direitos à caça de vida selvagem para essas criaturas, além de uma promessa de salvaguarda para todos os envolvidos.

Courtlyn revira a taça entre o dedão e o indicador.

— A quem deve lealdade, Vossa Graça? Seu pai era um rebelde. Pelo que ouvi, são farinha do mesmo saco, e, ainda assim, recebeu seu título de volta, então a quem jura lealdade?

Apenas por hábito, estico a mão até o bolso direito da mochila, à procura do conduíte, enquanto as panteras se aproximam da plataforma, dividindo-se para nos cercar. O peso familiar da esfera é reconfortante em minhas mãos e juro que consigo sentir um zumbido, uma elevação rápida de temperatura que sei que é apenas coisa da minha cabeça. Ainda assim, fico mais tranquila.

— Navarre ou Tyrrendor? — pergunta Courtlyn. — Se mentir, essa discussão está acabada. Estamos muito bem sem contato com o Continente.

Xaden inclina a cabeça, examinando o rei.

— A Violet.

Meu coração acelera até o dobro da velocidade normal.

— Minha lealdade é a Violet, primeiro e acima de tudo, acima de *todos* — diz Xaden. — Depois a Tyrrendor. E então Navarre, nos momentos em que se mostra digna... normalmente quando Violet está por lá.

É uma resposta imprudente, considerando o que está em jogo, e agora não é hora disso, mas, cacete, isso me faz amá-lo ainda mais.

— Interessante. — O rei para de girar o vinho na taça.

— Estou presumindo que, com nosso acordo, o comércio volte a ser estabelecido — diz Xaden —, o que seria um benefício mútuo, já que tenho certeza de que ouviu falar que estamos em guerra com os venin. Caso decida se tornar nosso aliado...

— Ah, nós não nos envolvemos com venin, nunca. — Courtlyn balança a cabeça. — A guerra destrói ilhas e acaba com a economia. Dar suprimentos aos que estão em guerra, no entanto... é aí que está o dinheiro. Vamos permanecer neutros em todas as causas, como sempre fizemos. É assim que mantivemos o comércio, o crescimento e o conhecimento para o mundo, não importa qual deus seja cultuado ou qual magia seja possível.

— Mas os venin já estiveram aqui, certo? — Estreito os olhos de leve, notando que agora uma das panteras está empoleirada bem atrás de mim. Eu me inclino para a frente, passando pelo criado que ainda mantém nosso prato encoberto. — Foram derrotados?

Ou será que foram curados?

Courtlyn lança um olhar soturno.

— Sugerir que nossa ilha é fraca e conquistável é uma linha que não vai querer cruzar. Presumir isso é desastroso para uma economia que foi construída sobre o comércio seguro e estável. As pessoas não investem em ilhas instáveis. — Ele estala os dedos.

As panteras pulam na plataforma com uma facilidade que me parece rotineira.

— *Eu não tolerarei que seja devorada por um gato doméstico* — rosna Tairn.

— *Fique aí e faça Sgaeyl ficar com você* — grito através da conexão, e os nós dos meus dedos ficam brancos no conduíte enquanto a pantera se enfia entre Xaden e eu, o pelo macio roçando meu braço.

— Shora é adorável, não concorda? — pergunta Courtlyn para Xaden, um sorriso indulgente nos lábios, e então se vira para Halden, sem esperar por uma resposta. — Espero que não se importe, mas elas estão acostumadas a comer comigo. Vossa Alteza, lembre-se de que Shira merece todo o jantar especial de hoje.

Ele ergue as mãos, as palmas voltadas para cima, e dobra os dedos.

Os criados retiram o cloche de cobre e em seguida se afastam da plataforma.

Ah, deuses, é um pedaço enorme de carne vermelha que deve ter sido retirado da maior vaca que já pisou nesta ilha.

A pantera Shira rosna baixinho, a cauda fazendo um movimento rápido, e não consigo evitar me perguntar se é assim que os cadetes da infantaria se sentiram naquele dia no trabalho de campo quando Baide nos encontrou.

Xaden cobre minha mão e aperta, e volto o olhar para ele, encarando o outro lado da mesa com a expressão pétrea, acompanhando o olhar dele até...

A cabeça da capitã Anna Winshire está no prato entre Halden e Tecarus, os cachos curtos e loiros arruivados inconfundíveis.

Fico boquiaberta. Ah, *Malek*, Courtlyn matou a guarda pessoal de Halden... e decidiu dar de comer para o *gato*.

Acho que vou vomitar.

A bile sobe pela garganta e engulo rapidamente, respirando pelo nariz e soltando o ar pela boca, mas tudo que sinto é o cheiro de carne e sangue.

— Não fique olhando — sussurra Xaden, e desvio o rosto.

— Comam — ordena Courtlyn, e as panteras *pulam*.

As patas pousam na mesa entre nós e uma bocarra gigante se abre, pegando a carne do prato e a arrastando para longe, deixando uma trilha ensanguentada na toalha branca enquanto o animal leva a refeição para a plataforma, depois para o chão.

As outras panteras fazem o mesmo.

Quando olho para Halden, ele encara o prato vazio, completamente estarrecido.

— Não são criaturas lindas? — pergunta Courtlyn.

Pisco para afastar o choque, deixando o conduíte na mesa. A morte e eu somos velhas amigas, e não é como se eu conhecesse Anna de verdade. Mas a audácia é impensável.

— Você matou minha guarda — diz Halden, lentamente.

— Sua *ladra* foi encontrada em meu cofre — rebate Courtlyn —, levando seis tesouros roubados e uma lista de cinco outros que ainda queria obter escritas em *sua* caligrafia.

Meu estômago dá uma cambalhota e encaro Halden.

— Você não fez isso.

— Eram todos itens que pertencem a *nós*! — Ele bate no peito e fica em pé, a cadeira caindo para trás da plataforma. — Não é roubar se são nossas por direito!

Uma veia no pescoço dele salta.

Os guardas se movem na direção da beirada da plataforma, estabelecendo um perímetro ao redor das panteras. Desvencilho a mão da de Xaden e a posiciono na coxa, perto da bainha, por debaixo da toalha de mesa.

— *Tá tudo indo pra merda* — aviso a Tairn. — *Avise Sgaeyl da forma que conseguir.*

Ele grunhe em reconhecimento e as palmeiras oscilam a distância.

— O que era seu por direito? — desafia Courtlyn, a voz se elevando em uma melodia sinistra.

— Qual é a pena por roubo aqui? — sussurra Xaden.

— De uma casa real? — Vasculho meus pensamentos. — Decreto vinte e dois... — Estremeço. — Não, espera, vinte e três. Pena de morte.

Eu estudei um pouco, mas não sou uma especialista legal.

— Halden está sujeito às leis deles?

— O sistema de Deverelli não é igual ao nosso. Os decretos podem contradizer uns aos outros, e Courtlyn é chefe do tribunal, então... — Minhas palavras tropeçam umas nas outras. — Não sei. Talvez.

Minha vontade pode até ser estrangular Halden, mas não posso deixá-lo ser executado aqui por *roubo*.

— Aqueles itens são meus, recebidos como mercadorias por serviços prestados no último século, como bem sabe! — grita Courtlyn, e os convidados recaem em silêncio em suas mesas.

O único som é o das panteras, ainda devorando o jantar.

Espera aí. No último *século*? Relaxo os ombros e minha mente entra em turbilhão, pensando nas palavras que Aaric disse ano passado, quando perguntei a ele se Halden sabia o que estava acontecendo além das fronteiras. *Eu vim parar aqui, não foi?* Aaric tinha deixado implícito que Halden não agiria.

Só que isso é muito pior.

Halden sabia de tudo, e também é a estrela principal deste teatro.

— Você se aproveitou do nosso desespero — acusa Halden. — Aceitou artefatos mágicos inestimáveis sob termos injustos e ainda por cima executa minha guarda pessoal quando tentamos retificar seu roubo descarado com um acordo genuíno? Vá se foder! Não queremos mais fazer negócio com você, com a trapaça de vocês nem com essa desgraça de ilha!

Halden se impele para a frente, empurrando a mesa, que é derrubada no buraco ao centro do arranjo.

Ah. *Merda.*

O olhar de Courtlyn fica gélido, e é como se minhas costelas estivessem prestes a se retorcer para dentro enquanto vejo tudo pelo que trabalhamos desmoronar em questão de segundos. Tecarus dá um pulo para trás e desce as escadas bem rápido. Não o culpo nem um pouco.

Halden fodeu com tudo. O gosto amargo da traição enche minha boca, mas uma raiva metálica e azeda a leva embora no próximo segundo.

— Já chega, Halden! — Xaden fica em pé.

Lentamente, faço o mesmo, monitorando os guardas ao nosso redor, as panteras atrás e aqueles na multidão que esticam as mãos sob as mesas para pegar o que podem ser armas ocultas.

— Ele é um ladrão e está me desonrando na frente da minha corte inteira! — grita Courtlyn para Xaden, mas aponta o dedo para Halden.

— Ele não fala mais por nós. — Xaden tira a mochila do ombro, deixando-a em cima da mesa com um baque metálico. — Se não aceita um acordo com Navarre, então aceite um com Tyrrendor, e vou garantir que as únicas legiões em sua costa serão de cavaleiros aretianos e seus paladinos, que vão agir sob as leis de vocês e respeitar seus costumes. Em troca, para demonstrar minha extrema gratidão pela confiança...

Ele abre a aba da mala e a afasta lentamente, revelando três centímetros de um cabo recoberto de esmeraldas que me faz prender o fôlego. É quase idêntico ao da adaga, e parece coincidência demais.

Meu coração se aperta. Não pode ser. Ele não pode... não vou deixar que faça isso.

— Não. — Agarro a mão de Xaden, impedindo-o de mostrar o resto. — Se for o que estou pensando que é, então de jeito nenhum.

— Vi... — ele balança a cabeça, encarando meus olhos, e sei que não sou a única saudosa pela conexão que normalmente deixa esses momentos mais fáceis para nós dois. — Pode ser o único jeito de forjar uma aliança e salvar aquele babaca.

— Você já sacrificou muita coisa. Pode deixar que cuido disso.

Tiro a mochila pesada dos ombros e a coloco ao lado da dele.

— De jeito nenhum! — grita Halden.

Xaden lança a ele um olhar que diz claramente que ele já está farto das merdas de Halden.

— Só eu tenho autoridade para falar por Navarre! — urra Halden, dando dois passos ameaçadores na direção do rei. — Você não pode fazer um acordo com as províncias, muito menos com o filho de um traidor que chantageou a todos para receber o título de volta. Eu sou a única voz que fala pelo nosso reino!

Ele fecha os punhos e o guardanapo em sua mão fica inundado de escarlate.

Courtlyn suspira, pega a taça e bebe um gole.

— Já cansei dessa conversa fiada e essa comoção está chata demais. Tecarus pode ficar vivo. Matem o restante.

A diplomacia, por vezes, é negociada com mais eficiência sob a ponta de uma espada.

— Diário da capitã Lilith Sorrengail

CAPÍTULO VINTE E SETE

Os guardas se aproximam e tudo imediatamente vira o mais completo caos.

Xaden desembainha as duas espadas e me surpreende muito ao jogar uma delas para Halden do outro lado da mesa, que a pega com a mão esquerda no mesmo instante em que seguro duas das minhas adagas.

Nós *não* vamos morrer hoje.

— Tente não matar ninguém — diz Xaden, no instante em que o primeiro dos guardas corre escada acima entre as panteras. — Para o bem das relações internacionais.

— Diga isso a *ela*. — Olho para a pantera, agradecendo por ainda estar ocupada. — *Vê se não exagera* — aviso a Tairn, esperando que esse não seja meu pedido final a ele. — *Ainda precisamos firmar esse acordo.*

— *Fico ressentido com a insinuação de que tenho tendências melodramáticas* — responde Tairn, mas então ouço um rugido bastante distinto de sacudir os pratos à minha esquerda que faz alguns convidados gritarem.

Xaden se choca contra o guarda com as lâminas e o chuta para fora das escadas com um pontapé bem dado no meio do peito.

Viro o corpo para a esquerda enquanto uma guarda sobe pelo lado da plataforma que não tem as escadas e copio Courtlyn, enfiando a adaga na mão dela e a puxando de volta. A guarda grita, caindo para trás, e, quando eu me levanto, vejo que dois outros guardas fizeram a mesma manobra atrás de nós, preenchendo o espaço entre Xaden e eu.

Ouço ossos sendo esmagados e um corpo cai para longe dos guardas, mas facilmente mais meia dúzia aguarda atrás das panteras.

O guarda mais próximo tem ao menos meio metro e trinta quilos a mais do que eu e, se as cicatrizes nos braços são indício de alguma coisa, são de que ele não é novo nas lutas. Só que ele também não é como Xaden.

Eu o ataco antes que possa assumir uma pose de luta e deixo a memória muscular assumir o controle, meu primeiro corte acerta fundo do lado externo da coxa dele antes de me abaixar e continuar a aproximação, evitando a lança. Não são feitas para combate corpo a corpo, mas sei usá-las.

Ele erra, acertando a mesa e estilhaçando vidro, o que me dá tempo de cortar os tendões atrás do joelho dele com certo pesar. É um ferimento demorado de sarar para um guerreiro, mas não vai matá-lo.

Ele urra, caindo de lado e rolando da plataforma, mas, antes que eu possa me levantar, dor explode em minha nuca e sou erguida para cima… pela porcaria da trança.

Um braço do tamanho de um aríete empurra meu peito contra o prato sangrento entre minha mochila e a de Xaden, e por pouco meu rosto não é arrastado nos estilhaços de vidro. A lança destruiu meu conduíte.

— Os dragões de vocês gritam antes de morrerem, incendiária? — sibila a guarda em meu ouvido, inclinando-se sobre minha mochila. — Eles demoram só uns minutos para morrer depois de vocês? Ou o efeito é mais imediato?

Raiva inunda minhas veias, aquecendo minha pele desde o escalpo, um dilúvio de fúria incandescente.

— Sua ignorância é espantosa.

Graças aos deuses pela minha flexibilidade. Jogo o braço esquerdo para trás das costas e a apunhalo no braço.

Ela grita, endireitando-se, e enfio os pulsos na mesa, usando toda a minha energia para tomar impulso para trás, batendo minha cabeça contra o rosto dela. Sinto ossos sendo esmigalhados e o peso dela desaparece.

Eu me viro e sou recepcionada de chofre por um golpe estarrecedor de cotovelo contra minha maçã do rosto. A pele ali se rompe, meus ouvidos zumbindo, e caio contra a mesa, piscando forte para afastar o borrão enquanto uma mão me agarra pelo pescoço e começa a apertar.

— Violet! — grita Xaden, e com a adaga golpeio o braço que me prende, dando uma joelhada em seguida, com um movimento que deixaria até Mira orgulhosa.

O homem cai e tusso, respirando fundo, sentindo a plataforma tremer.

Ergo a adaga na direção do gigante à minha direita, mas o pomo de uma espada colide com a têmpora do homem primeiro. Ele desaba e Xaden o empurra da plataforma com um chute.

— *Agora chega* — declara Tairn.

— *Ela está dando conta* — argumenta Andarna. — *Ah, bom. Talvez agora sejam muitos.*

— Parem de brincar e acabem logo com isso! — Courtlyn grita de trás de nós. — É a única forma que temos de matar as montarias deles!

Xaden segura meu rosto com a mão livre, aninhando meu queixo e virando minha bochecha na direção da luz azul enquanto uma dúzia de guardas aparece atrás de Courtlyn. Demoro um segundo precioso para ter certeza de que Halden ainda está vivo. Ele está no chão, o peito se mexendo e os olhos fechados... Deve estar inconsciente, mas não vejo sangue.

— Xaden, atrás da gente — aviso enquanto ele examina o ferimento que começa a latejar em meu rosto.

Quando ele não responde, encontro os olhos dele e minha respiração fraqueja.

Já o vi em batalha antes, já vi a fúria gélida que o domina, até mesmo a calmaria mortal. Já testemunhei a transformação do homem em arma, e observei a estratégia sobrepujar a compaixão, exatamente como somos treinados a fazer.

Mas isso... seja lá o que esteja revirando naqueles olhos de ônix, é uma tempestade que nunca presenciei antes. Vai além da fúria, como se a própria Dunne tivesse tomado conta do corpo dele e agora estivesse me encarando através de seu rosto. É Xaden, mas... também não é.

— Xaden? — sussurro. — Não é nada. Tô falando sério. Já sofri mais em treinos.

— Eles acabaram de assinar a própria sentença de morte. — Aquele juramento faz os cabelos na minha nuca arrepiarem, e os guardas cercam a mesa simultaneamente de armas erguidas, obviamente tendo aprendido alguma coisa com o fracasso do último ataque.

Dois contra... doze. *Merda.*

Eu me sobressalto e dou um passo para trás para lutar, mas Xaden passa um braço pela minha cintura e me puxa contra o peito. A espada dele golpeia a mesa e, para minha completa surpresa, ele pressiona um beijo carinhoso em minha testa enquanto um machado...

O metal vai ao chão.

Gritos ressoam ao nosso redor e viro a cabeça para a esquerda, encontrando a mão de Xaden esticada em meio a um movimento retorcido. O som inconfundível de ossos se quebrando vem logo em seguida, e então todos os guardas que nos cercam desabam no chão, as cabeças viradas em ângulos bizarros.

Feixes de sombras quase indistinguíveis se dissipam e a sombra ao redor da minha cintura se vai com uma carícia familiar.

Não, não, *não*.

O silêncio recai sobre o ar úmido, arrebatador, e meu coração choraminga, exigindo alguma outra resposta além da que meu cérebro já sabe, porque só há uma explicação lógica para o que aconteceu... no entanto, nem isso deveria ser possível, já que não há magia por aqui.

Tairn se retesa na união e Andarna estremece. Consigo sentir os dois mais próximos do que deveriam, mas ainda não sinto conexão com Xaden.

— V-v-você... — gagueja Courtlyn. — O que você fez?

Paro de encarar a parede de palmeiras que se sacodem à esquerda e passo os olhos pelos guardas deverellis mortos e pelas panteras, que os investigam alegremente, contemplando depois o que tem para além do peito de Xaden e deparando com a mesma visão do outro lado.

Ele matou todos os doze.

É só porque está configurado em minha memória muscular que consigo guardar as adagas.

Algo cai da mão dele, batendo contra a espada abandonada com um clique metálico. Pego o pequeno objeto por impulso e fecho meus dedos no pedaço de liga metálica do tamanho de uma pedrinha que costumava ficar no centro do meu conduíte. A agonia parte minha alma ao meio, como se fosse possível devolver a Xaden o que ele acabou de perder. Registro a frieza do metal, a falta completa de energia, antes de enfiá-lo de volta no bolso.

— Eles machucaram você — sussurra ele, sem um traço de ressentimento. — Iam matar você.

O motivo não importa. Não agora. Não quando estamos rodeados em uma ilha inimiga, escoltados por cavaleiros que não sabem o que Xaden se tornou e na frente de uma realeza navarriana que ficaria mais do que feliz em vê-lo morto.

O *motivo* é uma questão para depois.

— Violet. — A súplica no sussurro dele me faz retomar o controle mais rápido do que qualquer outra coisa, e levanto a cabeça. Os olhos dele estão fechados enquanto massageia o dorso do nariz.

— Vem aqui — digo, baixinho, erguendo-me até a ponta dos pés e segurando o rosto dele, levando as mãos às têmporas dele para protegê-lo da visão do que acabou de fazer. A cadeira de Courtlyn guincha na plataforma. — Olha só pra mim.

Os olhos de Xaden se abrem. O vermelho circula as íris e consome as lascas douradas que tanto adoro, mas ele ainda é ele mesmo atrás daqueles olhos. Forço meu corpo a não reagir e trago a testa dele até que encoste na minha.

— Eu te amo — digo. — Precisamos tirar você daqui, então precisa confiar em mim. Não se mexa até eu falar que pode.

Ele assente.

— Sente-se. Descanse a cabeça nas mãos e fique ali. — Eu o solto e ele faz exatamente o que pedi, abaixando a cabeça como se estivesse envergonhado pelo que acabou de fazer.

— *Preciso de ajuda* — digo para Tairn e Andarna.

— *Estamos prontos* — responde Tairn.

Graças aos deuses eles nunca saíram da minha cabeça.

— *Andarna, quando chegar a hora, seja gentil.*

Pela primeira vez, nem sequer penso em chamar atenção dela por não ter ficado em casa quando avisamos que era o melhor a ser feito, embora seja bom mesmo que ela esteja com a coleira para o caso de as coisas não darem certo.

— *Seu relâmpago é gentil?* — bufa ela. — *E eu lá fico criticando seu trabalho?*

Courtlyn fica imóvel atrás da mesa, com uma das panteras ao lado dele, o pânico estampado em cada linha do rosto enquanto a corte murmura em tons histéricos e abafados atrás de nós.

— *Preciso que faça Sgaeyl chegar o mais perto possível* — digo para Tairn.

Então, viro o corpo na direção de Courtlyn e lanço um sorriso que espero que pareça arrependido.

— Nossas mais sinceras desculpas, mas, em Navarre, cavaleiros são treinados para matar quando nos atacam, e nos refreamos apenas até certo ponto. Como pode ver, o duque está sentindo certo remorso, mas Vossa Majestade acabou de tentar assassinar dois dos nobres do nosso reino. — Estremeço. — Não é um bom começo para negociações. Que tal começarmos uma segunda rodada? Dessa vez, assumo a liderança.

— Não temos magia aqui. — Os olhos de Courtlyn se arregalam, e o olhar dele percorre a sala como se ainda estivesse decidindo se deveria chamar mais guardas.

— *Cuidado com suas palavras* — avisa Tairn. — *Sgaeyl está aqui. Está apertado demais atrás dessas árvores.*

— E mesmo assim viemos até aqui. Sabia que sou uma dominadora de relâmpagos? — Inclino a cabeça.

Courtlyn engole em seco.

— Tecarus mencionou algo do tipo.

— O que aconteceu? — Halden se senta com um timing impecável, esfregando um galo na testa.

O peito de Courtlyn fica mais ofegante a cada segundo, e observo quando o pânico cresce dentro dele até chegar a um ponto que vai transbordar. Levo a mão até as adagas embainhadas e espero a explosão.

— Shira! — urra ele, surtando antes do que o esperado.

— Violet! — grita Halden, e as costas de Xaden ficam rígidas sob minha mão, mas levando a sério o que prometeu, ele não mexe um músculo.

Eu também não me mexo.

— Não! — grita Courtlyn, os olhos arregalados ao ver algo atrás de mim.

Ele fica boquiaberto e um grupo de deverellis irrompe em gritos angustiados e estridentes.

— Fique onde está e ela continua viva — aviso enquanto as pessoas correm por suas vidas, esvaziando o salão.

— Puta merda — diz Halden, erguendo as sobrancelhas, com o equilíbrio ainda meio incerto ao se levantar.

Olho por cima do ombro e um sorriso lento e orgulhoso toma conta do meu rosto. Andarna está parada com as patas da frente em cima dos guardas, as asas espremidas contra o corpo, o rabo preto chicoteando de um lado para o outro enquanto segura delicadamente Shira entre os quatro dentes da frente, as garras do gato agressivo voltadas para fora para que não cause nenhum estrago interno. Andarna até arreganhou um pouco o focinho para que o felino não tome um banho de saliva de dragão. Tão atenciosa...

— Shira... — grita Courtlyn.

— Sabe, essa é a *minha* menininha. — Eu me viro para Courtlyn com um sorriso, franzindo o nariz. — Criei ela desde filhote... Bom, na verdade foi trabalho de Tairn e Sgaeyl, mas acho que você entendeu o que eu quis dizer. Enfim, Andarna não costuma devorar nossos aliados... É uma lição que os anciões dela ainda estão tentando ensinar, mas sabe como são os adolescentes. Nunca dá para saber se estão a fim de prestar atenção ou não. — Dou de ombros. — Então podemos negociar, e aí entrego para Vossa Majestade o tesouro mais raro deste mundo, deixando Shira ir embora, e garanto que ela só vai precisar de um bom banho. Caso contrário... posso chamar Tairn e Sgaeyl para virem até aqui e aí todos vão poder comer lanche de pantera antes de voarmos de volta para o Continente. A escolha é sua. De qualquer forma, preciso te dar péssimas notícias e avisar que dragões ficam vivos se seus cavaleiros morrem, então se você tivesse conseguido nos matar, teria só deixado nossos dragões irritados *de verdade* antes de botarem fogo em tudo que estivesse no caminho e voar de volta para casa e contar ao Empyriano o que foi feito aqui. Estou disposta a deixar o duque de Tyrrendor partir em um gesto de boa-fé, provando que não tentarão nos atacar outra vez, caso esteja pronto para começar.

O rosto de Courtlyn desmorona, e, pela primeira vez desde que chegamos, ele de fato parece ter a minha idade e a de Xaden.

— Concordo — diz.

— Meu rei! — alguém grita atrás de mim.

— Está tudo bem, Burcet! — Courtlyn grita de volta. — Meu ministro do comércio ficará para as negociações, assim como o tesoureiro e... — ele olha para os outros —, as relações exteriores.

— Como deve ser. — Assinto com a cabeça, e estico a mão para Halden. — Me traga as *duas* armas de Xaden.

Halden afasta a cabeça, ofendido.

— Agora — acrescento, só caso ele ache que estou brincando.

— Excelente jeito de foder as negociações, Riorson. — Ele lança um olhar feio para nós dois e joga as espadas na nossa direção.

O aço recai sobre a mesa com um baque, e eu embainho com destreza as espadas de Xaden nas costas e enfio a adaga na bolsa, junto com a Espada de Tyrrendor.

— Prontinho.

Dou um tapinha nas costas de Xaden e ele fica em pé, de costas para Courtlyn e Halden, e ajeita a mochila sobre os ombros. Mantém a cabeça baixa, mas abre os olhos para me encarar.

— Eu não me arrependo, mas ao mesmo tempo me arrependo.

— Eu te amo. — Seguro o rosto dele e escolho as palavras com cuidado. — Sgaeyl está logo atrás daquelas árvores. Leve as relíquias de volta para Aretia e lide com tudo que precisa fazer pela província. — Minha garganta dá um nó enquanto sustento o olhar dele, relutando contra o instinto físico de lutar ou fugir quando vejo o vermelho. Eu me recupero rapidamente e dou um beijo rápido e forte nele. — Vejo você em Basgiath daqui a uma semana.

— Só uma semana — promete ele, e então se afasta de cabeça baixa, descendo da plataforma e erguendo a cabeça depois que passa por Andarna e caminha na direção das árvores, como o babaca arrogante que é.

Eu me viro outra vez na direção de Courtlyn, notando que os três ministros caminham na nossa direção.

O rei me encara de uma forma que carrega tanto ódio quanto reconhecimento.

— Está nervosa agora que seu *imprudente* partiu?

Pigarreio e o chão treme enquanto Tairn passa *por cima* das árvores, baixando a cabeça para que as toalhas das mesas balancem a cada respiração.

— Olha, não exatamente. Dragões costumam ser bem temperamentais, e a mandíbula de Andarna deve estar ficando cansada, então a gente deveria apressar as coisas, não acha?

Courtlyn assente.

— Gostaria de negociar os mesmos termos que o duque já expôs enquanto eu estava sentada ao lado dele mais cedo, acrescentando que Xaden Riorson deve ser perdoado de qualquer crime do qual puder ser acusado quanto às atividades desta noite, considerando que fomos provocados e atacados por seus guardas e ele tem permissão para voltar para Deverelli como parte de nossa legião a qualquer hora. — Termino com um sorriso.

Courtlyn se atrapalha, e os ministros começam a protestar enquanto caminham na direção da plataforma.

— Ou podemos voltar para casa, eu pergunto ao rei Tauri como ele se sente sobre as ações tomadas na noite de hoje e a gente vê onde as coisas vão dar a partir daí — digo, dando de ombros.

— Aceito os seus termos — diz Courtlyn.

— Excelente. Espero que aceite o citrino como pagamento pela aliança, mas também concordo que o senhor deveria ser compensado pelos crimes do príncipe.

Desafivelo a bolsa e retiro de lá os pedaços duros de metal que trouxe do Continente. Os menores pedaços têm o tamanho da minha palma, e o pedaço maior deve ter facilmente o tamanho de um cão de porte médio. Deixo a base na mesa e os pedaços lá dentro, maravilhada diante da mudança nas cores, que vão do ônix mais escuro no fundo ao prata-claro no topo, cada aro de escamas duras acomodadas em fileiras umas sobre as outras, mas nunca inteiramente separadas, criando uma camada externa lisa sem filamentos e que só se rompe quando o filhote está pronto para chocar.

— Uma casca de ovo de dragão. — Courtlyn diz aquelas palavras arrastando-as, pouco impressionado. — Por mais impressionantes que sejam suas feras, depois que se viu um ovo, já se viu todos.

— Ah, mas este aqui, não.

Ergo um canto da boca e passo um dedo pela parte interna, imaginando-a esperando por centenas de anos, escutando, aguardando. Um arrepio de energia sobe por meu braço e ergo as sobrancelhas com aquela sensação.

— Essa casca é a única desse tipo de que temos notícia — digo. — Pertenceu à única irid do Continente. A sétima raça de dragão. Estamos procurando pelo povo de Andarna.

— Espera que eu acredite… — começa Courtlyn, mas então de repente encara Andarna, maravilhado.

Olho de volta para ela e vejo que, dessa vez, ela escolheu se misturar à vegetação, então fica parecendo que Shira está pendurada no ar, suspensa por um gancho desconhecido.

— Sim — concluo.

— E essa é a casca do ovo dela. — Courtlyn se aproxima mais.

— É, sim. Ela me deu permissão para presenteá-lo com isso. — Empurro a estrutura pesada na direção do rei.

— *Estou começando a babar* — avisa ela.

— *Só mais um pouquinho. Você está indo superbem.*

Courtlyn assente, inspecionando o ovo.

— Sim, sim. — Ele ergue a cabeça. — Mas com uma única condição. Que ele — e aponta o dedo para Halden —, jamais pise nesta ilha outra vez, ou vamos matá-lo.

— Feito.

— Violet! — reclama Halden.

— Feito — repito para Courtlyn.

— Então o acordo está selado. — Courtlyn acena com a cabeça.

— O acordo está selado. — Abaixo a cabeça e Andarna cospe Shira. A pantera sai correndo para longe, levando as irmãs consigo.

— Vai começar por Unnbriel, certo? É a ilha principal mais próxima, afinal. — Courtlyn espera até eu assentir para encarar o ovo de Andarna antes de passar pela mesa, vindo na minha direção. — Se estiver disposta, existe outra troca que posso conseguir intermediar por você.

— Sou toda ouvidos.

Às vezes, quando penso no Parapeito, no próprio ato da Ceifa, fico maravilhado com o fato de os dragões jamais terem ido a Unnbriel. O que chamamos de traiçoeiro é, para eles, brincadeira de criança.

— Unnbriel: Ilha de Dunne, por segundo-tenente Asher Daxton

CAPÍTULO VINTE E OITO

— Você não pode estar falando sério — sussurra Rhi ao meu lado três dias depois, durante a aula de Preparo de Batalha, enquanto a professora Devera questiona os calouros sobre a queda de Vallia, uma cidade de tamanho médio que fica trezentos quilômetros a oeste da Baía de Malek.

Não só os venin estão se movimentando em Krovla outra vez, mas, nos oito dias que passamos fora, os cadetes paladinos de Cygnisen finalmente chegaram. A sala de Preparo de Batalha agora abriga muito além da sua capacidade. Até os degraus estão servindo de assento.

— Ela está falando supersério — responde Ridoc do outro lado de Rhi, abrindo um bocejo gigante.

Eu imediatamente sou contagiada pelo bocejo e o repito, e não consigo esconder com a mão.

Caramba, como estou exausta. Todos os meus músculos ardem e meu estômago não consegue decidir se quer que eu coma tudo ou que coloque tudo pra fora. Estou começando a ficar com a visão duplicada quando me concentro no mapa. Chegamos voando de Athebyne hoje de manhã e fomos recompensados por exceder todos os nossos limites sendo mandados direto para a aula de Preparo de Batalha por ordens do general Aetos. Antes da aula, ao menos consegui guardar os livros do meu pai em meu quarto e conversei brevemente com Imogen para ter certeza de que ela conseguiu manter meu prisioneiro vivo.

— Ele queria trocar o seu… serviço… e o de Xaden… por armas? — pergunta Sawyer, inclinando-se para a frente, à direita de Ridoc e ajustando o topo da prótese. — Achei que Deverelli fosse neutra. Eles nem sequer têm exército.

Xaden. Minha mão fica tensa sobre a caneta enquanto anoto a data de meio de fevereiro no caderno. Quantas vezes ele ainda vai poder escorregar antes que as íris ao redor de seus olhos e as veias nas têmporas fiquem permanentemente vermelhas? Por um segundo, dentro daquele quarto em Deverelli, achei que tinha encontrado uma resposta temporária para impedir o progresso disso, mas, mesmo em uma ilha sem magia, ele não estava protegido.

— *Ou talvez fosse a ilha que não estivesse protegida dele* — comenta Tairn.

Ignoro aquela provocação.

— Dá pra falar mais baixo? — Um paladino do terceiro ano, de cabelo castanho com um brasão de Cygnisen no ombro, gira o corpo e encara Sawyer, e, apesar de odiar a carranca daquele menino, preciso admitir que ele fica bonitinho de óculos.

— Que saco, vira aí pra frente e... — começa Ridoc, mas para de falar de repente para apreciar o paladino. — Uau, *bom dia*, Cygnisen. Já recebeu as boas-vindas oficiais a Basgiath?

Ele abre um sorriso que já vi tantas vezes que sei que na manhã seguinte ele vai estar saindo do quarto de outra pessoa.

O paladino bufa.

— Eu não saio com segundanistas.

— Bom, então vai ficar feliz em saber que eu transo como se fosse um veterano. — Ridoc continua sorrindo. — Ah, e eu também faço parte de um esquadrão de missão, o que só aumenta meu charme.

Aquilo faz com que o paladino o avalie outra vez com um indício de interesse antes de se endireitar na cadeira.

— *Onde* você arruma tanta confiança, Gamlyn? — pergunta Maren à minha esquerda.

Ridoc ri.

— Só precisei sobreviver à Armadilha. Depois disso, aprendi que uma rejeiçãozinha não vai me matar. — Ele se inclina na direção do paladino. — Aliás, terceiranistas geralmente ficam em cima, mas, se você quiser sentar pertinho de mim, tá tudo bem também.

O paladino inclina a cabeça e bate a caneta na escrivaninha.

Abafo o riso e Sawyer balança a cabeça.

— Conta para o Sawyer sobre o exército deverelli — Ridoc me lembra, acomodando-se de volta no assento enquanto um calouro se atrapalha com uma pergunta fácil sobre estratégia de terreno alto.

— Ah, é mesmo. — Bocejo outra vez e abro a porta dos Arquivos para sentir um pouco de poder, na esperança de que me impeça de cair no sono. Preciso admitir que é bom ser *eu* outra vez. — Eles têm, sim, um exército. Só que se chamam de guardas. Então, sim, eles têm armamento para comercializar, só não gostam de divulgar.

— Querer você como arma é esquisito. Eles não têm acesso à magia — diz Cat, à esquerda de Maren. — Você é assustadora quando projeta relâmpagos, Sorrengail, mas sem eles... — Nós todos olhamos para ela, mas Cat dá de ombros. — Que foi? *Todo mundo* pensou a mesma coisa, eu só falei em voz alta.

— Existe alguma coisa mais importante do que o movimento de tropas inimigas rolando aí em cima, cadetes do segundo ano do Esquadrão de Ferro? — questiona Devera, e o salão fica em silêncio.

Sinto o calor subir pelo pescoço e me afundo mais no assento.

— Bom... — Ridoc coça a cabeça. — A Sorrengail meio que ficou responsável por salvar o Continente inteiro neste momento, então talvez...

Rhi tapa a boca dele com a mão.

— De forma alguma. Mil perdões, major.

Devera arqueia uma sobrancelha com ironia e se inclina contra a escrivaninha.

— E como foi a viagem até Deverelli, cadete? Já salvou todos nós?

As jaquetas de couro estalam por todas as direções enquanto os cadetes viram a cabeça para me encarar.

Pigarreio antes de responder.

— Acredito que o príncipe esteja relatando os acontecimentos para a liderança, mas obtivemos um acordo que nos permite acesso diplomático à ilha como um ponto-chave para buscas futuras.

E eu, pessoalmente, garanti o silêncio de Courtlyn sobre o que Xaden fez ao oferecer o meu silêncio como sacrifício, acrescentando um lembrete cuidadoso de que eu não gostaria que nosso novo aliado parecesse *fraco*.

— Então agora podemos dar fim a essa discussão? — pergunta ela, com uma expressão desconfortavelmente parecida com a da minha mãe, e aceno com a cabeça.

— De todas as lojas na ilha de mercadores, ela nos obrigou a visitar justo uma *livraria* — acrescenta Cat com um suspiro exasperado, batendo no caderno com a caneta, e respiro um pouco mais tranquilamente quando a atenção se volta para ela.

— Isso é a cara da nossa Violet. — Devera abre um sorriso. — Já que está tão falante hoje, Sorrengail, por que não nos conta o motivo de uma ofensiva contra Vallia ser tão preocupante?

Ela gesticula para o mapa atrás dela.

Merda, eu realmente deveria ter prestado atenção. Avalio os territórios por alguns segundos, notando algumas bandeiras que antes eram vermelhas e agora tinham ficado cinza, e que a onda vermelha se retirou do norte de Braevick e se movimentou a sudoeste. Isso me dá náuseas.

— Mostra um movimento para o sul — respondo. — Assim que erguemos as égides em Aretia, os venin mudaram a rota, saindo dos territórios conquistados, tipo Pavis, para se concentrarem na fronteira de Poromiel com Navarre no que agora sabemos que era uma ofensiva para atacar os ninhos de Basgiath. O desvio a sudoeste significa uma mudança de estratégia.

Estão a menos de um dia de voo de Cordyn se usarem wyvern, mas há muito chão que ainda não foi drenado se a alimentação é o único objetivo deles. E se esse fosse mesmo o objetivo deles, a movimentação no mapa não pareceria tão premeditada.

— Qual a sua melhor proposta quanto a essa estratégia?

Sinto o estômago embrulhar.

— Eles descobriram, de alguma forma, que as égides de Aretia estão fracas e decidiram assumir posição de ataque para quando elas inevitavelmente caírem.

Um murmúrio se espalha pela sala.

Devera assente.

— Eu também acho isso.

Meu sangue gela. Mas *como*?

***

A semana seguinte passa em um borrão. Nunca precisei trabalhar tanto... nem me preocupar tanto com Xaden.

Ele já deveria ter voltado a essa altura. O Senarium espera que nossa partida para Unnbriel aconteça daqui a uma semana, e estou ficando nervosa. Oito dias deveriam bastar para que os círculos ao redor dos olhos dele desaparecessem, certo?

A não ser que ele tenha progredido para um aprendiz. Afasto aquele pensamento o máximo que consigo.

Quando não estou tendo aula, chegando a quase chamuscar nas montanhas ou congelando durante as manobras de voo, praticando com a besta em miniatura que Maren me deu de presente, trabalhando todos os músculos até o limite com Imogen ou escutando Andarna detalhar exaustivamente os motivos de Tairn ser "O. Pior. Mentor. Do. Mundo", estou lendo os livros do meu pai com os membros do meu esquadrão que têm algum tempo sobrando. Dain e eu levamos duas noites para decodificar as pistas que meu pai deixou nos livros trancados com senha, e, assim que fazemos isso, não posso nem contar para minha irmã, que tirou uma licença pessoal pela primeira vez em toda a carreira.

E quando não estou fazendo nenhuma dessas coisas? Estou no fosso com meu esquadrão, ou para recebermos alguma instrução, ou para me juntar ao resto da Divisão no que rapidamente se tornou nossa atividade favorita: ficar olhando os outros levarem uma surra na esperança de aprender alguma coisa.

Essa tarde, todos os membros do segundo e terceiro anos do nosso esquadrão estão sentados nas fileiras baixas à esquerda do anfiteatro, com um livro de Jesinia no colo enquanto os outros esquadrões da Segunda e da Quarta Asa praticam na nossa frente, sob a tutela do professor Carr, que é o novo professor da vez. Garrick e Bodhi observam tudo lá de baixo, recostados na parede, os dois balançando a cabeça de vez em quando na rara ocasião em que também a erguem dos livros.

Um segundanista sai voando com uma rajada de fogo e todos olhamos para cima quando ele cai de bunda com o cabelo ainda em chamas.

— Sua vez. — Bodhi cutuca Garrick, que sai correndo na direção do tatame. Com um gesto de pulso, as chamas se apagam, desprovidas de oxigênio.

— Está deixando eles chegarem meio perto demais, não acha? — Garrick questiona Carr.

— Ah, agora a coisa vai ficar boa. — Ridoc larga no colo o livro mais censurado do Continente sobre os costumes bélicos de Unnbriel e Sawyer faz o mesmo ao lado.

Sawyer ainda não chegou a nos acompanhar nas manobras de voo, mas fico feliz que esteja mais disposto a comparecer às aulas. Isso é um bom indicativo de que ele está voltando, respeitando o próprio tempo, ou mesmo de que está se acostumando a pensar no assunto.

— Corajoso — concorda Rhi do meu outro lado, marcando com o dedão a página de um livro sobre o padrão de climas nas ilhas.

O professor Carr estreita os olhos na direção de Garrick e cruza os braços.

— Uma cicatriz o faria se lembrar de usar magia um pouco mais rápido na próxima vez. Não é como se ele tivesse morrido.

— O fogo não deveria ter sequer *tocado* nele — argumenta Garrick.

— Fica óbvio que você não tem experiência *em ensino* para saber qual metodologia funciona de verdade — devolve Carr. — Ter amigos poderosos não faz de você um bom instrutor.

Garrick trava a mandíbula e sai do tatame com o segundanista que ainda tem fumaça na cabeça, e o cara volta para o seu esquadrão.

— Ele é um cuzão — comenta Bodhi, e então se inclina contra a parede e volta a ler o livro que foi designado a ele, uma coleção de fábulas antigas de Braevick.

Está procurando por histórias de dominadores das trevas que foram curados por amor ou por seus feitos valorosos ou por dançarem pelados na lua cheia depois de beber veneno de uma serpente rara encontrada na ilha mais distante durante um eclipse lunar, ou... sei lá, alguma coisa.

Qualquer coisa.

Ajusto a capa de couro neutra que esconde o livro de meu pai e releio a passagem sobre o julgamento por combate usado em diferentes níveis para entrar na corte de Unnbriel, e reviro o ombro esquerdo com um gemido. Ficar forçando meu trapézio dolorido também não ajuda na dor que sinto na articulação.

— Você pegou pesado demais com ela ontem — resmunga Garrick para Imogen, pegando de volta o livro que tinha deixado com Bodhi.

Considerando tudo que *nós* estamos lendo, não consigo imaginar a pilha na escrivaninha de Jesinia.

— Ah, vai se foder — murmura Imogen atrás de mim, virando uma página agressivamente.

— Eu estou bem — digo, olhando para os dois de relance e então voltando para a página.

As observações de meu pai sobre a ilha bélica são afiadas, quase clínicas, mas não oferecem aquela perspicácia costumeira. Existe uma diferença marcante entre esse livro, escrito quando ele tinha vinte e três anos e acabado de sair da Divisão dos Escribas, e o manuscrito que deixou para mim no escritório da minha mãe.

Mas quando foi que ele visitou as ilhas? Ou teve tempo de transcrever dicionários rudimentares que rapidamente se tornaram um flagelo na existência de Dain?

— Ela revirou cada uma das articulações pelo menos três vezes nessa última hora. — O tom de Garrick fica incisivo. — Eu diria que isso significa que você precisa pegar...

— Chega. — Imogen vira outra página. — Você não vai descontar a sua frustração com Carr em mim. Se Violet achar que estamos indo longe demais, ela vai me avisar.

Olho por cima do ombro e a vejo com o dedo indicador em riste, sugerindo que Garrick olhe para a frente, enquanto Quinn se inclina sobre o ombro da amiga, lendo um livro que a rainha Maraya nos mandou sobre os venin e os costumes medicinais deles.

Considerando como foi difícil conseguir esses livros, é uma loucura pensar que Garrick provavelmente poderia só *andar* daqui até a biblioteca dela.

Pisco e me inclino para a frente, apoiando os cotovelos na parede bem acima da cabeça de Bodhi.

— Ei, Bodhi? — sussurro, para só nós dois ouvirmos.

— Que foi, Violet? — responde ele, erguendo o olhar.

— Qual o seu segundo sinete? — Abaixo ainda mais a voz.

Ele ergue as sobrancelhas e olha para Garrick.

— Eu não tenho segundo sinete.

— No caso, você tem um segundo sinete do qual eu não posso saber agora, mas que uma hora vou acabar vendo você usar, ou *não tem*, tipo, não tem mesmo?

Ele levanta um canto da boca em um sorriso seco que me lembra muito o primo.

— Eu não tenho mesmo. Igualzinho ao Xaden. Por quê?

— Só curiosidade — confesso. — E também meio que por egoísmo, já que estava torcendo para que você pudesse fazer alguma coisa útil, tipo impedir Halden de abrir a boca.

Só os deuses sabem o que ele vai fazer nas outras ilhas depois do que aconteceu em Deverelli.

— Se eu tivesse um segundo sinete útil, significaria que poderia me juntar a vocês na próxima expedição? — Os olhos dele se iluminam.

— Cuidado aí — diz Garrick, e nós dois olhamos para a frente, na direção de um primeiranista que exibe uma relíquia da rebelião enfrentando Timin Kagiso, o recém-promovido Dirigente de Asa da Segunda Asa. Depois acrescenta: — Vamos tentar não queimar mais ninguém.

Vai entender, mas o sublíder da Segunda Asa também era um dominador de fogo quando Aura morreu.

— Eu cuido disso. — Bodhi apoia o livro que estava lendo no muro e se aproxima um passo do tatame, perto do fim do esquadrão.

— Ainda não estou acreditando que promoveram Stirling a Dirigente de Asa sênior — murmura Sawyer, erguendo o olhar para onde Panchek observa a aula com outros membros da liderança.

— Melhor do que a Iris Drue — comenta Cat enquanto massageia um músculo dolorido no ombro de Trager. — Acho que ela assassinaria todos os paladinos em suas camas se pudesse.

— É verdade — concorda Sawyer, voltando a atenção para os degraus. — Achei que vocês tinham aula de física agora.

Rhi e eu acompanhamos o olhar dele e vemos que Lynx, Baylor, Avalynn, Sloane, Aaric e Kai vêm descendo os degraus a nossa direita. Os primeiranistas chegaram.

— Saímos há dez minutos — responde Sloane, nos percorrendo com o olhar, ou melhor, percorrendo nossos livros. — Viemos ajudar.

— Excelente. — Rhi aponta com o dedão por cima do ombro. — Tem uma fileira vazia atrás dos terceiranistas. Sentem aí e observem.

— Não era disso que eu estava falando. — Sloane cruza os braços e ergue o queixo de uma forma que me lembra muito o irmão mais velho dela. — Você é a responsável pela missão agora, né?

— Isso. — Meu estômago dá um nó.

— Queremos ajudar. — Ela aponta na direção dos livros.

Ridoc balança cabeça.

— O primeiro ano já é bem difícil sem nada além das aulas.

Eu concordava plenamente.

— Está faltando um dragão para formar duplas completas — diz Avalynn, ignorando Ridoc. — Sabe, caso precisem se dividir por algum motivo.

Rhi inclina a cabeça para o lado.

— Números ímpares não me incomodam... — começo a dizer.

— O que Sorrengail é boazinha demais para dizer é que os calouros não vão com a gente — diz Imogen.

— E não vão ajudar — acrescenta Garrick por cima do ombro.

— Ninguém perguntou pra você — desafia Baylor, encarando Garrick com raiva. — Da última vez que verifiquei, somos nós que fazemos parte do Esquadrão de Ferro e você é só um professor substituto.

— Essa briga eu não compraria. — Ergo a sobrancelha na direção de Baylor.

— A não ser que esteja a fim de apanhar — avisa Garrick, com um sorrisinho.

— Ou vocês se sentam ou saem daí — ordena Dain, descendo as escadas.

As olheiras dele me fazem franzir o cenho. Entre decodificar as dicas do meu pai, estudar para as próprias matérias e seus deveres como Dirigente de Asa, ele está lidando com coisas demais, e eu sou um dos motivos principais disso.

— Só estamos tentando ajudar — argumenta Sloane, as bochechas corando um segundo antes de o olhar semicerrado se desviar de Dain.

— Já ajudam bastante ficando vivos — rebate Dain, acomodando-se ao lado de Rhi e pegando o dicionário separado que meu pai fez para

Unnbriel da mochila que tinha nas costas. — Carr me disse que você vem se recusando a treinar seu sinete.

— Você o quê? — Eu me viro para Sloane, fechando o livro.

— Vai ficar assim tão ressentido de perder outro Mairi? — dispara Sloane para Dain.

— A morte dele *sempre* vai ser responsabilidade minha. A sua, não. — O tom de Dain fica mais afiado. — Não fico mais mimando primeiranistas, então vê se treina. Esse. Seu. Sinete.

— Babaca — sussurra ela, e fica ainda mais corada.

Ergo as sobrancelhas ao ver o olhar que ela lança para ele, na maior parte porque não consigo entender se ela quer assassiná-lo ou...

— Porra — murmura Garrick, e nossas cabeças se viram na direção do fosso quando chamas irrompem do Dirigente de Asa Kagiso, indo na direção do primeiranista.

Bodhi dá três passos rápidos e pisa no tatame, girando a mão em seguida, e o fogo morre. Uma discussão imediatamente se inicia com Carr, mas eu a ignoro e me viro para me focar de novo em Sloane.

— Por que não quer treinar? — pergunto a ela.

— Você treinaria se tudo que faz é destruir coisas? — Ela afasta o olhar do fosso. — Matar pessoas?

O poder zumbe pelas minhas veias, quente e insistente.

— Não sei — respondo baixinho. — O que você acha?

Ela olha para Rhi.

— Não olha pra mim. Tô com ela. — Rhiannon balança a cabeça e volta a se concentrar na sessão de mapas do próprio livro.

Os ombros de Sloane se abaixam.

— Eu só quero ajudar de um jeito que não sugue a magia de nada. E duvido muito que ficariam felizes de serem consideradas café-com-leite enquanto os segundanistas do seu esquadrão saem por aí salvando o Continente.

Minhas palavras somem, e Aaric ergue uma única sobrancelha atrás dela, notando meu silêncio.

— Ela tem certa razão — diz Sawyer lentamente enquanto outro primeiranista entra no fosso para enfrentar Kagiso.

— Liam... — começo.

— Fez a escolha dele — Sloane me lembra. — Nós estamos fazendo a nossa. — Cruza os braços. — E ele ia querer que eu ajudasse você a estar o mais preparada possível, mesmo que nenhum de nós possa te acompanhar.

Rhi e eu trocamos olhares e ela assente.

— Tudo bem. — Eu me viro no assento e pego a mochila pesada aos pés de Imogen, vasculhando lá dentro em busca dos textos mais inócuos. — Aqui. — Entrego a pilha para Sloane. — Leiam isso e escrevam um relatório de uma página sobre cada...

— Ah, *puta que me*... — grunhe Kai, pouco atrás.

— Sem reclamações. Vocês disseram que queriam ajudar — interrompe Rhi enquanto Bodhi volta a se recostar no muro.

— E devolvam os livros para mim o mais rápido possível — concluo. — Obrigada.

Sloane distribui os livros e em seguida olha para mim, para Rhi e para Dain antes de subir os degraus com o resto do esquadrão.

Aaric espera um pouco, segurando um livro sobre mitologia.

— Os escribas ainda não liberaram o relatório de missão que fizeram. Foi ruim assim?

Ridoc bufa.

— Aquele cuzão daquele seu irmão...

— Só um segundo — eu o interrompo rapidamente, deixando o livro no assento e passando por Rhi e Dain para chegar perto dos degraus. Abaixo a voz para falar com Aaric: — Halden foi o Halden de sempre. Fez coisas que Halden faria, o que causou ramificações ao estilo Halden, e nenhuma dessas coisas é culpa sua.

Um músculo fica tenso na mandíbula de Aaric e ele aperta o livro ainda mais.

— Alguém morreu por causa dele?

Assinto.

— A guarda dele, a capitã Winshire.

Aaric olha na direção do fosso.

— Ele colocou a missão em risco?

— Não. Halden só conseguiu ser banido de Deverelli, mas consegui fazer o que precisava ser feito.

Só tinha custado a Xaden... *Deuses*, eu nem sei quanto havia custado a ele desta vez.

Aaric assente e me encara outra vez com olhos idênticos aos do irmão, mas com uma expressão neles que não poderia ser mais diferente.

— Está se metendo em algo complicado demais pra você, Violet? — pergunta ele, baixinho.

— Não — respondo, engolindo em seco.

Ele estreita os olhos e assente, seguindo os colegas pelas escadas.

Quando me viro, acabo deparando com os alunos do segundo e terceiro anos engajados em uma discussão acalorada, todos reunidos em torno de Rhi, tão perto que mal a enxergo no centro.

— Acho que deveriam voar de Deverelli até Unnbriel, e depois... — começa Trager.

— *De volta* para Deverelli, e depois Athebyne, e depois para cá? — interrompe Cat. — Você não faz ideia da extensão dessa porra de voo. Depois levaria o dobro dessa jornada até Hedotis e ainda Zehyllna, Loysam e as ilhas menores? De jeito nenhum. — Ela balança a cabeça. — Não. Mesmo usando Deverelli como base, é um desperdício de tempo de voo.

Eu me inclino sobre o ombro de Dain.

— Caralho, como eu odeio quando você está certa... — murmura Dain.

Rhi passa o dedo pelo mapa.

— Temos ventos predominantes a oeste até chegar a essa latitude. — Ela aponta para a costa norte de Deverelli. — Quando chegam aqui, mudam, então toda vez que voltarem para fazer o relatório, vão estar voando contra o vento.

— Os dragões aguentam — comenta Maren baixinho.

— Os grifos, não — conclui Bodhi, olhando por cima do muro junto de Garrick.

— Então basicamente estamos fodidos — comenta Ridoc. — Vai demorar muito mais do que cinco meses para fazer a busca em todas as ilhas.

Repasso os números em minha cabeça. As ilhas maiores não são o problema. As doze menores que margeiam o Mar Cerliano que são o dilema. A última viagem demorou oito dias, e só chegamos a Deverelli.

— Leitura interessante?

Eu me viro na direção da voz e meu coração se sobressalta ao ver Xaden no degrau mais baixo, acalmando-se quando respiro direito pela primeira vez desde que ele foi embora, mais de uma semana atrás.

— Oi — sussurro, examinando cada detalhe em seu rosto antes de nossos olhares se encontrarem.

A parte branca dos olhos estão claras, mas tem algo na cor...

— Oi — responde ele, me encarando da mesma forma que eu o encarei.

— Você parece bem. — Alcanço a conexão e quase derreto em alívio quando sinto os escudos dele cederem para me deixar entrar. O ônix cintilante abraça minha mente em uma onda familiar, e abaixo minhas barreiras. — *A sensação de ter você é ótima também.*

— Eu dormi — responde ele. — *E me sinto estranhamente... bem.* — Ele pigarreia. — *Tem uma coisa estranha naquele quarto.*

— *No quarto de Aretia?* — Apoio a mão no muro áspero para não segurar a jaqueta dele e puxá-lo para mais perto.

Ele baixa o olhar para minha boca e tudo esquenta.

— *Eu costumava amar o quarto, mas agora não consigo mais suportar quando você não está lá.*

— *Senti falta disso.*

Eu me deixo levar pela conexão como se de alguma forma fosse conscguir mc cntcrrar ncla sc cu tcntassc o bastantc, mc cntcrrar ncstc elo de nós dois. Quando se trata de intimidade, isso é até melhor...

— *Do que sexo* — conclui Xaden, e me vejo concordando com a cabeça em vez de dar uma bronca por ele ter lido minhas intenções.

Só que não foram...

Arregalo os olhos. Será que ele esteve treinando o sinete, igual a Ridoc?

— Alguma notícia de casa? — pergunta Bodhi atrás de nós, e dou um pulo.

— Nenhuma, a não ser que você queira escutar que a Casa Riorson precisa de reparos no telhado ou como o Sorrengail mais velho me mandou a maior maleta medicinal que já vi na vida para a próxima expedição. — Xaden encara Garrick atrás do primo. — Só vim buscar o professor Tavis.

Dou um passo para a frente, mas Xaden recua para longe, balançando a cabeça.

— Estamos em Basgiath — diz ele.

É mesmo. Precisamos seguir as regras.

— *Mais tarde?* — pergunto.

Saio do caminho para que Garrick possa subir os degraus, e o sol reflete os fragmentos âmbar nos olhos de Xaden quando ele assente logo antes de partir.

Âmbar.

Não correr atrás dele me exige uma força de vontade pura. Em vez disso, volto a me concentrar na discussão que ainda está acontecendo em torno de Rhi.

— Então é só pular Deverelli e voar direto para lá! — Bodhi aponta para a ilha de Unnbriel.

— Os grifos não conseguem chegar! — grita Cat.

Meu foco vai de uma ilha a outra. Dez dias aqui. Vinte dias para voltar. Uma viagem de um mês quando chegarmos até os limites de Loysam e das ilhas menores. Um sentimento amargo toma posse do meu estômago, que começa a ficar embrulhado. O problema é enviar relatórios para o Senarium entre as viagens. Xaden não tem esse tempo todo, e muito menos as égides de Aretia.

— *O Empyriano vai estar do seu lado, seja lá qual for a sua escolha* — promete Andarna, mas Tairn está quieto, sem dúvida ocupado por finalmente poder falar com Sgaeyl depois do período de silêncio forçado pelo qual passaram.

Precisamos ir, e precisamos ir *agora.*

— Então fodam-se as regras — elevo a voz e todo mundo se cala.

Cat atira um disco de prática em cima do mapa e reconheço a runa que faz o escudo de som que ela temperou nele.

Lanço um olhar grato para ela e encaro os outros.

— Só precisamos pegar os suprimentos e podemos ir. Partimos para Unnbriel como planejado, mas aí... desobedecemos a ordens diretas. Não vamos voar de volta entre as ilhas. Não enviamos relatórios nem voltamos até encontrarmos o povo de Andarna.

Rhi ergue as sobrancelhas de um jeito que nunca a vi fazendo.

— Isso poderia levar um mês.

— Ou até mais, dependendo do clima — sugere Maren.

— Vão expulsar vocês do exército — Sawyer nos lembra. — Acho que é isso mesmo que vocês têm que fazer, mas como vão desobedecer a ordens diretas... — ele inclina a cabeça para o lado. — Mas, até aí, vai ser difícil expulsar um esquadrão que voltar trazendo a sétima raça de volta para o Continente.

— Você está coberto de razão. — Ridoc assente. — A gente ainda precisa levar o Príncipe Pomposo?

— Precisa. — Dain se inclina para a frente, levando os antebraços ao joelho. — Algumas ilhas não vão querer falar conosco sem a presença dele. Hedotis é a primeira delas.

— Isso é... — Bodhi estreita os olhos para mim. — Vem aqui embaixo.

A magia ondula quando atravesso o escudo de som e entro no aro de pedras externo do fosso.

— O que é que tá rolando, Sorrengail? — pergunta ele. — Porque eu sou completamente a favor de quebrar regras, ignorar ordens e foder com o protocolo, mas toda essa pressa...

— Os olhos dele. — Fecho os punhos e abaixo a voz, pouco acima de um sussurro. — Da liga que usou em Deverelli... aquele salpicado no olho de Xaden não voltou a ser dourado. Ainda estão cor de âmbar.

Precisamos encontrar uma cura antes de as pessoas começarem a notar, ou de tudo piorar.

A expressão de Bodhi desmorona.

— Merda — diz ele baixinho, a esperança sumindo do rosto, mas me recuso a deixar que ele roube a minha. — Bom, consegui o que você me pediu.

Ele estica a mão no bolso e me entrega dois frascos, um deles marcado com *S* e o outro com *A*.

Soro e antídoto.

— Posso conseguir mais se quiser — diz ele.

— Obrigada. — Eu os guardo rapidamente antes que mais alguém veja. — Não estou planejando usá-los em...

— Só fico contente que esteja reconhecendo o fato de que pode *precisar* usar — interrompe ele.

— A gente vai encontrar uma cura.

Minha promessa é feita com muito mais certeza do que estou sentindo.

Bodhi espreme os lábios.

— Eu mataria alguém para ir com vocês, mas precisa levar Garrick junto.

Nenhum de nós dois diz em voz alta o que ele deixa implícito.

Leve Garrick para o caso de não encontrar a cura.

Alguém grita no tatame, e nós nos viramos naquela direção ao mesmo tempo.

Kasigo solta mais uma labareda, fazendo com que um segundanista saia correndo aos gritos, mas Carr não intervém enquanto as chamas se aproximam mais e mais da garota morena aterrorizada.

— Ajude-a — sussurro.

— Recebi ordens para não interferir. — Bodhi fica tenso enquanto os gritos dela ficam mais intensos, e ela se abaixa, ficando de quatro.

A próxima explosão de chamas chega a centímetros dela.

— Use seu poder! — grita Carr. — Defenda-se!

A segundanista do Setor Garra espalma as mãos no tatame e *grita*. A cor é drenada em um círculo ao redor de suas mãos, fazendo o tatame ficar cinza.

Puta merda. Meu estômago se revira e encaro, estupefata.

Ela está se transformando na nossa frente. Ou já era um deles esse tempo todo? Xaden teria sentido, não teria? Ele estava aqui *agora há pouco.* Ou será que ela teria sentido? Pego minha adaga.

Gritos e arfadas de surpresa ecoam das arquibancadas atrás de nós.

— Carr! — ordena Panchek.

O professor se move mais rápido do que já vi antes, segurando uma adaga de cabo de liga metálica e perfurando as costas da cadete e mirando direto no coração.

Simples assim. Ela está *morta*. Executada. Sem perguntas, sem chance de ser curada, sem nada.

Bodhi estremece.

— Leve. Garrick.

Em uma cultura que cultua exclusivamente a deusa da guerra, o sangue é o sacrifício ideal, e a covardia, o pecado capital.

— Unnbriel: Ilha de Dunne, por segundo-tenente Asher Daxton

CAPÍTULO VINTE E NOVE

Levamos dez dias para acertar os planos e refinar os detalhes, e o tempo me exaure como as gotas contínuas de água que pingavam na câmara do interrogatório, esgotando até meu último nervo. Compareço a todas as aulas, do jeito como fui instruída a fazer, e pratico meu sinete até meus braços caírem de exaustão, mas não consigo parar de observar os olhos de Xaden caso os pontos voltem a ser dourados sempre que eu o vejo durante Combate de Sinetes.

Eles nunca mudam.

Quando finalmente nos reunimos no campo de voo nas horas enevoadas antes do amanhecer no primeiro sábado de março, minha ansiedade mais parece insetos percorrendo minha pele. Odeio que tenhamos mentido para Halden, dizendo que essa será apenas a viagem até Unnbriel, mas tem uma parte cada vez maior de mim que simplesmente não se importa.

Ele é uma porra de um risco para a missão.

Depois de uma discussão surpreendentemente tranquila com Cat, nosso esquadrão aumentou e agora inclui Trager e Maren; parcialmente devido ao treino médico que Trager recebeu, mas também para podermos nos dividir caso necessário. Considerando o olhar no rosto de Mira enquanto nosso esquadrão se aproxima das fileiras de grifos e dragões que nos aguardam, acho que ela não ficou nada feliz com esse acontecimento. Acho que esqueci de mencionar essa parte na minha carta.

— Onde você esteve? — pergunto, afastando-me do grupo na esperança de conseguir um pouco de privacidade. Eles desaparecem rapidamente no nevoeiro espesso.

— Tirei licença — responde ela. — Enquanto você estava aqui fazendo planos para desobedecer a ordens diretas do Senarium, o que é claro que ia acontecer, já que você é comandante da missão.

Ela olha para a mochila enorme que atualmente está acabando com as minhas costas e depois para a que ela empacotou, aos próprios pés.

— A missiva foi bem inteligente — comenta ela. — Até sutil. As mochilas, nem tanto.

— O fato de que você estava *de licença* é tudo que Panchek me contou quando perguntei como mandar uma carta para você. Você desapareceu. — Estreito os olhos, exalando um sopro de fumaça no ar congelante. — E não dá para diminuir o tamanho da mochila quando precisamos carregar...

— Está preocupada em não conseguir suprimentos o suficiente em Deverelli? — pergunta Halden atrás de mim.

Mira ergue uma sobrancelha, transmitindo um *eu avisei* sem nem sequer mexer a boca.

— Deve estar mais preocupada que você vá foder com as coisas de novo — comenta Xaden, e me viro e o vejo caminhando na nossa direção acompanhado de Garrick, saindo da névoa.

Halden fica rígido.

— Não pode falar comigo dessa forma, Riorson.

— Ah, que ótimo. Estava me perguntando mesmo quando vocês dois iam começar a brigar. — Mira cruza os braços.

— Ou vai fazer o quê? Ser banido de outra ilha? Ficar de castigo no navio de Tecarus? Você já é um peso morto, *Vossa Alteza*. Vai querer também ser uma inconveniência?

Xaden para ao meu lado, mas guarda as mãos para si, exatamente como fez desde que retornou.

— *Tá todo mundo aqui?* — pergunta ele através da nossa conexão.

— *Dain está a caminho.*

— Não vou pedir desculpas por conduzir negócios navarrianos enquanto estava em Deverelli... — começa Halden.

— E que tal pedir desculpas por não ter relatado informações essenciais para a missão para aqueles que são responsáveis pela porra da missão? — retruca Xaden, invadindo o espaço pessoal de Halden, as sombras se encorpam aos pés dele. — Se não fosse por nós, você estaria morto.

Merda.

Lanço um olhar para Garrick, que o devolve como se supostamente fosse eu quem devesse fazer alguma coisa.

— *Deixe que ele mate o príncipe* — sugere Andarna, e ouço a coleira dela sacudir a alguns metros atrás de mim. — *Ele não nos representa bem.*

— *Ele não será um problema* — Tairn nos assegura.

Se ao menos eu tivesse metade da certeza que ele tem.

— Começamos bem, hein? — comenta Drake, indo na direção da fileira de grifos, onde os outros paladinos esperam em meio à neblina pesada. Mal consigo distinguir as silhuetas daqui.

— Saia da minha frente — ordena Halden.

— Deve doer muito o fato de você não poder me obrigar a sair. — Xaden abre um sorrisinho com o canto da boca. — Por que não sobe logo na sua cestinha?

— Vai se foder. — As bochechas de Halden coram, mas ele recua um único passo.

— *Sinceramente, eu não me importo se você matá-lo* — digo para Xaden pela nossa conexão —, *mas* você *vai se importar. Não foi isso que me disse quando eu quase arranquei a cabeça de Cat em Aretia?*

— *Ele vai acabar matando você* — responde Xaden. — *Isso não vai funcionar.*

— *Não vou morrer por causa de Halden.*

Ridoc sai da névoa à minha esquerda e olha para Halden e Xaden logo em seguida, colocando-se de imediato ao meu lado.

— Parece meio com a Ceifa, né? Empolgante. Assustador. A gente sabe o que precisa fazer, mas existe uma chance gigantesca de ser humilhado no caminho.

— Eu não gostei de voar direto até Athebyne — anuncia Halden, em meio à névoa. — Voaremos apenas metade do caminho hoje...

A névoa rodopia com o bater de outro par de asas, e o chão treme quando um dragão aterrissa à esquerda, logo atrás de Ridoc.

Halden fica de queixo caído, cambaleando para trás.

A névoa esconde praticamente tudo, menos a silhueta das garras, até que o dragão abaixe o focinho azul até o chão, soprando na direção de Halden.

Mas que porra Molvic está...

Fico com o estômago embrulhado.

— *Eu disse que o primogênito não seria uma questão* — Tairn me lembra.

— Molvic? — Ridoc se inclina para a frente de leve, como se pudesse ter confundido a cicatriz que atravessa o focinho do Rabo-de-clava-azul.

— Não! — Rolo os ombros para trás e deixo a mochila no chão, passando por Xaden e Halden, correndo para dentro da névoa. — Não faça isso!

Consigo andar dez metros antes de vê-lo andando na nossa direção, acompanhado de Dain.

— Não vou ficar sentado sem fazer nada enquanto Halden acaba matando todos vocês — diz Aaric, puxando a alça da mochila para apertá-la ainda mais.

Pelo amor de Dunne, ele sequer tem uma jaqueta de voo que sirva para uma batalha.

— Você não vai querer isso — eu lembro a ele. — Não deixe que as ações do seu irmão te forcem a nada... — eu viro o corpo, apontando um dedo para Dain. — E você não ouse deixar ele fazer isso!

Dain ergue as mãos, as palmas estendidas contra o peito.

— Como é que agora isso aí é culpa *minha*?

Vasculho meu cérebro por uma resposta.

— Ele é calouro e você é Dirigente de Asa!

Dain esfrega o nariz e leva os dedos aos olhos, esfregando as olheiras.

— Vi, acho que a patente dele é mais alta que a minha.

— Tem certeza de que quer fazer isso? — pergunta Xaden, tão perto que de repente sinto o calor do seu corpo às minhas costas.

— Querer? Não quero. — Aaric balança a cabeça. — Mas preciso. E por mais que a ideia de deixar Halden fazer da *sua* vida um inferno me faça feliz, deixar que ele condene o Continente a morrer pelas mãos dos dominadores das trevas porque não sabe respirar fundo e contar até três quando fica bravo não me deixa nada feliz.

— Por mim, ótimo. — A mão de Xaden roça a base das minhas costas. — Tudo bem por você?

Ele lança um olhar na minha direção.

Observo a postura determinada de Aaric em seus olhos verdes e, por fim, assinto, derrotada.

— Aqui todos têm o direito de fazer as próprias escolhas, então se essa é a sua, vou apoiar você.

Aaric assente e Xaden e eu ficamos ao lado dele junto com Dain, indo na direção dos nossos dragões... e de Halden.

— Parece que não vai mais precisar da cesta, no fim — diz Xaden quando voltamos para onde Mira aguarda com Ridoc, Garrick e Halden. — Arranjamos mais um príncipe para seguir viagem.

O queixo de Halden quase vai ao chão quando o olhar arregalado encontra o do irmão caçula.

— Não fique tão surpreso — diz Aaric, em vez de cumprimentá-lo.

— Não ficar... — Halden balança a cabeça lentamente. — Deixou que a gente percorresse todo o reino procurando em bordéis e casas de aposta por você e estava *aqui* esse tempo todo?

— O fato de que você foi aos *seus* lugares favoritos para *me* procurar é só o primeiro indício de onde as coisas começaram a dar errado — responde Aaric.

— Você é um *cavaleiro*? — grita Halden.

— É o que fica implícito pelo dragão — atesta Ridoc, apontando para Molvic.

— Ele poderia só ter deixado você pensar que tinha morrido — murmura Mira.

— Ele *vai* morrer quando nosso pai souber... — começa Halden.

— Então corre lá pra contar pra ele, porra. — Aaric dá de ombros. — Ou não, também. Foda-se, eu não me importo. Atravessei o Parapeito porque estava exausto de saber que você e o papai não iam fazer *porra nenhuma* quanto aos dominadores das trevas, e não vou ficar parado enquanto você destrói nossa única esperança de conseguir resolver o problema. Vou assumir a missão como representante da coroa.

Halden enrijece.

— De jeito nenhum, Cam.

— Ele agora responde por Aaric, e vai ser o representante da coroa, sim — retruco, recebendo um olhar ameaçador do meu ex, que sequer me incomoda. — Você foi banido de Deverelli e tem o temperamento de uma criança de dois anos nos seus melhores dias, Halden. Aaric é um cavaleiro. Consegue nos acompanhar no ar e no chão, e, considerando que ele fez parte do meu esquadrão nos últimos oito meses, prometo a você que ele sabe manter a cabeça fria quando as coisas começam a dar errado.

Halden se vira para encarar Aaric.

— Foi você que invadiu o cofre real.

— Sim. — Aaric assente.

— O papai *me* culpou por isso. — Halden dá um passo para a frente e uma pontada de culpa pinica minha nuca, já que nosso passado é provavelmente o motivo provável para ele ter levado a culpa. — Você ficou em Basgiath? Ou voou com os rebeldes?

— Você já sabe a resposta — responde Aaric.

Halden fica tão vermelho quanto Sliseag.

— Volte para a Divisão. Eu vou ser o único representante...

— Boa sorte aí fazendo um grifo carregar sua cesta de novo — diz Aaric, e então vai na direção de Molvic sem dizer mais nada.

— Uau, que reuniãozinha mais constrangedora... — Ridoc ergue as sobrancelhas.

— Tenho certeza de que sabe como sair do campo de voo — Xaden diz para Halden, mas o olhar do príncipe continua fixo nas garras do dragão azul.

— Violet. — Halden abaixa a voz, e lentamente olha para mim. A súplica que vejo nos olhos dele perfura meu peito.

— Não vou deixar nada acontecer com ele — prometo.

Halden assente uma única vez.

— Vou me lembrar disso. — Ele olha para cada um de nós, e a promessa se transforma em uma ameaça. — Isso vale para todos vocês.

***

Passamos um dia em Athebyne e outro em Cordyn, descansando os grifos entre os trechos da viagem. Estão menos cansados sem as cestas, mas, sem a magia para aumentar a própria força, são necessários dois dias de descanso em Deverelli antes de continuarmos nossa jornada.

O segundo dia convence Mira do que ela já imaginara em nossa primeira viagem: algumas runas funcionam longe do Continente. Agora precisamos descobrir quais são, e também o *porquê*. Todos recebemos um punhado de discos de quartzo multicoloridos para testar. Fico grata por não ficar queimada com o sol (embora não consiga determinar se é o disco de ametista ou a mesma runa que está em uma das adagas que Xaden me deu no ano passado), mas também muito irritada porque runas são o único assunto sobre o qual Mira está disposta a conversar comigo.

A costa sudoeste de Deverelli desaparece nas horas matinais durante o oitavo dia de viagem, e a cor da água muda de turquesa para um azul meia-noite quando sobrevoamos o mar aberto.

E isto é tudo que vejo no horizonte: água.

Não fosse pelos navios lá embaixo fazendo suas próprias jornadas, eu ficaria mais apreensiva por voar na direção do nada.

— *Poupe seus nervos para quando chegarmos em Unnbriel daqui a nove horas* — Tairn me diz. — *E poupe os* seus *para quando o vento mudar de direção* — instrui para Andarna, que está presa na coleira abaixo.

Deuses, espero que os mapas que meu pai incluiu sejam precisos. Os dragões não são como barcos. Não podem só ficar flutuando se cansarem, e, com mais nove horas de viagem, nosso voo terá duração de doze.

Grifos não gostam de nada acima de oito horas.

As correntes de ar mudam por volta do meio-dia, fornecendo um vento favorável enquanto as nuvens se dissipam, e Andarna aproveita um pouco de liberdade sem estar presa a Tairn, voando ao lado dele. As batidas da asa dela são fortes, mas a diferença na asa esquerda é bem mais visível sem que a magia a fortaleça. A cada batida, ela precisa esticar os tendões para garantir a extensão máxima, e não demora muito para começar a voar torta.

A preocupação faz minha garganta secar quando Andarna é pega por um sopro de vento, mas fico de boca fechada enquanto ela volta para a formação.

— *Não perca altitude* — avisa Tairn. — *Não sabemos quais armas os navios mercantes têm lá embaixo.*

— *Você não se cansa de ouvir a própria voz?* — questiona ela, voando um pouco mais perto de Sgaeyl.

— *Nunca* — ele assegura a ela.

Sem nada para fazer nas próximas oito horas a não ser me segurar, fico ouvindo enquanto Tairn recita a história de sua raça do primeiro de sua linhagem até Thareux, o primeiro dragão preto a se unir com sucesso durante a Grande Guerra, e então ele para.

Aparentemente, a história não vale mais a pena ser contada depois que humanos entram nela.

O sol já está no ângulo do entardecer quando Tairn finalmente avista a terra.

— *Trinta minutos!* — anuncia ele para Andarna e eu, e então solta um rugido que faz meus dentes vibrarem para alertar os outros.

Eu me viro na sela para verificar nossa formação. Todos estão onde deveriam estar, exceto Kiralair, que está ficando para trás em sua posição protegida no centro, quase colidindo com o focinho de Aotrom.

— *Bem a tempo* — comento. — *Kiralair está fraca.*

— *Mas precisávamos trazer grifos, mesmo... claro* — resmunga Tairn enquanto me viro outra vez para a frente e vejo a encosta cheia de morros.

O mar se transforma de azul-escuro em um verde azulado cheio de espuma que se choca nas praias cor de creme do que parece ser uma cidade portuária alguns quilômetros à frente.

— *Aquela deve ser Soneram* — digo.

Definitivamente encontramos a ilha de Dunne. Consigo distinguir as muralhas defensivas em camadas de onde estou (incluindo as bestas), e elas não mudaram muito do que meu pai tinha detalhado em seus desenhos.

— *Vamos evitar virar espetinho, certo?* — pergunto para Tairn.

Tairn bufa e se impele à frente dos outros, guinando para a direita e levando nossa formação pela costa nordeste, passando longe da cidade portuária.

Bloqueio o sol da tarde com uma mão na testa e avalio a costa, notando o fim das muralhas.

— *Tem outra cidade a uns cinco quilômetros e depois mais nenhuma pelos próximos sessenta.*

Isso é, se não tiverem expandido nada nesses últimos trinta e poucos anos desde que meu pai escreveu o livro.

Passamos pela cidade e suas fortificações substanciais, e, depois de viajar por dez minutos sem ver nenhuma habitação, Tairn se volta para o interior da ilha, saindo da formação e voando na frente dos outros.

— *Fique com Sgaeyl* — ordena para Andarna.

Andarna bufa, irritada.

— *Lembre-se do plano* — eu digo para ela.

— *Eu detesto esse plano* — responde ela.

As praias são mais cheias de pedregulhos aqui, a faixa estreita de areia preenchida por rochas antes de se transformar nos morros de vegetação densa que se estendem até onde a vista alcança.

Tudo é do mesmo tom desbotado de verde, igual a Deverelli.

— *Aquela* — diz Tairn, localizando uma clareira adequadamente grande na metade de um morro a alguns quilômetros da costa, e, depois de fazer uma avaliação do perímetro, finalmente aterrissamos no meio de uma pradaria.

Pássaros levantam voo das árvores em um turbilhão de cores, fugindo rapidamente.

Um ronco baixo ressoa através de Tairn, não poderoso o bastante para ser considerado um rosnado, mas definitivamente alto o suficiente para avisar qualquer coisa que estivesse nos considerando como jantar de que não seremos presa fácil enquanto ele gira o corpo lentamente, avaliando a copa das árvores e passando a cauda pela grama que vai até a altura da minha cintura.

— *Vai servir* — declara, assim que termina de dar uma volta completa.

Momentos depois, o restante aparece acima, Sgaeyl na liderança da formação. As asas dela lançam sombras sobre a clareira momentaneamente, estendendo-se para diminuir a velocidade antes de pousarem ao nosso redor.

O chão estremece com o impacto, Andarna à nossa direita e Sgaeyl à esquerda. Teine, Aotrom, Cath, Chradh e Molvic aterrissam atrás de nós, e os grifos preenchem os espaços formando um círculo grande.

Todos os dentes e garras estão voltados na direção das árvores.

— *Ouviu isso?* — Tairn abaixa a cabeça, andando em frente.

A selva à nossa frente está estranhamente silenciosa.

— *Os animais aqui reconhecem vocês como predadores. Isso é certeza.*

— *Ótimo.*

Ele abaixa o ombro e começo o processo de desmontar, deixando tudo exceto pelos essenciais amarrados no assento da minha sela.

Todos se despem até ficarem apenas com uma camada de roupa (no meu caso, a armadura) para se ajustar ao calor e umidade sufocante que se compara a Deverelli, e então rapidamente garantimos a segurança do nosso local e encontramos um riacho de água fresca. Cat e Trager, então, vão para a floresta caçar enquanto metade da legião deslancha para fazer o mesmo.

— Estamos sozinhos agora, mas não por muito tempo — diz Mira enquanto Teine segue Tairn e Aotrom nos céus. — Alguém vai acabar vendo eles.

— Que bom. Assim que Aaric se encontrar com a rainha, poderemos seguir em frente. — Passo a mão pela grama pálida da campina e escolho uma pedra para fazer um fosso para a fogueira. — A chance de conseguirmos uma aliança aqui é quase nula. Considerando a dor que a legião sente por ficar longe da magia, duvido que a raça de Andarna tenha se estabelecido por aqui.

— E se tiverem aprendido a viver sem magia? — pergunta Mira, rodando um bracelete do que parece ser turmalina negra no pulso, observando Ridoc e Garrick acenderem o fogo enquanto Dain esculpe um espeto de cozinha com a ajuda de Maren e Aaric.

— Não sei se isso é possível — confesso baixinho, meu olhar fixo no bracelete. Algo nos nós que seguram as contas metálicas faz meu cérebro coçar, e juro que consigo sentir cheiro de pergaminho por um segundo antes de desviar o olhar. — Tairn não me deu muitos detalhes de como isso afeta a longevidade dos dragões.

— E ele e Sgaeyl estão tendo algum drama de consorte? — Mira escolhe uma pedra.

— Não que eu saiba. Por quê? — Começamos a voltar para o centro da clareira.

— Eles não caçaram juntos a viagem inteira. — Ela coloca a pedra embaixo do braço e escolhe outra.

Lanço um olhar para o outro lado da clareira, onde Xaden patrulha com Drake perto de Sgaeyl e Andarna.

— Eles acham que um deles devia estar sempre com o grupo — digo. É o mais perto da verdade que posso contar para ela.

Ela olha para mim como se estivesse conseguindo me enxergar através da meia verdade que contei.

Hora de mudar de assunto.

— Para onde você foi quando tirou licença? — pergunto.

Ela comprime a boca como se estivesse decidindo.

— Fui ver a vovó.

— Você voou até Deaconshire?

Nossa, que escolha, hein?

— Acha que eu tirei uma licença pessoal para visitar um cemitério? — Ela me encara com olhar irritado.

Minhas sobrancelhas tentam ao seu máximo chegar na linha capilar.

— Você foi visitar a vovó *Niara*? — concluo, em um sussurro.

Mira revira os olhos.

— Você não precisa cochichar. Nossos pais não vão ouvir.

Fico tentada a olhar os arredores só por garantia.

— Ela parou de falar com a mamãe e o papai... — balanço a cabeça. — Sei lá, deve ter sido antes de eu nascer, porque nem me lembro dela. Teve alguma coisa a ver com o papai escolher se casar com a mamãe, certo?

Mira balança a cabeça.

— Você era pequena — diz ela. — Foi na época que seu cabelo começou a crescer a ponto de dar pra fazer um rabo. — Ela abre um sorriso com a memória, que logo desaparece. — E não foi a vovó Niara que encerrou as comunicações. Aparentemente, foi o contrário.

— Você sabe o que aconteceu, não é?

A inveja me faz sentir uma pontada. Mamãe e papai *nunca* falavam da família dele. Será que era daí que tinha vindo o bracelete? Uma herança?

— Você deveria ir para Luceras. — Ela olha para mim com uma combinação estranha de preocupação e apreensão, espremendo os lábios. — Falar com ela pessoalmente.

— Com toda essa longa licença que vou ter pra tirar antes da graduação?

— É, você tem razão. — Ela avalia a campina à procura de uma outra pedra.

Eu tenho razão, mas não o bastante para ela me contar. Tudo bem. Se o último ano me ensinou algo, é que todos nós temos direito aos nossos segredos. Só que a família é *minha* também.

— Trouxe os livros do papai, se você quiser ler — ofereço outra mudança de assunto, voltando a procurar pedras para colocar em volta da fogueira. O chão é firme sob nossos pés, então ao menos não vamos precisar dormir na lama.

Mira franze o cenho.

— Na maior parte são sobre costumes — digo. — Mas ele dedicou um capítulo inteiro de cada livro à flora e fauna únicas encontradas em cada ilha. São bem minuciosos.

Também fico com a testa franzida. Estou tagarelando, mas não consigo evitar tentar encontrar *algo* que diminua o espaço que sinto que só aumenta entre nós duas.

— A vovó Niara falou sobre como ele tinha tempo de estudar coisas tipo os padrões migratórios das andorinhas e passaréris? Ou das mariposas fallorínias? Ele passou três páginas falando sobre plantar raiz-breeson acompanhada de erva-kellen, daí depois começou a versar sobre frutas de zakia e sobre como, pelo fato de os pássaros terem demorado muito para migrar para Hedotis, elas ficaram maduras demais, o que fez o bando cair morto, com o bico amarelo manchado de azul.

— Valeu, mas não quero ler não. Parece horrível. — Ela se retesa e se move de modo que ambas as pedras fiquem em seus braços.

Seguro minha pedra.

— A vovó Niara sabia que ele estudou sobre as ilhas?

Ela abre a boca e depois desvia o olhar.

— Sabia. E ele deixou os livros só pra você, lembra disso? Eu não preciso saber nada de migração de pássaros ou mariposas.

— Mira...

Cacete. Ela aperta o passo, me deixando para trás, e suspiro.

— *Que coisa mais embaraçosa de se escutar. Será que é possível que você consiga deixar as coisas ainda mais constrangedoras?* — ralha Andarna.

— *Ah, vai caçar alguma coisa, vai.*

Arrumamos o acampamento, de olho na floresta o tempo todo, cozinhamos as lebres que Trager e Cat caçaram, colocamos os sacos de dormir ao redor do fogo e distribuímos turnos de vigia antes de ir dormir, rodeados por dois dragões e dois grifos o tempo todo enquanto os outros acompanham seus cavaleiros e paladinos nos turnos de vigia.

Fico no primeiro turno com Maren e Drake, que tem um senso de humor tão sarcástico quanto Ridoc.

Xaden fica com o segundo turno, com Mira e Garrick.

As estrelas estão brilhando quando Xaden finalmente entra embaixo dos cobertores, completamente vestido, até com as botas, assim como eu. Passa um braço pela minha cintura e me aperta junto ao peito. Sorrio, meio dormindo, e me aninho ainda mais. A madeira estala, e abro os olhos no susto, vendo que Dain só jogou outro graveto na fogueira, alimentando a chama.

— Alguma coisa? — sussurro.

— Ainda não — diz Xaden em meu ouvido, curvando o corpo ao redor do meu, e qualquer friagem que talvez tenha sentido em patrulha rapidamente fica aquecida. — Eles precisam ir.

Assinto e luto contra o pavor que se acomoda em minha barriga. Servir de isca é uma sensação parecida com tomar leite azedo.

Ele pressiona um beijo no meu ouvido e depois a respiração fica mais estável atrás de mim.

— *Espere o sol nascer* — digo para Tairn, voltando a adormecer. — *Ele precisa do máximo de descanso que puder.*

Em Unnbriel, tudo se decide por combate, e ele é o melhor de nós.

Tairn grunhe, assentindo.

***

— *Acorde!* — grita Tairn, no que parece ser um instante depois, e abro os olhos para avistar uma linha rosada e laranja cobrindo o horizonte.

Respiro fundo, sobressaltada, e a mão de Xaden se espalma em meu quadril, segurando-me no lugar. A grama farfalha ritmada atrás de nós, e meu coração começa a bater forte. Agora seria uma ótima hora para acessar a conexão que compartilhamos. Minha mão direita se fecha no cobertor que nos cobre e a mão de Xaden vai até a minha bainha na coxa.

— Foi um erro terem vindo até aqui — diz um homem no idioma comum, a voz baixa enquanto se inclina sobre nós. — A magia de vocês não vai ajudar em nada aqui, cuspidores de fogo.

Afasto os cobertores e Xaden puxa minha adaga, levando-a até a garganta do homem em um único movimento coordenado.

Os olhos castanhos do homem se arregalam e pego outra adaga, avaliando a armadura de couro, analisando os lugares vulneráveis no cotovelo e sob os braços. Foi tingida do mesmo tom desbotado de verde das folhas das árvores, e um emblema de duas espadas cruzadas sobre uma ferradura estampa a placa no peitoral.

— Tudo bem. — Xaden se senta lentamente, mantendo a lâmina na base do pescoço do soldado enquanto ele recua. — A gente trouxe armas.

É insensato favorecer um deus acima dos outros. Melhor rejeitar todos eles do que mostrar favoritismo em um panteão prodigioso e invejoso.

— O guia para agradar aos deuses, por Major Rorilee, Segunda Edição

CAPÍTULO TRINTA

Segurando duas adagas, paro ao lado de Xaden enquanto o soldado se afasta, juntando-se ao que parecem ser ao menos duas dúzias de colegas a cavalo, todos levando espadas no quadril esquerdo ou adagas embainhadas no braço direito.

Outros cinco se afastam dos colchonetes dos nossos membros de esquadrão da mesma forma, e todo mundo que não estava no terceiro turno se levanta armado da cabeça aos pés. Parece que enviaram um pelotão inteiro para nos cumprimentar, e estão todos exibindo variações do mesmo sorriso sanguinolento.

— *Duas companhias de cavalaria completas espreitam além dos montes* — informa Tairn, e olho rapidamente pelo campo, identificando diversos pares de olhos dourados entre as árvores mais altas.

— *Queria provar um cavalo unnbrielino* — comenta Andarna.

— *Não* — Tairn e eu respondemos em uníssono.

Andarna suspira em nossa conexão.

— *Um dia, vou parar de pedir com carinho.*

— Saiam da nossa ilha e levem seus cuspidores de fogo com vocês — avisa o soldado enquanto os outros voltam para a fileira diante da cavalaria montada.

— Duas companhias nos montes — sussurro para Xaden, tomando cuidado para mexer minha boca o mínimo possível.

— Faremos isso em breve — diz Xaden ao soldado, roçando o dorso da mão contra a minha.

Eles são todos tão... idênticos. Todos os soldados na nossa frente, independentemente do gênero, têm quase a mesma altura, perto de um metro e oitenta, e o mesmo corpo musculoso e cabelo cortado rente à cabeça. Todos usam o mesmo emblema no uniforme, embora eu imagine que as insígnias diferentes na base do pescoço sirvam para identificar as patentes.

— Falam o idioma comum? — Dain surge à minha direita com Mira, e nosso esquadrão encara o pelotão, mantendo uma distância cordial de três metros entre nossas forças.

— Meu conhecimento do idioma de vocês é o motivo para eu ter sido selecionado para comandar essa missão — responde o líder, um capitão, sem tirar os olhos de Xaden.

— Adoro desperdiçar tempo — murmura Dain, enfiando o pequeno livreto que reconheço como o compêndio do idioma de Unnbriel no bolso da jaqueta de voo.

O soldado loiro e de queixo marcante diretamente à minha frente me avalia da cabeça aos pés, observando as adagas em minha mão e as outras embainhadas nas coxas.

— Estamos requisitando oficialmente uma audiência com a rainha de vocês. — Xaden dá um passo em frente, a mão ainda segurando minha adaga.

— Requisição negada — responde o capitão. — Ela não se encontra com indignos de sua presença, e, considerando a facilidade com que chegamos ao acampamento de vocês, é provável que o valor que têm seja... — ele avalia nossa fileira e bufa depois de avaliar minha altura. — Mínimo.

Ah, vá se foder.

Os galhos tremem enquanto os dragões e grifos saem do meio das árvores ao nosso redor, cercando o pelotão.

— Nós *deixamos* que fosse fácil, capitão. — Inclino a cabeça de lado e viro a adaga para segurá-la pela ponta enquanto Tairn rosna atrás de mim, um rosnado baixo e malvado. *Bem do jeitinho que eu gosto.* — Fiquem tranquilos, nós também podemos dificultar as coisas.

Para ser justa com eles, o pelotão não sai correndo aos gritos, mas uma mancha escura se esparrama na calça de couro verde do soldado loiro que me encarava de olhos arregalados. Ele definitivamente teria corrido para longe depois do Parapeito.

— Não se preocupe — digo, com um sorriso rápido. — É uma reação bem comum.

Porém, aquilo faz com que meu coração fique pesado.

— *Nunca viram nenhum dragão* — digo.

— *O que significa que minha família não está nesta ilha* — percebe Andarna, a frustração invadindo o elo e me pinicando como mil agulhas.

Endireito os ombros, tentando afastar a sensação. A última coisa de que preciso é um soldado morto e a chance de uma aliança indo pelos ares.

— *Por favor, tome cuidado com seus sentimentos* — digo. — *Não consigo erguer um escudo aqui.*

O soldado volta o olhar para o meu e o estreita, dizendo algo que não entendo por completo, mas definitivamente entendo as palavras *fraca* e *menor*. Viro a adaga outra vez, segurando-a pelo cabo.

— Ele não acha que você... — Dain balança a cabeça. — Ah, quer saber? Dane-se.

Ele mostra o dedo do meio para o soldado.

— Queimar nosso pelotão não vai conceder a vocês uma audiência com nossa rainha. — O capitão ergue o queixo.

— Não mesmo, mas derrotar seu melhor soldado em combate nos garante uma entrada para a corte com a patente do oponente derrotado — retruca Xaden, inclinando a cabeça para o lado e abrindo um sorrisinho.

O sorriso desaparece do rosto do capitão.

— Você conhece nossas leis.

— Ela conhece. — Xaden gesticula na minha direção. — Eu estou só acompanhando. Já que já coloquei minha lâmina no seu pescoço, acho que seria justo que nos encaminhasse para a pessoa mais importante acima de você.

O capitão se vira lentamente, o olhar passando por cima de nossas cabeças, e Tairn rosna.

— Os cuspidores de fogo ficam aqui.

Sgaeyl dá o bote à esquerda e fecha os dentes perto o bastante de uma soldada para o cabelo da mulher virar para o outro lado enquanto ela ofega.

— Ela disse que nem fodendo — responde Xaden ao capitão, que olha na direção de Sgaeyl sem fazer contato visual.

— Só metade poderá nos acompanhar. Escolham as pessoas com sabedoria. Essa será nossa última oferta.

Xaden assente, virando-se na nossa direção e entregando a espada para Garrick.

— Quem você quer levar? — ele pergunta para mim.

— Eu? — Pestanejo, aturdida.

— A missão é sua — responde ele.

Cacete. Respiro fundo e olho para além de Dain, na direção de Mira.

— Xaden para o desafio. Aaric para falar por Navarre e Cat por Poromiel...

Minha garganta se fecha em um nó, percebendo que só posso escolher mais dois.

Mira assente.

— Ótimas escolhas. Não enrola.

— Dain e eu — completo.

O que deixa nosso segundo lutador mais forte para trás, além da minha irmã.

— *Aetos*? — pergunta Garrick.

— Não questione as ordens dela — avisa Xaden em um tom que deixa Garrick rígido.

— O capitão disse que foi selecionado para a missão porque fala a nossa língua, então não podemos presumir que seja uma coisa comum — explico. — Consigo entender algumas poucas palavras, mas passei meu tempo aprendendo hedótico, e Dain ficou com o resto.

Garrick trava a mandíbula, mas assente.

— *Deixa eu adivinhar... fico por aqui, né?* — comenta Andarna, sarcástica.

— *Está aprendendo* — responde Tairn.

Ergo o olhar para Mira, mas não encontro nenhum julgamento ali.

— Se não tivermos voltado até o entardecer, podem queimar tudo.

***

Eistol, a capital de Unnbriel, fica a menos de vinte minutos de voo para dentro da ilha, mas a cavalaria precisa de duas horas para atravessar o terreno íngreme e passar pela cumeeira até chegarmos à cidade altamente fortificada.

A cidade em si me faz repensar a ideia de ter trazido Tairn. Eistol domina o interior, e se assoma sobre o maior morro por quilômetros. Foi construída como uma série de círculos escalonados em diversos tons de pedra, mas os telhados desses terraços circulares são de um azul-claro e uniforme. Cada um deles é cercado por uma muralha grossa o bastante para sustentar o peso de Tairn, e o terraço mais abaixo tem ao menos uma dúzia de bestas. Os oito terraços acima possuem menos armas, mas números proporcionais, e, diferentemente de Deverelli, podem ser rotacionados em qualquer direção.

Este lugar foi construído para lutar contra dragões, mesmo que eles nunca tenham nem *estado* aqui.

— *Não gosto de você chegando tão perto assim das bestas* — digo através da nossa conexão, avaliando o pelotão da cavalaria enquanto passam em fileira única pelos portões de metal de cada círculo.

Basta uma única ordem e a cidade se torna impossível de ser invadida a pé... ou de ser evadida.

— *E eu desgosto da sua escolha de consortes, mas também tenho que engolir* — responde Tairn enquanto nos aproximamos da cidade a centenas de metros acima, na frente da formação, enquanto uma tempestade se aproxima do oeste.

— *Terceiro círculo* — eu o lembro, enquanto sobrevoamos o quinto.

— *Eu estava presente. Eu me lembro* — responde ele, recolhendo as asas e mergulhando na direção do terceiro aro mais alto da cidade.

O cinto da minha sela aperta nas coxas quando ele faz uma manobra, e espero pela abertura das asas que sei que virá... mas não vem.

— *Tairn?*

As pessoas correm nas ruas, escondendo-se embaixo das estruturas que cercam as muralhas que rapidamente se aproximam. Se ele não desacelerar logo, vamos derrubar um pedaço do muro.

— *Tairn!*

Ele suspira e só então estende as asas, batendo-as uma vez e fazendo com que a mudança de impulso chacoalhe meus ossos antes de pousar de comprido na muralha do terceiro círculo. As pedras desmoronam sob as garras dele, que abaixa a cabeça na direção da besta posicionada a pouco mais de três metros de distância.

Dois dos soldados cuidando daquele posto recuam, mas o terceiro, corajoso, continua parcialmente escondido pela base de madeira da unidade de lançamento, uma mão posicionada na alavanca enquanto a outra gira lentamente na nossa direção a roda de madeira que faz a arma girar.

Desafivelo o cinto da sela e me levanto de súbito para ter uma vantagem maior, uma adaga já em mãos.

Uma sombra recai sobre nós um segundo antes de Sgaeyl pousar do outro lado da besta, e a cabeça do soldado se vira na direção dela. Sgaeyl rosna baixo, as narinas alargadas.

O soldado levanta as duas mãos da arma.

Deixo tudo na sela de Tairn, tirando as armas que carrego, e sigo na direção do ombro dele, parando apenas para me certificar de que Cath, Kira e Molvic pousaram atrás de mim.

— *Cuidado por onde desmonta ou vai envergonhar nós dois* — avisa Tairn, e meu estômago embrulha quando olho para baixo. Se escorregar apenas um metro para a direita, vou despencar da muralha de quinze metros.

— *Anotado.*

Eu me viro para dentro e escorrego, aterrissando na muralha, entre a primeira e a segunda garras dele.

Quando Xaden e eu os alcançamos, os três soldados já se achataram contra o torreão da besta. Abro a boca para garantir que só vamos machucar quem nos machucar primeiro, mas então um alçapão de madeira se abre no chão de pedra à esquerda de Xaden, e a cabeça do capitão da cavalaria aparece.

Ele discute com os soldados, mas a única palavra que compreendo é *audiência*. Então nos chama na direção da escuridão com um gesto de mão.

— Sigam-me — instrui ele.

Xaden vai primeiro, e eu sigo em seu encalço pela escadaria de pedra. A luz natural ilumina o caminho por entre as fendas na pedra, e passamos por duas outras portas enquanto seguimos para o térreo.

— *Estão dentro dos muros também* — aviso Tairn.

Ou papai decidiu não contar isso, ou nunca chegou a ver a parte interna das defesas da cidade. Aposto mais na segunda opção.

— *Inteligente* — reconhece Tairn.

O oficial abre a porta na base dos degraus, e Xaden e eu entramos em uma viela sombreada entre as construções de pedra, talvez trinta centímetros mais larga que os ombros de Xaden. Os pomos da espada dele ficam a centímetros da pedra.

— *Deveríamos aprender algumas coisas com essa construção* — comento. — *Um único soldado é capaz de enfrentar dúzias.*

Chegamos ao final da viela e adentramos uma rua de paralelepípedos mais aberta. Parece ter quase dez metros de largura e, se os registros de meu pai estiverem corretos, faz parte do distrito residencial. Mas não há nada de acolhedor nos soldados vestidos com couro que ladeiam as ruas, e apenas alguns poucos trajam o uniforme verde-claro. Soldados vestidos de azul-claro usam grevas de metal cobrindo as pernas. No entanto, são os soldados trajando prateado que estão parados diante do próximo portão, as espadas erguidas, o metal das armaduras refletindo a luz matinal.

Ao menos não fecharam o rastrilho.

— Esperem aqui.

O capitão nos deixa no meio da rua e se afasta quando um dos soldados de azul grita algo à esquerda.

Xaden e eu nos movemos para ficar de costas um para o outro.

— Tem duas dúzias deles, e só estamos em dois — sussurro, meu olhar passando de soldado em soldado, notando que foram postados na frente de cada porta.

Sgaeyl rosna acima de nós.

— Quatro — Xaden me lembra baixinho, roçando o dedo mindinho no meu. — E estou com muitas saudades da nossa conexão agora.

— Eu também.

Deixo as mãos perto das lâminas sem dar aos guardas um motivo para atacar, lutando contra o medo que ameaça prejudicar meu julgamento enquanto o céu fica mais escuro com as nuvens.

Os guardas à minha direita dão um passo para o lado, e o capitão passa por eles seguido por Aaric, Dain e Cat.

— Um povo bem hospitaleiro — comenta Cat quando se aproxima.

— Por aqui — ordena o capitão, e vai na direção dos soldados de prateado que bloqueiam o portão seguinte.

— Fique por perto e não morra — pede Xaden para Aaric enquanto seguimos o oficial da cavalaria.

Os soldados que acompanham nosso grupo pelos lados alternam entre nos observar e olhar para cima, como se Tairn e Sgaeyl pudessem decidir que de repente se cansaram de ficar na muralha.

Eles começam a discutir entre si quando nos aproximamos do portão, mas só consigo distinguir a palavra *perigo* e *sagrado*.

— Querem que o desafio seja feito nessa... estação — interpreta Dain atrás de mim enquanto Sgaeyl e Tairn caminham pela muralha acima de nós, mantendo o ritmo. — Não querem que cheguemos mais perto do templo principal.

— Não é no templo deles que estamos interessados — murmura Cat ao lado dele.

O capitão deve ter vencido a discussão, porque os guardas se afastam para nos deixar passar. Olho para o peitoral deles e vejo que exibe o emblema de Dunne: duas espadas cruzadas seguradas ao meio por garras.

— *É semelhante ao nosso* — digo para Tairn, quando atravessamos o próximo portão grandioso. — *Tem uma garra no símbolo dela, o que sugere uma origem em comum.*

— *Concentre-se no agora e pense nisso depois* — ordena ele enquanto atravessamos para o próximo setor.

Não há residências aqui, apenas dois setores de assentos escalonados esculpidos nas paredes dos dois lados, deixando uma praça aberta na frente do maior templo que já vi na vida. Tem facilmente a mesma altura de Tairn. O telhado comprido e triangular tem as mesmas telhas azul-claras que o resto da cidade, enquanto os seis grandes pilares na frente são feitos de granito cinza. As pedras polidas cintilam sob a luz, fazendo com que pareçam quase prateadas, e cada pilar foi entalhado com um símbolo diferente. *Espada. Escudo. Fogo. Água. Garra.* Minhas sobrancelhas se elevam quando meu olhar pousa no último pilar à direita. *Livro.*

Todas ferramentas usadas na guerra.

Ao lado do pilar está um tributo esculpido à deusa, uma efígie brilhante cinzenta que chega quase à base do telhado. Ela segura uma espada apontada na nossa direção na mão esquerda e um escudo protegendo a têmpora direita na outra. A trança comprida foi feita para cair sobre um lado do ombro e ela está vestida com um traje comprido encimado por um cinto e uma couraça de metal.

— Uau — sussurra Cat, e os guardas uniformizados entram atrás de nós, ocupando suas posições na lateral da praça enquanto caminhamos na direção das pedras mais escuras entre os assentos.

Sacerdotes de mantos azuis se erguem nos degraus do templo e meus passos oscilam.

Todos eles têm cabelos prateados.

Não são cinza.

Não são brancos.

São *prata.*

A partir desta data, guardiões não têm mais permissão para ofertar crianças a serviço da divindade que mais lhes aprouver. A decisão de servir aos deuses por uma vida inteira deve ser feita depois de atingirem a maioridade e por vontade própria.

— Comunicado Público 200.417, transcrito por Racel Lightstone

CAPÍTULO TRINTA E UM

— Está com tontura? — pergunta Xaden, baixinho.

— Não — respondo, meu olhar indo de um sacerdote ao outro enquanto caminhamos até eles.

Todos têm altura, corpo, gênero e tom de pele diferentes, mas a cor do cabelo é tão uniforme quanto os mantos azuis.

Uma das sacerdotisas no degrau mais alto bate palma uma vez e um grupo de crianças vestindo túnicas azul-claras corre de trás da estátua de Dunne, subindo os degraus até ela. Meu olhar encontra uma das últimas, uma menina que não parece ter mais do que dez anos. A ponta prateada da trança castanha chicoteia contra as costas dela quando pega uma criança menor e então é levada para dentro do templo.

Minha respiração cessa na hora em que ela desaparece.

— Violet — sussurra Xaden. — O cabelo dela...

— Eu sei. — Cambaleio de leve, e ele me segura com uma mão na base das costas.

Em meus vinte e um anos de vida, nunca vi ninguém com o cabelo igual ao meu. Será que o cabelo dela também sempre tem pontas prateadas, não importa o quanto ela o corte? As articulações dela fraquejam? Os ossos se estilhaçam? Quero saber de tudo. *Preciso* saber de tudo.

O capitão da cavalaria grita algo para as muralhas enquanto Tairn fica à espreita acima e os sacerdotes sacam armas dos cintos, fazendo com que eu desperte do turbilhão de pensamentos.

— Ele disse "eu os trouxe" — traduz Dain à esquerda de Xaden enquanto formamos uma fileira reta no que parece ser a cúspide de uma arena teatral.

Ou uma arena para repassar instruções de batalha.

— *As armas são adoráveis* — comenta Tairn.

— *O cabelo* — digo. — *O cabelo dela é igual ao meu.*

— *Sobreviva primeiro e poderá ficar curiosa depois. Concentre-se.*

O metal range, e um portão se abre na fileira mais alta à nossa esquerda. Um instante depois, duas pessoas saem de um túnel.

— *Um oponente para Xaden?* — pergunto para Tairn.

— *Não, a não ser que ele vá lutar contra um general envelhecido e uma alta-sacerdotisa.*

O homem de meia-idade tem cabelos grisalhos e pele marrom, e está vestindo o mesmo uniforme que os guardas de prata. A mulher à direita dele é mais velha, de pele clara, e não só usa o manto pálido comprido dos sacerdotes do templo como também uma espada embainhada no quadril.

Ela estreita os olhos, avaliando, e então os fixa em mim enquanto o homem fala algo em unnbrielino, à esquerda.

— Ele disse que é o comandante da guarda e quer saber se desejamos mesmo uma audiência com a rainha — traduz Dain.

— Diga a ele que desejamos e que, para isso, vamos cumprir os costumes deles — respondo, suplicando uma prece para Dunne de que Xaden esteja pronto para o desafio.

Dain traduz lentamente e o par desce pelas escadarias enquanto o capitão da guarda sobe para se juntar a eles. O capitão faz um breve relatório e a boca do comandante se comprime antes de ele sacar uma adaga e cortar as faixas do ombro na armadura de couro do capitão.

O couro verde cai nos degraus e o capitão abaixa a cabeça.

— Acho que ele foi demovido — sussurra Cat, à direita, para Aaric.

— É uma linguagem universal — concorda Aaric.

A voz do comandante ressoa pela praça e ecoa pela pedra enquanto desce os degraus, e Dain traduz para nós o mais rápido que consegue.

— Tudo que podemos alcançar é a morte, mas para... — Dain pausa. — Merda, acho que ele disse para providenciar os guerreiros mais fortes deles, o que significa que vão testar nosso valor para uma audiência com a rainha.

Xaden assente.

— Diga que estou pronto.

Dain repete a mensagem, e o comandante bate palmas duas vezes. Três soldados de braços expostos saem do túnel, e sinto um aperto no peito. A mulher no meio tem a mesma altura de Sawyer, talvez até de Dain, e os homens corpulentos que a ladeiam têm a mesma diferença de altura em relação a ela quanto eu tenho em relação a Xaden. Acho que os dois são gêmeos.

O arrepio que percorre minha espinha não tem nada a ver com o vento forte nem com o desaparecimento do sol atrás das nuvens de tempestade acima.

— Talvez a gente devesse repensar nossa estratégia — sussurra Cat.

É, dessa vez, preciso concordar com ela.

— O que você chama de estratégia, para eles é lei — responde Xaden.

Meu coração acelera a cada passo que os guerreiros dão atrás do comandante e da alta-sacerdotisa do templo. Quando finalmente chegam à praça, um beija-flor conseguiria bater as asas no ritmo do meu coração.

— Costa! — gritam os guardas na muralha, e o guerreiro à direita ergue os braços musculosos.

— Marlis! — bradam o resto dos guardas, e a mulher ergue o queixo.

— Palta! — ressoa outro coro, e o gêmeo à esquerda estala o pescoço.

O comandante levanta a mão, e os soldados se calam antes de ele falar.

— Ele perguntou se esse é nosso campeão ou se é nosso líder — traduz Dain.

— Quase isso. Ele perguntou se Xaden é nosso campeão ou nosso príncipe. Não fique envergonhado, Aetos. As palavras são bem parecidas, mesmo — diz Aaric, dando um passo para a frente.

E então, sem mais nem menos, ele responde ao comandante no que parece ser um unnbrielino *impecável.*

Fico boquiaberta, mas Aaric fala rápido demais para eu entender qualquer coisa além de "Navarre".

Seja lá o que ele diz, faz com que o comandante e a alta-sacerdotisa hesitem um segundo antes de ela responder, o olhar voltado para mim.

— Está falando sério, porra? — explode Dain. — Por que você não disse que era fluente?

— Vocês nunca me perguntaram nada. — Aaric pega o pomo da espada, virando-se para nós. — Eu me identifiquei e disse que eu seria a pessoa a lutar.

— Você o quê? — Minha voz se eleva em pânico.

— Sou eu que preciso da audiência — responde ele. — Não sou o meu irmão, nem o meu pai, e não vou ficar me escondendo enquanto outra pessoa…

Ele começa a puxar a espada de aço afiada.

— Não! — Projeto o corpo na direção dele, mas Xaden chega primeiro, cobrindo a mão de Aaric.

— Não importa se você é o príncipe ou não, continua sendo a porra de um calouro e nós dois sabemos que eu posso te derrubar facinho. Seus tutores não se comparam à experiência na vida real. — Xaden força a espada de volta para a bainha. — E não, você não é o seu pai nem o seu irmão, e é exatamente por esse motivo que *não* vai lutar. Precisamos que fique vivo. *Seu reino* precisa que você fique vivo.

Xaden agarra o colarinho do uniforme de Aaric e o vira, forçando-o a entrar de volta na fileira ao meu lado.

— Avise a eles que estou pronto — diz Xaden.

Cacete, não quero *nenhum* deles naquela arena.

— *Todos os caminhos possíveis* — Andarna me lembra. — *Mesmo se meu povo não estiver aqui, talvez o tenham visto. Talvez saibam de alguma coisa.*

— *Desconsidere o Sombrio* — repreende Tairn. — *Navarre precisa de soldados dessa aliança para defender as fronteiras e deixar que os cavaleiros possam passar para a ofensiva.*

De qualquer forma, alguém vai ter que lutar.

— O que você me disse também valeria para você — responde Aaric, o pescoço corando enquanto balança a cabeça na direção de Xaden.

— Tyrrendor estará segura nas mãos de Bodhi se eu fracassar. — Xaden abaixa a voz, e minha barriga azeda ao pensar nisso. — Aqui a questão não é a honra. Considere isso como sua vingança. Lembre-se do que fiz com o seu irmão e *diga a eles.*

O sangue se esvai do meu rosto. Xaden não está falando de Halden.

Aaric fala algo em unnbrielino, lançando um olhar feio para Xaden o tempo inteiro.

Xaden o solta e em seguida se vira para Dain.

— Ele falou que você é o mais forte — confessa Dain, então começa a traduzir outra vez quando o comandante volta a falar. — E escolheram Costa como seu oponente.

Um dos gêmeos. Olho por trás da cabeça de Xaden e vejo que o guerreiro já está no meio da praça, ao lado da sacerdotisa. Ele é mais assustador de perto do que descendo os degraus. O pescoço é grosso. Os braços, enormes. Um sorriso ameaçador, satisfeito. Ele é um arsenal ambulante, cheio de armas, e as cicatrizes que correm pelos braços bronzeados constatam que já conhece a dor. Esse palpite se confirma quando a sacerdotisa roça o antebraço dele com uma adaga e ele sequer estremece.

O sangue goteja do corte, manchando as pedras escuras no chão enquanto as primeiras gotas de chuva caem em meu rosto, e os soldados atrás de nós *aplaudem.*

— Isso não estava no livro do meu pai — digo.

Meu estômago se embrulha com a suspeita de *como* aquelas pedras ficaram mais escuras e com o medo crescente de que talvez Xaden tenha encontrado um páreo para ele.

— Está vindo — anuncia Dain, e Xaden se vira para encarar a sacerdotisa enquanto ela se aproxima, passando por Marlis e Palta.

A tatuagem do emblema de Dunne em sua testa fica enrugada enquanto ela ergue as sobrancelhas prateadas para Xaden e estende a mão.

— A Deusa da Guerra exige um pagamento antes que prove seu valor — diz ela no idioma comum.

Deve ter no mínimo setenta e cinco anos. Quanto tempo demoraria para uma tatuagem dessa desaparecer até ficar irreconhecível? Meu estômago vai à garganta. Não pode ser possível que…

— *Concentre-se* — exige Tairn, como um professor frustrado.

Xaden tira as bainhas duplas das costas e a parte de cima do uniforme, ficando só com uma camiseta de manga curta, e estende o antebraço esquerdo. A alta-sacerdotisa rasga a pele dele com a lâmina, e afundo os dentes no lábio inferior quando vejo o sangue fluir e cair no chão ao lado das botas. Isso não está certo. Todas as células do meu corpo se rebelam ao pensar em vê-lo ir até lá sozinho. Xaden não consegue ler as intenções de Costa; não tem mais a vantagem que seu segundo sinete fornece. O colarinho do meu uniforme parece apertado demais; o couro, grudento na umidade crescente; o calor, mais sufocante. Remexo o botão de cima e arregaço as mangas enquanto os trovões soam à distância, zombando da minha incapacidade de usá-los.

Eu quero a porra do meu poder de volta *agora*. Se eu tivesse acesso a minha magia, Xaden não seria a coisa mais mortal nesta praça. Eu seria. Ele só está lá por minha causa. Eu que deveria estar nessa luta.

Xaden se vira para mim, estendendo a parte superior do uniforme.

— Ele é enorme — sussurro, nossos olhares se encontram enquanto aceito o tecido quente e o aperto contra o peito.

— Eu sei. — Ele desliza os braços para dentro das bainhas duplas e as prende no peito. — Garrick vai ficar tão puto por ter perdido isso. — Ele abre um sorrisinho, segura minha nuca e me dá um beijo suave e demorado. — Eu já volto.

Mas e se ele não voltar? Até os melhores lutadores morrem em combate.

Ele é arrogante porque é o melhor. Ao menos é o que digo para mim mesma para desacelerar meu coração enquanto ele caminha na direção de Costa. O calor da raiva rapidamente substitui o medo enquanto a sacerdotisa se coloca ao meu lado. Entendo o que é passar em um teste (afinal, passei a vida me preparando para encarar o exame admissional da Divisão dos Escribas), mas a sensação é tão cruel quanto atravessar o Parapeito no Dia do Alistamento.

— Você discorda dos caminhos de Dunne — adivinha a sacerdotisa, a voz saindo rouca com a idade enquanto me encara de cima com pupilas dilatadas.

Ah, que ótimo. Acho que só Dunne saberia o que os sacerdotes estão ingerindo atrás daqueles pilares.

— Acredito ser um teste medíocre para se medir caráter — respondo.

— No entanto, o caráter de uma pessoa é sempre revelado diante do derramamento de sangue, não acha? — A sacerdotisa olha para mim e se coloca na frente de Aaric, o olhar o avaliando, e depois de Cat, antes de voltar sua atenção para Dain. — Agora, vão negociar armas.

— Ele vai lutar sem a melhor arma que tem. — Observo as costas de Xaden enquanto ele se aproxima de Costa e do comandante.

— Talvez tenha razão nesta questão. — A sacerdotisa ergue o olhar para a muralha, de onde Sgaeyl observa. — E é por isso que decidi que ele não deve lutar sozinho.

Antes que eu possa questioná-la, ela passa a lâmina no braço de Dain, cortando o uniforme dele.

Ah, *merda*.

Ele sibila, surpreso, e então segura o ferimento. O sangue escorre por entre os dedos, caindo na pedra.

— Não! — grito, me aproximando de Dain.

— Deuses — sussurra Cat.

— Tá tudo bem. — Dain assente.

Xaden se vira na nossa direção, uma ruga se forma entre suas sobrancelhas, e, por hábito, tento falar por nossa conexão, mas, mais uma vez, só encontro aquele silêncio terrível.

— Eu proíbo. — Aaric se coloca ao meu lado, puxando a espada. — Eu vou lutar no lugar dele.

— Não pode fazer isso — digo, balançando a cabeça.

Que porra de desejo *suicida* é esse que todo mundo decidiu ter do nada?

O canto dos olhos da sacerdotisa se enruga quando ela sorri levemente.

— Está vendo? O caráter é revelado no derramamento de sangue. — Ela olha para Cat. — Você é uma forasteira e se veste de maneira bem diferente da dos outros, o que confirma, por sua presença aqui, que eles te valorizam. — O olhar dela se volta para Aaric e ela inclina a cabeça. — Você é o príncipe do seu povo, honroso, e ainda tolo ao pensar que poderia sobreviver aos nossos melhores soldados. O que acha que aconteceria com esses belos olhos verdes caso pisasse *neste* campo de batalha? Mesmo que tenha aceitado sua morte, Dunne não lhe escolheu para provar sua habilidade hoje.

Aaric trava a mandíbula.

— Você é a menor — diz ela para mim, desdenhosa, e então se vira para Dain. — O que nos leva a você, que é o único que resta para lutar ao lado do campeão de vocês.

— Dain... — Não tenho palavras.

Se alguma coisa acontecer com ele por causa das minhas decisões...

— *Agora, sim, está ficando interessante* — comenta Tairn.

— *Isso não é nada interessante. É assustador* — retruco.

— Pode deixar comigo. — Dain tira a camisa do uniforme e a entrega para mim. — Eu sabia no que estava me metendo quando aceitei acompanhar você.

Sinto uma dor nas costelas, mas assinto.

— Tome cuidado — digo.

Acrescento seu uniforme à pilha, e ele começa a caminhar na direção de Xaden, que já se moveu para interceptá-lo no meio do caminho.

— Palta! — urra a sacerdotisa, a voz ecoando pela pedra.

Os guardas aplaudem em aprovação quando o segundo gêmeo dá um passo em frente, o sangue escorrendo por entre os dedos.

Meu olhar se volta para a última guerreira, Marlis, mas, por sorte, não vejo corte nenhum em seus braços cruzados.

— Me diga, foi você que escolheu este caminho? — A sacerdotisa volta seu olhar para o meu.

— Minha mãe... — começo, mas então me lembro de todas as vezes que Dain tentou me tirar da Divisão e olho para a frente, enquanto ele e Xaden se aproximam dos oponentes para negociar as armas da luta. — Eu escolhi minha vida.

— Ah, então é bom que não tenhamos completado sua oferta.

— Minha *o quê*?

Que tipo de drogas eles dão para as pessoas nos templos aqui?

— E você não anseia pelo templo? — pergunta ela. — Normalmente, o toque cria um desejo que torna o retorno inevitável. A não ser que agora você favoreça outro deus. — Ela ergue o olhar para Tairn, ignorando meu comentário, e então pousa os olhos em Xaden. — Mas ainda *nos* vejo como um caminho possível para você, caso decida escolhê-lo. Dunne a aceitará. Não é tarde demais para que escolha em favor Dela.

Ergo as sobrancelhas na direção da mulher.

— Eu escolho *ele*.

A este ponto, não sei mais se ela está falando sobre Xaden ou Tairn, mas minha resposta seria a mesma em ambos os casos.

— Ah. — Ela vira a adaga na mão enrugada enquanto as gotas de chuva continuam a cair. — Então que assim seja. Nossa deusa ensina que, por mais que algumas batalhas possam ser vencidas pelos guerreiros mais fortes, também podem ser perdidas pelos mais fracos. Ambos os preceitos devem ser testados hoje.

A dor irrompe pelo meu antebraço, e, um segundo depois, ela levanta a adaga, o sangue fresco escorrendo pela lâmina cortante.

O meu sangue.

No fim, parece que vou lutar.

Com uma cor tão desbotada na vegetação, não é surpresa que sejam necessárias quatro vezes a quantidade de índigo para tingir até mesmo as vestes mais simples. Fico imaginando se as cores de nosso Continente são a exceção, ou se é um caso particular das ilhas.

— Unnbriel: Ilha de Dunne, por segundo-tenente Asher Daxton

CAPÍTULO TRINTA E DOIS

Sangue serpenteia pelo meu antebraço esquerdo até as pontas dos dedos. Vou acabar com uma cicatriz para combinar com aquela que Tynan me deu durante a Ceifa. Trinco os dentes pela dor que queima e ergo o olhar.

— Ela enfrenta Marlis! — grita a sacerdotisa, e os soldados atrás de nós clamam.

Xaden se vira abruptamente na minha direção, os olhos faiscando com algo que parece tanto com o medo que me deixa incomodada, e então retorna a seja lá qual armamento estiverem negociando.

Marlis adentra a praça, descruzando os braços musculosos. Sangue também escorre da mão dela, respingando nas pedras. Ela se movimenta como se estivesse acostumada ao peso de uma armadura mais robusta e coloca os fios curtos dos cabelos claros para trás das orelhas, colorindo-os de vermelho.

Três combatentes. Esse sempre foi o plano deles.

— *Que injusto!* — Raiva dourada atravessa a união e entra nas minhas veias, aquecendo minha pele.

— *Sua fúria não a ajudará. Controle-se* — exige Tairn.

— Não! — Aaric tenta me alcançar, e eu enfio a parte de cima do uniforme de Dain e Xaden em suas mãos.

— Sim. — Às pressas, tiro a jaqueta para libertar os braços e a acrescento à pilha de Aaric, vestindo então apenas a armadura e a camiseta. É quase um alívio no calor sufocante. — Não deixe ele se mexer — digo para Cat.

Ela faz uma careta, mas concorda. As gotas de chuva refrescam minha pele enquanto me aproximo do centro da praça e de seja lá o que for o meu *caminho.*

Só que a raiva de Andarna não se dissipa. Ela se mistura com a minha, crescendo a cada passo que dou. Eu *não* sou fraca.

Marlis me analisa e bufa uma risada enquanto movimenta os ombros.

— Já derrubei coisa maior — digo a ela, posicionando-me entre Dain e Xaden.

Ela ergue a sobrancelha, e me pergunto se fala a língua comum.

A boca de Dain estremece, mas ele decide não traduzir.

— Precisa ser a mesma coisa para os três — diz o comandante de uniforme prateado para Xaden, lançando um olhar de pena na minha direção.

— Então, adagas — diz Xaden.

Eu me viro para ele.

— Suas espadas são suas melhores...

— Adagas — declara Xaden ao comandante, ganhando um sorriso de nosso trio de oponentes.

— Concordo — opina Dain.

Eu poderia protestar. Esta é a minha missão. Porém, por mais que escolher adagas me dê alguma vantagem, não é como se eles não fossem igualmente letais com essa arma.

— Concordo — digo.

— Decidido, então. — O comandante assente, e os outros três começam a se desarmar, entregando as armas para os sacerdotes do templo, que se apressam em nossa direção. — Melhor de três.

Xaden e Dain entregam suas espadas para o sacerdote.

Percorro as vestes azuis rapidamente com os olhos, mas não vejo sinal da garota com os cabelos como os meus. Um movimento atrai minha atenção à direita, e, quando olho para a estátua de Dunne, poderia jurar que os olhos dela brilham dourados na minha direção por um instante.

Seria bom se *uma vez* na vida Andarna ficasse onde eu pedi.

— Use sua velocidade — instrui Xaden, removendo todas as armas exceto as quatro adagas que leva embainhadas nas laterais do corpo. — Mire...

— Pode parar. — Coloco a mão em seu peito e franzo a testa ao sentir a velocidade das batidas de seu coração. Uma gota de chuva respinga no meu antebraço. — É só um desafio sem o tatame. Dain vai vencer a luta dele. Você vence a sua. Eu venço a minha.

Xaden tensiona a mandíbula.

— Não importa o que aconteça, não fique me olhando. Você não pode se dar ao luxo de se distrair. — Dou uma batidinha no peito dele. — E não morra.

Dou três passos para trás, saindo do alcance dele, e desembainho duas das minhas adagas.

Então, encaro Marlis. Minha estimativa estava quase certa: ela tem pelo menos vinte e cinco centímetros e uns bons vinte quilos a mais que eu. Alcance e força são vantagens dela também, então agilidade e rapidez terão que ser as minhas.

Dain e Xaden se viram na direção dos próprios oponentes, colocando distância suficiente ao meu lado para que eu tenha amplo espaço para me movimentar.

— Comecem — ordena o comandante, enquanto todos os outros se afastam da praça.

Foco em Marlis e no sorrisinho convencido naquela boca larga, enquanto ela pega apenas uma de suas duas adagas e começa a dar a volta ao meu redor.

Isso é apenas um desafio. Xaden e Dain estão nos outros tatames.

É isso.

Viro minha adaga esquerda para segurá-la pela ponta e giro a outra para que a lâmina fique paralela ao meu braço enquanto Marlis finge atacar duas vezes, tentando me desestabilizar.

Se eu estivesse um pouco mais assustada e com um pouco menos de raiva, poderia ter funcionado. Em vez de cair no truque e escorregar na pedra molhada, viro meu pulso esquerdo, lançando minha adaga em seu ombro.

Ela desvia, como esperado, e a lâmina passa por ela. Aproveito a oportunidade para avançar, lançando o punho direito na direção do torso para cortar seu peito – não vou enfiar a adaga nela.

Não quero que ela morra e sim que se renda.

Alguém grita ao meu lado, mas mantenho o foco em Marlis. Dain pode lidar com isso sozinho. Ele *precisa* lidar sozinho.

Marlis dança para trás com um sorriso entretido, evitando cada um dos meus ataques. *Mais rápido.* Despejo minha energia na velocidade e avanço, enfim fazendo contato com a lateral das costelas dela, a única área desprotegida pelo peitoral da armadura. Sangue mancha o uniforme prateado conforme me afasto, mas não sou rápida o bastante. Ela sibila para mim enquanto ataca com a própria adaga, tentando esfaquear a lateral do meu corpo com tanta força que *ouço* minha costela rachar.

A lâmina dela desliza pela minha armadura de escamas de dragão sem me cortar, e eu cambaleio de lado pelo impacto, respirando fundo e de forma controlada para tentar bloquear a dor nauseante que explode sob o braço esquerdo. Nenhum truque mental do meu arsenal pode conter as ondas incandescentes de agonia, mas consigo abafar o grito que sobe pela garganta enquanto o aço retine atrás de mim. Eu *não* serei uma distração para Xaden. A adrenalina dispara, correndo por mim como o poder.

Marlis olha para a lâmina dela, confusa, e então ergue o olhar para o meu, me encarando com um fascínio macabro e um sinalzinho do que acho que pode ser admiração.

— Tiro minha armadura se você tirar a sua — propõe ela na língua comum, me dando segundos necessários e preciosos para respirar durante a pior parte da dor.

— Eu passo.

Ela é alta demais para que eu arrisque levar uma rasteira e forte demais para que eu me exponha além do necessário. Tudo o que posso é usar o peso dela como vantagem, e isso significa me aproximar o suficiente para desestabilizá-la. Uso dois dedos para chamá-la enquanto a chuva começa a cair pra valer.

Os olhos dela faíscam, e ela recua o pulso.

Já estou me jogando no chão quando ela lança.

A lâmina passa tão rente à minha cabeça que eu a ouço sibilar, seguida pela batida rítmica de botas na pedra molhada. Tomando cuidado para controlar minha lâmina, fico em pé com cada grama de força nos braços e estabilizo os pés um instante antes da chegada dela.

Ela tenta cortar minha garganta, e eu dou um pulo para trás, enquanto ouço Xaden sibilar de dor.

Luto contra o instinto de verificar como ele está e ergo o antebraço direito para bloquear o próximo golpe de Marlis. Ela me atinge com uma força descomunal e corta meu antebraço.

Agora.

Largo a lâmina, usando cada segundo que tenho antes que a dor comece para seguir o movimento dela, e então giro com o braço ensanguentado, tentando segurar o pulso dela. A chuva deixa a pele de Marlis escorregadia, mas seguro e jogo o ombro com todo o meu peso, conduzindo a mão dela na direção do chão e arrastando o resto de seu corpo com aquela guinada.

Ela tropeça e eu aproveito a abertura, erguendo meu torso e agarrando o joelho dela. Eu o prendo contra meu peito, entrelaçando os dedos, e então rapidamente dou com o ombro na abertura entre a coxa e o quadril dela.

— *Rápido! Aetos já está inconsciente!* — avisa Andarna quando Marlis tenta me golpear, a lâmina voando na direção do meu rosto.

Merda.

Seguro firme a perna de Marlis e forço meu peso na articulação dela, fazendo-a se desequilibrar e cambalear para trás.

A adaga dela retine no chão e ela cai como uma estátua tombada, as costas colidindo contra a pedra. Ela grita, mas continuo segurando sua perna e só a solto quando ela se retorce embaixo de mim, ficando de bruços, e tento alcançar suas mãos.

Torço os pulsos dela contra as costas enquanto o metal da armadura raspa na pedra e me sento, prendendo os braços dela com minhas coxas. Relâmpagos iluminam o céu acima de nós, a tempestade se intensificando.

— Não! — grita ela, arqueando as costas para me derrubar.

— Sim. — Desembainho a adaga e pressiono a ponta na lateral do pescoço dela enquanto um trovão ressoa. — Agora, renda-se.

Uma rápida olhada à esquerda confirma o que Andarna disse. Dain está inconsciente no chão, o sangue se acumulando ao redor da parte do ombro que consigo ver, e a bota de Palta está contra seu pescoço.

— Jamais. — Marlis fica tensa sob mim.

— Eu te rendi! — Com a chuva, o sangue desce pelo meu braço, pintando sua túnica com um tom de rosa desbotado.

— Talvez — admite ela, virando o rosto para a direita e apoiando a bochecha contra o chão. — Só que Costa rendeu *ele*.

Segurando minha lâmina contra o pescoço dela, dou uma olhada à direita e então pisco aturdida.

Costa prende Xaden ao chão, a adaga a centímetros do rosto dele. Xaden se debate, as mãos ensanguentadas prendendo as mãos de Costa para evitar que a lâmina perfure, mas ela se abaixa cada vez mais sob o peso de Costa.

NÃO.

— Me manter presa ou ajudá-lo? — pergunta Marlis. — Que escolha difícil.

Em segundos, a lâmina encontrará o rosto de Xaden, e só os deuses sabem se Dain ainda está respirando sob aquela bota.

A raiva me devora por completo, trovejando pelas minhas veias em uma onda de calor que ferve a chuva da minha pele. Tiro a adaga do pescoço de Marlis, viro-a pela ponta e então arremesso em um movimento rápido.

Minha lâmina se aloja na parte carnuda do ombro de Costa e ele grita, o torso ficando frouxo em um único segundo. É tudo de que Xaden precisa para tirar a adaga de cima de si. A lâmina desliza pela pedra e eu imediatamente desvio o olhar, substituindo a adaga atirada por outra que desembainho da minha coxa, e pressiono a ponta contra o pescoço de Marlis em menos de um segundo.

— Renda-se! — exijo, a raiva queimando tão profundamente que atinge até meus ossos. Pelo canto dos olhos, vejo Xaden desferir um soco no rosto de Costa, arrancar minha adaga do ombro do oponente e pressioná-la contra sua garganta.

— Não! — grita Marlis, e o ar muda de uma forma que conheço bem demais.

Estamos em perigo aqui.

— *Renda-se*, porra! — O calor dentro de mim estala e quebra com minha voz.

Raios caem à direita e à esquerda. Pedras racham. Trovões retumbam imediatamente, estremecendo o chão e deixando para trás apenas o toque da chuva e o silêncio.

Eu me assusto, mas consigo evitar ferir o pescoço dela.

— Eu me rendo — sussurra Marlis, de olhos arregalados sob mim. — Eu me rendo! — grita ela.

A cabeça de Costa gira na nossa direção, e Xaden dá um soco na mandíbula dele. O lutador cai de lado, completamente inconsciente.

— Ela… se rende! — grita o comandante, e os guardas entram correndo.

Retiro minha adaga e me afasto de Marlis, ficando em pé com dificuldade enquanto os trovões estouram a distância. Palta se afasta e, para meu alívio, Dain parece respirar enquanto Cat e Aaric correm na direção dele.

Chuva escorre pelo meu rosto quando olho para cima, vendo Andarna entre Sgaeyl e Tairn no muro, as escamas dela ondulando em vários tons de preto em uma velocidade alarmante.

— *Você está bem?* — pergunto.

— *Estou… com raiva* — responde ela, a cabeça se mexendo como a de uma serpente enquanto as garras frontais racham as extremidades da parede de alvenaria. — *As leis deles dizem uma luta, não três.*

— Foi você? — Xaden aparece do meu lado e eu me ocupo procurando ferimentos. Ele tem agora dois cortes nos braços, um deles com certeza precisará de pontos, e a mandíbula já mostra hematomas. — O relâmpago. Foi você? — repete ele, segurando o queixo e me encarando nos olhos.

— Não. — Balanço a cabeça. — Quer dizer… — O calor. A raiva. O *estalo*. Estranho. — Acho que foi só coincidência. — *Ou Dunne.* — Não existe magia por aqui.

— Certo. — Duas linhas aparecem entre as sobrancelhas dele enquanto ele me observa e pega meu braço. — Merda, você se cortou.

— Não foi pior do que você — digo a ele enquanto a chuva diminui. — Mas acho que acabei quebrando uma costela.

Ele fecha os olhos com força e segura minha nuca, pressionando um beijo forte na minha testa.

— Obrigado. Aquela adaga que acho que você atirou provavelmente salvou minha vida.

— Que bom que não errei, ou acho que você não estaria dizendo a mesma coisa. — Meu braço estremece quando embainho minha adaga e a mão dele se afasta.

— Você nunca erra. — Ele olha por cima da minha cabeça. — Parece que Aetos vai precisar de uns pontos naquele ombro, mas Aaric conseguiu acordá-lo.

— Eu disse que estou *bem*! — grita Marlis atrás de mim.

— Sim, Vossa Majestade — responde alguém.

Ah não, não, *não*. Meu estômago embrulha. Por favor, alguém me diga que eu não pressionei uma lâmina contra o pescoço da rainha de Unnbriel.

Eu me viro devagar para encarar o que sei que está prestes a ser um batalhão de carrascos reais. Uma fileira de guardas espera a uma distância respeitosa atrás de Marlis, que está a alguns metros de nós, de braços cruzados sobre a armadura.

— E então? — pergunta ela, a boca retesada de irritação. — Duas de três vitórias. Você ganhou sua audiência.

Meu coração acelera.

— Eu não sabia quem você era.

— Não era para saber. — Ela inclina a cabeça de lado. — Vai começar a falar ou isso tudo foi em vão?

— Aaric... — Olho para nossos amigos.

— Só falo com aqueles que me vencem em luta — interrompe Marlis. — E você está desperdiçando meu tempo, amarali. — Ela cospe a palavra em mim como se fosse um xingamento.

Respiro fundo para me preparar e ergo o queixo.

— Viemos por dois motivos. Primeiramente, estamos em busca da sétima raça de dragões.

Marlis estreita os olhos.

— Ainda que isso existisse, esta ilha não vê cuspidores de fogo há *séculos*. Temo que tenha feito a jornada em vão. Qual é o seu segundo motivo?

Não é um golpe tão forte, considerando que eu já suspeitava, mas o pulso triste de decepção vindo pela união me diz que Andarna pensa diferente.

— Aliados — digo à rainha Marlis. — Estamos em uma guerra que pode ceifar todas as vidas do Continente e precisamos de aliados.

— E acha que nós lutaremos por vocês? — Marlis me encara como se eu tivesse enlouquecido.

— Eu esperava que lutassem *conosco.*

— Hum. — Ela olha para Xaden e em seguida para o alto da muralha. — Você não pode pagar pelos nossos serviços.

— Diga quanto. — Com sorte, Aaric me perdoará por prometer seja lá o que houver nos cofres.

— Como você fez aquilo? — pergunta Marlis.

— Derrubar você? — respondo enquanto a tempestade passa e a chuva se transforma em chuvisco. — Foi questão de vantagem, focar nas suas juntas para te desequilibrar...

— Sei o que é — interrompe ela. — Você me derrubou por um simples motivo: eu subestimei suas habilidades e permiti que se aproximasse o suficiente para me desequilibrar. Como fez aquilo?

Ela gesticula para trás de mim.

Eu me viro, acompanhando o movimento, e fico sem palavras. Os assentos enfileirados esculpidos no muro estão rachados no meio, e a pedra está chamuscada onde o raio a atingiu.

— Não fiz — respondo, virando-me para ela. — Aqui não há magia para eu usar.

Xaden fica ao meu lado enquanto Dain se levanta com a ajuda de Aaric, segurando a lateral da cabeça.

— E mesmo assim destruiu algo que esteve de pé por setecentos anos antes de sua chegada. — Ela estreita os olhos de leve. — Talvez Zihnal de fato a tenha abençoado. Boa sorte quando buscar aquela ilha específica. Eles podem ser bem maldosos.

— Então não lutará conosco? — insisto, tentando focar no assunto e me agarrando desesperadamente à esperança. Nenhum outro exército seria tão efetivo.

— Acho que prefiro assumir uma abordagem como a de Deverelli a forjar uma aliança neste momento — responde ela. — Podem se abrigar em nossas florestas e eu concedo direitos de caça para vocês e suas montarias, caso precisem descansar em nossa ilha. Porém, quanto a lutar com vocês, temo que o preço seja algo que vocês não estão dispostos a pagar.

Ela se vira para partir.

— O que você quer? — pergunto enquanto Aaric, Cat e Dain se aproximam. — Pelo menos diga seu preço.

— O mesmo que todas as ilhas querem. — Ela para e olha por cima do meu ombro, na direção dos muros. — Dragões.

Não confunda a união de um dragão com uma jura de lealdade. Se espera que um dragão escolha seu cavaleiro em vez do bem-estar da própria espécie, prepare-se para duas coisas: decepção e morte.

— O guia das espécies de dragões, por coronel Kaori

CAPÍTULO TRINTA E TRÊS

O silêncio domina a praça, mas pelo menos não há chamas saindo dos três dragões atrás de mim. Eu bem sei que dois deles estão *putos.*

Xaden fica tenso e nossos companheiros rapidamente formam uma fileira ao meu lado.

— Você não pode estar falando sério. — Balanço a cabeça diante da sugestão ridícula da rainha de Unnbriel.

— Nós queremos dragões — repete ela com um aceno de cabeça que me deixa furiosa. — Não totalmente crescidos, é claro. Seu povo os deixou se tornarem teimosos demais, arrogantes demais.

— *Vou mostrar a ela o que é arrogância* — ameaça Tairn, e me encolho com o som horripilante que ele faz arrastando as garras nas paredes de pedra.

— *Não é necessário* — prometo enquanto Molvic e Cath pousam com força ao lado dos outros, testando os limites de peso da muralha.

A rainha se vira por completo e arqueia a sobrancelha como se Tairn tivesse acabado de provar que ela está certa.

— Traga, digamos... doze ovos, dois de cada espécie, e eu levarei meu exército para o *Continente.*

Ovos? Sinto um frio na barriga e dou um único passo para trás enquanto Tairn grunhe em alerta. *O segundo levante krovlano.* Meu pai tinha razão. Só que eles não estavam buscando Rabos-de-pena devido aos seus dons, e sim porque pensavam que fossem... maleáveis?

Sgaeyl salta do muro, pousando a alguns metros à esquerda de Xaden. O cheiro de enxofre enche o ar enquanto ela abaixa a cabeça, expondo os dentes que pingam com baba.

Um punhado de guardas corre para o portão no topo da escada, mas a maioria permanece onde está.

Impressionante.

A rainha Marlis encara Sgaeyl, totalmente enfeitiçada.

E então, o que me diz? — questiona ela.

— Se quiser ser uma cavaleira, a Divisão aceita aqueles que atravessam o parapeito no dia quinze de julho. — A dor nas minhas costelas começa a latejar conforme a adrenalina se esvai. — E os dragões escolhem seus cavaleiros, não o contrário.

— Com certeza uma rainha é digna. — Ela ergue a mão como se fosse mesmo tentar *tocar* Sgaeyl.

O grunhido de Sgaeyl fica alto enquanto ela abre a mandíbula...

— Confie em mim, ela não se impressiona com títulos. — Xaden olha para Sgaeyl. — Se quiser fazer isso, acho compreensível, mas a morte dela será muito inconveniente. Você não pode escolher um guarda ou algo do tipo?

A total falta de emoção na voz dele faz os pelinhos da minha nuca se arrepiarem.

Olhos dourados se estreitam na direção dele, mas aos poucos ela fecha a boca.

— O mero ato de pensar que aceitaríamos essa oferta torna você indigna — digo à rainha. — Não negociamos *dragões.*

— Foi o que pensei. — Marlis abaixa a mão. — Pode continuar indignada, ao menos por enquanto. Mas venha nos visitar outra vez, quando estiver mais desesperada. Pelo que sei sobre a espécie, são dedicados a proteger os seus, e talvez uma dúzia de ovos não seja um preço tão ruim a ser ofertado para salvar todos os outros.

Ela parte sem dizer mais nada, ladeada pelos guardas enquanto segue pelos assentos enfileirados até o portão acima.

Ofertado.

Olho em direção ao templo, mas não há nenhuma veste azul à vista, e os guardas do pelotão em uniformes prateados posicionados diante dos degraus são um grande aviso de que não somos mais bem-vindos.

Entre encontrar nossas armas abandonadas e o tempo que leva para voltar para onde acampamos, uma hora se passa antes de chegarmos à clareira. Trager corre até Cat antes que ela o redirecione para Dain, na frente do lugar onde Tairn e Andarna pousam. Desmontar com a dor constante que pulsa no meu braço e nas minhas costelas leva tanto tempo que fico tentada a simplesmente dormir na porcaria da sela e manter minhas vestes de batalha em cima do corte, mas, por fim, consigo descer.

Em grande parte porque sei que Tairn não me deixará em paz se eu não descer.

— Você usou seu poder? — Mira está diante de mim antes que eu tenha a chance de dar mais que alguns passos.

— O quê? — Seguro as costelas e vejo os soldados unnbrielinos voltando para a floresta que nos cerca.

— Você usou seu poder? — repete Mira, me agarrando pelo ombro e examinando meu rosto. — Aaric e Cat me contaram o que aconteceu.

— Pode relaxar. — Ergo as sobrancelhas para minha irmã pessimista. — Pegamos uma tempestade. Caíram vários raios e por sorte um deles caiu *bem* perto e fez a rainha cagar nas calças. Não há magia aqui. Por que eu preciso ficar lembrando todo mundo disso? *Você* consegue usar seu poder?

— Não, claro que não, mas você ainda consegue falar com seus dragões. — Ela suspira e me solta enquanto Xaden se aproxima. — Sinto muito por eles não quererem uma aliança conosco. Pensei que uma ilha leal a Dunne seria nossa melhor chance.

— Eu também. — Franzo as sobrancelhas ao lembrar da sacerdotisa. — Quando meu cabelo ficou prateado nas pontas?

— Como assim ficou? — A expressão de Mira é igual à minha. — Cresceu assim. Está tudo bem com você? Achei que só Dain tivesse desmaiado.

— Estou bem — garanto a ela quando Xaden nos alcança. Claro que meus pais não me *ofertaram*. Essa prática foi proibida por volta dos anos duzentos, e ainda antes em Poromiel. — A alta-sacerdotisa só disse algumas coisas estranhas para me distrair.

E eu, idiota, permiti. Eu deveria ser mais inteligente que isso.

— E com certeza era bem o que ela queria — diz Mira. — O que tem a ver com o seu cabelo?

— Vi uma menina com o cabelo igual ao meu.

— Sério? — Mira franze as sobrancelhas. — Que bizarro. Não temos família nestas ilhas.

— Né? Nunca pensei na possibilidade desse traço ser hereditário... — Eu me encolho quando respiro fundo e minhas costelas protestam.

— Precisamos fazer um curativo em você. — A boca de Xaden se franze. — Não temos um regenerador, mas pelo menos podemos colocar os ossos no lugar até que curem, e Trager vai ver se você precisa levar pontos.

— Você é que precisa levar pontos — argumento. — Mas sim, vamos fazer um curativo. Vamos garantir que todos estejam prontos para partir o mais rápido possível. Não quero ficar aqui mais do que o necessário.

— Concordo.

***

Depois de descansar os grifos por um dia inteiro por sugestão de Drake de voar por treze horas, é manhã quando aterrissamos na costa rochosa na extremidade de Vidirys, a capital de Hedotis, feita de pedras cor de creme.

Preciso admitir: esta é a ilha que eu estou mais animada para explorar. Uma comunidade inteira construída com base no conhecimento e na paz? Sou a favor.

O clima está um pouco mais frio nessa latitude mais ao sul, e tiro as luvas antes de desmontar. Minhas costelas enfaixadas latejam quando pousamos, e tiro um momento para respirar antes de seguir.

— *A vegetação é ainda mais desbotada aqui* — digo pela união enquanto esmago a grama que mal é verde sob a bota.

Até os arbustos esporádicos são... *espere aí.*

Eu me abaixo perto de um arbusto espinhoso e retorcido e reparo nas folhas de nove pontas, e então analiso mais de perto.

— *Parece tarsilla, mas a casca é quase branca.*

— *Talvez a magia fique mais fraca quanto mais longe do Continente?* — observa Tairn. — *Embora eu não saiba como pode ser menos que "inexistente".*

— *Não gosto deste lugar.* — Andarna arrasta uma única garra pela grama, revelando apenas areia úmida. — *Minha espécie jamais ficaria aqui. Deveríamos ir embora.*

— *Cubra esse estrago. Temos que ao menos perguntar. Além do mais, que lugar melhor para encontrar uma cura para Xaden que na ilha da sabedoria?*

Olho para a cidade e Xaden me alcança.

— É linda, mas tudo é tão... uniforme — comento. Há uma única fileira de mercadores a mais ou menos quinze metros de distância, e então os prédios de três andares se alastram. São todos da mesma cor, com janelas perfeitamente espaçadas, cada uma contendo as mesmas flores suaves pendendo de jardineiras abaixo delas. — Eles destruíram as estruturas originais há mais ou menos cento e cinquenta anos e reconstruíram com o que meu pai chamava de *propósito*.

— Isso é um pouco perturbador — concorda ele, olhando para trás no espaço entre os nossos ombros. Os cortezinhos na bochecha e na testa criaram casca, mas o hematoma na mandíbula parece pior hoje. — E não tem um porto. É uma cidade litorânea sem porto.

Os barcos mercantes estão todos ancorados longe da costa, e passamos por mais que alguns botes durante o voo até aqui. Barquinhos estão enfileirados na praia, puxados até a areia como se estivessem abandonados ali. Considerando que é a ilha da sabedoria, não parece nada lógico.

— Então, nessa aqui é só você que vai, né? — pergunta Ridoc, se aproximando da esquerda com Cat e Maren. — Tem que fazer um teste ou algo do tipo para entrar?

— Um de nós precisa se provar sábio para garantir um encontro com o triunvirato — respondo.

— Não acredito que eles elegem pessoas para a alta liderança — murmura Cat, olhando feio para a cidade como se fosse engoli-la. — Conselhos municipais? Tudo bem, mas como dá para confiar que alguém tem habilidade para liderar se não for treinado desde o nascimento?

— Ser treinado desde o nascimento não torna ninguém mais qualificado — contesta Aaric da direita, com Trager ao lado. — Algum de vocês está mesmo animado com a ideia de ser governado por Halden?

Cat torce o nariz.

— Argumento válido — observa Trager.

— Espera, estou vendo coisas ou Cat sorriu mesmo para ele?

— *Você não está vendo coisas* — diz Andarna.

— Me deixe ver os braços. — Trager fica diante de Xaden e eu, e *sim,* Cat acompanha o movimento.

Tiro meu braço esquerdo da jaqueta de voo enquanto Xaden faz o mesmo. Meu rosto se contorce em uma careta quando a atadura manchada de sangue agarra no corte abaixo. Puxo com cuidado para soltar, e uma gota de sangue se acumula no centro do corte, diretamente entre os seis pontos que Trager costurou na minha pele ontem.

— Parece bom — diz Trager, abaixando a cabeça para analisar meu braço, e escondo um sorriso quando vejo o hematoma em formato de boca na lateral de seu pescoço. — Nenhuma infecção, nada de inchaço. — Ele franze a testa para o último ponto, que está se esforçando para ficar reto na minha pele. — Mas esse aqui parece que vai soltar.

— Acontece. — Eu giro o braço. — Você fez um ótimo trabalho com os pontos.

— Obrigado. — Ele dá um sorriso leve e se volta para Xaden. — Sua vez… *caramba.*

— Está tudo bem. — O braço de Xaden está vermelho e irritado no corte profundo que precisou de catorze pontos.

— Não está tudo bem. — Eu me aproximo e examino o corte. — Eu trouxe um pouco do bálsamo da Lorin no kit médico do Brennan. Vai ajudar com a inflamação e acabar com qualquer infecção leve, mas é melhor passar logo. — O vento sopra, jogando areia nas nossas pernas, e me volto para a brisa, protegendo o braço de Xaden o máximo possível. — Vamos esperar sair da areia.

Ele assente e enfaixa a ferida rapidamente.

— Até parece que ia funcionar — diz Mira para Drake, ríspida, enquanto eles se aproximam acompanhados de Garrick e Dain, que dá a volta em um pássaro morto.

Que nojo.

— Não mesmo — diz Drake com um sorriso que provavelmente encantaria qualquer pessoa, mas parece deixar minha irmã mais furiosa. — Você sugere uma formação de voo Pelson bifurcada…

— E o wyvern pegaria você duas vezes mais rápido por dividir suas forças naquele ambiente. — Mira balança a cabeça.

Xaden e eu vestimos as jaquetas.

— Você obviamente não entende Pelson. — Drake ergue a mão na direção da prima. — Diga a ela, Cat. Em um ambiente controlado, uma manobra Pelson…

— Não vou falar *merda nenhuma* pra Mira. — Cat balança a cabeça. — É igualzinho discutir com Syrena.

— Ah, qual é. Maren? Alguém me apoie aqui — implora Drake.

Maren se encolhe.

— Você viu o gancho de direita dela?

— Vi — admite Drake.

— Eu conheço Pelson — argumenta Mira, parando ao meu lado. — Estudei Pelson muito porque, durante *anos,* foi meu trabalho acabar com suas manobras. E você não tem exemplos reais para provar sua teoria. Então cale logo a boca. — Ela olha para mim como se esperasse ver novas feridas.

— Estou bem — digo a ela.

— Drake, você está começando a me irritar — avisa Xaden, olhando de esguelha. — É melhor parar com isso. — O tom dele fica gélido.

Garrick olha na minha direção, a boca se retesando.

Certamente algo *tão* inócuo não engatilharia…

— *Temos companhia* — alerta Tairn.

Volto minha atenção para a frente e encontro meia dúzia de pessoas entrando na grossa passarela de madeira que conecta a praia ao mercado.

— Xaden.

Ele ergue a cabeça e se aproxima mais de mim.

O grupo usa túnicas e vestidos dos mais diversos tons pastel, o corte de um ombro só algo que vi apenas em livros de história ou nos palcos. Os tecidos ondulam na brisa conforme eles se aproximam, todos encarando os dragões, maravilhados.

— São incríveis — diz o homem de meia-idade que vem à frente, usando a língua comum e mostrando um sorriso cheio de dentes. O cabelo tem duas mechas prateadas entre os cachos ruivos. — E a caminhada pela praia para dar as boas-vindas a vocês valeu muito a pena. — O bordado metálico intrincado de sua túnica sugere que é um homem de posses, assim como a joia vermelha e brilhante em cima de seu cajado.

É a cor mais intensa que vi na ilha até agora.

— E você é? — pergunta Xaden.

— Que falta de educação a minha. — O homem pousa a mão livre sobre o coração. — Sou Faris, o segundo do triunvirato. Os outros dois gostam de cerimônias, é claro, mas não vi vantagem em esperar para encontrá-los, portanto aqui estou.

Ele se abaixa de leve, erguendo o olhar enquanto endireita a postura.

Pisco e luto contra a vontade de encarar. Os olhos dele são tão azuis que chegam a ser… violeta. E eu pensei que meu pai tivesse exagerado naquela parte do livro.

— Bem-vindos a Hedotis. — Ele se vira e sorri para mim. — Você tem olhos muito diferentes. Não são totalmente azuis nem verdes nem dourados, mas uma mistura dessas cores. Fascinante.

— Eu estava pensando o mesmo de você — confesso.

— Os meus são bem comuns em nossa ilha — diz ele. — Trouxe minha família para conhecê-los formalmente e acompanhá-los por nossa linda cidade. Se for de sua preferência, temos quartos para descansarem em nossa casa na parte nordeste da costa. — Ele gesticula para a praia e olha por cima do ombro. — Querida, quer vir se apresentar? Peço desculpas em nome da minha esposa. Talia parece fascinada por seus magníficos dragões.

— Estou aqui, meu amor — diz Talia, aproximando-se por trás dele, seu vestido de um verde pálido e seu longo cabelo preto soprando na brisa. Ela fica ao lado do marido, rapidamente entrelaçando os dedos nos dele antes de erguer o olhar. Os olhos castanho-escuros pousam em Xaden de imediato e brilham em um choque palpável e explícito.

— Algum problema? — pergunta Faris.

Ela observa Xaden com uma intensidade desesperada que nos coloca em um território desconfortável, e Xaden deve sentir o mesmo, considerando que está praticamente petrificado ao meu lado.

— Ah, *merda*. — O rosto de Garrick empalidece.

— Xaden? — sussurra Talia, erguendo a mão e rapidamente a deixando cair. — É você mesmo?

Levanto as sobrancelhas, perdida pra *caralho*.

Xaden estende o braço e passa a mão pelo meu quadril como se precisasse de proteção.

— Oi, mãe.

Passar tantos meses com aqueles que valorizam o conhecimento com o mesmo respeito que eu foi a melhor experiência da minha vida. No entanto, embora a inteligência e a sabedoria de Hedotis me inspirem, seu artifício me aterroriza.

— Hedotis: Ilha de Hedeon, por capitão Asher Sorrengail

CAPÍTULO TRINTA E QUATRO

De todas as formas que imaginei conhecer a mãe de Xaden, com certeza não considerei que iria impedi-la de passar pela porta de um quarto em sua própria casa enquanto seu filho se recusa a vê-la.

— É muita gentileza da sua parte. — Com uma mão, equilibro a bandeja prateada de aperitivos que ela acabou de entregar, e seguro a maçaneta dourada com a outra. — Vou entregar para ele. E obrigada por enviar nossas cartas.

Considerando que vi as pinturas retratando Fen Riorson, definitivamente noto sua semelhança com Xaden, mas há traços de Talia, também. Xaden tem as maçãs do rosto altas como as dela, os longos cílios e até o formato das orelhas, mas são os salpicos dourados em seus olhos que tornam o laço biológico inegável.

Com sorte, a espécie de Andarna saberá como trazer o dourado de volta por inteiro às pupilas de Xaden.

— Foi sorte um navio que ia para Deverelli estar no porto para levar sua correspondência. — Talia usa sua considerável vantagem de altura para espiar o quarto por cima da minha cabeça com olhos tão cheios de ansiedade que a pena agarra e aperta minha caixa torácica. — Pensei que talvez ele quisesse conversar?

Ele com certeza não quer.

— Ele está descansando. — Forço um rápido sorriso simpático e puxo mais a porta, estreitando o campo de visão dela.

— E o jantar? Ele precisa conhecer o resto da família.

Essa é uma *péssima* ideia. Ele está em um estado quase catatônico desde o encontro, e ela quer dar uma festa com pessoas que ele nunca viu?

— Vou perguntar, mas pode ser demais para ele...

— Será uma reunião pequena, então. — A expressão de Talia murcha e ela franze os lábios, formando linhas marrom-douradas ao redor da boca. — Eu era tão jovem quando ele nasceu — sussurra ela, encarando a porta. — Ainda era jovem quando o contrato expirou. Jamais pensei que o veria outra vez, e agora que ele está aqui... — Lágrimas enchem os olhos dela quando ela me encara lentamente. — Você entende, não é?

O que, em nome de Amari, eu deveria responder? Claro que não entendo como alguém pode ter deixado Xaden, mas...

— *Diga a verdade a ela. Ele a detesta* — sugere Tairn. — *E Sgaeyl também. A progenitora tem sorte de não ter sido queimada esta manhã, embora eu creia que Sgaeyl ainda esteja considerando essa opção.*

Isso com certeza seria *ótimo* para as relações internacionais, considerando quem é o marido de Talia.

— *É a* mãe *dele* — argumenta Andarna. — *O que você faria, Violet?*

— *Não sou a melhor pessoa para falar de relações maternais* — respondo. O sofrimento me atinge rápida e profundamente, dando força para a pena que espalha suas cordinhas em volta do meu coração. — Eu entendo que você queira conhecer Xaden — digo a Talia. — Ele é fantástico de todas as maneiras...

— Então você vai me deixar... — Ela dá um passo na minha direção.

— No jantar — digo, ainda sem me mover. — Vou ver se ele está disposto a comparecer ao jantar. Mas, se não estiver, você vai precisar respeitar isso também. Se forçar, ele vai redobrar a resistência.

Talia apoia a mão na porta e desvia o olhar, pensativa.

— E se eu puder prometer que você terá uma reunião com todo o triunvirato? É disso que *você* precisa, não é? Talvez eu possa dar a você algumas das respostas que eles desejam ouvir para avaliar sua astúcia.

Pisco aturdida, e a pena regride um centímetro.

— O que *preciso* é que Xaden fique bem. Se isso significa incendiar esta casa e ir embora sem conseguir nada mais nesta ilha, então eu pessoalmente entrego uma tocha para ele.

Caramba, esta bandeja está ficando pesada.

A postura dela se suaviza e ela se afasta, deixando a mão pender na lateral do corpo.

— Você deve amá-lo muito para priorizar os sentimentos dele acima da missão — diz ela baixinho, como se fosse uma revelação.

— Sim. — Aceno com a cabeça. — Não é nada comparado à forma como ele arriscou Aretia por mim.

— Ele arriscou Aretia — sussurra ela, sorrindo com os olhos cheios d'água. — Então ele também ama você. O pai dele jamais... — Ela balança a cabeça e o cabelo farfalha contra as costas do vestido. — Não importa. Jantar com Xaden seria mais do que já ousei sonhar. Enviarei alguém daqui a algumas horas para saber se ele quer se juntar a nós.

— Obrigada. — Espero até que ela atravesse o corredor comprido cor de creme e fecho e tranco a porta, só por precaução.

Então, seguro a bandeja com as duas mãos e vou encontrar Xaden.

O quarto que nos deram obviamente é dedicado a convidados ilustres. Tem o teto alto e abobadado; móveis intricadamente esculpidos; arte sofisticada; e uma cama na qual cabem quatro pessoas. Tudo é cor de creme com toques de verde pálido e dourado, tudo perfeito de uma maneira que quase chega a ser perfeita demais para tocar. As jaquetas pretas de voo parecem deslocadas, penduradas na cadeira rente à escrivaninha delicada, e as bolsas e botas estão tão sujas que insisti em deixá-las no banheiro adjacente.

O carpete é macio sob meus pés descalços enquanto cruzo o quarto espaçoso e abro uma das portas duplas de vidro que levam à varanda encoberta. O terraço alto conecta os quatro outros quartos à direita neste lado da casa, então não me surpreendo ao ver Garrick sentado na extremidade da balaustrada com Ridoc, os dois de costas para o oceano.

Porém, fico surpresa em ver o sofá vazio.

Ridoc ergue a sobrancelha para mim e inclina a cabeça para a minha esquerda; eu pego a deixa, espremendo-me entre os rapazes e a mesa decorativa diante do sofá quando eles pulam da balaustrada.

— Boa sorte. — Garrick dá um tapinha no meu ombro e os dois se afastam na varanda.

Encontro Xaden sentado no chão sombreado entre o sofá e o parapeito do canto onde minha armadura está presa para secar à brisa do mar. Ele veste as calças de treino e uma camiseta, as costas recostadas na parede, antebraços despidos apoiados nos joelhos erguidos, o olhar fixo a distância.

— Tem espaço pra mais um aí? — pergunto.

Ele pisca e força um meio sorriso.

— Pra você? Vou afastar o sofá.

— Nem pense nisso. — Eu me aperto ao lado do parapeito, com cuidado para não girar o torso e irritar as costelas, e então me sento e coloco a bandeja no chão à minha frente.

— Caiu da sua bolsa. — Ele abre o punho, revelando os dois frascos que Bodhi me deu.

Merda.

— Obrigada. — Pego os frascos e os guardo no bolso da calça.

— Esse seu coquetel com certeza me ajudaria a pôr as mãos em você lá em casa se eu não achasse que Sgaeyl iria botar fogo em mim por bloquear a união intencionalmente, mesmo que por pouco tempo.

Engulo em seco.

— Eu deveria ter contado a você...

— Você não me deve explicações. — Ele me encara nos olhos. — Fico feliz que tenha acesso a isso. Não quero perder minha conexão com Sgaeyl, não quando ainda posso usar meu sinete para lutar contra os venin, principalmente porque tem um deles obsessivamente atrás de você. Mas sinta-se à vontade para enfiar esse soro pela minha garganta a qualquer momento se eu não for... eu mesmo. Prefiro ficar sem poderes do que acabar machucando você. — Ele olha para a bandeja. — E minha mãe?

Ótima mudança de assunto.

— Ela trouxe a comida, mas na verdade queria só falar com você. — Entre os espaços da balaustrada, olho para a faixa de areia que encontra o oceano e pressiono meus lábios em uma linha fina.

Enquanto Tairn e Andarna aquecem as escamas ao sol na praia, Sgaeyl se empoleira perto da água, de cabeça baixa e olhos estreitos.

— Ela está inquieta por algum motivo — diz Xaden quando Sgaeyl passa ao lado. — Não que eu possa perguntar a ela. — Ele bufa uma risada autodepreciativa. — Não que ela vá me responder.

— Ela está preocupada. — Olho para a ferida de Xaden, coberta de bálsamo. Que bom, o inchaço já diminuiu um pouco.

— Não é normal que ela se preocupe. Ela gosta de resolver o problema de imediato e lidar com as consequências depois. — Ele se inclina, pega um figo seco salpicado de canela da tigela de cristal e o observa. — Claro que tem açúcar nele, cacete. Como se, de alguma forma, lembrar desse detalhezinho de quando eu tinha sete anos possa compensar os últimos treze.

Xaden se inclina outra vez e joga o figo no prato vazio, e eu permaneço em silêncio, esperando que ele prossiga. Ele nunca falou muito da mãe antes.

— E todo esse tempo pensei que ela estivesse morando em Poromiel. Ela nunca nem me contou que era de Hedotis. Ninguém nunca me contou. — Ele recosta a cabeça na parede. — Faz sentido agora. O motivo de a família dela nunca ter nos visitado, o motivo de ela amar todas as coisas coloridas, as histórias que ela contava antes de dormir com o chá de arinmenta, quando me falava aos sussurros sobre pessoas de olhos violeta que viviam sem guerra.

Ondas quebram na praia abaixo e Sgaeyl se vira, voltando na nossa direção.

— *Você devia ver se ela não quer caçar com os outros* — sugiro para Tairn.

— *Fique à vontade para perguntar. Eu ficarei observando. Fique perto da água para que possa se apagar quando ela cuspir fogo em você* — responde ele.

— É um mineral chamado viladrita — eu digo a Xaden enquanto ele limpa o açúcar dos dedos. — Meu pai escreveu que é tão prevalente na ilha que tudo que comem e bebem contém um pouco. Deixa os olhos mais claros todos roxos.

— Adoro o fato de você saber disso — ele diz, tocando meu joelho. — A cor dos olhos do seu pai mudou?

— Não que eu saiba. Sempre foram cor de mel, como os meus. — Sorrio com a lembrança. — Acho que ele não ficou aqui por muito tempo.

Ainda não consigo entender quando ele teve tempo de estudar as ilhas, mas talvez minha avó saiba, se eu tiver coragem de ir conversar com ela como Mira sugeriu fazer.

— Só vamos ficar aqui por tempo suficiente para fazer uma busca pela raça de Andarna na ilha e falar com o triunvirato — diz ele, o hematoma na mandíbula ondulando quando range os dentes —, e minha mãe é casada com um dos membros. A ironia chega a ser poética.

Eu me viro na direção dele e estremeço quando minhas costelas protestam.

— Ela quer jantar com você hoje.

— Nem fodendo. — A expressão dele se torna a mesma máscara impenetrável que ele costumava usar perto de mim ano passado.

— Xaden. — Seguro o rosto dele e passo o dedo pela cicatriz. — Não se afaste de mim.

Os olhos dele sustentam os meus.

— Nunca. — Ele passa o braço por trás de mim, segurando meus quadris com as duas mãos e me puxando para seu colo com cuidado. — Consigo pensar em formas bem melhores de passar a noite, em vez de ir ao jantar. — Ele roça os dentes na minha orelha e um arrepio desce pela minha espinha. — E você?

Arfo com a súbita onda de calor que incendeia meu ventre quando ele beija o meu pescoço, passando a língua onde ele sabe que me deixa amolecida.

— Nada de magia — ele me lembra, alisando minha barriga com a mão. — Sem perigo de perder o controle.

Um gemido escapa dos meus lábios quando os dedos dele se enfiam no cós da minha calça, em grande parte porque o que ele sugere parece absolutamente fantástico, mas em parte porque quero *tudo* dele. Sinto falta do arroubo intenso de nossos sinetes, das sombras expandindo, dos relâmpagos estalando, da intimidade de abaixar cada barreira e ouvir a voz dele preencher minha mente. Preciso senti-lo se desfazer sob meu toque. Perder o controle é parte do que nos torna... nós.

— E sem colchonetes ruins — continua ele, deslizando a mão dentro da minha calça. — Nenhum colega de esquadrão a três metros de distância. Nenhum jantar desconfortável. Só você, eu e aquela cama.

Resmungo, imediatamente me lembrando sobre o que deveríamos conversar.

— Por mais delicioso que isso pareça... — Meus dedos apertam a coxa dele enquanto a boca brinca com o lóbulo da minha orelha. — Sexo não vai resolver o problema de verdade.

Ele suspira e ergue a cabeça.

— Eu sei.

Saio do colo dele antes que mude de ideia e acabe arrastando Xaden para a nossa cama. O movimento rápido me faz sibilar com a dor aguda quando me levanto e agarro a balaustrada com as duas mãos, encarando a água.

— Merda. — Xaden fica de pé e me abraça de leve. — Desculpe. Esqueci das costelas. Você não deveria nem estar voando, muito menos ter alguém agarrando você.

— Eu não tenho a opção de não voar. — Inspiro pelo nariz e expiro pela boca enquanto o pior da dor passa. — E nunca peça desculpas por me tocar.

Ele apoia o queixo na minha cabeça.

— Odeio que não possamos regenerar você.

— Em uma vida sem magia, o melhor remédio é o tempo — filosofo, um sorriso curvando minha boca quando vejo Cat e Trager passeando na praia de mãos dadas. — Olha só isso.

— Bom para eles. Faz anos que ele corre atrás dela. — As mãos de Xaden prendem as minhas na balaustrada, e o calor de seu corpo afasta o frio da brisa do oceano. — Você está sentindo muita dor? Não vou pedir que me acompanhe no jantar se estiver com dor.

Não serei um empecilho se ele quiser falar com a mãe, principalmente sabendo o que eu seria capaz de dar em troca dessa oportunidade com a minha.

— Não é tão ruim, desde que eu não gire o corpo. Ou inspire fundo demais. Ou decida levantar Andarna.

Ele não ri da piada.

— Então você pode ir ao jantar. — O conflito na voz dele me faz virar em seus braços.

— Só se você quiser. — Ergo o olhar para ele.

— Você quer que eu vá? — Ele engole em seco.

— Não vou tomar essa decisão por você. — Levo minhas mãos ao peito dele, tentando me lembrar da última vez que ele se sentiu indeciso sobre qualquer assunto.

Ele estreita os olhos e dá um passo para trás.

— Você acha que eu deveria, não é?

— O que eu acho é irrelevante. — Balanço a cabeça. — E provavelmente não sou a melhor pessoa para te dar conselhos sobre isso...

— Porque ela te encantou nos três minutos que levou para enfiar aquela bandeja pela porta? — Ele abre mais espaço entre nós, recuando no espaço da varanda.

— Porque a minha mãe acabou de *morrer*.

Ele fica imóvel e o arrependimento toma conta de sua expressão de imediato.

— Desculpe, Violet.

— Não precisa se desculpar. Só estou dizendo que não sou a pessoa para quem você deveria perguntar se deve passar a noite conversando com a sua mãe, porque eu daria *qualquer coisa* para ter dez minutos com a minha. — Pouso a mão sobre meu peito como se pudesse manter o luto lá dentro, onde é seu lugar. — Tenho tantas perguntas, e mataria por uma única resposta. Talvez você devesse conversar com Garrick, porque qualquer conselho que eu der vai estar manchado pelo meu luto. Você tem que fazer o que for melhor para você, sabendo das consequências que virão depois que formos embora. Na minha opinião, qualquer escolha que você fizer vai ser a escolha certa. Você tem meu total apoio.

— Não sei se existe uma escolha certa. Ela não é como a sua mãe. — Ele entrelaça as mãos atrás do pescoço enquanto Sgaeyl passa outra vez, seguindo as próprias pegadas. — Eu entendo você querer dez minutos. Quero esses dez minutos *por* você. Certa ou errada, tudo o que sua mãe fez foi para proteger você e seus irmãos. Ela morreu protegendo vocês.

— Eu sei. — Engulo o nó na garganta.

— Minha mãe me abandonou. — Ele deixa as mãos caírem.

— Eu sei — repito em um sussurro, meu coração se partindo por ele. — Sinto muito mesmo.

— Como ela... — ele aponta para a porta —, merece *meus* dez minutos quando me deu bolo de chocolate no meu aniversário de dez anos e desapareceu naquela mesma noite? Para ela, sou só uma parte cumprida de um contrato. Nada mais. Não estou nem aí para como ela me olha, nem seja lá que besteirada ela com certeza falou para você. O único motivo de estarmos na casa dela é o fato de ela ser casada com um membro do triunvirato, e não tenho problema em usar isso para conseguirmos o que precisamos.

Meu peito racha um pouco mais a cada palavra, até se abrir por completo. Eu sabia que ela tinha ido embora, só não sabia *como*.

— E não pense que essa raiva tem algo a ver com isto. — Ele aponta para o olho. — Sei bem quando me falta emoção. Você e Garrick não precisam trocar olharezinhos de "ah, essa não". Eu já estou sentindo a mudança. É como deslizar sobre um lago congelado enquanto uma parte cada vez menor de mim grita que eu deveria estar nadando naqueles pedaços que abandonei, e esses sentimentos estão logo abaixo da superfície, mas *porra*, é bem mais fácil só deslizar para longe do lago, e bem menos dolorido. Essa merda aqui? — Ele balança o dedo na direção da casa. — É ferrada, dolorosa e me deixa furioso, e, se eu pudesse me livrar dessa parte de mim, por Malek, eu me desfaria dela nesse instante. Agora eu entendo. Não é só o poder que é viciante; é a liberdade de não ficar sentindo *isso*.

— Xaden — sussurro, perdendo todo o sangue quando ele termina de falar.

Vapor sobe acima da varanda, e viramos nossas cabeças na direção da praia, onde Sgaeyl está relativamente perto, expondo os dentes e encarando Xaden.

— Pare de andar de lá para cá e coma algo — diz Xaden a ela. — Sei que está com fome e não suporto que esteja sofrendo assim tão longe da magia, então alivie parte da dor e vá caçar. Estou bem.

Ela abaixa a cabeça e ruge tão alto que meus ouvidos vibram de imediato. As portas de vidro se curvam e a mesinha estremece antes que ela bata os dentes com força. Três passaréris levantam voo da árvore à minha esquerda e dois garotos de cabelos escuros saem correndo da casa para ver o motivo do alvoroço.

— Sgaeyl — diz Xaden baixinho, indo até a extremidade da varanda.

Ela se afasta três passos pesados, e meu coração estremece quando a garra posterior dela quase esmaga um dos meninos antes que ela se lance acima da casa. A cauda passa tão perto que rasga as folhas das árvores antes que ela desapareça.

Ainda bem que os passaréris voaram antes.

— *Pelo menos ela não cuspiu fogo em você.* — Tairn a segue rapidamente e Andarna também, esforçando-se para abrir a asa por completo.

Os três estão sofrendo sem o poder.

— Cacete. — Xaden fecha os olhos.

— Simeon! Gaius! — Uma das criadas sai correndo da casa de três andares abaixo de nós, segurando as saias enquanto corre pela areia. — Vocês estão bem? — pergunta em hedótico.

— Isso foi incrível! — grita o garoto mais velho, erguendo os punhos para o alto.

— Podemos ir embora — ofereço a Xaden, diminuindo a distância entre nós e enlaçando sua cintura. — Agora.

— Minha mãe mandou lavar nossos uniformes. — Ele coloca as mechas soltas do meu cabelo atrás da orelha.

— Então passaremos frio. É só me falar, e nós vamos. — Viro a cabeça e apoio a orelha contra o coração dele. — Você é tudo o que importa para mim.

— Digo o mesmo. — Ele apoia o queixo na minha cabeça. — Não podemos pular uma ilha inteira — resmunga ele, passando as mãos pelas minhas costas. — Já desobedecemos a ordens diretas para estar aqui.

— Podemos, sim. — Ouço o ritmo constante do coração de Xaden e observo a criada fazer um estardalhaço com os garotos enquanto eles voltam para a casa. — A legião caça, faz uma varredura da ilha para garantir que a espécie de Andarna não escolheu a ilha mais xoxa que já existiu para chamar de lar, e então vamos embora. Hedotis nunca entrou em guerra ou se aliou a qualquer reino em guerra em toda a sua história. Eles não vão nos ajudar. — Acaricio as costas dele. — E agora você sabe onde sua mãe está. Se quiser, pode voltar. Esses também são seus dez minutos.

— E você não espera… — As palavras dele acabam abruptamente quando Talia sai correndo da casa abaixo de nós, segurando as saias do vestido.

— Meninos! — grita ela em hedótico enquanto corre pela extremidade do pátio de pedra e então puxa as crianças para seus braços. — Vocês estão bem?

Ela se afasta e os analisa com o mesmo olhar que Mira costuma me avaliar quando volto de uma batalha.

— Estamos ótimos! — garante o mais velho, com um sorrisão. — Não é, Gaius?

— Mamãe, você deveria ter visto o dragão rugir! — acrescenta o mais novo, balançando a cabeça.

Mamãe. Meu coração se aperta por um instante enquanto espero ter ouvido errado.

Xaden fica tenso, e ouço seu coração acelerar.

— Eu ouvi o rugido, e isso já foi emoção demais — diz Talia para os garotos, passando a mão por seus cabelos, descendo pelo rosto. — Elda, leve os meninos para tomar banho. O triunvirato se juntará a nós para o jantar, e os pais de Faris disseram que preferem que os meninos passem a noite lá.

— Claro — responde a criada, levando os garotos para dentro de casa.

Talia permanece ali, os ombros estremecendo enquanto ela recupera o fôlego.

— O que ela disse? — pergunta Xaden.

— O triunvirato virá para o jantar — começo com a parte fácil. — E os meninos...

— São filhos dela, não são? — O tom dele fica gélido de desdém.

— Sim — sussurro, abraçando-o com mais força enquanto Talia volta para a casa sem erguer o olhar.

— O mais velho tem o quê? Onze? — Ele abaixa os braços. — Não é à toa que ela nunca mais voltou. Ela não apenas se casou; construiu uma nova família.

Não há nada de diversão na risada dele.

— Eu sinto muito, muito mesmo. — Me afasto para olhá-lo, mas ele fica inexpressivo.

— Você não fez nada de errado. — Ele se afasta de mim, a sensação assustadoramente dolorosa. — Esse sentimento é um que eu trocaria de bom grado.

Não é só o poder que é viciante; é a liberdade de não ficar sentindo isso. As palavras dele se repetem na minha cabeça e um novo medo se enraíza, escavando maldosamente bem no fundo do meu estômago. Ele sabe que eu trouxe meu novo conduíte? Que existe uma moeda de liga metálica totalmente carregada nas minhas coisas?

— Não abandone nada — imploro enquanto Xaden encara o mar, e as palavras saem de mim cada vez mais rápido conforme os olhos dele endurecem e ele ressuscita as defesas que levei um *ano inteiro* para desfazer. — A dor. A confusão. Dê tudo para mim. Eu fico com isso. Sei que parece ridículo, mas eu dou um jeito. — Entrelaço nossos dedos. — Eu fico com tudo o que você não quiser sentir, porque amo cada pedacinho de você.

— Você já tem minha alma e agora quer minha dor? Está ficando gananciosa, Violência. — Ele leva minha mão à boca e beija os nós dos meus dedos de leve antes de soltá-la. — Foda-se. Jantar com a minha mãe parece ótimo. Acho que vou tomar banho primeiro.

Ele me deixa na varanda, meus pensamentos mais rápidos do que Tairn poderia voar. O triunvirato virá para o jantar. Eles nos testarão esta noite. *Eles mandaram as crianças embora.*

Acham que somos perigosos? Ou *eles* são?

Precisamos de alguma vantagem. O que Rhi e Brennan fariam no meu lugar?

Merda. O que eu trouxe? Brennan enviou o kit de primeiros socorros...

Brennan enviou o kit de primeiros socorros.

Preciso de Mira.

— *Andarna, quando aqueles meninos saírem da casa, preciso que você os siga sem ser vista* — digo pela união.

— *Estamos tramando coisas? Adoro tramar coisas.*

— *Estamos planejando.*

Duas horas depois, seguro o precioso frasquinho com ambas as mãos enquanto Mira e eu descemos a escada. Agora não é hora de ser desastrada. Rapidamente encontramos Talia na sala de jantar, falando da comida com um homem alto e magro que usa um avental verde-claro e esfrega as unhas com uma toalha de ponta azul.

— Violet? — A esperança ilumina o olhar dela, e ela dispensa o homem antes de se aproximar de nós. — Você perguntou a ele? — O olhar dela dispara para Mira.

Minha irmã cruza os braços e observa a mesa.

— Ele disse que jantar parece ótimo — digo a Talia. Não é exatamente uma mentira. Minhas mãos envolvem o frasco, escondendo seu conteúdo. — O resto do nosso grupo vai voar, mas seis de nós podemos comparecer. E achei que isso talvez sirva como oferta de paz, e talvez... — Pressiono os lábios em uma linha fina e olho para o frasquinho.

— Pare de debater e entregue logo para ela — ordena Mira com um suspiro alto. — Minha irmã é educada demais para sugerir que pode acalmar os ânimos e tornar esta noite menos desconfortável para todos os envolvidos. Fazer Xaden se lembrar de casa e essas coisas.

Talia ergue as sobrancelhas e eu entrego o frasquinho com as folhas desidratadas e verde-claras. Ela aceita o presente com um sorriso pasmo.

— Isto é...

— Arinmenta seca — respondo.

Que os deuses abençoem Brennan.

O deus da sabedoria é o mais difícil de aplacar. Hedeon parece responder apenas àqueles que não rezam em sua homenagem.

— O GUIA PARA AGRADAR AOS DEUSES, POR MAJOR RORILEE, SEGUNDA EDIÇÃO

CAPÍTULO TRINTA E CINCO

A sala de jantar é tão monocromática quanto o resto da casa, e as três pessoas sentadas à mesa circular se misturariam por completo com a parede verde-clara, não fosse por suas cabeças. Nairi, Roslyn e Faris vestem o que meu pai descreveu como vestes sagradas cerimoniais. Parecem muito com vestes de escribas, por mais que sejam verde pastel e não tenham capuz.

Das dez pessoas à mesa, Talia parece a mais nervosa, sentada ao lado de Faris, e Xaden de alguma forma parece inteiramente confortável ao meu lado. Lá se foram os sorrisos rápidos e os toques carinhosos.

O homem sentado ao meu lado no uniforme recém-lavado lembra mais aquele que conheci no parapeito no Dia do Alistamento do que aquele por quem me apaixonei. Ele é tão frio que eu quase espero que a temperatura ao nosso redor despenque.

Cinco criados estão esparramados entre nós, cada um com uma mão sobre um cloche de prata que cobre nossos pratos. Meu estômago revira quando Faris move o pulso. Os criados respondem ao comando mudo, erguendo os cloches que cobrem nosso jantar.

— Não seja uma cabeça. Não seja uma cabeça. Não seja uma cabeça — recito baixinho, mas, pelo olhar de esguelha que Aaric me lança, imagino que não estou cochichando tão baixo quanto penso.

Felizmente, meu prato fumega com frango assado, batatas e algum tipo de recheio misturado com o que parece ser couve-flor. Nada de cabeças.

— E estamos servidos — anuncia Faris na língua comum.

— Agradecemos a Hedeon por esta refeição — diz Nairi, também usando a língua comum. — Pela paz em nossas terras, a sabedoria que ele nos concede, e a satisfação de relacionamentos prósperos. Oferecemos a ele a confissão particular dos erros de hoje em sacrifício. Que apenas nossas mentes conheçam a fome.

— Que apenas nossas mentes conheçam a fome — repetem os hedóticos, e, de alguma forma, não fico surpresa quando Aaric não perde a oportunidade de se juntar a eles.

— Vamos comer — sugere Faris, pegando o cálice de cristal fervilhando com chá de arinmenta frio e gesticulando na minha direção. — E obrigado pelo presente. Minha Talia ficou muito satisfeita em servi-lo.

— Fico feliz em fazê-la feliz também — respondo, e um silêncio estranho se segue enquanto ele mantém o cálice erguido como se esperasse por algo.

— Ela quer dizer de nada. — Xaden toma um grande gole do chá e o coloca sobre a mesa com um pouco mais de força que o necessário.

O sorriso de Faris tremula, mas então ele também decide beber. Todos bebemos, mas isso não alivia o desconforto enquanto começamos a comer.

— O que acharam da nossa cidade? — pergunta Roslyn, os olhos castanhos enrugando nos cantos quando ela sorri.

— Difícil dizer, considerando que não vimos nada. — Mira tira uma fatia de limão da extremidade do prato e a joga na taça.

— Com sorte, podemos mudar isso amanhã — responde Roslyn, observando Mira como se tivesse encontrado uma oponente digna para uma partida de xadrez.

— Depois de passarmos no seu teste? — pergunto. — É isso, certo? Não estamos em um ambiente formal como é o costume, nem temos testemunhas, mas estão nos testando.

Cat deixa os talheres no prato, mas Aaric remexe no frango, totalmente tranquilo.

— Talia servirá como testemunha. — Nairi corta uma batata. — E pensamos que o ambiente informal seria melhor considerando a... natureza delicada das relações entre os presentes.

Talia encolhe os ombros, diminuindo-se.

— Você quer dizer para o caso de eu envergonhar minha mãe em público com minha falta de *sabedoria*. — Xaden se recosta e passa o braço pelas costas da minha cadeira. — É disso que tem medo, mãe?

— Não. — O olhar de Talia dispara para Xaden, e ela endireita a postura. — Minha hesitação sobre esta noite é graças à minha própria vergonha, pois pedi a Faris um favor pessoal para que vocês possam ficar mais confortáveis durante a conversa. Não me preocupo com sua inteligência, Xaden. Você sempre foi um garoto brilhante.

Ela estende uma mão trêmula para o cálice.

— Então me contem uma coisa. Quando vocês morrem, os dragões morrem também? — pergunta Faris, mudando de assunto.

— Depende do dragão — respondo. — Mas, no geral, não.

— Grifos morrem — acrescenta Cat. — A união é pela vida toda.

Faris pisca.

— Unir sua vida à de outro, principalmente a algo frágil e facilmente destrutível quanto um humano, parece uma tolice. — Ele franze as sobrancelhas. — Você respeita seu grifo por essa escolha?

— Eu a respeito por quem ela é, e confio nas decisões que toma — responde Cat. — Os grifos e o sacrifício que escolheram ao se unir aos humanos nos permitiram vencer a Grande Guerra e sobreviver a séculos de guerra depois disso.

— Falou como um membro da família real. — Nairi estreita os olhos para Cat. — Talia diz que você está na linha de sucessão para o trono de Poromiel.

— Se a rainha Maraya escolher não ter filhos, meu tio governará, e cedo ou tarde minha irmã será uma excelente rainha. — Ela pega o garfo e a faca de uma maneira que os desafia a argumentar com qualquer coisa.

O olhar de Nairi muda de Cat para Xaden e para Aaric.

— Tantos jovens membros da realeza. Tantas alianças em potencial. Por que vocês não têm contratos uns com os outros? Parece... tolice não forjar futuros e fornecer herdeiros que poderiam unir seus reinos.

O frango fica seco na minha boca, mas Mira me lança um olhar de "dá pra acreditar nessa gente?" que estabiliza as batidas do meu coração.

— Meu irmão será rei — diz Aaric, cortando o frango como se fosse apenas mais um jantar normal. — Embora um rei horrível. Herdeiros e alianças não são minha preocupação atual. Vou lutar nessa guerra, provavelmente acabarei morrendo, e farei isso sabendo que protegi outros.

— A honra não é equivalente à sabedoria. — Nairi suspira e olha para Xaden. — E sua desculpa? Recebemos notícias há meses de que seu título foi restaurado.

O que significa que eles possuem informações atualizadas. Eles sabiam sobre a rebelião. A execução de Fen. Respiro fundo para ajudar a esfriar a raiva instantânea e fumegante que arde em minha garganta e me faz olhar feio para Talia. Ela sabia e o *deixou* lá, nem sequer voltou.

Xaden espeta um pedaço de batata com o garfo, mas mantém o braço ao redor da minha cadeira.

— Bem, então, como vocês *sabem*, sou duque, não príncipe.

— Tyrrendor é a maior província de Navarre — diz Talia ao triunvirato, prontificando-se a defender o filho. — Grande parte do território fica além das égides, então sua aliança com o reino sempre foi... mais fragilizada que as outras. Não me surpreenderia descobrir que, durante essa guerra, Tyrrendor recuperou sua soberania, e é por isso que uma aliança que perdurará por muito tempo — o sorriso dela desaparece, e ela olha para Xaden e eu — foi feita. Mas você não...

Xaden mastiga devagar, e então engole quando todos olham para ele.

— Não devo nenhuma satisfação a você sobre minha vida amorosa.

Talia se encolhe, e então coloca as mãos sobre o colo, mas seu foco está em Cat.

— Pelo amor dos deuses — murmura Cat, abandonando os talheres outra vez. — Eu disse sim, ele disse não. Ele conheceu Violet, e agora eles são... o que são. Acontece que são dois dos mais poderosos cavaleiros do Continente, então, de certa forma, a aliança dos dois talvez seja mais *sábia*. Os dois podem destruir e refazer o Continente se quiserem. Além disso... estou com outra pessoa agora.

Meu peito aperta com gratidão atônita, mas ela apenas revira os olhos quando olho em sua direção.

— Romper uma aliança tão vantajosa é... — Nairi balança a cabeça para Xaden. — Insensato.

Ah, *merda*.

O jantar revira em meu estômago. Eles não estão julgando nossa inteligência; estão dissecando nossas escolhas de vida.

— Mas facilmente remediado — diz Faris, olhando para Nairi e Roslyn. — Demonstraria grande sabedoria e dedicação aos seus respectivos títulos se fizessem um contrato por três... talvez quatro anos?

Roslyn assente.

— Tempo suficiente para garantir um herdeiro para Tyrrendor e colocar sangue poromielês na linha de sucessão.

Vou vomitar.

Garrick bufa uma risada sarcástica.

— Se linhagens sanguíneas significassem alianças, não estaríamos aqui sendo interrogados. — Ele olha para Talia à sua direita. — Ele *é* seu filho, não é?

Ela vira o chá de uma só vez.

— Um contrato de casamento seria mais sábio — concorda Nairi, assentindo e ignorando as palavras de Garrick. — Podemos resolver as legalidades de manhã no templo e amanhã à tarde ouvir o que será, sem dúvida, um apelo por nossa assistência em sua guerra.

A madeira range atrás de mim.

— Redijam os papéis — diz Xaden, agarrando minha cadeira.

Bile sobe à minha garganta. O que ele está fazendo, cacete?

A cabeça de Cat se volta na nossa direção, Mira e Garrick estão boquiabertos e Aaric continua comendo sem se abalar.

Quero a droga da nossa conexão de volta *agora.*

— Ah, pronto! — Faris bate palmas duas vezes. — Que decisão excelente. Devemos escolher três ou quatro anos?

— A vida toda. Qualquer prazo menor é inaceitável. — Xaden desliza a mão para a minha nuca. — E o nome completo dela para a papelada é Violet Sorrengail. Com dois Rs.

Fico dividida entre jogar uma adaga no peito dele e sufocá-lo com beijos.

Mira esconde um sorriso.

— Meu último nome é relacionado ao título, mas podemos usar o seu — oferece Xaden, e os olhos suavizam só um pouco ao encontrarem os meus.

— Vocês podem colocar um hífen — sugere Garrick. — Ou fazer uma combinação? Riorgail? Sorrenson?

— *Não* é disso que estão falando — sussurro para Xaden.

— Não estou nem aí para o que eles querem — ele responde alto, e os dedos sobem e descem por minha nuca enquanto encara o triunvirato. — Vocês podem questionar nosso conhecimento, testar nossa honra ou dedicação como cavaleiros e paladinos. Podem propor enigmas, cenários falsos, jogos de xadrez; por mim tanto faz. Mas, se acham que vou deixar a única mulher que já amei em troca de assinar um contrato de casamento com uma mulher com quem *não* me dou bem, a falta de sabedoria é sua, não minha.

— São apenas três anos — implora Talia, o pânico surgindo em seu olhar. — E então voltariam a ficar juntos. Decerto o potencial de nossa aliança, de compartilhar nosso conhecimento, faria esse sacrifício valer a pena. Pense em Tyrrendor.

Xaden se inclina à frente e a mão deixa minha nuca.

— Você não pode sequer imaginar as coisas que sacrifiquei por Tyrrendor. Perdi meu pai, minha liberdade, minha própria… — Ele se interrompe e eu olho para o chão, quase esperando ver sombras rodopiando aos seus pés. — Violet é a única escolha que fiz *por mim*. Não a sacrificarei por três anos. Nem por um único *dia*. Você saberia disso se não tivesse me abandonado, se ao menos me *conhecesse*.

— Eu não quis deixar você para trás! — Ela balança a cabeça, e as sobrancelhas de Faris se unem em reprovação. — Seu pai não me permitiu…

— Não fale do meu pai. Fui eu quem precisou vê-lo *morrer*. — Xaden aponta para a relíquia da rebelião no pescoço. — Você deixou uma criança para enfrentar uma guerra que você sabia que estava vindo, em um continente que sabia que estava infestado de dominadores das trevas.

— Eu não podia levar você — repete ela. — Você é o herdeiro de Tyrrendor.

— Você poderia ter ficado — retruca ele, e meu coração dói com o tom gélido que eu sei que esconde a mágoa. — Você poderia ter sido minha mãe.

Deslizo a mão para o joelho de Xaden, desejando ser possível tomar um pouco de sua dor.

— Eles teriam me executado ao lado de seu pai, ou em segredo como foi feito com o marido de Mairi. Fiz o que achei ser melhor! — argumenta ela.

— Para você. — Um cantinho zombeteiro da boca dele se levanta. — Admito, você se saiu bem. Quem precisa ser a duquesa viúva de Tyrrendor quando pode ser a esposa de um membro do triunvirato? Mãe de dois? Viver em uma praia pacífica, em uma cidade pacífica, em uma ilha que beneficia apenas a si própria?

— Essa demonstração calorosa de emoção durante uma entrevista é inapropriada — murmura Nairi, espetando seu último pedaço de frango.

— A entrevista terminou antes de começar — diz Mira, girando a haste do cálice entre os dedos. — Vocês não se importam se Violet é a pessoa mais inteligente desta sala. Ou se Xaden dividiu Basgiath para salvá-la, e então voltou para lutar por Navarre porque era a coisa certa a se fazer. Ou se Cat mora no ambiente mais hostil possível só para ajudar seu reino. Vocês não se importam se Aaric precisou assumir um papel que odeia para que pudéssemos ter um representante real, ou se Garrick ficou ao lado de Xaden, não importa quanto custou a ele. Nós provamos nossa falta de sabedoria ao vir aqui, para começo de conversa. Vocês jamais iriam compartilhar seu conhecimento ou se aliar a nós.

— Verdade. — Nairi tira uma pedra de jade das vestes e a coloca diante do prato. — E é a primeira demonstração de sabedoria dita nesse ambiente, o que atrai meu interesse. Agora, me diga, o que você acha de nossa cidade?

Mira olha para mim e eu entendo a mensagem. *Minha vez.*

— Do ar, parece perfeita. — Eu me endireito. — É uma coleção de bairros primorosamente planejados, tudo com locais de encontro centrais para mercados e reuniões.

— É perfeita — concorda Roslyn, passando a própria pedra de jade por cima dos nós dos dedos.

— E cruel. — Faço minha avaliação em um tom sem emoção que deixaria Xaden orgulhoso. Ele cobre minha mão com a dele e entrelaça nossos dedos.

Roslyn segura a pedra e coloca a mão no colo.

— Por favor, prossiga.

É mais uma ameaça que um pedido.

— Vocês destruíram uma cidade existente para construir a que existe agora, não foi?

— Melhoramos nossa capital, sim. — Roslyn estreita os olhos. — As cidades menores devem completar sua renovação no fim da década.

— E ao fazer isso vocês destruíram a base histórica da cidade, casas nas quais seus cidadãos viveram por gerações. Sim, a cidade é linda e eficiente, mas também demonstra sua intolerância por coisas que não se encaixam nela. — Engulo em seco. — Acho desconcertante, também, não possuírem um porto.

— É imprudente se aventurar na água quando sabemos muito pouco sobre o que se esgueira em suas profundezas... — diz Faris, nervoso.

Eles são... aquafóbicos?

Roslyn levanta a mão.

— Devemos aceitar críticas de um grupo que parece não saber o nome de seu próprio continente?

Um respirar fundo faz minhas costelas doerem, e a mão de Xaden aperta a minha.

Amaralis. Foi assim que as outras ilhas nos chamaram. Claro. Cada uma das ilhas dos reinos do arquipélago venera um membro do panteão, e, embora celebremos todos, nós cultuamos uma acima de todos os outros. Amari.

— É Amaralys, de acordo com os antigos registros reais, embora eu acredite que os registros poromieleses chamassem nossa terra de Amelekis. O único consenso entre nossos reinos foi chamá-lo de Continente após a Grande Guerra — diz Aaric, enfim deixando os talheres de lado após limpar o prato. — Bem arrogante da nossa parte nos referirmos à terra como Continente, como se não existissem outros além do mar, mas estamos divididos pela guerra há tanto tempo que é difícil para qualquer um pensar que somos unidos em... qualquer coisa.

Puta que pariu, o que mais Aaric não está nos contando?

— Você é bem quietinho para alguém que parece saber tanto — observa Nairi.

— Prefiro manter a boca fechada até entender as regras de seja lá qual jogo tiver minha cabeça a prêmio. Julgar o caráter e a perspicácia do meu oponente me auxilia nisso. — Ele olha para cada um dos membros do triunvirato. — Sinceramente, acho que são insuficientes, e não tenho certeza se quero sua ilha como nossa aliada. Vocês não possuem um exército e são mesquinhos com a única coisa que deveria ser gratuita para todos: o conhecimento.

— E mesmo assim busca nossos favores? — Nairi ergue a sobrancelha e pisca rapidamente.

— Eu? — Aaric balança a cabeça. — Não. Estou aqui apenas porque Halden não consegue controlar seu ego e Violet não apenas se uniu a um dos nossos dragões de batalhas mais aterrorizantes, mas também a um irid, um dragão da sétima raça. Dominadores das trevas estão se espalhando. Pessoas estão morrendo enquanto ficamos aqui sentados. A cada dia que passamos longe, o mapa de batalhas poderia mudar de maneiras que não podemos nem começar a prever. E meu reino é cheio de babacas que não aceitam refugiados, sob as ordens do rei, então encontrar os irids é nossa melhor esperança de não apenas somar forças aos nossos números, mas talvez descobrir como fomos capazes de vencer os venin há seiscentos anos. Se vocês se encaixam nessa solução, com toda a sua sabedoria, ótimo. Se esse não é o caso, parece que tudo o que estamos conseguindo aqui é revirar mais ressentimentos familiares e formas de julgamento, o que temos de sobra em casa. Se dependesse de mim, nós agradeceríamos a vocês pela refeição e iríamos embora antes de descobrir o que fazem com pessoas que não passam em seu teste.

— Entre seu grupo, a sua posição de nobreza é a mais alta — observa Roslyn, se remexendo na cadeira com uma careta. — Não depende de você?

— A nobreza não tem influência na hierarquia, pelo menos não para mim. — Aaric olha para mim. — Andarna escolheu Violet, e, apesar de quatro oficiais de patentes superiores nos acompanharem, é a missão de Violet. Ela está no comando. E, com exceção do gosto questionável para homens, confio na *sabedoria* de Violet desde que éramos pequenos.

Nossos olhares se encontram e eu abro um sorrisinho para ele.

A porta se abre e os criados entram. A sala fica em silêncio enquanto eles retiram os pratos do jantar e desaparecem nos fundos, no que presumo ser a cozinha.

— Você se uniu mesmo à sétima raça? — Roslyn me pergunta.

— Sim. — Ergo o queixo. — Ela foi deixada para trás quando sua raça saiu do Conti… de Amaralys, e nós estamos em sua busca. Agora, vocês estão interessados em falar conosco sobre uma aliança?

— Estou curiosa. — Roslyn coloca a pedra diante de seu prato.

— Convenceu duas. Estão indo bem. — Faris abre um sorriso. — Infelizmente, precisa ser uma decisão unânime e eu sou um pouco mais… sagaz na minha abordagem. Diga-me, se buscam mesmo conhecimento, por que não veneram Hedeon? Por que não moram aqui como outros que buscam sabedoria, em vez de estabelecerem uma aliança? Nossas bibliotecas são incomparáveis, nossas universidades focam em conhecimento e cultura, e não na morte.

— Fui ensinada que não se deve rezar por sabedoria, e sim fazer por merecê-la, e, por mais que eu fosse adorar ficar na biblioteca, não estou interessada a não ser que contenha informação sobre os venin. — Dou de ombros. — Não vou me esconder em uma ilha enquanto as pessoas que amo são condenadas à morte ao serem drenadas de sua força vital.

As portas tornam a se abrir atrás de Faris, e um criado se aproxima.

— Senhor, estão prontos para a sobremesa?

— Estamos — responde Faris, e o homem volta para a cozinha.

— Por favor, me diga que fez algo com todo o chocolate que Talia está juntando há semanas. Posso jurar que ela comprou todos os carregamentos que chegaram, e sabe como é uma mercadoria rara — provoca Nairi, mas, um segundo depois, sua boca se franze e ela se endireita na cadeira. — Embora eu não tenha certeza se estou com vontade de comer doce esta noite.

— Nem eu — concorda Roslyn, segurando a barriga.

— Que tipo de informação? — Faris me incentiva, o sorriso aumentando. — Uma arma para destruí-los, talvez?

— Ela já é uma — observa Xaden quando a porta se abre, e Faris estreita os olhos um pouco para mim.

Os criados entram e depositam nossos pratos na mesa diante de nós.

Ah… *merda.* Um garfo prateado repousa ao lado de uma fatia de bolo de chocolate perfeitamente cortada.

A mão de Xaden fica frouxa sobre a minha.

— Ainda é seu favorito? — A voz de Talia fica mais estridente com o entusiasmo. — Sei que seu aniversário é só no fim do mês, mas você está aqui agora.

Xaden encara o bolo da mesma forma que Halden encarou a cabeça de Anna.

— Phyllis — Faris chama uma das criadas enquanto voltam para a cozinha. — Parece que temos quatro garfos faltando.

— Claro. Eu os buscarei imediatamente — responde a mulher antes que a porta se feche.

— Por favor, não esperem por nós. — Faris gesticula na nossa direção. — Chocolate é um doce incomum tão longe de Deverelli.

E ela o juntou por semanas. Minha mente dispara.

Semanas. Ela sabia que viríamos.

Prefiro assumir uma abordagem como a de Deverelli a uma aliança neste momento. Foi o que a rainha Marlis disse.

Courtlyn deve ter informado tudo às outras ilhas.

Talia sabia que Xaden estava vindo.

— Se você não gosta mais, tudo bem. — O sorriso de Talia tremula. — Passei mais tempo longe do que ao seu lado, e sei que gostos mudam. Você é um adulto agora, afinal de contas. Mas, caso seu gosto não tenha mudado, testamos quatro receitas e acho que esta é a mais próxima do que tínhamos em Aretia. Você costumava entrar na cozinha quando os cozinheiros estavam…

— Eu me lembro. — Xaden levanta o olhar até o da mãe. — E ainda é o meu favorito.

Aquela cena na praia quando ela fingiu surpresa foi toda… falsa. Meu estômago embrulha. Isso é errado. *Algo* está errado. Não vi detalhes que deveria ter visto.

O sorriso dela aumenta e Faris passa o braço pelo ombro da esposa.

— Você fez bem, meu amor. — Ele a beija na bochecha.

Meu olhar se volta para o de Mira, e as sobrancelhas dela se unem. Ela desliza a mão para trás na mesa e meu coração acelera. Fomos enganados. Talia sabia que Xaden viria, o que significa que Faris sabia… E ele é mais *sagaz* em sua abordagem para nos testar.

Convenientemente, os quatro hedóticos não possuem garfos.

Tem algo no bolo.

Xaden estende a mão para o garfo e meus dedos afundam no joelho dele. Xaden me encara, duas linhas se formando entre as sobrancelhas.

Balanço a cabeça e então me viro para a direita e arranco o garfo de Aaric.

Cat deixa cair o garfo, que retine no prato.

— Tem gostinho de casa... — diz Garrick, levando outro pedaço à boca.

Ah, *Amari*, ele já comeu um terço da fatia.

— Pare! — Meu coração martela no peito.

Garrick se interrompe e coloca a garfada no prato.

— Ele disse que podíamos… — Ele pisca uma vez e oscila. — Eu me sinto… sinto…

O tempo parece desacelerar quando as pálpebras de Garrick tremem e ele cai em direção à mesa.

— Garrick! — grita Xaden, afastando-se da mesa enquanto Aaric dá um pulo, segurando a cabeça de Garrick antes que bata no tampo.

O olhar de Aaric se volta em pânico para Xaden.

— Ele não está respirando!

O teste de cidadania para aqueles que desejam residir em Hedotis me lembra o exame de admissão para a Divisão dos Escribas, mas nosso teste é feito para medir o que um cadete em potencial já aprendeu, e o deles parece tentar provar o quanto ainda falta aprender.

— Hedotis: Ilha de Hedeon, por capitão Asher Sorrengail

CAPÍTULO TRINTA E SEIS

Cadeiras rangem contra o chão de pedra enquanto Mira, Cat e eu nos levantamos.

— *Voltem!* — grito pela união, e o pânico parece segurar meu coração com garras e dentes.

— *Já estamos a caminho* — responde Tairn.

— *Chradh está...*

— *Enfurecido, mas não está sofrendo a perda de seu cavaleiro, pelo que sei.*

— *Ele acabou de botar fogo em uma parte da floresta* — acrescenta Andarna.

— Riorson, ele não está... — Aaric começa a repetir.

— Ouvi da primeira vez. — Xaden engancha os braços sob as axilas de Garrick e o levanta da cadeira, deitando-o no chão e se ajoelhando ao seu lado.

— O que tinha nisso? — pergunto a Faris, dando a volta na mesa.

O sorriso dele passa de divertido para cruel, mas ele não responde.

— Chamem Trager! — ordena Mira, e ouço uma porta se abrir e fechar atrás de mim.

Xaden pressiona a orelha contra o peito de Garrick.

— Devagar, mas batendo.

— Precisamos fazer ele respirar... — começa Aaric. — Ele está *azul*, porra!

— Eu tenho olhos. — Xaden aperta o nariz de Garrick, cobre a boca de Garrick com a dele e sopra.

O peito de Garrick sobe.

Cambaleio e endireito a postura, encontrando Talia encarando Garrick, horrorizada.

— O que tinha no bolo? — pergunto para ela.

Ela se assusta.

— Nada. — Ela franze o cenho enquanto olha para a fatia de Garrick, e estende a mão para pegar a fatia dela. — É só...

— Não é para você, minha querida. — Faris retira o prato dela, então se encolhe, inclinando a cabeça enquanto passa a mão pela barriga.

— O que você fez? — Talia se levanta tão bruscamente que a cadeira se choca na parede atrás dela, deixando uma marca na superfície impecável.

— Eu os testei, assim como você pediu — diz ele, com um sorriso amoroso. — Aqui, na privacidade de nossa casa, onde estariam confortáveis.

Nairi e Roslyn empurram seus pratos para longe, trocando olhares irritados enquanto Mira se aproxima, pronta para o ataque.

— Você envenenou meu *filho*? — grita Talia.

— Seu filho foi sábio o suficiente para não comer — responde Faris. — Nossa ilha pode ser implacável. Você devia estar orgulhosa, e não sentindo raiva.

Pego o que sobrou do bolo de Garrick e levo até o nariz. Tem cheiro de chocolate, açúcar e talvez um pouquinho de baunilha, mas... ali está. Inspiro fundo, sentindo um aroma enjoativamente doce. Como uma fruta que foi deixada ao sol por tempo demais.

— Ainda está desacelerando — diz Aaric, e, quando olho outra vez, ele está com a orelha apoiada no peito de Garrick enquanto Xaden continua a fazer a respiração boca a boca no melhor amigo.

Minha mente não só corre acelerada, ela *voa*. Poderia ser qualquer coisa. Esmagado e adicionado à farinha, líquido e misturado com os ovos ou adicionado à cobertura. Pode ser nativo ou importado. Tudo que tenho é o guia de campo de meu pai. Estamos tão deslocados do nosso mundo aqui que nem sei se Brennan seria capaz de ajudar.

— Violet — implora Xaden quando nossos olhares se encontram. O pânico naquelas profundezas cor de ônix me abala de uma forma que nada mais consegue.

Inspiro fundo e acalmo as batidas do meu coração para desacelerar meus pensamentos.

— Eu vou descobrir — prometo. — Não vou deixar ele morrer.

Xaden assente e respira por Garrick outra vez.

Sinto o cheiro do bolo uma última vez antes de deixá-lo de lado, e vejo Faris nos observar com uma atenção curiosa. Devagar, Talia se afasta até a parede curvada, passando os braços ao redor de si enquanto observa Xaden.

— É agora que decidem pegar em armas? — pergunta Faris, remexendo-se na cadeira. — Que ameaçam me matar se eu não contar o que seu amigo esfomeado ingeriu?

— Não. — Apoio o quadril contra a mesa, onde Talia estava sentada antes. — É agora que eu te informo que já te matei.

O sorriso de Faris desaparece.

— E mesmo assim estou respirando, e seu amigo não.

No entanto, o corpo dele estremece como se tentasse conter o vômito, e ele cobre a boca.

— Ah, você vai respirar muito bem. — Olho para os outros três. — Vocês todos vão. O que vai acabar matando vocês é vomitar até que a bile se transforme em sangue. Vai começar daqui a uns dez minutos. Não se preocupem, só leva uma hora. Uma forma um pouco terrível de morrer, mas usei o que eu tinha à disposição.

Nairi levanta da cadeira e cai de joelhos, vomitando no chão.

— Merda, calculei o tempo errado — digo para Mira.

— Ela tomou duas taças. — Mira torce o nariz e dá um passo para trás enquanto Nairi esvazia o estômago no chão.

— Vocês tomaram e comeram o mesmo que nós — diz Faris, empalidecendo. — Eu observei.

— Mas não nos observou antes do jantar. — Tamborilo meus dedos na mesa. — Antes, estávamos só nós seis. Está curioso para saber o que dei a todos como aperitivo enquanto descíamos as escadas?

Os olhos dele faíscam.

— Você está mentindo.

— Até parece. — Observo de esguelha quando Talia desliza pela parede, abafando um grito com o punho. — Hora do teste de *vocês.* Sabe por que é ilegal exportar arinmenta? Por que é contra as regras levá-la para fora de Aretia?

— A porra do *chá* — sibila Faris, lançando um olhar feio para Talia.

Ergo a taça vazia na frente de Faris e a viro de ponta-cabeça.

— E você bebeu tudo. — Faço um tsc-tsc e coloco o cálice de volta na mesa. — Vamos fazer um acordo. Eu estava guardando isso para a improvável possibilidade de falharmos no seu teste e precisarmos de alguma vantagem, mas podemos fazer o seguinte: você me dá o seu antídoto, e eu dou o meu para você.

— Você não vai me vencer. — Ele balança a cabeça.

A raiva pinica minha pele.

— E você não vai envenenar meu amigo e sair impune. — Inclino a cabeça, recusando-me a deixar *qualquer parte* do pânico em meu estômago aparecer na minha expressão.

— Seu amigo morrerá nos próximos vinte minutos, e eu ainda tenho quarenta. Posso mandar os guardas matarem todos vocês. Acha que não encontraremos o antídoto no seu quarto? — A voz dele aumenta de tom.

A casa estremece e um rugido ensurdecedor chacoalha os garfos nos pratos.

— Então boa sorte. — Consigo manter a voz equilibrada. — Você tem guardas medíocres. Tenho dez cavaleiros e paladinos letalmente treinados, quatro grifos e *sete* dragões que estão putos pra caralho. As chances estão ao meu favor.

Faris fica branco.

— Como sei que não está blefando? Que nos deu algo mortal?

— Não tem como saber. — Dou de ombros. — Mas, assim que sua esposa começar a vomitar sangue, temo que o antídoto não fará diferença. O tempo está passando.

A porta se abre de uma vez atrás de nós, batendo contra a parede.

— Ah, *merda*. — Drake imediatamente sai da frente da porta e Trager entra correndo, acompanhado pelos outros.

— O que deram para ele? — pergunta Trager, caindo de joelhos diante de Xaden.

— Estou tentando descobrir — digo a ele.

E estou fracassando.

Faris não responde a uma ameaça à sua vida, e nem à vida de sua esposa. Vai contra todos os meus instintos naturais. Eu teria agarrado o antídoto assim que percebesse que Xaden estava em apuros.

— *Pare de pensar como você* — ordena Tairn. — *Pense como ele.*

— *Ele prefere morrer a perder.* — O medo ecoa por cada palavra. — *Ele não vai me contar.*

— *Então pare de perguntar a ele.*

— Violet! — grita Xaden.

— Temos que deixar as batidas do coração dele mais fortes. — Trager põe as duas mãos sobrepostas no osso esterno de Garrick e força todo o peso para baixo. — Continue respirando por ele.

A porta se abre atrás de Faris e um criado arfa, bate a porta e solta um grito.

Meu olhar se volta para Mira.

— Preciso que você cuide de qualquer coisa nessa casa que pode nos matar. — Então olho para a porta e encontro Dain de pé atrás de Cat e Ridoc. — Peguem o livro do meu pai sobre Hedotis. Está na minha bolsa, no lado direito da minha cama.

Dain assente e sai correndo.

— Vamos trancar a casa *agora* — ordena Mira. — Temos três portas neste andar. Cordella, fique com a frente. Cat e Maren, cuidem dos fundos perto do pátio. Eu fico com a lateral. Ridoc e Aaric, fiquem com Violet. — Ela saca sua adaga e passa correndo pelas duas mulheres que estão vomitando e pela entrada dos criados até a cozinha.

O cozinheiro.

— Ridoc, comigo! — chamo por cima do ombro e corro pela porta que Mira deixou aberta, entrando na cozinha.

Cinco criados estão ao redor de uma mesa grande e bagunçada, com as mãos erguidas e as palmas para fora. Dois outros estão perto da lareira, um na bacia de água e mais dois perto do forno de pedra.

— Onde está o cozinheiro?

Eles me encaram.

— Onde está o cozinheiro? — repito, agora em hedótico.

A criada que acabou de nos encontrar estremece enquanto aponta para uma porta à direita. Saco duas adagas e confio em Ridoc para vigiar minha retaguarda enquanto passo correndo pelos criados e entro... na despensa.

Prateleiras com potes e cestos de frutas cobrem as paredes.

O homem alto e magro se assusta e quase deixa cair o que parece ser um pote de ovos em conserva.

— O que você colocou no bolo? — pergunto em hedótico.

— O que me mandaram colocar. — Ele devolve o pote à prateleira e então pega uma faca do bloco.

— Não faça isso. — Ergo minhas adagas. — Só me diga o que está matando meu amigo e eu o deixarei viver.

Ele vem correndo na minha direção e eu atiro minhas adagas em uma sucessão rápida, cravando-as nos dois antebraços com força. Sangue escorre por seus cotovelos e ele deixa cair a faca de cozinha, então grita, encarando os braços enquanto as mãos tremem.

— Falei para não fazer isso! — Dou três passos e arranco as duas adagas pelas empunhaduras, dando um chute no meio da barriga dele.

Ele cai para trás, estatelando-se contra as prateleiras.

Uma dor debilitante explode na lateral do meu corpo e eu arfo, tensionando cada músculo como se isso de alguma forma fosse desfazer os últimos trinta segundos e poupar minha costela quebrada. *Merda*, eu não pensei nisso direito.

O cozinheiro junta as mãos trêmulas em um gesto de súplica, revelando as meias-luas azuis sob suas unhas.

— Por favor. Não. Tenho esposa. E dois filhos.

Azul.

Ele não estava usando uma toalha de ponta azul. Ele estava usando a toalha para esfregar o tom azul das mãos.

Eu me afasto devagar da despensa e encontro Ridoc vigiando a porta, jaqueta de voo desabotoada, espada em mãos.

— Estamos procurando algo azul.

— Está me dizendo que tem algo colorido de verdade nessa ilha? — Nós dois encaramos as panelas, os potes e os pratos cobrindo a mesa agora vazia, e então nos aproximamos. Ridoc guarda sua espada, pega uma panela, confere o conteúdo cor de creme e a devolve à mesa. — Até a droga dos pássaros são brancos…

Passaréris.

Unhas azuis. O cheiro de fruta madura demais.

É isso.

— Sei o que é…

O cozinheiro grita enquanto corre para fora da despensa, e Ridoc e eu damos meia-volta.

Meu coração estremece quando vejo a faca do cozinheiro no ar. Desvio para a direita e então mergulho à frente na direção do cozinheiro, bloqueando a dor como se pertencesse a outra pessoa, e faço um movimento que copio de Courtlyn. Jogo a adaga com um giro do pulso e prendo a mão ensanguentada do cozinheiro contra a porra do batente da porta.

Ele tem a cara de pau de berrar como se não merecesse aquele golpe.

— Fique aí — ordeno em hedótico e me volto para Ridoc.

Ofego enquanto Ridoc olha para baixo.

A faca do cozinheiro está alojada na lateral do corpo dele.

Queria que você e Sawyer estivessem conosco, mas fico grata por termos Ridoc, ainda que o sarcasmo dele irrite Mira horrores.

— Correspondência recuperada da cadete Violet Sorrengail endereçada à cadete Rhiannon Matthias

CAPÍTULO TRINTA E SETE

— Ridoc! — O medo toma conta de mim, mais frio que uma rajada de neve em janeiro, enquanto cambaleio para a frente.

Não. Não. Não. As palavras formam um cântico de pura negação na minha cabeça.

— Isso é... uma pena — diz Ridoc baixinho, encarando a faca que se projeta na lateral do corpo.

Ridoc não. *Ninguém*, mas principalmente não Ridoc.

Isso não está acontecendo. De novo não. Não quando estamos a milhares de quilômetros de casa e ele ainda não se graduou, nem se apaixonou, nem teve a oportunidade de *viver*.

— Você está bem — sussurro. — Só fique com a faca aí, e eu vou trazer Trager...

Ridoc toca o cabo da faca.

— Não! — Eu me estico e agarro a mão dele, mas ele já arrancou a lâmina.

Pressiono as palmas na lateral dele para estancar o sangue... mas não vejo nenhum. Também não há buraco na camisa, só dois cortes na jaqueta de voo e um corte no tampo da mesa.

A lâmina atingiu a ponta da jaqueta dele... e não *ele*.

Ridoc voa para cima do cozinheiro e eu retraio as mãos.

— Babaca! — grita Ridoc, e me viro para vê-lo afundar o punho no rosto do cozinheiro. — Tenho *quatro* uniformes, mas só *uma* merda de jaqueta de voo, e eu... — soco —, odeio... — soco — costurar!

Ridoc arranca minha adaga da mão do cozinheiro, e o homem desliza pelo batente, as pálpebras trêmulas se fechando.

— Porra, era pra vocês serem a ilha *civilizada*! — Ele limpa minha lâmina na roupa do cozinheiro, e então se vira para mim. — Qual é a inteligência de um cozinheiro em atacar dois assassinos treinados? — A expressão dele desaba. — Vi, você está bem?

Ofego e assinto.

— Sim. Eu só pensei… mas estou bem. E você está bem. E tudo está… bem, exceto Garrick, então precisamos…

A compreensão suaviza o olhar dele e ele passa o braço por cima do meu ombro, me puxando para um abraço rápido mas gentil.

— É, eu também te amo.

Aceno com a cabeça e nos separamos.

— Sei o que colocaram no bolo.

— Ótimo. — Ridoc gesticula para a porta e nós dois voltamos para a sala de jantar. — E quero um brasão por esta merda, Violet. Um brasão do esquadrão de missão. Entendeu?

— Alto e claro.

Chego na sala de jantar primeiro e encontro dois membros do triunvirato vomitando enquanto Xaden e Trager monitoram Garrick e Talia chora. Aaric espera na extremidade da mesa, com a adaga empunhada, e Faris está encurvado, segurando a barriga.

— Ele está respirando sozinho, mas superficialmente — diz Xaden. — Me diga que tem boas notícias.

— Quase. — Tento sorrir.

— Livro. — Dain desliza o guia de campo de meu pai pela mesa. Aaric o pega e passa para mim.

— Ele vai morrer em dez minutos — murmura Faris.

— Não, ele não vai.

Folheio o livro até o capítulo de que preciso, e então corro o dedo pelo gráfico que meu pai desenhou até chegar em frutas de zakia.

VENENOSAS QUANDO FERMENTADAS. TRATE COM FIGO OU LIMA NO FUNDO DA GARGANTA DENTRO DE UMA HORA.

Obrigada, pai.

— Já sei — digo para Xaden, então fecho o livro e olho para Dain. — Lá em cima na varanda do nosso quarto tem uma bandeja de prata. Pegue os figos.

Dain assente e sai correndo.

Gesticulo para Aaric e ele sai da mesa.

— Preciso de cinco copinhos com água. Fresca, não salgada. Um é para Dain.

Ele vai para a cozinha e Ridoc o segue.

— Descubra como fazer ele engolir — digo para Xaden e me apoio na extremidade da mesa, fazendo uma careta pela dor em minhas costelas quando me inclino na direção de Faris. — Estamos lutando uma guerra pelo futuro de nosso mundo. Não deveria ser uma competição. Lógica e sabedoria ditam que vocês nos ajudem para não se *tornarem* como nós.

— É a *sua* guerra — grunhe ele no mesmo instante em que Dain volta correndo.

— Esmague, esfarele, seja lá o que tiver que fazer para misturar com água suficiente para enfiar na garganta dele — digo a Dain.

— Pode deixar. — Ele sobe em uma cadeira e então anda por cima da mesa comprida, pulando quando chega à cabeça de Garrick. Então também desaparece na cozinha.

— Vai ser a *nossa* guerra. — Eu me inclino mais enquanto Faris estremece. — Acha que eles não virão para cá quando tiverem drenado cada gota de magia da nossa casa?

— Estamos seguros. — Ele me encara. — Não temos magia aqui.

— Você é um homem tolo. — Balanço a cabeça. — Eles vão drenar *vocês.*

Os olhos dele faíscam por um segundo antes de grunhir de dor.

Xaden e Trager viram Garrick de lado quando Dain volta com o preparo de figo e uma colher. Aaric e Ridoc entram, cada um carregando dois copinhos de água.

Um a um, pego os copos e os coloco atrás de mim, longe do alcance de Faris, e então finco as unhas na palma da mão para evitar o pânico enquanto eles tentam fazer a mistura descer pela garganta de Garrick.

Ele tem uma hora, de acordo com meu pai, e não faz...

Garrick tosse, cuspindo parte da mistura, mas seus olhos se abrem.

Fico frouxa de alívio enquanto Xaden grita para que ele acorde e beba o resto. São necessários quatro grandes goles antes que o copo esteja vazio e ele amoleça, a cabeça caindo no colo de Trager.

O olhar preocupado de Xaden se volta para mim.

— Ele só precisa de um tempo — digo, com gentileza. — Ainda não passou uma hora. Ele vai ficar bem.

Um músculo da mandíbula dele salta, fazendo o hematoma ondular, mas ele assente.

— Agora é a hora de você rezar para que Garrick acorde nos próximos minutos — sussurro para Faris enquanto Roslyn chora baixinho no chão. — Você reza para Hedeon, ou seja lá quem mais vai ouvir sua prece, dizendo que você não foi tão esperto quanto pensou que fosse, porque essa é a *única* forma de ele deixar você sair desta vivo.

Os olhos roxos de Faris se estreitam na minha direção.

— Por que eu rezaria para que ele acorde e me mate?

— Não estou falando de Garrick. — Balanço a cabeça. — Xaden. Sgaeyl é famosa por ser um dos dragões mais implacáveis de Navarre, e ela o escolheu como cavaleiro por um motivo.

O medo aparece no olhar dele.

Eu me acomodo e espero.

Três minutos depois, Garrick grunhe e abre os olhos.

— Essa é a minha ilha menos preferida.

Uma risada de alívio irrompe pelos meus lábios, e a cabeça de Xaden tomba para trás como se ele estivesse agradecendo a Zihnal, ou talvez Malek, por não levar seu melhor amigo.

— Você não venceu — diz Faris, irritado.

— Você está morrendo. Acho que isso faz de você o perdedor. — Eu me levanto da mesa.

Xaden se levanta e passa correndo por mim, arrancando Faris da cadeira e o empurrando contra a parede.

Ai, *merda*. E eu pensando que eu estava blefando. Meu estômago embrulha quando Xaden atinge Faris com um gancho de direita de esfarelar os ossos.

— Você envenenou ele? — Xaden o bate contra a parede de novo. — Você tentou envenenar *ela*? — Ele saca a adaga da coxa e a segura contra a garganta de Faris.

— Opa, opa. — Ridoc se aproxima dos dois. — A gente não pode sair matando aliados em potencial, mesmo que sejam horríveis.

Xaden lança um olhar para Ridoc que faz meu sangue gelar. Este não é ele.

— Não. — Eu me aproximo sem pensar, colocando-me entre os dois e empurrando Ridoc de leve no peito. — Não.

Ridoc ergue a sobrancelha, mas dá um passo para trás, e os olhos de Dain se estreitam quando me volto para Xaden.

— Olhe para mim. — Seguro o antebraço dele, mas Xaden não se afasta da garganta de Faris. Um fiozinho de sangue aparece na lâmina. — Olhe. Para. Mim.

O olhar de Xaden se volta para o meu, e sinto o estômago revirar. É como encarar um estranho disfarçado como o homem que amo.

— Pare com isso — sussurro. — Controle-se e volte para mim porque preciso de você. Não *disso*. De *você*.

Os olhos dele brilham com reconhecimento. Um segundo depois, ele se afasta de Faris, abaixa a adaga, passa por mim, passa por Ridoc, Aaric e Dain, passa pela própria mãe, Garrick e Trager e se apoia contra a parede ao lado da porta. Ele embainha a adaga e cruza os braços, encarando o prato diante da minha cadeira.

— Você tem um plano? — pergunta Dain, o olhar passando de Xaden para mim. — Ou está improvisando?

— Tenho um plano. — Mais ou menos. Esse plano está se deteriorando conforme Faris enrola para ceder. Matar o triunvirato não vai nos fazer ganhar a aliança de que precisamos e, naturalmente, Faris sabe disso. — Pode preparar todo mundo para voar?

Dain assente.

— Aaric, ajude Trager com Garrick e comece a levá-lo na direção de Chradh. Ridoc, vamos juntar as tralhas do pessoal.

Eles se vão, deixando eu, Xaden, a mãe dele e o triunvirato na sala.

— Sente-se — ordeno a Faris, apontando para a cadeira, e, para minha total surpresa, ele obedece. — Qual é o preço que eu deveria cobrar pelo antídoto?

— Para Malek com você — rosna ele.

— Pena você não saber mais sobre Tyrrendor, considerando que sua esposa morou lá por dez anos. — Vou até a beirada da mesa. — Arinmenta, imagine só. Irônico ter sido a sua ignorância, e não a minha, que descobrimos hoje à noite.

— Vocês jamais sairão daqui vivos — promete ele.

— Sairemos, sim. — Coloco os quatro copos diante de mim, então tiro quatro frascos do meu bolso frontal esquerdo. — A única dúvida é se vamos sair daqui com uma aliança, uma compreensão ou um triunvirato recém-eleito.

Ele grunhe, mas seu olhar segue meus movimentos enquanto despejo os frascos na água, um por copo. O líquido claro logo fica preto e lamacento.

— Qual é a sua escolha? — pergunto a Faris.

— Meus criados sabem o que aconteceu aqui. Os guardas da cidade atirarão em seus dragões no céu — ameaça ele.

— Duvido muito. — Pego da mesa o garfo que Aaric não usou e misturo a água nas taças. — Porque daqui a um minuto minha irmã vai trazer um de seus guardas e você vai dizer a ele para nos deixar ir embora, já que temos uma nova aliança fundada em… — Eu volto o olhar para Talia, que trouxe os joelhos para o peito enquanto se contorce de dor — parentesco. Acho que o contrato de casamento de alguém funcionou como deveria, porque o filho de sua esposa é o duque de Tyrrendor. Naturalmente, você vai querer nutrir um relacionamento desses.

— Você jamais poderá confiar em mim. Eu os trairei assim que partirem.

— Não vai, não. — Balanço a cabeça. — Porque, como disse, seus criados sabem o que aconteceu aqui. Você com certeza pode fazer todos eles se calarem, mas não pode *nos* calar. Acha mesmo que sua ilha vai apoiar sua próxima campanha pelo poder se souber que foram enganados em sua própria casa?

Ele aperta os punhos enquanto seu estômago se contorce, mas não vomita.

— Como você fez isso?

Agora sim, *isso* é progresso.

— Arinmenta é igualzinha à menta normal, e é por isso que sua exportação é proibida. Sozinha, misturada ao leite ou transformada em chá com limão ou um pouco de camomila, faz maravilhas para o sono e a cura. Só que quando é combinada com outras ervas mais comuns, digamos a casca de tarsilla em pedacinhos, se torna um veneno mortal, e tarsilla cresce por toda a sua praia. — Eu me inclino, com cuidado para não torturar minhas costelas, de forma a ficar na linha de visão dele. — Agora me pergunte por que sairemos daqui sem você dizer nada.

— Por quê? — diz ele entre dentes.

— Porque você ama seus filhos. — Abro um sorriso. — Por isso você mandou que fossem embora da casa durante o jantar.

O medo o faz arregalar os olhos.

— Pergunte por que só temos seis dragões lá fora. — Ergo as sobrancelhas e espero, mas a respiração dele está ficando cada vez mais rápida. — Se vai ser dramático, eu dou a resposta. É porque a sétima está ao lado da janela da casa de seus pais, onde os seus filhos estão dormindo… e vai continuar lá até saber que estamos fora do alcance de qualquer arma que você possa estar escondendo.

Aprovação inunda a união, e imagino o peito de Tairn se inflando cheio de orgulho.

— Impossível. — Faris balança a cabeça. — Alguém teria visto.

— Não quando o dragão é um irid.

O suor escorre da testa dele, ficando preso em suas sobrancelhas.

— Você não faria isso. São crianças.

— Quer mesmo arriscar? — Eu me levanto e deslizo o primeiro copo na direção dele. — Ou quer beber isso e continuar vivo?

— Faris! — chora Talia. — Por favor!

— Você não me enganou. Nada disso aconteceu. — Ele estende a mão para o copo.

— Eu não enganei você *sozinha* — admito. — Meu pai ajudou.

Ele segura o antídoto.

— Os olhos. Eu deveria ter reconhecido seus olhos. Você é a filha de Asher Daxton.

— Uma delas, sim. — Um sorriso lento se espalha pelo meu rosto. — E nesse instante a outra está no comando completo da sua casa. A escolha é sua.

Ele bebe.

Xaden sequer *olha* para a mãe quando finalmente nos afastamos.

***

Pairamos fora do alcance das bestas até que Andarna se junte a nós, e então voamos pela noite, indo em direção noroeste junto às rotas de comércio. Temos apenas mais duas grandes ilhas por onde procuraremos os irids, e, por mais que eu goste de não estar sendo caçada por Theophanie, não podemos ficar aqui pelo tempo que precisaríamos para vasculhar direito todas as menores. A cada dia que voamos, aumenta o tempo do voo de volta para casa, onde a menor das nossas preocupações será a corte marcial que nos aguarda se não trouxermos o auxílio que desobedecemos ordens para encontrar.

De manhã, ainda não há sinal de terra.

Meu peito parece estar permanentemente apertado. Deuses, se eu estiver errada, não terei apenas quase feito Garrick morrer, também serei o fim do resto de nós.

Cochilo e acordo na sela, minha exaustão a única coisa capaz de contrabalancear a dor nas costelas. Por sorte, o poder na runa de escudo solar que carrego ainda está funcional, e minha pele não se queima conforme a temperatura aumenta. Quando o sol fica diretamente acima de nós, chegamos à ponta sudeste do arquipélago que leva a Zehyllna.

— *Deve levar mais uma hora para chegarmos à costa* — diz Tairn enquanto sobrevoamos a primeira ilha, que parece pequena o suficiente para ser engolida por uma única tempestade.

— *Os outros vão conseguir chegar tão longe assim?* — questiono. Andarna já está presa no peito dele.

— *Não posso precisamente fazer a pergunta, mas, como nenhum deles tentou morder minhas asas, acredito que é um bom sinal.*

Ou eles estão cansados demais para isso.

Eu me viro o máximo que minhas costelas permitem e vejo que os grifos estão, no geral, mantendo a posição ao centro da formação.

— *Kiralair está atrasando um pouco.*

— *Está?* — Tairn não olha para trás. — *Ou é Silaraine?*

Bloqueio o sol com a mão e foco na segunda fileira de grifos.

— *Você tem razão. Parece que ela ficou para trás para acompanhar Silaraine.*

Ainda bem que Cath e Molvic têm a retaguarda e vigiam por outra fileira atrás.

— *Eu sei.* — Cruzamos a próxima ilha e a água que a cerca por todos os lados. — *Parece que Catriona encontrou alguém por quem vale a pena ficar para trás.*

O pensamento me faz sorrir enquanto me acomodo para a última parte do voo. Confirmando a estimativa de Tairn, demoramos mais ou menos uma hora antes de passar pelas praias de areia branca e as palmeiras balançando... e os humanos que acenam.

— *Isso é... incomum.* — Ninguém grita ou corre ou opera as bestas conforme passamos pela cidade costeira. Eles apenas... acenam.

— *É inquietante* — concorda Tairn.

— *Não é ruim gostarem da gente.* — Andarna se desafivela da coleira e voa para a direita de Tairn, inclinando a asa quando um grupo de crianças corre pelo campo, os braços estendidos.

Suspiro aliviada enquanto sobrevoamos as árvores de folhas verdes. Talvez a cor não seja tão intensa quanto os tons do Continente, mas com certeza é uma visão bem-vinda depois do esquema monocromático de Hedotis.

Um rio brilhante nos leva para as colinas, e passamos por uma cachoeira banhada pelo sol antes de chegar a uma chapada, então continuamos a oeste junto ao leito serpenteante do rio.

Mais três cachoeiras e aumentos da elevação depois, a capital, Xortrys, entra na vista e rouba meu fôlego.

A cidade fica situada na base de uma cachoeira enorme e curvada, e a forma como o rio se divide ao redor da cidade a faz parecer uma ilha. Os muros da cidade parecem saltar da água, e as estruturas além desafiam toda a lógica arquitetônica, como se adições verticais tivessem sido erguidas sobre construções existentes conforme necessário, fazendo a cidade crescer para cima.

— *A ponte sul é o portão principal* — eu falo para Tairn, e ele vira para a esquerda, seguindo o ramo ao sul do rio, voando em direção à enorme estrutura que abrange a água.

— *Aquilo é um portão? Ou um anfiteatro?* — pergunta Tairn quando uma grande clareira entra no campo de visão ao fim da ponte.

— *Hum... as duas coisas?*

Ao longo das árvores a oeste há fileiras e fileiras de assentos, suficientes para centenas – talvez milhares – de pessoas.

E eles estão bastante cheios.

— *Você acha que isso é normal, ou...* — começo, e então me calo. A outra opção me deixa inquieta.

— *Estão nos esperando* — responde Andarna, animada, descendo no campo antes de Tairn. A asa esquerda dela estremece quando ela as abre de forma ampla e pousa um segundo antes de nós, bem no centro do campo.

A multidão se levanta em um aplauso estridente quando Tairn encolhe as asas e se aproxima de Andarna. Algumas pessoas saltam das arquibancadas e correm para a ponte, parecendo alegres demais para estarem fugindo para se salvar.

— *Estão espalhando as notícias.*

Tairn vira a cabeça devagar e eu imito seu movimento, erguendo os óculos de voo e observando o que facilmente é a chegada mais estranha e potencialmente perigosa que enfrentamos até agora. A população é muito mais numerosa do que o nosso grupo, embora ninguém pareça estar empunhando armas. Só que eles também não se aproximam; apenas observam.

As arquibancadas são cerca de seis metros mais altas que Tairn, e as pessoas nelas aplaudem e gritam alto conforme nosso esquadrão pousa em uma fileira única e comprida. A terra estremece com a chegada de cada dragão, mas os grifos se encaixam na formação graciosamente. A empolgação no ar é uma coisa viva e palpável, ressoando nos meus ouvidos mais alto que a cachoeira distante, agarrando-se à minha pele com mais tenacidade que o calor e a umidade sufocantes, cantarolando pelas minhas veias como se a animação deles fosse contagiosa.

— *Que estranho.* — Olho para a direita e vejo que Andarna está arranhando a grama cortada com uma única garra. — *Fique por perto.*

— *Se ficar mais perto, estarei debaixo dele* — devolve ela, as garras flexionando no chão.

— *Pare de arruinar a grama antes que eles...* — Tairn abaixa a cabeça até o chão e inspira tão profundamente que as laterais do corpo incham enquanto seus pulmões expandem. — *Está sentindo isso?*

— *Sentindo o quê?*

O zumbido da multidão se torna uma entoação febril, e uma onda de energia passa pelo meu corpo, pinicando a nuca com uma sensação que me lembra... Eu ofego, surpresa.

Magia.

Para viver entre os zihlni, você precisa se preparar para aceitar a sorte como sua guia e o caos como norma.

— Zehyllna: Ilha de Zihnal, por major Asher Sorrengail

CAPÍTULO TRINTA E OITO

Não é de se admirar que as folhas aqui sejam quase totalmente verdes. Zehyllna possui magia. Não o suficiente para canalizar ou fazer escudos apropriadamente, e muito menos para usar nossos sinetes, mas com certeza existem dois feixes de magia percorrendo as uniões de Tairn e Andarna.

Enfio a jaqueta de voo na mochila para não suar até morrer e desmonto rapidamente. Tairn se abaixa ainda mais em respeito às minhas costelas doloridas, e eu acaricio as escamas acima de sua garra em agradecimento enquanto sigo para o campo.

À minha direita, Andarna vira a cabeça para a esquerda e para a direita diversas vezes, como se não conseguisse focar em uma visão antes que outra chame sua atenção, e, à minha esquerda, Ridoc olha para Aotrom, dizendo algo que não consigo ouvir acima do barulho da multidão. Atrás dele, Trager joga a cabeça para trás, rindo, e estende a mão para coçar a mandíbula de penas prateadas de Silaraine.

A grifo inclina a cabeça para dar mais espaço a ele e fecha os olhos.

Não posso deixar de me perguntar há quanto tempo ela está com essa coceira específica, já que é um ponto que não consegue alcançar sozinha.

— *Eles conseguem falar?* — Eu me aproximo o suficiente apenas para ver a fileira do nosso esquadrão e observo uma cena se repetindo entre cavaleiros e paladinos. Até mesmo Xaden está parado diante de Sgaeyl, embora pareça que a conversa dos dois não está a favor dele.

— *Todos conseguimos* — responde Tairn com um som que eu quase chamaria de suspiro de satisfação.

Eu me permito sorrir por um segundo, aproveitar a felicidade dos meus amigos que não tiveram acesso aos seus relacionamentos mais próximos nas últimas duas semanas. Então, olho para a multidão aos poucos ficando em silêncio e se sentando de novo, e observo as fileiras mais baixas sem encontrar uma única arma desembainhada. A multidão é cheia de cores, mas todos sentados na fileira da frente estão usando túnicas sem manga idênticas, cor de pêssego.

Por mais que demonstrem empolgação, nenhum deles vem nos cumprimentar. Na verdade, as pessoas que se aproximam se sentam nos assentos mais longe à direita conforme entram no campo, como se evitassem obscurecer a visão da multidão por um segundo que seja.

Um indício de sombra aparece na minha mente e meu sorriso aumenta.

— *Olá* — diz Xaden, vindo na minha direção, os cantinhos da boca se curvando. Ele também tirou a jaqueta de voo e arregaçou as mangas do uniforme até os cotovelos.

— *Oi.* — Sorrio, pois de alguma forma encontrei meu *lar* a milhares de quilômetros do Continente. — *Tudo bem com Sgaeyl?*

— *Ela está aos gritos comigo, mas prefiro isso mil vezes ao silêncio.* — Um músculo ressalta na mandíbula dele quando Xaden chega ao meu lado, e então se vira para a multidão. — *Certeza que ela passou a última semana inteira catalogando cada um dos meus erros, considerando a rapidez com que fez a lista.*

— *Sinto muito.* — Roço as costas da mão contra a dele.

— *Ela tem todo o direito de ficar com raiva.* — Ele entrelaça nossos dedos e segura com força enquanto olha ao redor. — *Preciso que você me faça outra promessa, Violet.*

— *Isso parece sério.*

Sorrio para Ridoc enquanto ele se aproxima de nós nitidamente saltitando. Os outros o seguem de perto.

— *Olhe para mim.* — Xaden suaviza o comando brusco roçando o dedão no meu.

Meu olhar dispara para Xaden e meu sorriso desaparece com a intensidade que vejo ali.

— *O que você quer que eu prometa?*

— *Que jamais vai fazer aquilo outra vez.*

Pisco, aturdida.

— *Você tem que ser mais específico.*

— *Você se colocou entre Ridoc e eu...*

— *Parecia que você ia socar meu amigo.* — Ergo as sobrancelhas. — *E você não estava exatamente em seu juízo perfeito.*

— *É disso que estou falando.* — Medo aparece na expressão dele antes de disfarçá-lo rapidamente. — *Não há como saber o que eu poderia ter feito com você. Só consigo pensar nisso agora.*

— Impressão minha ou a gente é equivalente ao circo chegando na cidade? — pergunta Ridoc.

— *Você não vai me machucar* — argumento pela centésima vez. — *Mesmo quando você* queria *me matar ano passado, você nunca me machucou. Mesmo quando está sem emoções, você ainda é... você.*

— Ah, com certeza somos o espetáculo — Cat responde Ridoc.

— Acho que essa é a minha ilha favorita. — Trager pega a mão de Cat. — O que você acha, Violet?

— *Eu, sem qualquer limite ou razão.* — Xaden abaixa as sobrancelhas.

— *Que tal se eu decidir por mim mesma quando acho que você está perigoso demais para eu me aproximar?*

— *Acho que sei quando estou perigoso demais para você se aproximar.* — Ele se inclina na minha direção.

— Deixa eles pra lá. — O tom de Ridoc canta. — Eles voltaram a fazer... seja lá o que fazem quando ignoram todo mundo por perto e fingem que só os dois existem.

— *Isso vindo do mesmo homem que acha que eu preciso saber como matá-lo?* — Levanto o queixo. — *Escolha, Xaden. Sou preciosa demais para me aproximar de você? Ou sou a única que sabe qual sombra é a sua?*

Ele me lança um olhar que deixaria Sgaeyl orgulhosa, e eu o sustento.

— *Eu não conseguiria viver com o que fiz se acabasse machucando você.* — O sol reflete os pontos cor de âmbar nos olhos dele, e eu quase cedo ao ouvir a súplica em seu tom.

— *E eu não conseguiria viver com o que fiz se ficasse parada enquanto você machuca Ridoc.* — Aperto a mão dele. — *Eu me responsabilizo completamente por minha segurança. Você é como um gigantesco estandarte de batalha balançando ao vento agora, Xaden, mas você é o* meu *estandarte, e você faria a mesma coisa se estivesse no meu lugar.*

— Ei, odeio interromper seja lá qual momento vocês estiverem tendo — diz Ridoc —, mas o pessoal está todo aqui e a emissária deles está vindo.

— *Essa discussão não acabou* — avisa Xaden enquanto voltamos nossa atenção para o campo.

— *Vou ficar feliz em vencer a discussão de novo mais tarde.* — Aperto a mão dele uma última vez, então a solto quando uma mulher de túnica laranja e bainha de espada combinando se aproxima de nós, carregando um objeto de formato cônico que tem metade da minha altura. — *Eu te amo.*

— *Teimosa pra caralho.* — Ele suspira. — *Eu* te *amo.*

Por toda a fileira, os dragões abaixam as cabeças, alertas.

A mulher não se intimida, mas a multidão fica silenciosa.

Respiro fundo para me preparar e faço uma oração para Zihnal pedindo que este encontro seja melhor que nosso último.

— Bem-vindos a Zehyllna! — diz a mulher na língua comum, e então sorri enquanto se aproxima, os dentes brancos contrastando muito com suas bochechas de um marrom profundo. Ela é linda, com o corpo curvilíneo e os olhos castanhos iluminados, um auréola de cachos leves e pretos. — Sou Calixta, responsável pelas festividades de hoje.

Festividades? Meu estômago revira com o termo, e Ridoc oscila.

Xaden inclina a cabeça.

Calixta para a mais ou menos um metro e meio de mim, olhando para nosso esquadrão, e então começa a falar em zehýlio.

Pisco. Todos os estudos que fiz são inúteis. Nada escrito poderia me preparar para ouvir o idioma falado. É uma língua rítmica, fluida, na qual uma palavra parece correr para a seguinte.

Dain responde devagar à minha direita, as palavras saindo como se ele estivesse sentindo dor ao falar.

Aaric suspira ao lado de Xaden, e então fala como se tivesse nascido por aqui. Inferno.

Dain parece pronto para assassiná-lo.

— Excelente! — responde Calixta na língua comum. — Fico feliz em falar com você na sua língua, se isso os deixar mais felizes. — Ela se vira para mim. — Seu tradutor diz que você é a líder deste glorioso grupo.

Estou mesmo começando a odiar essa palavra.

— Meu nome é Violet Sorrengail. Viemos com a esperança de…

— Garantir uma aliança! — Ela sorri. — Sim! Tivemos notícias de suas viagens há algumas semanas, e temos aguardado sua chegada desde então.

— Aqui? — pergunta Ridoc. — Vocês todos estiveram esperando aqui?

— Claro que não. — Ela bufa. — As pessoas vêm até o local do festival quando têm tempo, na esperança de serem as primeiras a ver os dragões. E Zihnal decerto está com aqueles de nós que escolheram vir hoje! — Ela olha para a multidão. — Qual deles é o irid?

Eu me afasto.

— *Courtlyn?*

— *Courtlyn* — concorda Xaden.

Andarna levanta a cabeça e Tairn grunhe pela união.

— *Parabéns por se expor.* — Estreito os olhos para ela.

— Parece… preto — observa Calixta.

Andarna pisca e as escamas mudam de cor, misturando-se à paisagem.

— Preta — corrijo Calixta. — O nome dela é Andarna e ela é a única irid do Continen... — Eu hesito. — De Amaralys. Estamos buscando o resto da espécie dela e aliados na esperança de que possam lutar conosco em uma guerra contra aqueles que dominam as trevas.

— Ela é maravilhosa. — Calixta faz uma reverência baixa e profunda.

Andarna cintila outra vez, as escamas voltando a ficar pretas, e então abaixa a cabeça quando Tairn bufa para ela.

— Nossa rainha está maravilhada por você procurar por nós e está ansiosa para vir em sua ajuda. Sempre reverenciamos os dragões. — Ela inclina a cabeça na direção de Silaraine. — E os grifos, é claro.

De jeito nenhum vai ser fácil *assim*, cacete. Meu pai escreveu que a tradição para entrar na ilha é cumprir um ritual ao aceitar fazer parte de um jogo escolhido aleatoriamente.

— Podemos falar com sua rainha? — pergunto. — Trouxemos um príncipe de Navarre para falar em nome de nosso reino.

— Claro! — responde Calixta. — Mas primeiro...

— E lá vamos nós — murmura Ridoc.

Pensei o mesmo.

— ... devemos ver quais presentes Zihnal escolheu para vocês — completa ela. — Se estiverem dispostos a jogar e aceitar seja lá qual presente o deus da sorte lhes der — ela ergue um dedo —, sem reclamações, então poderão entrar em nossa cidade, onde a rainha os aguarda.

— *Estava esperando um dado ou até um jogo de tabuleiro, não presentes* — admito para Xaden.

— *Tem um truque aí* — avisa Xaden. — *Mas não tenho poder o suficiente para ler as intenções dela.*

— E se nós... reclamarmos? — pergunto.

Todos os traços de diversão desaparecem do rosto de Calixta.

— Se não aceitarem que a sorte determina seu destino, que Zihnal é capaz de presenteá-los com grande fortuna ou tirar tudo que possuem, não poderemos nos aliar a vocês. Não aceitamos aqueles que não ajustam suas velas em uma tempestade.

Então não é um jogo aleatório. Eles querem ver como lidamos com decepção.

— *Sem mimimi* — observa Xaden. — *Respeito isso.*

Olhando para a esquerda e depois para a direita, encaro cada pessoa de nosso esquadrão, a começar por Trager. Um por um, eles assentem, terminando com Mira à direita, que imediatamente revira os olhos depois.

— Jogaremos — digo a Calixta.

— Maravilha! — Ela se volta para a multidão e ergue a ponta do cone vazio para a boca antes de começar a gritar nele.

A multidão ruge.

— Ela disse que vamos jogar — Aaric me informa, se inclinando para olhar além de Xaden.

— Onde estavam essas habilidades de idiomas quando estávamos traduzindo os diários ano passado? — pergunto.

Ele me olha como se eu tivesse duas cabeças.

— Fui criado para ser diplomata. Diplomatas não falam com gente morta.

— Você não achou que deveríamos saber que você é fluente em todos esses idiomas? — Arqueio a sobrancelha.

— Veremos quais presentes receberão de Zihnal — diz Calixta por sobre o ombro, caminhando na direção da multidão.

Cinco pessoas emergem do lado direito dos degraus, quatro carregando uma mesa e um carregando uma cadeira e uma bolsa de lona.

— Acho que é melhor seguir — digo para os outros.

Caminhamos em fila pelo campo e eu escondo um bocejo. Quanto antes acabarmos com isso, mais cedo poderemos ir para a cama. Não consigo me lembrar da última noite completa de sono que tivemos sem precisar fazer turnos de vigília. Em Deverelli, talvez?

— Não tô nem aí se ela der uma pilha de bosta quente de cabra — diz Mira do outro lado da fileira. — Sem reclamação. Entenderam? Sorriam e agradeçam. É nossa última chance de conseguir um exército.

— E se for bosta de vaca? — pergunta Ridoc. — É bem mais pesada.

— Sem reclamação — diz Drake, irritado, da ponta esquerda.

— Merda, é igualzinho a viajar com meus pais — murmura Ridoc.

— *O que você acha?* — pergunto a Xaden quando a mesa é colocada no campo a mais ou menos seis metros da multidão.

— *É melhor eles terem um exército que justifique acabarmos carregando bosta na mochila.* — O olhar dele percorre os arredores. — *E não sou fã de sermos onze versus dois mil, mesmo com os dragões do nosso lado.*

— *Concordo. Vamos acabar logo com isso.*

— *Ótima ideia. Eu adoraria ir almoçar* — diz Tairn.

Três das pessoas que carregam os móveis se afastam, deixando Calixta diante de nós na cadeira atrás da mesa e dois homens à direita dela. O mais próximo segura o cone.

— Parem — diz Calixta, levantando a mão quando estamos a mais ou menos dois metros da mesa.

Paramos.

Afasto um mosquito do rosto e olho para o céu, esperando que alguma nuvem forneça sombra para nos proteger do calor, mas não vejo nenhuma. Acho que Zihnal decidiu que assaremos usando o uniforme de couro enquanto esperamos.

Calixta enfia a mão na bolsa de lona e tira um baralho de cartas tão grosso quanto a largura do meu antebraço. São do tamanho do meu rosto, com um padrão laranja intenso no verso.

— Cada carta representa um presente — diz ela, misturando-as com uma habilidade forjada na prática.

O homem mais próximo traduz para a multidão, a voz ribombando pelo cone, e o mais alto à direita interpreta na linguagem de sinais.

Calixta espalha as cartas viradas para baixo em um longo arco pela mesa.

— Vocês pegarão a carta que Zihnal os inspira a escolher e receberão seus presentes.

Os homens traduzem e a multidão murmura em antecipação.

— *De jeito nenhum duas mil pessoas se reúnem para nos ver abrir presentes.* — Meu estômago revira com os olhares de fascínio total da multidão.

— *Não pegue a carta da bosta* — responde Xaden.

— Dê um passo à frente e escolha. — Calixta aponta para Mira.

Cada músculo de meu corpo retesa e uma onda de tontura me faz afastar os pés. *Agora não*, imploro ao meu corpo.

Mira se aproxima da extremidade direita da mesa e pega uma carta sem hesitar.

Calixta a segura e abre um sorriso.

— Zihnal a presenteia com vinho! — Ela nos mostra a garrafa de vinho pintada, e então a mostra para a multidão enquanto os homens traduzem.

O aplauso é imediato, e uma mulher de meia-idade com cabelo castanho cacheado corre da fileira frontal esquerda com uma garrafa de vinho.

— Obrigada — diz Mira quando a mulher entrega a garrafa, e Calixta traduz.

A mulher abaixa a cabeça e Mira repete o gesto antes de se voltar para mim.

— Vou precisar disto pra caralho — diz ela com um sorriso falso, voltando para a fila enquanto a mulher retorna ao seu assento.

Um por um, Calixta nos chama à frente, seguindo a ordem da fileira.

Maren recebe duas túnicas laranja de um homem baixo e sorridente com uma careca brilhante.

A carta de Dain revela uma mão, e, quando ele oferece a dele à mulher que se aproxima, ela dá um tapa na cara dele com tanta força que a cabeça se vira na nossa direção.

Engulo a surpresa e forço uma expressão neutra quando vejo Calixta olhando na minha direção. Mensagem recebida: também não podemos reclamar dos presentes ganhados pelos outros.

Dain pisca duas vezes, agradece à mulher e abaixa a cabeça.

Ridoc mal abafa uma risada, mas rapidamente conserta a expressão quando eu o olho de soslaio.

— *Não ria* — aviso para Xaden, lutando contra outra onda de tontura.

— *Estou mais preocupado com as implicações daquele tapa* — responde ele sem perder a expressão entediada profissional. — *E com um pouco de inveja da mulher que bateu.*

Garrick recebe um balde de metal enferrujado.

Aaric ganha um espelho de mão rachado que imediatamente corta seu dedão quando o recebe de um homem, com o vidro estilhaçado para cima.

Meu coração martela como se eu estivesse na arena quando Xaden escolhe sua carta.

Ele recebe uma caixa de vidro vazia do tamanho do pé, com dobradiças e cantos de estanho.

— *Melhor que levar um tapa na cara.*

Um sorriso aparece nos meus lábios, mas não acalma meu coração acelerado quando dou um passo em frente. Escolho uma carta na extremidade esquerda do arco, e então prendo a respiração quando a entrego para Calixta.

— A bússola! — anuncia ela para que os homens traduzam.

Um homem alto com pele bronzeada e cabelo preto curto se aproxima da direita, e eu me viro para ficar diante dele. Seus olhos escuros me observam por um momento que rapidamente se torna constrangedor.

Ergo o queixo e a boca dele dá um sorrisinho enquanto ele assente sutilmente, como se achasse minha reação digna. Estendendo a mão em silêncio, ele me oferece uma bússola preta presa a uma corrente escura. Olho para baixo quando a aceito e reparo que a agulha não aponta para o norte. Está quebrada.

Agora entendo o sorrisinho.

— Obrigada — digo a ele, abaixando a cabeça.

— Use com sabedoria — responde ele, os olhos me zombando explicitamente quando ele abaixa a cabeça.

— *Bússola quebrada* — digo para Xaden, voltando para a fila.

— *Você pode colocá-la na minha caixa de nada* — responde ele. — *Vamos deixar na mesinha de cabeceira.*

— *Não vou levar isso para casa.* — Mas, por enquanto, penduro a corrente em volta do pescoço.

— *Dá azar jogar fora um presente de Zihnal* — Xaden chama minha atenção enquanto Ridoc vai até a mesa.

Ridoc pega a carta com um par de lábios pintados e a multidão comemora.

Considerando como as coisas estão indo, eu meio que esperava que o homem loiro e magrelo que se aproxima de Ridoc entregasse a ele uma latinha de batom, ou talvez um par de lábios cortados de uma vaca morta. Em vez disso, o homem segura o rosto de Ridoc e dá um beijo estalado em cada uma de suas bochechas.

— Obrigado — diz Ridoc, e os dois abaixam a cabeça antes de se afastarem. Ele ergue a sobrancelha para mim antes de voltar para a fila.

Cat recebe um colar de ouro com um rubi do tamanho do meu dedão.

Drake é o próximo.

— A garra! — anuncia Calixta, erguendo o símbolo pintado, e a multidão aplaude quando os homens traduzem.

Meu coração dispara quando um homem que mais parece um urso marcha da direita, com os punhos fechados gigantescos balançando na lateral do corpo.

Drake nem sequer pestaneja.

Eu me preparo para o soco que é inevitável e me pergunto se as unhas do homem foram lixadas para ficar afiadas.

Ele para diante de Drake e enfia a mão no bolso da túnica.

E tira de lá uma *gatinha* miando.

Drake recebe a gatinha laranja com ambas as mãos, agradecendo e abaixando a cabeça.

— *Que porra faremos com essa coisa pelo resto da viagem?* — questiona Xaden.

— *Evitar que Andarna o devore.* — Uma gota de suor escorre pelo meu rosto, e cambaleio quando minha cabeça pende, mas me mantenho de pé.

— *Tontura?* — pergunta Xaden, dando um passo para o lado para que meu ombro se apoie em seu braço.

— *Eu poderia tirar uma soneca, assim como todo mundo* — respondo, mas me apoio nele de leve.

Trager puxa uma carta do centro da mesa e a entrega para Calixta.

— A flecha! — Ela leva a carta ao alto, mostrando uma flecha pintada, e então se vira para o público.

Os homens traduzem, e a multidão recai em silêncio.

Trager cambaleia à frente. O tempo desacelera quando ele se volta para nós com três passos desajeitados. O olhar dele busca Cat, e então ele cai de joelhos e oscila.

Uma flecha foi espetada bem no seu coração.

Ele morre antes que Ridoc e eu possamos segurá-lo.

Às vezes, o melhor presente que o deus da sorte pode dar é sua ausência.

— Zehyllna: Ilha de Zihnal, por major Asher Sorrengail

CAPÍTULO TRINTA E NOVE

Não. Não. NÃO.

Encaro os olhos turvos de Trager enquanto Ridoc e eu o deixamos de costas, e um som abafado vem da esquerda.

O peito de Ridoc chia e os dedos tremem quando ele os pressiona na lateral da garganta de Trager. Ele ergue o olhar e balança a cabeça, dizendo o que eu já sabia.

— *Não!* — grito, mas nada passa da minha garganta.

— *Não reaja!* — A voz de Dirigente de Asa de Xaden passa por cima do rugido em minha cabeça, e as mãos agarram meu ombro.

Ridoc fecha os olhos e abaixa a cabeça enquanto eu sou erguida.

Trager está morto. A missão é minha. Minha responsabilidade. Minha culpa.

— *Foque em mim* — ordena Xaden, virando-me em seus braços. — *Se você reagir, ele terá morrido em vão.*

Minha cabeça fica zonza e o mundo desacelera outra vez, os pensamentos afogados pelo som do meu coração acelerado. Ele martela contra minhas costelas e ressoa em meus ouvidos enquanto olho para a direita.

Os braços de Drake se projetam enquanto ele segura Cat, a mão cobrindo a boca dela.

Aquele som abafado.

É o grito dela.

O rosto de Drake desmorona por um instante quando ele sussurra no ouvido dela.

Os pés dela param de chutar e ela amolece contra o peito dele.

Garrick coloca Ridoc de volta em posição, o olhar atordoado preso ao chão. Não, não ao chão. *Ao corpo de Trager.* As mãos de Garrick endireitam os ombros de Ridoc por mais alguns instantes antes de deixá-lo de pé sozinho diante da multidão silenciosa e cheia de expectativa.

— *Violência* — demanda Xaden.

Meu foco volta para ele, mas fica preso quando olho além de Ridoc, para o outro lado do campo. Todos os dragões estão de cabeça baixa e voltadas em nossa direção, mas os grifos estão voltados para dentro: na direção de Silaraine.

Ela tropeça em frente com o pescoço arqueado, as penas prateadas brilhando sob sol. Três passos. Quatro. Cinco.

Kiralair a segue, indo ficar ao lado de Sila, apoiando parte do peso da grifo. Sila dá mais um passo, como se pudesse alcançar Trager se ao menos tentasse. No fim, os tornozelos cedem, e então os ombros e ela cai, seu bico deslizando pela lateral de Kira antes que a cabeça bata no chão.

Meus olhos ardem e minhas unhas perfuram as palmas suadas quando os grifos aos poucos se viram para a multidão, os olhos estreitando ao mesmo tempo que os olhos dos dragões.

Andarna ruge pela união em uma onda colossal de luto e fúria que estremece minha alma.

— *Ela partiu* — diz Tairn, e Kira estende a asa sobre o corpo de Sila.

Algo molhado desce pela lateral esquerda do meu rosto.

— *VIOLET!* — grita Xaden, e a voz dele atravessa a névoa. — *Não posso fazer isso por você. Queria poder, mas eles sabem que você está no comando.*

No comando. Nunca odiei tanto essas palavras.

Inspiro fundo uma, duas vezes, e o mundo volta à velocidade normal. A fúria endurece minha coluna e eu corto fora a parte de mim que chora por Trager e Sila, deixando apenas a arma que Basgiath me forjou para ser. Só que não é da minha lâmina que esta situação precisa.

Lutar seria fácil demais. Matar todos eles pelo que fizeram seria uma punição adequada.

O sol implacável atinge meu uniforme quando saio dos braços de Xaden e me viro devagar para a multidão. Olho para além de Aaric e os punhos fechados e ensanguentados, para além de Garrick enquanto ele volta para a formação perto do balde, e encontro Mira me encarando. O olhar diz o que sua boca não pode.

Lide com isso. Mesmo com o braço ao redor de Maren, mantendo a paladina em pé; ela nunca se pareceu tanto com nossa mãe.

E nossa mãe morreu para que tivéssemos chance de lutar essa guerra. Se fracassarmos aqui, perderemos o exército que estão oferecendo. Se eu fracassar, teremos perdido outro colega de esquadrão, outra pessoa do *nosso ano* por nada.

Com um aceno de cabeça, endireito os ombros e encaro Calixta, encontrando o arqueiro ao lado dela.

Dou os dois passos que me levam ao corpo de Trager e encaro o homem envelhecido que tomou a vida dele e de Sila. O peso do silêncio da multidão serve apenas para me deixar mais decidida quando ergo o queixo antes de abaixar a cabeça.

E corto outra parte da minha humanidade.

— Obrigada.

Eles que se fodam.

***

Oito horas depois, Mira, Xaden, Aaric e eu voltamos ao campo iluminado pelo luar onde o resto do nosso esquadrão espera junto dos corpos de Trager e Sila. Um grupo errante de observadores ainda está sentado nas arquibancadas, bebendo e comemorando.

Tairn abre um olho dourado quando me aproximo e então o fecha, voltando a dormir com a cabeça de Sgaeyl apoiada em seu dorso. Andarna está desmaiada perto o suficiente para se sentir segura, mas a uma asa de distância maior de quando era adolescente.

Todos os grifos e dragões, exceto Cath, estão dormindo, e o vermelho balança sua cauda como se para lembrar aos observadores que por ali se esgueiram que ele está vigiando. Não posso culpá-los pela exaustão. Praticamente voamos de Unnbriel sem pausa, e eles vasculharam a ilha hoje, buscando a espécie de Andarna enquanto fazíamos as negociações.

E os irids não estão aqui. Não estão em porra de lugar *nenhum*. Fogo arde em meu estômago e, pela primeira vez, me permito considerar o que vai acontecer se não os encontrarmos. Andarna ficará devastada. Melgren ficará furioso. Aetos nos jogará em uma cela por abandonar nossos postos.

Podemos perder a guerra para os dominadores das trevas.

Eu me recuso a deixar que isso aconteça.

— *Pelo menos já estamos com o inimigo* — resmunga Tairn.

— *Volte a dormir.*

Xaden não é o inimigo. Ele apenas foi infectado por ele.

Encontramos Cat sentada e apoiada contra a lateral de Kira, com a cabeça no ombro de Maren, e os outros reunidos ali perto. Os olhares de todos se voltam para nós quando nos aproximamos.

— Está feito? — pergunta Drake.

— Está feito — responde Mira. — Aaric concordou com os termos, que foram estranhamente favoráveis a nós. Eles vão enviar um grupo na frente dentro dos próximos meses e o resto de suas tropas quando estivermos prontos para receber seus quarenta mil soldados.

Drake assente e olha na direção de Cat.

— Conseguiremos operar milhares de bestas, derrubar wyvern ao chão para a infantaria acabar com eles, aumentar as patrulhas...

— Entendi — interrompe Cat sem erguer o olhar.

Ela é melhor que eu, porque eu *não* entendo.

— Vocês comeram? — pergunto a Ridoc.

Ele assente.

— Trouxeram comida e ofereceram camas na cidade, mas... — O olhar dele dispara para a esquerda, onde estão Sila e Trager.

— Boa escolha — diz Xaden, a mão apoiada na parte baixa das minhas costas.

— Precisamos enterrá-lo — diz Maren, a mandíbula estremecendo por um momento. — E queimá-la. Grifos... preferem ser queimados.

— Deveríamos queimar ele também. — A voz de Cat não tem emoção, os olhos estão vazios. — Ele gostaria de estar com ela. — Ela pisca e olha para nós. — Aqui não. Nenhuma parte deles ficará aqui.

— Entendido.

Aceno com a cabeça, as costelas ameaçando afastar o ar dos meus pulmões. Devo a ela o que ela quiser. A Maren, também. E Neve, e Bragen, e Kai e... uma rocha se aloja na minha garganta. Terei que contar a Rhi que perdi Trager quando ela lutou tanto para nos manter todos vivos.

— Então nós os levamos ao sul para Loysam de manhã? — pergunta Dain, de pé ao lado de Garrick, de braços cruzados. — A legião não passará da costa se não descansar esta noite.

— Lá também não. Não podemos confiar em ninguém para não desenterrar o que sobrar dos ossos por pura curiosidade mórbida. — Cat balança a cabeça. — Existem dezenas de ilhas menores não habitadas dentro de um dia de voo ao norte. Escolha uma.

— Cat, isso vai nos desviar da rota... — começa Drake.

— *Escolha uma*, porra — Cat esbraveja. — Podemos voltar para todo o bem que isto — ela gesticula para nós — está fazendo para nós depois que fizermos os ritos da cremação. Acho que, por eles, vale a pena perder uns dias do planejamento.

Sova ergue a cabeça para a direita e estala o bico. Drake olha na direção dele e assente.

— Por mim, tudo bem.

— Vai atrapalhar muito? — pergunta Maren baixinho, como se Cat não estivesse bem ao lado dela.

— Não. — Balanço a cabeça. — Podemos nos separar depois que eles forem entregues a Malek e vasculhar as ilhas menores três vezes mais rápido. A maioria só precisará de um voo. — Encaro Cat nos olhos. — Então, quando estiver pronta, partiremos para Loysam.

Ela assente.

— É meio que nossa última chance, não é? As ilhas estão acabando.

Ignoro a verdade terrível que as palavras dela jogam na minha cara e endireito minha postura.

— Isso significa que provavelmente estamos perto. As ilhas menores e Loysam margeiam a extremidade de todo o mapa que temos. — A ideia do fracasso total a um custo tão alto é difícil demais de engolir.

O grupo nas arquibancadas começa a cantar como se estivesse na droga de uma taberna, como se as *festividades* de hoje fossem motivo para celebração.

— Ótimo, então voltaremos para casa… se é que é ainda vai existir. — Cat leva os joelhos ao peito e olha feio para as arquibancadas. — Vamos dormir por aqui hoje, então.

Todos concordam.

— Cat, eu sinto muito… — começo.

— Não sinta. — Ela torna a apoiar a cabeça no ombro de Maren. — Fui eu que pedi a ele para nos acompanhar.

Meia hora depois, nossos colchonetes estão dispostos a trinta centímetros um do outro dentro do círculo que os dragões formam, e vigílias são atribuídas. Não consigo me lembrar de me sentir tão cansada quanto estou me sentindo hoje. A exaustão vai além da fadiga, e meu corpo está sofrendo. As ondas de tontura, as dores lancinantes em cada junta, a pontada nas costelas, a vontade de arrancar meus pontos e os nós em meus músculos por tentar manter o controle estão piorando a cada dia.

Mas é minha mente que reluta mais quando encaro as estrelas ao deitar, lembrando-me de tudo que estamos arriscando e todas as formas em que continuo fracassando. Mira disse que essa tarefa era perda de tempo, e talvez ela estivesse certa.

Xaden cobre nós dois com um cobertor leve quando se deita ao meu lado e apoia o braço em minha barriga.

— *Temos seis horas antes da terceira vigília. Tente descansar.*

Eu me viro sobre meu ombro direito, protegendo minhas costelas, e então deito a cabeça sobre seu bíceps e olho para ele.

— *Paralisei hoje.* — A confissão é um sussurro em minha mente.

Ele franze a testa e passa a mão pelo meu quadril.

— *Ele era um colega, da sua idade. Você não paralisou; ficou em choque. É compreensível e é o motivo de viajarmos como um esquadrão.*

— *Não tente ser legal só porque me ama.* — Apoio a mão no tecido fino da camiseta dele, sobre o coração. Tirando as botas, ainda estamos vestidos e prontos para voar imediatamente se for preciso. — *Esta missão é minha. Trager e Sila morreram. Cat está arrasada. E eu paralisei.*

— *Todo mundo que já esteve em posição de liderança perde alguém sob seu comando.* — Distraidamente, ele acaricia minha cintura. — *Você se recuperou rápido e completou a missão.*

Às custas das vidas deles. — Meu peito se aperta, lutando para conter a confissão completa que só posso dar a Xaden. — *Não fui feita para liderar. Mira deveria estar no comando, ou talvez Drake. Se eles não quiserem, então você.*

— *Porque meu julgamento é confiável agora?* — Ele bufa, sarcástico. — *Os melhores líderes são aqueles que nunca querem esse trabalho. Essa missão é sua porque Andarna te escolheu.* Tairn *te escolheu.* — Ele leva a mão ao meu rosto. — *O que nunca dizem para nós na Divisão é que receber uma patente é ótimo, mas você e eu sabemos que, assim que voarmos no campo de batalha, não serão humanos dando ordens. Odeio ter que te dizer isso, mas você foi escolhida por um general entre dragões. Você pode escolher abraçar a liderança ou ele vai acabar te arrastando. De um jeito ou de outro, você vai acabar na linha de frente.*

Meu coração acelera quando as palavras dele perfuram um escudo de negação que eu nem sabia que estava escondendo, expondo uma verdade tão óbvia que me sinto idiota por não tê-la reconhecido antes. Tairn sempre liderará, e eu sempre serei sua cavaleira.

Codagh fala através de Melgren, e não o contrário.

— *Então Tairn escolheu mal.*

O nó na garganta aumenta, e fico dividida entre o instinto patético de chorar de pena de mim mesma e a necessidade contrária mas crescente de canalizar um poder maior que o de Tairn: a raiva.

— *Diga isso para ele quando ele acordar e veja no que dá.* — Xaden roça os nós dos dedos pela minha bochecha. — *Eu vi os momentos em que você não apenas lidou com a situação, e sim resolveu. Deverelli. Unnbriel. Você envenenou o triunvirato inteiro de Hedotis, porra. Imagine quem você pode se tornar quando finalmente aprender a não apenas abraçar essa confiança, mas usá-la.*

— *Vou ficar igual a você?* — Forço um sorriso.

— *Melhor que eu.* — O dedão dele roça no meu lábio inferior. — *Você precisa ser. Você prometeu me ajudar a proteger Tyrrendor, lembra?*

— *Lembro.* — Aceno com a cabeça. — *Estou falando sério. Ficarei ao seu lado.* — A exaustão desacelera meu respirar e pesa as pálpebras. — *E, entre a raça de Andarna e a pesquisa que estamos fazendo sobre os dominadores das trevas, vamos encontrar uma cura para você.* — Meus olhos cedem, se fechando.

— *Não há cura para mim.* — Ele beija minha testa. — *É por isso que você precisa ser melhor do que eu. Só existe você.*

Por meio desta, declara-se que as taxas de alistamento serão redobradas para cada província até segunda ordem.

— Comunicado 634.23, transcrito por Percival Fitzgibbons

CAPÍTULO QUARENTA

Voamos para noroeste ao amanhecer.

Aotrom segura o corpo de Trager em sua garra dianteira.

Tairn carrega Sila.

O oceano fica do tom mais escuro de azul que já vi enquanto sobrevoamos as águas profundas, deixando a segurança das rotas de comércio e ilhas maiores para trás na esperança de que o mapa tenha sido desenhado da forma correta.

Quando a noite cai e o oceano revela apenas o reflexo da lua, o medo toma conta de mim. Se errarmos, os dragões conseguirão dar meia-volta e voar para Zehyllna, mas os grifos não.

Existe uma possibilidade de que a escolha de enterrar Trager e Sila em uma ilha menor nos faça enterrar outros colegas, a não ser que eles concordem em serem carregados.

No meio da noite, já estou pronta para desistir e ordenar nossa volta quando Tairn avista uma ilha.

Obrigada, Amari.

Não sei se rezarei para Zihnal alguma outra vez.

A análise do perímetro da pequenina ilha e seu único pico oco leva aproximadamente dez minutos, e, depois de garantirmos que não é habitada, pousamos em uma praia ao norte, quase tão ampla quanto a asa de Tairn.

Poderia ser um truque do luar, mas tenho certeza que a areia é preta.

O poder ondula por mim e a energia estala sob minha pele com mais ou menos metade da intensidade que ocorre em Navarre.

Encontramos magia. E mais do que havia em Zehyllna.

O grupo busca água fresca de um riacho que corre perto da praia, garantindo que a legião esteja hidratada, e então volta a juntar lenha das extremidades da floresta.

Suor pinga da minha nuca enquanto carregamos pilhas e mais pilhas para o ponto alto da praia ampla, a meio caminho entre a costa e a floresta atrás de nós.

Quando a fogueira fica pronta, ficamos lado a lado, as costas contra a floresta enquanto Aotrom abaixa a cabeça e incendeia a madeira. O fogo ilumina a noite e o calor atinge meu rosto.

Os ombros de Maren sacodem, e Cat engancha o braço no da melhor amiga enquanto encara as chamas.

Minha garganta fecha com a dor que vejo nas expressões delas, e Xaden entrelaça nossos dedos.

— Silaraine e Trager Karis — diz Drake à esquerda, a voz ribombando acima do rugido do fogo intenso e das ondas quebrando atrás dele. — Com honra, amor e gratidão, nós nos despedimos. Que Malek proteja suas almas.

E assim, está feito.

Acampamos perto da água, e os paladinos se revezam vigiando o fogo durante a noite. De manhã, as brasas têm apenas alguns centímetros.

Encho os cantis na água potável com Ridoc, e, quando voltamos para o acampamento, encontramos os outros no meio de uma discussão.

— Acho que estamos fora da rota — diz Drake, lutando para segurar o mapa com uma mão e a gatinha inquieta na outra. O papel foi dobrado tantas vezes que se desgastou nos cantos.

— Me dá essa coisa.

Para minha surpresa, Mira pega a gatinha, não o mapa, aninhando-a contra o peito com uma mão.

— O nome dela é Brócolis, não *essa coisa* — murmura ele.

Mira o encara como se ele tivesse criado bigodes de gato.

— Você deu o nome de *Brócolis* para a gata?

— Ninguém *realmente* quer comer brócolis, mas faz bem para a saúde, então pareceu adequado para mim. — Ele dá de ombros. — Agora, isto claramente é o que sobrou de um antigo vulcão — ele gesticula para o pico alto acima —, e a primeira marcação para qualquer formação do tipo está aqui.

O dedo dele desliza pela pintura detalhada de um pequeno arquipélago ao norte das ilhas menores.

Começo a comparar as outras marcações.

— Não voamos tão longe assim — observa Xaden, cruzando os braços sobre o peito e observando o mapa.

— Por que não Cenourinha? — pergunta Mira, coçando o queixo da gatinha. — Ela é laranja.

— Só para perturbar você, Sorrengail — responde Drake, erguendo o olhar do mapa.

Mira bufa.

— Acho que estamos por aqui. — Mira toca uma área de oceano aberto mais ao sul. — E o mapa só não está mostrando. Não estávamos mandando cartógrafos tão longe assim.

— Dá para ver outra ilha da extremidade do ponto. — Aaric indica a praia. — Molvic viu outras duas além dela.

— *Tairn?* — chamo pela nossa união exclusiva, deixando Andarna dormir. Ela está completamente exaurida, e a asa tremeu mais que o normal durante o voo.

— *Estamos na ponta sul de uma cadeia de formações vulcânicas da ilha* — responde ele, voando do alto. — *Não se parece com nada no mapa, embora haja outra massa de terra a uma hora de voo a oeste com o que parece ser penhascos grandes.*

Eu me aperto ao lado de Mira para examinar o mapa, e então localizo a ilha que combina com a descrição de Tairn, reparando no símbolo de penhascos do cartógrafo. Então sigo a leste com o dedo e encontro apenas o mar aberto.

— Acho que estamos aqui, pelo que Tairn consegue distinguir. — Ergo a cabeça e olho além do ombro de Maren para a água. — Imagino que haja centenas de ilhas neste caminho, não só as duas dúzias que os cartógrafos registraram.

— E acha que devemos procurar por todas? — pergunta Drake, franzindo a testa, incrédulo.

Olho para Mira, mas ela apenas dá de ombros.

— Não é decisão minha.

Xaden me observa como fez ano passado, como se soubesse a resposta mas quisesse que eu a descobrisse sozinha.

— O máximo que conseguirmos hoje. — Endireito os ombros, e ele sorri. — Vamos nos dividir em cinco grupos. Maren e Cat ficam com as ilhas não documentadas ao norte. Drake e Dain ficam com este quadrante. — Aponto para as ilhas mais próximas a oeste, levando em consideração a exaustão dos grifos. — Aaric e Mira, vocês podem ir até aqui; Xaden e Garrick, fiquem com estas; e Ridoc e eu ficaremos com essa seção.

Arrasto o dedo pela cadeia leste a mais ou menos duas horas de distância. Quando ergo o olhar, todos estão me encarando.

— O quê? Mantive os grifos perto e juntei dragões com forças de voo semelhantes. — O meu olhar encontra o de Xaden, e ele não está satisfeito com minha divisão. — Exceto pelo meu e de Xaden. Tairn e Sgaeyl têm a melhor chance de continuarem em contato quando separados se as outras ilhas possuírem o mesmo nível de magia. É melhor para o grupo se nos dividirmos por hoje.

Ele arqueia a sobrancelha com a cicatriz.

— Só nós dois hoje, ursinho. — Garrick joga o braço por cima do ombro de Xaden. — Não se preocupe. — Ele se inclina e sussurra: — Cuidarei bem de você.

Ele sorri, fazendo a covinha aparecer.

— O sol deve se pôr pouco depois das seis, o que nos dá nove horas. — Assinto, muito satisfeita. — Marcamos o encontro aqui, antes do cair da noite. Se não encontrarmos nada, iremos em grupo em direção às ilhas ao sul amanhã, e só depois voaremos para Loysam.

Lá, vamos precisar reabastecer nossos suprimentos.

— Ótimo plano — diz Mira.

— Não podemos ir até que o fogo se apague — diz Maren. — Não se pode deixar uma oferenda a Malek sem supervisão.

Cat está inquieta, dando a impressão de que precisa estar em qualquer lugar menos aqui.

— Ridoc e eu podemos ficar por aqui até que o fogo se apague. — Olho para Andarna. O respirar dela é profundo e constante enquanto ela dorme perto da selva, as escamas de um tom mais preto que a areia. — Isso dá a Andarna mais ou menos mais uma hora para descansar. Mais alguma pergunta? Comentários? Dúvidas?

— Por mim, tranquilo. — Drake dobra o mapa, e o grupo se divide para preparar suas coisas, deixando Xaden me encarando.

Ridoc olha para nós dois.

— Vou... dar uma volta. — Ele se afasta em direção ao fogo que está se apagando.

— Você não pode me dizer para liderar e ficar puto com o jeito como decido fazer as coisas. — Dou de ombros.

Ele diminui a distância entre nós, se inclina e me beija, rápido e forte.

— Vou voltar ao cair da noite, amor.

Seguro o pulso dele, mantendo-o por perto por mais um segundo enquanto observo seus olhos. Os pontinhos ainda estão cor de âmbar.

— Você está bem? — sussurro. — Temos magia, e nenhuma égide.

— É... — Ele faz uma careta. — É tentador, e eu nem estou precisando usar nada. Mas sinto o poder sob meus pés, e, por mais que eu consiga dominar o suficiente para fazer isto... — Um fio de sombra preta como tinta enrola em minha perna, ao redor do torso e acaricia meu rosto. — É difícil saber que eu poderia estar com toda a minha força à disposição se eu só ... — Ele engole em seco e eu seguro seu pulso com mais força. — Mas não vou.

— A não ser que algo provoque você. — A inquietação entra no lugar da sombra que se afasta, deslizando por meu corpo e deixando minha pele arrepiada. — Esse é o outro motivo de eu ter agrupado você com Garrick.

Xaden fica tenso.

— Para o caso de eu canalizar?

Balanço a cabeça.

— Para você não canalizar. Da última vez que fez isso, foi por minha causa. Eu sou um gatilho.

Ele se encolhe com a palavra.

— Você não é um gatilho. É apenas a única coisa que não consigo imaginar perder. Usar meu poder para proteger você sempre foi um instinto, mas agora é... incontrolável.

— Eu sei. — Observo o corte que aos poucos se fecha no braço dele, ergo sua mão e deposito um beijo no meio da palma. — E é por isso que você vai com Garrick. Ele também tem o soro.

— Tudo bem. — Ele agarra minha cintura. — Falei sério quando disse que minha alma é sua. É só com você que ainda me sinto como eu mesmo. Você não é um gatilho — repete ele, roubando outro beijo antes de se afastar. — Te vejo hoje à noite.

— Hoje à noite — digo em voz alta. — *Eu te amo.*

Sinto um carinho inundar a união em resposta.

O time decola, e Tairn pisa duro pela praia na minha direção, de olhos semicerrados.

— *Nem comece* — digo para ele. Balanço a cabeça enquanto Aotrom passa correndo por Tairn até onde a água cobre as patas, com as asas bem encolhidas. — *Ela já vai estar de volta à noite.*

— *Direi o mesmo quando você não puder se comunicar com* seu *consorte por semanas e então ser privada disso por escolha* — resmunga ele, entrando na floresta. As árvores balançam pelo caminho.

— Humanos não têm consortes! — grito para ele.

— *Outro sinal de sua inferioridade.* — Madeira estala na distância.

— Rabugento — murmuro, indo na direção de Ridoc, de pé na margem da água, onde as ondas não conseguem alcançar as botas.

— *Eu ouvi isso.*

Aotrom para a três metros de Ridoc, mergulhando o focinho na água e criando uma onda que segue pela praia até as canelas de Ridoc.

— Por que você é um babaca, hein? — Ridoc soca o ar. — Eu só trouxe um par de botas...

Paro diante de onde Andarna dorme perto das árvores. *Até parece* que vou chegar perto da água. Não quando Xaden já enfaixou minhas costelas hoje.

Aotrom ergue a cabeça e esguicha água entre os dentes, encharcando Ridoc da cabeça aos pés.

Ai. Cruzo as pernas e me sento, recostando no ombro de Andarna para descansar.

— Que injusto! — Ridoc limpa as gotas dos olhos enquanto Aotrom sai da água, vai até a praia e então desaparece na floresta. — Ainda estou ganhando. Isso não conta! — grita ele para o dragão. Uma pausa, e ele acrescenta mais alto: — Porque estamos numa missão!

Ele balança a cabeça e vem na minha direção, as botas fazendo um ruído chiado a cada passo.

— Eu lá quero saber o motivo da discussão?

— Ele está se vingando de mim porque ganhei a última rodada. — Ridoc abre um sorriso. — Eu trouxe pó de mico suficiente para encher um balde, e então o joguei nas escamas da nuca dele logo depois das manobras de voo algumas semanas atrás. Ele teve que ficar submerso no rio para evitar que todos no Vale soubessem que eu peguei ele de jeito.

— Vocês são esquisitos.

De repente, fico *muito* feliz de ter me unido a um idoso ranzinza, embora eu não possa prever como Andarna será daqui a uns vinte anos.

— Somos? — Ridoc puxa os cadarços das botas. — Ou o resto de vocês que são os esquisitos? — Ele dá de ombros, arrancando as botas e as colocando na areia diante de Andarna. — Com sorte, vão secar um pouco antes de levantar voo. Vou colocar roupas secas.

Ele vai em direção ao acampamento, pega a bolsa e entra na floresta.

— Nem invente — sussurro para minha dragão adormecida, apoiando a cabeça nas escamas aquecidas pelo sol e fechando meus olhos.

O chão estremece.

— Juro por Amari, Tairn, se você espirrar água em mim… — O chão estremece outra vez e mais uma, e então abro os olhos.

Areia rodopia. Água esguicha. E diante de nós há rastros frescos de dragão.

Só que nem Tairn nem Aotrom estão aqui.

A apreensão sobe por minha espinha e eu me levanto devagar, preservando minhas costelas. Pego uma adaga com a mão esquerda e viro a palma direita para o céu, abrindo-me para o poder de Tairn. O poder inunda minhas veias e zumbe pela minha pele enquanto dou a volta no ombro de Andarna para me posicionar na frente do pescoço dela, onde ela é mais vulnerável.

Calor sopra contra meu rosto e o cheiro de enxofre preenche o ar.

— *Tairn?* — Observo a praia, mas não há nada aqui, apenas o brilho do sol matutino nas ondas.

— *Estou ocupado com minhas coisas de rabugento.*

A areia a três metros de mim se mexe, formando uma série de ranhuras como se a praia estivesse se partindo.

Como garras flexionando.

— *TAIRN!* — Meu coração dispara quando o ar diante de mim brilha e então se solidifica nas escamas cintilantes cor de céu entre duas narinas gigantescas.

— *Aguente firme!* — exige Tairn. — *Estou indo!*

O dragão diante de mim inspira e então se afasta, me proporcionando uma visão completa de seus dentes pontudos antes de inclinar a cabeça e estreitar os olhos dourados. Andarna se remexe ao dormir, e o movimento no canto do meu campo de visão me faz olhar em ambas as direções, e então encarar.

Seis dragões de variados tons de escamas apareceram na praia, e cada um deles tem o tamanho de Sgaeyl. As garras gigantescas cavam a areia enquanto abaixam as cabeças um a um.

Minha respiração fraqueja.

Nós não encontramos os irids; eles nos encontraram.

Conseguimos. Eles estão *aqui*.

Vapor sopra no meu rosto e meu estômago embrulha. Eles estão aqui e estão *muito* perto, e têm dentes *muito* grandes.

O que está bem diante de mim infla as narinas, e um som parecido com o de um apito enche minha cabeça, começando baixo e subindo para dolorosamente alto em menos de um segundo.

— *Olá, humana.*

O que sabemos sobre os dragões é nada comparado com o que não sabemos.

— O GUIA DAS ESPÉCIES DE DRAGÕES, POR CORONEL KAORI

CAPÍTULO QUARENTA E UM

Que porra é essa? Eu recuo e *encaro* o irid, a adaga frouxa nas mãos. Dragões não falam com humanos com quem não fizeram uma união, mas essa voz profunda e rouca com certeza não pertence a Tairn.

— O que está… — começa Ridoc, aproximando-se atrás de mim. — Ah, merda.

Metade das cabeças dos dragões se vira na direção de Ridoc enquanto ele corre na minha direção, conforme a outra metade mantém os olhos e dentes gigantescos apontados para mim.

— Estamos felizes? — pergunta ele, chegando ao meu lado, de pés descalços. — Estamos com medo?

Assinto.

— *Por que não me responde?* — pergunta o dragão.

— *Talvez falte inteligência à fêmea humana* — diz uma voz mais estridente, e a dragão à direita ergue a cabeça.

Fico boquiaberta. Acho que a arrogância é um traço universal dos dragões.

— *Vocês só a pegaram de surpresa.* — Andarna se levanta, mas deixa a cabeça no mesmo nível dos outros. — *E também estão invadindo o espaço dela.*

Para meu choque completo, todos os seis dragões dão um passo para trás.

— *Obrigada* — diz Andarna.

— Vocês falam nossa língua? — pergunto aos irids.

— *Somos mágicos* — responde o macho, como se fosse o motivo mais óbvio do mundo.

— Eles respeitaram seu espaço pessoal? — sussurra Ridoc, e então cobre os ouvidos e se encolhe. — O que foi isso?

— *É mal-educado falar como se não pudéssemos ouvi-lo* — diz a fêmea da direita.

Ridoc arregala os olhos.

— *É ainda mais ofensivo nos ameaçar com armas.* — A voz irritada como a de uma professora vem da esquerda. Acho.

— Não os conheço, e não vou deixar que a machuquem. — Olho feio para aquele cujas escamas ficam verdes.

— *E você acha que uma adaga é suficiente.* — Ela infla as narinas. — *Acho que está certa, Dasyn. Falta inteligência à humana.*

Quanta grosseria. Mas ela tem razão na primeira parte. Embainho a adaga.

— *Você é irid.* — O macho diante de nós muda de assunto, a cabeça gigante se inclinando enquanto observa Andarna.

As escamas dela mudam de pretas para o verde da floresta, e então ondulam para azul, imitando o céu, assim como o macho.

— *Sou irid.*

— Puta merda — diz Ridoc. — Aquilo foi Andarna?

— Acho que, quando fazem esse som de apito, isso conecta uma pessoa aos irids — murmuro.

— *E ainda assim você escolhe o preto como a cor de descanso?* — pergunta a fêmea à direita.

— *É aceitável no meu la...* — Ela bufa. — *Em Navarre.*

Aquele que está na minha diagonal, do lado esquerdo, ergue a cabeça.

— *Ela é o critério.*

Os outros cinco se encolhem e recuam.

— Isso é bom? — sinaliza Ridoc, em vez de falar em voz alta.

— Não sei — sinalizo de volta, meu coração desacelerando um pouco conforme eles nos dão mais espaço.

Batidas de asas preenchem o ar e as cabeças dos irids se erguem para o céu quando a escuridão nos envolve. Tairn pousa com força, estremecendo o chão como o trovão, as garras pretas afundando na areia à esquerda de Ridoc e à direita de Andarna.

Meu coração estremece, e não consigo decidir se estou mais aliviada por ele ter chegado ou cada vez mais aterrorizada por pensar em perder os dois caso os irids ataquem.

Dragões não são exatamente previsíveis, e eu não sei *nada* sobre esses que estão na nossa frente.

— *Minha humana* — ameaça Tairn, balançando a cauda.

Árvores se partem e caem atrás de nós quando ele expõe os dentes para os irids. Pelo menos é o que eu acho que está acontecendo, mas tudo o que consigo ver é a parte de baixo da barriga dele e as pernas dos irids.

— *Não!* — Andarna corre para se afastar dele e se vira para encará-lo. — *Eles não vão machucá-la. São minha família.* — Ela se volta para os irids. — *Ela é minha humana também.*

Meu estômago embrulha. Eles podem ser a família dela, mas Andarna não os conhece, e existe uma *grande* possibilidade de que eles matem todos nós. Estivemos tão ocupados tentando encontrá-los que não pensamos muito no que aconteceria quando a missão fosse cumprida.

— *Humanos são assim tão raros em Navarre para vocês precisarem compartilhá-los?* — pergunta a dragão à esquerda, irritada.

— *Vocês não têm outro aí embaixo?* — pergunta uma voz diferente.

O barulho de algo pingando à esquerda ressoa e meu olhar passa por um Ridoc sorridente.

Aotrom desliza para o lado de Tairn, a saliva pingando de seus caninos expostos enquanto ele sai das árvores. Ele rosna baixo, dando um aviso que não precisa ser traduzido.

Meu.

— *Não temos interesse nos humanos* — declara o macho. — *Nem em disputar com vocês. Viemos falar com a irid.*

— *Andarna* — corrige Tairn.

— *Andarna* — a fêmea à direita diz com gentileza.

Tairn se afasta alguns poucos passos com cuidado até que Ridoc e eu estamos diante de suas garras, as de trás preenchendo o espaço que a cauda dele acabou de abrir.

— Pelo menos agora vamos enxergar o que está acontecendo antes de morrer — sinaliza Ridoc, dando de ombros.

— Não vamos morrer — sinalizo de volta.

Queria tanto que Rhi e Sawyer estivessem aqui, mas o desejo é equivalente à gratidão por eles não estarem correndo perigo.

A cabeça de Tairn paira logo acima de nós, nivelada com a de Aotrom. Claramente, ele concorda com Ridoc aqui.

Andarna se vira para nos encarar, os olhos dançando com animação palpável.

— *Viu? Eles não vão machucar vocês.*

— *Entendo.* — Assinto, sem querer arruinar o momento para ela.

— *Nossa.* — A fêmea à direita arfa.

— *O que você fez com sua cauda?* — O dragão à esquerda se afasta.

Andarna inclina o pescoço para ver seu rabo-de-escorpião.

— *Nada. Está tudo bem.*

Meu olhar passa de irid a irid, o estômago revirando enquanto conto de um a seis.

Todos eles são Rabos-de-pena.

— *Conte o que fizeram com você* — exige o macho na nossa frente.

— *Como assim o que fizeram? Escolhi minha cauda.* — O tom de Andarna se torna defensivo. — *Como é meu direito na transição de jovem para adolescente.*

Os irids se calam, e não de uma maneira boa.

O macho no meio deita e enrola a cauda no torso.

— *Conte para nós como fez essa escolha.*

Andarna ergue a cabeça até chegar ao auge da sua altura enquanto os irids deitam um a um.

— Será que é a melhor hora para contar uma historinha? — sinaliza Ridoc.

— Estou na mesma que você — respondo, ainda em linguagem de sinais.

Um cantinho da boca dele sobe enquanto as mãos voam.

— Tudo tem uma primeira vez.

Madeira é esmagada enquanto Tairn e Aotrom tomam posições idênticas, nos deixando de pé entre as garras esticadas de Tairn.

Andarna apenas se senta diante de nós à direita, a cauda varrendo a areia.

— *Perdi e ganhei consciência nos meus anos dentro do ovo...*

— Xi, vamos ficar aqui um bom tempo — sinaliza Ridoc, sentando a bunda na areia.

Devagar, faço o mesmo enquanto ela conta a história para a plateia hipnotizada.

Os irids só começam a fazer perguntas quando ela descreve a Apresentação.

— *Por que você se apresentaria a um humano?*

— *Não, eles se apresentam para nós.* — A cauda de Andarna balança. — *Para que possamos decidir se devemos permitir que eles prossigam para a Ceifa ou se transformamos eles em pó.*

Os irids todos ofegam, e Ridoc e eu trocamos um olhar confuso. Acho que eles não se unem a humanos.

— *Como sou a mais velha da minha Casta em Navarre, não havia outro para recusar o meu Direito de Benefício* — prossegue ela, animada e também um pouco orgulhosa, o que me faz sorrir. — *E assim a Ceifa começou.*

É fascinante ouvir do ponto de vista dela.

— *Por que você participaria da colheita?* — pergunta a fêmea à esquerda.

— *É apenas como chamamos a parte em que selecionamos nossos humanos para a união* — explica Andarna. — *Então, entrei na floresta...*

— *Você se uniu ainda jovem?* — grita o macho à direita.

Tairn inclina o pescoço à frente e grunhe.

— *Você não vai elevar a voz para ela.*

Andarna vira a cabeça e estreita os olhos para Tairn.

— *Não estrague este momento por mim.*

Mágoa inunda a união e Tairn se encolhe, a cabeça voltando a cobrir Ridoc e eu.

Ai. Meu peito se aperta, mas não há nada que eu possa dizer a ele sem arriscar que os outros também ouçam.

Andarna continua nossa história. Ela conta a eles sobre Jack e Oren, sobre como eu a defendi, e sobre Xaden e a rebelião.

— *Então, naturalmente, desacelerei o tempo* — conta ela ao falar do ataque que sofri no meu quarto.

— *Você usou seu dom jovem por uma humana?* — questiona a fêmea à esquerda.

— Não gosto dela — sinaliza Ridoc.

— Nem eu — respondo.

— *Para a* minha *humana.* — Andarna inclina a cabeça. — *Ela é parte de mim, assim como sou parte dela. Você subestima nossa conexão.*

Essa última parte fede a sarcasmo aborrecente.

— *Peço desculpas* — diz a fêmea.

— Caramba, essa raça sabe se desculpar — sinaliza Ridoc, erguendo a sobrancelha. — Talvez a gente devesse ter esperado mais até encontrar os dragões certos.

Reviro os olhos.

— *Vocês não se unem a humanos?* — pergunta Andarna, e eu me inclino à frente, apoiando os antebraços nos joelhos.

— *Não vivemos com humanos* — responde a dragão.

— *São só vocês seis?* — A cabeça de Andarna vira para olhá-los.

— *Há centenas de nós* — responde o macho à esquerda, falando pela primeira vez. — *Por favor, prossiga.*

O padrão enrolado em seus chifres parece muito com o de Andarna. Talvez eles sejam da mesma Casta.

Mais de uma hora se passa enquanto ela dá cada detalhe, como se esquecer um único acontecimento pudesse alterar seja lá o que for acontecer em seguida.

Quando ela começa a contar dos Jogos de Guerra, e então de Resson, meus músculos ficam mais tensos e eu luto contra minhas memórias para que não intercedam, combatendo a onda inevitável de luto que surge quando ela fala de Liam e Deigh.

— *E então voei para a batalha!* — Ela dá um salto, fincando as quatro garras no chão.

Diversos pares de olhos se estreitam.

— *E Violet canalizou meu poder...*

Dois deles inspiram fundo, e meu estômago se aperta.

— Não acho que está indo tão bem quanto ela pensa — sinalizo para Ridoc.

— Por quê? Ela é incrível — responde ele. — Corajosa. Poderosa. Cruel. Tudo que o Empyriano mais respeita.

No entanto, a forma como os irids olham para Andarna diz o contrário.

— *E então desaceleramos o tempo para que ela pudesse atacar!* — Andarna conta a história com um entusiasmo que deveria pertencer ao palco. — *Mas era magia demais para canalizar, e eu ainda era pequena. Meu corpo exigiu o Sono Sem Sonhos...*

Quando ela finalmente chega ao presente na história, sem mencionar como estamos tentando curar Xaden, várias horas depois, todos os irids pararam de fazer perguntas. Na verdade, eles recaem em um silêncio sinistro enquanto ela termina.

— *Por isso estamos aqui* — conclui ela. — *Para pedir que vocês venham lutar conosco. Para ver se o conhecimento de como os venin foram derrotados durante a Grande Guerra foi passado, ou se sabem como curá-los.* — A cauda dela balança em expectativa. — *E eu gostaria de saber sobre minha família.*

O macho no centro estreita os olhos para mim.

— *E você permitiu que ela canalizasse ainda jovem? Você a levou para a guerra?*

Abro a boca e então a fecho quando a culpa pesa sobre meus ombros. Ele não está dizendo nada que eu já não tenha me questionado.

— *Foi escolha minha!* — grita Andarna.

A fêmea à direita suspira, soprando areia pela praia.

— *Nos mostre sua asa.*

Andarna fica tensa por um instante, como se estivesse considerando, e então abre as asas. A esquerda empena, e ela a força a se abrir, mas a teia fina estremece com o esforço.

— *Não costuma tremer. Só estou cansada de voar tanto.*

A fêmea desvia o olhar, o sol refletindo nos chifres curvilíneos.

— *Já vimos o bastante.*

— *Eu consigo voar!* — Andarna fecha as asas de uma vez. — *Só não tenho um segundo par de músculos e não consigo carregar Violet. Os anciões disseram que tem algo a ver com o equilíbrio delicado da resistência ao vento e tensão na minha asa, e o peso dela nos discos da espinha que ficam no meu dorso. Mas tudo isso é porque temos Tairn e ele trabalha comigo todos os dias... e os anciões, também. E, quando me canso, ele me carrega, mas apenas durante as jornadas mais longas.*

Ela olha para o arreio que veste e se mexe, inquieta.

— *Por favor, permita a afronta de nossa necessidade por um momento de privacidade* — diz o macho ao centro.

Eles são tão grosseiramente... educados.

Andarna se senta, e as vozes dos irids saem da minha cabeça.

Os seis entram na água, as escamas mudando de cor e se tornando apenas um tom mais escuro que o oceano.

— Acho que fomos bloqueados — sinaliza Ridoc.

— Concordo — respondo.

A cabeça de Andarna se volta na nossa direção, e ofereço o que realmente espero que seja um sorriso reconfortante.

Um instante depois, três dos irids se lançam da água e desaparecem no céu.

— Isso não é bom — sinalizo.

— Talvez estejam indo buscar os outros — sinaliza Ridoc devagar.

Os três que restaram são o macho silencioso com chifres parecidos com os de Andarna, aquele do centro e a fêmea da direita. Eles se aproximam de nós, as escamas voltando aos tons de azul pálido conforme saem da água.

Meu peito se aperta. Eles podem ter as respostas para tudo... ou talvez desconheçam tanto da nossa história quanto nós mesmos.

— *Passei no teste?* — pergunta Andarna.

O som de sino ressoa outra vez, e eu me encolho quando guincha tão alto que é capaz que meus ouvidos sangrem.

— *Teste?* — questiona o macho no centro, observando Andarna.

— *Vocês estavam me testando, não é? Para garantir que sou digna de visitar nossa Casta? E onde é que fica?* — A esperança na voz dela me derrubaria se eu estivesse em pé.

— *Não era você que estava sendo testada.* — A fêmea suspira e olha para mim. Os pelinhos na minha nuca se arrepiam. — *Era você.*

Minha cabeça tomba para trás e meu estômago parece querer ser cuspido do corpo.

— Perdão?

— *Deve mesmo pedir perdão.* — A fêmea flexiona as garras na areia. — *Você fracassou.*

Tairn rosna, e desta vez Andarna não o interrompe.

— *Violet nunca fracassou comigo* — argumenta Andarna, batendo a cauda contra o chão.

Eu me levanto devagar.

— Não entendo.

O trio me ignora.

— *O fato de que você defende as ações dela é testemunho da falha dos humanos enquanto sociedade* — diz o macho para Andarna.

Ridoc se levanta e cruza os braços ao meu lado.

— *Violet me ama!* — grita Andarna, a cabeça girando de um lado a outro, encarando os três.

— *Ela usa você.* — Os olhos da fêmea estão cheios de tristeza, e as escamas da testa se franzem. — *Ela tirou vantagem de uma criança vulnerável. Ela usou seu poder como instrumento de guerra, forçou seu crescimento prematuro… E veja só o que você se tornou.*

Luto para engolir o nó que se formou em minha garganta.

— *Acham que estou danificada* — sibila Andarna.

— *Achamos que você é uma arma* — responde o macho.

Abro a boca, e um rosnado soa no peito de Tairn.

— *Obrigada.* — As escamas de Andarna cintilam, imitando a dos outros dragões.

— *Não foi um elogio.* — As palavras dele ficam afiadas. — *Nossa raça nasceu para a paz, não para a violência, como as outras.* — Ele lança um único olhar para Tairn antes de se voltar a Andarna. — *Você foi deixada para trás como nosso critério de avaliação. O teste do crescimento deles, da habilidade que teriam de escolher viver em tranquilidade e harmonia com todas as coisas vivas. Esperávamos que voltasse para nos contar que os humanos evoluíram, que floresceram sob as pedras de égides e não mais usavam a magia como arma, mas, em vez disso, você nos mostrou o contrário.*

Eu me abraço enquanto ele nos rasga ao meio com as palavras.

— *E os dragões tampouco aprenderam suas lições. Enquanto você* — o olhar do macho do centro foca em Aotrom — *deu gelo ao seu humano* — ele ousa mudar o foco para Tairn —, *você armou a sua com relâmpagos.*

— Não é assim que os sinetes funcionam — argumenta Ridoc.

— *E você* — o macho abaixa o olhar para encarar Andarna —, *a nossa esperança encarnada, entregou a esta humana algo bem mais perigoso para dominar, não é?*

Enquanto o avanço do inimigo por Krovla torna impossível posicionar uma legião completa em Suniva, oferecemos a vocês quatro dragões e seus cavaleiros. Para fazer jus à nossa aliança, também receberão um carregamento de nosso recurso mais valioso – armamento – para ser usado da forma como quiserem.

— Correspondência oficial do general Augustine Melgren endereçada à rainha Maraya

CAPÍTULO QUARENTA E DOIS

Me entregou o *quê*? Pisco, confusa.

Ridoc olha para mim e eu balanço a cabeça, dando de ombros. Ainda não manifestei um segundo sinete de Andarna.

— *Você transformou sua magia em arma, e até mesmo sua* cauda — prossegue o irid mais alto. — *Você se tornou exatamente o que detestamos, o monstro do qual fugimos.*

Ele *não* fez isso. A fúria faz meu poder zumbir na superfície.

— Ela não é um monstro! — Marcho à frente enquanto as escamas de Andarna ficam pretas, sem conseguir ouvir mais um segundo dessa palhaçada.

— *Não,* você *é.* — O macho gira a cabeça na minha direção. — *Ela é apenas aquilo em que você a transformou.*

Minhas unhas cravam nas palmas das mãos enquanto meu peito aperta.

— *Não entendo…* — A cauda de Andarna balança sobre a areia diante de mim, e dou um passo para trás, respeitando o limite. — *Vocês não vão nos acompanhar?* — pergunta ela. — *Não vão nos ajudar a alcançar a paz que tanto veneram?*

— *Não.* — O macho ergue a cabeça e eu acompanho sua linha de visão. Chradh e Sgaeyl estão de volta, bem a tempo de testemunhar nosso fracasso completo e total. — *Observamos parte de sua jornada e sentimos que não é a paz o que buscam, e sim a vitória.*

O macho com os chifres em espiral encara Andarna, mas fica em silêncio.

Meu coração acelera. Ah, deuses, está mesmo acontecendo. Nossa última esperança está se desfazendo bem diante dos meus olhos. Arriscamos tudo e os irids não irão nos ajudar.

— *A paz exige a pedra de égides aretiana, que não podemos acionar sem vocês!* — rosna Andarna.

— *Não vejo como isso seria problema nosso* — responde a fêmea.

— *Vocês não se importam se as pessoas morrerem?* — Andarna curva a cauda no alto atrás dela.

— *Talvez devessem morrer.* — O macho mais alto pisca. — *Talvez os corruptos devessem devorar toda a terra. É só quando encararem a fome que poderão enfrentar o mal que se tornaram. Ou todos morrerão e a terra se regenerará, ou confrontarão as abominações que se tornaram e decidirão que é hora de mudar.*

Hora de mudar. Meu coração martela na garganta.

— *Como podem fazer isso?* — pergunta Andarna, apreensão percorrendo a união de Tairn enquanto um bater de asas enche o ar. Xaden e Garrick estão quase chegando.

— *Talvez os descendentes deles possam evoluir* — diz a fêmea, observando Sgaeyl e Chradh pousarem perto do riacho a vinte metros de distância. — *Outros estão chegando. Devemos partir.*

Não, não. O pânico domina minha espinha. Não podemos fracassar. Isso não pode ser o *fim*.

Xaden e Garrick desmontam na praia de areia preta, bem acima da linha das ondas, e Tairn vira a cabeça na direção de Sgaeyl. Seja lá o que ele comunica, faz com que nenhum dos dragões se aproximem, mas não impede os cavaleiros.

— *Essa seria a cura para os dominadores das trevas?* — pergunta Andarna, a cabeça se mexendo em movimento serpentino. — *Evoluir?*

Meu fôlego congela no peito.

Os olhos dourados da fêmea se estreitam.

— *Não existe uma cura.*

Não existe uma cura? As palavras dela são como um soco e meus joelhos ameaçam ceder.

— *Se cederam suas almas, com certeza podem obtê-las de volta* — contesta Andarna.

— *Não é uma troca* — diz a fêmea. — *A alma não é mantida pela terra enquanto os dominadores das trevas roubam sua magia. A troca de poder aniquila a alma um pedacinho por vez, e não existe uma cura para a morte.*

Xaden e Garrick ficam de olho nos irids enquanto se aproximam sem as jaquetas de voo, espadas às costas, o perfeito exemplo da guerra encarnada.

A alma dele não está *morta.*

— *Não podem ao menos nos contar como os dominadores das trevas foram derrotados na Grande Guerra?* — pergunta Andarna, as palavras fluindo mais rápido, como se ela soubesse que o tempo está se esgotando.

— *Parece que não foram derrotados, ou você não estaria aqui perguntando* — responde a fêmea.

O macho com os chifres espiralados observa Xaden e Garrick enquanto eles se aproximam com cuidado até onde eu e Ridoc estamos, Xaden se posicionando à minha direita.

— *Nossa espécie deve ter ajudado* — Andarna tenta outra vez. — *Meu fogo consegue queimar dominadores das trevas. Somos a chave para derrotá-los?*

— *Inúteis.* — O macho mais alto recua em direção à água. — *Leothan, já ouvi o suficiente.*

O outro macho infla as narinas.

— *Eu, não.*

— Eles podem nos ouvir pela união — sinalizo rápido para Xaden. — A coisa aqui não está indo bem.

Ele assente.

— O que está acontecendo? — sinaliza Garrick, observando as cabeças gigantescas abaixadas em nossa direção.

— Eles acham que Andarna é uma arma, e de alguma forma isso é ruim — sinaliza Ridoc. — Eles não vão ajudar e basicamente acham que merecemos morrer porque não podemos resolver o problema mais antigo da humanidade, tipo parar de matar uns aos outros.

— Entendido — sinaliza Xaden.

— E não há cura para os venin — prossegue Ridoc rapidamente, e tenho que me esforçar para não agarrar suas mãos para que não diga mais nada. — A alma deles morre, então lá se vai nosso plano de salvá-los para derrotar o exército deles.

Merda.

A cabeça de Xaden se volta para a frente enquanto as garras de Andarna flexionam na areia.

— *Você é mágica* — diz a fêmea, um tom de pesar em sua voz. — *E mesmo assim busca usar a magia para a violência.*

— *Você prega a paz conhecendo apenas seu privilégio* — sibila Andarna. — *Vocês todos são uma decepção para mim.*

— *Nisso, enfim, concordamos* — diz o macho mais alto.

Que babaca.

Tairn rosna, entornando a areia e vibrando as árvores, e as escamas de Andarna ficam do tom mais escuro de preto enquanto ela se afasta até a perna dianteira dele.

— *Temos um longo voo pela frente e não há nada mais a ser dito aqui* — diz o macho, dando outro passo para a água. — *O mundo não estava pronto para você, e, embora não seja culpa sua, não podemos aceitá-la.*

Arfo e agarro a mão de Xaden.

— O que está acontecendo? — sinaliza Garrick.

Talvez seja melhor que não ouçam isso.

— *Leothan pode sentir de forma diferente* — o macho mais alto olha para o outro —, *mas a maioria de nós determinou que você é irid apenas por nome e escamas, Andarna. Não poderá entrar em nossa ilha nem receberá nossos ensinamentos. Nós nos separamos aqui e desejamos paz a você.*

Paz? Aperto a mão de Xaden com mais força.

— *Eu queria nunca ter conhecido vocês* — ruge Andarna.

O macho mais alto se abaixa na água antes de se lançar no ar, as escamas brilhando por um segundo antes que ele se torne o próprio céu.

— O que aconteceu? — pergunta Xaden.

— Acho que perdemos — sussurra Ridoc.

Andarna abaixa o focinho, e uma agonia de despedaçar os ossos desce pela união, mas é a vergonha o que atinge na segunda onda que faz meus olhos arderem.

— Andarna, não — sussurro. — Você é poderosa, inteligente, corajosa e leal. Nada disso é culpa sua. Você é perfeita.

— *Não... não sou* — rosna ela, virando a cabeça na minha direção.

— *Você não sabia que ela era jovem quando se uniu a ela?* — pergunta Leothan, o olhar dourado observando os quatro humanos.

— Eu não sabia — respondo em voz alta. — Deveria saber, mas os ovos e os filhotes são escondidos e mantidos seguros dentro do Vale até que despertem do Sono Sem Sonhos. Ninguém viu um por séculos, então não sabíamos que eles são todos Rabos-de-pena-dourados até a adolescência.

— O que está... — Garrick se contorce. — Porra, isso dói!

Xaden faz uma careta, abaixando a cabeça e fechando os olhos com força.

Acho que eles acabaram de ouvir o apito.

— *A uniformidade garante que todos os ovos tenham os mesmos cuidados, sem diferença com relação a raça ou Casta...* — começa Leothan enquanto Xaden ergue o olhar.

A fêmea se encolhe, expondo os dentes que pingam com baba.

— *Como puderam se aliar a isto?*

Forma estranha de dizer "união", mas tudo bem.

— Repito: eu não sabia que ela era jovem — argumento. — Culpem a mim, não ela!

— *Abominação.* — A fêmea cospe o insulto, semicerrando os olhos.

Para Xaden.

Minha cabeça gira na direção de Xaden e eu arfo. Os aros das íris brilham um vermelho intenso.

— *Sua espécie está além da redenção.* — A fêmea lança um olhar feio para Sgaeyl e desaparece.

Leothan observa Xaden por um segundo a mais e então desaparece, ondas quebrando onde estavam minutos antes. O vento do bater de asas invisível chicoteia meu rosto, e eu fecho os olhos com força quando a areia é soprada sobre nós, a presença dos dragões desaparecendo da minha mente, assim como antes. Quando eu os abro, os olhos de Xaden voltaram ao normal.

Ou melhor, ao novo normal. Ainda há pontos de âmbar dentro das profundezas cor de ônix.

— Merda. — O tom dele poderia cortar escamas enquanto os dedos largam os meus.

— *Você não é uma abomina...*

Ele ergue os escudos, me bloqueando.

Algo dolorosamente parecido com um choramingo soa à nossa direita, e olho além de Garrick e vejo Andarna entrando na selva, as escamas mudando para douradas.

— *Andarna.* — Começo a seguir na direção dela, mas ela também me bloqueia.

— *Eu vou.* — Tairn se eleva acima de nós, a cauda derrubando uma árvore à esquerda enquanto ele a segue. — *Teine e Molvic se aproximam.*

— *Posso...*

— *Apenas um de nós é à prova de fogo* — ele me lembra, desaparecendo dentro da vegetação.

Minhas unhas afundam nas palmas. Nunca me senti tão inútil.

— Imagino que seja por *ele* que você cismou tanto de encontrar uma cura. — A acusação de Ridoc me atinge como um balde de água gelada, e finalmente olho para ele.

Ah. *Merda.*

— É. — Ele assente para mim. — Vi os olhos dele ficarem vermelhos.

— Ridoc... — começa Xaden.

— Calado, *dominador das trevas* — sibila Ridoc, o olhar fixo no meu. — Vi, você tem uma chance de confessar tudo e me contar que porra está acontecendo.

Se possível, cace o inimigo durante o dia. As pegadas são tão facilmente escondidas pelas sombras da noite que não me surpreenderia se descobrisse que já caminham entre nós.

— Venin, um compêndio, por capitão Drake Cordella, Revoada Noturna

CAPÍTULO QUARENTA E TRÊS

Ridoc escuta a versão mais curta possível da história antes que os outros se aproximem, e, enquanto Mira desmonta, prometo contar tudo a ele se puder esperar até termos alguma privacidade.

— Temos que contar a eles sobre os irids primeiro — digo em uma súplica apressada.

A boca de Ridoc se espreme e os olhos castanhos se estreitam na direção de Xaden.

— Os outros quatro já voltaram? — pergunta Mira, entrando no acampamento com Aaric, a bolsa pendurada em um ombro.

— Ainda não — responde Garrick atrás de mim. — Mas temos algumas horas até que escureça por completo.

— Por favor — sussurro para Ridoc enquanto Mira larga as coisas perto do saco de dormir.

— Tudo bem aí? — Mira franze a sobrancelha quando ninguém responde e seu olhar passa entre nós quatro antes de focar em mim, intensamente, sustentando meu olhar. — Violet?

Minha garganta fecha. Não sei o que ela vai fazer se souber a verdade.

— Os irids são um bando de filhos da puta que rejeitaram Andarna — diz Ridoc. — Então foi um dia bem merda.

Ele deslancha a contar a história e aos poucos meu pulso desacelera.

— Como está Andarna? — pergunta Mira.

— Devastada. — Olho para a praia, mas ela e Tairn ainda não voltaram. — Sei que viemos com a esperança de que os irids ajudassem, ou pelo menos que um deles concordasse em acionar a pedra de égides, mas ela queria apenas conhecer a família.

A mandíbula de Garrick trava e Xaden cruza os braços.

— Os outros devem voltar logo — diz Ridoc. — O que a gente faz? Voamos para Loysam amanhã?

— Não adianta. — Olho para Xaden, mas ele continua em silêncio. — Loysam tem guardas, mas não tem exército. Podemos até estabelecer um laço diplomático, mas eles não vão nos ajudar a vencer a guerra.

— Então o que você quer fazer? — pergunta Xaden, a brisa do oceano bagunçando seus cabelos quando ele olha para mim.

Deuses, ele é mesmo lindo, e não apenas por fora. Tudo nele – a lealdade, a inteligência, as partes tenras que ninguém além de mim tem permissão para ver... até sua natureza implacável e casual me impressiona. E as partes que estão faltando? *Mortas*, de acordo com os irids? Nós conseguimos viver sem elas.

Ele ainda é inteiro para mim. Desde que possamos impedi-lo de canalizar da terra, desde que encontremos uma forma de controlar aquela ânsia, ficaremos bem. Precisamos ficar.

— Deveríamos voltar para casa. — Dizer as palavras traz um senso de finitude, de fracasso, que deixa um corte profundo e lacerante. — Vai saber o que pode ter acontecido em nossa ausência.

Pelo que sabemos, podem ter invadido as fronteiras e a própria Theophanie pode estar esperando em pessoa no meu quarto.

— Corte marcial pra dar e vender — diz Mira, sarcástica.

Garrick assente e encara a água.

— Tecnicamente, no mapa, se voássemos a nordeste por dois dias, chegaríamos aos Penhascos de Dralor.

— Os grifos *amariam* isso, confia. — Ridoc bufa. — Não deu pra ver que Kiralair se acomodou na garra de Molvic?

— Só os dragões maiores conseguem voar por dois dias seguidos — diz Xaden. — Tairn. Sgaeyl. Molvic, talvez.

— Nós voltamos pelas ilhas — decido. — É a rota mais segura para chegarmos em casa... desde que acampemos em uma costa deserta em Hedotis. Tenho certeza que fui banida de lá.

Depois que os outros chegam e nossa situação é explicada, Ridoc me lança um olhar que diz que ele cansou de esperar por nossa conversa.

Xaden e Garrick ficam bastante insatisfeitos quando parto com Ridoc para a floresta com a desculpa de caçar algo para o jantar. Pegando a runa de ágata à prova de som que Ridoc carrega, caminhamos cinco minutos colina acima na floresta, ficando perto o suficiente para acharmos facilmente nosso caminho de volta, mas longe o bastante para garantir privacidade graças à escolta de Aotrom.

O Rabo-de-espada-marrom não está apenas curioso; está furioso.

Fico enjoada contando a Ridoc a história completa de Xaden, lembrando o tempo todo que Ridoc foi quem demorou mais tempo a me perdoar quando escondi dele meus segredos no começo do ano. Quando termino, a luz diminuiu e tornou-se apenas alguns pontos de cor, e ele anda de um lado a outro diante de mim, olhando para qualquer lugar exceto na minha direção.

— Acho que a gente tinha concordado em contar a verdade um para o outro. — Os punhos dele se fecham.

— O segredo não era meu. — Eu me apoio contra uma árvore e observo Ridoc caminhar de um lado a outro diante de mim. — Sei que é uma desculpa de merda, mas não sinto muito por manter Xaden seguro.

— Isso *não* é um pedido de desculpas, Vi. — Ele para diante de mim, um milhão de emoções atravessando seu rosto rápido demais para serem identificadas.

Ele tem razão.

— Eu sinto muito por não poder contar tudo a você, mas se alguém descobrir vão prender Xaden igual fizeram com Barlowe, ou pior… ele vai ser morto. — Cruzo os braços.

Ridoc ergue as sobrancelhas e inclina o pescoço à frente.

— E nenhuma partezinha de você acha que talvez seja o que *deveria* acontecer?

— Não. Ele não é perverso. — Ergo o queixo.

— Ele também não é *ele* — rebate Ridoc. — Por isso você se colocou entre nós em Hedotis. Ele não está completamente no controle e você sabe disso.

— Algum de nós está completamente no controle… — começo.

— Não faz isso. — Ele aponta o dedo para mim. — Comigo, não.

— Ele não é Barlowe. Não chega nem perto. Ele jamais me machucaria. Ele só canalizou para salvar outras pessoas, primeiro em Basgiath, e então em uma batalha na fronteira, e depois quando Courtlyn tentou nos matar em Deverelli.

Deixo de fora a breve descoloração na minha cabeceira. Essa é uma linha que não cruzarei com Ridoc.

— Puta merda, ele canalizou *três* vezes? — Ridoc levanta as sobrancelhas. — E conseguiu fazer isso em uma ilha sem magia?

— Foi com a moeda de liga metálica do meu conduíte.

— Ah, ótimo, bom saber que você pode alimentar ele bem como Barlowe se for preciso… — Ele bufa. — É por isso você está mantendo

Barlowe vivo. Puta *merda,* Violet, você tem algum respeito por sua própria vida? Ou só estamos preocupados com Riorson agora?

— Ele *nunca* me machucou — repito. — E ele ainda é um neófito. Ele não precisa ser *alimentado.* — A última palavra evoca o gosto de cinzas na minha boca. — Desde que ele não faça de novo, continuará exatamente como está gora.

— Um dominador das trevas, assim como aquela mulher de cabelos prateados que está te perseguindo. — Ridoc recomeça a andar em círculos na minha frente.

Eu afasto a cabeça, indignada.

— Ele não tem *nada* a ver com ela.

— Unido a um dos dragões mais violentos do Continente — prossegue ele, ignorando minha defesa. — Isso é… incrível.

— Ele não controla Sgaeyl. — Observo quando Ridoc dá um giro e começa a caminhar para o outro lado. — Na verdade, ela mal fala com ele agora.

— Eu é que não culpo ela por isso — diz Ridoc, depois de uma pausa concordando com Aotrom. — E ela escondeu isso do Empyriano… — Ele para à minha direita, e então se vira devagar pra me encarar. — Quem mais sabe?

— Além de Xaden e eu? Garrick, Bodhi e Imogen.

Ridoc pisca.

— Só isso? Só vocês cinco?

— E agora você.

— Bom, pelo menos o clube é exclusivo — diz ele, sarcástico, passando as mãos no cabelo. — E todos são leais a *ele.*

— Bem… sim. — Passo o peso do corpo de um pé a outro. — É ele quem estamos tentando salvar.

Ele revira os olhos na direção da copa das árvores.

— Ô porra. Quando foi que começamos com os segredos de novo? — O dedo dele dispara no ar. — Esquece, eu já sei. Riorson. *De novo.* Acho que temos um tema.

— Basgiath teria sido destruída se ele não tivesse matado o Mestre dos dominadores das trevas — eu o relembro. — O que ele fez deu a nós, à minha mãe, tempo para imbuir a pedra de égide. Estaríamos todos mortos se ele não tivesse canalizado mais poder. O Continente teria caído se não fosse por ele.

— E então fez isso para se transformar justamente naquilo contra o que estamos lutando. — Ele balança a cabeça. — A ironia disso existe em tantos níveis, principalmente considerando que ele é a porra do *duque* de Tyrrendor agora. — Ele deixa os braços caírem. — Ele poderia arrasar nosso reino, a nossa província por dentro. Ele poderia nos entregar aos venin em uma bandeja de prata. Barlowe era um zé-ninguém. Agora nós temos um dominador das trevas no Senarium.

É só isso o que Ridoc vê em Xaden? Só mais um dominador das trevas?

— Ele está do nosso lado. Lutando nossas batalhas. — Eu me afasto da árvore. — Ele matou mais venin *depois* da batalha que qualquer outro cavaleiro, lembra?

— Como pode ter tanta certeza que ele não está enganando você? — Ele franze as sobrancelhas.

— Porque eu conheço Xaden! — digo, elevando a voz.

— Está bem. — Ridoc assente sem parar. — Você finge que é verdade e eu finjo que acredito. Digamos que ele ainda é oitenta por cento Xaden.

— Noventa — rebato.

— Hum, tá. — Ele dá de ombros. — Existem quatro níveis para os dominadores das trevas, e seu namorado já canalizou três vezes. Acho que oitenta por cento é matematicamente generoso, mas, claro, aceito sua ilusão em nome dessa hipótese. Quanto tempo até que ele se torne um Aprendiz? Até que ele esteja fisicamente incapaz de negar o chamado de um Mestre?

— Se ele não canalizar...

— Eles sempre canalizam! — O gelo se forma nas pontas dos dedos dele. — Só porque eu gosto de fazer piadas não significa que não estou lendo direito a mesma merda que você lê. Não existe nenhum registro de iniciados se afastando do poder.

— Por isso preciso achar uma cura. — Minha voz fraqueja.

— Acabaram de nos dizer que ela não existe. — Ele gesticula para a praia.

— E eu tive cinco minutos para processar essa informação. — Raiva e medo lutam pelo controle das minhas emoções, e ambos trazem meu poder à tona, aquecendo minha pele. — Tudo o que fiz nos últimos meses, desde garantir o acordo com Tecarus pelos livros até procurar a espécie de Andarna, foi a serviço do Continente, mas também para encontrar uma cura para Xaden, e ouvir do que provavelmente é a fonte mais confiável que simplesmente não existe uma? — Balanço a cabeça enquanto o calor aumenta em mim exponencialmente com o pânico. — Não sei o que fazer com isso ainda. Não tenho todas as respostas, Ridoc. Só sei que preciso encontrá-las, quer estejam em um livro perdido ou na cabeça de algum dominador das trevas, porque perdi Liam e agora Trager e a minha *mãe* para essa guerra, e não vou desistir do homem que amo!

O poder estala dentro de mim e dispara para fora. Relâmpagos atingem as árvores atrás de Ridoc e trovões ressoam de imediato, sacudindo meus ossos.

— Merda! — grita Ridoc, tampando os ouvidos e se virando para encarar a árvore.

Meu coração acelera quando o tronco se parte no meio, e as duas partes balançam... e caem. Ergo os dedos, invocando magia menor para suavizar a queda, mas os pedaços pesados não são páreo para minhas habilidades nesse campo. As metades despencam no chão em fila diante de nós, e então pegam fogo.

— Caceta. — Ridoc balança as mãos e uma camada fina de gelo corre pela lenha em ambas as direções. As chamas chiam e morrem. — Agora Riorson vai *mesmo* me matar — murmura Ridoc, mas a piada não tem graça.

Ele se vira na minha direção.

— Obrigada. — Gesticulo para as brasas e suspiro. — E desculpe de novo.

— Por qual parte?

— Todas. — A confissão é pouco mais alta que um suspiro.

Ele assente.

— Eu vou salvá-lo. — Minha garganta se aperta. — E não só porque não consigo imaginar uma vida sem ele. Sou egoísta quando se trata do meu amor por ele, e talvez um pouco autodestrutiva nos últimos tempos...

— Você acha, é? — Ele gesticula para a árvore.

— ... mas se eu não salvar Xaden... — Minha voz fraqueja. — Se eu não *curar* Xaden, e ele... — Não consigo falar. — Mantive o soro em caso de emergência, mas, Ridoc, precisamos mantê-lo do nosso lado, ou essa guerra já está perdida. Não existe nenhum cavaleiro vivo capaz de impedi-lo com o poder que ele tem agora, muito menos o que ele pode se tornar caso se transforme de verdade. E não me diga que eu posso, porque a verdade é que não vou fazer isso. Mesmo que eu aprimore meu sinete e chegue ao nível dele, o que demoraria anos, eu não poderia ferir Xaden mais do que ele pode me ferir. Ele é... tudo para mim.

Ridoc murcha.

— Então qual é o limite? Em que ponto ele vai ter ido longe demais para você continuar a defendê-lo?

Abro e fecho a boca.

— Não existe isso. Não existe a possibilidade de ele ir longe demais.

— Sério? — Ele ergue as sobrancelhas. — E se ele ferir alguém que você ama? Isso faria você mudar de ideia?

— Ele não faria isso. — Balanço a cabeça. — Em todos esses meses, ele não fez nada do tipo. Ele não vai.

Ridoc me segura pelos ombros.

— Isso não é o suficiente. Me dê um limite real e lógico que ele precisa passar para você se afastar, e eu guardo esse segredo. Eu ajudo você a vasculhar toda porra de livro que você encontrar. Estou disposto a embarcar no seu mantra de vou-salvar-meu-homem-custe-o-que-custar e ficar do seu lado nessa situação terrivelmente perigosa se você simplesmente reconhecer que existe um ponto sem retorno. Você pode depositar toda a sua fé nele, desde que deixe um pouco de lógica para você mesma.

— Eu... eu não consigo imaginar não amar Xaden. — Apoio as mãos nos antebraços dele.

— Eu nunca disse que você não podia fazer isso. — Ridoc aperta meus ombros com amor. — Você ainda pode amar alguém depois de deixar essa pessoa partir. Mas precisa me dizer que existe um limite para de fato deixar Xaden partir. Porque, se não existir, não é só ele que vamos perder, Vi.

Meu peito aperta.

— Eu jamais...

— Você canalizaria para salvá-lo? Ou esse é o limite?

Engulo em seco, lembrando daquele sopro de segundo na câmara da pedra de égides onde meu poder não foi o suficiente para imbuir a pedra.

— Se for mais fácil, é só escolher um limite, e eu posso fazer o serviço sujo de entregar Xaden — sussurra Ridoc. — Mas você precisa me dizer agora, quando tem certeza absoluta de que não vai acontecer. Porque, se acontecer um dia, a decisão não vai estar só com você.

Todos os músculos do meu corpo ficam tensos.

— E se ele ferir Tairn ou Andarna? — sugere Ridoc. — Você precisa me ajudar com isso, Vi, ou eu saio daqui e vou direto até única pessoa que conheço que vai colocar sua vida acima da de qualquer um naquela praia.

Mira.

Tento ver a situação da perspectiva de Ridoc, e é tudo menos boa.

— Tudo bem. Hipoteticamente, ele teria que matar outro cavaleiro sem motivo ou machucar civis. Ferir meus amigos, meus dragões. Me... ferir... — sussurro. — Se ele me ferir, então Xaden não é mais dono de si.

Ridoc assente e encosta a testa na minha.

— Está bem. Aí está.

— Aí está — repito.

Ele me solta e começamos a voltar para o acampamento.

— Pare de guardar esse monte de merda só pra você — exige ele. — Não quero ter essa briga de novo. Nós quatro somos mais fortes juntos do que separados. Não estrague isso, nem por Riorson. Se está com medo demais para contar para Rhi, Sawyer ou eu sobre alguma coisa que está fazendo porque sabe que vai levar uma lição de moral, então você não deveria estar fazendo ou está merecendo a lição de moral.

— Entendido — sussurro. — Sinto saudades deles.

— Eu também. — Ele passa o braço pelos meus ombros. — Rhi dá os melhores sermões.

— Você se saiu muito bem. — Dou um sorriso enquanto viramos à esquerda, dando a volta em uma árvore gigante do diâmetro da perna de Tairn.

E encontramos Xaden ali, de pé com os tornozelos e os braços cruzados enquanto ele apoia o ombro no tronco.

Ridoc flexiona a mão no meu ombro, mas não me solta quando paramos de repente.

Xaden arqueia sua sobrancelha com a cicatriz, observando.

— Que dilema — comenta Ridoc. — Veja bem, se eu abaixar a mão, parece que fomos pegos fazendo algo que não deveríamos. O que não é o caso. Mas, se eu ficar com a mão aqui, não sei se você vai dar um chilique comigo e me... — Ele agarra o próprio pescoço.

— Você não está ajudando — digo a ele.

— Também não quero que você pense que só porque é assustador eu tenho medo *de* você — acrescenta Ridoc. — Porque não tenho.

— Você tem. O que decidiu? — pergunta Xaden, o rosto uma máscara perfeita de tédio.

— Você não vai ameaçar me matar? — questiona Ridoc.

— Não faço ameaças vazias.

Tento alcançá-lo mentalmente, mas os escudos de Xaden ainda estão erguidos.

Ridoc inclina a cabeça.

— Quer dizer que você não ameaçaria antes de me matar? Ou que você não me mataria de verdade?

Xaden dá de ombros.

— Escolha o que preferir.

— Pare com isso — digo, encarando Xaden. Ele devolve o olhar, suavizando um pouco.

— Ela vai contar a Rhiannon e Sawyer — exige Ridoc e então se cala, pensando um segundo. — E Jesinia.

Meu coração praticamente para.

— Enlouqueceu?

— Só isso? — pergunta Xaden, e não sei se ele está sendo um babaca sarcástico ou só um babaca sério.

— Adoraria que contasse a Mira e Brennan também, mas podemos começar com esses três — afirma Ridoc, olhando para Xaden. — Todo mundo que já sabe valoriza sua vida acima da vida de Violet...

— Isso não é verdade — discordo.

— Tudo mundo que sabe disse para Violet se afastar o máximo possível — diz Xaden. — Eu me incluo nisso.

— Bom saber. — Ridoc dá de ombros. — Rhi. Sawyer. Jesinia. Essa é minha única condição para manter o segredo.

— Não foi isso o que combinamos — sibilo para ele.

— Discutimos *nossos* termos — diz Ridoc, e olha para Xaden. — Isto aqui é entre nós dois. Jesinia precisa saber o que está pesquisando de verdade caso exista uma forma de desacelerar seu progresso. Sawyer, Rhi e eu somos os únicos que podem ficar com Violet durante todas as aulas, e nossos quartos ficam ao lado do dela. Ela é mais que capaz de se proteger, mas melhor prevenir do que remediar, considerando o que pode acabar com ela.

Xaden fica tenso.

— É, você sabe exatamente do que estou falando. — Ridoc assente.

Minha testa se franze.

— Bem, eu não.

— Se ele se transforma completamente... — começa Ridoc.

— Quando — corrige Xaden. — Não me dou bem com a negação.

Ridoc ergue as sobrancelhas.

— Tudo bem então. Quando ele se transformar totalmente, ou quando alguém com o cargo errado perceber o que ele se tornou, vão ter que matar Xaden pelos motivos que você mesma mencionou, Vi.

— O que isso... — Meu estômago revira quando sigo os pensamentos dele até a conclusão lógica, e então é tomado pela raiva escaldante. Volto meu olhar para Xaden. — Me matar é a forma mais rápida de matar *você*.

Exatamente como no meu primeiro ano em Basgiath.

— Não deixarei isso acontecer. — Xaden trava a mandíbula.

— *Nós* não vamos deixar isso acontecer — corrige Ridoc. — Você estará por aí fazendo maldades.

Abro a boca, sem saber o que dizer.

— Rhi. Sawyer. Jesinia — repete Ridoc.

— Aetos não? — pergunta Xaden. — Dain, especificamente.

— De jeito nenhum — digo. — Ele vai te matar.

— Ele pode tentar — responde Xaden. — A tentativa com certeza deixaria as coisas um pouco constrangedoras.

— Estou com a Violet nessa — interrompe Ridoc. — Por mais orgulhoso que esteja de onde Aetos chegou nesse departamento de quebrar regras, ele não está pronto para entrar na turma de formandos com um segredo desses. Rhi. Sawyer. Jesinia.

— Resolvido — responde Xaden. — Mas vou ser bastante claro. Não me importo a quem ela conte quando se trata da segurança dela.

— Ótimo. — Ridoc assente, afastando-se, e inspira fundo. — Ah, e só pra *você* saber, aquele relâmpago lá em cima não foi — ele gesticula entre nós —, sabe. Nós dois. — Ele se encolhe. — Quer dizer, foi a gente porque eu deixei Violet irritada, mas não foi a gente... *a gente*, se é que você me entende.

Luto para não revirar os olhos.

— Sei bem — responde Xaden. — Primeiramente porque confio em Violet, e, em segundo lugar — ele olha Ridoc dos pés à cabeça —, não foi um raio tão grande assim.

Sério? Bufo.

— Hã. — Ridoc inclina a cabeça como se estivesse decidindo alguma coisa, e então a balança. — Não. Você e eu não voltamos a trocar piadas de pinto ainda. Não que um dia a gente tenha chegado nesse nível de intimidade. Ainda tô puto.

— E deveria estar. — Xaden se afasta da árvore e se aproxima de nós. — E eu estou me certificando de que Violet seja capaz de me matar quando a hora chegar. Se for entre mim e ela, eu a escolho. Mate o outro cara que eu me tornar.

Estreito os olhos para o lindo babaca a quem fui tola de entregar meu coração.

— Não vai chegar a esse ponto.

— Puta merda. Isso é nobre? É zoado? Não consigo decidir. — Ridoc me dá um tapinha no ombro e começa a voltar para o acampamento. — Nunca estive mais feliz por ser solteiro. Vocês têm muitos problemas.

— Garrick trouxe a *caça* que era para vocês trazerem — diz Xaden quando saímos das árvores.

Ridoc faz um sinal de joinha e continua descendo a colina.

Xaden observa meu rosto, encarando-me como se tivesse que memorizar cada detalhe desse exato momento.

Dou um passo em direção a ele e ele se afasta, balançando a cabeça uma vez.

Meu coração se aperta no peito.

— Vai colocar mais espaço entre nós por conta do comentário de abominação, não é?

Ele se encolhe, o que é confirmação suficiente para mim.

— Você não é... — começo.

— Os outros dois irids agiram como se não tivessem se decidido ainda — interrompe ele. — E acho que você estava indo bem porque não sabia a idade de Andarna durante a Ceifa. — Ele trava a mandíbula e volta a ser aquela máscara despreocupada e entediada que tanto amo. — E então eles me viram. Tenho certeza pra caralho de que essa missão pela qual arriscamos tudo acabou de fracassar por conta do que sou. Porque estou aqui com você.

— Isso não é justo — sussurro.

— Mas é verdade. — Sombras se esparramam ao redor das botas dele, e ele olha para a praia. — Eu *mal* dei conta de passar um mês sem canalizar além de Sgaeyl. — Ele balança a cabeça. — Se fosse apenas você e Ridoc, ou você e Dain, ou você e... qualquer pessoa além de mim naquela praia, existia uma grande probabilidade de que estivesse a caminho de seja lá qual for a ilha onde moram os irids, que Andarna tivesse a chance de conhecer sua raça, que eles concordassem em voltar e colocar fogo na pedra de égide aretiana e salvar minha cidade, salvar minha província inteira. — Ele olha de volta para mim. — Então, sim, acho que o comentário sobre a abominação, e o que representa, exige que nós consideremos o fato inegável de que sou a pior coisa possível para esta missão, para minha província e para você.

Meu coração dói por ele, pela culpa que ele sente por algo que não é capaz de controlar.

— Está bem. — Cruzo os braços e penso se quero discutir ou reconfortá-lo, e então decido tomar uma rota diferente. — Já considerei os fatos. Não preciso de um momento. Você estaria nesta missão independentemente de seu estado por conta de Tairn e Sgaeyl. É ridículo eles terem julgado você sem ouvir uma palavra sua, mas isso é uma falha do caráter deles, não do seu. E, se precisa de espaço para organizar seus pensamentos, tudo bem. — Inclino a cabeça na direção dele. — Mas não muda nada no meu amor por você.

Ele flexiona as mãos.

Eu me afasto dele e volto para o acampamento.

— Me avise quando cansar de ficar emburrado e veremos qual será meu próximo passo. Até lá, voamos para casa amanhã.

***

Os grifos estão exaustos, e levamos dez dias para chegar a Deverelli, onde passamos um dia inteiro consertando o arreio de Andarna quando um dos elos de metal se rompe.

Xaden fica distante toda essa droga de tempo.

Andarna mal fala.

Cat está dolorosamente silenciosa, a ponto de eu *desejar* que ela batesse boca com alguém.

E eu estou prestes a sucumbir sob o peso do fracasso.

Usamos o dia para traçar nosso caminho por Poromiel, escolhendo uma rota que nos leva à costa entre Cordyn e Draithus para minimizar a chance de encontrarmos dominadores das trevas. Quando voamos para o Continente, Mira já me perguntou pelo menos uma dúzia de vezes se estou bem, e, embora Dain tenha o hábito irritante de ficar medindo a distância entre Xaden e eu com o olhar antes de me encarar, ele é inteligente o suficiente para manter a boca fechada.

Observo os arredores em busca de venin o tempo inteiro durante a viagem, assustada demais para dormir na sela. Cada reluzir do sol em um lago me faz ficar nervosa, e toda tempestade distante me faz segurar o pomo da sela. Logicamente, sei que não há chance de Theophanie saber que estamos além das égides, onde ela pode nos atacar, mas ela também não tinha como saber que eu estaria em Anca daquela vez. Ou nosso plano de voo dá certo ou Theophanie escolhe não atacar, e, apesar de sobrevoarmos partes de terra seca, chegamos até a proteção das égides sem nenhum incidente, sem nem sequer avistar uma patrulha de wyvern.

A facilidade só serve para me deixar mais ansiosa.

Passamos a noite sob as estrelas dentro das égides para evitar a prisão pela corte marcial que todos sabemos que iremos enfrentar, e voamos para Basgiath três semanas e meia depois do dia em que partimos.

Não há um sentimento de vitória enquanto descarrego os alforjes de Tairn no campo de voo, nem mesmo com o fato de que garantimos que um exército virá nos ajudar. O fracasso sufocante de ter perdido os irids parece mofo crescendo na minha língua, azedando tudo o que bebo e como, infectando minhas palavras e até o ar nos pulmões. A decepção apodrece e se espalha até que eu me sinta completamente rançosa quando desmonto no campo lamacento.

Andarna voou direto para o Vale. Ela sequer falou enquanto desaparecia além das montanhas. O sofrimento dela é o que mais me dói.

— Violet!

Eu me viro e sou imediatamente engolida pelo abraço de Rhiannon. Ela me abraça com força, e eu largo minha bolsa para abraçá-la de volta.

Talvez seja o som de Kaori gritando com os cadetes no campo, ou o perfume do cabelo de Rhi, ou o simples fato de que estamos de volta mas não voltamos para casa, porém a imensidão do que perdemos imediatamente faz meus olhos arderem e minha garganta fechar.

— Senti tanta saudade de você. Como sabia que estávamos aqui?

— Feirge me disse que vocês estavam chegando, então fugimos do jantar. Estou tão feliz em ver você. — Rhi se afasta sorrindo, mas também com lágrimas nos olhos. — Você está bem?

Abro e fecho a boca, sem saber como responder à pergunta.

— Rhi! — Ridoc se joga em cima de nós duas, nos envolvendo nos braços, duas semanas de barba pinicando a lateral do meu rosto. — Cacete, como a gente precisava de você na viagem. Violet estava descontrolada. Ela deu a maior surra em uma rainha, envenenou a mãe de Xaden *e* os três chefes de estado de Hedotis, mas ao menos conseguiu um exército para a gente.

Rhi bufa uma risada enquanto Ridoc nos balança para lá e para cá.

— E o que você fez? — pergunta ela.

— Pouca coisa. Apaguei uns incêndios, soquei um cozinheiro. — Ele me solta e então puxa Sawyer para um abraço quando nosso amigo se aproxima, apoiando-se um pouquinho em uma bengala. — Isso é bom. Isso sim é o certo.

— Fico feliz que vocês voltaram, pessoal — diz Sawyer, o rosto esmagado ao lado do meu graças a Ridoc.

— Eu também. — Relaxo no abraço.

— Aí estão elas! Corram aqui! — grita Ridoc, ainda no abraço.

Maren ri e corre para o meu outro lado, entrando, mas Cat apenas suspira e então se aproxima.

— Sem exceções — declara Ridoc, puxando Cat para o círculo entre ele e Sawyer. — Doces segundanistas, juntos novamente. — Ele nos solta, mas permanecemos em círculo.

O olhar de Rhi passa de pessoa para pessoa como se ela estivesse contando, e o sorriso fraqueja.

— Perdemos Trager — digo baixinho.

— O quê? — Rhi se encolhe, o rosto chocado.

— Como? — Os ombros de Sawyer despencam.

— Em Zehyllna — responde Cat, e então pigarreia. — Flechada no coração. Mas conseguimos um exército, então… — A voz dela falha e ela limpa a garganta outra vez.

— Sinto muito — diz Rhi, o olhar passando de Maren para Cat.

— Nós também — sussurra Maren.

— E a missão foi um fracasso — digo em voz alta pela primeira vez, olhando nos olhos de Sawyer e de Rhi. — Encontramos os irids, mas eles não vêm. Fracassamos.

— Merda. — A expressão de Rhi desmorona de vez.

— Isso é decepcionante de ouvir, considerando o clima político atual por aqui.

Nós nos separamos e viramos para o general Aetos, que está a uma distância respeitável de Tairn, olhando feio para todos. Ele nem sequer olha para Dain enquanto os outros se aproximam.

Xaden para entre Garrick e Drake, e nossos olhares se encontram por um momento antes de ambos focarmos no general Aetos. *Corte marcial vindo em três... dois...*

— Falaremos da punição por desobedecer a ordens diretas mais tarde. — O general Aetos olha para Drake. — É uma pena que tenha nascido no lado errado da família. — O olhar dele se volta para Cat. — A boa notícia é que você está mais perto do trono.

Cat empalidece.

— Syrena?

Meu estômago embrulha, e eu vejo Mira segurando com força a alça da mochila.

— É a sua irmã? — pergunta Aetos, enfiando a mão no bolso do uniforme e vindo em nossa direção.

— Sim — responde Maren para que Cat não precise falar.

— Ah. Certo. A infame paladina. — Aetos pega uma missiva e a entrega para mim sem responder a Cat *ou* Maren. — Esta preocupante leitura chegou para você faz uma hora. Mal posso esperar para falar disso durante seu relato da missão.

Seguro o pergaminho, reparando no selo rompido.

— Syrena Cordella está viva? — pergunto.

Ele é cruel por fazer esse suspense todo.

— Pelo que ouvi, ela está bem. — Aetos olha significativamente para o papel.

Obrigada, Amari.

Cat oscila no lugar, inspirando fundo, e eu desenrolo a missiva já aberta.

— O que aconteceu? — pergunta ela.

Minha pele estremece enquanto o sangue foge do meu rosto com a visão da letra *dela.*

Violet,

Espero que tenha se divertido em sua jornada, embora sua legião tenha parecido um pouco abatida quando a vi passar por Pavis. Eu me pergunto por que se esforçaram tanto quando tenho aquilo que você mais deseja. Aproveite o tempo que tem com seus amigos até nosso próximo encontro. Não se preocupe, estou fazendo todos os preparativos.

-T

Amasso o pergaminho por reflexo, imediatamente olhando para Xaden.

— *O que é?* — Ele inclina a cabeça.

— *Theophanie.* — Eu me esforço para inspirar fundo. — *Ela sabia que tínhamos viajado. Ela nos viu sobrevoar Pavis e de alguma forma entregou isso aqui antes que chegássemos.*

A boca dele se torna uma linha fina.

— *Ela não pode alcançar você aqui.*

— *Mas alcançou.*

Enfio o papel no bolso e percebo que o general Aetos me observa como uma águia.

— Meu tio está bem? — A voz de Cat sobe de tom. — Fale de uma vez.

Tecarus. *Merda.*

— Enquanto vocês estavam fora fazendo só os deuses sabem o quê nas ilhas por três semanas — começa Aetos, os olhos endurecendo —, Suniva foi tomada por dominadores das trevas.

Maren arfa, e o pavor se alastra no silêncio momentâneo.

— A rainha Maraya está morta.

Vossa Majestade, infelizmente não encontro uma lei que suplante os Pergaminhos da Unificação. O Compromisso Provincial assinado pela Rainha Alondra, a Ousada (207.1) – consolidando os exércitos da província sob o exército principal da realeza durante o conflito poromielês –, expirou com o Segundo Acordo Aretiano, e o controle de todas as forças ~~deveria~~ deve retornar às províncias de suas origens. Recomendo ~~exigir~~ solicitar um novo Compromisso Provincial para que se aplique ao nosso conflito atual. ~~As províncias nunca concordarão depois do aumento das taxas de alistamento. Meu conselho: não irrite o duque de Tyrrendor, que agora comanda a maior parte do nosso exército. Foda-se essa merda. Odeio meu trabalho.~~

— Correspondência rascunhada e não enviada da coronel Agatha Mayfair, Arquivista Real

CAPÍTULO QUARENTA E QUATRO

A liderança nos separa completamente depois que guardamos nossas coisas nos quartos, e então nos interroga por doze horas cada, acompanhados por escribas. Quando Aetos acidentalmente deixa escapar sua irritação pelo rei Tauri estar tão grato por ter Aaric de volta que ele foi proibido de aplicar *qualquer* forma de punição, o resultado do alívio emocional é um senso imediato de exaustão total, mas não peço para ser dispensada do questionamento sem fim. Tomei decisões, e, se esse interrogatório prolongado é minha única repercussão acadêmica, aceito sem reclamar, principalmente sabendo que os outros membros do esquadrão também estão seguros.

Eles repassam os detalhes da viagem tantas vezes, por tantas horas, que começo a me perguntar se estão buscando os furos de nossas histórias ou se suspeitam que dispúnhamos de algo além de textos raros para nos guiar. É tedioso e exaustivo, mas pelo menos eu tenho a chance de ver o rosto de Markham se contorcer de inveja do outro lado da sala nas poucas ocasiões em que ele está sentado nas minhas sessões.

Vi coisas que ele jamais verá, toquei partes da história que ele sequer sabia que existiam.

Assim como meu pai.

Mira e Garrick são devolvidos ao fronte em vinte e oito de março, o último dia do interrogatório. Drake parte para Cordyn. Brennan chega de Aretia para regenerar minhas costelas. Xaden fica preso nas reuniões do Senarium enquanto volta à sua posição de professor.

E o resto de nós volta para a aula.

Por ter perdido mais de três semanas de matéria, estou completamente perdida em física e um tanto confusa em história, já que todo o meu estudo anterior à viagem não teve nada a ver com Braevick absorvendo Cygnisen sob o reino de Porom, o Primeiro. Se não fosse pelas anotações de Rhi, nós três afundaríamos academicamente, e tenho certeza de que Aaric pensa o mesmo sobre Sloane.

Porém, é Preparo de Batalha no nosso primeiro dia de volta o que mostra a quantidade de dano que pode ser feita em três semanas. Suniva está longe de ser a única cidade que caiu. Na verdade, geograficamente falando, é incomparável.

— Impossível — sussurro na minha cadeira, encarando o mapa.

Quantos dominadores das trevas seriam necessários para cobrir tanto território assim tão rápido? Rhi e eu passamos as primeiras horas da manhã trocando informações, mas aquilo não tinha entrado no assunto.

— Está acontecendo rápido. — Rhiannon pega a caneta e o papel.

— Se por "rápido" você quer dizer que metade de Krovla foi pintada de vermelho enquanto estivemos fora, então sim, eu diria que *rápido* é um bom termo — diz Ridoc à direita de Rhi.

— Vocês não viram nada disso no voo de volta? — pergunta Sawyer.

— Não. — Seguro a caneta com mais força. — Nós sobrevoamos as ruínas de Pavis.

Há tantas partes vermelhas no mapa que elas se fundem em uma só. Apenas as pontas do sul e do oeste de Krovla foram poupadas. Cordyn ainda está de pé, mas por quanto tempo?

— Mortes de civis? — questiono.

Rhi franze a boca.

— Não sabemos os números, e as fronteiras estão uma bagunça. As pessoas estão fugindo para todas as direções. Draithus está enfrentando um desabastecimento gigantesco. Gente demais, rápido demais.

Meu estômago se contorce. Mira e Garrick foram enviados para Draithus.

— Porque seu rei não deixa ninguém entrar — reclama Cat.

Algumas cabeças se viram na direção dela antes de desviarem rapidamente. Tem sido assim o dia todo, cadetes sussurrando e nos encarando.

— O quê? — Eu me inclino à frente e olho além de Maren para os soldados em seus assentos. — Ainda não estamos aceitando refugiados?

— Acho que eles pularam essa parte quando atualizaram você responde ela.

Ou, no caso, só falei com navarrianos.

— Boas-vindas aos nossos viajantes — diz a professora Devera, posicionando-se na frente da sala, junto à professora Kiandra. — Pelo que entendi, garantiram para nós um exército de quarenta mil soldados firmando uma aliança com Zehyllna. — Ela me dá um breve aceno de cabeça e eu forço um sorriso. — O que pode nos ajudar a virar esta guerra.

Só que fracassamos em garantir nosso objetivo primário. E perdemos um colega. Terei que voltar à academia com Imogen só para conseguir carregar toda essa merda de culpa.

— Eu aceitaria um empate — diz Maren à minha esquerda.

— Além disso, boas-vindas aos nossos novos convidados. — O olhar de Devera passa para os dois capitães de preto observando no fim da fileira de Aaric. — Por favor, fiquem o mais desconfortáveis que conseguirem.

Aaric espia por cima de Sloane e Baylor e depois olha para a frente.

— Sobre as estratégias de batalha — anuncia Devera. — Onde devemos colocar nossas quarenta mil tropas? — pergunta ela para a sala, e então chama um calouro da Segunda Asa.

— Eles devem ser posicionados aqui para proteger a pedra de égides — responde o cara de cabelos cacheados.

— Sim, porque é *pra cá* que os venin parecem estar vindo — Imogen brinca ao nosso lado.

— Próximo — ordena Devera.

— Eles deveriam ser enviados para o sul para reforçar o exército para que Cordyn não caia — diz Cat sem ser chamada.

— Isso seria um uso excelente dos recursos — concorda Devera —, embora eu me pergunte se sua parcialidade pesa nesse tipo de decisão, considerando que agora é o assento de poder do seu tio.

Rei Tecarus.

— O que nossos outros viajantes acham? — pergunta Devera, observando-nos.

Encaro a linha oeste que está se aproximando de Tyrrendor e mantenho a boca fechada para que ela não possa falar que também sou parcial.

— Eles devem ser divididos — responde Dain acima de nós. — Metade para o sul para defender o novo rei e o que sobrou do território, e a outra metade na fileira oeste.

— Você mobilizaria todas as tropas dentro de Poromiel? — questiona ela, sentando-se no seu lugar favorito da mesa.

— É onde mais precisam deles — responde ele com uma certeza que invejo. — E, antes que os cavaleiros aqui fiquem na defensiva, lembrem-se que proteger a fileira oeste de Krovla mantém os dominadores das trevas fora de Tyrrendor e Elsum, e, devido à aliança, é nosso dever proteger o rei Tecarus.

— E foi um paladino que pagou o custo desse exército — acrescenta Cat.

— Bons argumentos — admite Devera. — Pessoalmente, eu dividiria as tropas em três, colocando a maioria pelas fileiras que Aetos sugeriu e o resto em nossos entrepostos avançados.

Franzo a testa. Por que os entrepostos avançados precisariam de mais tropas, considerando que estão protegidos pelas égides?

— Se começarmos a perder égides, não haverá porto seguro no Continente — diz Devera.

— Seguro para quem, exatamente? — murmura Maren.

— Difícil para os entrepostos caírem ou perderem égides quando já são protegidos — observa Sawyer.

A não ser que pensem que os arsenais correm risco. Tudo o que seria necessário é uma ruptura no abastecimento de poder e as égides podem desmoronar.

— Veremos o que a liderança vai decidir. — Devera faz uma pausa, as mãos se esticando até a extremidade da mesa. — Não deixei de notar que o assunto de hoje será sensível, e sei que muitos de vocês têm família lá, mas é essencial discutirmos a queda de Suniva agora que chegaram os relatórios de inteligência.

Um zumbido de tensão percorre automaticamente a sala, como se metade dos ocupantes acabasse canalizando sem querer.

— Quantos de vocês sabem como aconteceu? — O olhar de Devera percorre os alunos.

Uma paladina do segundo ano da Terceira Asa ergue a mão, e Devera assente para que prossiga.

— Acho que nenhum de nós tem todos os detalhes, mas sabemos que eles foram surpreendidos. Ouvi falar que vinte venin...

— Soube que eram mais de trinta — alguém diz à direita.

— E é por isso que estamos discutindo isso agora. — Devera ergue a sobrancelha. — Não adianta treinar com desinformação e rumores. — Ela volta a olhar para a paladina.

— Eles caíram do céu, o que tornou as muralhas de quinze metros de Suniva inúteis — prossegue a paladina —, então começaram um... fogo. É verdade que a maioria morreu queimada?

Meu estômago revira. Não consigo pensar em uma forma mais terrível de morrer.

— Infelizmente, sim. — Devera assente. — O fogo começou no famoso distrito têxtil e, com a ajuda do que achamos ser um venin dominador de vento, rapidamente consumiu grande parte da cidade, apesar dos esforços das quatro revoadas permanentemente em residência, que agora pereceram. Tínhamos uma legião de quatro lá para proteger a rainha. Um cavaleiro e dois dragões sobreviveram, e só por isso temos fatos em vez de rumores nos quais nos basear. Estimamos que as mortes sejam por volta de vinte e cinco mil.

Puta merda.

Uma paladina a duas fileiras de mim abaixa a cabeça, os ombros sacudindo.

— O fogo fez grande parte do trabalho para eles — prossegue Devera —, permitindo que a horda de aproximadamente doze wyvern se dividisse em três unidades coordenadas.

— De jeito nenhum que doze wyvern derrubaram Suniva! — grita um paladino à direita.

— Doze wyvern. Doze venin — responde Devera sem pestanejar. — Quatro para segurar o perímetro, quatro para voar diretamente para o palácio, e quatro para atacar o quartel e o arsenal. Doze deles acabaram com vinte e cinco mil pessoas. Deixando seus sentimentos de lado — instrui Devera, erguendo o queixo —, faça as perguntas que permitem que você mude hipoteticamente o resultado dessa perda.

A sala fica em silêncio e nenhuma mão se ergue.

Vinte e cinco mil pessoas. Nunca estudamos uma batalha recente com tantas perdas. Como, em nome de Amari, vamos conseguir dissecar alguém que não apenas matou as famílias de alguns de nossos colegas, mas tomou a vida da rainha deles? Não faz nem uma semana desde o ataque.

Devera olha para a direita, e a professora Kiandra sai da extremidade da sala e caminha até a mesa no centro do palco.

— Se não estudarmos essa tática — diz Kiandra —, eles a usarão outra vez, e a próxima cidade que vão atacar será a de vocês. Suniva era a capital de nosso reino, mas nossa quarta maior cidade. Honraremos os mortos garantindo que ninguém mais morrerá da mesma forma. Precisamos aprender com isso. Sei que é difícil, mas em questão de meses vocês, alunos do terceiro ano, estarão nas linhas de frente. Isso significa que *você* vai defender Diasyn. — Ela aponta para alguém acima de nós. — Ou você — diz, e o dedo dela vai para a esquerda — defenderá Cordyn.

— Comecem a perguntar — ordena Devera. — Comecem a pensar, ou vamos todos morrer.

— O que havia no arsenal? — soa a voz de Xaden no salão.

Olho para trás e o vejo de pé na porta ao lado de Bodhi, de braços cruzados e mandíbula travada. Meu coração dá um sobressalto. Faz três dias que não o vejo. A barba que cresceu na jornada de volta para casa foi feita, e a identificação está de volta em seu uniforme. Por instinto, tento cutucar a união, mas os escudos dele estão erguidos.

O olhar dele dispara para o meu e se aquece pelo milissegundo em que ele mantém o contato visual antes de ambos voltarmos nossa atenção para a frente da sala.

— Eles precisam pensar sozinhos, professor Riorson. — Devera arqueia a sobrancelha.

— O que havia no arsenal? — repete ele.

Kiandra assente.

— Seis caixas de adagas de cabos de liga metálica recém-entregues, e sim, os venin levaram todas.

Todos na sala se voltam à frente, e me esforço para fechar a boca. Talvez tenhamos *duas* caixas em cada entreposto.

— Por que as tropas de Poromiel não usaram a droga das adagas? — pergunta Ridoc.

— Porque a *droga* das adagas só tinha chegado algumas horas antes — responde Devera. — E o arsenal foi o primeiro local do ataque. Imaginamos que simplesmente não houve tempo para distribuí-las.

— Por que enviariam seis caixas para lá? — pergunta Caroline Ashton.

— Era para Suniva ser apenas um ponto de distribuição. Revoadas pegariam as caixas e as levariam para outras cidades pela manhã — responde Kiandra.

Merda. Os venin sabiam do carregamento. É a única explicação lógica.

— Quantas pessoas sabiam do cronograma de distribuição? — pergunto.

— Aí é que está. — Devera aponta para mim. — Pessoas demais, no caso. Temos traidores entre nós.

Meu pulso acelera. Quantos Barlowes existem por aí, escondidos entre nós? Apenas esperando uma oportunidade? A cadete se transformando na arena do Combate de Sinetes provou que alguns de nós estão dispostos a isso, sob as circunstâncias certas. Talvez até *nesta* sala.

— Como eles chegaram a Suniva sem ser detectados? — pergunta Rhiannon. — A área que cerca a cidade é vigiada por centenas de quilômetros. Paladinos e nossa legião estavam patrulhando.

— O que é comum em Suniva em março? — Kiandra devolve a pergunta.

Sei lá, porra. Isso não fez parte da minha educação até agora.

— Temporais — responde Kai à direita de Aaric. — De março até mais ou menos junho, elas começam lá pelas cinco e acabam à meia-noite.

Kiandra assente.

— Eles voaram na tempestade.

— Quer dizer acima dela? — pergunta um calouro.

— Não, idiota — diz outro calouro da Primeira Asa. — Eles não conseguem sobreviver naquela altitude.

— Temporais *são* baixos o suficiente para permitir que sim — corrige Devera —, e por isso você deveria prestar mais atenção na aula, Payson. Nesse caso, voaram *dentro* da nuvem.

Dentro da nuvem? Para isso, seria preciso... não. Impossível.

Não sem anos de treinamento.

— Isso não faz sentido — diz alguém do terceiro ano acima de nós. — É um risco inaceitável voar sob aquelas condições, a não ser que seja absolutamente necessário devido à prevalência dos relâmpagos. Nos ensinam isso no primeiro mês de manobras de voo.

A maior parte da sala murmura, concordando.

— Por isso as patrulhas acabaram ficando no chão. — Devera me encara como se soubesse no que estou pensando.

— Talvez eles não estejam nem aí para quantos wyvern morram — diz Imogen.

Meu coração acelera e eu me remexo no assento.

— O que foi? — sussurra Rhiannon.

— Sei como conseguiram — respondo baixinho, segurando a caneta com mais força.

— Então dê a resposta. — Rhi me cutuca como se fosse o primeiro ano outra vez.

— Não quero estar certa — respondo baixinho.

— Essa é novidade — murmura Cat.

Devera inclina a cabeça para o lado, incitando-me sem dizer nada.

Meu estômago revira. Deuses, vou mesmo ter que falar em voz alta.

— Eles ligariam para os wyvern se estivessem montados neles — responde o outro aluno do terceiro ano para Imogen. — Eles podem não ter almas, mas valorizam suas vidas e nenhum paladino razoável voa dentro de uma tempestade.

— Eu voo.

Merda, eu falei mesmo.

Todas as cabeças se viram para mim e Devera assente.

— Posso direcionar meus ataques dentro de uma nuvem assim como fiz durante a batalha aqui em dezembro — prossigo. — O que significa que teoricamente eu poderia controlar a descarga natural e levar uma legião dentro de uma tempestade com relativa segurança... depois de uns vinte anos de prática. — Abandono minha caneta sobre o caderno. *Theophanie.* — Ela estava com a legião... a dominadora de relâmpagos. Acho que foi assim que começaram o fogo, e foi provavelmente a causa da morte dos outros dragões.

— É o que sugere o relatório — responde Devera.

Merda. Merda. *Merda.*

— Para fazer tudo isso depois de levar uma horda por uma tempestade... — Balanço a cabeça. — Ela precisa ser uma Guardiã.

E eu sou a porra de uma segundanista que passou três semanas perseguindo uma migalha de esperança em ilhas sem magia quando deveria estar treinando.

— Provavelmente — concorda Devera, lançando-me o mesmo olhar que Mira deu para Zehyllna: expectativa. Então, ela desvia o olhar. — Então agora vamos falar sobre como podemos derrotar esse ataque específico. Que sinetes poderiam ter feito diferença? Nada está descartado. Quem vocês enviam para vigiar os alvos mais valiosos sob esse tipo de ameaça?

— Dominadores de água poderiam ter ajudado com o fogo — sugere alguém.

— Você envia Riorson — diz Caroline Ashton. — Ele é o cavaleiro mais poderoso que temos, e já conteve mais que uma dúzia de wyvern. Se o Riorson estivesse lá, isso não aconteceria.

Verdade, mas a que custo? Será que ele teria canalizado da terra para impedir que o pior acontecesse? Olho por sobre o ombro, mas Xaden já foi embora.

— Não temos um dominador de fogo poderoso o suficiente para controlar as chamas? — pergunta Baylor. — Ele é um major posicionado na Asa Sul.

— O major Edorta está com um posto em Athebyne — confirma Devera.

Rhiannon me olha de esguelha e desvia o olhar.

— Sua vez de dizer algo — sussurro. — Não hesite.

— De jeito nenhum. Nem mesmo só com as hipóteses. — Sawyer balança a cabeça para Rhi enquanto as pessoas ao nosso redor citam outros sinetes. — Você não manda um cadete contra...

— Você envia Sorrengail — anuncia Rhiannon.

— ... um Guardião — termina Sawyer baixinho. — E, mesmo assim, acabou de mandar. *Inferno.*

Cat e Maren ficam boquiabertas com Rhi, e Sawyer afunda mais na cadeira.

— Você disse que nada deveria ser descartado — acrescenta Rhi, mantendo o olhar erguido. — Sorrengail poderia ter destruído uma parte da horda de wyvern enquanto se aproximavam atacando a mesma nuvem, incluindo a dominadora de raios deles, contanto que não soubessem que Violet estava lá.

— E se soubessem? — questiona Devera. — Lembre-se que alguém contou a eles sobre a movimentação das adagas.

Rhi engole em seco e sua respiração acelera.

— Faça seu trabalho — sussurro o lembrete. — É só uma hipótese.

Ela endireita a postura.

— Então Sorrengail precisa ser a melhor entre as duas.

E não sou. Passo a hora seguinte distraída, pensando em táticas diferentes que poderia usar para equilibrar o campo entre Theophanie e eu, mas não consigo pensar em nada com exceção de um fato. Ela me quer viva.

A aula de Preparo de Batalha termina, e temos duas preciosas horas antes da próxima, tempo que Ridoc usa para atormentar Sawyer, Rhi e eu para nos convencer a visitar os Arquivos.

Não que Sawyer precise de muito incentivo.

— Nós não poderíamos mesmo esperar mais uns dias? — sussurro para Ridoc enquanto seguimos pelo túnel, passando por uma escadaria que leva à câmara de interrogatório.

Rhi e Sawyer estão discutindo demais a decisão dela de me enviar para o fronte, então não prestam atenção.

— Não — diz Ridoc. — Não podemos esperar. Um dia, Preparo de Batalha vai falar de como um dominador das sombras arrasou Cordyn, mas você não vai estar na sua cadeira porque já vão ter matado você para impedir Xaden de fazer coisa pior.

— Não é bem Preparo de Batalha se você já tem a resposta. — Dou um sorriso falso.

— Basgiath foi um caso único — argumenta Sawyer com Rhi à minha esquerda. — Estávamos defendendo o instituto, e deixamos os calouros de fora pelo mesmo motivo que você não pode mandar Violet para a batalha. Eles não estão preparados.

— Pare — digo a ele. — É trabalho dela como líder do esquadrão me ver como um recurso e não apenas como uma amiga.

— Ainda acho que é bobagem — murmura Sawyer enquanto passamos pelo escriba de plantão à porta dos Arquivos.

— É uma guerra — Rhiannon o relembra enquanto chegamos na mesa à frente. — E acho bobagem você não ter pensado em voar ainda.

Ridoc e eu trocamos um olhar de "vixe, fodeu".

— Não posso — devolve ele em um sussurro, batendo a bengala contra a prótese. — Não com isso aqui. Não está pronta ainda.

Não preciso perguntar por Jesinia. A turma de escribas sentada em suas mesas perfeitamente alinhadas manda alguém correndo para os fundos assim que nos avista.

— Você poderia pedir a Sliseag para... — começa Rhiannon.

— Sliseag não é Tairn — sibila Sawyer. — Não vou pedir a ele que abra exceções para mim, não quando ele arriscou se unir a um repetente, para começo de conversa.

Alguns escribas erguem a cabeça e desviam o olhar rapidinho.

— Você prefere passar seu tempo consultando os aposentados? — dispara Rhi. — Você ainda é cavaleiro, Sawyer.

— Talvez seja melhor a gente deixar quieto — sugere Ridoc.

O rosto de Sawyer cora.

— Com todo o respeito, você não faz ideia de como é, Rhi.

Eu me inclino para Rhi apenas o suficiente para chamar a atenção dela, e então balanço a cabeça sutilmente.

— Mude de assunto — sugiro em um sussurro.

Ela espreme os lábios e suspira.

— O que está acontecendo entre você e Riorson? — pergunta ela, mantendo a voz tão baixa quanto a minha. — Você não sorriu tanto quando viu que ele estava na aula.

— Ele está emburrado. — Dou de ombros.

— É uma forma de dizer isso — diz Ridoc, pressionando um cantinho do brasão de dominador de gelo que descosturou.

Jesinia emerge dos fundos dos Arquivos, trazendo um pacotinho de papel amarrado com barbante. Ela rapidamente caminha na nossa direção, presenteando Sawyer com um sorriso enquanto coloca o pacote do tamanho de um livro na mesa e o empurra na minha direção.

— Olá — sinaliza ele, e claro que o sorriso dele também me faz sorrir ao vê-lo feliz.

— Olá — sinaliza ela e se volta para nós. — Foi divertido ler os relatórios, mas é bom ter vocês de volta para que possam me contar pessoalmente sobre a viagem. — O olhar dela alcança o meu. — Isso foi entregue para você esta manhã. Interceptei o pacote antes que Aetos pudesse abrir como faz com toda a sua correspondência.

— Obrigada — sinalizo, pegando o pacote. É leve demais, maleável demais para ser um livro, e a etiqueta com o meu nome e divisão é de uma costureira em Chantara.

Estranho.

— Precisamos de algum lugar reservado — sinaliza Ridoc.

Rhi franze as sobrancelhas.

— O que foi? — sinaliza ela.

— Por favor — sinaliza Ridoc para Jesinia.

Ela assente, e então nos conduz para uma das salas de estudo particulares e sem janelas que ladeiam a parede frontal dos Arquivos e gesticula para que entremos.

Entro primeiro com Sawyer e os outros nos seguem.

— Sei que Sliseag não é Tairn — sussurro enquanto damos a volta para os fundos da mesa. — E também sei que é difícil fazer as coisas de uma forma diferente, principalmente em um ambiente que exige perfeição e uniformidade.

— Um ambiente que *produz* perfeição e uniformidade. — Sawyer enrijece, olhando para Rhi e Ridoc do outro lado da mesa enquanto ela pergunta outra vez o motivo de estarmos aqui.

Ah. Agora entendi.

— Pra mim, voar... de maneira diferente vale a pena — digo baixinho enquanto nos sentamos. — Mas se você também sente o mesmo sobre pedir ajuda a Sliseag... essa é uma pergunta que só você pode responder.

— Acho que eu poderia continuar sentado — admite ele baixinho. — Grande parte do trabalho está nas coxas. É montar que me assusta.

— Posso ajudar com algo? — pergunto.

Jesinia espia além do batente como se conferisse se fomos notados, e então fecha a porta.

Sawyer balança a cabeça.

— Estou trabalhando na corrida e fazendo ajustes na prótese para a escalada. Só preciso acertar, garantir que funcione antes de me deixar sonhar. — Ele olha de leve para Rhi.

— Você nunca a decepcionaria — sussurro enquanto Jesinia se volta para nós.

— Nossa amiga? Nunca. Agora nossa líder do esquadrão? — Ele faz uma careta.

— Vocês não deveriam estar aqui — sinaliza Jesinia —, então vamos logo antes que apareça alguém para expulsar vocês.

Ridoc se recosta na cadeira e me encara.

— O que está acontecendo? — sinaliza Rhi, olhando para nós dois.

— Conte a eles — sinaliza Ridoc. — Ou eu conto.

Suspiro. Não adianta ficar nervosa. Ou confio nos meus amigos, ou não confio.

— Xaden está aos poucos se transformando em venin — digo em voz alta, e também sinalizo.

Rhi arregala os olhos e se inclina à frente.

— Conte tudo.

Acho que comecei a ficar caidinha por você naquela noite embaixo da árvore quando te observei com os marcados, mas comecei a me apaixonar no dia em que você me deu a sela de Tairn. Você vai dar alguma desculpinha falando que foi por egoísmo, mas a verdade é que você é mais gentil do que qualquer um possa imaginar. Talvez seja mais gentil do que *você* mesmo imagina.

— Correspondência recuperada da cadete Violet Sorrengail endereçada à Sua Graça, tenente Xaden Riorson, 16º duque de Tyrrendor

CAPÍTULO QUARENTA E CINCO

Sou levada ao ar, suspensa por uma mão invisível que aperta meu pescoço enquanto relâmpagos estalam na distância. O medo corre pelas minhas veias, mas, quanto mais eu luto, mais estreita minha traqueia fica, e mais difícil é respirar.

— Pare de lutar — ordena o Mestre. — Pare de lutar *comigo.*

Você está morto. Isso não é real. Repito as frases mentalmente quando meus lábios se recusam a formar as palavras. É só um pesadelo.

Um pesadelo visceral e aterrorizante.

Não consigo mais lutar, e caio no chão diante dele, batendo os joelhos e arfando o ar enfumaçado.

Andarna grita, berrando de fúria e dor, e minha cabeça se vira na direção da montanha… na direção da tempestade. Fogo azulado lambe a encosta, indo para os muros da cidade de Draithus, devorando os civis em seu caminho.

— Quanta emoção. — O Mestre faz um som de reprovação, agachando-se diante de mim. — Não se preocupe. Com o tempo vai passar.

— Vá se foder. — Eu impulsiono à frente, apenas para ser puxada de volta por uma força invisível.

— Eu permitirei que você a ajude desta vez — promete o Mestre, arregaçando as mangas e mostrando os braços bronzeados. — Apenas ceda. Venha para mim. Aceite seu lugar de pertencimento e você encontrará uma liberdade diferente de tudo.

— E se eu não ceder? — pergunto, deixando-me levar pelo sonho.

— Então você descobrirá que tenho um jeito de fazê-la obedecer. — O Mestre tira uma espada das vestes, e o próximo relâmpago reflete nas esmeraldas adornando o topo da empunhadura.

Fios de cabelo prateados sopram na brisa no canto da minha visão, e a espada de Tyrrendor vem com tudo na direção do meu peito.

ACORDE!, eu grito, mas minha boca não funciona...

***

Abro os olhos e minhas mãos se impulsionam à frente, os braços e pernas suados se enrolando no cobertor enquanto raios caem do lado de fora da minha janela.

Com o coração acelerado, afasto as cobertas e passo os dedos pelo esterno.

— Claro que não tem corte, sua boba — murmuro. Foi só mais um maldito sonho. Um sonho muito real, mas não passou disso.

Levo os pés ao chão e abraço meu corpo enquanto me levanto e vou até a janela. A chuva bate no vidro em ondas que obscurecem a visão da ravina na direção do campus principal.

Tairn e Andarna estão dormindo, mas sinto movimento na união que compartilho com Xaden. Os escudos dele estão baixos, mas a barreira embaçada do sono está entre nós.

Inspiro pelo nariz e expiro pela boca, contando até vinte enquanto meu coração aos poucos se acalma. O Mestre está morto, mas *ela* não está.

Theophanie ainda é real, e, se ela conseguir me alcançar aqui em Basgiath, pode chegar aos meus amigos também... aqueles que estão justificadamente decepcionados por eu ter escondido outro segredo deles. Graças aos deuses eles entendem que Xaden não é o inimigo, que ele ainda está lutando ao nosso lado.

Quanto tempo levará até que Theophanie vá atrás de *Xaden*?

Minha garganta se fecha, mas desta vez são meus próprios medos bloqueando a traqueia. Como é que vou conseguir lutar contra uma dominadora das trevas que teve décadas para aperfeiçoar um sinete que eu ainda preciso de um conduíte para controlar?

Estamos no fim de março. Faz pouco mais de um ano que possuo meus poderes.

O último dia de março.

Olho para o pacote que Jesinia me entregou anteontem. Está bem onde deixei no peitoril da janela, um dos cantos aberto. Na abertura do papel, as pontas de uma delicada camisola com robe de seda Deverelli despontam com um bilhete escrito à mão.

Para as noites em que não posso dormir ao seu lado — X

Meu peito aperta da mesma forma que apertou quando abri o pacote. De alguma forma, ele me viu olhando o tecido em Deverelli, comprou-o e mandou fazer uma encomenda antes de partirmos para buscar as outras ilhas.

— *Eu te amo* — sussurro pela união, e então me inclino à frente e apoio a testa contra o vidro frio, usando a sensação para solidificar minha certeza de que o pesadelo acabou. — *Preciso de você. Pare de se isolar.*

Talvez seja hora de tentar uma das técnicas dele.

Pego a caneta e o papel.

***

— O propósito dessa manobra, como devem lembrar, é passar o mínimo de tempo possível no chão — diz Kaori naquela manhã, ao lado de Xaden, ampliando a voz pelo campo de batalha enquanto os cavaleiros de todo o nosso setor estão montados como se estivéssemos em formação, ou quase isso.

Sawyer está entre as garras de Sliseag a duas fileiras atrás de mim, e Tairn espera ao lado de Feirge, as asas de ambos encolhidas por conta da proximidade, em vez de ficar atrás dela, onde deveríamos estar.

— *Estou exatamente onde deveria estar* — retruca ele.

— *Eu meio que queria que você fosse um grifo pra que a gente não tivesse que estar aqui.*

— *Eu meio que desejo não ter participado da Ceifa há dois anos* — devolve ele.

O cantinho da minha boca se ergue.

— *Tem certeza que não quer se juntar a nós?* — pergunto a Andarna.

— *Não adianta quando não posso carregar você.* — Ela bloqueia a união.

Incrível. Meu coração dói com uma nova dor. Eu a pressionei demais outra vez. Ou talvez de menos.

Tairn suspira como se fosse um idoso.

— Nesse novo tipo de guerra — continua Kaori —, é mais importante do que nunca passarmos o menor tempo possível no chão, mas haverá momentos em que não conseguirão cumprir a missão enquanto estiverem montados. Vocês devem se preparar para desmontar correndo, dominar para derrotar o oponente e então se prontificar para voar outra vez no que chamamos de "montagem em batalha", se não tiverem sucesso… ou estiverem em menor número. Cada segundo que permanecerem no chão coloca em risco não apenas suas vidas, mas a de seus dragões, caso permaneçam no campo. — Kaori ergue a mão e invoca a projeção de uma figura encapuzada no canto direito do campo. — Professor Riorson?

Merda. Ainda não dominei um desmonte em corrida como o resto dos meus colegas, muito menos seja lá o que a "montagem em batalha" vai exigir de nós.

— Considerando que é o primeiro exercício — diz Xaden, a voz ribombando pelo campo —, vamos estabelecer que o sinete do seu oponente é desconhecido e você está sozinho. Quando demonstrarem que são capazes de completar a manobra, trabalharemos em times. Calouros, queremos apenas que entendam a tática para que possam praticar quando estiverem em seu período de aulas em Aretia. Não se preocupem em usar sua magia; sei que nem todos conseguem. — Xaden observa nossa fileira, e não posso deixar de notar as olheiras sob os olhos. Ele pode até estar dormindo à noite, mas não está dormindo bem, e odeio não poder fazer nada a respeito. — Este é o seu campo de batalha hoje. — O olhar dele encontra o meu. — Tentem não incinerá-lo.

— *Ha, ha. Muito engraçado.*

— *Com você, nunca se sabe* — ele me surpreende ao responder.

Bodhi vai primeiro, acertando o desmonte em corrida como se fosse parte de seu exercício diário, e então usa o momentum para continuar na projeção, girando a mão esquerda e brandindo a espada com a outra, decapitando o boneco do exercício.

Cuir aterrissa com força para voltar para Bodhi, mas é íngreme demais, e o Rabo-de-espada-verde arranca uma pequena parte das rochas a meio caminho colina acima enquanto ele se vira.

Bodhi corre do boneco da projeção de Kaori, e Cuir retorna, estendendo a pata dianteira esquerda enquanto diminui a velocidade. Os dois ficam em paralelo por tempo suficiente apenas para Bodhi pular na garra de Cuir, e o dragão já volta a acelerar, ganhando altitude enquanto Bodhi escala até a montaria.

Ah... estamos fodidos.

— *Não vou conseguir fazer isso.*

Não é a dúvida tomando conta. É apenas um fato.

— *Você vai* — decreta Tairn. — *Só não terá esse aspecto.*

Certo. Porque eu estarei morta, caída de cara no campo de voo lamacento pelo impacto.

— *Às vezes me esqueço como Bodhi é quase perfeito em tudo* — digo para Xaden.

Nenhum pensamento dele veio durante a aula de Preparo de Batalha ontem, e ele deveria ter sido o primeiro nome a vir à mente. Sinetes de reversão podem não ser a melhor ferramenta ofensiva, mas, cacete, são uma defesa e tanto.

— *Ele é meu primo* — responde Xaden, me encarando. — *É óbvio que ele é excepcional.*

— *Hum. Igualzinho a você, mas sem a arrogância.* — Inclino a cabeça de lado. — *Talvez eu tenha me apaixonado pelo primo errado...*

— *Seria uma pena eu ter que matar meu último parente vivo.* — Xaden inclina a cabeça da mesma forma que eu, e então se endireita, e hoje escolho não lembrá-lo que ele tem dois meios-irmãos. — É assim que se faz — diz ele em voz alta. — Nesse cenário, dragões menores terão vantagem. Conseguir manobrar é essencial, então façam um favor a si mesmos e combinem uma abordagem antes da tentativa. Só temos um regenerador no campus.

E eu prefiro voar até Aretia a deixar Nolon tocar em mim.

— *Talvez a gente devesse esperar um mês para tentar quando estivermos na rotação de Aretia* — sugiro para Tairn.

— *Ou você pode simplesmente não quebrar nada* — sugere ele. Que conselho mais útil.

O Primeiro Esquadrão começa. As duas manobras iniciais são bem-sucedidas. A cadete seguinte quebra a perna no impacto.

— Ai — sibila Rhi, e desvia o olhar. — Você acha que vai ser bom você tentar isso? — ela pergunta enquanto a caloura tropeça para longe, segurando a perna.

— Nada nunca está bom para mim — respondo. — Só faço e pronto.

— Isso aí. — Ela assente e estreita os olhos para algo do outro lado do campo.

Sigo a linha de visão dela até Xaden e balanço a cabeça.

— Não. — Não posso dizer mais nada, mas não é como se ela não soubesse do que estou falando.

— É difícil não fazer isso — admite ela sem pedir desculpas. — Mas estou tentando.

— Eu sei. Obrigada.

Ajusto a nova alça da sela e rezo para que os pontos que terminei esta manhã aguentem. Em vez de manter as coxas na montaria como fazia a original que deixei presa na minha frente, a nova alça se enrola na minha cintura como um cinto e se prende à frente com três buracos diferentes que posso apertar ou afrouxar de acordo com as manobras que preciso realizar.

Um segundanista acerta o pouso em movimento, mas erra o pulo para a garra de seu Rabo-de-chicote-vermelho e cai na lama.

Eu me encolho. Movimento atrai meu olhar, e encaro a montanha atrás de Xaden. Vejo Andarna empoleirada em um afloramento a quinze metros de altura, as escamas da mesma cor das de Tairn.

— *Mudou de ideia?* — pergunto com o que espero ser a quantidade certa de encorajamento.

— *Não.* — Sua cauda balança um instante antes que ela pule do afloramento, batendo as asas com firmeza, escalando a montanha do desfiladeiro íngreme.

Merda. Suspiro, frustrada. Não posso dizer nem *fazer* nada certo para ajudá-la.

— *Ela está se ajustando* — diz Tairn.

Olho para o outro lado do campo e vejo Xaden me observando.

— *Está dando a volta.*

O Primeiro Esquadrão termina com cinco manobras bem-sucedidas, quatro tentativas fracassadas de pouso e duas montagens falhas, resultando em um total de três ossos quebrados e um nariz ensanguentado.

— Isso não é um bom sinal para nós na batalha — comenta Rhi.

— Vamos torcer para que tenhamos tempo de acertar. — É o comentário mais encorajador que consigo imaginar. — Você é a líder do esquadrão, então é melhor dar o exemplo. Boa sorte. Não morra. — Abro um sorriso para ela.

— Obrigada. — Ela tenta esconder o sorriso que me lança de volta, e então finge estufar o peito. — Trarei honra ao brasão.

— Faça isso.

Observo quando Feirge dá um passo à frente e decola assim que está longe de Tairn.

Xaden olha na minha direção e, por um segundo, a máscara fraqueja, me dando um vislumbre de saudade que aperta meu peito.

— *Está conseguindo dormir?* — pergunto.

— *Durmo melhor ao seu lado* — admite ele.

— *Você sabe onde fica a minha cama. Professor ou não, tenho certeza que você sabe como dar um jeito de entrar.* — Passo a mão pelo bolso da minha jaqueta de voo, garantindo que o pacotinho esteja seguro. — *A não ser que ainda esteja emburrado.*

— *É o meu trabalho principal no momento.*

— *Esse seu trabalho permite que você me dê um instantinho depois da aula?*

Ele assente.

Feirge se aproxima e Rhiannon segue para a pata dianteira da dragão enquanto desce, e então executa um desmonte em corrida perfeito. Ela ergue a mão e uma lâmina aparece. A projeção estremece quando ela a corta e então corre outra vez enquanto Feirge dá a volta.

Não consigo evitar meu sorriso. Rhi não erra o pulo. Caramba, ela é boa.

Tairn espera que Imogen e Quinn façam as manobras primeiro, e então dispara uma série de ordens para mim enquanto Ridoc pousa com um salto particularmente exibido. Gelo voa de suas mãos através da projeção, e ele se volta para os esquadrões com uma reverência digna de qualquer performance de palco antes de correr até Aotrom. Há um segundo em que penso que ele não vai conseguir, mas ele lança o corpo na garra de Aotrom e os dois decolam.

— *Acha mesmo que vai funcionar?* — pergunto a Tairn, ajustando os óculos de voo enquanto ele se agacha.

— *Acredito que é a única forma de completar a missão sem quebrar seu pescoço.* — Ele se lança batendo as asas poderosas, e o chão fica mais longe de nós. — *Espere até o último segundo para não nos fazer passar vergonha.*

— *Quanto apoio* — provoco.

Tairn sobe mais, e eu ajusto meu peso enquanto ele se inclina bruscamente à esquerda no topo do cânion. Meu coração acelera quando mergulhamos em direção ao alvo, e eu agarro o conduíte com uma mão e estendo a outra para a fivela da minha sela.

— *Ainda não!* — exclama ele.

— *Só estou me preparando.*

Escancaro as portas dos Arquivos em minha mente e deixo o poder de Tairn me inundar, focando em concentrar a energia no centro do peito enquanto as paredes do cânion se elevam rapidamente ao nosso redor.

— *Desafivele* — ordena Tairn enquanto as cores se transformam em borrões ao meu redor, mas mantenho o olhar fixo no alvo e solto o couro que me prende na sela. — *Vá.*

Segurando o cinto da sela na mão direita, eu me levanto, quase tropeçando com a resistência do vento enquanto Tairn mergulha diretamente para o alvo, sem se nivelar como os outros.

— *O que você está fazendo?* — ruge Xaden.

— *Estou ocupada agora, amor.* — Ergo os escudos e meu coração ameaça saltar garganta afora enquanto o chão se aproxima em uma velocidade vertiginosa.

— *Agora!* — grita Tairn.

Solto o cinto e corro até o ombro dele, e então eu salto.

Por um segundo atordoante, estou no ar, os sons do mundo completamente abafados pela lufada de ar, o martelar em meu peito e o *estalar* de asas. Mergulho em direção ao campo, o estômago quase saindo pela boca na queda. O poder que se acumula dentro de mim é inútil para desacelerar a descida, mas jogo os braços para o lado como se tivessem chance e contraio todos os músculos do corpo.

Garras seguram e apertam meus ombros, prendendo-me no lugar.

O vento chicoteia, e o momentum muda quando Tairn impede minha queda a alguns metros do chão, e então me solta. As asas batem uma vez, e eu mal tenho tempo de dobrar os joelhos quando meus pés atingem o chão. Uma onda de protesto doloroso dispara dos pés, subindo minha espinha, e estoura na minha cabeça como a batida de um sino quando pouso a dois metros do alvo.

Puta merda. Não morri.

— *Mais rápido!* — grita Tairn, batendo as asas outra vez.

Foco na projeção, ergo a mão direita e solto um *estalo* de poder, então miro os dedos para baixo, arrastando a energia do céu. O relâmpago cai, tão intenso que rouba minha visão, e o trovão soa imediatamente, ecoando nas paredes do desfiladeiro íngreme.

Quando a luz diminui, uma marca queimada dispara para fora da base da projeção.

Isso aí!

Jogo os braços para cima e garras prendem o meio do meu corpo. Tairn me segura na pata traseira direita e continua a subir, voando.

Meu estômago embrulha quando tenho uma visão bem de pertinho da encosta, e alguns segundos depois estamos livres, com nada além de ar ao nosso redor. Ele sobe mais algumas dezenas de metros para nos dar espaço e eu dou boas-vindas à adrenalina invadindo meu sistema porque ainda não acabamos.

— *Agora.*

Ele gira o corpo em posição vertical e me *lança.*

É como o primeiro ano, exceto que estamos fazendo isso de propósito. Continuo subindo enquanto ele desce, e me esforço para não olhar para baixo. Lá, só existe a morte. Isso é um exercício de confiança.

Subo acima do ombro dele e Tairn bate as asas.

Meus pés tocam as escamas e eu agarro a base do espinho dorsal mais próximo, com cuidado para ficar longe da ponta afiada enquanto ele se lança à frente.

— *Confio que vá conseguir se sentar* — diz ele com um toque de orgulho, nivelando enquanto sobrevoamos o campo.

— *Consigo.* — Vou até a sela, agarro as pontas do cinto, que chicoteiam no ar, e me prendo. Conseguimos.

Meu coração ainda galopa quando pousamos e tomamos nossa posição na formação.

— Isso foi... pouco ortodoxo — diz Kaori.

Tairn solta um grunhido baixo.

— E funcionou — devolvo, gritando para o campo.

— Funcionou mesmo — responde Xaden, dando um sorrisinho. — *Te amo, porra.*

— *É o mínimo, né?* — Nem tento esconder o sorriso.

Ele bufa.

Kaori parece que vai reclamar, mas gesticula para que o resto do grupo siga.

Baylor rala o joelho ao pousar.

Avalynn fratura a clavícula.

Sloane completa todo o exercício com uma graça que me lembra Liam, mas nem sequer finge usar seu poder.

Lynx sai com a cara cheia de lama e o nariz quebrado.

Aaric pousa a seis metros da projeção sem nem mesmo suar, mas, em vez de correr até o alvo, gira na direção de Xaden e Kaori e arremessa um machado do tamanho da palma.

Meu coração dispara enquanto o machado voa girando no ar, mas Xaden nem pestaneja quando a arma cai a trinta centímetros de Kaori, a lâmina cravada na lama. A projeção desaparece.

— Acho que ele ganhou — diz Rhi.

Xaden assente uma vez antes que Aaric se afaste e corra para montar em Molvic.

— Eu diria que sim — concordo.

Depois que as manobras terminam, os dragões partem e eu fico para trás para encontrar Xaden a sós, mesmo depois de alguns olhares de repreensão dos meus colegas de turma.

Kaori se aproxima, parecendo querer dizer alguma coisa, mas um Rabo-de-espada-vermelho pousa mais abaixo no campo, atraindo a atenção dele. Ele apenas inclina o queixo e vai em direção ao dragão, deixando-me com Xaden na outra extremidade do campo.

— Foi assustador pra caralho assistir. — O olhar de Xaden sustenta o meu. — E magnífico.

— É assim que eu me sinto sobre você todo dia. — Sorrio, enfiando a mão no bolso da jaqueta de voo para pegar o pacote embrulhado em pergaminho e uma carta. — Isso é para você. O presente é para agora e a carta é para depois.

— Você não precisava. — Ele franze a testa, mas pega os dois e coloca a carta no bolso.

— Abra.

Meu coração dispara. Espero ter feito a escolha certa, já que com certeza é cedo demais para dar qualquer coisa que se pareça com um bolo.

Ele abre o pergaminho dobrado e encara o bracelete de metal preto.

— É de ônix — digo enquanto ele observa a pedra retangular e lisa presa no aro. — E isso é um pedaço da torre em cima da Casa Riorson.

O olhar dele encontra o meu, o punho fechando ao redor do bracelete.

— Você falou que precisava de conserto, e pedi a Brennan que fizesse o bracelete com um dos pedaços quebrados. Quando as coisas ficarem… piores, espero que você possa olhar para o bracelete e imaginar nós dois sentados juntos na torre quando tudo isso acabar. Essa é a visão que fico imaginando nos meus sonhos: você e eu, de mãos dadas, olhando para a cidade. — Venço a distância entre nós, pegando o bracelete da mão dele e o envolvendo no punho, prendendo o fecho de metal. — Que bom que serve. Precisei chutar…

Ele segura meu rosto e me beija. É um beijo macio. Carinhoso. Perfeito.

— Obrigado — diz ele.

— Feliz aniversário — sussurro contra seus lábios.

— Eu te amo. — Ele ergue a cabeça e as mãos deslizam das minhas bochechas com uma carícia. — Mas só vou piorar. Você deveria mesmo fugir.

Ele ainda não parou de ficar emburrado. Entendi.

— Venha me encontrar quando estiver pronto para aceitar o fato de que não vou fugir coisa nenhuma. — Me afasto devagar. — Que eu nunca vou fugir.

— Quarenta e sete dias. — Ele busca meu olhar e suspira. — *Esse é o tempo que passou desde que canalizei da liga em Deverelli.*

— *Mais que o mês que você ficou lamentando antes de virmos para casa.*

— *Não é o suficiente.* — Os olhos dele brilham com determinação e a esperança reluz com força dentro do meu peito.

— Você tem um número em mente antes que se sinta... no controle?

Ele trava a mandíbula.

— Controle provavelmente é só prolongar o inevitável, mas tenho um que pode indicar... estabilidade.

— Quer dividir comigo?

Ele balança a cabeça.

— Por mais que eu deteste interromper seja lá o que estiver acontecendo aí... — soa uma voz do outro lado da área, e nós nos viramos, vendo Felix se aproximando de nós com uma mochila cheia presa às costas enquanto Kaori deixa o campo.

Pisco três vezes para garantir que não estou imaginando coisas.

— Pensei que você tivesse dito que não sairia de Aretia.

— De fato, odeio Basgiath. — Ele coça a barba prateada. — Mas não tanto quanto odeio morrer. — Ele pega um maço de missivas amarradas do bolso da jaqueta de voo e entrega para Xaden. — São suas, *Vossa Graça.*

— Notícias de Aretia? — Xaden as aceita.

— Assuntos provinciais. — Felix assente. — E dois wyvern invadiram a barreira ontem, atravessando as égides.

Meu estômago revira.

— Até onde chegaram agora? — pergunta Xaden, e giro a cabeça na direção dele.

Essa não é a primeira vez.

— Mais ou menos uma hora até derraparem na lateral de uma montanha. — Felix ergue as sobrancelhas prateadas. — Isso é mais ou menos dez minutos mais que...

— Que semana passada — completa Xaden, e começo a entender as olheiras sob seus olhos.

— As égides estão enfraquecendo — afirmo o óbvio.

— Estão falhando — corrige Felix, virando-se para mim com um olhar que já faz meus braços doerem. — E, como fui informado de que não está deixando Carr instruir você, acho que é melhor voltarmos ao trabalho.

— Estarei em Aretia daqui a mais ou menos um mês por causa da rotação. Você não precisava ter vindo até aqui.

A culpa me consome.

— E, se eu tivesse certeza que teremos um mês, teria esperado. — Ele estreita os olhos.

Ah.

Quando tudo isso acabar, deveríamos pegar o máximo de licença que nos derem e passar o tempo todo em Aretia. Podemos descobrir como a vida deve ser sem a ameaça diária da morte. Você pode governar a província que tanto ama durante o dia e vir para a cama comigo à noite. Ou eu posso me juntar a você na câmara da Assembleia. Você faz um trabalho digno naquele trono.

— Correspondência recuperada da cadete Violet Sorrengail endereçada à Sua Graça, tenente Xaden Riorson, 16º duque de Tyrrendor

CAPÍTULO QUARENTA E SEIS

Três semanas depois, mal consigo erguer os braços enquanto nosso esquadrão volta do Combate de Sinetes. Deuses, odeio quando Carr volta para ser nosso professor. Inúmeros músculos do meu corpo latejam, e há um nó permanente entre as escápulas graças ao trabalho que Felix me obriga a fazer. Cada segundo em que não estou na aula, comendo ou me exercitando com Imogen, Felix me faz ficar no topo da montanha, treinando meu sinete. Porém, por mais que minha mira fique mais precisa e eu aumente o número dos relâmpagos, o resto do mundo parece ir de mal a pior.

Xaden e eu conversamos na maioria das noites usando nossa união, mas ele ainda está emburrado e se recusa a passar tempo físico a sós comigo.

A fileira ocidental é forçada a recuar, e os dominadores das trevas avançam em direção a Draithus e em um ritmo que me faz prender a respiração durante cada chamada dos mortos. Nesse ritmo, eles chegarão aos muros da cidade em questão de semanas. Ou podem mudar de tática e apenas sobrevoar direto por cima da cidade.

Toda a Divisão está bem ciente de que estamos ferrados quando Xaden é chamado para Tyrrendor, e aquele fosso de preocupação apenas aumenta a cada dia de sua ausência. Agora que já faz mais de dez dias que ele se foi, tenho uma pilha de cartas para ele ler e é impossível ficar perto de Tairn.

E Andarna simplesmente… não está por perto.

Quanto tempo exatamente terei que dar a ela antes de marchar para o Vale e exigir que ela pelo menos *fale* sobre o que aconteceu?

— Você se saiu bem hoje — diz Imogen, atravessando os meus pensamentos agitados enquanto Aaric e Lynx entram no campus principal vindos do Divisão da Infantaria bem à nossa frente. Os guardas irritantes de Aaric nos seguem, como sempre. — Apesar de considerar que talvez Ridoc fosse acabar derrotando você durante a última batalha.

— Finalmente, estou à altura do padrão de Imogen! — diz Ridoc, ficando para trás para que possamos passar pela porta.

Quinn ri.

— Não deixe subir à cabeça — aconselha Imogen por cima do ombro.

— Ah, ele vai deixar — responde Rhi da minha direita, com um sorriso que não chega bem em seus olhos.

Parece ser a expressão permanente dela, já que nenhum de nós, incluindo Jesinia, encontrou alguma coisa que possa ajudar Xaden. Odeio que agora eles também carreguem o peso da verdade.

Entre a condição de Xaden, a fileira oeste recuando em direção a Draithus e o ressentimento cada vez maior entre os cavaleiros aretianos e navarrianos sobre o debate entre abrir ou não as fronteiras para refugiados, o instituto mais parece um arco com a corda retesada, apenas esperando a ordem para ser disparado. E nós somos as flechas.

— Pena que Carr teve que dar aula hoje — diz Sawyer, caminhando atrás de nós com Ridoc. Faz algumas semanas que ele não usa mais a bengala, mas ninguém o está pressionando para usar seu sinete e treinar.

— Você deixou Tavis trancado no quarto ou algo assim, Cardulo? — provoca Ridoc.

Imogen fica tensa, e os olhos calculam qual seria o preço de um assassinato.

— Não vale a pena. — Balanço a cabeça e olho por cima do ombro para Ridoc. — Ele ainda está em Draithus.

— Ah. — O tom dele muda completamente. — Quando você e Quinn vão para lá de novo?

Alunos do terceiro ano assumindo os entrepostos é uma ocorrência tão comum atualmente que é praticamente uma atividade curricular.

Vozes soam altas enquanto nos aproximamos do saguão principal.

— Vamos ficar com vocês até o fim da rotação em Aretia — responde Quinn. — Você está preso com a gente por *semanas* — provoca ela.

O olhar de Imogen vem na minha direção.

— Nada de pular o treino. Academia hoje à noite.

— Ah, ótimo, eu estava me perguntando quando eu ficaria dolorida outra vez — retruco. — Ainda vamos para Aretia depois de amanhã? — pergunto a Rhi.

— O horário do encontro é cinco da manhã. — Ela assente e olha para Sawyer. — Já decidiu?

— Estou pensando no assunto — responde ele, flexionando a mandíbula.

— Está bem. — Rhi olha para mim. — E acho que Kaori, Felix e Panchek nos acompanharão como membros da liderança — acrescenta ela baixinho.

— Aqueles três? — questiono.

E quanto a Xaden? Arqueio as sobrancelhas. Felix faz sentido, e Kaori é um dos meus professores favoritos, mas suspeito que ele escolheu escoltar nosso grupo na esperança de ver Andarna. E ela não está muito a fim de ser vista. Talvez Xaden já esteja por lá? Pelo menos pelo bem de Sgaeyl e Tairn.

— Desculpe, sei que você esperava que fosse... — começa Rhi.

— Você vai obedecer a decisão tomada! — grita um homem do saguão.

Aaric inclina a cabeça e hesita diante da porta, fazendo o esquadrão parar bruscamente.

— O que você... — começa Lynx.

Aaric estica o braço na frente de Lynx e o arrasta de volta, esbarrando em Sawyer pouco antes que a porta se escancare e o duque de Calldyr passe por ela voando.

Ele cai de bunda no chão no meio do tapete, enrolado no sobretudo adornado.

Puta merda. Arregalo os olhos.

— Repita — exige Lewellen, marchando pela porta.

O que ele está fazendo aqui?

Todos os guardas da infantaria se afastam da parede, mas Calldyr os dispensa e se põe em pé, passando a mão pelo rosto e pela barba loira.

— O desejo de uma província nunca deve falar mais alto que o bem do reino!

Ah, Lewellen deve estar servindo de procurador do assento de Xaden no Senarium... Mas normalmente costumam se encontrar em Calldyr. Estão aqui para um conselho de guerra?

— Não quero servir um reino que abandona civis para morrer! — rosna Lewellen.

— Se permitir que entrem, não haverá reino para servir. — Calldyr empina o nariz. — Já enfraquecemos os entrepostos ao deixá-los apenas com a quantidade mínima necessária de liga metálica, e olhe só os resultados que obtivemos com Suniva. Enviamos cavaleiros. *Perdemos* cavaleiros. O que mais queria que fizéssemos? Morrêssemos de fome quando não podemos alimentar o dobro de nossa população atual?

— Você é um moleque mimado e pretensioso que nunca teve um dia de sofrimento na sua...

— Basta. — Xaden passa pela porta e meu coração para. O olhar dele encontra o meu como uma bússola atraída para o norte.

Ele está *aqui*. Aproveito para me deliciar com aquela visão, com avidez. O âmbar no olhar dele parece mais intenso, mas não mais claro. Uma dor nova se espalha pelo meu peito. Ele canalizou da terra outra vez? Ou estamos no dia sessenta e seis?

— A discussão acabou — decreta Xaden, desviando o olhar do meu antes de passar por Lewellen na direção de Calldyr. — Você foi informado como cortesia. Conte ao Senarium ou não conte. Sinceramente, eu não me importo de um jeito ou de outro.

— Você não pode. — Calldyr se afasta até que as costas sacudam um mostrador de escudos na parede.

— E mesmo assim, vou. — Xaden para a uma boa distância de Calldyr, mas sombras se enrolam em seus pés e se espalham pelo corredor.

Calldyr percebe e olha para um dos escudos como se aquilo pudesse mesmo ajudar.

— Devemos nos preocupar? — pergunta Rhi baixinho.

Analiso a raiva nos olhos de Xaden e balanço a cabeça. Ele está puto, mas ainda é ele mesmo. Mesmo assim, só para garantir, observo as sombras, encontrando qual delas é a mais escura.

— Eu proíbo. — Halden entra no corredor, seguido por dois guardas.

Ele também está aqui? Ah, isso é ruim.

— Não estou nem aí, porra. — Xaden se vira, posicionando-se para encarar os dois homens.

— Pronto, virou festa — sussurra Ridoc.

— Eu aposto no Riorson — comenta Sawyer.

Halden olha na nossa direção, o olhar passando de mim para Aaric, e então fica tenso quando vê o restante de nosso esquadrão.

— É melhor terminar essa discussão em particular.

— Essa discussão já acabou — devolve Xaden.

— Uh, ele usou a voz de Dirigente de Asa — diz Ridoc baixinho.

— Você *não* vai abrir nossas fronteiras! — O rosto de Halden fica vermelho.

Tyrrendor vai começar a abrigar os civis? Meu peito dói e se aquece ao mesmo tempo.

— *Eu te amo* — digo, na nossa conexão.

— Farei o que eu quiser com a *minha* província. — Xaden estreita os olhos perigosamente para Halden. Em minha mente, ele dispara: — *Mesmo que eu esteja prestes a começar outra revolução?*

— *Principalmente se estiver* — respondo.

— *Sua* província? — Halden endireita a postura. — É o *meu* reino!

— Sim, tudo bem, você é o primeiro na linha de sucessão para governar grande parte do território — concorda Xaden. — Mas eu governo o meu *agora*. Draithus tem *semanas* antes de ser atacada, e Tyrrendor vai abrir as fronteiras. Aceitaremos todos e quaisquer civis poromelieses dispostos a escalar o Desfiladeiro de Medaro. Você realmente deseja condenar trinta mil pessoas à morte?

Draithus tem semanas? De onde saíram essas informações?

Mira, penso, de súbito. Cambaleio, e Rhiannon segura meu cotovelo, apoiando meu peso.

— Você está escolhendo o povo deles acima do nosso? — Halden fecha os punhos.

— Eles não estão colocando o nosso povo em perigo — argumenta Lewellen. — Isso não é uma situação em que temos que escolher entre eles e nós. Eles não estão arriscando nossas égides, nem estão saqueando...

— Você não precisa defender minha decisão — interrompe Xaden, voltando toda a atenção para Halden. — Vamos abrir nossas fronteiras.

— Você ficará tão seguro dessa decisão quando eu trouxer minhas tropas para Tyrrendor? — ameaça Halden.

Puta que pariu. Ele não *ousaria*.

Todos os cadetes ao meu redor se endireitam, até mesmo Aaric.

As sombras escurecem e as emoções desaparecem do olhar de Xaden, deixando apenas maquinações frias e cruéis enquanto ele dá um único passo na direção de Halden.

— Você é *um* príncipe, não *o* príncipe. Se trouxer suas tropas para Tyrrendor, Aaric de repente se tornará o primeiro na linha de sucessão.

Merda.

Guardas desembainham as espadas.

— *Saia desse gelo!* — grito pela união, e um poder chamuscante surge dentro de mim.

— Não é inteligente ameaçar um príncipe. Cam, você ouviu? — O olhar de Halden volta na direção do meu esquadrão. — O *que* meu irmãozinho tem a dizer sobre isso?

— Aaric — corrige Aaric. — E estou do lado dele. — Ele gesticula para Xaden. — Aretiano, lembra? A não ser que Riorson acabe assinando outro acordo provincial, acredito que estou sob a linha de comando *dele* agora, assim como provavelmente um terço das *suas tropas.*

A mandíbula de Halden ressalta uma vez. Duas. Então ele encara Xaden.

— Você foi avisado.

— E você foi informado — responde Xaden em um tom que me faz temer pela existência de Halden.

Halden se vira e passa por nós pisando duro, os guardas e Calldyr o acompanhando de perto.

— Estou orgulhoso de você. — Lewellen bate o punho fechado contra o ombro de Xaden e vai em direção ao salão. — Vou contar aos outros.

— Vamos abrigar os civis? — Passo por Lynx para chegar a Xaden. — *Volte para mim.*

O olhar frio dele se volta na minha direção, gelando meu sangue, e então ele me olha outra vez.

— Vamos. — Ele assente, a voz suavizando. Ele pisca com força duas vezes, como se estivesse em guerra consigo, e então as sombras se dissipam e o gelo em seu olhar derrete. Ele está de volta. — Não que vá ajudar muito. Um wyvern chegou a meio caminho de Aretia ontem antes de despencar do céu. Mais uma dúzia tentou... — Ele faz uma pausa. — Sua rotação deve ficar bem, mas não temos muito tempo. Um mês, no máximo.

Isso é terrivelmente mais cedo do que a estimativa de Mira.

— A legião pode ficar em Aretia... — começo.

— Nós ficaremos — concorda Rhi.

— Não. — Xaden balança a cabeça. — Uma coisa era levar os cadetes para Aretia quando estávamos a uma distância relativamente segura da guerra, mas outra é mantê-los por lá se nos tornarmos a linha de frente.

— Mas... — Eu me interrompo quando fiapos de sombra se espalham atrás de mim em um padrão desconhecido.

Maren arfa.

— Que porra é essa? — sussurra Ridoc.

Xaden olha atrás de mim e arregala os olhos.

— Impossível — diz Imogen.

Eu me viro, tateando para pegar a adaga, e paraliso por completo.

Lynx está no meio do corredor, estremecendo dos pés à cabeça, encarando a escuridão que envolve suas mãos.

— Está tudo bem. — Rhiannon corre para o lado de Lynx. — Respire fundo. Você está só...

— Manifestando — diz Xaden, parando diante de Lynx. — Não fique com medo. Elas estão defendendo você. Medo. Raiva. Seja lá o que for, controle suas emoções e eles vão recuar.

Manifestando? *Sombras?*

— Não consigo... — Lynx balança a cabeça e as sombras sobem pelos braços.

— Você consegue — Xaden garante a ele. — Feche os olhos e pense no lugar onde você se sente mais seguro. Vamos.

Lynx fecha os olhos com força.

— Bom trabalho. Agora respire bem fundo e se imagine lá. Calmo. Feliz. Seguro. — Xaden observa as sombras recuarem.

A respiração de Lynx começa a ficar mais equilibrada e as mãos tornam a aparecer.

— Leve ele para Carr *agora* — Xaden ordena a Rhiannon, e ela assente.

O esquadrão apressa Lynx pelo corredor, mas eu continuo ali, o choque colando meus pés ao tapete.

— Não estou entendendo. Você é o dominador das sombras da nossa geração.

— *Não mais. A magia sabe disso.* — Os ombros de Xaden despencam quando ele se vira devagar para me encarar, a testa franzindo em um pedido de desculpas antes que ele controle a expressão. — *Ele é o equilíbrio.*

Sinto um arrepio na espinha.

— Eu deveria... ir embora. — A voz dele soa rouca. — Aetos pediu que eu renuncie ao cargo de professor graças à minha ausência estendida por conta de questões provinciais, e, ao menos uma vez na vida, concordo com ele, principalmente depois de testemunhar *isso*. Eu não deveria estar aqui.

Ele não está falando de sair só dessa sala. Ele está falando de *ir embora.*

O pânico domina meu coração.

— Fique. — Estendo a mão, mas ele balança a cabeça e dá um passo para trás. — Por favor — sussurro, mais do que ciente dos guardas parados mais à frente no corredor. — *Por favor, fique comigo. Lute pelo futuro que está além de tudo isso. Estamos a sessenta e seis dias e contando, certo?*

Ele não pode partir, agora não. Não assim. Não quando a esperança nos olhos dele desapareceu por completo.

— Precisam de mim em Lewellen. Melgren exigiu que dobremos nossa capacidade de talládio por liga, o que está forçando os mineradores, e, depois daquela notícia do recrutamento, as pessoas estão agitadas. Tyrrendor é muito mais do que só Aretia. — Ele olha para a esquerda, em direção à janela mais próxima. — *Eu disse a você... O controle é apenas prolongar o inevitável. Talvez a estabilidade seja uma esperança em vão.*

Lewellen fica além das égides, a não ser que tenhamos passado duas caixas de adagas lá que eu não esteja sabendo. Se ele deixar as égides nesse estado...

— Você tem toda uma assembleia para ajudar com isso. — Eu me mexo, colocando-me na linha de visão dele. — *Você não pode desistir. Não me importo se Lynx manifestou sombras. Você precisa lutar. Se não fizer por si próprio, faça isso por mim.*

O olhar dele se volta para o meu de uma vez.

— *O que acontece comigo se você se transformar?* — Fecho as mãos na lateral do corpo. — *O que acontece com Tairn e Sgaeyl se você ceder?*

Xaden trava a mandíbula.

— *Você acha que os venin recebem visitas uma vez por semana?* — Dou um passo para me aproximar mais e ergo o queixo. — *A união deles sobrevive à transformação? E a nossa, será que sobrevive? Você e eu estamos ligados pela vida toda, Xaden Riorson. É para eu me transformar junto com você? Essa é a única forma de manter nossos dragões vivos se você ceder?*

Mil emoções passam pelo rosto dele... e então desaparecem.

Ele está no gelo.

Meu estômago embrulha.

— Fique — exijo. — Ou me encontre em Aretia. O homem que eu amo fica. Ele luta.

— Riorson? — chama Lewellen da porta do saguão. — Luceras quer falar sobre a produção de minérios.

— Você precisa aceitar o que eu já aceitei — diz Xaden para mim. — O homem que você ama não pertence mais totalmente a ele mesmo.

Ele passa por Lewellen e entra no saguão, levando meu coração consigo.

Acabei de lutar com todas as armas do meu arsenal, e não foi o bastante.

Meus ombros murcham em derrota enquanto me apoio contra a parede.

— Não tenho certeza do que foi isso, mas já vi como pode ser difícil amar alguém que está no poder. — Lewellen me dá um sorriso de simpatia. — Ter um título como o dele às vezes é como ser uma corda esfarrapada, sendo puxada o tempo todo entre o que você quer como indivíduo e o que seu povo precisa.

— E quanto ao que *ele* precisa? — pergunto.

Lewellen hesita, como se escolhesse as palavras com cuidado.

— Ele precisa que *você* evite que ele se esfarrape, o que às vezes significa colocar o que *você* quer, ou precisa, de lado pelo bem da província. É horrivelmente injusto pedir isso de qualquer pessoa, quanto mais da primeira dominadora de relâmpagos em um século. — A voz de Lewellen fica mais suave. — Tenho muito respeito por você, cadete Sorrengail, mas estamos vivendo uma época turbulenta, que determinará o caminho da província pelo próximo milênio. Seu propósito é tão grande quanto o de Riorson em uma arena totalmente distinta, e, se esse propósito torna impossível que você seja o que Tyrrendor precisa...

— Tyrrendor, mas não Xaden?

Estou lutando por ambos, mas Lewellen não sabe disso. Para os ouvidos dele, é apenas uma discussão em que eu acabei de pedir a Xaden para ficar comigo em vez de resolver os assuntos týrricos.

Um guarda se remexe, nos lembrando que não estamos sozinhos.

— Agora, os dois são um só. — Ele declara aquele fato com tanta gentileza que é difícil ficar com raiva. — Vocês dois são jovens, com sinetes tão formidáveis. E se você escolher não se adaptar às mudanças que o título dele traz... — Ele se interrompe e suspira. — Só espero que vocês dois descubram o equilíbrio entre todas essas questões.

Até parece que vou desistir, embora nada do que ele disse me pareça justo ou *equilibrado*.

— Por equilíbrio, você quer dizer que Tyrrendor vem em primeiro lugar, Xaden em segundo e nosso relacionamento luta pelo terceiro, e minhas necessidades pessoais são apenas questão de conveniência. — Dizer em voz alta coloca tudo em uma perspectiva dura.

— Algo nessa linha. — A tristeza repuxa os cantos da boca dele.

— Xaden vem em primeiro lugar para mim. — A frase soa como se eu estivesse me sacrificando, tanto que eu meio que espero que minha mãe apareça e me dê um tapão na nuca. — Só para deixar claro. Mas eu nunca vou parar de ser a mulher por quem ele se apaixonou só para me transformar em seja lá qual capacho você *acha* que ele precisa. Já somos equilibrados porque nós *dois* somos fortes por nós mesmos, e também um pelo outro. Ele precisa que eu seja *eu mesma*, e estou dizendo que prometi manter Tyrrendor segura, mas *não* às custas dele.

— Ele dirá o mesmo sobre você. É o que torna seu relacionamento tão perigoso. — Ele suspira. — Como eu disse, é difícil amar alguém no poder, e isso vale para os dois.

Ele volta para o saguão e fecha a porta.

No entanto, Xaden não está *no* poder. Ele *é* o poder.

E ele está cada vez mais perto de perder o controle.

— *Me informe quando ele for embora* — digo a Tairn, e então vou para a aula.

Xaden parte duas horas depois.

Um dragão determina seu último voo e seu último cavaleiro.

— Artigo Primeiro, Seção Dois, Códex do Cavaleiro de Dragão

CAPÍTULO QUARENTA E SETE

— Tem certeza que só eu vou estar aqui na primeira vez em que você tentar isso? — pergunto a Sawyer dois dias depois, enquanto estamos no meio do campo de voo com Tairn, Andarna e Sliseag às quatro e meia da manhã. — Não sou exatamente a melhor pessoa para pegar você caso dê errado.

Ele ajusta as alças da mochila.

— Não, mas você é a única que quero de testemunha se eu cair de bunda no chão.

— Ou que pode ajudar se você quebrar a perna?

Um sorrisinho se abre nos lábios dele.

— Vamos torcer para que isso não aconteça.

— Você quer falar sobre o assunto? — gesticulo para Sliseag.

— Obrigado, mas tenho conversado com Jesinia. Estou pronto. Preciso de *você* para o lado mais prático... disso aqui. — Ele indica Sliseag, e então se agacha, puxando uma alavanca dentro da prótese. Um pedaço de metal plano, de cinco centímetros de largura com uma ponta curvada salta do dedão da bota. — E não é a minha primeira vez. Preciso de uma segunda opinião porque não deu muito certo ontem.

— Você que projetou isso?

Achei bem maneiro.

— Foi. — Ele endireita a postura e então encara a perna dianteira de Sliseag. O Rabo-de-espada-vermelho é menor do que Sgaeyl, mas as garras ainda são enormes, considerando o que Sawyer está prestes a tentar. — O padrão das escamas dele dessa fileira não se sobrepõe. — Ele aponta para cima. — E, na teoria, o gancho deve agarrar apenas no topo de cada escama enquanto escalo, mas não posso chegar lá sem cai...

Sliseag ergue a cabeça acima de nós e solta uma bufada de vapor que me faz ter que limpar os óculos de voo.

Ugh. Está cedo demais para estar pegajosa assim.

— Eu não estava falando *de* você — diz Sawyer. — Já falamos do padrão das escamas, e você não precisa...

Sliseag sopra vapor em nós mais uma vez, o calor fazendo meu rosto arder. Se ficar mais quente que isso, ele vai acabar deixando bolhas na pele.

Tairn se aproxima e inclina a cabeça para Sliseag de uma forma que eu nunca quero que aconteça comigo, e Andarna o acompanha rapidamente.

— Porque eu não quero que você precise! — grita Sawyer para Sliseag, que apenas estreita os olhos.

Essa seria uma forma ridícula de morrer.

— *Ele não ousaria* — avisa Tairn.

— Só me deixe tentar — argumenta Sawyer.

Sliseag arreganha os dentes.

Sawyer arreganha os dele também.

— *Nunca vou entender o relacionamento que os outros cavaleiros têm com seus dragões* — digo pela união.

Eu mal entendo o meu, mas dar espaço a Andarna parece estar funcionando, porque hoje ela está aqui. Não que ela pudesse ficar para trás considerando que passaremos semanas em Aretia, mas chamo isso de vitória.

— *Não cabe a você entender* — observa Tairn.

— Lá vamos nós. — Sawyer aquece os ombros e corre na direção da garra de Sliseag.

Ele dá dois passos antes que a ponta da bota agarre na lama e ele acabe caindo.

Merda. Eu me abaixo para pegar a mochila dele e seguro com ambas as mãos, puxando Sawyer para cima a tempo antes que ele se esborrache. Meus ombros estalam, mas as juntas têm a decência de não ter uma subluxação.

— Obrigado — murmura Sawyer, encarando a bota. — Viu?

— Vi. — Eu me abaixo para espiar o dispositivo. — Você pode chutar a alavanca para abrir?

— Na teoria, sim — responde ele. — Mas provavelmente é pequena demais para isso, e não tenho tempo de fazer mudanças antes da nossa saída hoje.

— Bem, vamos tentar como está. Você pode modificar em Aretia. Nenhum de nós quer que você fique para trás. — A lama é esmagada pelas minhas botas quando me levanto. — Você consegue correr, certo?

Sawyer assente.

— Eu não tentaria isso se não conseguisse. Meu ritmo está estranho porque não consigo flexionar direito, e simplesmente não sou rápido o bastante para correr a extensão da perna toda de Sliseag, como eu fazia antes.

— Podemos trabalhar nisso. — Faço um aceno de cabeça. — Que tal você correr como quando ia montar antes, e quando sentir que está perdendo o impulso, como se estivesse prestes a tombar para trás, dar um chute na alavanca para abrir? Deve pegar seu pé bem do jeito que foi projetada para fazer, e você só precisa escalar o resto do caminho.

Sawyer me encara.

— Foi assim que você fez a Armadilha, não é?

— Mais ou menos. Esperei até sentir o peso tombar para trás, e então enfiei a adaga na madeira e me puxei para cima. Mas duvido que Sliseag vai gostar dessa abordagem. — Dou um leve sorriso.

Sliseag bufa de novo, desta vez sem vapor, como se concordasse.

— Vou tentar. — Sawyer fecha a alavanca e então assente. — Lá vamos nós.

Ele sai correndo e Sliseag flexiona as patas, deixando a pata plana. As longas pernas de Sawyer atravessam a distância nos primeiros dois metros da subida, e eu prendo a respiração quando o progresso dele para.

Ele chuta a alavanca e se agarra à perna de Sliseag mais ou menos na metade do caminho, o pé raspando nas escamas e tentando se firmar por um segundo tenso antes de dar certo.

— Você conseguiu! — grito. — Agora é só escalar!

A bota esquerda dele se firma, funcionando como projetada, mas a direita escorrega, deixando uma trilha de lama nas escamas vermelhas de Sliseag.

Meu peito aperta quando ele tenta de novo, e outra vez, com o mesmo resultado.

— Merda! — grita ele, apoiando a testa na perna de Sliseag.

— *Posso deixar a ponta da minha cauda plana e então ajudá-lo a subir* — oferece Andarna, aproximando-se um pouco mais.

Agora minhas costelas se apertam por outro motivo. É a primeira coisa positiva que ela disse desde que voltamos da viagem.

— *É uma oferta nobre* — digo a ela e repito em voz alta para Sawyer.

— Não! — grita ele. — Obrigado, mas não.

Sliseag resmunga baixinho, e fico ali impotente, sabendo que não há nada que eu possa fazer.

— Porque não é a mesma coisa — argumenta Sawyer, a frustração tomando conta da voz, e eu sei que ele não está falando comigo. — Você é que assumiu um risco comigo, e não pedirei que você desonre... — Ele se cala de repente.

— *É assim que você se sente quando abaixa o ombro para mim?* — pergunto a Tairn. — *Desonrado?*

— *Sou o segundo maior dragão do Continente e um guerreiro reverenciado. Minhas histórias são dignas de lendas. Minha consorte é incomparável. Meus feitos, inigualáveis...*

— *E isso não muda minha pergunta* — interrompo antes que ele comece a listar suas proezas.

— *Seria necessário bem mais que uma mudança de postura para me desonrar* — responde ele.

— *Só que antes de mim você nunca teve que se abaixar, teve? Nem para Naolin, nem para...*

— *Não falamos daquele que veio antes.* — Dor angustiante invade a união, e eu imediatamente me arrependo da minha escolha de palavras.

Andarna ergue a cabeça e estreita olhos dourados e julgadores para mim.

— *Eu sei.* — Ergo as mãos no sinal universal de rendição.

— Você sabe que não é assim que me sinto — diz Sawyer, enquanto os braços começam a tremer. — Já falamos sobre isso! Qualquer cavaleiro faria o mesmo na minha posição. — Ele balança a cabeça e estende a mão para a próxima escama, puxando-se para cima, ganhando suados trinta centímetros no percurso. — Claro que não culpo você! Isso não é... — A cabeça dele se vira de lado, na direção da cabeça de Sliseag. — Não, não estou punindo... Pelo amor de Amari, pode me deixar falar?

Pelo silêncio que se segue, Sliseag não deixa.

Passo o peso de um pé a outro enquanto minha mochila fica cada vez mais pesada, e minha coluna para de choramingar e começa a fritar.

— Porque minha perna valia e ainda vale a sua vida! — exclama Sawyer quando finalmente consegue alcançar a junta da próxima escama. — Claro que você pode sentir a mesma... — As mãos dele deslizam de volta para o ponto anterior. — Ah.

Sliseag bufa e então estende a perna esquerda, deslizando a garra pela lama. Devagar, a perna se abaixa para um ângulo de inclinação que permite caminhar.

Minha garganta aperta quando Sawyer se solta e então, devagar, fica em pé. Ele estende os braços para fora, como um cadete no Parapeito, e então se arrasta devagar quando vejo um movimento de esguelha.

— *Seus colegas chegaram* — diz Tairn.

Mantenho o olhar preso em Sawyer enquanto ele chega ao topo do ombro de Sliseag e abaixa os braços. O movimento seguinte parece uma rotina que já fez mil vezes, e com alguns passos rápidos ele se encaixa no assento.

Sliseag se ergue enquanto Sawyer se acomoda, e eu me afasto para enxergar melhor.

— Parece que você já subiu aí algumas vezes — digo enquanto ele relaxa, montado no dragão.

— Parece que eu nunca desci — grita ele com um sorriso. — Consigo cavalgar.

— Você consegue cavalgar — concordo, meu sorriso grande e imediato. — Agora, importa como você chegou aí, ou apenas que ele escolheu você?

— Você já sabe a resposta. — O sorriso dele se suaviza.

— Eu sei. — Assinto e me viro para Andarna, estreitando a união para que fiquemos só eu e ela. — *Olhe para mim.*

Ela me olha rapidinho.

— *Você tem permissão de ficar de luto.* — Se minhas palavras não funcionam, talvez as *dela* funcionem.

Olhos dourados alcançam os meus.

— *Você pode ficar de luto* — repito. — *E, quando e se estiver pronta para falar sobre isso, estarei aqui.*

— *Você não fala do seu luto* — devolve ela. — *Nem ele.*

A cauda dela balança na direção de Tairn.

Ela tem razão.

— *Estou tentando* — digo, devagar. — *E ele também não é perfeito.*

Andarna infla as narinas e as escamas brilham no tom de preto-arroxeado que ela prefere.

Aceno com a cabeça e deixo o assunto de lado, mas com certeza progredimos.

— Obrigada, Amari — sussurra Rhi ao chegar ao meu lado, sorrindo para Sawyer.

— Sawyer! Olha só você! — Ridoc corre, os braços erguidos para comemorar.

Sliseag vira a cabeça e estala os dentes a alguns metros na frente de Ridoc.

— Olha só você de longe! — Ridoc se afasta, os braços ainda levantados. Quando esbarra em Maren, ele se vira e a puxa para um abraço enquanto ela ri.

— Não consegui evitar — diz Rhi baixinho enquanto Sawyer se concentra em se familiarizar outra vez com o assento. — Falhei com ele?

— Não. Você foi exatamente quem ele precisava que você fosse. — Passo meu braço pelo dela. Merda, essa mochila é *pesada.* — Você é nossa amiga, mas também é a líder do nosso esquadrão. Ele não quer fracassar na sua frente; nenhum de nós quer. Queremos deixar você orgulhosa. E sei que você está acostumada a ser responsável por todos nós, e é mesmo excepcional no seu trabalho...

Ridoc deixa Maren no chão e estende a mão para Cat, que aceita um abraço sem abrir os próprios braços, revirando os olhos irritada.

— Mas? — Rhi me olha de esguelha.

— Mas você não poderia ter feito nada disso acontecer mais rápido. — Nós caminhamos na direção dos outros. — Nem você, nem eu, nem Ridoc, nem Jesinia. Sempre foi uma coisa só entre eles dois. Ia ser no tempo deles.

Ridoc se vira na direção de Neve, e a paladina do terceiro ano o encara como se ele tivesse duas cabeças enquanto corre do abraço dele e esbarra em Bragen. Ele se vira na direção de Imogen, que levanta a mão ao passar com Quinn.

— Nem vem, Gamlyn — avisa ela.

— Você é tão fofinha e legal! — diz Quinn, passando o braço pelos ombros de Imogen.

— Só com você. — Ela olha para Sawyer. — Bom te ver no seu lugar, Henrick!

Ridoc gira e abraça Dain, que ergue as sobrancelhas e levanta a mão devagar para dar dois tapinhas nas costas de Ridoc, em uma troca constrangida.

— Você parece bem, Sawyer! — exclama Dain, e segue na direção de Cath.

— Bom trabalho, Matthias — diz Bodhi para Rhi enquanto passa por nós. — Colocou seu cadete de volta no assento.

— Eu não... — começa ela, e eu aperto mais o braço dela contra o meu. — Ele fez sozinho, mas estamos orgulhosos dele. Obrigada, Líder de Setor.

Bodhi assente com um sorriso que parece tanto com o de Xaden que meu peito aperta. Nem Bodhi nem Dain tiveram chance de fazer a aula de runas por conta de nossos cronogramas de tarefas e nossa missão fracassada, então os dois vão nos acompanhar na nossa rotação.

— Olha só pra ele! — Ridoc corre até nós duas e nos aperta em um abraço. — O mundo está bem! — Os braços dele afrouxam e ele se afasta, o olhar se corroendo com um pedido de desculpas. — Fora o que está rolando com Riorson, no caso.

— Eu entendi. — Mexo na mochila e forço um sorriso. — E, com sorte, eu encontro Xaden por lá.

A esperança se esgueira como um passageiro resistente enquanto nos lançamos em direção a Aretia, e de alguma forma sobrevive à noite quando acampamos dentro da fronteira týrrica. Preciso admitir, é libertador voar sem me preocupar se seremos vistos por uma patrulha de wyvern ou encontrados por Theophanie. Só começamos a última parte da viagem quando garantimos que os grifos ainda conseguem lidar com a altitude depois de ficarem longe por meses, entrando na proteção isolada das égides aretianas.

Pousar no vale acima de Aretia naquela noite mais parece com uma volta para casa, mas Xaden não está aqui. Nem Sgaeyl, o que significa a mesma coisa.

— *Que saco* — digo para Tairn com um suspiro derrotado.

Ele grunhe, concordando.

Andarna se irrita com Kaori quando ele passa um pouco perto demais pelo protesto barulhento de Panchek, e então sai correndo atrás de um rebanho de ovelhas enquanto desmonto de Tairn.

— Desculpe — diz o professor, franzindo as sobrancelhas escuras e finas. — Eu não quis...

— Você quis, sim — interrompo. — E até simpatizo com o motivo de você ter vindo, mas ela não vai deixar você estudá-la. Nem mesmo aqui.

— Entendo. — Kaori assente e olha ao redor do vale alto de folhagem verdejante e picos nevados. — De uma forma egoísta, eu também queria ver como este Empyriano funciona. Acredito que Panchek tenha vindo pelo mesmo motivo.

Sinto um sorriso repuxar meus lábios.

— Boa sorte perguntando para eles.

— Você está pronta? — pergunta Rhiannon, aproximando-se com passos quase saltitantes.

— Sim. — Sorrio para a felicidade da minha amiga. — Vamos lá para você poder ver sua família.

— Prefiro manter a formação... — começa Dain, aparecendo à minha direita.

Rhiannon e eu o encaramos.

— ... amanhã de manhã — ele corrige rapidamente. — Família em primeiro lugar, e tudo o mais.

— Família em primeiro lugar — concorda Rhiannon com um sorriso rápido, e ele continua o caminho, indo na direção do acesso cheio de pedras que leva à casa. — Entendo que ele tenha que vir para treinar as runas, mas por que justo com o nosso esquadrão? — sussurra Rhiannon.

— Pelo mesmo motivo de eu estar aqui. — Bodhi aparece à nossa esquerda e ergue o rosto para o sol como se cumprimentasse um velho amigo. — O seu é o melhor esquadrão.

— Esqueci como esse lugar é quente pra caralho — diz Ridoc, desabotoando a jaqueta de voo.

— São os ninhos — Rhiannon o relembra com um sorriso largo. — Aposto que é quase a mesma temperatura do Vale, considerando quantos dragões estão aqui agora.

— Vencemos a tempestade, mas aposto que amanhã a temperatura vai abaixar. — Cutuco os botões da jaqueta, sabendo muito bem que vou congelar assim que atravessarmos a barreira mágica que define este território como parte dos ninhos dos dragões.

Dito e feito: a temperatura está congelante quando chegamos à Casa Riorson.

Deuses, o simples fato de ver a casa me faz sentir saudades dele.

O esquadrão passa em fila pelos guardas e pelas portas dianteiras, até a entrada gigantesca que possui cinco andares entalhados dentro da montanha, como degraus gigantes. A essa hora do dia, as coisas estão tranquilas. Ou talvez apenas pareça vazio porque os corredores não estão mais fervilhando de cadetes.

Kaori se vira, descrente.

Felix dá tapinhas nas costas dele, e então comenta algo com Rhiannon antes de levar Kaori para longe.

— Aqui, comigo! — A voz de Rhiannon ecoa, atraindo a atenção de todos. — Encontrem suas camas como já foram designadas antes. Vocês têm a noite livre para fazer o que quiserem, mas a formação é às sete amanhã, então eu pensaria duas vezes antes de ir para uma taverna.

Nós nos separamos e subimos o primeiro lance de escadas.

— Vamos sair daqui o mais rápido possível — diz Rhi para Maren, à minha frente.

— Mal posso esperar pra ver meus irmãos. — Maren bate palmas, entusiasmada, a luz refletindo na longa cicatriz prateada no dorso da mão. Com certeza nenhum de nós que passou pelos últimos anos saiu ileso de alguma forma. — Cat, você vem comigo?

— Não seria ruim ver os pestinhas — diz ela, assentindo quando chegamos no patamar da escadaria.

— Vi? — Rhi pergunta por sobre o ombro.

— Claro — respondo com um aceno rápido. — Adoro sua família.

— Sawyer e eu vamos também. — Ridoc segue para o terceiro andar.

— Tudo bem — diz Rhi enquanto continua subindo. — Pra quem quiser ir à minha casa, nos encontramos no saguão em quarenta minutos, o que deve ser suficiente para vocês tomarem banho e trocarem de roupa. Minha mãe vai chutar vocês da casa se entrarem fedendo a enxofre, e não estou brincando.

Paro no patamar, meu olhar passando dos degraus acima ao corredor à minha esquerda.

— Por favor, não me diga que está perdida — diz Bodhi, subindo os últimos degraus.

— Claro que não. — Balanço a cabeça lentamente. — Só lembrei que não tenho um quarto aqui e não sei onde devo dormir.

Ele bufa e gesticula para o corredor.

— Você tem um quarto. Não mudou de lugar.

— É o quarto dele — corrijo baixinho. — E ele está de mau humor.

— Estamos em casa, Vi. Aja de acordo. — Ele sorri e dá a volta por mim, seguindo o corredor à direita. — Durma na sua cama. Ele vai ficar ainda mais mal-humorado se você não fizer isso.

Suspiro quando Bodhi desaparece para dentro do próprio quarto e viro à esquerda para o meu... o nosso quarto.

A maçaneta não gira, então viro o pulso e imagino o mecanismo se abrindo, usando magia menor para destrancá-lo.

Entrar ali é surreal. A magia pinica minha pele quando passo pelas égides. Está igualzinho a como o deixamos em dezembro, exceto que a maior parte das nossas coisas agora está em Basgiath. Depois de fechar a porta, tiro a mochila dos ombros e a coloco na cadeira na qual Xaden esperou por todos aqueles dias enquanto eu dormia depois de ter sido esfaqueada em Resson.

A roupa de cama é azul-escura e familiar, as cortinas ao lado das janelas gigantescas estão abertas para receber a luz do entardecer, e todos os livros da coleção dele estão exatamente onde devem nas prateleiras embutidas à minha direita.

Algumas tentativas deploráveis de runas de metal temperado estão sobre a mesa, à esquerda da minha última lição, junto com um caderno esquecido na gaveta superior. Confiro o armário e encontro um dos meus suéteres, um uniforme para cada um de nós e o cobertor que a mãe dele fez enfiado no cantinho direito.

E, *deuses,* tem o cheiro dele. Meu peito ameaça se partir de repente, a dor aguda da pura saudade. Deixei minha marca aqui também. O banheiro ainda tem o cheiro do sabão que uso no cabelo, e encontro a barra bem onde tinha deixado quando usei. Levo alguns minutos para tomar banho e vestir um uniforme limpo, quase esperando que Xaden entre a qualquer momento para me perguntar sobre o meu dia.

É quase como se esse quarto estivesse suspenso no tempo, um cantinho do mundo onde simultaneamente vivemos e não vivemos juntos. A única indicação de que os meses passaram é a caixa de vidro de Zehyllna na mesinha e a Lâmina de Aretia com a empunhadura de esmeralda que deixou dentro dela. Falta uma única pedra perto do topo, mas não parece mais desgastada depois de estar em posse navarriana por seiscentos anos.

Alguém bate na porta e eu olho para o relógio. Já se passaram quarenta minutos?

Abro a porta e encontro Brennan ali. Os olhos dele estão cansados, mas seu sorriso é intenso quando me dá aquela olhada padrão de irmão.

Não consigo evitar e faço a mesma coisa, satisfeita por não encontrar nenhuma cicatriz nova.

— Me puxa para dentro. — Ele estende a mão. — Ele ferrou as égides da última vez que esteve aqui.

— Claro que sim. — Seguro a mão do meu irmão e o puxo com força. Ele imediatamente me abraça.

Aproveito o raro momento de paz até Brennan se afastar, tendo perdido o sorriso em algum instante dos últimos dez segundos.

— Precisa que algo seja regenerado?

— Não. — Balanço a cabeça.

— Tem certeza? Porque toda vez que você aparece aqui está prestes a morrer. — Ele me observa como se eu talvez estivesse mentindo.

— Tenho certeza.

— Ótimo. — Ele chuta a porta para que ela feche atrás dele. — O escudo de som só funciona com a porta fechada, certo?

— Certo. — Dou alguns passos para trás, apreensiva. — O que foi?

A expressão de Brennan desmorona e ele encara o chão.

— Não consigo regenerar ele.

— Não faço ideia de quem você está falando. — Levanto as sobrancelhas, totalmente confusa. — Estamos todos saudáveis. Ninguém se machucou no caminho até aqui.

Ele ergue o olhar e a tristeza em seus olhos me faz cambalear para trás.

— Xaden. Não posso regenerar ele, Vi. Tentei todos os dias em que estava aqui na semana passada.

Luto para respirar direito.

— Você sabe.

— Sei. — Ele assente uma vez. — Ele deve estar além do que Jack esteve quando Nolon começou a trabalhar com ele. Eu sinto muito.

É uma unidade impossível de medir.

— Eu também.

— Tentamos ofertas silenciosas em todos os templos aqui perto, devolver magia ao solo, até sentar com os ovos perto dos ninhos. Tentamos todos os planos em que conseguimos pensar, embora a carta que ele enviou de Lewellen ontem mencionasse uma coisa estranha... — Ele me olha como se eu tivesse criado chifres. — Você está... sorrindo?

— Ontem? — Eu nem tento disfarçar a curvinha esperançosa.

Brennan assente.

— Ele quer tentar regenerar *o local* em Basgiath.

— Boa ideia.

Não há nada de pequeno no meu sorriso agora.

Ele pode estar fazendo pirraça, mas ainda não desistiu.

472 A.U., Willhaven, Braevick: Com exceção de uma casa, a vila foi drenada durante a noite por uma única venin, que se estima ser uma Mestra. O único adulto entre os três sobreviventes a descreveu como "Impressionantemente atemporal. Cabelo tão preto quanto no dia em que nos casamos, mas no lugar das rugas que esperava ver havia veias vermelhas ressaltadas saindo de seus olhos com anéis vermelhos".

— A Ressurreição do Mal: uma Linha do Tempo, por Pierson Haliwell

CAPÍTULO QUARENTA E OITO

Trovões chacoalham as janelas do meu quarto na noite seguinte enquanto me debruço sobre o livro que Tecarus me enviou recentemente, deixando meu cabelo secar.

Ele não se esqueceu do nosso acordo mesmo agora que se tornou rei, e não vou desistir de Xaden, principalmente quando ficou claro que ele não desistiu de si. A resposta existe em algum lugar, e nós a encontraremos. Brennan saber da verdade apenas aumenta essa esperança. Talvez ele não consiga regenerar Xaden, mas nunca houve um problema que meu irmão não pudesse resolver.

Olho para a bagunça de runas que pratiquei na minha mesa e por um momento penso em trabalhar na runa de ativação tardia que Trissa passou grande parte da tarde nos ensinando. O propósito é pegar uma runa já existente e adormecida e "ligá-la" ao temperar mais magia nela. O uso disso? Nenhum, já que não consigo fazer essa porcaria funcionar.

Cat acertou logo de primeira.

Imogen logo depois.

Kai chamuscou as pontas de seu cabelo preto.

Dain, Bodhi, Rhi e Ridoc… todos conseguiram ter domínio da técnica, exceto por mim. Até mesmo Aaric, que ainda não manifestou seu sinete, conseguiu a complexidade da magia menor.

Então tá. Ficaremos aqui por duas semanas. Cedo ou tarde vou acertar, e, se não acertar, é por isso que trabalhamos em esquadrões. Eu não preciso ser boa em tudo.

Puxo a alça da camisola de seda Deverelli, que está sempre caindo, de volta para o ombro e viro a página do livro de Tecarus. Ergo as sobrancelhas ao ler a passagem seguinte, e a confiro mais uma vez para ter certeza de que aprendi o padrão. *Agora são três.*

O trovão rimbomba outra vez, e o poder cresce dentro de mim como se tivesse sido chamado por um amigo para brincar. Observo a chuva que parece cair atravessada do leste, e então pego o conduíte da mesinha e o deixo fluir.

Felix colocou a liga no centro do mesmo tamanho daquelas que ativam as adagas, e é melhor eu fazer diversas tarefas ao mesmo tempo e completar meu dever de casa enquanto leio. Dunne sabe que Felix está esperando que pelo menos três delas estejam imbuídas antes de me arrastar montanhas acima amanhã para praticar. Ele tem me treinado como se eu fosse a única coisa entre os venin e Aretia, e, com as égides enfraquecendo a cada dia, não posso culpá-lo. Enquanto Xaden lida com as questões da província em Lewellen, sou a melhor chance que temos contra Theophanie... pelo menos falando em termos de ofensiva.

Alguém bate na porta do quarto.

Fecho o livro e o guardo na mesinha com o conduíte, e então saio da cama para abrir a porta. Já passou das dez, o que significa que ou é Rhi querendo conversar como na noite passada ou Brennan buscando um cúmplice para roubar as cozinhas. De qualquer forma, essa camisola é praticamente transparente, então pego um robe do armário no caminho.

Ônix brilhante bate contra os escudos a um centímetro da soleira, e eu abandono a faixa do robe para abrir a porta de uma só vez. Meu coração para de bater e então *dispara.*

Xaden está na porta usando o uniforme de couro de voo, ensopado dos pés à cabeça, chuva pingando dos cabelos. A guerra está estampada no seu olhar, como se este fosse o primeiro e o último lugar onde ele gostaria de estar.

— Oi. — Minha mão flexiona na maçaneta. — *Por que você não disse que ele estava aqui?* — pergunto a Tairn.

— *Você não pediu que eu avisasse da chegada, apenas da partida.*

Merda de semântica.

— Me diga para ir embora e eu vou — diz Xaden, a voz saindo rouca. — Faz apenas setenta e três dias.

— Venha aqui. — Solto a maçaneta e dou um passo para trás para abrir caminho. — Você deve estar conge...

Em um segundo ele está no corredor, e no seguinte, as mãos estão no meu cabelo e a boca colada na minha.

Deuses, *sim*. Os lábios dele estão frios, mas a língua é deliciosamente quente quando roça na minha boca. O beijo desperta todos os nervos do meu corpo e me lembra quanto tempo faz desde Deverelli. Entre as viagens, nossa proximidade com os outros cavaleiros e o medo de Xaden de perder o controle, faz semanas demais desde que senti a pele contra a minha.

Um beijo é tudo o que é preciso para o poder zumbir na minha pele, para a necessidade passar por cima de todos os pensamentos além de *mais perto* e *mais*. É sempre *mais perto* e *mais* quando se trata dele.

A porta se fecha em algum lugar nos fundos e ouço a tranca, o som da mochila dele caindo no chão, o arrastar do couro molhado enquanto ele solta o fecho da bainha de trás e a desliza pelos ombros, sem interromper o beijo. Ele me beija como da primeira vez, uma dedicação total e completa, como se tivesse se permitido ser imprudente para aproveitar ao máximo.

Ele chupa minha língua para dentro da boca dele, e eu solto um gemido com o frenesi tomando conta de mim, com o quanto senti falta do contato físico entre nós. Minhas mãos sobem para o peito dele e o frio da jaqueta faz um arrepio correr minhas costas. Por quanto tempo ele voou naquela tempestade? Eu o empurro de leve.

— Espere aí.

Xaden para imediatamente, erguendo a cabeça o suficiente para me encarar nos olhos.

— Eu não deveria estar aqui, eu sei. Pelo menos não agora.

— Não é isso. — Deslizo os dedos entre os botões da jaqueta de voo dele e seguro o tecido como se pudéssemos resolver todos os problemas do mundo se ele simplesmente pudesse ficar ali no quarto, comigo. — Claro que você deveria estar aqui. Só pensei que estivesse em Lewellen.

— Eu estava. — O foco dele muda para os meus lábios e os olhos esquentam tão rápido que quase me arrependo de ter interrompido. — Então voei para Tirvainne e acabei aqui, na nossa casa. — As palavras saem devagar, como se fossem arrancadas deles. — Ou pelo menos vai ser, quando você se graduar e formos designados para cá.

— Essa já é a nossa casa. — Meu pulso acelera. Não consigo me lembrar da última vez que falamos do futuro sem abrir espaço para o medo. — Você voou nove horas na direção errada — provoco, abrindo o botão de cima da jaqueta de voo, e então passando para o próximo.

— Estou sabendo, cacete — sussurra ele com um sorrisinho. — Estava com raiva e esquiando naquele gelo mental em Lewellen… mas me contive em vez de socar os dois homens que me criaram depois que meu pai morreu. — Ele me observa como se eu talvez fosse condená-lo por aquela confissão, mas simplesmente continuo abrindo os botões e escuto. — Estamos além das égides, mas não tentei usar nenhuma forma de poder porque mesmo naquele estado eu sabia que podia me levar à estaca zero, e com a estaca zero eu perco *você*. Abri o caminho de volta até mim mesmo com unhas e dentes, e vim embora.

— Você manteve o controle. — O orgulho puxa minha boca quando desfaço o último botão.

Ele assente.

— Estou ignorando meu destino. Sei que vai existir um momento em que vou me tornar mais *aquilo* do que eu. — Ele engole em seco. — Mas, por mais perigosa que a esperança seja, você tem razão. Preciso lutar por isso. Acho que estou estável agora, e sei que é apenas o dia setenta…

— Que número mágico é esse em que você está pensando?

Os deuses me ajudem se forem três dígitos.

Ele empurra meu cabelo para trás da orelha.

— Setenta e seis. É o dobro do maior tempo que Barlowe passou sem drenar depois da primeira canalização significativa, naquele dia do penhasco. Eu não queria te dar esperanças, mas acho que chegar aos setenta e seis dias indica que consigo atrasar a progressão.

Pisco.

— Três dias?

Minha esperança não apenas vai ao alto; ela alcança o céu.

— Eu disse a mim mesmo que esperaria até o dia setenta e seis para aparecer na sua porta, mas Sgaeyl mudou de rota quando percebi que conseguia manter o controle além das égides… — Ele se inclina, pairando a centímetros da minha boca.

— Então você consegue manter o controle comigo?

Sem medo, completo a frase da forma que gostaria que ela terminasse. Perco o ar quando água gelada pinga na minha clavícula, sem conseguir abaixar a temperatura crescente do meu corpo quando está perto de Xaden.

— Sob as circunstâncias certas. — Ele assente e se afasta um passo, tirando a jaqueta de voo ensopada, e eu o imito, tirando meu robe para que nossas vestes caiam no chão ao mesmo tempo. — Isso pode ser o melhor que vamos ter, e quero cada segundo que nós… — Ele para no meio da frase enquanto seu olhar passa por todo o meu corpo com uma sede explícita e palpável, aquecendo cada centímetro de pele que toca. — Ah, *caralho* — grunhe ele.

— Que circunstâncias são essas? — Meu coração acelera. Seja lá o que ele quiser, seja lá o que ele precise, é dele. Sou dele.

— Você está usando... — Ele levanta a mão na minha direção e a afasta, fechando o punho.

— A camisola que você mandou fazer para mim? Sim. Não se distraia. Que circunstâncias? — repito, arrastando a língua sob meu lábio inferior inchado. Aquele beijo não foi demorado o bastante. Estou sedenta por ele, e, se ele estiver pronto, beberei muito dessa água.

— Distraído, não. Obcecado. Você está... — Os olhos dele escurecem enquanto observam minhas curvas como se nunca as tivesse visto antes. — Talvez a gente deva esperar pelo septuagésimo sexto dia. — Ele se afasta e estica a mão para a maçaneta.

Mas de jeito *nenhum.*

— Se você abrir essa porta, vou prender a barra da sua calça na madeira e vou deixar você pendurado aí pelos próximos três dias. — Olho significativamente para as minhas adagas na mesinha. — Podemos dormir de conchinha se é o que você quer, mas, por favor, pare de fugir de mim.

— Eu *com certeza* não quero dormir. — Xaden se afasta da porta e meu pulso acelera enquanto ele vence a distância entre nós. — E sou totalmente incapaz de fugir de você. — Os dedos dele se entrelaçam nos cabelos da minha nuca e ele puxa, inclinando meu rosto para o dele. — Ainda que eu não seja totalmente... eu, seja lá o que sou ainda quer você, precisa de você, só deseja *você.*

Esse é um sentimento que eu conheço muito bem.

— Eu também te amo.

Apoio as mãos no peito dele, as pontas dos meus dedos roçando o tecido ensopado perto do colarinho enquanto fico nas pontas dos pés para beijá-lo. A necessidade que desaparecera volta em uma onda duas vezes mais forte, e o que começa como suave e doce fica totalmente feroz em questão de segundos. Nossas línguas se enroscam, nossas mãos passeiam e tudo fora do quarto desaparece, sobrepujado pela realidade que importa: nós dois.

Ele segura a parte de trás da minha coxa e a levanta. O mundo gira, e sinto a parede às minhas costas quando ele ergue a cabeça.

— Se eu te amasse da forma como você merece ser amada, ignoraria o fato de você ser a única forma de paz que já conheci e colocaria mil quilômetros entre nós dois porque *estável* ainda não é *inteiro.* — O olhar dele foca em meus lábios. — Em vez disso, estou aqui fazendo planos, pensando em cada forma possível de mitigar a ameaça que sou para que eu possa arrancar essa seda muito transparente do seu corpo incrível e me enterrar dentro de você.

— *Sim, por favor.* — Empurro o pensamento pela união enquanto enlaço a cintura dele com as pernas, arfando com o frio que sinto nas coxas.

— *Violet.* — O gemido dele enche minha mente quando ele me encara, travando a mandíbula.

— Eu decido o que eu quero. — Agora, meu corpo com certeza sabe que o merece. Prendo os tornozelos e aceito o frio com um pequeno arrepio. Rapidinho ele vai me aquecer. — Que riscos estou disposta a tomar. Agora, *que* circunstâncias, Xaden?

— Estou te deixando com frio. — Ele franze a testa por um segundo antes de estender as mãos atrás da cabeça e tirar a camisa.

Meu. *Todo* meu.

— *E mesmo assim de alguma forma você acha que poderia me machucar.* — Meus braços se enroscam no pescoço de Xaden depois que a camisa vai ao chão, todo o meu corpo se segurando com força contra o peito nu e aquela cicatriz acima do coração. Quero lamber cada linha do torso dele. — Me diga o que você precisa para que eu possa ter você.

Ele segura minha cintura, abaixa a cabeça e encaixa a boca no meu pescoço.

— Caralho, que perfume bom.

— É só sabão. — Então, minha mente vira geleia e minha cabeça se recosta na pedra. Cada toque da boca dele dispara energia que inunda minha corrente sanguínea, misturando-se com meu poder e se acumulando entre minhas coxas.

— É só você. — Ele beija a lateral do meu pescoço e a minha mandíbula até que os lábios pairem sobre os meus. — Preciso que você me dê aquilo que adora perder.

Forço meu cérebro a funcionar através da névoa de desejo que ele está criando.

— Controle — digo.

— Controle. — Ele assente.

— Pronto. — Sugo e arrasto os dentes no lábio inferior dele quando o solto. — Você já tem tudo de mim.

Fico mole como manteiga assim que ele põe as mãos no meu corpo.

— Se você soubesse... — Ele balança a cabeça e desliza os dedos pelas minhas costelas para segurar meu seio. Minha respiração fraqueja quando ele arrasta a seda da camisola sobre meu mamilo sensível uma vez, depois outra. — Meu controle é uma ilusão quando se trata de você. Você é o templo que eu escolho venerar. Vivo pelo apertar das suas coxas, seus gemidozinhos, a sensação de você gozando no meu pau, e, acima de tudo, o som das minhas três palavras favoritas saindo dessa sua boca. — O dedão dele roça em meus lábios antes que ele segure minha nuca e me encare nos olhos. — Manter minhas mãos longe de você tem sido a coisa mais difícil da minha *vida*, e você tem o poder de acabar com a minha disciplina com um único toque, porra.

Derreto e me arqueio em suas mãos. Que bom que ele me prende contra a parede, porque sei que meus joelhos já teriam cedido no meio dessa confissão, ainda mais com o que ele está fazendo com os dedos.

— Não vou tocar em você. Entendi.

— Entendeu? — Fitas de sombras descem pelos ombros de Xaden e se enrolam em meus pulsos e, um segundo depois, minhas mãos estão presas na parede acima da minha cabeça. — Isso é algo que você vai aguentar se eu precisar?

As sombras fluem sobre minhas palmas e entre meus dedos em uma carícia contínua que rouba meu ar.

— Sim. — Engulo em seco. — É assustadoramente sexy, na verdade.

Um cantinho da boca dele sobe em um sorriso lento, e as fitas de sombras acariciam minhas pernas como mãos, empurrando a bainha da minha camisola para cima das coxas.

— Vou me lembrar disso.

Minhas costas se arqueiam enquanto aquelas sombras se firmam pelo interior da minha coxa. Ele nem sequer ergueu um dedo para usar os poderes. Está fazendo tudo isso com a mente. A exibição casual de poder é ainda mais sexy.

— O que mais? — pergunto. — Porque, se você não quiser começar a me tocar de verdade logo, eu mesma vou fazer isso, e você vai ser obrigado a assistir.

— A gente deveria ter feito isso há meses. — Os olhos dele incendeiam, e ele aperta meu mamilo entre o polegar e o indicador.

— Isso é tão bom. — Meus quadris balançam contra ele. Xaden está duro e bem ali, *porra,* só a algumas camadas de tecido de onde eu preciso desesperadamente dele.

Ele cobre meu mamilo com a boca, usando a seda fina e os dentes para me fazer choramingar.

— Xaden — imploro descaradamente, as coxas apertando a cintura dele.

Todos os traços de provocação somem de seus olhos quando ele ergue a cabeça.

— Você tem o soro?

— Na mochila. Você quer?

Agora sim estamos progredindo.

Ele balança a cabeça.

— Sgaeyl acabaria comigo. Mas quero que você o enfie na minha garganta se você... — Ele se encolhe. — Foda-se. Quantas adagas você tem aqui?

— Duas. — Não preciso perguntar de quais adagas ele está falando.

— São quatro agora. — Ele desembainha uma na coxa e a coloca na estante à minha direita, e então usa magia menor para flutuar a outra até a mesinha. — Está com medo agora?

Meus lábios se curvam com o lembrete das palavras dele de *meses* atrás.

— Não. — Dou um beijo leve nos lábios de Xaden, sabendo que não precisarei usar armas. — Não seria a primeira vez que ergo uma lâmina para você.

Ele me encara, completamente impressionado, e então sorri.

— Não sei o que isso diz sobre nós.

Isso é tóxico? Talvez. É a gente? Com certeza.

— Que pensamos em matar um ao outro várias vezes e nunca terminamos o plano? — Eu o beijo, passando a língua pelos lábios dele porque ele é meu e eu posso. — Eu diria que é um bom sinal para o nosso futuro. Se a gente tivesse mesmo tentado arrancar sangue, eu teria me preocupado mais.

— Você atirou adagas na minha cabeça. — As mãos dele apertam meus quadris e a boca desce pelo meu pescoço, parando para sugar a parte entre o pescoço e ombros.

Deuses, isso é *bom*.

Respiro fundo quando minha temperatura sobe pelo menos um grau. Ele vai me fazer derreter antes mesmo de começar.

— Atirei adagas *do lado* da sua cabeça. É uma diferença considerável. — Movimentar o quadril me faz receber um gemido baixo dele em troca. — Se faz você se sentir melhor, se em algum momento você pensar que vai mesmo me matar, eu posso esfaquear você, certo? Só coloque o conduíte na minha mão e me toque de uma vez, caralho.

Puta merda, eu falei mesmo isso.

E não estou nem aí.

— Nada de conduíte. — As mãos dele flexionam, me puxando para roçar contra o seu pau duro, e Xaden beija cada centímetro de pele nua onde consegue pôr a boca.

Vou entrar em combustão aqui, perigosamente perto destes livros, mas pelo menos a chuva ainda está caindo lá fora.

— Bom, a casa é sua. Se quiser botar fogo nela... — Meu coração aperta. — Você me quer com o poder total.

— Não vou arriscar com você. — Ele solta as sombras dos pulsos e minhas mãos caem nos ombros dele enquanto a boca sussurra pela minha clavícula em um movimento que envia arrepios de prazer pela minha espinha. — Você quer segurar a adaga também? Ou ela estar por perto é aceitável?

— Não preciso. *Eu* sou a arma.

Uso as próprias palavras dele na arena de combate e mergulho os dedos nos cabelos de Xaden, tentando desesperadamente manter uma das conversas mais importantes da minha vida enquanto ele sistematicamente me faz enlouquecer.

— Eu sei. — Ele roça os lábios pelos meus e se afasta quando me inclino para beijá-lo. — Só por isso me permiti bater na sua porta. Quer mudar de ideia?

Ele observa meus olhos como se houvesse chance de eu negar o que nós dois precisamos desesperadamente – um do outro.

— Nossa porta — corrijo. — Eu escolho você. Não importa quais os riscos. Eu enxergo todas as partes de você, Xaden: as boas. As ruins. As imperdoáveis. Isso é o que você prometeu, e é o que quero: você por inteiro. Eu sei me virar, até mesmo contra você, se for preciso.

O olhar dele escurece.

— Não quero machucar você.

— Então não machuque. — Passo a ponta dos dedos sobre a relíquia, me deleitando na sensação dele enquanto ele me deixa tê-la.

— Se eu perder um segundo... — Ele balança a cabeça. — Porra, *Violet*.

A forma como ele diz meu nome, parte gemido, parte oração, acaba comigo.

— Você não vai. Dia setenta e três, lembra? — Corro o dedão por sua mandíbula. — Mas podemos esperar até o dia setenta e seis se isso fizer você se sentir melhor.

A mandíbula dele lateja contra meus dedos.

— Chega de esperar.

Enquanto a maior parte das divindades permite que os fiéis do templo escolham seu tempo de serviço, apenas duas divindades exigem uma vida de dedicação: Dunne e Loial. Pois é sabido que tanto a guerra quanto o amor mudam almas irrevogavelmente.

— O guia para agradar aos deuses, por Major Rorilee, segunda edição

CAPÍTULO QUARENTA E NOVE

Nossas bocas colidem, e pegamos fogo. Não há mais provocações. Não há mais dúvidas. A língua de Xaden passa pelos meus lábios com possessão arrogante e eu gemo, deslizando os dedos nos cabelos dele e o prendendo ali. Ele toma conta da minha boca uma e outra vez com beijos profundos e atordoantes que me fazem arquear as costas pedindo mais e morder o lábio inferior quando ele não entrega rápido o suficiente.

A pedra arranha minhas costas enquanto ele movimenta os quadris, mas tudo que sinto é prazer intenso quando ele atinge o ponto perfeito.

— *De novo* — exijo e choramingo na boca dele quando ele obedece.

A febre que ele instigou em mim ameaça me devorar, e ainda há roupas *demais* entre nós.

A mão dele desliza sob minha coxa e a bainha enrolada da camisola, e ele corre as costas de dois dedos dentro de minhas coxas, logo acima do tecido da calcinha.

— *Você está encharcada por mim, caralho* — grunhe ele.

O toque leve e provocante faz com que uma onda de poder me domine, que apenas aumenta o calor crepitante que se acumula no meu baixo-ventre.

— *Estou sabendo, cacete.* — Sorrio, me movimentando contra aqueles dedos, e o beijo como se eu pudesse perdê-lo se soltar a língua dele. — *Você já se olhou no espelho?*

Ele bufa uma risada contra meus lábios e então nos mexemos. Espero sentir a cama contra minhas costas a qualquer momento, mas ele me surpreende ao soltar meus tornozelos e colocar meus pés no chão entre a poltrona de costas altas e nossa cama.

Então a boca dele volta para a minha, atiçando o fogo que já queima intensamente demais para que eu sobreviva por muito mais tempo. As roupas são descartadas, voando.

Toco o botão na cintura dele.

Ele interrompe o beijo apenas o suficiente para arrancar minha camisola pela cabeça.

Puxo o couro encharcado das calças dele.

Ele tira minha calcinha.

Se tirar as roupas fosse uma competição, eu com certeza ganhei, mas ele é surpreendentemente rápido com as botas. Só preciso de uma olhada para lembrar o *quanto* eu ganhei.

— Meu — sussurro, traçando as linhas delineadas do abdômen dele. — Fico esperando passar, sabe? — murmuro quando ele segura minha cintura e me puxa contra si.

— O quê? — pergunta ele, sentando na poltrona e me puxando para o colo.

Meus joelhos prendem os quadris musculosos e meu coração bate impossivelmente rápido.

— O completo fascínio que sinto quando lembro que você é meu. — Acaricio os ombros e o peito de Xaden. — Que, por algum milagre, sou eu quem pode tocar em você.

— Também não passou para mim ainda. Não acho que vai. — O olhar dele vaga para meu cabelo solto e meu corpo com uma voracidade tão afiada que poderia perfurar a escama de um dragão. — *Só conseguia pensar nisso quando estive aqui sem você.*

Ah, *sim.* Começo a me abaixar, mais do que pronta para sentir todos os centímetros dele dentro de mim.

Ele sibila quando a cabeça do pau desliza entre minhas coxas, e emito o mesmo ruído quando ele o esfrega no meu clitóris, provocando faíscas por cada célula do meu corpo.

— Ainda não — diz ele entre dentes.

Meus dedos se enterram em seus ombros.

— Talvez eu morra de verdade se você me fizer esperar...

— Nunca disse que você iria esperar. — Ele apoia um dos meus joelhos sobre o topo do braço acolchoado da poltrona, e então faz o mesmo com o outro, e me encara com um sorriso perverso quando as mãos deslizam para agarrar minha bunda. — Segure-se, amor.

Antes que eu possa perguntar *onde*, sombras puxam minhas mãos para o topo das costas elevadas da poltrona e as prendem ali.

— O que você...

— Venerando você. — Ele ergue minha bunda e traz meu quadril para sua boca.

Solto um gemido alto com a primeira passada da língua perfeita dele, e só as mãos e as sombras me impedem de colapsar. O desejo fumegante me atinge como um raio, e o poder cresce a uma frequência que vibra pela minha pele quando ele faz aquilo de novo. E de novo. E de novo.

— *Nunca vou me cansar de você.* — Xaden lambe, instiga e suga como se não tivesse outros planos para esta noite, deixando-me completamente louca, me prendendo no lugar enquanto balanço os quadris, pedindo por mais.

— Xaden — gemo. O prazer e o poder se misturam em uma espiral, quente e urgente, girando dentro de mim com tão pouco espaço que meus músculos se retesam e minhas coxas começam a tremer. — Não pare.

Ele me leva para além do limite.

Um relâmpago cai, iluminando o quarto, e o trovão segue imediatamente enquanto eu me despedaço em incontáveis fragmentos, estilhaçada pelas ondas de felicidade que continuam vindo. Em vez de me soltar, Xaden desliza dois dedos dentro de mim e sincroniza o movimento deles com o da língua, e o orgasmo que deveria passar acontece uma segunda vez que é tão intensa quanto a primeira, senão mais forte.

— *Você está tão molhada que entrarei em você de uma vez só* — diz ele quando começo a descer, caindo mole contra a cadeira, os braços estremecendo. — Fique aí.

Ele beija minha barriga e sai de debaixo de mim.

Puxo as amarras de sombra, mas elas não cedem. Cacete, eu quero tocá-lo, beijá-lo, me dedicar ao corpo dele assim como ele fez com o meu. Mas se isso é o que ele precisa...

— Você é todas as fantasias que já tive e vou ter. — Os lábios dele roçam no lóbulo da minha orelha e eu estremeço. Ele abaixa meu joelho direito e a cadeira range quando ele encaixa o esquerdo atrás de mim. — Me dê sua boca.

Olho por sobre o ombro e ele se inclina sobre mim, beijando-me com força e intensidade.

Ele desliza a cabeça do pau na posição e afasta a boca da minha.

— Última chance de mudar de ideia.

— Nunca vai acontecer. — Olho nos olhos dele. — Me fode. Faz amor comigo. Tome meu corpo. Não me importo com a forma que você decidir chamar, desde que entre em mim agora.

"Necessidade" não é palavra forte o suficiente para o que estou sentindo, para a profundidade do desespero que tenho para ter ele por inteiro.

— Você pode pegar a adaga na mesinha se... — começa ele, e eu o calo com um beijo. Ele geme, agarra meus quadris e me puxa para baixo, para o movimento longo que me toma centímetro a centímetro. — *Caralho, é como estar em casa.*

Ele começa um ritmo que é tão implacável quanto magnífico, e toda vez que ele mete dentro de mim é melhor que a anterior. Graças aos deuses temos um escudo de som neste quarto, ou nos ouviriam até na câmara da Assembleia. Não podemos nos beijar profundamente o bastante, não podemos ficar próximos o bastante, e nossos esforços servem apenas para nos deixar ainda mais suados. Chego a gemidos lamuriosos enquanto ele nos conduz, a respiração arfando contra meus lábios, uma das mãos se enroscando em meus cabelos enquanto a outra me puxa para ir de encontro a cada movimento dos quadris dele.

Aquela tensão é mais profunda desta vez, puxando meu poder, entrelaçando prazer e eletricidade até que o ar fica carregado ao nosso redor.

— Xaden — sussurro. — Eu preciso... preciso...

Deuses, eu nem sei.

— Pode deixar — promete ele, a voz rouca. — *Meu poder, meu corpo, minha alma... é tudo seu.* — Ele desliza a mão pela minha barriga e acaricia levemente meu clitóris hipersensível. — *Tome o que precisar.*

Só ele. É tudo o que eu preciso, e tenho toda parte possível dele.

Estilhaço, os quadris cedendo quando o orgasmo toma conta de mim, me arrastando para longe do meu corpo para seja lá qual reino existir além, e então me afogando em avalanches de prazer. Relâmpagos caem de novo e de novo, e sinto cheiro de fumaça antes que Xaden pragueje e sombras voem.

Ah, *merda.*

— Só a escrivaninha. Está tudo bem — promete ele, e estou totalmente mole quando ele me tira da poltrona e me vira para que eu esteja sentada seu colo de novo.

Afundo nele, observando os olhos cerrados, e jogo os braços em volta da nuca dele.

— Minhas mãos...

— Não estou preocupado com suas mãos agora. — Ele range os dentes e segura a extremidade da cômoda. Isso explica a troca de posições.

A mobília também não é a única coisa que ele está segurando. O suor cobre a testa, e o pulso tamborila na garganta, e seu abdômen está tão rígido contra meu estômago que ele podia muito bem ser feito de pedra.

— Libere — ordeno, ficando de joelhos e afundando de novo, cavalgando Xaden em um ritmo mais rápido que eu sei que o enlouquece.

— Caralho. — Ele joga a cabeça para trás, e os músculos de seu pescoço se retesam. — Violet. Amor. Eu não posso...

— Pode, sim. — Minhas mãos seguram o pescoço dele e eu apoio minha testa contra a dele. — Meu corpo. Minha alma. Meu poder está bem aqui. Você me ama. Você nunca vai me machucar. Liberte-se, Xaden.

Invoco poder suficiente apenas para zumbir pela minha pele, o bastante apenas para mostrar a ele que não sou indefesa neste momento, e então, descaradamente, tomo cada grama da ótima sensação e enfio pela união.

— Ah *caralho.* — Os braços dele tensionam e os quadris se movimentam uma, duas e uma terceira vez, sombras enchendo o quarto, mergulhando-nos na escuridão e fazendo metal bater no chão. Ele apoia a cabeça no meu ombro e geme no meu pescoço ao encontrar sua liberação. — *Eu te amo.*

Eu me deixo cair contra seu peito, alegremente mole de exaustão, e a escuridão desaparece, revelando o quarto e a tempestade lá fora mais uma vez.

— A madeira... — começa ele, erguendo as mãos.

De má vontade, ergo a cabeça só para que ele não fique se remoendo e espio por cima da poltrona.

— Nem uma marquinha. — Meu coração se enche de orgulho.

— Nem uma digital? — Ele fica tenso sob mim.

— Nenhuma. — Eu o encaro nos olhos e sorrio. — Você está estável.

— Por enquanto — sussurra ele, mas os olhos se iluminam. — E vou aceitar isso.

Ele envolve os braços ao meu redor e se levanta, erguendo-me e passando pela cama.

— Estamos indo a algum lugar? — Eu me seguro, mesmo sabendo que ele é mais que capaz de me carregar.

— Banheira — diz ele com um sorriso perverso. — E depois a cômoda. E depois a cama.

Ignoro completamente o dever de casa que preciso terminar.

— Excelente plano.

Vossa Majestade, por meio desta, Tyrrendor recusa oficialmente seu pedido por um Acordo Provincial das tropas dedicadas ao nosso conflito atual. Tendo renunciado ao meu cargo como professor no Instituto Militar Basgiath, estou agora por direito no comando de todos os cidadãos týrricos em serviço militar.

— Correspondência oficial de Sua Graça, tenente Xaden Riorson, 16º duque de Tyrrendor, endereçada a Sua Majestade o rei Tauri, o Sábio

CAPÍTULO CINQUENTA

Grama verde da campina é esmagada sob minhas botas quando as primeiras gotas de chuva caem. Eu não deveria estar aqui. Eu sei o que acontece aqui. E mesmo assim é para cá que sou chamada, de novo e de novo.

Este é o preço de salvar a vida dela.

Relâmpagos rasgam o céu, iluminando os muros altos de Draithus e sua torre espiralada a distância e mostrando as silhuetas de dezenas de asas no céu. Se eu for rápida o suficiente, chegarei lá desta vez.

Só que minhas pernas não obedecem e eu cambaleio, como sempre acontece.

Ele surge do nada, diretamente no meu caminho, e meu coração martela, como se aumentar a velocidade de suas batidas o impeça de fraquejar no meu peito.

— Estou cansado de esperar. — O Mestre tira o capuz do manto, revelando olhos com anéis vermelhos e veias carmesim espalhando-se como raízes nas têmporas.

— Não pertenço a você. — Viro as palmas, invocando o poder que passou a me definir, mas nada cresce além do meu próprio pânico. Antes que eu possa pegar minhas armas, sou puxada para o ar. Dedos gelados apertam minha garganta, invisíveis demais para eu conseguir forçá-los, mas substanciais o suficiente para quase interromper o fluxo de ar. A dor atinge minha garganta.

Babaca.

Minha magia nunca funciona aqui, mas a dele funciona sempre.

— Você nos pertence, sim. — O Mestre semicerra os olhos, malicioso. — Você me trará o que eu quero. — O aperto dele fica mais intenso a cada palavra, permitindo apenas um pouquinho de ar em meus pulmões. — Ou ela morre. Cansei de esperar, e *não* permitirei que ela reivindique um prêmio desses.

Busco no céu o par familiar de asas enquanto a ouço gritar, mas não encontro nada enquanto a chuva cai com mais força.

Ele está blefando.

— Você. — Eu forço a palavra a sair. — Não. Está. Com. Ela.

Ele abaixa os braços e eu caio de joelho na grama, arfando para recuperar o que ele me negou.

— Mas estarei — jura ele. — Porque você a trará para mim.

Nem fodendo. A fúria atravessa o medo e eu bato a mão esquerda no chão. Chuva escorre da jaqueta de voo e serpenteia pela extremidade da minha relíquia em ondas enquanto flexiono os dedos na grama molhada, abrindo-os de forma espalmada.

Minha mão... não parece minha...

Aí está. O poder desliza pela terra abaixo de mim, pronto e disposto a aniquilar as forças deles se eu tiver coragem de me desfazer dos sonhos impossíveis aos quais me agarrei e aceitar o destino que Zihnal escolheu para mim.

Só preciso pegar o poder, e eles ficarão seguros. *Ela* ficará segura.

Não. Isso está errado.

É um sonho. Só um sonho. E mesmo assim me prende ali noite após noite. Lutando contra o peso do pesadelo, arrancando minha mão do chão.

— *Acorde!* — grito, mas nenhum som sai.

— Esta cidade cairá. A sua será a próxima — promete o Mestre.

— *Acorde!*

Empurro a cabeça para cima, apenas para encontrar a Espada de Tyrrendor contra minha garganta. O Mestre afasta o braço...

***

Meu corpo se projeta e eu abro os olhos de súbito. Não existe campina nenhuma. Nenhum Mestre. Nenhuma espada. Apenas as gotas de chuva suaves batendo na nossa janela, o calor dos cobertores enrolados em minhas pernas, e o peso do braço de Xaden sobre minha cintura. O pior da tempestade passou.

Encher os pulmões por completo leva as batidas do meu coração a desacelerarem, mas a respiração contra minha orelha fica mais rápida e mais irregular a cada segundo.

— Xaden? — Eu me viro na direção dele e levo minha mão ao seu rosto. A pele está úmida de suor, a testa franzida e a mandíbula retesada com tanta força que *ouço* os dentes rangerem. Não sou a única tendo pesadelos esta noite. — Xaden. — Eu me sento na cama e deslizo a mão pelo ombro dele, então dou uma sacudida. — Acorde.

Ele deita de costas e começa a se debater.

— Xaden. — Meu peito aperta com a dor estampada no rosto dele, e invado a união. — *Xaden!*

Ele abre os olhos e se senta, ofegando alto, e então pousa as mãos ao lado do quadril, sobre o colchão.

— Você está bem — digo baixinho e o olhar dele se volta para o meu, enlouquecido e assombrado. — Você teve um pesadelo.

Ele pisca para afastar o sono, e então vira a cabeça para observar os arredores.

— Estamos no nosso quarto.

— Estamos no nosso quarto. — Passo os dedos pelos ombros de Xaden e os músculos relaxam.

— E você está aqui. — Ele abaixa os ombros, e então me olha.

— Estou aqui. — Pego a mão direita dele e a pressiono na minha bochecha.

— Você está suada. — Xaden franze a sobrancelha. — Tudo bem?

Vai entender por que ele imediatamente pergunta sobre mim.

— Tive um pesadelo também. — Dou de ombros. — Deve ser a tempestade.

— Deve mesmo. — O olhar dele pousa na janela. — Vem aqui. — Ele me puxa para mais perto e então nos deita um de frente para o outro. Um segundo depois, ele puxa o lençol, mas não o cobertor, sobre nós dois e apoia a mão no meu quadril. — Me conta do seu.

Prendo o lençol sob meu braço e deslizo a outra mão sob o travesseiro.

— O mesmo que tenho desde Resson.

— O mesmo? — Ele afasta meu cabelo do ombro. — Você me contou que tem pesadelos, mas nunca disse que eles se repetiam.

— Tenho um pesadelo recorrente. Não é nada. — O trovão ribomba distante e Xaden recai no silêncio, esperando que eu prossiga. — Costuma ser em um campo e tem alguma batalha acontecendo ao longe. Ouço os gritos de Andarna, mas não consigo chegar nela. — Minha garganta fecha e levo a mão ao peito dele. — O Mestre está lá, e ele sempre me ergue como se eu fosse leve como papel. E não consigo chutar, nem gritar, nem me mexer. Só fico presa lá enquanto ele me ameaça.

Xaden fica tenso.

— Tem certeza que é o Mestre?

Aceno com a cabeça.

— Ele coloca a Espada de Tyrrendor no meu pescoço depois de exigir que eu traga algo para ele. É como se meu subconsciente tentasse me avisar que eles vão usar você contra mim.

— O que mais? — O coração dele acelera sob meus dedos.

Pisco, tentando recordar.

— Não consigo explicar como sei disso, já que só vi de longe, mas das últimas duas vezes estávamos perto de Draithus.

— Tem certeza? — Ele arregala os olhos. — Como era?

— Geralmente está bem escuro, mas consigo distinguir os muros altos da cidade em um planalto e uma torre central e espiralada.

— É Draithus, sim. — A respiração dele volta a acelerar.

— O que foi? — Deslizo a mão para o pescoço de Xaden.

— O que mais? — Ele segura meu quadril.

Ele está estranhamente intenso sobre esse assunto, mas, se falar sobre o que o atormentava no sono ajuda, então eu aceito fazer isso.

— Hoje foi... estranho — digo. — Diferente.

— Como?

— Quando ele me deixou no chão, teve um momento em que pensei em canalizar da terra, e quando olhei para baixo... — Meu olhar se demora na relíquia dele. — Eu tinha uma relíquia no pulso esquerdo, bem onde as suas começam. E minha mão não parecia ser *minha*. Agora que estou pensando, parecia mais... a sua. Vai entender. E o seu, era sobre o quê?

Ele me encara em silêncio e a preocupação me consome.

— Por que está olhando para mim assim?

— Porque é a minha mão.

Afasto os dedos de Xaden.

— Eu acabei de falar isso.

Ele se senta e eu faço o mesmo, mantendo o lençol contra o peito.

— É a *minha* mão — repete ele. — Você estava no meu sonho.

***

É impossível, certo?

Duas horas depois, contei a ele sobre todos os sonhos dos quais consigo me lembrar com o Mestre, e Xaden também sonhou com todos eles.

Precisa haver uma explicação plausível.

— Você acha que compartilhamos o mesmo sonho? — pergunto devagar, sentada no meio da nossa cama com um cobertor enrolado em cima dos ombros, observando Xaden andar de um lado a outro em nosso quarto pequeno, só com as calças do pijama.

O movimento me faz lembrar de Sgaeyl em Hedotis.

Compartilhar sonhos sequer é possível? Algum efeito da nossa união?

— Não. São os *meus* sonhos. — Ele esfrega o queixo. — Desde Resson, sofro com eles ao menos uma vez por semana, e com maior frequência desde Basgiath, mas quase nunca percebo que são pesadelos quando estou neles. Quando percebo, acordo sentindo que alguém estava lá comigo, me observando. — Xaden olha para mim e para. — Como aconteceu essa noite.

— Isso não faz sentido. — Puxo o cobertor para me cobrir mais. — Tive o sonho em noites em que você não estava comigo. Noites em que você estava a *horas* de distância.

— Talvez seja a união. — Ele se recosta na cômoda. — Mas com certeza são os meus sonhos. Você nunca esteve em Draithus, e esse cenário... é exatamente o que aconteceu na beirada do rio quando lutei contra ele em Basgiath.

Pisco. Ele nunca fala sobre esse assunto.

— O dominador das trevas que Andarna queimou atrás do instituto fez a mesma coisa. — Inclino a cabeça. — Mas aquele dominador das trevas não era ele. Você sabe do que o sonho se trata? O que ele quer que você leve? Porque tudo é muito vago para mim, como se eu estivesse aparecendo quando o assunto já está acabando... — Minhas palavras morrem enquanto a mente dispara pela possibilidade de Xaden estar certo, não importa *o quanto* isso seja impossível.

— Porque é o caso. — Xaden ergue as sobrancelhas. — E ele quer que eu entregue você.

— Eles têm a própria dominadora de relâmpagos — falo como se pudesse argumentar com o subconsciente de Xaden.

— Mas é o meu pesadelo, e eu só tenho uma de *você* — diz ele. — Está ficando cada vez mais difícil não ir para Draithus só para provar a mim mesmo que tudo isso é só coisa da minha cabeça. — Ele arregala os olhos, e então os estreita. — Mas não deveria estar na sua cabeça. Já aconteceu com outra pessoa?

— Como eu saberia? — Balanço a cabeça. — Acho que não, mas eu não me lembro de todos os meus sonhos.

Mesmo assim… teve o pesadelo que tive em Samara, aquele que ainda ficou comigo muito tempo depois. É tão visceral quanto uma memória. Tão visceral quanto esses pesadelos.

— O que você sabe sobre o dia em que invadiram Rochedo? — pergunto.

Ele agarra as extremidades da cômoda.

— Você sonhou com Rochedo?

— Quando estava em Samara. — Aceno com a cabeça. — No sonho, eu estava no meu quarto, pelo menos acho que era meu, e o fogo estava se aproximando, mas eu não queria ir embora sem o retrato da minha família, e…

A família no retrato. Os olhos cor de mel. A queimadura na mão.

— E o quê? — Ele se aproxima de mim devagar, observando-me como se já não conhecesse intimamente cada centímetro do meu corpo.

— Eu… — Meu coração acelera e a náusea embrulha meu estômago. — Eu disse a Cat que ela precisava ficar viva porque ela era a futura rainha de Tyrrendor, e a forma como ela me olhou… — Engulo a bile que acompanha o medo subindo pela minha garganta. — Era como se eu fosse uma pessoa importante para ela. E se… — começo, lutando contra o enjoo —, e se eu era Maren?

Xaden se senta aos pés da cama, e os músculos das costas ondulam quando ele fica tenso.

— Você esteve no sonho de Maren. — Ele se vira para me observar, e algo que parece assustadoramente com medo arregala seus olhos antes que ele consiga disfarçar.

— Isso é impossível. — Abraço meu corpo. — Talvez isso aconteça com você por causa da união, mas não existe uma forma de entrar nos sonhos das pessoas.

— Existe, se você for uma viajante de sonhos. — Xaden assente pensativo, e meu coração martela enquanto imagino o que ele vai dizer. — Deve ser seu segundo sinete, aquele que a ligação com Andarna deu para você. Faria sentido. A espécie dela é pacífica, e a habilidade em si seria passiva, até um dom em uma cultura que pensa dessa forma.

Uma o quê? Minhas costas ficam tensas.

— Não existe isso de viajar pelos sonhos, e os irids disseram que ela me deu algo bem mais perigoso que os relâmpagos. Foi um dos motivos de ficarem com tanta raiva dela.

— Estou dizendo que existe. — Xaden fala baixo. — É bem mais perigoso que relâmpago. É uma forma de um sinete inntínnsico — ele termina em um sussurro.

— Não leio mentes. Não pode ser. — Balanço a cabeça.

— Você não está lendo as mentes. Você só entra nelas quando estão inconscientes.

Fico boquiaberta e tento alcançar Andarna.

— *É verdade?*

Tairn se remexe, mas permanece em silêncio.

— *Assim como Tairn não escolheu os relâmpagos, eu não escolhi isso* — diz ela, na defensiva. — *Mas você de fato viaja enquanto sonha. É inofensivo. Na maior parte, você é atraída até ele.*

O cobertor cai dos meus dedos.

— *E você não disse nada?* — rosna Tairn.

— *Você não avisou Violet na primeira vez que ela dominou os raios!* — argumenta Andarna. — *Ela precisava descobrir sozinha.*

— Ah, deuses. — Começo a tremer.

— Merda. — Xaden prende o cobertor ao meu redor e me puxa para o colo dele. — Vai ficar tudo bem.

— Não faz sentido. Sinetes são baseados nas nossas uniões únicas e no poder de cada dragão. — Meus pensamentos se atropelam enquanto balbucio. — E também naquilo que mais precisamos, então é lógico que você precisava saber a intenção de todo mundo quando manifestou. Você precisava manter os marcados seguros. Só que não existe uma parte de mim que queira ou precise saber o que os outros estão sonhando... — O tremor cessa quando finalmente me dou conta. — Exceto quando precisei. Fiquei sem nenhum contato quando ela passou todos aqueles meses dormindo.

— Andarna. — Ele assente. — Faz sentido. Meu sinete não funciona em dragões, e imagino que o seu também não, então você, sem saber, acabou desenvolvendo isso com humanos.

— Com você. — Busco no rosto dele qualquer sinal de raiva e não encontro. — Eu sinto muito.

— Não precisa se desculpar. — Ele acaricia meu cabelo e me encara. — Você não sabia. Não fez de propósito...

— Claro que não. — Eu jamais violaria de propósito a privacidade dele assim, e nem a de Maren.

— E é isso o que faz com que seja uma habilidade excepcionalmente perigosa. — Ele trava a mandíbula. — Só consigo ler intenções quando as pessoas estão acordadas, e sou limitado pela habilidade de me bloquearem. Ninguém consegue bloquear enquanto dorme. Você poderia entrar direto no sonho de Melgren e ele não poderia impedir você. Provavelmente nem ficaria sabendo. — O rosto dele se contorce por um segundo antes que ele disfarce rapidamente. — Violet, eles vão matar você se descobrirem. Não importa que seja a melhor arma que eles têm contra os venin, ou contra *mim*. Vão quebrar seu pescoço e dizer que fizeram por autodefesa.

Bem, isso é... aterrorizante.

— Só se for verdade. — Saio do colo dele e começo a vestir meu uniforme de combate, deixando a armadura pendurada nas costas da cadeira. — São só sonhos, não é? *Se* são só sonhos? É como tropeçar nos medos de alguém, não nos pensamentos de verdade.

— Exceto pelo fato de que acho que você se intromete, porque eu queria canalizar naquele campo e me vi erguendo a mão em vez disso... O que você está fazendo?

Eu me *intrometo?*

— Só consigo pensar em uma forma de confirmar, e não se preocupe, vou tomar cuidado. — Abotoo as calças e encaro enquanto ele se levanta e pega uma muda de roupa seca da mochila. — O que *você* está fazendo?

— Vou com você, óbvio.

Não adianta discutir, então nos vestimos. Alguns minutos e vários degraus depois, bato na porta de Maren.

Ela leva um minuto para atender, os olhos pesados de sono.

— Violet? Riorson? — pergunta ela, bocejando. — O que aconteceu?

— Desculpe por acordar você, mas preciso te perguntar algo completamente... esquisito. — Esfrego o dorso do nariz. — Não tenho outra forma de falar isso, e preciso que você não me pergunte o motivo.

— *Cuidado* — avisa Xaden.

— Tudo bem. — Maren cruza os braços sobre o robe.

— Por acaso você tem um retrato da sua família? — pergunto.

— Ainda tenho — responde Maren, franzindo a testa. — Aconteceu alguma coisa com os meus irmãos? Faz só algumas horas que fui fazer uma visita.

— Não. — Balanço a cabeça veementemente. — Nada do tipo.

Talvez estejamos errados e isso seja só um efeito esquisito da união. Se Maren ainda tem o retrato, então não pode ter pegado fogo. E aí Xaden está errado, e eu não entrei no sonho dela.

— Aqui, vou mostrar — oferece Maren, desaparecendo. Ela volta alguns segundos depois e estende o retrato.

O reconhecimento me atinge com a sutileza de uma adaga.

— *Eu já vi isso antes* — digo para Xaden.

Os sorrisos tranquilos, os olhos cor de mel. Deuses, não é de espantar que os garotos tenham parecido familiares para mim. Eu só estava com dor demais para descobrir o *motivo* da primeira vez.

— É lindo. — Eu me forço a engolir em seco.

— Obrigada. — Ela afasta a mão. — Eu sempre levo comigo, para onde quer que eu vá.

— Não tem medo de perder?

— Na verdade, esse costumava ser meu pior pesadelo — conta ela, encarando a miniatura. — Até que acabei perdendo meus pais.

Pior pesadelo. Preciso de todo o meu autocontrole para manter a expressão inabalável.

— Entendo isso bem demais. Obrigada por compartilhar isso comigo…

— *Prateada!* — grita Tairn.

A cabeça de Xaden se inclina e Maren fica tensa.

— *Estou bem aqui…*

— *Uma horda se aproxima ao leste!* — grita ele.

Sinos ressoam, o mais alto deles bem acima de nós.

Estamos sob ataque.

Para alcançar seu máximo potencial, os cavaleiros devem ser designados a servir perto de seus vilarejos, se possível. Nada é mais eficiente como motivação do que ver a própria casa em chamas.

— Táticas parte II: uma autobiografia, por tenente Lyron Panchek

CAPÍTULO CINQUENTA E UM

— *Quantos?* — pergunto a Tairn enquanto descemos os degraus correndo.

Portas se abrem em cada andar que passamos e pessoas saem aos montes dos quartos, ainda ajustando os uniformes. Apenas alguns poucos vestem preto.

— *Algumas dúzias. Difícil dizer com esse clima. A vinte minutos, talvez menos. Estou a caminho.*

— *Andarna...* — começo enquanto Xaden chega ao nosso quarto primeiro.

— *Não me diga para ficar longe!* — grita ela. — *Posso queimar os dominadores das trevas.*

Prefiro que ela grite comigo do que fique em silêncio.

— *Proteja a pedra de égides* — instruo.

Passo por Xaden enquanto ele enfia os braços na jaqueta de voo, e então pego a minha do armário. Merda, estou usando o uniforme de treino e sem armadura, mas vai ser o jeito. Pelo menos estou de botas.

Dentro de minutos, estamos armados e atravessamos correndo o corredor, entrando em uma multidão que aumenta mais.

— Quantos em patrulha? — grita Xaden para Brennan quando chegamos ao saguão.

— Seis — responde Brennan, abotoando a própria jaqueta. — A horda passou voando pelos dois na rota Dralor, e os outros quatro estão a vinte minutos a oeste.

Bem, essa é a porra da direção errada para o que estamos precisando.

— Se passaram pelos dois dragões, devem ser wyvern de fogo esverdeado — digo, olhando para a multidão de cavaleiros, infantaria e meus próprios colegas de esquadrão correndo na nossa direção com passos pesados.

— Entendido. Cavaleiros em residência? — pergunta Xaden, o olhar percorrendo escadarias enquanto faço uma única trança simples de três mechas no meu cabelo para que não me atrapalhe.

— Quinze aposentados, dez em serviço ativo. Contando com você, onze — responde Brennan. — Assumir todos os entrepostos em Tyrrendor sem deixar cavaleiros navarrianos nos deixou sem homens.

— Suri? — Xaden observa o saguão.

— Em Tirvainne. — Brennan se encolhe. — E Ulices...

— Em Lewellen — termina Xaden. — Então nenhum dos generais do meu exército está presente.

— Correto — confirma Brennan.

O exército dele. Meus dedos param no cabelo quando me dou conta. Xaden não é o oficial de patente superior aqui, mas está no comando. O peso dessa responsabilidade me faria tremer, mas ele apenas assente diante das notícias catastróficas do meu irmão.

— Que irritante. — Xaden olha para a escadaria. — Tudo bem. Vamos trabalhar com o que temos. Felix, mantenha os calouros seguros e fique de olho naquele ali. — O dedo dele indica Aaric. — Infantaria, hora de assumirem suas posições e acabarem com qualquer wyvern que nós derrubarmos. Cavaleiros, corram *mais rápido*. — Ele se vira para Brennan, e os outros se apressam para cumprir as ordens. — O que acha?

— As égides ainda estão funcionando, ou nós sentiríamos a mudança. — Brennan inclina a cabeça.

Prendo a ponta da trança.

— Considerando que a pedra está logo aqui atrás, isso não diz muita coisa — responde Xaden.

— Eles não avistaram nenhum venin entre a patrulha — acrescenta Brennan quando Rhi chega ao meu lado. Imogen a segue. — Mas é *grande* pra caralho, então devem estar esperando atravessar os muros da cidade. O curso deles está orientado para oeste.

Aaric para no patamar acima, franzindo a testa antes que Felix praticamente o empurre pelo corredor.

— Se estivesse no lugar deles, eu voaria em ondas pequenas para testar a barreira das égides — prossegue Brennan. — Minha recomendação é posicionar os oficiais três a oito quilômetros a leste, colocar o esquadrão de... cavaleiros mais velhos nos portões da cidade e designar os cadetes para a pedra de égides como última defesa.

Puta merda, isso soa familiar, e pensar no que aconteceu da última vez não me anima muito.

A mandíbula de Xaden trava, e seu olhar vai de um lado ao outro enquanto ele pensa por alguns instantes.

— Vou junto com os oficiais — ele diz a Brennan, e meu coração dispara. — Os cavaleiros mais velhos podem ser habilidosos, mas metade não voa...

— Sou sua melhor arma — eu interrompo. — Se não me colocar na linha de frente, então me coloque nos portões.

— De jeito nenhum! — exclama Brennan, lançando um olhar aterrorizado para mim.

— Ela tem razão. — Xaden faz uma careta e então conserta a expressão. — Divida os cavaleiros aposentados. Metade fica na pedra de égides, metade fica espalhada pela cidade para o caso de os civis precisarem fugir para as cavernas. Você está designada à muralha, cadete Sorrengail.

— Mande todos nós — adiciona Rhi. — Não é como se os segundanistas e os veteranos não tivessem enfrentado nenhum combate. Se é lutar ou morrer ou não lutar e morrer, preferimos lutar.

Xaden assente.

— Apenas quem quiser.

— Nós queremos — responde Dain no degrau ao lado de Bodhi.

Todos os alunos mais velhos perto dos dois assentem.

— Está bem. Aetos, sua Asa, seu comando — diz Xaden, e Brennan parte para difundir as ordens. O vento sopra pela porta da frente quando as pessoas saem para assumir suas posições.

— Alunos do terceiro ano, venham comigo para o portão leste da cidade. Segundanistas, vocês acompanham Matthias para o norte. Trabalhem em duplas — ordena Dain.

— *Estou aqui* — anuncia Tairn. — *O inimigo está a dez minutos.*

Puta merda. Isso é o mais próximo que qualquer wyvern já chegou de Aretia.

— Vou com você. — Bodhi salta os últimos dois degraus, parando ao lado de Xaden.

— Você fica com os calouros — diz Xaden de imediato.

O quê? Arqueio as sobrancelhas.

— Fico porra nenhuma. — A fúria completa no rosto de Bodhi me faz dar um passo para trás. — Vou ficar do seu lado...

— Você vai ficar escondido o mais dentro dessa casa que for possível. — Xaden o encara.

— Porque não sou uma arma como você é? — argumenta Bodhi. — Cuir e eu somos tão mortais quanto você no ar.

— Porque você é o primeiro na linha de sucessão! — Xaden segura o primo pela nuca. — Nenhum de nós tem um herdeiro. Somos tudo o que restou, Bodhi. Não tenho tempo para discutir, e você vai fazer o que estou mandando. Nossa família acabou de conseguir Tyrrendor de volta, e nós não vamos perdê-la por causa do seu ego. Entendido?

Bodhi estreita os olhos.

— Nós vamos perdê-la por causa do *seu*. Entendido. — Ele se vira e desaparece na multidão.

— Isso não deu muito certo — murmuro.

— Merda — pragueja Xaden baixinho, e então se vira para mim e invade meu espaço. — Te amo mais que esta cidade. Não morra para defendê-la.

Ele esmaga os lábios nos meus, me dando um beijo rápido e intenso.

Tyrrendor. Xaden. Nosso relacionamento. Eu. *É difícil amar alguém no poder.*

Eu me afasto.

— Esse não foi seu melhor discurso motivacional. — Meu olhar percorre o rosto dele, memorizando cada linha. — Eu te amo. Fique longe das nuvens, fora do gelo e volte para mim inteiro.

Ele assente, os olhos faiscando quando me entende, e então parte.

Não há tempo para pensar que esse pode ter sido nosso último beijo.

— *Não se preocupe com ele* — ordena Tairn. — *Ele vencerá, não importa como a batalha termine.*

— *Não seja babaca.*

Sigo Rhi e Cat na direção da porta da frente.

— Sorrengail! — grita Aaric, e olho por sobre o ombro para vê-lo correndo pela escadaria. — Espere!

— Não temos muito tempo — respondo, deixando os segundanistas passarem.

— Você precisa proteger o templo de Dunne. — Aaric corre pelo saguão, seguido por seus dois guardas irritados.

— Tenho uma cidade inteira para proteger.

— O templo fica do lado de fora da muralha. — Ele olha na direção da porta aberta.

— Se for onde nossas ordens…

— Não. — Ele balança a cabeça e então parece lutar para encontrar as palavras certas. — Você precisa proteger o templo.

Ele está de *brincadeira* nesse momento, caralho?

— Você fez alguma aliança que eu desconheço? — pergunto, afastando-me de leve.

Destacar o templo de Zihnal no espírito de aliança é algo que eu consigo compreender, mas Dunne? Que Malek me ajude, se outro aristocrata navarriano fez mais um acordo pelas minhas costas, vou surtar.

— Não é... — ele começa quando um grupo de soldados passa correndo.

— Violet! — grita Rhiannon. — Temos que voar!

— Já vou! — falo por cima do ombro antes de me voltar para Aaric. — Todos os sacerdotes de Dunne são habilidosos e sabem se proteger.

— É assim que você vai salvar Tyrrendor. — A voz de Aaric se torna um sussurro.

— Favorecendo Dunne? — Balanço a cabeça. — O momento de opinar na nossa decisão foi há cinco minutos. Vá ficar com seus colegas. — Eu me afasto sem esperar a resposta dele e me junto aos meus colegas que saem pela porta.

— Ordens? — pergunta Sawyer, estalando os dedos.

— Paladinos na base... — Rhi começa, e então pisca e nos observa rapidamente enquanto entramos nos vestígios barulhentos da tempestade que passa.

A chuva diminuiu, mas o que falta em intensidade compensa no frio congelante. O pátio está tomado de dragões e grifos. Eles aguardam nos muros, no chão e na rua além do portão.

— Não. Paladinos no topo do muro para facilitar as manobras — ordena Rhiannon, acenando com a cabeça. — Estamos dividindo forças, então Sorrengail e eu vamos sobrevoar a muralha a trinta metros de altura. Tudo acima disso é nosso. Henrick e Gamlyn cobrirão o chão ao nosso setor — grita ela, falando acima do vento. — A maioria de nós tem família aqui, então lutem de acordo.

Todos assentimos e nos dividimos para montar.

Coloco meus óculos de voo e encontro Tairn na frente e no centro.

— *Você não poderia esperar na lateral, como os outros?*

— *Não.* — Ele abaixa o ombro e eu monto rapidamente, as botas mantendo a aderência apesar das escamas molhadas de chuva. — *Você precisa ser mais rápida para reagir a ataques desse tipo.*

— *Não posso dizer à liderança para tomar decisões mais rápido.* — Eu me acomodo na sela molhada, e então prendo a faixa encharcada, minhas mãos começando a ficar doloridas rapidamente.

— *Então talvez devêssemos tomar nossas próprias decisões* — resmunga Tairn, e decola sem aviso.

Sou lançada para trás no assento enquanto ele se catapulta em uma trajetória vertical, tão perto da Casa Riorson que me encolho, esperando ouvir garra colidir com pedra.

— *Não sou um amador* — Tairn me lembra enquanto nos aproximamos do topo da casa e então viramos bruscamente à direita para nos juntarmos aos outros que tomam o céu. A manobrazinha de Tairn pode ter feito meu coração sair do lugar, mas deu a Feirge, Aotrom e Sliseag tempo e espaço para se lançarem a norte do pátio.

Ignoro o instinto implorando para que eu olhe para o leste para tentar ter um vislumbre de Xaden ou mesmo das asas de Sgaeyl. Meu foco precisa estar aqui e agora. Xaden é mais que capaz de cuidar de si mesmo... desde que não canalize magia que não pertença a ele.

A cidade vira um borrão abaixo enquanto voamos em direção ao portão norte. A infantaria corre pelas ruas iluminadas até tomar suas posições. Civis se apressam de casa a casa. Os sacerdotes dos templos entram às pressas em seus santuários – exceto por aqueles que servem Zihnal. Eles estão nos degraus diante do templo, *bebendo* enquanto passamos. Só quando verifico que a família de Rhiannon tem luz vindo das janelas eu me volto para observar os céus nublados à frente da muralha norte.

— *É preciso amar lutar no escuro* — murmuro, passando a manga sobre os óculos de voo para limpá-los.

— *Soube que você tem uma solução e tanto para isso* — devolve Tairn.

Bom ponto. Pego o conduíte do bolso esquerdo, prendo a alça no pulso e seguro a esfera de vidro. Então abro a porta dos meus Arquivos.

O poder de Tairn invade, aquecendo a pele e as mãos frias pela chuva.

A energia zumbe nas minhas veias, condensando no meu peito, e, quando crepita no conduíte, ergo a mão direita para o céu e uso meu poder, espalmando bem os dedos enquanto empurro o poder para cima e ele irrompe de mim.

O relâmpago brilha nas nuvens acima, espalhando-se em dezenas de direções e iluminando o campo por dois segundos.

Pares de wyvern de asas cinzentas voam na nossa direção de dezenas de diferentes rotas de voo de dezenas de diferentes altitudes, desaparecendo na escuridão quando a luz desaparece e os trovões ressoam. Brennan estava certo sobre os wyvern estarem voando em pequenos grupos para testar as égides. Ele só não antecipou que fariam isso em um arco amplo, e isso vai nos custar.

— *Eles não estão usando a mesma formação como em Basgiath* — digo para Tairn enquanto alcançamos o portão norte e subimos para pairar ao lado de Feirge.

Vapor sobe da minha pele, mas mantenho aberta a porta dos Arquivos, permitindo que o poder se acumule dentro de mim para que eu não precise alcançá-lo da próxima vez.

— *Ou trocaram a segurança da formação na esperança de que grupos menores passarão incólumes* — especula Tairn —, *ou sabem que você está aqui, e formações são alvos maiores.*

— *Se esse for o caso, algum dos dominadores das trevas precisava ter escapado de Basgiath.* — Olho para baixo e vejo Sliseag e Aotrom pousarem sobre os portões, uma fileira de grifos cuidando dos muros acima.

— *Seria* — concorda Tairn, roncando baixo. — *Os oficiais fizeram contato.*

Xaden. A preocupação se esforça para se alojar no meu peito.

— *Você me contará se algo…*

— *Você saberia* — responde Tairn, girando a cabeça na direção de Feirge. — *A líder do seu esquadrão precisa de luz.*

Sei que Rhi não está falando do brilho da esfera, então giro a mão para cima e domino novos raios outra vez. Calor estala no meu corpo e os relâmpagos se espalham pela nuvem acima. Mantenho os dedos espalmados e empurro outra onda de energia para cima, prolongando os relâmpagos de uma forma que nunca fiz antes.

A chuva crepita ao bater nas minhas bochechas e eu conto rapidamente quatro pares de wyvern voando livremente na nossa direção. As pontas dos meus dedos *queimam* e eu abaixo a mão, cessando o relâmpago.

Trovões soam mais alto que qualquer dragão que já encontrei.

— *Impressionante* — diz Tairn.

— *Impressionante, mas um pouco de burrice.* — Eu me encolho, e então seguro o conduíte com a mão direita. Duas bolhas surgem na pele fora do meu dedo indicador. — *Quais são as nossas ordens?*

— *A líder do esquadrão instrui incorretamente a ficar perto dos muros, mas é a decisão errada* — grunhe ele. — *Seu poder não deve ser conduzido em tal proximidade dos civis.*

— *Não até que eu fique muito melhor controlando os raios* — concordo. — *Transmita isso.*

— *Ela hesita.* — A cabeça de Tairn vira para Feirge. — *Não podemos nos dar ao luxo de fazer tal coisa.*

Merda. A *última* coisa que eu quero é desobedecer Rhi ou deixar meu esquadrão, e agora *eu* é que hesito porque Tairn tem razão.

— *Vá.* — Inspiro fundo. — *Diga a eles para ficarem para trás como ela ordenou, mas você e eu precisamos sair daqui.*

— *Concordo.* — Ele se lança à frente. — *Um dominador de vento foi designado para trazer o luar. Agora, prepare-se. Temos dois minutos até o embate.*

Meu coração acelera.

— *A fileira dos oficiais caiu?*

— *Os wyvern deram a volta.* — Tairn inclina a cabeça outra vez. — *Vamos acabar com o par à esquerda. Feirge se juntou a nós.*

— *Vamos.* — Lutar em pares faz sentido, mas Rhi nunca deixou o esquadrão antes.

Tairn bate as asas em três movimentos rápidos e consecutivos e dispara à frente, ganhando altitude imediatamente, e Feirge nos segue de perto.

— *Está escuro demais à frente. Não consigo enxergar nada* — aviso Tairn.

Há uma fileira preta à minha esquerda que sei que pertence às montanhas, mas, quanto mais longe voamos, afastando-nos das luzes da cidade, menos formas consigo ver no céu acima. Tudo vira um vulto na escuridão.

E, a quilômetros de distância na direção leste, chamas explodem em ondas laranja… e verdes.

— *Nós somos a escuridão. Esqueça o conduíte* — ordena ele.

— *Eu não vou conseguir…* — Meu peito aperta quando a magia ondula. Passamos pelas proteções das égides.

— *Esqueça-o!*

Abro os dedos e a esfera fica pendendo da corrente, a luz morrendo enquanto o vidro bate no dorso do meu braço. Não há nada mais a fazer além de me tornar o menor peso possível, então agarro os pomos e me deito o mais plana que consigo enquanto controlo o poder de Tairn. — *Me diga que você chegou à pedra de égides* — digo para Andarna.

— *Está bem protegida* — promete ela, e as palavras arrepiam minha nuca.

— *Você está no…* — começo.

— *Prepare-se!* — ordena Tairn.

Nós nos chocamos contra a porra de um *muro.*

Pelo menos é o que parece quando sou lançada à frente, num ímpeto, depois que Tairn praticamente parou no meio do céu. Garra e dente colidem com escamas enquanto sou lançada para trás, o peso batendo no assento.

A gravidade puxa da esquerda e o ar sopra do chão enquanto meu estômago revira. Só posso me segurar firme e confiar em Tairn.

Um grito ameaça perfurar meus tímpanos antes de ser calado de repente, apenas para ser seguido pelo som molhado da carne se partindo, e então uma série de estalos. Tairn se nivela duas batidas de asas depois, e ouço algo cair abaixo de nós.

— *Faz séculos que não honro a cor de minhas escamas dessa forma* — declara Tairn com um quê de orgulho.

— *Você se camuflou à noite* — Andarna bufa. — *Dificilmente é uma proeza.*

— *Você soa mais próxima do que deveria estar!*

Por que ela nunca fica onde deveria, hein?

Tairn ronca baixo e fogo dispara à nossa frente. As chamas de Feirge contornam a forma do padrão do wyvern um segundo antes que ela se lance para a garganta cinza dele. O corpo da Rabo-de-adaga-verde balança à frente com os dentes afundando no pescoço do wyvern.

A criatura grita e as asas batem freneticamente enquanto tenta escapar.

— *Segure firme.* — Tairn aumenta a velocidade, e eu faço exatamente o que ele manda, preparando-me para outro impacto. Meu corpo vai me odiar amanhã se eu sobreviver a esta noite. As nuvens se dissipam apenas o suficiente para que a lua brilhe enquanto Tairn voa direto para o wyvern em queda.

Tairn encolhe a asa esquerda enquanto deslizamos ao lado das garras de Feirge, passando tão perto que meu olhar encontra o de Rhi por um único segundo. Então giro a cabeça à frente e Tairn esbarra na cauda farpada do wyvern, abrindo a mandíbula e segurando com os dentes.

Então ele *dá uma cambalhota.*

Deuses. Que. Enjoo. Eu me lanço à frente com Tairn e o céu se transforma em chão. A faixa da sela afunda nas minhas coxas enquanto giramos, e pontinhos de luz se misturam abaixo de mim, ou acima de mim, não sei mais identificar. Eles desaparecem antes que eu consiga entender o puxão da gravidade.

Ossos estalam quando o céu reaparece e Tairn abre a boca.

O wyvern cai, se esborrachando no chão segundos depois.

— *Quebramos o pescoço* — anuncia Tairn, batendo asas para impedir o momentum.

Minha cabeça gira e meu estômago ameaça vomitar tudo que comi.

— *Que tal nunca mais fazer isso?*

Confiro se Rhi está bem e ela ergue a mão em reconhecimento.

— *Foi uma manobra eficiente* — argumenta Tairn. — *A força oposta deslocou a coluna da criatura...*

— *Entendi como funciona. Nunca mais faça isso.*

O luar torna possível observar o campo por inteiro, e meu coração dispara ao ver asas empilhadas perto do portão norte. Não consigo diferenciá-las no escuro, mas consigo enxergar o buraco enorme no topo do muro.

— *Seus colegas derrubaram dois pares, mas os corpos causaram destruição* — explica Tairn. — *Os wyvern não alcançaram as égides. Eles continuarão a enviar ondas para testar as fronteiras.* — Ele gira a cabeça para lá e para cá entre a horda a oeste e aqueles que estão lutando na frente.

Xaden. Minhas emoções tomam conta e tento alcançar a união. Em vez de uma sombra calorosa e cintilante, encontro um muro de gelo ônix tão frio que queima ao toque.

Inspiro fundo e faço um escudo.

— *Sgaeyl está...*

— *Ela vai resolver isso* — interrompe Tairn, virando a cabeça para a esquerda. — *Olhe para baixo.*

Os músculos da minha barriga ficam tensos. Quatro wyvern voam sobre o terreno em uma velocidade atordoante, em altitude baixa como se tentassem não ser vistos. Viro o olhar, projetando a trajetória do voo, e encontro Andarna aguardando diante da estrutura solitária em um campo além dos muros, balançando a cauda. O terror rouba meu fôlego.

— *Vá!*

Tairn recolhe as asas e nós mergulhamos.

O vento chicoteia meu cabelo e eu luto contra a gravidade para segurar o conduíte. Então esqueço a queda e foco apenas nos wyvern, o poder voltando à superfície da pele. Eu o reúno, condenso e queimo com ele, e então invoco mais e mais até que eu seja luz e calor e energia em si.

— *Não use demais!* — Tairn me avisa quando ergo a mão direita contra o vento.

Mas como pode ser demais, quando eu sou a própria coisa que domino?

Mantenho o olhar nos wyvern enquanto nos aproximamos do inevitável cruzamento e enrolo o poder como se fosse um fio enquanto o chão se aproxima. Podemos ficar à frente deles se chegarmos rápido o bastante.

Só preciso de cinco segundos. Temos quinze metros de altitude de vantagem deles e a mesma distância.

Cinco. Tairn bate as asas para desacelerar a queda.

Quatro. Os ossos da minha espinha estalam com a mudança abrupta de movimento, mas ele nos aproximou o suficiente para que eu veja as pontas das asas afiadas deles. E estão simplesmente chegando cada vez mais perto.

Três. Meu corpo *queima* quando me viro na sela e domino, soltando a mola retesada de energia com um movimento da mão em um segundo e então arrastando-a para baixo com duas pontas dos dedos queimadas no seguinte.

Dois. Tairn bate as asas, levando-nos ao ar enquanto relâmpagos rasgam o céu – e talvez até o tempo. Tudo se move mais devagar enquanto forço meus dedos a se afastarem, dividindo o relâmpago em dois. O calor devora minha respiração e a dor se torna toda a minha existência enquanto direciono as explosões escaldantes na trajetória dos wyvern.

Um. O ataque atinge o par da frente e eles entram em combustão, errando Tairn por questão de metros enquanto caem da formação e deixam rastros de fogo, revelando outros dois monstros.

E um carrega uma cavaleira de cabelos prateados.

Zero. O trovão sacode a liga no conduíte e minha mão cai enquanto Tairn mergulha para o wyvern mais perto.

A criatura grita e o mundo gira em uma onda vertiginosa de asas pretas e cinza.

Tairn berra e a dor dele substitui a minha.

Dedicar-se ao trabalho no templo não é apenas uma busca nobre. Tornar-se sumo sacerdote ou sacerdotisa é o mais perto que a maioria de nós chegará de tocar o poder dos deuses. Os únicos outros a alcançarem tal coisa são os cavaleiros.

— O GUIA PARA AGRADAR AOS DEUSES, POR MAJOR RORILEE, SEGUNDA EDIÇÃO

CAPÍTULO CINQUENTA E DOIS

— *Tairn!* — grito, e minha boca é inundada pela amargura de um novo terror.

— *Não!* — berra Andarna.

Deslizamos até parar na grama da pradaria, e levanto a cabeça bem a tempo de ver Feirge voar atrás do wyvern de Theophanie, que disparou em direção ao céu. Dunne, não. Por mais forte que Rhi seja, nem mesmo nós duas juntas somos páreo para um Guardião. E não estamos juntas.

— *Andarna! Diga a Feirge para não perseguir!* — Ossos esmagam abaixo de Tairn, e eu inspiro fundo, sentindo o fogo arder nos pulmões. — *Você está bem?* — pergunto a ele, mexendo na fivela na cintura para sair e verificar seus machucados.

O calor atravessa meus pulmões e eu alcanço meu poder, preparando-me para lutar com Theophanie. Ela não tem intenção de deixar este campo sem conseguir o que quer, o que suspeito que seja *eu.* Ela vai voltar.

— *Interrompa!* — exige Tairn, e outra coisa estala abaixo dele. — *Você vai chamuscar!*

— *Mas Theophanie...*

Gelo perfura meus escudos como se eles nem sequer estivessem ali.

— *Violet!*

Gelo, não. Xaden.

— *Estou bem. Fique no controle e não se distraia. Theophanie está aqui.*

Fecho a porta dos Arquivos e inspiro o ar frio da noite, apagando as chamas que lambem o interior dos meus pulmões. Foi demais, rápido demais, mas eu não chamusquei, só estou sentindo as brasas.

— *Leve Tairn de volta para as égides assim que puder.* — O gelo derrete.

— *Pode deixar.*

— *Aquilo não foi bom* — rosna Tairn, e sai de cima cadáver do wyvern, favorecendo sua perna traseira esquerda.

— *Essa é boa, considerando que você está ferido!* — devolvo enquanto Feirge volta na nossa direção. — *Está muito ruim?* — Trovões ribombam a leste, e não pertencem a mim.

Ah, *merda*, a chuva. Foi assim que chegaram tão longe sem serem detectados.

— *O esporão da asa do wyvern se partiu em cima da minha perna. Viverei. Ele está morto.* — Ele gira a cabeça na direção de Andarna e se aproxima devagar, mancando de leve. — *Sua incapacidade de seguir ordens simples vai matá-la, e eu não vou perdê-la como perdi aquele que veio antes!*

— *Estou bem!* — protesto. Minha temperatura abaixa a cada respiração, então vejo os pilares altos de mármores, esculpidos elegantemente. — *Não chamusquei. Nem cheguei perto daquele dia que...*

Eu me calo quando Tairn para e abaixa a cabeça, fazendo minha visão ficar desimpedida.

Andarna está diante dos degraus do templo de Dunne, ladeada por meia dúzia de sacerdotes do templo com espadas empunhadas que olham entre nós como se nem sequer soubessem a quem devem temer mais: o dragão imprudente ao seu lado, o dragão gigantesco adiante ou o Rabo-de-adaga-verde que rosna e se aproxima pela minha esquerda.

— *O que você está fazendo aqui?* — grito para Andarna, enfim me livrando do cinto. Preciso remover aquele esporão da perna de Tairn antes que Theophanie volte para cá.

— *O príncipe disse que deveríamos proteger o templo de Dunne!* — argumenta ela, balançando o rabo e derrubando uma tina de carvão em chamas que sibila quando se choca com o mármore molhado.

As brasas por pouco não atingem a estátua de seis metros da deusa, cuja aparência é quase idêntica àquela que vimos em Unnbriel.

— *Aaric disse isso para* mim — retruco, indo até o ombro de Tairn, mas ele não o abaixa. — *Não para você. E eu recusei a sugestão dele!*

— *Por que você está brava? Príncipes não fazem sugestões, e eu sou uma extensão de você.* — Andarna marcha à frente, abaixando a cabeça de forma ameaçadora. — *Eu não sou tudo o que você queria que eu fosse? Não sou tão poderosa e corajosa quanto ele? Não é isso o que eu deveria fazer? Afiar minhas garras nas escamas do inimigo?*

O vento sopra mais forte e algo no meu peito se parte ao meio.

— *Não estamos em um tempo propício para pirraças, Dourada* — rosna Tairn.

— *Eu não sou um filhote.* — As escamas de Andarna cintilam, mas permanecem pretas.

— *Então basta não agir como um!* — ele responde, arregaçando os dentes.

— O que aconteceu? — grita Rhiannon das costas de Feirge. — Poderíamos ter alcançado o inimigo!

E então morrido.

— Era Theophanie — respondo.

— E? — Rhi joga os braços para o alto.

— E eu não podia voar junto com você. Tairn está ferido — respondo.

Ela quer morrer, por acaso?

— *Me deixe descer para que eu possa arrancar essa coisa da sua perna. Ou eu vou pular* — falo para Tairn.

Tairn resmunga, mas abaixa o ombro e eu desmonto a alguns metros diante de Andarna.

— *Não preciso que você seja nada além de quem é* — digo, puxando os óculos de voo para o topo da cabeça e encarando os olhos dourados dela. — *É evidente que precisamos ter uma conversa quando não estivermos no meio do campo de batalha. Você sempre diz que me escolheu, mas eu fiquei diante de* você *naquele dia da Ceifa. E faria isso de novo.*

Ela bufa e nós duas vamos até a perna traseira de Tairn, de olho no céu.

Nunca vou entender o que acontece nesse cérebro de adolescente dela.

Meu estômago embrulha quando vejo a ferida. Puta merda, o esporão facilmente tem metade do meu tamanho e está cravado na coxa dele. Ele não vai conseguir decolar com isso de jeito nenhum, e mesmo se eu retirar a ferida ainda seria muito dolorida. O luar reflete no sangue que escorre pelas escamas dele. Como, em nome de Dunne, vou conseguir arrancar isso?

— *Eu sinto muito* — digo.

— *Parece pior do que é. Apenas a ponta está afundada.*

— *Você está sentindo muita dor?*

— *Mental ou fisicamente?* — grunhe ele.

— *Não estamos em um tempo propício para o seu sarcasmo.* — Fico nas pontas dos pés, mas não consigo alcançar o esporão.

— Onde ele se machucou? — pergunta Rhiannon, aproximando-se correndo. Felizmente ela parece não estar ferida.

— Aqui. — Aponto para a coxa de Tairn e ela arfa. — Você deveria voltar. Estamos vulneráveis aqui.

— Não vou sair daqui. Você não precisa sempre fazer as coisas sozinha. — Ela se afasta alguns passos e ergue os braços.

— Às vezes preciso sim — devolvo.

Ela balança a cabeça.

— Podemos dar um jeito nisso.

— Você vai mesmo... — começo, erguendo a sobrancelha quando ela fica tensa.

Um segundo depois, Tairn ruge e eu me encolho.

O esporão aparece diante de Rhiannon.

Fico boquiaberta enquanto ela o joga para longe, e o pedaço de garra enganchado tomba no chão.

— Como fez isso?

— Prática. — Rhiannon abre um sorriso e arrasta o dorso da mão na testa, limpando o suor. — Mas acho que essa foi a maior coisa que eu já extraí.

— Obrigada. — Eu a abraço rapidamente e olho para a ferida de Tairn. — *Não consigo enxergar direito no escuro. Precisamos levar você de volta ao Vale.*

A cabeça dele se vira em nossa direção, e Feirge se vira também.

— *Tarde demais para isso. Temos minutos.*

O som de asas batendo preenche o ar, e vejo os três wyvern se aproximando, e uma nuvem borrada que indica outros mais longe.

Rhiannon e eu nos encaramos por um segundo significativo, e então nós duas *corremos*. Ela se apressa na direção de Feirge e eu disparo para baixo de Tairn, correndo na direção da perna dianteira dele.

— *Voe de volta, agora!* — ordeno a Andarna.

— *Eles ficariam indefesos* — argumenta ela, e meu coração fraqueja quando saio de baixo de Tairn.

Dezenas de sacerdotes do templo de cabelos grisalhos e a alta-sacerdotisa esperam no topo da escada atrás de Andarna, a atenção focada no céu noturno.

— Entrem! — grito.

Certamente algum abrigo é melhor do que nenhum.

— Para acabarmos queimados lá dentro? — pergunta a alta-sacerdotisa, a voz sinistramente calma enquanto o som das asas aumenta.

Merda. Não tenho tempo para discutir e eu não posso abandoná-los. Andarna tem razão: se voarmos para longe, deixaremos o templo sem defesa e Tairn já está ferido.

Só que eu não preciso estar montada para usar meu poder.

— *Diga a Feirge para ir* — digo pela união, e então subo correndo os degraus molhados de chuva para ter uma posição estratégica melhor, segurando o conduíte. — *Eu falaria para você acompanhá-la, mas eu te conheço.*

— *Ainda assim, escolheu mencionar tal possibilidade* — responde Tairn. Como Andarna, ele se vira lentamente para encarar os wyvern que chegam e ergue a cauda no alto. — *Esteja avisada. Caso Theophanie apareça, escolherei sua vida e não as dos sacerdotes.*

Se Theophanie aparecer, estamos todos fodidos. Se qualquer venin relatar aos outros que conseguiram chegar perto assim dos portões de Aretia sem serem detidos pelas égides, eles deixarão de lado o território que ainda não drenaram de Krovla e virão direto para o nosso ninho.

Não podemos deixar nenhum wyvern escapar.

— Quer pelo menos considerar a possibilidade de se abrigar? — pergunto à alta-sacerdotisa quando chego ao topo da escada.

— Não. — O olhar dela me avalia por dois segundos e então se demora na metade prateada da minha trança. — Você faz como nós e usa tintura e sumo da flor de Manwasa no cabelo?

Eu ergo a sobrancelha. Ela sabe o perigo que estamos correndo? Essa não parece ser uma boa hora para a conversa.

— Ele simplesmente cresce assim.

— Verdade? — Ela franze a testa tatuada. — Você veio de muito longe para nos auxiliar. — A sacerdotisa tira uma espada curta da bainha do quadril. — Ou Dunne nos protege, ou encontramos Malek como os fiéis criados que somos.

— Dunne não vai aparecer e lutar — discuto, embora eu saiba que é inútil, e então fico ao lado dela. Tairn se afastou mais para a esquerda, dando visão clara dos três wyvern que se aproximam, enquanto Feirge fica pronta para voar à direita dos degraus.

— É óbvio que não — zomba a sacerdotisa, e o vento sopra mais forte. — Ela enviou você.

— Bem, ela nunca foi reverenciada por seu discernimento.

Acrescento os sacerdotes do templo à lista crescente de raciocínios que nunca compreenderei e abro as portas dos Arquivos na minha mente o suficiente para testá-lo. O poder enche minhas veias como água quente despejada sobre uma queimadura de sol, e inspiro devagar, aceitando a dor e definindo qual será meu novo limite.

— *Por que Feirge não decolou?* — pergunto.

— *A líder do esquadrão não vai abandonar você* — responde Andarna.

Droga. Ergo a mão direita...

— Não faça isso — diz uma voz familiar à esquerda.

Viro a cabeça naquela direção e o pavor prende meus pés ao chão do templo. Desembainho minhas duas adagas.

Theophanie.

Tairn vira a cabeça, o rosnado chacoalhando o que restou do carvão caído no chão, e os sacerdotes ofegam ao nosso redor.

— *Voem antes que ela drene vocês* — imploro a Tairn e Andarna, mas, como esperado, eles não se mexem.

— Se erguer a lâmina ou tentar usar seu poder, matarei todos vocês. Se vier comigo, permitirei que os outros fiquem vivos — diz Theophanie aos pés da escada, a túnica roxa escura contrastando com a palidez de sua pele. As veias vermelhas nas têmporas pulsam em sincronia com o bater do coração enquanto ela oferece um sorriso cansado que é ainda mais perturbador por sua satisfação exausta. Ela inclina a cabeça de lado. — Não vamos lutar, Violet. Toda essa violência não cansa você? Venha comigo. Eu darei a você o que mais deseja.

— Você não faz ideia do que eu quero. — Meu estômago revira e a alta-sacerdotisa dá um passo, ficando ao meu lado.

— Herege! Você não é bem-vinda aqui — grita ela, a voz rouca.

Herege? Meu olhar alterna entre as duas mulheres e minha mente dispara junto com o batimento cardíaco. A tatuagem desbotada na testa. Theophanie era uma *sacerdotisa* de Dunne. O cabelo prateado dela é igual ao dos sacerdotes em Unnbriel... igual ao meu...

Meu pensamento para quando a sacerdotisa de cabelos brancos ergue a espada na direção de Theophanie com um braço trêmulo.

Merda. O poder invade meu corpo em uma onda de fogo escaldante. Há pessoas demais ao meu redor para eu errar o alvo, e se ela começar a drenar perto assim...

— Talvez *eu* não seja bem-vinda — diz Theophanie, os pés firmes na grama —, mas eles são.

Mais dois venin, homens usando vestes vermelhas, caminham pela grama atrás dela, e Andarna pula por cima da cauda de Tairn, disparando uma onda de fogo na direção de Theophanie. O cheiro de cinzas e enxofre enche o ar, mas, quando Andarna pousa na base dos degraus à minha direita, Theophanie permanece intocada.

— *Por quê?* — grita Andarna.

— Maravilhoso — diz Theophanie, sorrindo. — Isso a fez se sentir melh... — O olhar de Theophanie se ergue para o céu atrás de mim e ela se afasta, arregalando os olhos. — Vamos! — grita ela para os dominadores das trevas que se aproximam, correndo na direção deles. — Agora!

Os três dão as mãos e aquele no centro dá um único passo e *desaparece.*

Igualzinho a Garrick.

— *Lá vem!* — ruge Tairn, e meu foco muda para o leste.

Não há tempo de imaginar o que pode ter assustado Theophanie tanto que a fez fugir. Os quatro wyvern que ainda se aproximam descem em formação de asa, um liderando enquanto os outros o seguem de perto. E estão vindo diretamente até o templo.

Ergo a mão outra vez. Juntar mais energia é como pegar com as mãos os carvões em brasa que Andarna espalhou, mas eles chegarão em menos de trinta segundos.

— *A qualquer momento agora, Prateada* — diz Andarna, seguindo para o lado de Tairn e à frente enquanto Feirge se abaixa, pronta para levar a luta para o céu.

Se a escuridão atrapalhar minha percepção de profundidade, se estão voando em maior velocidade do que minha estimativa, estamos prestes a nos ferrar. Sigo o wyvern líder e envio uma oração a Dunne. Então uso meu poder, soltando uma explosão de energia e mexendo o dedo para baixo. Não vou me segurar desta vez. Aprendi minha lição.

A magia toma conta de mim, pinicando minha pele em uma onda familiar, e o raio atinge o primeiro wyvern. Ele despenca do céu em uma bola de fogo, mas não podemos celebrar com três ainda...

Que porra é essa?

Não estão mais voando na nossa direção; estão *caindo*. Meu coração dispara loucamente enquanto despencam como projéteis. O chão estremece quando o wyvern à direita colide dezoito metros à frente, a inércia o enterrando no chão.

— *Prepare-se!* — grita Tairn, pulando naquele à esquerda. Dor dispara pela união quando ele derruba o inimigo de sua rota, e terra voa à esquerda do templo quando ele cai.

Deixando aquele que tem o tamanho de Feirge ainda em queda.

Ele bate no chão seis metros diante de Andarna, deslizando na nossa direção com a graça de um aríete. E parece que não vai parar.

— *Vá!* — ordena Tairn, e o medo agarra meu peito enquanto Andarna segura sua posição.

— *É grande demais para você!* — grito.

Feirge dá um único passo e balança a cabeça como uma clava para o lado de Andarna, tirando-a da trajetória do wyvern pouco antes que ele atinja o ponto onde ela estava minutos antes.

O wyvern desliza na nossa direção, os olhos cegos, os dentes expostos.

— Mexam-se! — Agarro o cotovelo da alta-sacerdotisa e *puxo*, arrastando-a para fora do caminho enquanto a carcaça vem na direção dos degraus de mármore.

Gritos soam enquanto os sacerdotes se esparramam, e os ombros do wyvern derrubam a parte de baixo dos degraus ao mesmo tempo em que a cabeça atinge o elaborado pilar central esculpido.

Merda.

A coluna explode com o impacto e pedaços de mármore voam. Jogando as mãos para o alto, empurro com o máximo de magia menor que consigo, mas não há como impedir os pedaços de pedra do tamanho de garras que caem em todas as direções, incluindo a nossa.

Só que então fazem exatamente isso... param.

Aquele a alguns metros do meu rosto fica suspenso no ar, as extremidades esculpidas como chamas suspensas por um único fio de sombras.

Xaden.

O alívio enfraquece meus joelhos e o que sobra do pilar destruído aos poucos é levado ao chão, caindo com um baque abafado. Ao nosso redor, sacerdotes saem do caminho enquanto os outros pedaços são abaixados lentamente.

Viro a cabeça para a direita, além dos pilares que restam e da alta-sacerdotisa, seguindo as sombras que recuam na direção do seu dominador.

Xaden sobe os únicos degraus intactos de dois em dois, abaixando a mão direita enquanto o sangue pinga da espada na mão esquerda. Não há traços de vermelho nos olhos, apenas a determinação e o medo que desaparece rapidamente enquanto ele me encara, procurando ferimentos.

Faço o mesmo com ele e meu coração dispara com o sangue que vejo escorrendo pela lateral do seu rosto.

— Não é meu — diz ele um segundo antes de me puxar contra o peito. Abaixo a testa, inspirando fundo para acalmar meu coração, e ele pressiona um beijo forte no topo da minha cabeça. — E sempre *é* você.

Não há motivo para discutir, dadas as circunstâncias.

— Como você chegou aqui tão rápido?

— *Você deixou que isso acontecesse com* ele? — grita Sgaeyl.

Eu me afasto dos braços de Xaden e encontro os olhos estreitos e os dentes afiados de Sgaeyl perturbadoramente perto.

— Eu sinto...

— *Ela não teve culpa* — argumenta Tairn.

Sgaeyl gira a cabeça na direção dele, e uma parede grossa de escudos imediatamente bloqueia nossa conexão. Lá vem a briga.

— Ela se recusou a ficar na posição quando sentiu o ferimento — explica Xaden, observando o templo. — E ainda bem, ou parece que estaríamos mortos. Estávamos quase chegando quando as égides voltaram.

As égides? Ergo as sobrancelhas. Isso explica a onda de magia, os wyvern despencando do céu. O medo de Theophanie.

— Mas como?

O som de um apito ressoa em minha cabeça, e Xaden e eu nos viramos, dando as costas para o templo.

À esquerda do cadáver do wyvern, atrás de Tairn e Sgaeyl, a escuridão se transforma. Escamas da cor da noite ondulam em um tom que não é bem preto ou roxo, destacando os dragões cujos chifres têm o mesmo padrão enrolado do chifre de Andarna.

— *Pareceu necessário que acionássemos a sua pedra de égides* — diz Leothan.

Perco a voz.

Os irids vieram.

Asher retornou hoje. Que os deuses nos ajudem se alguém descobrir. Não sei se algum dia o perdoarei pelo que ele fez com ela.

— DIÁRIO DA CAPITÃ LILITH SORRENGAIL

CAPÍTULO CINQUENTA E TRÊS

Se os irids acionaram a pedra de égides como a sétima espécie, então Aretia está *segura*. A maior parte de Tyrrendor está.

É surreal demais, fácil demais. Emoções que estão além da compreensão me tomam, mas o medo substitui todas quando Feirge gira o corpo para confrontar o irid, abaixando a cabeça e arreganhando os dentes.

— *Não!* — Andarna salta do lado de Tairn, pulando acima do wyvern para se colocar diante de Feirge. — *Ele é da minha linhagem!*

A Rabo-de-adaga-verde recua um único passo, mas deixa a cabeça perto do chão enquanto Rhiannon desmonta, pulando direto para o chão do templo.

Xaden fica tenso ao ver o irid, embora não haja sinal de vermelho em seus olhos.

— Você cuida disso, e veremos o que precisa ser feito... aqui.

Considerando o que aconteceu da última vez que ele encontrou um irid, é preciso concordar.

— Transmita minha gratidão a ele — diz Xaden baixinho enquanto Rhi corre na nossa direção.

— Eu transmitirei — prometo, encarando Rhi.

Ela balança a cabeça em cumprimento a Xaden e então, juntas, descemos as escadas.

— Nada de armas — digo a ela enquanto passamos entre Tairn e Sgaeyl. — Eles são pacifistas.

— Entendido — diz ela, mantendo o ritmo ao meu lado. — Então ele não deve pôr fogo na gente, certo? Eu me recuso a dizer a Feirge que ela estava certa. Ela nunca vai esquecer disso, mesmo se eu morrer.

E quero muito saber o que acabou de acontecer com aqueles dominadores das trevas.

— Eu te conto — respondo quando nos aproximamos de Leothan e Andarna. — Só esteja preparada para...

Rhi solta um guincho e tampa os ouvidos.

— Isso — termino, encolhendo-me.

Leothan olha para Rhi e volta as costas para o cadáver do wyvern com uma expressão que só pode ser chamada de desdém.

Andarna fica à minha esquerda quando alcançamos os irids, enchendo a união com uma mistura de apreensão e empolgação.

— *Eu esperaria um cumprimento mais cordial de uma verde* — Leothan diz para Rhi, e volta o olhar dourado para mim.

— Obrigada — digo de forma desajeitada, inclinando o pescoço para olhar para ele. — Você salvou todos nesta província.

— *Não fiz tal coisa por você* — diz ele, olhando para Andarna.

— Ai — sussurra Rhi.

— *Eu agradeço* — responde Andarna, de cabeça erguida.

— *Sua humana é tão perigosa quanto temíamos.* — Ele a observa com a cabeça inclinada e meu estômago fica embrulhado. Seja lá o que ele tenha visto, confirmou os motivos de terem rejeitado Andarna para começo de conversa.

— *Ela defende o povo dela* — devolve Andarna, as garras flexionando na grama encharcada de chuva. Pelo menos agora diminuiu para uma garoa. — *E o nosso.*

— *Assim como você.* — A voz de Leothan se suaviza. — *Desde que cheguei, tenho a observado.*

Sem ninguém saber. Tairn se ouriça, e minha garganta forma um nó.

— *E o que viu?* — A cauda de Andarna balança acima. — *Qual é seu julgamento das minhas ações?*

O tom cáustico com certeza não vai ajudar, nem o rugido que aumenta na garganta de Sgaeyl.

O irid estreita os olhos.

— *Seu comportamento é abominável e suas ações errôneas...*

— *Ela honra a nossa legião* — sibila Sgaeyl.

— *Assim como esperávamos que honrasse.* — Ele vira a cabeça para Sgaeyl, e Tairn volta a ficar em posição de ataque. — *Ainda assim, não das formas que nós mais valorizamos.*

Rhi dá um passo na minha direção.

— Nada disso é culpa dela — intervenho, e Leothan olha para mim. — Foi uma missão feita para fracassar quando a deixaram aqui para ser criada seguindo os caminhos do Empyriano.

— Você quer mesmo gritar com o dragão gigantesco e desconhecido? — sussurra Rhi.

— Quero — respondo, encarando o dragão nos olhos. — Não há *nada* de errado com ela. Jamais poderemos agradecer a você o suficiente pelo que fez esta noite ao ativar nossas égides, mas, se veio apenas para falar dos defeitos que acredita que ela tem, vai ver que o cumprimento de Feirge foi bem *mais cordial* que o meu.

Ele inclina a cabeça e me ignora, voltando-se para Andarna.

— *Seus motivos são nobres* — diz ele. — *Era o que eu estava prestes a dizer antes de ser interrompido pela azul.*

— *Sgaeyl* — corrige Andarna, o tom afiado um pouco mais suavizado que antes.

— *Sgaeyl* — repete ele, focando em Andarna. — *Somos separados por muitas gerações, mas compartilhamos a mesma linhagem. Diferente dos outros que conheceu, que são de uma linhagem mais distante, somos da mesma Casta, ou teríamos sido, se tivesse sido criada entre nós.*

Ele é parte da família de Andarna. Meu coração se aperta.

— *Sua humana pode ficar* — diz ele para Andarna. — *O restante não pode participar da conversa.*

Levanto as sobrancelhas.

— *Eu não as deixarei desprotegidas.* — As garras de Tairn flexionam ao lado de Rhi.

— *O fato de achar que precisam de proteção é o motivo de minhas palavras serem dedicadas apenas às duas.* — Leothan mantém o foco em Andarna. — *Só oferecerei uma vez.*

Andarna fica tensa e gira a cabeça na direção de Tairn e Sgaeyl.

— *Preciso ouvir o que ele tem a dizer.*

Sgaeyl se sobressalta, e Rhi cobre as orelhas.

Tairn rosna e eu tento alcançar a união, mas há um escudo mais forte que o dele nos bloqueando. Leothan.

É estranhamente semelhante aos efeitos do soro que usaram no nosso esquadrão durante a Aula de Sobrevivência de Cavaleiros. Todo o meu corpo se rebela com a desconexão, mas é por Andarna que devo ficar.

— *Começaremos quando eles partirem* — promete Leothan.

— Ele cortou nossa conexão com vocês — digo para Rhi e olho para Tairn. — Eu vou ficar bem.

Sgaeyl expõe os dentes e então gira de repente na direção do templo, na direção de Xaden.

— Tem certeza? — pergunta Rhi, franzindo a testa com preocupação.

— Absoluta. — Engulo o nó crescente em minha garganta. — Não vou ser o motivo para Andarna não escutar o que ele tem a dizer.

Rhi parece querer discutir por um momento, mas por fim assente.

— Não vamos ficar muito longe. — Ela segue Sgaeyl, e Tairn rosna em aviso para Leothan antes de partir.

A cauda de Andarna se enrola acima da minha cabeça.

— *Não apreciei o fato de que tenha sido julgada pela falha de terceiros* — afirma Leothan, abaixando a cabeça para encarar Andarna nos olhos. — *Até mesmo com relação ao dominador das trevas de quem você pareceu... gostar.*

A esperança cresce no meu peito, afastando os insultos que já eram esperados, e as escamas de Andarna ondulam em tons de preto.

— *Você deveria ter recebido a chance de aprender nossos costumes* — prossegue ele. — *De escolher nossos costumes.*

— *Você ficará para me ensinar?* — pergunta ela.

— *Você virá para casa comigo* — responde ele, sustentando o olhar de Andarna. — *Pode levar alguns anos, mas os outros aceitarão a decisão que tomei. Até lá, você terá aprendido o suficiente para conhecer sua verdade.*

Anos? Meu coração parece que entala na garganta.

— *Não podemos partir por anos.* — Tristeza envolve as palavras de Andarna.

— Você *pode* — retruca ele.

— *Sozinha?* — Ela fica paralisada.

Ah, deuses. Minha coluna fica tensa e um terror que nunca senti antes trava meus músculos. Ele quer nos separar.

— *Salvei os humanos com quem tanto se importa ao ativar as proteções* — afirma ele, como se estivesse finalizando uma lista dos impedimentos à partida de Andarna. — *Ela ficará em segurança de todos os perigos, exceto por aqueles representados por sua própria espécie sob a asa de seu mentor.*

— *Não posso deixar Violet!* — Andarna recua com a cabeça.

Meu coração dispara perigosamente rápido.

— *É o que é preciso fazer. Esse destino não foi feito para você, nem para nenhum de nossa linhagem. Veja o que aconteceu esta noite. Se eu não tivesse interferido, você não existiria mais.* — As escamas dele brilham com um tom perolado. — *Não há nada aqui para você além de guerra e sofrimento.*

E eu. E Tairn. E Sgaeyl. Preciso de todo o meu autocontrole para não gritar, para não arruinar esse momento para Andarna.

— *Eu fiz uma união.* — Andarna abaixa a cauda, fazendo-a enrolar ao meu redor. — *Nossas vidas, nossas mentes, a própria energia que nos forma é interligada.*

Certo. Isso. Exatamente. Eu me vejo concordando com a cabeça.

— *Então encerre essa conexão.* — Ele vira a cabeça, as escamas acima dos olhos franzindo em uma única linha. — *Uniões são apenas laços mágicos. Você é uma irid. Você é a magia. Dobre, molde, quebre-a da forma que achar melhor.*

Espere. O quê?

— *Não posso.* — A cauda de Andarna se enrola mais perto ainda.

O ar se torna escasso e minha cabeça fica em um turbilhão.

— *E mesmo assim já o fez.* — Ele olha para mim. — *Quem se uniu a você primeiro?*

Isso não pode ser real. Talvez eu esteja sonhando. Ou esteja no sonho de Xaden. Embora com certeza possa afirmar que isso é um pesadelo.

— Eles me escolheram no mesmo dia.

Leothan suspira com irritação e o vapor me envolve.

— *Quem falou com você primeiro?*

Tento me recordar, lembrando da Ceifa.

Afaste-se, Prateada. A voz de Tairn ruge na minha memória.

— Tairn — sussurro, virando-me para Andarna. Eu a observo por inteiro, do padrão de suas escamas, a inclinação do focinho, o ângulo de seus olhos, subindo até as curvas de seus chifres, que são idênticos aos dele. — Você não falou comigo até me dizer seu nome no campo de voo.

Ela pisca.

— *Está vendo?* — Leothan muda o foco para Andarna. — *Humanos têm a capacidade de se unir a um único dragão, mesmo assim você forjou uma segunda conexão quando não deveria haver uma. Apenas um irid pode fazer tal coisa. Seus instintos são excelentes, mas você precisa receber uma educação adequada. Rompa a conexão e venha comigo.*

Meu coração martela nos ouvidos.

— *Mas Violet...*

O tom de Andarna muda de negação para... Que Amari me proteja, estou ouvindo preocupação?

Empalideço quando finalmente compreendo. Ela quer ir. Claro que quer. Ele é a família dela. O único dragão de sua raça disposto a aceitá-la. Eu sou a única coisa que a prende aqui.

— *A outra união sustentará a força vital dela* — afirma Leothan, como se isso fosse tudo o que existe entre Andarna e eu. — *Se escolher voltar um dia, pode sempre reforjar a união.*

Quando ela não responde, Leothan abaixa a cabeça para o nível do meu olhar.

— *Ela está emocionalmente comprometida por conta da tenra idade. O que gostaria que ela fizesse?*

Andarna abaixa a cabeça.

— Eu...

Sinto o rosto esfriar, mas mantenho os olhos nela, memorizando cada detalhe para o caso de esta ser a última vez que a verei. A possibilidade é inimaginável – eu desenvolvi meu sinete por pura necessidade de ter *Andarna* comigo –, e mesmo assim parece que estamos correndo em direção a algum tipo de precipício.

— Eu te amo e quero que se sinta completa — digo para Andarna, e ela aos poucos me olha. — Quero que seja feliz, e que se sinta segura e possa prosperar. Quero que você viva. — Minha voz fraqueja. — Mesmo que não seja do meu lado.

— *Admirável* — diz Leothan. — *Compreendo sua escolha.*

Ânsia inunda a união, tão profunda que chega a fazer meu peito doer, e a dor arranca meu ar. Forço minha cabeça a assentir, sentindo tudo o que ela não pode dizer.

— *Não sei como...* — começa ela.

Um som de apito ensurdecedor ressoa na minha cabeça, e então só o silêncio permanece. Tento a união e encontro apenas uma parede... e mais nada.

Andarna vira a cabeça para Leothan.

Ele levanta voo sem avisar, seguindo alto no céu. As asas se abrem de uma vez e o vento atinge meu rosto enquanto ele ganha altitude. As escamas oscilam, ficando da cor do céu nublado noturno, e ele começa a desaparecer.

Andarna ruge para ele, e então seu olhar vaga loucamente, focando atrás de mim, depois, à direita, pousando em mim por um segundo. O olhar dispara como se ela quisesse dizer alguma coisa, e mentalmente eu me jogo contra a parede onde nossa união deveria estar.

Só que a união desapareceu.

Um instante depois, ela desaparece também.

Só resta o soprar do vento enquanto as escamas dela se misturam ao céu.

Um rugido faz meus ossos vibrarem e meus ouvidos retinem enquanto as extremidades da minha visão escurecem. Meu coração perde o ritmo e meus pulmões param de lutar. Não sinto o ar, e não existe um motivo para tentar encontrá-lo. Eu era infinita mas ancorada, e agora sou vazia, à deriva em águas vastas e incompreensíveis.

Meus joelhos cedem e eu vou ao chão.

— Violet! — grita alguém, e soam passos pesados e apressados até que ela se agache diante de mim, os olhos castanhos buscando os meus por uma resposta que não tenho. — Você está bem?

Nada. Não sou nada.

O céu escurece e a terra treme. Olho para aquele abismo preto e minha visão começa a diminuir, estreitando-se a um círculo. Não é o céu. Uma asa.

Olhos dourados sérios e questionadores aparecem diante de mim.

— *Respire!* — A voz profunda e grave enche minha cabeça, e uma força firme irrompe pelo caminho que nos conecta.

Tairn.

Ele existe, portanto eu também existo. Devo existir, porque estamos unidos. Nunca sozinhos. Sempre conectados.

Eu ofego e o ar entra. Meu coração bate em um ritmo errático e doloroso, mas as extremidades da minha vista clareiam.

— *Ela nos deixou. Ela nos deixou. Ela nos deixou.*

Só consigo pensar nisso.

— *Nós permanecemos* — ordena Tairn, como se eu não tivesse escolha.

— O que aconteceu? — Alguém se ajoelha ao meu lado e eu vagueio com o olhar, encontrando ônix com salpicos cor de âmbar. Não é uma pessoa qualquer. É Xaden. — *Violet?*

Medo e preocupação percorrem a união que nos conecta, e a conexão ancora as batidas do meu coração.

Eu existo por Tairn, mas vivo por Xaden.

— Não sei — responde Rhiannon, e eu a vejo me observando com uma preocupação tão aguda que me faz querer tranquilizá-la de imediato.

Rhi ainda está aqui. Assim como Mira, Brennan, Ridoc, Sawyer, Dain, Jesinia, Imogen, Aaric... todos estão aqui, menos *ela.*

— *Como ela pôde fazer isso?* — ruge Sgaeyl, a fúria tornando as palavras afiadas como adagas.

— Ela foi embora — sussurro para Rhi, e então cedo sob o peso da verdade insuportável. Xaden me segura, puxando meu ombro contra seu peito e franzindo a sobrancelha quando nossos olhares se encontram. — Andarna se foi.

Nenhum cavaleiro já sobreviveu à perda de seu dragão. Não consigo imaginar querer sobreviver.

— O guia das espécies de dragões, por coronel Kaori

CAPÍTULO CINQUENTA E QUATRO

Andarna se foi.

Não saio do quarto pelos três dias seguintes. Mal saio da cama.

Andarna se foi.

Mas nunca estou sozinha.

Brennan lê, sentado em uma cadeira ao lado da cama pelas manhãs, enquanto eu acordo e adormeço intermitentemente. Meus colegas de esquadrão assumem à tarde, mas as vozes mal penetram a névoa da exaustão. Eles são uma fonte inesgotável de companhia que não sabe o que dizer, e por mim tudo bem, porque não tenho forças para responder. Xaden me abraça à noite, enrolando os braços e sua mente ao meu redor.

Andarna se foi.

Tairn deixa nossa união escancarada, me dando acesso livre a ele de uma forma que nunca tive antes. Ele sempre esteve comigo, mas agora eu também estou junto dele. Ouço o lado dele das conversas quando conta aos anciões sobre a partida de Andarna. Eu o ouço discutir com Sgaeyl sobre o que ele chama de *supervisão excessiva* e me interesso pelo sermão que ele dá em Xaden sobre garantir que eu esteja me alimentando direito.

Isso não é tudo o que ouço. Durante os primeiros dois dias, toda vez que a porta se abre, ouço um som de celebração, vozes alegres e risos que são abafados assim que alguém entra.

É claro que estão felizes. Aretia está segura. O que queríamos tão desesperadamente por alguns meses deu certo. Não os culpo por celebrar, só não posso me juntar a eles. Para isso, seria necessário sentir alguma coisa, qualquer coisa que seja.

Eu durmo, mas não sonho.

Andarna se foi.

A atmosfera muda no terceiro dia, mas não pergunto sobre a tensão no silêncio dos meus colegas de esquadrão. Não porque não me importo, mas sim porque preciso de todas as minhas forças para fazer o que deveria ser o ato natural da respiração.

Ela vai voltar, não vai? Ela precisa voltar. Ela não morreu. Leothan vai garantir que ela chegue ao outro lado do oceano. E se ela voltar e me encontrar assim, encolhida, eu não serei digna da sua relíquia. Se isso é uma Armadilha emocional, estou fracassando, e não há corda para segurar e impedir minha queda dessa vez.

Na quarta manhã, acordo quando o colchão afunda ao meu lado.

— Não voei a noite toda para ficar olhando você dormir. Acorda logo.

A voz dela me desperta de uma forma que nada mais conseguiu até agora. Eu me viro no colchão e vejo Mira me encarando do lado em que Xaden costuma dormir na cama, as pernas esticadas por cima dos cobertores, os pés com meias cruzados na altura do tornozelo. Olheiras escuras estão sob seus olhos enquanto ela observa os meus, mas não vejo nenhum ferimento novo, felizmente.

— Não quero. — A falta de uso deixa minha voz rouca.

— Saquei. — Ela observa meus olhos com as sobrancelhas franzidas, e alisa meu cabelo para longe da testa. — Mas precisa. Você pode chorar, gritar ou até quebrar tudo se quiser, mas não pode ficar vivendo aí nessa cama.

— Eu era inteira e agora não sou. — Meus olhos ardem, mas não choro. Parei há dias. — Ela se foi de verdade.

— Sinto muito. — A expressão de Mira se enche de empatia. — Mas não o suficiente para perder você para o luto. Você precisa começar a reagir. — Ela torce o nariz. — E aí depois vai tomar um banho.

Alguém bate na porta e meu foco muda para lá.

— Como foi que você entrou aqui?

— Riorson me colocou para dentro. — As mãos dela deslizam da minha cabeça quando a porta se abre. *Claro que ele deixou.* — Ela está acordada — diz Mira por sobre o ombro.

Xaden olha para dentro, a preocupação estampada nas linhas da testa até que ele me veja.

— Olha só quem acordou. — Um cantinho da boca se ergue.

— Não foi por vontade própria — admito.

Ele arregala os olhos, e percebo que é a primeira vez que falo com ele em dias.

Merda. Preciso me recompor.

— Como você substituiu o poder que perdeu? — pergunta Mira rapidamente.

Volto meu olhar para o dela.

— Eu… não fiz isso. Do que você está falando?

— Se ela está acordada, me deixe entrar — diz Brennan atrás de Xaden no corredor. — Elas são *minhas* irmãs!

— Eu posso matar ele se você preferir — oferece Xaden, erguendo a sobrancelha com a cicatriz.

— E dar a ele outra oportunidade de forjar a própria morte? — Mira zomba.

— Ele pode entrar — digo.

Usando as duas mãos, eu me obrigo a sentar na cama. Estive usando a camisa de treino de Xaden e calças de pijama enroladas que praticamente estão grudadas na minha pele.

Xaden puxa Brennan pela porta e meu irmão imediatamente franze a testa para Mira.

— O que você acha que está fazendo? — questiona Brennan, fechando a porta atrás de si.

Xaden se recosta contra as estantes e me encara como se eu pudesse fugir a qualquer segundo ou pior: desaparecer outra vez sob as cobertas.

— *Oi.*

— *Oi.* — Nem tenho forças para sorrir, mas observo cada detalhe dele.

Mira semicerra os olhos para Brennan.

— Você me mandou uma carta dizendo que a nossa irmã estava prestes a ficar catatônica, então eu vim pra cá. O que você acha que eu estou fazendo?

— Eu queria que você tirasse Violet da cama. — Brennan gesticula para mim. — Não que decidisse só ficar aí com ela.

— Faz só meia hora que eu cheguei e ela já está falando, então acho que minha metodologia é bem boa. — Mira dá a ele um olhar que me lembra a minha mãe. — O que foi que *você* fez?

Minha mãe com certeza ficaria horrorizada pela minha incapacidade de funcionar como ser humano.

— Sentei naquela cadeira — ele aponta para a poltrona ao lado da cama —, descobrindo como abrigar e alimentar as milhares de pessoas que nesse momento estão escalando o Desfiladeiro de Medaro, enquanto fiscalizo um aumento gigantesco na produção da forja, além de passar as noites regenerando cada cavaleiro que veio para cá voando do fronte.

— Você não precisa *me* falar sobre o fronte. — Mira bate no peito. — Erguer as égides deve ter deixado eles furiosos, porque estão acabando com a gente por lá e só conseguimos recuar. Consigo ver Draithus direto da primeira fileira.

— *Você abriu mesmo a fronteira.* — Meus olhos se arregalam para Xaden enquanto meus irmãos batem boca ao fundo.

Ele assente uma vez.

— *É o que meu pai gostaria que eu fizesse.*

Só que Fen não fez isso. Xaden fez. E eu estive perdida demais em minha tristeza para sequer saber disso, muito menos apoiá-lo em um ato que é pura traição. Minha expressão entristece.

— *Seja lá no que estiver pensando, pare* — diz Xaden, inclinando a cabeça.

— *Eu deixei que você cuidasse disso sozinho.*

Lewellen ficaria muito decepcionado comigo. Eu estou muito decepcionada *comigo*.

— *Você estava respirando. Isso é suficiente para mim.* — O alívio no olhar dele é palpável, e de alguma forma me faz sentir pior.

Eu deveria ser mais forte que isso. O que mais eu perdi?

— Ela perdeu um *dragão!* — grita Mira. — Não um namorado. Não é um término. — Ela olha para Xaden. — Sem ofensas.

O vazio ameaça tomar conta de mim outra vez, mas Tairn inunda a união com insolência e indignação.

— *Foque no agora, e* nele *se for preciso.*

Eu ainda tenho os dois: Tairn e Xaden.

— Não me ofendi. — Xaden cruza os braços, mas não desvia o olhar. — Passamos do estágio do término.

— Enfim — diz Mira para Brennan —, o déficit de poder deve estar em um nível alarmante, ainda mais o impacto emocional de interromper uma união.

— Parem de falar de mim como se eu não estivesse aqui — sussurro.

— Eu não falei que ela precisava se recuperar de imediato — retruca Brennan.

— Chega!

Meu grito faz o quarto emudecer. Preciso sair desta cama, nem que seja para fugir da discussão deles.

Brennan relaxa o corpo inteiro.

— Graças aos deuses. Você fala.

— Eu avisei que ela estava falando! — Mira joga as mãos para o alto.

— Não é à toa que o papai decidiu passar tanto tempo nos Arquivos — murmuro, e então afasto as cobertas.

Primeiro passo: sair da cama. Segundo passo: tomar um banho para arrancar da pele os meus quatro dias de tristeza.

— E agora está contando piadas? — Brennan fica boquiaberto.

— Ela gosta mais de mim do que de você. — Mira tira uma folhinha de grama do uniforme.

— Não é nada engraçado. — Meus pés tocam o chão. — Vocês dois *precisam* parar de brigar. Resolvam isso, porque, tirando Niara, só sobramos nós.

Eu me levanto devagar.

Xaden se mexe e eu balanço a cabeça para ele.

— *Preciso de um momento.* — Vou para o banheiro, lembrando-me de respirar. A discussão fica abafada quando fecho a porta e desaparece quando começo o banho depois de me aliviar. — *O momento acabou.*

Xaden passa pela porta em segundos e a fecha rapidamente atrás de si, cortando as vozes ruidosas de Brennan e Mira.

— Ainda estão discutindo? — Eu me sento na beirada da banheira e estendo a mão para testar a água.

— São seus irmãos — ele responde, arregaçando as mangas do uniforme ao vir na minha direção. — Deixa que eu faço isso. — Ele mergulha as mãos na banheira e ajusta a alavanca que traz a água do aqueduto. — Posso ajudar?

Aceno com a cabeça.

Ele tira minhas roupas e eu entro na banheira. A água morna inunda meu corpo e eu me recosto, começando a desfazer minha trança. Ajoelhado ao meu lado, Xaden ensaboa um paninho e começa a me lavar, começando pelos pés.

— Você tem mais o que fazer — digo baixinho, observando os olhos dele enquanto as mãos se movem com uma leveza que chocaria a todos, exceto a mim.

— Todo o resto pode esperar. — Ele ensaboa meu joelho.

Só que não pode. Não se ele abriu a fronteira contra o decreto do Senarium, embora eu o ame mais por fazer isso. Não importa que todo o resto pareça impossível; o mundo ainda gira além dessas portas. E eu preciso acompanhar.

Estou acostumada com a dor, e a perda de Andarna é a mais profunda que já tive que mascarar para sobreviver. Porém, não tenho que fingir com Xaden.

— Perdi três dias de instrução de runas — sussurro quando estou quase limpa.

Melhor começar com tarefas pequenas quando se trata do que falta na minha vida. Além disso, é uma das únicas áreas da minha vida na qual nunca permiti que ele ajudasse.

— Odeio dar más notícias, amor, mas três dias não iam fazer muita diferença na matéria. — Os lábios dele tremem, e ele passa o paninho pelo meu braço.

— Você pode me ajudar? — As palavras são mais fáceis do que pensei que seriam.

Ele me encara.

— Me peça com educação.

Os cantos da minha boca levantam quando lembro da última vez que ele fez a mesma exigência e acabou me beijando contra o muro.

— Você pode me ajudar, por favor?

— Sempre. — Ele termina de ensaboar minha mão. — Posso lavar seu cabelo?

— Por favor. — Mergulho a cabeça na água e Xaden fica atrás de mim. Então me endireito de novo e busco as palavras certas. O prazer simples das mãos dele massageando o meu cabelo com sabão me faz ter uma faísca de esperança de que talvez eu consiga sentir algo positivo outra vez. — Acho que sei por que os cavaleiros morrem quando os dragões morrem.

Os dedos dele param antes que ele prossiga.

— Por quê?

— Não é só o déficit de poder — digo, juntando água nas mãos e a deixando fluir entre os dedos. — Naquele instante eu não sabia quem eu era, onde era meu lugar ou por que eu deveria me dar ao trabalho de respirar. Se Tairn não tivesse me ancorado, acho que eu teria partido por livre e espontânea vontade. Ainda não consigo compreender a imensidão da ausência dela. Não sei se vou conseguir compreender algum dia. Não consigo superar isso.

— Você não precisa superar nada agora. — Ele vem para o lado e se senta na beirada da banheira.

— Preciso, sim. Tenho certeza de que acabei de ouvir meus irmãos dizerem que a fileira oeste está em frangalhos e tem milhares de refugiados vindo para a sua província. — Inclino a cabeça. — Mais alguma coisa aconteceu?

— Sim — responde ele sem hesitar. — Mas nenhum cavaleiro sobreviveu ao que você acabou de sobreviver...

— Exceto Jack Barlowe — interrompo.

— Que ótimo que seu senso de humor está intacto. — Xaden ergue a sobrancelha com a cicatriz. — Ninguém espera que você esteja totalmente funcional.

— Eu espero.

Se eu me mantiver ocupada, vou conseguir me impedir de voltar para a cama. Eu me apoio em Tairn e tento ignorar o buraco crescente onde Andarna deveria estar.

— Então, tenho uma pergunta. — Xaden segura a lateral da banheira e observa meus olhos. — Você precisa que eu cuide de você ou que eu te dê uma bronca? Sou totalmente capaz e estou disposto a fazer as duas coisas.

— Eu sei.

Pressiono os lábios em uma linha fina. Quero que ele cuide de mim, mas preciso que também me dê uma bronca, e a necessidade ganha do querer todas as vezes. Afundo na água e esfrego o sabão do cabelo, permanecendo em absoluto silêncio por um momento mais que o necessário para enxaguar tudo. Quando volto à superfície, Xaden está inclinado à frente como se estivesse a um segundo de se enfiar na banheira para me puxar. Meu corpo se lembra de respirar sozinho.

— Pode pegar um uniforme no armário? — peço. — Preciso me vestir.

Ele assente e pressiona um beijo na minha testa molhada.

— Já volto.

Quando ele retorna, estou secando cabelo e corpo enquanto a água é drenada da banheira.

Relutância estampa seu rosto quando ele me entrega a muda de roupa.

— Vou voltar para o quarto para garantir que eles não vão se matar. Quem é Niara?

Levanto as sobrancelhas.

— Minha avó.

— Parece que ela é um assunto sensível. — Ele faz uma careta e vai para o quarto.

Eu me visto rapidamente, deixando o cabelo molhado e solto quando saio pela porta do banheiro e volto para o quarto.

Mira e Brennan estão a um passo de pegar em armas e ignoram por completo minha chegada. Sombras se enrolam aos pés de Xaden enquanto ele se inclina sobre nossa mesa, de braços cruzados, estreitando os olhos na direção dos meus irmãos.

— Ela odiava a nossa mãe. — Brennan balança a cabeça. — Não acredito que você foi fazer uma visita.

— Violet tem os livros de papai. Você tem Aretia — sibila Mira. — Eu fui encontrar a única outra pessoa viva da nossa família porque tudo o que tenho são uns diários da mamãe e tem *meses inteiros* faltando, Brennan.

— *Ele reconheceu o bracelete como sendo da sua avó, e a coisa ficou mais complicada* — explica Xaden.

— Então a mamãe não anotou nada nos diários por alguns meses. E daí? — Ele dá de ombros. — Você perguntou a Violet se ela tem…

— Os meses que faltam estão no meio do diário — devolve ela. — E são do verão em que nossos pais nos deixaram com a Vovó Niara. Mamãe não escreveu nada neles de propósito.

Espere. Eu também li esse diário.

— Isso não significa que… — começa Brennan.

— Eu tinha oito anos — interrompe Mira. — E erámos só nós dois, lembra disso? Violet era pequena demais para ficar com a gente. Quando eles voltaram, vovó parou de falar com eles.

— *Quer que eu descubra…* — Xaden ergue a sobrancelha e olha na minha direção.

— *Não.* — Lanço a ele um olhar em aviso.

— Isso não quer dizer que eles arrastaram Violet para o templo de Dunne para fazer uma oferta. — Brennan balança a cabeça, enojado. — Isso é ilegal desde os anos duzentos.

Ofertaram. A gravidade despenca e meu equilíbrio se transforma, como se a pedra sob meus pés de repente virasse areia.

É bom que não tenhamos completado sua oferta. As palavras da alta-sacerdotisa de Unnbriel soam na minha cabeça, assim como a lembrança do cabelo prateado, assim como o de Theophanie, assim como o meu.

— *Violet?* — Uma fita de sombras se enrola nos meus quadris, equilibrando-me pelo segundo que Xaden leva para me alcançar e me segurar.

— Então eles foram até Poromiel para fazer isso! — grita Mira. — Você *vai* acreditar em mim, Brennan, porque isso aconteceu! Por isso a vovó se recusou a falar com eles. A sacerdotisa começou o processo e então disse aos nossos pais que só aceitavam crianças cujo futuro fosse certo, e Violet ainda tinha caminhos a escolher…

— Desde quando você acredita nas baboseiras que os oráculos dizem só porque tomaram alguma droga e alucinaram? — Brennan joga as mãos para cima, revelando a cicatriz em formato de runa na palma da mão. — Ou nos resmungos da vovó?

Me diga, foi você que escolheu esse caminho? Foi isso que a sacerdotisa me perguntou.

— … e um desses caminhos… — Mira o interrompe, balançando a cabeça. — Eles se recusaram a aceitar Violet. E passei meses pedindo os registros do templo, mas é claro que nenhum deles listaria uma criança, muito menos uma *Sorrengail.*

Minha mente fica em um turbilhão, juntando os pedaços de uma imagem que não quero ver, mas da qual, de alguma forma, faço parte.

Brennan olha na minha direção e empalidece.

— Mira…

— A sacerdotisa falou toda misteriosa, mas basicamente disse que, se Violet escolheu mal seu destino, ainda pode receber instruções deles, mas ela iria se transformar em… — Mira prossegue.

— Mira! — Brennan gesticula na minha direção.

O olhar assustado de Mira se volta para mim e ela se encolhe.

— Violet — sussurra ela, balançando a cabeça. — Eu não quis que você… desculpe.

— Me transformar em quê? — exijo. Só penso em uma *transformação.*

Ela olha para Xaden.

— Quer nos dar um instante?

— *Fique.* — Eu me apoio nele enquanto minha mente continua rodopiando.

— Não — responde ele.

— Me transformar em venin? — eu adivinho.

Mira espreme os lábios em uma linha fina.

— Você não conseguiria encontrar nenhum registro nos nossos templos — digo lentamente, um peso se alojando no meu peito.

— Porque eles nunca tentaram ofertar você — Brennan me garante, olhando feio para nossa irmã.

— Tentaram, sim. — Assinto devagar. — Só não foi aqui. Devem ter me levado para Unnbriel. Isso explica por que você acha que meu cabelo cresceu assim, e as coisas sem sentido que a sacerdotisa me disse no dia em que cortou meu braço.

— Não. — Brennan coloca as mãos nos quadris. — Papai achava que você era perfeita, e ele disse que os pais *costumavam* dedicar seus bebês ao serviço de uma divindade específica quando pensavam que o toque de um deus ajudaria essa criança a… — Ele se cala rapidamente.

Meu estômago fica embrulhado.

— Eles tentaram me *consertar* me ofertando para Dunne?

— De jeito nenhum. Mamãe nunca foi de gostar do templo — argumenta Brennan. — E você nunca precisou de conserto.

Não sei se algum dia eu o perdoarei pelo que ele fez com ela.

Ah, deuses. Eles nunca tinham visto dragões até nosso esquadrão aparecer.

— Mamãe não me levou. — Os olhos ardem com a traição inesperada. — Foi só o papai. — Uma risada horrorizada escapa da minha garganta. — Foi por isso que ele contou a você essa parte da história,

Brennan. Para o caso de você precisar juntar os detalhes. Por isso ele me *enviou* para lá com aqueles livros. — Então, eu me viro para Mira. — Acho que nenhum de nós conhecia nossos pais de verdade. — Pisco, atordoada. — Foi por isso que você esteve tão distante nos últimos tempos? Por que você me olha como se eu tivesse criado um par de chifres? Porque acha que vou me transformar a qualquer instante?

— Não. Sim. Talvez. Não sei. — Ela vem na minha direção, mas Brennan bloqueia o caminho.

— O que ela disse? — Brennan pergunta para Mira. — Quais foram as exatas palavras da sacerdotisa?

Mira vira o bracelete, e então me encara.

— Ela disse que o coração que bate por você, ou dentro de você, faria a coisa errada pelo motivo certo, procuraria um poder inconcebível e se voltaria para as trevas.

Abro a boca.

— *Dentro* dela ou *por* ela? — pergunta Brennan.

— Não é a mesma coisa? — diz Mira. — Violet corre risco de se transformar, e com um poder como o dela...

— Pare — diz Xaden, e minha cabeça se volta para ele. — Não é Violet. Sou eu.

— *Não!* — grito pela união, o medo me agarrando com tanta força que minha cabeça gira atordoada.

— Meu coração bate por ela — ele diz a Mira sem hesitar. — Eu procurei poder inconcebível. Eu me transformei. A sacerdotisa falou a seu pai sobre mim, e não sobre Violet. Eu sou o dominador das trevas. Pare de tratá-la como se ela fosse um risco. Eu já sou o problema.

Ah, *merda.*

Mira estreita os olhos para ele, e então para mim.

— Ele não está falando sério.

— Ele está — confesso, a voz mal passando de um sussurro. — Ele é o motivo de termos sobrevivido em Basgiath.

— Desde *dezembro*? — Ela arregala os olhos enquanto desembainha a adaga da coxa.

— Não! — Eu pulo para ficar na frente de Xaden. — Ele está estabilizado.

— Ele é venin! — Mira ergue a lâmina.

— Não me dou muito bem com adagas sendo erguidas contra Violet. — Xaden me puxa para ficar ao lado dele.

— Como se *eu* fosse a perigosa? — Ela vira a adaga, preparando-se para lançar, e o poder corre dentro de mim. — Brennan, você...

— Não — diz meu irmão baixinho.

Mira hesita e se vira ao ouvir o tom da voz dele, a compreensão tomando conta de seu rosto.

— Você sabia? — O olhar de Mira passa de Brennan para Xaden e para mim, a mágoa misturando-se em uma combinação letal. — Ele vai te matar — diz ela para mim, finalmente. — É o que eles fazem.

— Ele não vai. — Despejo toda a minha certeza e confiança nas palavras.

— Não vou — jura Xaden. — E sim, estou estável, mas só conseguimos desacelerar a progressão.

Mira para de respirar e o olhar endurece para mim.

— Você escondeu isso de mim.

— Você também escondeu coisas de mim. — Minhas unhas afundam nas palmas. — Coisas sobre mim que eu merecia saber.

— *Ela não tem intenção de contar a ninguém sobre o que eu sou* — diz Xaden.

Ele passou pelos escudos dela?

— Você ensinou ela direitinho. — Ela lança um olhar feio para nosso irmão e embainha a adaga enquanto se afasta. — Boa sorte mantendo ela viva.

A porta bate quando ela sai.

Como nossa maior província, Tyrrendor fornece os maiores alistamentos para nosso exército. No entanto, a força de Navarre não é encontrada apenas nos soldados týrricos, mas também no recurso mais valioso da província: talládio. Perdê-lo significaria a queda de Navarre.

— Sobre a história Týrrica, um relato completo, terceira edição, por capitão Fitzgibbons

CAPÍTULO CINQUENTA E CINCO

Dois dias se passam sem que Mira conte o segredo a alguém, e começo a acreditar que Xaden estava certo, embora ela não esteja falando comigo.

Navarre está a um passo de declarar guerra contra Tyrrendor por desafiar o Senarium. Halden está com as tropas posicionadas pela fronteira de Calldyr, apenas esperando que o pai dê as ordens, o que levou Xaden a cortar os carregamentos de talládio até que o rei Tauri confirme que a aliança deles permanece sem o Acordo Provincial e a legião aretiana esteja segura em Basgiath, praticamente parando a forja do instituto militar. A única coisa positiva é que me encontro de volta com meu esquadrão durante o dia e na cama de Xaden à noite.

Acontece que Panchek não está nem aí com onde estamos dormindo. Quinn passa todas as noites com a namorada também, já que por acaso Jax foi designada a trabalhar aqui.

A melhor parte das aulas da professora Trissa sobre runas, que duram o dia inteiro, é estar do lado de fora, no vale. O buraco gigantesco no meu coração parece um pouco menor quando estou perto de Tairn. A parte ruim? Estou pior do que antes nas runas. Mais de uma dúzia de discos de prática foi descartada no chão na minha frente enquanto me sento com as pernas cruzadas no círculo que nosso esquadrão formou, e esses são apenas meus erros desde o almoço.

Alguns meses atrás, eu mal conseguia me safar usando os fios delicados da magia do poder de Andarna, mas os de Tairn são teimosos e difíceis de separar. Não é de se admirar que meu sinete seja basicamente tudo ou nada. Tairn não faz nada pela metade, e o poder dele também não.

— Foi Teine que vi decolando antes do intervalo? — pergunta Rhi, colocando uma runa de destrancamento bagunçada mas indubitavelmente eficiente diante de si enquanto a professora Trissa caminha pelo lado oposto do círculo, inspecionando o trabalho de Neve e Bragen.

Assinto e pressiono o trapezoide torto ao contrário com os quatro nós irregularmente espaçados e sobrejacentes ovais, que consegui fazer parecerem um ovo, em um disco de prática, temperando a runa. A madeira sibila e a forma aparece, queimando no disco.

— Eles só deram a Mira setenta e duas horas de licença, o que, ao que parece, é mais do que podiam dar. — Franzo a testa ao observar a runa.

Todos os dias, a fileira recua para mais perto de Draithus, e a atmosfera aqui parece com o ar antes de uma tempestade, carregado de violência inevitável.

— Sinto muito por vocês duas não terem tido mais tempo — diz Rhi com o que estou começando a chamar de sorriso *cuidadoso*. É meio empatia, meio encorajamento e cem por cento por-favor-não-fique-catatônica-de-novo.

Essa se tornou uma expressão característica do nosso esquadrão desde que apareci na aula anteontem.

— Pelo menos você viu sua irmã — diz Cat da ponta leste do nosso círculo ao lado de Maren, moldando uma runa invisível no ar com as duas mãos. — Faz meses que não vejo Syrena.

Ela não se dá ao trabalho de fazer o sorriso cuidadoso, o que estranhamente eu aprecio.

— Sinto muito — falo, sincera. Cordyn está praticamente bloqueada. A única forma de entrar sem passar por território venin é pelo mar.

— Eu diria que está tudo bem, mas nós duas sabemos que não está. — Ela coloca uma runa de destrancamento perfeitamente moldada diante de si. — E isso que você tentou fazer também não está bom não, porque não vai destrancar… nada.

— Seja legal. — Maren olha feio para Cat.

— Que bom que sou boa em outras coisas. — Abro para ela um sorriso de vá-se-ferrar.

Ridoc dá risada à esquerda de Rhi, e, antes que eu possa informar a ele que não estava fazendo nenhuma piada suja, Sawyer o acotovela.

A professora Trissa passa pela fileira de calouros e eu me preparo para o inevitável suspiro de decepção que ela dará quando chegar em mim. Ela esteve mal-humorada desde que passou grande parte da tarde de ontem com Mira, repassando quais runas funcionaram e quais não na nossa missão fracassada. Até agora, o único consenso é que certos materiais conseguem carregar magia para além do Continente e outros não.

— Está melhor que a última. — Rhi indica minha runa e aumenta o sorriso cuidadoso.

— Não está. — Meu coração salta quando o contorno de asas lança sombras no lado sul do vale, e então mergulha quando o Rabo-de-clava-laranja pousa a oeste, perto de onde Tairn está tomando sol. — *Em algum momento vou parar de procurar por ela, não é?*

— *Talvez* — responde Tairn.

Que reconfortante.

— Aqui, deixa que eu te ajudo. — Quinn se aproxima à minha direita.

— Eu tentei. Ela não quer ajuda — observa Imogen, terminando outra runa perfeita.

— Talvez ela não queira *sua* ajuda— diz Quinn, o tom doce demais.

É verdade.

— Estranho, considerando que sou a melhor aqui — responde Imogen, no mesmo tom adocicado de Quinn.

Ela, Cat, Quinn e Sloane são as melhores do nosso grupo, com Baylor e Maren vindo logo atrás. Bodhi está quase acompanhando Cat, mas ele perdeu as tardes nos últimos dois dias, não que eu possa julgar. E tenho que admitir, é engraçado ver uma área na qual Dain também não seja o melhor da classe.

— O que pode ser o problema. — Quinn me encara. — É difícil aceitar conselho de alguém que está fazendo há tanto tempo que já virou uma habilidade natural.

— É mesmo — concordo. Marcados estudam runas há anos. Quando chegam à Divisão, já conhecem os padrões; só precisam da magia. — Eu adoraria sua opinião.

Quinn prende seus cachos loiros atrás da orelha e pega meu disco.

— Não me lembro de você ter *tanta* dificuldade assim antes. O que mudou?

— Eu sempre usei o poder de Andarna — confesso baixinho. — Tairn é forte e rompe os fios delicados.

— Entendi. Não é como se Melgren estivesse por aí temperando runas com o poder de Codagh. — Ela descarta o disco. — Talvez você precise fazer de um jeito mais bruto. Quebre mesmo os ângulos em vez de dobrá-los. Não faça com que a runa seja convencida a ter a forma que você quer, tente uma abordagem mais assertiva. Agressiva, até. Quebre as extremidades com força, puxe com força quando der nós. — Ela faz mímica.

— Com mais força. Com mais intensidade. Posso fazer isso. — Assinto e entro nos Arquivos para arrancar um fio do poder de Tairn.

— Tenho certeza que você consegue, considerando com quem está dormindo — provoca Ridoc.

Reviro os olhos e faço o que Quinn sugeriu, forçando o poder a moldar e amarrando os nós com um puxão que é praticamente violento. Quando tempero a runa no disco, não está perfeita, mas ao menos não está pior.

— Obrigada.

— Imagina. — Ela sorri e volta para perto de Imogen. — Eles vão ficar muito perdidos quando formos embora em julho.

— *Vão* ou já estão? — zomba Imogen.

Quando a professora Trissa chega ao nosso lado do círculo, ela dá a Imogen um aceno de aprovação, e então repete o gesto com Quinn, antes de parar diante do meu disco.

— Em uma emergência, vai servir.

É o maior elogio que ela me fez nesta viagem.

Uma hora depois, Felix se aproxima do campo, a jaqueta de voo pendurada no braço.

Meu estômago faz um nó. Usar fios do poder de Tairn é uma coisa, mas dominar parece outra.

— Vamos — diz ele, gesticulando para o campo. — Trissa, vou ficar com ela pelo resto da tarde.

Ah, ótimo. Eu me levanto e espano a grama das calças.

— Felix, acha que agora é hora de pressioná-la? — questiona Trissa, fazendo a pergunta exata que todos estão pensando, mas ninguém ousou dizer até agora.

— Acho que agora é melhor que no campo de batalha — devolve ele, já se afastando. — Vamos, Sorrengail. Você pode ter perdido sua pequena irid, mas ainda tem Tairn.

— Vou guardar seus discos — Rhi me garante.

— Obrigada. — Pego a jaqueta de voo e a mochila e sigo Felix. — Eu não perdi ninguém. Ela foi embora.

Não tenho certeza do motivo, mas as palavras certas fazem diferença.

— Mais um motivo para praticar. — Ele se aproxima de seu Rabo-de-espada-vermelho. — Se os irids não virão nos salvar, então é melhor você estar pronta. Só precisamos de outro Jack Barlowe e eles não vão chegar somente a Draithus... Teremos venin batendo na nossa porta.

Certo. As égides nos protegem, mas não são infalíveis. E tenho que parar de procurar um milagre. Leothan ativou a pedra de égides. Tudo o que posso controlar agora sou eu.

— Não vou ficar mimando você como os outros quando a guerra bater na nossa porta. Esse treinamento não vai importar se você for incapaz de seguir ordens — diz ele. — Sua inabilidade de fazer isso durante o ataque quase custou vidas civis quando aqueles corpos de wyvern caíram sobre os muros. — Ele franze a testa, decepcionado. — Já falaram com sua Líder de Esquadrão. Vocês estavam corretas em engajar longe da muralha, mas deveriam ter voltado imediatamente ao posto e interceptado aqueles wyvern em vez de apostar suas vidas no templo.

— Havia civis em risco. — Minha espinha endurece.

Ele para.

— Já parou para pensar que eles não estariam em risco se você não estivesse por lá?

Pisco quando minha garganta fecha.

— Porque ela está me caçando.

Felix assente e continua na direção de nossos dragões, fazendo com que eu precise correr atrás dele.

— Seu esquadrão precisa aprender limites. Você não é uma cadete qualquer, e eles precisam perceber que não podem ir atrás quando você comete erros, seja aqui ou quando estão nas ilhas. Entre você correndo riscos desnecessários e Riorson deixando o posto *dele* por você, teríamos perdido a batalha se o irid não tivesse acionado a pedra.

Culpa retorce em meu estômago.

— Entendo.

— Ótimo. Algo novo para reportar do conflito além dos muros? — pergunta Felix.

— Dividi um raio em dois. — Ergo o queixo, e Tairn se levanta à nossa frente. A ferida na coxa está cicatrizando em uma velocidade que me faz inveja. — E não em uma nuvem. Direto do céu.

Ele ergue as sobrancelhas prateadas.

— Mas acertou seu alvo?

Assinto.

— Os dois alvos.

— Ótimo. — Um sorriso satisfeito aparece em sua boca. — Agora me mostre.

Quando volto para a Casa Riorson à noite, meus braços parecem peso morto, suei horrores dentro do uniforme e minha mão direita está coberta de bolhas.

Mas consegui usar meu poder.

E faço isso no dia seguinte, e no próximo.

— Você saiu da cama direto para ir chamuscar — murmura Brennan quando termina de regenerar os músculos do meu braço pela terceira vez em três dias. — Não pode escolher um bom meio-termo? — A voz dele ecoa na câmara da Assembleia vazia.

Quase todos os oficiais de Aretia foram designados aos entrepostos, incluindo os membros da Assembleia. Se Brennan não fosse necessário para conduzir as coisas por aqui enquanto Xaden não está, ele também já teria partido.

— Aparentemente, não. — Ergo a mão do fim da longa mesa e flexiono os dedos. — Obrigada.

— Eu deveria deixar os médicos cuidarem de você e ver se você vai sair correndo rapidinho assim. — Ele esfrega o dorso do nariz e se joga na cadeira.

— Você poderia. — Puxo a manga do uniforme para baixo. — Mas eu voltaria a trabalhar no dia seguinte mesmo assim. Já tirei folga demais. Theophanie não vai desistir só porque as égides aretianas estão ativas.

— Se eu pudesse aguentar ver você sofrendo, pensaria seriamente nessa possibilidade. — Ele abaixa a mão. — O que você vai fazer quando voltar a Basgiath? Não posso voar dezoito horas toda vez que você se exceder.

— Tenho quase uma semana para descobrir a resposta. — Franzo a testa. — Acha que iremos se Tauri não tiver confirmado que não vai queimar tudo como fez há seis anos? — Há uma parte cada vez maior de mim que não se importaria em ficar mais tempo.

Adoro dormir ao lado de Xaden à noite e acordar com a sensação da boca dele na minha pele de manhã. Adoro como somos descomplicados aqui, e adoro *muito* que o general Aetos não está por toda a parte, procurando um motivo para nos deixar infelizes. Mas, principalmente, adoro que Xaden parece ser mais ele mesmo nos últimos dias. Ele ainda tem momentos em que fica gélido, mas também tem um ar de paz e propósito, e pela primeira vez eu não apenas sonho com nosso futuro aqui.

Eu consigo vê-lo.

— Manter um esquadrão de cadetes de Basgiath seria complicado… — Brennan começa a responder.

— Você é um cuzão. — Bodhi entra na sala, puxando os botões da jaqueta com força para abri-la.

— Isso não é nenhuma novidade — Xaden retruca atrás dele, arrancando os óculos de voo da cabeça e lançando ao primo um olhar que eu não desejaria ao meu pior inimigo. O cabelo dele está bagunçado pelo vento, e as espadas estão presas às costas, mas não vejo sangue; não que ele tenha se virado totalmente para a minha direção do lado oposto da sala. — E a resposta é não. Pare de perguntar.

Brennan ergue as sobrancelhas e eu dou de ombros. E eu lá sei por que estão discutindo agora?

— Você precisa de todos os cavaleiros que conseguir — argumenta Bodhi. — Eu poderia estar gerenciando um entreposto...

— Não. — A mandíbula de Xaden ressalta.

— ... ou patrulhando Draithus, que nós dois sabemos que está prestes a cair... — As mãos de Bodhi se fecham em punho.

— De jeito nenhum. — Sombras se reúnem ao redor das botas de Xaden. — Você não pode simplesmente pegar Cuir e ir embora porque decidiu que já recebeu toda a instrução de que precisa. Você tem que se graduar.

Espere. Bodhi quer largar o instituto?

— Quem falou? — desafia Bodhi.

— Além do Empyriano e de todo o regulamento? — As sombras se esparramam mais. — Eu estou falando!

Bodhi balança a cabeça.

— Se é tão importante assim que eu termine, caralho, você não estaria me tirando da aula todo dia.

— Porque preciso que você saiba como assumir as coisas depois — diz Xaden, irritado.

— Porque agora sou o primeiro na linha de sucessão? — Há mais que um pouquinho de sarcasmo na resposta de Bodhi.

— Sim! — As sombras fogem, disparando para as paredes.

— *Xaden?* — Meu estômago se aperta.

Ele olha na minha direção, respira fundo e relaxa os ombros.

— A resposta é não, Bodhi.

— Não sou seu plano B. — Bodhi dá dois passos para trás, olha para Brennan e para mim à mesa antes de encarar Xaden outra vez. — Você é o duque. Eu sou um cavaleiro. Sempre foi para ser assim até que nossos pais acabaram sendo executados. Vou ficar do seu lado e vou ser a porra da sua mão direita pelo resto de nossas vidas, mas, se quiser que um membro da família segure aquela cadeira — ele aponta para o trono —, é melhor você criar vergonha na cara. — Ele sai da sala sem dizer mais nada.

Ainda assim, ele quis que eu ouvisse cada palavra que foi dita.

Uma dor começa atrás da minha costela. É por isso que Xaden está tão calmo, tão focado aqui. Ele está colocando as peças no lugar, treinando seu substituto. Ele aceitou um futuro diferente daquele que imagino quando passo por esses corredores e continuo a seguir todos os caminhos possíveis para uma cura.

Xaden caminha em círculos e Brennan se levanta, a cadeira rangendo contra o piso da plataforma.

— Tem uma pilha de documentos que precisam da sua assinatura na mesa do escritório — diz meu irmão, interceptando Xaden. — E isso aqui chegou para você. — Ele pega duas missivas do bolso e as entrega. — Ah, e eu adoraria saber por que o rei de Deverelli se refere à minha irmã como sua consorte na última oferta.

— Eu diria que é uma longa história, mas não é. — Um canto da boca de Xaden se levanta e ele aceita as missivas.

Deuses, amo esse sorrisinho arrogante, perverso e sexy. Como é que ele acha que eu conseguirei viver sem vê-lo todos os dias?

— Certo. — Brennan balança a cabeça e sai para o corredor.

— Como foi seu dia, amor? — pergunta Xaden, quebrando o selo dos pergaminhos.

— É isso o que você está fazendo? — pergunto, inclinando-me à frente na mesa. — Fazendo preparativos para a própria morte?

— O meu foi interessante. — Ele ignora minha pergunta e lê a primeira carta, e então franze a testa por um instante. — Voei para os penhascos para conferir como está a evacuação, que está mais lenta do que o esperado. — O olhar dele encontra o meu enquanto ele enfia as cartas no bolso e sobe os degraus. — E agora, Melgren me avisou para não voar para a batalha ou vamos perder... só alguns dias atrasado com esse aviso, mas a alta-sacerdotisa do templo de Dunne escreveu para contar que Dunne tem você e Rhiannon em alta consideração, e que está em dívida comigo e fará qualquer favor que eu quiser. — Ele empurra a cadeira de Brennan e se apoia na extremidade da mesa, encarando meu rosto. — Então, como foi o seu dia?

Ele quer jogar conversa fora? Beleza.

— Li um livro sobre como os venin surgiram. Quase consegui dividir um raio em três, mas minha precisão foi questionável. Consegui dois com consistência. E consegui runas que fazem superfícies endurecerem — arqueio a sobrancelha — e também amaciarem. Está fazendo preparativos para sua morte?

— Sim. — Ele enfia as mãos nos bolsos. — Mas não estou aceitando a queda, se é o que você está pensando. Não vou desistir de um único dia que tenho com você. Não sem lutar.

Dias. Não semanas ou meses ou anos. De repente, tenho a necessidade de jamais dormir, de usar cada minuto que tenho com ele.

— Quer ir sentar no telhado?

— Eu estava pensando em outra coisa. — Ele olha para o trono.

— *Sim, por favor.* — Mexo o punho, fecho a porta usando magia menor e a tranco.

O sorriso dele imediatamente se torna uma memória inesquecível.

Se Tyrrendor não restaurar imediatamente o fluxo de talládio, as consequências serão terríveis não apenas para a província, mas para o Continente. Isso não é um pedido – é uma ordem de seu rei.

— Correspondência oficial de Sua Majestade, rei Tauri, o Sábio, endereçada a Sua Graça, tenente Xaden Riorson, 16º duque de Tyrrendor

CAPÍTULO CINQUENTA E SEIS

Estou parada no campo em frente a Draithus, cercada pelos picos das montanhas cobertos de neve, e, embora não devesse, dou um passo em direção à cidade. Estou longe demais. Nunca alcançarei Tairn, e ele é minha única chance de encontrá-la.

A batalha explode no céu acima da torre espiralada, e os contornos de asas aparecem atrás das nuvens sombrias pairando sobre os cânions ao sul antes de recaírem em escuridão mais uma vez. A tempestade me deu a única coisa à qual nunca pude me dar ao luxo de verdade: esperança. A chuva pode fazer com que voar seja um saco, mas dará a ela a vantagem de que precisa.

Fogo explode ao longo da muralha alta, e as chamas azuis e verdes sobem, escalando as torres da guarda como erva-daninha. Merda. Preciso ir até lá *agora*. Posso apagá-lo. Sombras acabam com chamas sempre.

Meus passos fraquejam, e eu hesito.

Sombras?

Eu não domino sombras. É Xaden que consegue fazer isso.

Meu corpo luta para ir à frente, para correr em direção à cidade, mas eu não deveria continuar por este campo. Só termina de uma forma, com o Mestre me puxando para o ar...

Esse é o sonho de Xaden.

Estou *no* sonho de Xaden.

A consciência faz *algo* que parece um estalo na parte de trás do meu crânio. Não sou mais uma parte dele enquanto Xaden sai correndo à minha frente, vestido para a batalha.

— Xaden! — grito antes que ele dê meia dúzia de passos.

Ele para e se vira lentamente para me encarar no campo coberto de grama. Os olhos se arregalam ao me ver, e então estreitam quando ele olha à esquerda e à direita.

— Você não deveria estar aqui.

— Isso é eufemismo. — Observo os arredores rapidamente. O campo está vazio, mas, se esse sonho for como os outros, logo isso vai mudar.

— Você não está segura. — Ele balança a cabeça e vem na minha direção. — Não posso te proteger.

— Isso aqui não é real. — Pego a mão gelada dele e me sobressalto. Consigo *sentir* que está gelada. — Por que você não consegue escapar deste lugar? O que está te prendendo aqui?

— Eu o prendo aqui — responde o Mestre atrás de Xaden.

Xaden se vira, estendendo a mão para o ombro, para uma lâmina que desaparece, e eu fico ao lado dele.

O Mestre abaixa o capuz das vestes marrons, revelando o rosto estranhamente jovem que assombra os meus sonhos – os sonhos de Xaden – e sorri, rachando a pele dos lábios ressecados. As veias das têmporas pulsam em carmesim enquanto ele junta suas mãos retorcidas como se houvesse a possibilidade de este ser um encontro pacífico.

— É tão bom de sua parte se juntar a nós, dominadora de relâmpagos. — Ele inclina a cabeça. — Ou devo chamá-la de viajante de sonhos?

Entreabro os lábios. Os pesadelos de Xaden são sombriamente corretos.

— Precisamos ir embora — sussurro.

— Ele não pode. — O sorriso do Mestre aumenta e ele ergue a mão ossuda.

Xaden flutua e segura a garganta.

— Acorde! — grito para Xaden.

— Eu já disse que ele não pode. E eu acreditando que você aprenderia rápido. Que decepção — provoca o Mestre, e então estreita os olhos como os de uma cobra para Xaden. — Você perdeu algo que eu queria, mas você vai me trazer *ela* — exige.

— Nunca — diz Xaden com dificuldade, os pés chutando o ar.

— Não se preocupe — diz o Mestre, com um sorriso perverso. — Serei um professor mais piedoso que Theophanie.

Medo percorre minha espinha e eu tento alcançar o poder…

Pare. É um sonho. Não é real. Ele não está sufocando. Ele está respirando normalmente em nossa cama. Preciso acordar, mas isso só acontece quando o Mestre ataca.

A espada descendo sobre mim...

Dor. Preciso de dor. Toco a coxa, mas só encontro uma camada macia de couro.

— Estou farto de esperar — rosna o Mestre. — Estou farto de jogar esse joguinho. Você pode ter erguido as égides, mas elas não vão salvar você. Nós temos a vantagem, e, se não a entregar, ela precisará vir sozinha. — Ele fecha o punho e Xaden ofega. — É simples, andarilha dos sonhos. Venha, ou ela morre.

Ela *quem?*

É um sonho, relembro, e se fosse meu eu estaria armada.

Deslizo a mão pelo quadril e encontro a empunhadura de uma adaga. Antes que eu possa questionar meu plano, eu a desembainho.

O Mestre arregala os olhos para a empunhadura polida de madeira, mas já estou lançando-a na direção do meu próprio braço. A lâmina afunda na minha pele...

Dou um pulo na cama e arfo por ar, piscando furiosa para afastar a névoa do pesadelo enquanto o sol nasce fora da janela do nosso quarto.

Xaden.

A espinha está arqueada ao meu lado, a cabeça jogada para trás dolorosamente enquanto ele se esforça para respirar.

— Acorde! — Coloco minhas mãos em seu peito e então faço um esforço tanto do corpo quanto da mente. — *Xaden! Acorde!*

Os olhos dele abrem e ele cai contra o colchão enquanto o coração martela entre meus dedos.

— Foi só um sonho. — Mudo o peso para me ajoelhar ao lado dele, e afasto o cabelo da testa suada. — Estamos em Aretia. No seu quarto. Só você e eu.

Ele pisca para mim algumas vezes e suspira.

— Parece um sonho bem melhor. — A mão pousa no meu quadril e seu coração desacelera enquanto ele me olha. — Você estava lá.

— Estava. — Assinto, traçando a cicatriz acima do coração dele.

— Vi você pegar a adaga. Eu sabia que *você* estava lá. Isso nunca aconteceu antes. — Ele se senta, aproximando nossos rostos.

— Eu... — Como conseguirei explicar isso? — Sei que não é a primeira vez que reconheci que era apenas um sonho, mas *é* a primeira vez que eu sabia que era o *seu* sonho e não o meu. Quando percebi, eu me tornei eu mesma, separada de você. — Franzo a sobrancelha. — Só não sei como fiz isso.

— Parece que você descobriu rapidinho. — Ele observa meu rosto.

— Eu não deveria ter conseguido fazer nada do tipo. — Minha voz se torna um sussurro. — Andarna se foi.

O dedão dele acaricia meu quadril.

— Talvez o poder tenha acabado, mas a habilidade permanece.

— *Tairn?* — chamo pela união.

— *Encontrei isso tantas vezes quanto você* — responde ele, resmungando sonolento.

Não ajudou em nada.

Antes que eu possa entrar mais em meus pensamentos, alguém *soca* a porta.

É cedo demais para ser uma boa notícia.

— Não pode ser coisa boa.

— Concordo. — Xaden se livra dos cobertores e vai para a porta vestindo apenas as calças do pijama, eu vou até o armário. — Garrick? Você está com uma cara péssima.

O que Garrick pode estar fazendo aqui cedo assim? Pego o robe e o coloco sobre a camisola de algodão antes de correr para o lado de Xaden.

Ele não estava brincando. Garrick está péssimo mesmo. Sangue pinga da linha capilar, e o olho está inchado graças ao que parece um soco recente. Em vez das espadas, ele carrega um escudo *gigantesco* nas costas, cujo tamanho e peso com certeza me esmagariam.

— Estávamos patrulhando quando ela nos encontrou. — O olhar de Garrick vira para mim, e a pena imediata em seu olho aberto revira meu estômago. — Não tive força suficiente. Nem fui rápido o suficiente. Ela nos arrancou do céu como um par de pombos na ventania.

— Quem? — pergunta Xaden, segurando os braços do amigo quando ele cambaleia.

— A dominadora de relâmpagos deles — responde Garrick. — Ela me deixou vir para entregar a mensagem.

Theophanie.

— Para mim? — pergunta Xaden, franzindo a testa.

— Para vocês dois. — Garrick dá um passo para trás e tira o escudo das costas. — Eles chegaram aos muros de Draithus. Ela disse que, se isso não for ameaça suficiente, vocês têm cinco horas para levar Bodhi e Violet, ou ela morre. — Ele me olha.

Venha, ou ela morre. Não foi isso o que o Mestre acabou de dizer? Mas por que Bodhi? E quem ela poderia…

Não. Balanço a cabeça e meu estômago revira. De jeito nenhum os irids deixariam que ela pusesse as mãos em Andarna, se Andarna ainda está no Continente.

— Quem… — começa Xaden, e fica em silêncio ao encarar o escudo de Garrick. — Merda.

Olho para o escudo também, e meu coração para de bater.

Não é um escudo; é uma escama verde que tem o exato tom da minha armadura.

Não é Andarna… é Teine.

Theophanie pegou Mira.

Porém, ainda mais difícil que tirar uma vida é não fazer nada enquanto outra é extinguida ao seu lado. Foco no futuro, Mira.

— O Livro de Brennan, página 75

CAPÍTULO CINQUENTA E SETE

— Voamos para Draithus. Eles vão atacar assim que conseguirem o que querem.

— E deixar Sorrengail para morrer?

— Quem disse que ela sequer está viva?

As vozes dos cavaleiros armados que discutem se misturam enquanto continuo em pé entre Xaden e Brennan perto do centro da plataforma, encarando o mapa atualizado na parede da câmara da Assembleia.

— Há milhares vindo para cá, subindo pelo desfiladeiro e saindo da cidade. Se Draithus cair, vão todos morrer.

— Temos uma legião de seis dragões posicionada aqui...

— Dez agora que a fileira recuou ainda mais.

— Não esqueça da Revoada Noturna.

— Contra centenas de wyvern?

— E pelo menos uma dúzia de dominadores das trevas.

— Seja lá quem for, não vai voltar.

— Então mande *nós* para lá.

— Não mandaremos cadetes para o combate!

— Foram nossos dragões que nos acordaram. Fim de papo. Nós vamos!

Mal escuto a conversa. Só um pensamento importa: Theophanie cansou de esperar por mim, e ela está com Mira.

Ela está com a minha *irmã.*

E as últimas palavras que dissemos uma para a outra foram com raiva.

O medo ameaça abrir caminho através da fúria fervilhando em meu sangue, e luto para negar que me domine. Mira não tem tempo para o meu medo. É um voo de quatro horas para Draithus, e se não partirmos na próxima meia-hora será tarde demais, não só para Mira, mas para os milhares de civis que também estão lá.

Como isso aconteceu? Uma linha vermelha e áspera foi desenhada no mapa, saindo do que foi o fronte a leste diretamente para Draithus. Surgiram nas últimas vinte e quatro horas, ignorando todo o mundo em seu caminho, concentrando-se nesse alvo quando cidades comparáveis mais fáceis permanecem intocadas.

— Nem todos os sinetes são iguais. Sei que ela é Guardiã, mas ela é mais poderosa que você? — Brennan cruza os braços à minha direita enquanto os outros continuam a discutir.

— Sim — respondo. Não adianta mentir.

— Vamos cair direto na armadilha deles. — Ele encara a bandeira que representa Draithus.

— Sim, e daí? E quem disse que você vai? — devolvo. O espaço entre a bandeira e os Penhascos de Dralor parece impossivelmente pequeno para tantas pessoas passarem por lá, e a subida é muito perigosa. Nem todos vão conseguir.

— Ela também é minha irmã — afirma Brennan.

Ele tem razão.

Xaden fica em silêncio diante do trono, os braços cruzados enquanto observa o campo ao norte de Draithus, onde Theophanie marcou nosso encontro.

— Não temos cavaleiros suficientes para recuperar Mira, defender Draithus e proteger o desfiladeiro.

— Não. — Brennan suspira e examina o mapa mais de perto. — Teremos que priorizar um objetivo. Talvez dois.

Xaden assente.

— Não podemos deixar as pessoas simplesmente morrerem — protesto.

As discussões entre cadetes e oficiais ficam mais ruidosas, e meu estômago revira. Eu deveria estar com meu esquadrão, mas até parece que ficarei esperando que outros decidam o destino da minha irmã.

— O que você faria se fossem seus cidadãos do outro lado da fronteira? — grita Cat do outro lado da sala, onde nosso esquadrão está sem formação definida. — Ou você está pensando como os verdadeiros navarrianos agora que está seguro atrás das suas próprias égides?

Um capitão espertinho responde algo para Cat que nem consigo ouvir acima do barulho, e Sloane avança. Quase pulo por cima da mesa, mas Dain chega primeiro, enganchando o braço ao redor da cintura dela e a puxando para trás enquanto ela soca o ar. Assim que ele a coloca no chão, aqueles punhos se voltam na direção dele, e me encolho quando ele permite que ela o golpeie antes de prender os pulsos dela e se inclinar para ela. Seja lá o que ele diz faz efeito, porque ela assente rápido, responde com um olhar feio e volta para a posição, onde Rhi espera com o que parece um sermão severo.

Dain ergue as sobrancelhas para mim e eu faço uma careta de desculpas enquanto ele se posiciona ao lado de Bodhi.

— Por quanto tempo vai deixar eles brigarem? — pergunta Brennan, olhando para Xaden.

— Até que meu estrategista me dê um plano que não me faça escolher entre os objetivos — responde Xaden. — O volume em que reclamam não torna suas ideias menos válidas.

— Não posso garantir dois, muito menos três. — Brennan franze os lábios.

— Honre sua reputação e tente — ordena Xaden.

Brennan pragueja e olha para a sala.

— Preciso de Tavis e Kaori! — grita ele. Rapidamente, ambos os homens se separam da multidão e chegam ao lado dele na plataforma. — Você já foi a Draithus? — pergunta ele para Kaori.

— Uma vez. — O professor assente.

— Pode me dar uma projeção em escala aproximada do território?

Kaori ergue as mãos e uma projeção tridimensional de Draithus e das áreas ao redor aparece sobre a mesa. A sala fica em silêncio enquanto Brennan se inclina à frente, apoiando as mãos na mesa para observar a imagem que Garrick aponta como onde nossas defesas estão. O corte na cabeça e o olho roxo dele desapareceram, graças a Brennan.

A cidade fica na extremidade sudoeste de um planalto intermontano que se esparrama por uns vinte quilômetros. É cercada por picos em todos os lados e acessível apenas por uma série de vales serpenteantes, o rio oeste que flui ao sul do Oceano Árctile, ou pelo ar, que Theophanie controla com seu sinete. E, se os relatórios de Garrick forem precisos, o campo a leste também pertence aos venin.

— Seja lá quais cálculos você fizer, saiba que vou com Violet — diz Xaden.

— Imaginei — responde Brennan.

Meu peito aperta com pressão suficiente para esmagar um dragão.

— *Você vai arriscar sua vida* — digo.

— *Vou arriscar no momento em que você atravessar as égides, e nós dois sabemos que você vai atrás de Mira. Prefiro estar ao seu lado que caçando depois que você conseguir escapar.* — Ele trava a mandíbula.

— *Theophanie não quer me matar, ou já teria feito isso.*

Memorizo a topografia do campo, repassando a informação para Tairn. Entre os picos irregulares, a floresta e a fileira de formações rochosas verticais ao longo da extremidade a oeste, é basicamente uma arena de luta feita pela própria natureza.

— *É disso que tenho medo* — responde Xaden enquanto Felix e a professora Trissa entram. — *Existem coisas piores que morrer.*

— Agora é um bom momento para dizer que Tyrrendor não pode se dar ao luxo de perder seu duque no que é uma missão suicida? — pergunta Felix, indo até a plataforma com Trissa.

— Não tenho a intenção de morrer — responde Xaden. — Panchek já pediu reforços.

— Que sabemos que Melgren não vai enviar. Aparentemente aquele aviso *atrasado* foi um aviso *adiantado* para isso — devolve Trissa, mantendo a voz firme e olhando para mim e Brennan. — Sinto muito pela perda da irmã de vocês, mas Melgren já proclamou que essa batalha é uma derrota, e ele nunca errou.

Um nó do tamanho do meu conduíte se forma na minha garganta. Não vou desistir de Mira, nem de qualquer um deles.

— As escolhas determinam nosso futuro. Melgren viu apenas os resultados de um caminho. — Olho para Xaden. — Que não poderia ter três relíquias de rebelião.

— Cadetes pertencem à formação, não ao planejamento de batalha. — Trissa se irrita comigo.

Endireito a coluna, e minhas mãos agarram a extremidade da mesa.

— Ela fica ao meu lado. — A voz de Xaden se torna aquele tom letalmente calmo de Dirigente de Asa, e ele pousa a mão cálida sobre a minha. — Lembre-se disso.

Não deixo de perceber o elogio e a pressão da carícia.

— Estou começando a entender a missiva falando de consorte — murmura Brennan, e então olha para o modelo de um ângulo diferente. — Nós vamos perder se levarmos apenas os oficiais.

— Nada de cadetes. — Felix balança a cabeça. — Não depois do que aconteceu da última vez. Ainda estamos consertando os muros de quando aquelas duas enlouqueceram. — Ele olha para mim.

Xaden olha para o meu esquadrão, focando em Imogen, Sloane e Bodhi.

— Faça uma escolha diferente, tenha um resultado diferente — sugere Garrick. — Eles terão que viver com o que fizerem, então deixe que tomem a decisão por conta própria. Os deuses sabem que nós tomamos.

— Só voluntários. Calouros ficam atrás das égides — ordena Xaden.

— Nos coloque onde precisar — diz Bodhi, e então olha para Dain. — Com a permissão de nosso Dirigente de Asa, é claro.

— Permissão concedida — concorda Dain.

Rhi conta todas as mãos erguidas, que, no caso, são todas.

— O Segundo Esquadrão está pronto.

— Isso não pode estar acontecendo — resmunga Trissa.

— Pois está. — O tom de Xaden não é convidativo a outros argumentos. — A Assembleia me queria naquela cadeira, e agora você lidará com as decisões que eu tomar quando estou nela.

— Você não está pronta. — Felix grita o insulto para mim.

— Ainda que Draithus e os civis em fuga não estivessem sob ameaça direta, ela é minha irmã. Farei qualquer coisa em meu poder para recuperar Mira. — Ergo o queixo.

— *Nossa* irmã — corrige Brennan, me observando com a cabeça inclinada. — O que significa que a dominadora das trevas sabe bem mais sobre nós do que sabemos sobre ela.

Xaden olha para a formação do meu esquadrão, onde Bodhi está parado ao lado de Dain.

— Garrick, me diga *exatamente* qual foi a exigência dela. Por que ela quer Bodhi?

— Não sei. — Garrick coça a barba por fazer. — Ela disse para levarmos Violet e seu irmão, e deixarão Draithus de pé.

De pé ou viva? Anca estava de pé quando saíram de lá.

Xaden fica tenso.

— Ela disse "irmão"?

Garrick assente.

— Todo mundo sabe que vocês foram criados juntos.

— Com certeza é a maneira mais rápida de acabar com a linha de sucessão de Tyrrendor — observa Trissa.

— Certo. — Duas rugas aparecem entre as sobrancelhas de Xaden, e a boca fica tensa.

— *No que você está pensando?* — pergunto.

— *Os venin não se importam com nenhuma linha de sucessão.*

— *Você tem outro que o chama pelo nome* — diz Sgaeyl, as palavras mais afiadas que seus dentes.

— *Outro...*

Franzo a testa. A única outra pessoa que se qualificaria para o título era Liam. *Espere.* Quando eu a vi pela primeira vez, ela não me matou, mas também não conseguiu o que viera resgatar. Meu estômago revira.

— *Ela quer Jack* — digo.

— *É o que estou achando.* — O olhar dele dispara para Kaori, que está totalmente focado em sua projeção, e então para Garrick. — Quer dar uma voltinha? — pergunta ele baixinho.

Garrick olha para Kaori e assente.

— Me use — sussurro para Brennan para que Xaden não escute. — Depois de resgatar Mira, posso ficar entre o desfiladeiro e Draithus, posso dominar nas duas direções se os wyvern passarem por mim.

— É isso. — Brennan fecha os olhos. — Todos, menos nós sete, lá para fora. *Agora* — ordena ele, a voz rimbombado pela sala. — Fiquem no corredor para uma convocação rápida.

— Não temos tempo para isso — argumenta Felix enquanto a multidão vai para o corredor.

— Você é a variável que falta, e pior, você torna Riorson uma variável também. — Brennan me olha enquanto a câmara da Assembleia esvazia.

Eu me afasto.

— Como é?

— Prossiga com cuidado — avisa Xaden.

— Estou falando disso aí, só para começar. — Brennan me encara enquanto aponta para Xaden, e não acho que ele está falando apenas dessa discussão. Ele gesticula para o modelo. — Violet, escolha um objetivo para vencer.

— Pessoas morrerão se escolhermos apenas um. — Meu coração dispara.

— Sim. — Ele assente. — Bem-vinda à liderança.

— Por que eu?

Encaro o modelo. Mira está em primeiro lugar, mas a ideia de deixar civis para serem drenados, nossos próprios cavaleiros e paladinos para morrer com seus dragões e grifos? É demais para imaginar. Perder Liam foi parte da batalha. Minha mãe escolheu fazer o sacrifício dela. Trager foi... azar. Agora, ser responsável pela morte de milhares?

— Porque eu acho que você não consegue — responde Brennan baixinho. — Theophanie sabe que você vai tentar salvar todo mundo como fez em Resson, ou no templo de Dunne, ou em Basgiath antes de nossa mãe... — Ele engole em seco. — Por isso vamos fracassar. Porque você vai escolher todo mundo em vez de a si mesma, e ele vai escolher você acima de todos.

Meu estômago embrulha.

— Você não está sendo justo — responde Xaden, a voz ficando baixa.

— Em todos esses anos em que nos conhecemos, *justo* não é um termo que já ouvi você usar. — Brennan ergue um único dedo. — Prove que eu estou errado para que possamos resgatar nossa irmã, Violet. A única forma de escaparmos da armadilha que essa dominadora das trevas projetou para você é se *você* não cair nela. Um objetivo. Um caminho.

Ele ergue as sobrancelhas, e as palavras me atingem como um soco no estômago.

Tairn escolheria sem pensar duas vezes.

Andarna escolheria todos.

Só que ela partiu. Qual é o objetivo com o maior impacto? Deixando Xaden de lado... Draithus só se sustentará enquanto a defendermos. O mesmo serve para o desfiladeiro. E, se eu resgatar Mira, existe uma grande chance de que Theophanie...

Isso não se trata de Mira. Ela está *me* caçando.

— Theophanie. — Inspiro fundo. — Acho que eu mataria Theophanie.

— Estou impressionado. Isso *não* estava na minha lista. — A mesa range quando Brennan senta na beirada. — E se a cadete Sorrengail for sequestrada enquanto cumpre seu objetivo?

Sombras se esparramam aos pés de Xaden.

— Bodhi será um duque excelente.

— Pelo menos um de vocês aprende. — Brennan esfrega a cicatriz na palma da mão. — Você confia na líder de seu esquadrão para manter a posição dessa vez? — pergunta ele.

— Com a minha vida — respondo de imediato.

— Beleza. — Brennan assente. — Tenho uma ideia. — Ele olha para cada um de nós. — Vou destrancar o arsenal. Trissa, precisamos que você abra aquele esconderijozinho onde guarda as runas e as pontas de flechas de maorsita. Xaden, precisamos que você confie no fato de que Violet não vai ser morta. — Ele não espera a resposta de Xaden antes de me encarar. — E, acima de tudo, preciso que *você* entenda que não pode salvar todo mundo e não pode abandonar suas ordens.

Farei o que for preciso para salvar Mira.

— Tudo bem.

A maioria dos cadetes acredita que sua habilidade de recitar fatos históricos os conduzirá ao caminho do adepto, mas na verdade é a habilidade de observar e relatar precisamente que separa os bibliotecários dos escribas.

— O guia para se destacar na Divisão dos Escribas, por coronel Daxton

CAPÍTULO CINQUENTA E OITO

Tairn consegue voar para a extremidade mais próxima dos Penhascos de Dralor em duas horas, mas não adiantaria deixar Sgaeyl, Cuir e Marbh para trás, então quando chegamos na escarpa de três mil metros estamos quase no limite do prazo de Theophanie.

Deuses, se perdermos o prazo, se chegarmos tarde demais e ela matar Mira...

Minha garganta ameaça se fechar.

— *Chegaremos a tempo* — promete Tairn enquanto descemos os penhascos em um mergulho íngreme entre as cachoeiras e o Desfiladeiro de Medaro lotado.

Foi uma subida perigosa e mortal no outono, e éramos cadetes. Não consigo sequer imaginar como civis – como *crianças* – estão subindo.

— *Concorda que é uma armadilha?* — As palavras saem antes que eu possa evitar.

— *Evidentemente* — responde ele. — *Mas você já sabia disso. Do contrário, teríamos discutido isso pelas últimas três horas e meia.*

A culpa se aloja entre minhas costelas enquanto mergulhamos em uma camada grossa de fofas nuvens brancas.

— *Não me desonre com tais emoções* — repreende ele.

— *E como Sgaeyl se sente sobre colocar Xaden em perigo?* — Observo as nuvens o melhor que posso em busca dos contornos de wyvern, mas a cobertura é grossa e voamos rápido demais para sermos minuciosos.

— *Se ela não tivesse concordado, ainda estaria em Aretia, e seu Sombrio estaria a pé.*

Excelente argumento.

— *Theophanie raptou Mira por minha causa. Sou o motivo de ela estar passando por isso.*

— *Você é nossa dominadora de relâmpagos, e, embora sua vida possa não importar mais que a de outros cavaleiros, seu sinete importa. Você é a arma e terá que aprender a aceitar o sacrifício de outros em seu nome se quiser vencer esta guerra.*

Náusea revira meu estômago.

— *E você acha que eu deveria ter aceitado o sacrifício da morte de Mira?* — Mergulhamos pelas nuvens e o campo começa a aparecer.

— *Se eu acreditasse nisso, ainda estaria em Aretia e* você *estaria a pé.*

Meu coração bate em um ritmo desenfreado enquanto observo a paisagem. Os campos a oeste perto de Draithus estão cobertos de hordas de wyvern cinzentos, sitiando a fileira de dragões e grifos empoleirados entre os postos de guardas nos muros da cidade. Eles nos excedem em número em uma proporção que não quero sequer calcular. Pela primeira vez, estou aliviada que Andarna escolheu partir. Brennan é brilhante, mas parece uma batalha impossível.

— *Nossas estimativas estavam erradas.*

— *É o que parece.*

Porém, nenhum deles ataca enquanto descemos, nem impede a grossa fila de refugiados saindo do portão oeste da cidade.

— *Molvic foi visto nos desfiladeiros* — avisa Tairn enquanto bate as asas, desacelerando nosso momentum.

Maldito Aaric.

— *Se ele for morto…*

— *Foi visto voando ao sul, para longe do conflito.* — Ele cospe cada palavra, enojado.

O que, em nome Amari, ele decidiu fazer?

— *Aaric não é de fugir.*

— *Nem Molvic.* — Tairn se nivela enquanto nos aproximamos do campo norte, onde, por fim, vejo uma horda e uma dúzia de wyvern esperando em um círculo ao redor de Teine.

Inspire. Expire. Eu me forço a fazer esses movimentos. Não é natural manter um dragão… em cativeiro.

Os wyvern estão empoleirados sobre correntes pesadas que se enrolam na cauda de Teine, prendem as pernas e focinho, e amarram suas asas ao corpo, que se contorce. Cada linha de metal está coberta pelo sangue do dragão, e várias de suas escamas estão no chão.

Theophanie está parada na frente dos wyvern, o cabelo prateado brilhando, mantendo uma lâmina contra a garganta de Mira e outra contra as costelas dela.

Seguro o pomo com mais força, e não sei se é a fúria de Tairn ou a minha correndo por minhas veias, mas ela acaba com cada gota de medo, dúvida e culpa até que eu não seja nada além de cólera.

Como ela *ousa*, porra?!

— *Ela morrerá por isso* — exige Tairn, o impacto farfalhando a grama verde da campina quando pousamos a seis metros diante de Theophanie, que nos recebe com um sorriso.

Ela não drenou o campo… ainda, mas deu uma surra na minha irmã. O lado direito do rosto de Mira está roxo e inchado, o pescoço com um colar de hematomas, e sangue pinga da mão esquerda dela, mas o uniforme esconde a origem. A túnica carmesim de mangas longas e calças de Theophanie também não ajuda com o contraste.

— *Concordo. Você pode carregar Teine se ele não conseguir voar?* — Desafivelo a sela enquanto os outros pousam ladeando Tairn.

— *Não sem afundar minhas garras nele.* — Ele grunhe baixo. — *Não passe mais tempo que o necessário no chão.*

— *Vou seguir o plano.*

Deixando a mochila amarrada atrás da sela, ajusto a aljava de tampa de couro e a besta no coldre nas minhas costas, garantindo que meu conduíte está seguro no bolso, e então desmonto.

Theophanie só precisa levar a mão ao chão, e todos morremos.

— Estou aqui, como você queria. — Estendo os braços e o poder surge dentro de mim, aquecendo minha pele esfriada pelo voo.

De esguelha, vejo Brennan se aproximar da esquerda, enquanto Xaden e Bodhi se aproximam pela minha direita.

— Você veio. — O vento chicoteia a trança comprida e prateada de Theophanie enquanto o sorriso dela parte os lábios secos, e meu olhar foca nas veias pulsantes em suas têmporas e no que restou da tatuagem apagada em sua testa. — E, ainda assim, parece ter perdido sua irid. Que inconveniente.

— Não. — Mira se remexe, e Theophanie aperta o terrível toque da lâmina, pressionando-a com mais força contra a garganta da minha irmã. Mais um grama de pressão e a pele dela vai ceder.

— Silêncio. Fale outra vez e espalharei o sangue do seu dragão por todo este campo — diz Theophanie no ouvido de Mira quando os outros me alcançam.

Minha irmã fica imóvel.

— Solte os dois. — Eu vou matar a dominadora das trevas onde ela está. A energia zumbe nas minhas veias, pronta para a primeira oportunidade de atacar.

— *Fique calma* — diz Xaden, sombras se enrolando sobre as botas e se espalhando para o sul enquanto nos aproximamos. — *Fique no controle.*

Ele olha na direção da cidade condenada...

Manter a promessa que fiz para Brennan significa não olhar, então não olho.

— *Essa frase costuma ser minha* — respondo. Não olho para Mira, focando apenas na dominadora das trevas.

— Ainda não. E quatro contra um dificilmente parece uma luta justa. — Theophanie olha para Brennan, e então para Bodhi. — Não pedi que vocês viessem.

— Pensei que você tivesse pedido irmãos. Da próxima vez, seja mais específica sobre quem está convidado — sugiro.

— E mesmo assim você não trouxe o irmão que ele queria. — Theophanie suspira. — Berwyn ficará decepcionado.

Um fino fio de sangue aparece na lâmina da faca no pescoço.

— Ele está a caminho — digo rapidamente.

— Berwyn. — Xaden fica tenso e volta o foco na direção da cidade outra vez.

É onde ele precisa estar, na posição de salvar o máximo de pessoas possível, mas deixou claro que não quer me abandonar.

— Sim, daí o termo *irmão.* — Theophanie olha na minha direção. — Não cometerei com você os erros que Berwyn cometeu com Jack. Ele contou os segredos de seu Mestre fácil demais.

— Não vou me transformar. — Minhas mãos se fecham em punho.

— Você vai — afirma ela, como se aquilo fosse uma certeza. — Daqui a alguns minutos, na verdade. Estou curiosa para saber qual será o catalisador. — Os olhos dela se iluminam. — Para salvar sua irmã? Defender seu amado? A vingança, um motivo batido, mas também tão clássico? Aposto em uma combinação das três coisas. — Ela inclina a cabeça e apoia a bochecha no topo da cabeça de Mira. — Falando nisso, o tempo se esgotou...

Meu coração dispara, e uma ventania sopra do norte.

— Ele está aqui! — grita Garrick.

Olho para a esquerda e encontro Chradh de pé onde havia apenas espaço vazio antes, a garra dianteira segurando um armário cheio de runas bastante familiar. Eles conseguiram, mas a faca ainda na garganta de Mira torna difícil sentir qualquer alívio.

— Mostre-o para mim — ordena Theophanie.

Xaden estala o pescoço, e as sombras ao redor de seus pés passam pelos de Bodhi.

Garrick desmonta, aproximando-se do baú de Rybestad com passos mais lentos que o normal, e pega uma chave do bolso. Ele só leva um instante para abrir as portas.

— Aí está ele. — Theophanie sorri, mas não arrisco tirar os olhos dela para examinar como Jack está, principalmente quando parece que Mira está prestes a desmaiar. — Só uma questãozinha para resolver, e então começaremos.

— *Ele está emaciado e pálido* — Tairn me diz. — *Suspenso no ar como é a função do baú, e parece... sedado. Posso mostrar pelos meus olhos se você preferir...*

— *A descrição está perfeita, obrigada.* — Ergo o queixo. — Jack e eu estamos aqui. Cumprimos nossa parte do acordo, então liberte Mira e Teine.

Brennan fecha os punhos ao lado do corpo.

— Não foi esse o acordo. — Theophanie faz *tsc-tsc*. — Eu disse que deixaríamos Draithus de pé, não que sua irmã continuaria viva. — Sua boca se curva em um sorriso sádico. — Primeira coisa a aprender sobre nós é que somos cuidadosos com nossas palavras. E a segunda? É que também somos mentirosos.

Ela passa a lâmina no pescoço de Mira e corta a garganta dela.

A união entre os primeiros dragões e humanos foi um risco, pois, embora os dragões claramente tenham poder, seus cavaleiros unidos os tornaram a única coisa que eram incapazes de tolerar: vulneráveis. Muitos dragões sofreram com a perda de seus cavaleiros unidos em nome da autopreservação.

O SACRIFÍCIO DOS DRAGÕES, POR MAJOR DEANDRA NAVEEN

CAPÍTULO CINQUENTA E NOVE

— Mira! — grito mais alto que o rugido de um dragão quando o sangue escarlate flui da laceração no pescoço da minha irmã.

Tudo parece acontecer ao mesmo tempo, como um grupo de músicos começando uma performance.

— Hora de brincar, Violet.

Theophanie lança a adaga – em Jack.

Um mar de asas cinzentas se eleva no sul, e minhas botas esmagam o chão.

Xaden projeta uma corrente de sombras na direção de Theophanie, mas os feixes voam em direção ao sul.

Que porra é essa? Não tenho tempo para pensar. Já estou correndo para a dominadora das trevas, segurando a adaga com o cabo de liga metálica, quando o wyvern mais próximo levanta voo e arranca Theophanie do chão.

Mira cai de joelhos na grama, agarrando o corte fatal com as duas mãos, e de repente nada mais importa. Nem a vingança, nem Draithus. Minha irmã tem segundos.

Malek, por favor, não.

— Está tudo bem. — Minha voz falha e eu descarto minha adaga e me jogo no chão, agarrando-a enquanto Mira despenca. Sangue flui entre meus dedos quando pressiono a mão na ferida pulsante na garganta dela. Pressão. Ela precisa de pressão.

Mira não. Grito para qualquer divindade que possa me ouvir e pressiono com mais força, como se pudesse forçar o sangue de volta para dentro do corpo dela. Minha respiração sai trêmula, o terror cortando o fluxo de oxigênio.

Mira me encara, os olhos castanhos arregalados de medo, e forço um sorriso para que ela não vá ao encontro de Malek com medo.

— Você vai ficar bem. — Assinto, a cabeça sacudindo de forma atrapalhada enquanto meus olhos ficam embaçados.

— Saia! — Brennan fica de joelhos e eu mal tenho tempo de arrancar a mão antes que a dele me substitua. — Você vai ficar viva, está me ouvindo? — Ele fecha os olhos e o suor forma gotas na testa enquanto ele se inclina sobre Mira.

Será que é possível? Brennan é poderoso, mas não consigo pensar em nenhum cavaleiro que foi salvo no campo de batalha com um ferimento assim. Ela fica frouxa, meu coração se aperta, mas Mira ainda está respirando apesar do sangue que escorre pela garganta.

Formas ficam embaçadas e rosnados soam de todas as direções. Ergo o olhar e os dragões pulam sobre nós, garras enchendo o céu antes que pousem sobre o círculo de wyvern. Quatro das criaturas cinzentas decolam na investida, guinchando enquanto sobem. As adagas na cauda de Sgaeyl balançam a apenas alguns metros acima de nós, e coloco meu corpo sobre Mira e Brennan enquanto as lâminas azul-escuras cortam tão perto que consigo sentir o ar deslocado contra minha pele.

Xaden ergue um muro de sombra, nos bloqueando da luta, e, à direita, vejo Garrick puxar a adaga da venin da porta do baú de Rybestad enquanto Bodhi força a outra porta a se fechar.

Gritos enchem o ar e meus músculos travam quando olho por sobre o ombro para a escuridão impenetrável.

— *Tairn!*

Não consigo vê-lo.

— *Eles irão morrer* — diz ele, a fúria sobrecarregando a união.

Aceito isso como o único bom sinal neste campo e me sento sobre os tornozelos, dando a Brennan espaço para respirar.

— Vamos, vamos — murmura Brennan, a testa franzida em concentração bem como meu pai costumava fazer, mas ele está cambaleando de leve e perdendo a cor do rosto.

Tem que funcionar. Precisa funcionar.

O sangue desce pela coluna do pescoço de Mira, cruzando sua cicatriz enquanto seus olhos tremulam e fecham.

— Você não pode levá-la — sussurro para Malek e posso jurar que as nuvens escurecem um pouco em reconhecimento, ou talvez zombaria, enquanto dois vermelhos se aproximam pelo sul em velocidade vertiginosa.

Espere. Por que estão voando para longe da cidade?

Eu me esforço para identificar os dragões. Thoirt? O padrão do rasgo na asa direita é inconfundível, mas isso significa que...

Ah, deuses. Sloane está aqui.

Liam, eu sinto tanto. Minha garganta tenta se fechar enquanto jogo a cabeça para trás e vasculho o céu em busca de cinza, mas vejo apenas Thoirt e... pisco. É Cath, seguindo-a.

Suor escorre do pescoço de Brennan no mesmo ritmo alarmantemente rápido que o sangue da ferida de Mira, e a respiração dele fica cada vez mais pesada.

— O corte é grande demais — sussurra ele.

— Não é, não — retruco, olhando do rosto sem expressão de Mira para o rosto contorcido do meu irmão. — Brennan, você pode regenerar qualquer coisa, lembra?

Marbh ruge.

— *Seu irmão se aproxima do limite de seu poder* — avisa Tairn.

E não posso dar o meu a ele. Meu coração acelera.

— Tire o baú daqui — grita Xaden para Garrick. — Se ela quer Jack morto, significa que ele sabe de alguma coisa que os venin não querem que descubramos.

— Chradh! — grita Garrick. Um segundo depois, eles desaparecem, levando o baú consigo.

Sinto uma onda de ar quando eles partem, e olho na direção do céu enquanto os dois vermelhos chegam mais perto.

— Qual o nosso nível de confiança em Aetos ultimamente? — diz Bodhi, correndo na nossa direção.

— Não o suficiente para o que ele acabou de ver — responde Xaden, as sombras impedindo o que parece ser a ponta da cauda de um wyvern de me acertar.

Vento das batidas das asas sopra o cabelo de Brennan para trás, e os vermelhos pousam tão perto que as cabeças pairam acima de nós enquanto eles param, as garras arrancando pedaços de grama.

— Violet, eu sinto muito — sussurra Brennan.

— Não diga isso. — Balanço a cabeça. — O fluxo do sangue está diminuindo. Está funcionando.

Só que não parou por completo.

— O que você tá fazendo aqui, porra? — diz Xaden para Dain enquanto ele desmonta, mas estou completamente focada acima do ombro de Brennan.

— Seguindo essa daqui — responde Dain, e então se encolhe ao ouvir o som de ossos sendo esmagados vindo detrás do muro de sombras que Xaden mantém no lugar com as duas mãos erguidas. — Ela está sob meu comando, e Cath me alertou assim que atravessaram as égides *contra as ordens*.

Ele diz a próxima parte voltado para Sloane.

Sloane. Um estilhaço de esperança perfura o terror que envolve meu coração.

Ela corre na nossa direção, colocando a mão dentro da jaqueta de voo e pegando um pacote cilíndrico do tamanho da mão.

— Aaric me disse que você precisaria disso... — Ela tropeça ao ver Mira.

Não estou nem aí para o *motivo* de ela estar aqui. O importante é que ela está.

Meus olhos ardem.

— Por favor.

O olhar aterrorizado de Sloane se volta para o meu.

— Mira? — Dain corre, e então cai de joelhos ao meu lado. — Ah, *merda.*

— Por favor — imploro a Sloane sem qualquer vergonha. — Brennan precisa de poder, e vamos perdê-la.

Ela dá um passo hesitante e então outro enquanto Brennan estremece, as mãos contra o pescoço de Mira.

— Não sei como. Quando sua m... — Ela se interrompe. — Transferir é diferente de imbuir alguma coisa. Disso eu sei.

— Seja lá o que vai fazer, é melhor fazer rápido — avisa Bodhi, desembainhando uma espada e ficando de guarda, de olho no céu.

— Tente — pede Dain, arregaçando a manga do uniforme. — É perigoso usar seu próprio poder se não tiver treinado, então use o meu. Sou o único que não precisa usá-lo hoje. Só *tente.*

Um wyvern rosna atrás de mim, e um *estalo* distinto soa.

Sloane se abaixa entre Dain e Brennan enquanto o sangue de Mira empapa meu uniforme.

— Uma mão no meu pulso — diz Dain baixinho, como se falasse com um cavalo arisco.

Ela encara a marca de mão cinza que marca o antebraço dele.

— Não quero fazer *isso*. Me tornar *aquilo*.

— Você não vai. — Ele ergue as sobrancelhas. — Pode me odiar depois, mas confie em mim agora, ou ela vai morrer.

Sloane segura o pulso de Dain. Ela arregala os olhos e engole em seco.

— Alguém como você não deveria ter todo esse poder.

— Que bom para Mira que eu tenho. Coloque a outra mão onde a pele dele está exposta — ordena Dain.

Sloane solta o pacotinho que trouxe e leva a mão ao pescoço de Brennan.

Afasto o cabelo de Mira da testa, deixando uma mancha sangrenta. Ela está pálida demais. Eu devia ter contado a ela sobre Xaden. Ela devia ter me falado sobre meu pai ter me ofertado. Desperdiçamos tanto tempo guardando segredos, quando meu pai me avisou que eu deveria confiar nela. Se eu tivesse confiado, isso ainda teria acontecido?

— *Não se culpe pelas feridas que você não infligiu* — instrui Tairn.

— Foco aqui — diz Dain, e Sloane olha para ele. — Pegue do excesso que sentir em mim, e empurre para onde está faltando em Brennan. Você não é uma arma de destruição. Você não é venin. Você é a artéria pela qual o poder escolhe fluir. Você é vida.

Ela franze a testa e Dain se encolhe.

— Vou te machucar — diz ela.

— Deuses, e eu não sei? — Ele assente. — Mas você não vai me matar, não importa o quanto queira. Agora faça isso.

Ela espreme os lábios e Dain range os dentes.

Segundos demorados e preciosos passam antes que Brennan inspire fundo e as bochechas dele comecem a corar. Olho para Mira, esperando o pior, mas o peito dela ainda está subindo e descendo com a respiração. O sangue para de pingar, a cor voltando às bochechas dela.

— Brennan? — sussurro, assustada demais para sequer ter esperanças.

— É uma bagunça, mas ela está viva. — Meu irmão cai para trás, o corpo murchando enquanto ele passa o braço pela testa suada. — Obrigado, Mairi.

Sloane solta os dois homens e me encara.

— Ela vai ficar bem?

— Graças a você — digo para Sloane.

Ela suspira, aliviada, enquanto Brennan pega o cantil preso no quadril. Ele desenrosca a tampa e joga a água no pescoço de Mira. Uma cicatriz grossa, rosada e feia marca sua garganta.

Afasto o cabelo da testa da minha irmã de novo e me dou exatamente três segundos para sentir *tudo*. Meu peito ameaça explodir.

Um. Ela está viva.

Dois. Não preciso viver em um mundo no qual Mira não existe.

Três. Brennan faz milagres, caralho.

— Temos que tirar Mira daqui — digo para meu irmão enquanto os rosnados e sons de carne sendo rasgada diminuem atrás de mim. Uma forma se aproxima voando, mas é puxada para trás por uma corda de sombras. Tenho certeza que era uma garra.

— Concordo. — Brennan olha para Draithus, onde uma batalha começou. Dragões e grifos pairam acima dos muros da cidade enquanto bestas gigantescas disparam na nuvem de wyvern que se aproxima. — Você está bem, Aetos?

Dain esfrega o pulso.

— Estou bem.

Meu estômago se aperta. A parte mais difícil disso será confiar que todos vão fazer seu trabalho e que não ficarei na cidade para protegê-la. Olho para Xaden, e então para Dain.

— Vocês dois precisam ir. Logo vão ficar sem arpões para atirar.

Dain se levanta e oferece a mão para Sloane.

— Sai fora, Aetos. — Ela se balança e levanta sozinha.

Ele hesita como se contasse até três.

— Volte para as égides, Mairi, e fique por lá.

Sloane se vira e vai direto para Thoirt, erguendo o dedo do meio.

Bodhi ri.

— *Calouros* desgraçados — murmura Dain enquanto ela monta no dragão. — Riorson, eu encontro você lá embaixo.

Ele vai na direção da pata dianteira de Cath.

— Dain! — grito, e ele olha por sobre o ombro. — Obrigada.

— Não me agradeça. Só me conte mais tarde como foi que Garrick e Chradh desapareceram do nada. — Ele sai correndo, e, em questão de segundos, Thoirt e Cath voam em direções distintas.

Bodhi ajuda Brennan a se levantar.

— *Não quero deixar você aqui.* — Xaden desfaz o muro de sombra.

Olho por cima do ombro e vejo wyvern mortos espalhados pelo campo, e Sgaeyl, Tairn e Marbh examinando as correntes presas ao redor de Teine.

— *Eu sei. Mas você precisa.*

— Eu levo Mira. — Brennan se agacha e pega o corpo inconsciente de Mira no colo.

— Você está bem? — Localizo minha adaga de cabo de liga metálica na grama e a embainho de volta no lugar enquanto me levanto, e então pego o pacote que Sloane deixou para trás.

Está endereçado a Aaric, e tem o selo intacto de Dunne.

Por que ele enviaria Sloane a uma zona de guerra para me entregar a correspondência dele? Vou arrancar a cabeça de Aaric... assim que descobrir que porra ele decidiu fazer agora.

— Mairi me deu um pouco mais do que precisava. Estou bem. — Ele ajusta o peso de Mira nos braços.

— Sei que era para você ficar por aqui, mas leve Mira — diz Bodhi. — Vamos descobrir como libertar Teine para que possa seguir depois.

— Concordo. — Brennan espreme os lábios e olha para mim. — Tenho mais que uma dúzia de runas que posso deixar...

— Obrigada, mas dispenso — interrompo. — Melhor focar naquilo em que sou boa.

Ele assente.

— *Não* desvie do plano, Violet... não importa o que possa dar errado. Estamos contando com você. — Ele olha para Xaden. — Isso se aplica a você também.

Ele não desperdiça tempo esperando por uma resposta, apenas vai na direção de Marbh.

Coloco o pacote de Aaric na jaqueta de voo e observo Brennan se afastar. Estranho. Não há marca nenhuma na nuca dele, como aquela que ele exibe na palma da mão. Também não havia nenhuma no pulso de Dain.

— É melhor você ir — Bodhi apressa Xaden. — Os wyvern estão tentando cercar o lado norte da cidade, e o desfiladeiro fica logo atrás. Tem uma batalha rolando a alguns quilômetros, lembra?

— Eu já vou. — Xaden pega o cantil descartado de Brennan e joga o que sobrou da água sobre minha mão direita, lavando grande parte do sangue de Mira. A água corre pelos meus dedos, aos poucos passando de carmesim a rosa pálido antes que ele solte o cantil. — Concentre-se. — Ele segura minha bochecha e nossos olhos se encontram. — Use apenas o poder de Tairn. Não se transforme. Não morra. Complete sua missão e eu encontro você depois.

Ele me beija até eu ficar sem fôlego, e por apenas esse instante o tempo não importa. Meu coração acelera e eu passo meus braços ao redor da sua nuca, despejando tudo o que sinto por ele em minha resposta. É caótico e desesperado e acaba cedo demais.

— Volte para mim — exijo enquanto ele se afasta.

— Só existe você. — Ele sustenta meu olhar por mais alguns passos e então se volta para Bodhi. — Fique com ela, mas é melhor lembrar da sua promessa.

Bodhi assente.

— Eu não quero a porra da sua província.

— Entendido. — Xaden aperta os ombros de Bodhi e corre para Sgaeyl. Os olhos dourados dela se voltam para os meus.

— *Saia do chão e fique com ele* — ordena ela, e nós duas sabemos que ela não está falando de Bodhi.

— *Digo o mesmo.* — Ergo o queixo.

Dentro de segundos, eles vão ao ar, voando ao sul em direção à cidade. Desvio o olhar antes que o medo consiga me dominar. Ele é o cavaleiro mais poderoso do campo, e ela é implacável. A sobrevivência deles sequer é uma dúvida.

Bodhi e eu daremos a eles tempo suficiente para salvar a cidade.

— Agora que o Duque da Birra partiu — diz Bodhi, elevando a voz —, temos outro problema.

Claro que temos.

A única coisa mais teimosa que um dragão é seu cavaleiro.

— O GUIA DAS ESPÉCIES DE DRAGÕES, POR CORONEL KAORI

CAPÍTULO SESSENTA

— Qual o problema? — Volto para a carnificina que cerca nossos dragões.

— *Ele não acorda* — anuncia Tairn, e Cuir abaixa o focinho verde para Teine.

Merda. O medo volta a inundar minhas veias.

— Temos que tirá-lo daqui antes que Theophanie volte. — Bodhi analisa as nuvens.

— Garrick consegue levar Teine penhasco acima? — pergunto.

— Sob circunstâncias normais? Sim. — Bodhi se encolhe. — Mas ele já está exausto de ficar indo de um lado para o outro no Continente nessas últimas horas. Então não vai rolar.

— O plano está desmoronando rápido demais.

E estamos a quilômetros dos outros, exceto da dominadora das trevas letal que quer nos matar. Mas há outra opção. Viro a cabeça na direção de Tairn.

— *Você é o único forte o suficiente para tirá-lo daqui. Você pode carregá-lo se usar as correntes.*

— *Não abandonarei você neste campo...* — grunhe ele.

— *Se eu for embora, tudo vai dar errado. Os dragões protegem os seus, mesmo acima de um cavaleiro com quem fez uma união* — lembro a ele.

Tairn semicerra os olhos e vapor sai de suas narinas.

— *Não me dê sermão sobre as leis de minha espécie ou descobrirá como fico confortável ao quebrá-las.*

Cuir sai de perto rapidinho.

— *Por favor* — imploro a Tairn. — *Se não pelo bem de Teine, então pelo de Mira. Já perdi Andarna. Não posso perder minha irmã também. Não me peça para encontrar essa força ou vou fracassar com você. Vou fracassar com nós* dois.

Um rosnado sai da garganta dele e metal bate enquanto ele se posiciona sobre Teine, agarrando com as garras as quatro pontas de correntes enroladas no torso do outro dragão.

— *Você não sairá deste campo* — ordena ele.

— *Obrigada.*

Vento sopra na lateral do meu rosto enquanto as asas de Tairn batem mais rápido do que já vi, e o corpo frouxo de Teine é levantado do campo aos poucos. A sombra dele me engole enquanto ele decola, levando Teine para a segurança do penhasco.

— Estratégia ousada — observa Bodhi, observando-os partir. — Mandar nosso maior dragão para longe com certeza não vai nos ferrar.

— Ele vai voltar. — Olho para o céu e dou uma volta devagar para observar melhor os arredores, mas não há sinal de Theophanie ou do wyvern que ela prefere entre os outros.

Meu coração acelera. Não gosto de ser a presa.

Suspirando devagar, nego o impulso de conferir a silhueta da cidade para procurar por Xaden. O plano não vai funcionar se eu não conseguir focar aqui e agora. Eu me forço a cortar todos os pensamentos que envolvem outras pessoas e entrar em um espaço mental em que não sou mais uma irmã, uma amiga, uma amante. Existo apenas como cavaleira, como arma.

— Quer esperar para começar a caçar nossa amiga de cabelos prateados? — pergunta Bodhi enquanto Cuir vem na nossa direção, sangue de wyvern pingando da ponta de seu rabo-de-espada.

— Não vamos precisar caçar. — Prendo o conduíte no pulso, então estendo a mão por cima do ombro e abro a tampa da minha aljava. — Desde que eu continue aqui, ela virá.

E eu terei a chance de matá-la antes que ela ataque outra pessoa que eu amo.

— Esperar parece... anticlimático. — Ele se posiciona com as costas contra as minhas.

— Sempre parece. — Ao mesmo tempo, é torturante, como o momento durante o voo em que os músculos de Tairn se mexem sob mim e eu sei que estou prestes a sentir o frio na barriga antes do mergulho, ou aqueles longos minutos no cume acima de Basgiath, esperando a horda chegar. — Acha que vai funcionar?

— Tem que funcionar. A magia precisa de equilíbrio, certo?

— É a regra mais antiga que existe — diz Theophanie, saindo por trás da carcaça de um wyvern. — Mas uma vez por século, em média, temos a chance de tombar a balança a nosso favor, e vou me provar para ele desta vez.

Nós nos viramos para ela, ombro a ombro, e tento alcançar o poder de Tairn, mas nem uma única gotinha responde ao chamado.

Merda. Tairn está fora de alcance. Não será uma viagem curta arrastar Teine pelos muitos quilômetros até as égides e a três mil quilômetros de altura. No entanto, Mira está segura, e é isso o que importa. Bodhi e eu podemos nos manter vivos.

— De onde ela surgiu, caralho? — sussurra Bodhi, desembainhando a espada.

— Ela é rápida — sussurro, recordando-me como ela desapareceu do porão em Basgiath.

— Apenas alguns são mais rápidos que eu — responde Theophanie, passando pela carcaça dos wyvern, roçando as rugas em suas costas enquanto vem em nossa direção. — Mais velhos, também.

Abro a boca. Ela nos ouviu a seis metros de distância.

— Pena que você precisou matá-los. — Ela estala a língua. — Demoram uma *eternidade* para serem gerados. Está pronta para pesar a balança, Violet?

Ter duas dominadoras de raios em qualquer lado não apenas pesaria a balança; isso a destruiria.

O mesmo vale para sombras.

Cuir abaixa a cabeça e rosna à direita de Bodhi.

— Estou pronta para te matar. — Estendo a mão para a adaga por puro reflexo e a lanço com tanta força que meu ombro estala, mas por sorte não há subluxação.

Theophanie acena os dedos tortos, e a lâmina cai para o lado antes de chegar à metade do caminho.

— Decepcionante. Não aprendeu nada desde a última vez que tentou esse truque? Mas não precisa se constranger. Trabalharemos nisso. Ficarei feliz em ensinar você.

Sinto os olhos faiscarem. Foi esse o caminho que a sacerdotisa previu para mim? Não a mentoria de Dunne, mas a de Theophanie?

— Merda — murmura Bodhi. — Esse é outro problema.

Provavelmente torna as flechas nas minhas costas inúteis também. Incrível. Terei que chegar bem perto para matá-la.

— Escolha curiosa de acompanhante, considerando que você fede ao seu parentesco. — As veias ao lado dos olhos dela pulsam enquanto ela analisa Bodhi, o ritmo completamente calmo enquanto caminha até o líder dos wyvern mortos. — Conte-me, você nunca se cansa de ser uma versão menos poderosa de seu primo?

— Não sou eu quem está aqui tentando se provar — devolve Bodhi, a cabeça se inclinando da mesma forma que Xaden faz ao analisar o inimigo.

Nenhuma espada. Nenhum cajado. Ela está desarmada, com exceção da fileira de lâminas no quadril. Observo os passos dela em busca de uma fraqueza e não encontro nenhuma. Ela está mais rápida também, o que significa que só tenho uma chance.

— Sagaz. — O sorriso dela racha outra linha em seus lábios. — Sua espera está quase terminando. Ele partirá logo. A coroa será sua.

Vamos, aproxime-se mais.

— Não temos coroa. — Bodhi passa a espada para a mão esquerda, liberando a direita. — Você não me conhece bem o suficiente para tentar zoar minha cabeça. Estou fazendo exatamente o que sempre quis: protegendo meu primo, minha província.

— E ela. — Theophanie para bem diante do focinho ensanguentado do wyvern e me encara. — Uma arma como você só se submeterá a alguém mais forte, então venha, vamos acabar com essa farsa para que você possa começar sua verdadeira jornada. Ele está esperando.

A alegria ilumina o sorriso dela.

— Berwyn? — adivinho.

— Como se eu fosse obedecer àquele tolo. Acho que não. — Ela ergue o olhar. — Pena que você dispensou seu dragão, mas não se preocupe, há poder suficiente sob seus pés. Agora, me mostre a recompensa pela minha paciência.

Ela ergue os braços enquanto a brisa fica mais forte, varrendo os penhascos às nossas costas.

Chega de enrolar, então. Lá vamos nós. Desde que Bodhi resista ao sinete de Theophanie, podemos acabar com ela antes que Tairn sequer volte.

Bodhi ergue a mão direita e a vira como se agarrasse uma maçaneta que ninguém consegue ver. O céu escurece e o vento sopra, e, embora nenhum raio caia, a temperatura e a umidade aumentam de uma forma que só senti perto de outra pessoa.

O sorriso de Theophanie aumenta.

A gravidade muda e minha percepção de *tudo* muda.

— Está funcionando. — Um sorriso puxa os lábios de Bodhi.

— Não está — sussurro, toda a esperança deixando meu corpo como a água por um ralo de banheira. — Você não vai conseguir reverter o sinete. Você precisa ir. Agora.

Puxo outra lâmina. Talvez eu não possa lançá-la, mas não vou cair sem me defender. Posso aguentar firme até que Tairn volte.

— Não tem raios — argumenta Bodhi, os nós dos dedos ficando pálidos contra a empunhadura da espada.

— Eu estava errada. Ela não é uma dominadora de relâmpagos.

Os relâmpagos haviam caído nas duas batalhas, e então eu relacionei a presença disso com Theophanie quando na verdade eram apenas um subproduto do seu verdadeiro sinete. Ela não havia controlado os relâmpagos durante o ataque em Suniva.

Ela controlara aquilo que os gerava.

— Claro que não. — Theophanie movimenta um dedo e as nuvens acima de nós começam a rodopiar. — Só há uma exceção à regra, Violet Sorrengail. Imagine minha surpresa quando descobri que é *você*. Se seria uma das filhas dela, eu teria apostado na sua irmã.

— Amari nos ajude. — A mão de Bodhi se abaixa devagar e o olhar dele pula para o céu. — Ela não é o seu equivalente de dominadora das trevas.

— Não. — Balanço a cabeça enquanto a próxima lufada de vento quase me empurra à frente.

Eu me preparei para a batalha errada. Conheço a sensação do relâmpago carregando, reconheço o estalar do ar antes que o raio caia. Entendo os limites de dominá-lo. Cada ataque exige sua própria descarga de energia, e quando acaba está feito. Porém, o que Theophanie está fazendo ganhará vida própria e seguirá adiante até depois que ela tiver cedido seu poder.

Isso é muito pior que lutar contra mim mesma.

— Ela é a resposta dos venin à minha mãe. — Dizer em voz alta arranca o choque do meu sistema, e minha mente dispara.

Apenas a exaustão de Aimsir ou alguma doença eram capazes de enfraquecer minha mãe. Nem o mais poderoso dominador de vento podia diminuir as tempestades dela.

— Ela era a resposta a *mim* — sibila Theophanie, e as nuvens começam a *girar.*

O tornado. Meu peito se aperta. Minha mãe nunca conseguiu esse feito em particular. Não é de se espantar que eu não tenha reconhecido Theophanie pelo que ela é de fato – jamais conheci um dominador de tempestade mais poderoso que minha mãe. Até agora.

— Você precisa sair daqui. — Empurro o braço de Bodhi. — Vá antes que Cuir não consiga decolar com esse vento!

— Meu sinete é sempre o equilíbrio — diz Bodhi, erguendo a mão enquanto o vento se torna um rugido constante em nossas costas. — Eu vou conseguir impedir!

— Você não vai! — Empurro outra vez, e agora ele cambaleia de lado. — Seu sinete deve só funcionar na magia como a nossa, não a deles. Agora vá! Você prometeu a Xaden!

— Venha comigo! — grita Bodhi.

De alguma forma, Theophanie sabe que você tentará salvar todo mundo... As palavras de Brennan voltam à minha mente agora.

— Não posso.

Se eu for, ela me seguirá e perderemos. Se eu ficar, posso ser a distração de que os outros precisam.

— Então eu vou lutar ao seu... — começa Bodhi, mas Cuir prende o torso dele com duas garras e decola antes que ele consiga terminar a frase. As asas verdes batem em arcos grandes enquanto ele carrega Bodhi, que continua protestando, para o alto e longe do campo, na direção sul. Sem dúvida ele vai conseguir subir o penhasco antes de o vento aumentar.

O sucessor de Tyrrendor está a salvo, mas não tenho tempo para sentir nem um pouco de alívio.

Uma lufada uivante me força à frente e eu caio de quatro na grama, quase perdendo o conduíte pendurado no pulso. Algo grunhe atrás de mim, e olho por cima do ombro bem a tempo de observar uma árvore mais alta que Tairn tombar na minha direção da extremidade do campo, parando em um ângulo absurdo antes de ser totalmente arrancada pela raiz.

Merda. Eu me levanto e jogo o peso do corpo à esquerda, correndo para não ser atingida. Em menos de dez passos, o vento me joga no chão outra vez, e meu estômago revira quando a árvore mergulha na minha direção. Escorrego nas pedrinhas soltas, mas minhas botas seguram meus tornozelos no lugar enquanto me afasto mais alguns metros, cambaleando.

A árvore cai, atingindo o chão com a força de um dragão. Com o coração acelerado, encaro o galho caído a menos de um braço de distância

— Canalize a magia, e iremos embora juntas! — promete Theophanie, a voz soando acima do vento, embora a árvore a tenha escondido de mim.

Pensando bem, a árvore também *me* escondeu, pelo menos até que Theophanie mude de posição.

Preciso me mexer rápido.

O vento está forte demais para permitir um ataque direto, já que a adaga voará além sem um contrapeso. Pego uma adaga, ergo a jaqueta de voo e corto um pedaço do tecido da parte inferior do uniforme. O vento luta para arrancar o tecido da minha mão, então uso os dentes e enrolo a lâmina. Mais rápido. Preciso ser *mais rápida*. Estendendo a mão sobre o ombro, agarro o cabo da flecha com ponta de maorsita com o máximo de firmeza possível, então a puxo da aljava e a arrasto diante de mim.

O vento para um pouco enquanto amarro a flecha a uma pedra do tamanho do conduíte.

— Alcance o poder e use-o! — Theophanie entra no meu campo de visão, a seis metros.

Fico de joelhos e lanço a pedra com o máximo de força possível considerando o vento.

A lufada a carrega, mas Theophanie derruba a trajetória a três quartos do caminho.

— Você *ainda* não aprendeu nada? — A flecha cai alguns metros à direita dela.

E então explode.

Terra, grama e pedras voam, e o impacto arremessa Theophanie a meia asa de altura pelos céus. O vento morre antes que ela acerte o chão com força.

Graças aos deuses a tempestade ainda não é forte o bastante para se sustentar sem os poderes dela. Eu me levanto e corro, pegando minha última adaga com o cabo de liga metálica. Não posso arriscar perdê-la ao atirar.

A grama está enroscada na trança quando Theophanie se levanta, e os olhos lutam para focar enquanto viro a adaga para que fique paralela ao meu pulso e me lanço sobre ela. Meus joelhos atingem o chão um segundo antes de dar o golpe.

Ela segura meu antebraço e aperta com uma força que ameaça esmagar até os ossos.

— Basta!

Uma onda debilitante de dor irrompe em mim, mas seguro a adaga como se a vida dos meus amigos dependesse dela, e então puxo a faca de cabo preto da minha esquerda e esfaqueio, cravando a lâmina na coxa dela.

Os lábios de Theophanie racham mais com o grito, mas, em vez de soltar meu antebraço ou tirar a faca da coxa, ela agarra meu pescoço e me empurra para trás, batendo minhas costas no chão. Arregalo os olhos e fico aguardando que os explosivos na aljava acabem matando nós duas, mas de alguma forma o estofado amortece o impacto.

— Mulher tola. — Ela enfia o joelho na minha barriga e arranca meu ar.

Luto para respirar, mas consigo, e ela prende minha outra mão ao chão com uma velocidade que eu jamais poderia igualar.

— Sua mãe já sabia quando tinha sua idade que não era páreo para mim. Por isso ela se escondeu atrás das égides. Talvez você devesse ter seguido o exemplo dela. — As unhas irregulares de Theophanie cravam em minha pele e as veias ao lado do olho dela incham enquanto ela olha em direção ao sul. — Alguns parecem ter passado. O que você vai fazer?

Sigo a linha de visão de Theophanie e cada músculo do meu corpo fica tenso para que eu não me debata. Uma horda de wyvern corta ao norte, passando pela cidade e voando diretamente para o vale que leva ao Desfiladeiro de Medaro. Eu deveria estar lá... mas, se fosse o caso, não poderia mantê-la *aqui*.

Dunne, proteja-os. Desvio o olhar e encontro Theophanie me encarando, os olhos sinistramente vermelhos tão perto que tomam conta da minha visão.

— A horda tem fome. Quantos inocentes estão escalando o desfiladeiro? Mil? Dois mil? Você ainda pode salvá-los. Pegue o poder que está à disposição. Está ao seu alcance. — Ela gira minha mão para que minha palma se pressione na grama, e mantenho os sentidos fechados conscientemente. — Tão teimosa. Não ter todas as respostas deve estar consumindo você, saber que não é a solução para todos os problemas. Você é só mais uma dominadora de relâmpagos, mortalmente incapaz de estar em todos os lugares ao mesmo tempo. — O metal se afasta do meu pescoço. — Vá. Será uma diversão ver você tentar.

Olho para o sul apenas o bastante para testemunhar a horda desaparecendo no vale.

— Você tem razão. Não posso estar em todo lugar.

Theophanie arregala os olhos quando arqueio o pescoço contra a lâmina.

— Só que eu não preciso estar.

Quando chega a hora da verdade, não sou a melhor entre nós.

Ela é.

A liderança é construída com respeito, regras e obediência. Esquadrões são construídos com confiança.

— Liderança para segundanistas, por major Pipa Donans

CAPÍTULO SESSENTA E UM

RHIANNON

Imogen. Quinn. Violet. Meu coração dispara. Não sei como proteger o desfiladeiro quando estamos sem três das nossas mais poderosas e implacáveis colegas de esquadrão, mas o fracasso não é uma opção.

Graças a Zihnal, o vento infernal cessou. Por um instante pensei que seríamos soprados até Cordyn. Inspeciono o que posso do Desfiladeiro de Madero desde a entrada e suspiro com certo alívio por nenhum civil ter caído com a rajada.

— *O penhasco bloqueou o vento para eles, como fez conosco.* — Feirge se afasta da segurança da base e vira com uma guinada para encarar o vale serpenteante que leva a Draithus.

— *Diga aos outros para formar uma fila. Se podemos voar agora, eles também podem.*

Uma horda cinza acabara de fazer a última curva do vale quando o vendaval começou, levando os wyvern para a terra.

De acordo com Cath, todos os dragões foram forçados a se abrigar em Draithus também.

— *Feito* — responde Feirge, e a chuva respinga na base do pescoço dela.

Ótimo. Chuva é a última coisa que qualquer um nesse penhasco precisa.

Eu me recordo do que Raegan sempre diz: *Zihnal dá o que acha justo.* Não adianta agradecer ao deus por uma bênção e xingá-lo no momento seguinte. Eu gostaria de vê-la dizer isso sob estas circunstâncias, mas ela provavelmente conseguiria. Ela sempre foi a gêmea mais graciosa.

Tara, por outro lado, diria que é para eu criar minha própria sorte.

Confiro a direita, garantindo que os outros não se feriram no vendaval bizarro. Maren e Cat se encaixam na fileira, e nem elas ou seus grifos parecem abalados. Além delas, Sliseag balança a cauda, mantendo as asas recolhidas, e Sawyer assente para mim. Então, olho para a esquerda e encontro Neve e Bragen em posição, com Aotrom remexendo seu peso, impaciente.

Ridoc encara o pico ao norte, não o caminho através do vale logo ao sul, como se pudesse ver diretamente através dos obstáculos se apenas tentasse.

Parte de mim grita que deveríamos estar do outro lado desse pico, mas recebemos ordens. *E só meio esquadrão para cumpri-las.*

Pigarreio e me recomponho. Isto não é Combate de Esquadrão. Se eu cometer um erro aqui, pessoas inocentes *vão morrer*. Tivemos sorte quando os wyvern que entraram pelos buracos que deixei em nossas defesas só derrubaram metade do muro e não a casa dos meus pais. Não importa o quanto Violet signifique para mim, ela é apenas uma vida. Estamos escoltando milhares que fogem assim como minha família fugiu, e devemos a eles a mesma proteção.

— Gamlyn! — grito acima dos grifos. — Preciso da sua atenção *aqui*.

Ele parece prestes a me mostrar o dedo do meio por um segundo, mas assente.

— *Reconhecer o medo que sente em nome da dominadora de relâmpagos não compromete sua missão* — observa Feirge, como sempre. — *Ignorar, sim. Aceite a emoção e siga adiante.*

Aperto os picos irregulares de escamas verdes que formam o pomo do assento.

— *Claro que estou preocupada com Violet.*

Ela está lá sob a única condição que eu jamais quero que nenhum de nós enfrente: sozinha. Tairn voou para a cobertura das nuvens momentos antes que o vento começasse, levando Teine em correntes e escoltado por Marbh, e a última informação reportada por Cath foi que Riorson e Durran foram vistos perto dos muros da cidade. Pelo menos não vi nenhum raio.

— *Mas temos um trabalho a...* — começo.

Uma dúzia de wyvern, talvez até mais, eleva-se do chão do vale a alguns metros à frente. Meu coração acelera.

— *Pergunte a Veirt quantos deles Baylor consegue identificar.*

Gritos soam em uníssono dos evacuados, tanto aqueles esperando para subir como aqueles que já estão no penhasco. Chuva. Wyvern. Civis em pânico. A situação é um fiasco em potencial. Deuses, é melhor que os calouros estejam levando os civis para a segurança no topo do desfiladeiro, como instruímos. Graycastle e Mairi já vão levar um sermão. Vá saber o que aqueles dois estavam pensando.

Indisciplinados. Preciso fazer todos acatarem as ordens rapidinho.

— *Baylor vê dezessete* — responde Feirge um segundo depois.

Dezessete. Contra três dragões e quatro grifos. Merda.

— *Isso é meio desafiador* — admito para Feirge.

— *Então que* nós *sejamos as ameaças* — rosna Feirge, a cabeça balançando em antecipação. — *Pronta para repassar suas ordens.*

Minhas ordens. Sem pressão. Precisamos interceptar.

— *Legião, façam uma formação espinho* — digo para ela. Aprendi minha lição em Aretia: precisamos travar uma batalha longe do penhasco. — *Revoada, proteja os evacuados sob o comando de Bragen.*

Feirge dá três passos e eu aperto as coxas para me segurar no assento enquanto ela se lança no céu cheio de nuvens.

— *Kiralair não gostou da decisão.*

Conte uma novidade. Repenso a escolha por um piscar de olhos.

— *Diga a Kira que terão maneabilidade melhor contra o penhasco do que nós, além de um arsenal completo de runas. Não podemos deter dezessete wyvern só com três dragões. Eles precisam estar prontos.*

Apenas uma vez, gostaria de dar uma ordem que Cat não sinta a necessidade de contestar.

Coloco os óculos de voo e voamos de encontro com os wyvern, Feirge, Aotrom e Sliseag formando os três pontos de um triângulo. Precisamos lutar o mais longe do penhasco possível. Tem muito espaço para nos mover à frente, mas não tanto espaço assim para recuar contra a rocha.

O inimigo está vagamente organizado em três colunas, com duas de profundidade.

— *Continuem em...* — Espere. — *Não, vertical. Troquem para a formação vertical.* — Isso nos dará uma chance melhor de derrubar o máximo possível.

— *Duvidar da sua escolha me obriga a fazer o mesmo com relação à Ceifa* — Feirge passa sermão, subindo em altitude enquanto nos aproximamos das paredes íngremes do vale.

— *Muito engraçado.* — Eu queria poder ver diretamente abaixo de nós.

— *Eles estão em posição* — responde Feirge à pergunta que não fiz, mas tenho a sensação de que Aotrom vai se desviar assim que tiver chance.

— *Confira com Sliseag.* — Temos menos de trinta segundos e esse será apenas o segundo encontro dele depois de quase perder Sawyer em Basgiath.

— *Ele está ofendido por você ter perguntado* — responde Feirge.

— *Naturalmente.* — Prendo os dedos das botas entre as escamas de Feirge e me preparo para o impacto quando vejo a forma dos dentes. — *Centro do topo primeiro.*

— *Pensei que fôssemos à esquerda inferior* — responde ela, com inocência fingida.

— *Não é hora para o seu sarcasmo.*

Nosso alvo guincha e sai da formação. Feirge se afasta para perseguir, e todo o meu corpo retesa quando uma onda de fogo azul explode em nossa direção.

— *Segure!* — grita Feirge, e faço exatamente o que ela ordena, prendendo os músculos quando ela rola para a direita. O peso do meu corpo muda, e eu empurro com a perna direita para balancear enquanto ela faz uma subida quase vertical.

— *Você não vai fazer a coisa, vai?* — Eu me seguro no pomo como se fosse minha salvação enquanto nosso momentum atinge o auge que ela escolheu.

— *Talvez.* — Ela mergulha à esquerda, em uma queda tão vertical que meu estômago tenta sair pelos pés.

— *Você precisa me avisar antes!* — Mudo o toque e aperto o pomo, me preparando para o que inevitavelmente virá a seguir enquanto avançamos na direção da forma wyvern de cima.

— *Por quê? Você estava preparada.* — Ela estala as asas suavemente, desacelerando nossa descida um segundo antes de o impacto acontecer apenas o suficiente para que eu não seja atirada por cima da cabeça dela.

A colisão atrapalha minha aderência, e a chuva não ajuda.

Feirge enterra as garras nas costas do wyvern e fecha a mandíbula na base do crânio, onde o pescoço é mais fino e mais fraco. O grito da coisa estoura meus tímpanos.

Então caímos, apesar de Feirge bater as asas freneticamente. O medo aparece em seguida, e tento engoli-lo. Ela tem a vantagem de não ter as garras e dentes dos wyvern, mas a agilidade sempre foi seu maior trunfo, e não força. As garras dela rasgam as asas cinza como couro, e ela esmaga os ossos dele enquanto a montanha surge à minha direita.

— *Estamos nos aproximando do chão!* — aviso.

— *Sua consciência situacional nunca deixa de me impressionar.* — Ela lança o peso à frente e puxa a cabeça do wyvern para trás, quebrando o pescoço dele enquanto um vulto de cinza passa pela minha linha de visão.

— *Nesse caso, gostaria de saber sobre aquele acima de nós?* — pergunto.

Ela solta o wyvern na encosta da montanha abaixo, e então viramos a cabeça para cima.

Aotrom voa em perseguição, e uma labareda de fogo verde segue sua cauda. Paro de respirar até que o marrom escape da chama, salvando Ridoc de uma morte dolorosa, e então encaro sua fonte.

— *Segure* — avisa Feirge um segundo antes de colidirmos com o wyvern de fogo verde. Ela quebra o pescoço dele, arrancando um pedaço carnudo enquanto ele mergulha, espalhando sangue pela lateral da montanha.

Ela afunda as garras em outro e disseca sua garganta.

Onde está o restante do esquadrão? Busco com uma girada rápida da cabeça e encontro Aotrom voando verticalmente junto com o outro wyvern acima de nós. Fico boquiaberta quando ele gira, virando sua coluna – e Ridoc – contra a criatura.

— *O que, em nome de Malek, ele está fazendo?* — grito quando Ridoc agarra o pomo com uma mão e estende a outra para as escamas cinzentas. Ele está tentando ser esmagado? Ele só pode estar brin...

Ele não está.

O wyvern guincha e um tom mais pálido de cinza se espalha por suas escamas, emanando da mão de Ridoc. A fera fica tensa e para de bater as asas... e *despenca* direto na nossa direção.

Feirge se impulsiona à frente, mergulhando à esquerda para evitar o penhasco, e me viro no assento para ver o wyvern colidir contra o terreno rochoso. Puta merda, acho que se partiu no meio.

— *Viu aquilo?* — pergunto enquanto damos a volta em uma das montanhas, vendo Sawyer acabar com um wyvern a centenas de metros abaixo de nós.

Precisamos nos reagrupar. Se já está confuso por aqui, não consigo nem imaginar quanto os números deles nos superam além do vale em Draithus.

Olho para o céu e, em um momento de fraqueza, busco por qualquer sinal de Tairn. Quanto tempo Vi aguenta ficar lá sozinha?

— *Foco.* — A cabeça de Feirge se vira para o desfiladeiro e eu coloco a minha no lugar.

Merda. Sete dos wyvern passaram. Cat está na garganta de um deles, as garras de Kira entrando nos espaços entre as escamas enquanto ele está imobilizado sob ela, e Maren alveja outro com sua besta. Um segundo depois, as asas do wyvern pegam fogo. Runa impressionante.

Bragen e Neve perseguem seu próprio wyvern na lateral do penhasco, deixando quatro para pegar civis que gritam, um a um.

— *Reagrupem-se* — ordeno, determinada a salvar o máximo de pessoas possível. — *Formação de escudo.*

— *Tem certeza?* — pergunta Feirge em seu jeitinho doce e zombeteiro.

Estamos com três cavaleiros a menos, mas a força do esquadrão está no todo, não nos indivíduos. Nós *vamos* defender essa passagem, mesmo sob essa maldita chuva.

— *Positivo. Vamos.*

Não há deusa mais furiosa que Dunne.
Entrar no templo Dela parte a alma de qualquer
sacerdote que tenha desprezado Sua benção.

— O GUIA PARA AGRADAR AOS DEUSES, POR MAJOR RORILEE, SEGUNDA EDIÇÃO

CAPÍTULO SESSENTA E DOIS

VIOLET

Chuva respinga na minha testa enquanto a adaga de Theophanie raspa a pele do meu pescoço, mas seguro com força e fico de olho nela. Minha mente passa por todas as possibilidades de conseguir sair dessa viva, e escolho a mais simples. Ainda assim, é um risco.

— Meus amigos vão continuar a lutar bem depois que eu encontrar Malek, e eu vou encontrá-lo com minha alma intacta. Faça o seu pior.

O vermelho no olho dela pulsa quando a surpresa toma conta de seu rosto, e ela ergue a lâmina apenas o suficiente para me dar os centímetros de que preciso.

Isso vai doer.

Bato a testa com tudo no nariz dela. Ossos são moídos quando a cabeça dela é empurrada para trás, o corpo seguindo o movimento. Assim que o peso dela muda, puxo o joelho direito para o peito e chuto o mais forte que consigo, pegando na axila dela e desvencilhando o aperto em meus pulsos.

— Merda! — berra Theophanie, e então usa a velocidade para aparecer a seis metros mais longe à esquerda, segurando o nariz. — Nunca vai voltar a ficar igual!

Eu me coloco em pé.

— Você acha que eu não vou fazer isso... Matar você — digo.

Ela me observa com uma crueldade que não tinha antes e tira uma adaga de ponta verde do cinto.

Meu estômago embrulha. Sofrer com esse veneno específico uma vez foi mais que suficiente.

— Acho que você expôs seu desespero com o comentário sobre uma vez a cada século. — Fico de olho nela enquanto pego minha adaga com runas da grama molhada de chuva. — Você precisa de mim.

— Outro virá — avisa ela. — Você não é especial.

— Mas sou a única dominadora de relâmpagos para quem você tem que *se provar* agora.

Tenho certeza de que cheguei aos limites da paciência dela e agora a coisa vai pegar fogo. Segurando o conduíte por hábito, tento alcançar Tairn. O gotejamento cada vez mais forte de poder e a união fina como papel me dizem que ele está se aproximando, mas ainda está fora de alcance.

— O que significava bem mais quando você tinha sua irid. — Theophanie se abaixa e passa a mão na grama do campo. Um único toque do dedo faz aquele ponto ficar cinza.

Merda. Se eu exagerei minha vantagem, tudo o que ela precisa fazer é abaixar a mão e eu me transformarei em pó. O pânico se esgueira até meu coração e finca suas garras, mas afasto aquele sentimento traiçoeiro antes que me prenda no lugar.

— *Violência?* — pergunta Xaden. Exaustão e urgência misturadas com um pouco de dor percorrem a união. Ele está em combate.

— *Estou bem. Foque em você.*

Arrisco não encarar Theophanie por um instante e olho na direção do que consigo ver da cidade através da tempestade que *só* piora. Dragões, wyvern e grifos enchem o céu acima da torre em espiral, mas não deixo meu olhar permanecer por tempo suficiente para buscar azul naquele turbilhão caótico.

Xaden é o mais forte deles. Ele ficará bem. Preciso manter meu foco – e Theophanie – aqui para dar a eles uma chance de salvar Draithus. Eles só precisam de *tempo*. Dou as costas à cidade e encaro Theophanie enquanto a chuva começa a cair pra valer, as gotas pesadas encharcando no chão.

— Ah, você se preocupa com o dominador de sombras — diz Theophanie com um sorriso cruel e continua a passar a mão contra as folhas da grama. — Não quer ter a eternidade com ele?

— Já tenho.

Observo os arredores em busca de qualquer vantagem e não encontro nada.

— Não da forma que você quer. — Ela inclina a cabeça. — Somos atores excelentes, mas nossa espécie não sente o que você chama de *amor*.

Isso faz com que *toda* a minha atenção se volte para ela.

— Mentirosa.

Eu saberia.

— Ah, aí está. — Um sorriso cruel surge na boca de Theophanie. — Batalhas são perdidas por nossos soldados mais fracos, e ele a deixa fraca. Agora que sei onde você é vulnerável, podemos começar.

— Vá se foder. — Provei para a ilha favorita de Dunne que sou tudo menos fraca, e ela não tem mais o favor de Dunne.

— Lição número um. Para sobreviver em nosso mundo, você deve proteger a magia que a sustenta. Sabe como evitar ser drenada por esse método? — Theophanie abre a palma no chão e a terra seca aos poucos. A grama fica cinza e vira *pó*. A terra se contrai e estala, engolindo a chuva. A infecção se estende para fora a partir da mão dela, aos poucos devorando centímetros, e então metros.

Dou um único passo para trás, percebendo como o instinto estava errado. Ela pode aumentar a velocidade da drenagem a qualquer instante. Está só brincando comigo.

— É bem simples, na verdade. Ocupar um espaço cuja magia já foi recondicionada cria uma barreira. — Ela ergue as sobrancelhas prateadas. — A solução mais fácil é drená-la pessoalmente. Se fizer isso antes que eu a alcance, deixarei você viver. Você poderá ficar com seu amor, ou ao menos aquilo que se finge de amor, e também seu poder, e até mesmo seu dragão, se for isso que desejar.

— E se eu não drenar? — A dessecação se espalha e batidas de asas enchem o ar, mas Tairn ainda está fora de alcance, então acho que estou prestes a encontrar mais dos wyvern dela.

— Você morre. — Ela se apoia na mão e o chão murcha em uma velocidade quatro vezes mais rápida, a magia drenando em um círculo cinzento que se aproxima como uma onda. — Posso esperar por outra dominadora de relâmpagos, mas você é perigosa demais para continuar viva, então escolha rápido.

Merda. Tenho segundos…

Um espaço cuja magia já foi *recondicionada*. Preciso de uma barreira.

Corro para a direita o mais rápido que consigo, deixando o conduíte pender. Ele bate contra meu braço a cada passo enquanto desembainho outra adaga da coxa, e meus pés deslizam na grama molhada de chuva, apenas o suficiente para atrapalhar o ritmo. Meu joelho esquerdo guincha e eu bloqueio a dor, ficando de olho no círculo de morte que se esparrama e corre na direção dos meus pés e das outras carcaças de wyvern por perto. Mais três metros. Eu consigo. Preciso conseguir.

Não vou morrer nesse campo.

Meu coração martela e meus pulmões ardem enquanto pulo aqueles últimos trinta centímetros, voando na direção de uma parede cinzenta. Bato no pedaço carnudo entre as garras de wyvern e enfio minha adaga direita com força, e então me empurro para cima e imediatamente enfio a esquerda o mais alto que posso. Meus pés chutam para se firmarem na pele escorregadia e dura, mas consigo me estabilizar e uso as adagas para escalar.

Subo no topo da sua garra e corro pela perna escamosa, escalando pelo tornozelo até a carne cortada de sua coxa.

A onda de dessecação ondula abaixo de mim e então passa para o outro lado da carcaça do wyvern. Levo as mãos ao peito para sentir o tamborilar do meu coração: se eu estivesse morta, saberia, certo? Eu com certeza não estaria ouvindo esse bater de asas.

— Ora, ora, como você é esperta. — Theophanie foca em algo atrás de mim. — Não!

A curva de garras aparece no canto da minha visão, e ergo os braços. Uma garra se fecha ao meu redor e puxa meu corpo para o céu.

— *Tairn.*

— *Não exatamente.*

A chuva bombardeia escamas azuis escuras.

— *Sgaeyl?*

— *Você é uma inconveniência para a qual não existe uma medida satisfatória* — rosna ela, voando a oeste enquanto as nuvens rodopiam acima de nós, escurecendo com velocidade abismal. — *Mas fez um trabalho excelente em manter a Guardiã ocupada.*

Oeste é a direção errada, já que Xaden está ao sul.

— *Você não pode deixá-lo lá!* — grito.

— *E é por isso que vou deixar* você. — Ela balança a perna dianteira para a frente e me solta. — *Ela é toda sua.*

Voo reto, em direção à tempestade, com tanta graça quanto um bêbado, refém das leis da física, e travo a mandíbula, engolindo o grito que sobe pela minha garganta. O medo agarra meus pulmões e então o poder corre pelas minhas veias em resposta, acelerando com a força da adrenalina multiplicada cem vezes.

Agora é Tairn.

O medo que invocou meu poder evapora na tempestade, e eu ergo os braços para cima. Um vazio gigantesco e preto corta a chuva à minha frente, enquanto a trajetória da minha queda muda e a gravidade age, puxando-me para o chão.

— *Uma ajudinha aqui?* — Começo a cair mais rápido que a chuva ao meu redor.

— *Falei pra você ficar no campo.* — Duas garras enganch†am meus ombros e todos os ossos do meu corpo colidem quando sou puxada para cima. — *Mas, neste caso, estou aliviado por você não ter me dado ouvidos.*

— *Sgaeyl tomou essa decisão por mim, mas eu também estou aliviada.* — Do contrário, eu estaria morta. — *Teine?*

— *Está se recuperando rapidamente, aos cuidados de Brennan no topo do desfiladeiro.* — Tairn me lança na direção de seu focinho, e então me joga em suas costas.

Pouso na base do pescoço e deslizo para baixo. Meu joelho esquerdo cede, mas estendo os braços para me equilibrar e rapidamente navego os espinhos nas costas dele contra a vontade do vento e da chuva.

— *Mira?* — Eu me acomodo na sela e minha respiração fica um pouco mais leve quando estou afivelada e meus óculos estão no lugar.

É assim que devemos lutar. Juntos.

— *Ela vive* — responde ele enquanto descemos. — *Estamos nos aproximando do campo.*

As nuvens acima de nós começam a girar no sentido anti-horário.

Fantástico.

— *Cuidado com o clima. Theophanie é uma dominadora de tempestades. Ela vai tentar derrubar você.* — Agarro o conduíte com a mão esquerda e abro as portas dos meus Arquivos, mudando a corrente de poder para um aguaceiro enquanto nos aproximamos do campo.

— *Ela pode tentar* — rosna ele.

Os campos têm o círculo onde ela drenou magia da terra, mas ela não está em lugar nenhum.

— *Ela desapareceu.*

— *Ela reconheceu que perdeu a vantagem. Procure ao sul* — anuncia Tairn, e eu viro a cabeça.

— *Não consigo enxergar…* — Minha visão muda assim como aconteceu na Ceifa, e o campo de batalha de repente fica mais nítido. Porém, não estou olhando através dos olhos de Andarna; são os de Tairn. — *Longe assim.*

As hordas que estavam esperando para decolar levantam ao céu a um quilômetro dos portões da cidade, deixando para trás uma fileira de uma dúzia – *não, onze* – wyvern carregando venin no chão atrás deles. Não consigo distinguir as características dos dominadores das trevas, mas não é difícil identificar o cabelo prateado de Theophanie ou o wyvern gigantesco no qual está montada.

Meu coração se sobressalta. Aquele no centro parece maior que Codagh.

— *Porque é* — diz Tairn. — *Seria meu troféu mais impressionante até agora.*

Pisco e minha visão volta ao normal. A última coisa que quero é colocar Tairn perto daquele wyvern gigantesco, mas a cidade simplesmente não será capaz de aguentar aquele ataque. Se Kaori e os outros fracassarem sob *suas* ordens, nenhum de nós sobreviverá sem precisar recuar e abandonar civis.

— *Nossas ordens são manter Theophanie ocupada ou matá-la.* — Eu puxo mais poder, esquentando minha pele até queimar. — *O fato de que há mais de cem wyvern entre nós e ela, que por acaso também são uma ameaça à cidade...*

— *Concordo* — interrompe Tairn, virando à direita, voando na direção de Draithus.

— *Por que os cavaleiros desenvolveriam visão além do alcance se você consegue ver tão claramente assim?* — pergunto.

— *O privilégio da nossa visão é fornecido a poucos* — comenta ele.

Que coisa.

A chuva evapora ao acertar meu rosto, e vejo Glane e Cath bem acima de uma fileira de grifos no muro norte enquanto Cuir voa mais baixo na formação, todos caçando wyvern que tentam disparar para a cidade a caminho do vale além dela. Rhi e o resto do esquadrão os interceptarão antes que cheguem à passagem. Espere... Cuir?

— *Bodhi não deveria estar...*

— *Todos tomamos as próprias decisões.*

Xaden vai ficar furioso.

Vasculho o horizonte em busca dele. Os oficiais têm uma dúzia de dragões no céu, mas vejo um relampejo azul acima da ponta sul da cidade, e não é Sgaeyl.

— *Onde eles estão?*

— *Ela se afastou de mim* — admite ele com um grunhido mental.

Uma onda de xingamentos flui por minha mente enquanto nos aproximamos da cidade, e reúno mais poder, deixando que escalde e queime dentro de mim.

— *Provavelmente não quer que você fique se preocupando.*

— *O que só causa o efeito contrário* — devolve ele enquanto a horda passa uma fila de carcaças de wyvern empilhadas no leste. Eles chegarão nos portões em menos de um minuto, e estão em muitos para serem derrubados.

Ao menos não preciso mirar.

— *Recue a legião de volta para o ar acima da cidade.*

Solto o conduíte, deixando que bata contra meu antebraço, e ergo ambas as mãos para a chuva enquanto a energia incendeia meus pulmões, acumulando-se em um calor que não posso conter por muito mais tempo.

— *Feito.* — Ele vira um pouco à esquerda para que o curso seja definido para a horda e não para a cidade, e a variedade de cores no céu muda, concentrando-se acima de Draithus.

Eu apostaria a minha vida que nem um *único* dragão no céu questionou a autoridade imediata de Tairn no ar.

— *O que Carr me ensinou talvez finalmente seja útil* — comento, focando na horda, e então abro as mãos e solto a energia acumulada.

O poder explode em um estalo lacerante, fazendo um choque percorrer minha coluna enquanto arrasto as mãos para baixo... e solto, quando raios partem o céu em colunas demais para contar.

— *Dez relâmpagos* — anuncia Tairn com uma onda de orgulho enquanto trovões reverberam pelo meu corpo e os wyvern despencam. — *Sete atingidos.*

A determinação enche meu peito. Sim, eu consigo fazer isso. Levanto as mãos, puxo o poder vorazmente e domino outra vez, assim como antes. Colunas de raios caem, embora não tão poderosas quanto o primeiro ataque, e derrubo cinco wyvern, de acordo com Tairn.

— *Quatro* — anuncia ele depois do ataque seguinte.

De novo e de novo, puxo a energia de forma imprudente, contando com volume, e não precisão. Tudo no meu corpo queima como se eu estivesse amarrada a uma fogueira, mas continuo.

— *Seis. Três. Oito!* — Tairn segue na contagem a cada vez.

Temos tempo para mais um ataque conforme nos aproximamos da extremidade a noroeste dos muros, e puxo o poder lancinante de Tairn como se fosse apenas mais uma lufada de ar, e então domino.

— *Seis!* — anuncia ele, e eu caio para a frente, virando a cabeça na direção daqueles que não matei, voando em um enxame e ganhando o espaço aéreo da cidade. — *Segure firme!*

— *Não podemos...*

Agarro o pomo, e Tairn começa uma escalada tão íngreme que minha visão fica turva. A sensação do vento contra meu rosto é boa para cacete, mas não chega a acalmar o fogo nos pulmões. Luto para respirar de novo contra a força esmagando meu peito e só consigo quando Tairn passa pela horda de wyvern e se nivela por um segundo precioso.

— *Você não pode lutar se chamuscar. Água!* — ordena Tairn, e arranco o cantil da alça atrás da sela, tiro a tampa e bebo. É como colocar manteiga em uma frigideira quente, e meu estômago protesta imediatamente. — *Devagar.*

Como se isso fosse fácil.

Inspiro pelo nariz e expiro pela boca, controlando a vontade de vomitar, e então enfio o cantil de volta em posição enquanto meu corpo absorve aquela oferenda. O calor arde atrás dos meus olhos, o que significa que a temperatura ainda está elevada, mas a dor lancinante passou. Estou melhorando nisso.

— *Vamos matar os criadores deles* — digo.

— *Vamos* — concorda Tairn, e mergulhamos na direção dos venin montados em wyvern.

O vento uiva em meus ouvidos e eles disparam ao nos ver. Seis voam para a cidade, dois vêm na nossa direção e três voltam para as montanhas, incluindo Theophanie e sua *monstruosidade.*

Merda.

— *Matamos aqueles no nosso caminho, e então perseguiremos a dominadora de tempestades* — decreta Tairn.

— *Só sobrou uma adaga de liga metálica.*

Seguro o conduíte enquanto aceleramos na direção dos dominadores das trevas. Em vez de reunir mais, pego o poder que já zumbe pelas minhas veias com cuidado, usando apenas o necessário com precisão.

— *Então sugiro que você não a atire.*

O venin à esquerda gira o pulso e uma lança de gelo vem na nossa direção. Tairn rola para a direita e o projétil voa a metros de sua asa, perto demais. Aquele precisa morrer primeiro.

O poder estala por mim e eu o puxo para baixo com a ponta do dedo, incendiando minha pele enquanto miro. O raio atinge o venin bem no capuz flutuante de vestes roxas, e ele e o wyvern despencam do céu, instantaneamente mortos.

Mudo o foco para outro dominador das trevas, apenas para ouvir os dentes de Tairn se chocarem naquela direção enquanto o par recua, batendo em retirada.

O vento que ruge aumenta como um rio prestes a estourar sua represa, e uma rajada atinge a asa de Tairn, nos lançando para o lado por um segundo assustador antes que ele se nivele e vire na direção do vento.

Ah, merda.

Um tornado surge na extremidade norte do campo onde enfrentei Theophanie, descendo das nuvens em um cone estreito. A terra revira enquanto ele gira devagar na direção de Draithus, a trajetória precisa demais para ser algo natural. Vai arrasar a cidade.

— *Legião, abrigue-se!* — grita Tairn, tão alto que minha visão fica turva, e tenho a sensação de que a mensagem não percorreu apenas o elo entre nós dois, mas *todos*.

Theophanie.

— *Nossa presa aguarda na montanha além do campo* — diz Tairn enquanto viramos para uma rota em direção ao canto nordeste da cidade.

Sons de asas soam atrás de nós e eu me viro na sela. Esperança surge com a visão de asas azuis...

— *O que ele está fazendo, porra?*

Minhas sobrancelhas se elevam quando Molvic surge em um dos vales ao sul.

— *O Reserva traz o destacamento avançado de Zehyllna.* — A cabeça de Tairn balança enquanto ele repassa as informações. — *Mil soldados e suas montarias. Chegaram no porto de Soudra por acidente em vez de Cordyn, e estarão aqui em menos de meia hora.*

A cidade terá reforços se conseguir aguentar até lá, mas os wyvern são mais numerosos que os cavaleiros e paladinos que fogem para se proteger. Para fazer diferença, nossas forças terão que derrubar os wyvern para que a infantaria os mate. Meu estômago embrulha. Onde estão Xaden e Sgaeyl?

Tento alcançar a união, mas encontro um muro de gelo preto.

Cuir desaparece na confusão acima da cidade e minha respiração fracassa.

— *Temos que...* — começo.

— *Temos um objetivo* — grunhe Tairn conforme nos aproximamos da batalha. — *Decida nosso destino.*

Glane se lança na direção de Tairn apesar da ordem de se abrigar.

Balanço a cabeça e então afasto meu olhar, focando a norte do tornado e sua criadora.

É hora de fazer o que Imogen sugeriu meses atrás: delegar. Ela vai derrubar o céu antes que Glane e ela aceitem uma derrota.

Um objetivo.

— *Voe para Theophanie.*

Vá se foder. Minha filha e eu encontraremos Malek com a consciência limpa. Você e suas filhas poderão dizer o mesmo quando for a sua hora?

— Últimas palavras de Tracila Cardulo (redigidas)

CAPÍTULO SESSENTA E TRÊS

IMOGEN

Se o caos fosse um lugar, seria Draithus.

A chuva bate contra o vidro dos óculos enquanto Glane escala na direção dos três wyvern tentando acabar com Cuir. O ângulo inclinado da abordagem escolhida torna difícil pra caralho continuar sentada, mas não vou dizer a ela para desacelerar. Não que ela fosse ouvir. Bodhi está em perigo.

Trinco os dentes. Ele não entendeu ainda. Se perdermos ele e Riorson, Tyrrendor vai ficar com alguém que o rei indicar. Prefiro morrer a ver um aristocrata navarriano no trono queimado que minha mãe e Katrina morreram defendendo. A chama da fúria perpétua que vive no meu peito arde mais intensamente. Foda-se a horda. Fodam-se os venin montados nela. Foda-se aquele vórtex maldito de um tornado no fim do campo norte, e fodam-se as ordens para permanecer abrigada com esse vento. Não vamos perder Bodhi.

Ainda tem wyvern demais apesar da quantidade absurda que Sorrengail derrubou, e onde está Riorson, *caralho*? É melhor ele estar ajudando a torre a nordeste, porque não vi um traço de sombra nos últimos vinte minutos.

— *Cruth reporta que não trouxemos abastecimento suficiente* — avisa Glane, passando a mensagem de Quinn do arsenal na torre abaixo.

Que ódio.

— *Trouxemos* duas *caixas!* — Seria o suficiente para começar uma guerra dentro de nosso próprio reino, considerando que Riorson esteve retendo as armas de nossa forja do rei Tauri.

— *Nuirlach disse que foram buscar mais.* — Ela não parece muito esperançosa.

— *A quatro horas de distância? Como...* — Ah, merda. Felix sabe de Garrick. Deuses, ele deve estar perto de chamuscar a essa altura. — *Então aguentamos firme e rezamos para Sorrengail conseguir parar essa porra de tempestade.*

— *Cruth também repassou que devemos beber mais água, pois estamos no combate há mais tempo que o esperado.*

Dou uma bufada.

— *Diga a Cruth para dizer a Quinn que eu estou ótima.* — Vai saber por que ela está preocupada comigo quando é ela que está fazendo todo o trabalho.

A cabeça de Glane vira para cima.

— *Cuir sofre* — avisa ela, naquele tom resmungão que costuma significar que está prestes a fazer algo impetuoso.

Dito e feito: Glane angula as asas e escala ainda mais alto, quase em um ângulo de noventa graus.

Merda. Deslizo as botas de volta para a próxima escama e ajusto o aperto. Deito nas costas de Glane, abaixando a cabeça sob o pomo, e pressiono a bochecha nas escamas, o que ajuda a cortar a resistência do vento contra meu torso conforme subimos.

É um erro olhar para a cidade queimando abaixo, mas não consigo evitar seguir os dois wyvern cruzando nosso espaço aéreo abaixo. Cath dispara e eu pisco, surpresa. Acho que Aetos gosta de quebrar regras agora.

— *Prepare-se* — avisa Glane.

É mais aviso do que costumo receber.

O impulso dela muda de rumo, desacelerando por um segundo nauseante, e travo cada músculo e me moldo à espinha dela, mudando nossa forma de cavaleira e dragão para um único ser. Ela fez essa manobra vezes demais para eu não reconhecer a merda que virá a seguir.

Ela ataca por baixo, toda dentes e garras, e então encolhe as asas para protegê-las enquanto balança a cauda para cima.

Eu me concentro em me mover com ela, lutando contra a gravidade quando fico de ponta-cabeça e o rabo-de-adaga de Glane corta o próximo wyvern. Sangue esguicha, colorindo a chuva de vermelho. Minha aderência afrouxa apesar das luvas de borracha e faço uma careta, forçando os dedos mais a fundo entre as escamas dela.

— *A qualquer momento!*

— *Está bem* — suspira ela. Então, despencamos.

A força da queda me empurra contra as escamas dela, segurando-me no lugar efetivamente enquanto ela arrasta o wyvern do céu. Ossos estalam, carne cede e ela joga a carcaça como o lixo que é. A massa cinza cai como pedra à direita e Glane rola, colocando-me em cima dela em vez de embaixo.

— *Dezessete* — conta ela.

— *Tenho certeza que a contagem ainda era dezesseis.* — Eu me puxo para cima, usando as escamas dela como escada até estar com a bunda de novo no assento, e passo o braço pelos óculos para limpar as gotas de chuva. Deve existir uma runa em algum lugar que consegue manter essas porras de lentes limpas.

— *O primeiro contou!* — discute ela enquanto avançamos para Cuir e o wyvern que restou.

— *Cath derrubou aquele primeiro.*

— *Só depois que eu o feri!* — rebate Glane.

— *Ainda assim, não matou.* — Meu estômago fica tenso quando dou a primeira boa olhada no que estamos enfrentando.

Cuir balança seu rabo-de-espada de novo e de novo, mantendo o wyvern atrás dele em posição recuada, mas há um rasgo profundo e sangrento que corta seu peito na diagonal, sem dúvida feito pelas garras do wyvern diante dele.

— *Quero todos.* — A cabeça de Glane vira em ambas as direções.

— *Pegue aquele nas costas dele* — sugiro e espero que ela queira ouvir dessa vez. Com ela, nunca se sabe.

— *Excelente escolha* — concorda ela com um tom alegre e macabro.

Bodhi está com a espada na mão, mas não tem uma visão clara enquanto o trio começa a girar para baixo. Nesse ângulo, nós o interceptamos de frente.

Desembainho a espada e agarro firmemente o pomo de Glane com uma mão. Minhas coxas são fortes o bastante para me segurar, mas ela é tudo menos previsível, e não estou com vontade de morrer.

O fogo azul engole Cuir do focinho aos chifres, e Bodhi abaixa a cabeça enquanto o que sobra das chamas desce pelo pescoço de Cuir, virando fumaça antes que possa alcançá-lo. Inspiro rapidamente para desfazer o súbito apertar no peito. Foi por pouco, caralho.

Então foco no wyvern que está em cima, buscando por áreas de fraqueza...

Glane desvia, mergulhando à esquerda para seguir a espiral de Cuir, e então dispara para o wyvern que ataca a barriga dele.

— *Mudei de ideia.*

— *Obviamente.*

Glane acerta o wyvern como um aríete e me seguro com força, sendo lançada à frente e então de volta para trás com a súbita mudança de velocidade. Meu batimento dispara enquanto avançamos para o som inconfundível de escamas sendo arrancadas, mas há apenas determinação e fúria inundando a união, nada de dor.

Uma cabeça enorme aparece sobre o ombro de Glane, e por meio segundo dentes fétidos e pingando baba são tudo o que vejo vindo na minha direção.

Foda-se essa merda.

— *Fique nivelada* — digo a Glane, pondo-me em pé no assento. Então, corro pelas escamas escorregadias do pescoço dela, passando por dentes tortos que se abrem o suficiente para que uma onda de fogo azul corra pelas costas de Glane.

Que bom que saí dali.

Antes que eu possa chegar na garganta, enfio minha espada no olho do wyvern e empurro com toda a força. A lâmina mergulha na carne macia com um som nojento. O grito estridente ressoa na minha cabeça como um sino, e repenso minhas escolhas de vida quando o wyvern puxa a cabeça para trás, quase me arrastando consigo. Meu punho agarra na bola de aço no topo da empunhadura da espada, e seguro com força enquanto o wyvern despenca.

Glane mergulha atrás daquele amontoado de escamas e asa, e eu caio para trás, minha bunda batendo em cada pico do pescoço dela antes de colidir contra as escamas do pomo.

— *Você só pode estar de brincadeira!* — Eu me arrasto até o assento e firmo em uma posição que meus músculos conhecem bem demais, ainda segurando a espada.

Vermelho pisca à direita. Cath.

— *Você caiu? Não. Eu não me uni a uma chorona.* — Ela persegue o wyvern pela chuva, e então morde seu pescoço e rasga a garganta dele.

Jogo meu peso à esquerda e por pouco não tomo um banho com o esguicho de sangue.

— *Dezoito!* — declara ela, abrindo as asas para sair do mergulho e nos levar de volta para o muro norte.

— *Dezessete segundo sua conta, já que eu feri o primeiro.*

Outro monte cinza cai em um vulto à nossa frente, e vejo Cath e Cuir despencando em nossa direção. Há um buraco na asa direita de Cuir, e a laceração no peito vai deixar cicatriz, mas não consigo ver deste ângulo se Bodhi está ferido.

A cabeça de Glane vira quando um wyvern de fogo azul circula a cidade ao sul, ateando fogo a uma fileira de árvores.

— *Aquele ali.*

— *Não é nosso espaço aéreo.*

Kaori e os outros oficiais defendem os territórios a leste, sul e oeste, que rapidamente estão se tornando o epicentro da batalha devido aos ventos, mas eles estão sem seu cavaleiro mais poderoso: Garrick. E não há sinal de Chradh.

— *Para alguém tão decidida, você ainda precisa trabalhar nisso...* — Glane começa o sermão.

— *Se você parar por aí, eu concordo que você matou dezoito.*

Minhas costelas se apertam enquanto mergulhamos na direção da cidade. Os venin pararam de brincar: eles vieram pessoalmente. Chamas azuis rodopiam pela torre espiral, cortesia dos dois wyvern escalando suas laterais, e o fogo estala para fora enquanto um dominador das trevas com vestes vermelhas chamativas gira o cajado em um círculo do topo para o marco. Grifos lançam seus paladinos na direção da ameaça.

Uma sensação terrível toma conta do meu estômago. Eles são muitos, e já estamos exaustos. Além dos três dragões abatidos, quatro outros estão feridos pelos muros a oeste, sem contar os inúmeros grifos. Seus cavaleiros ensanguentados dão seu melhor para cuidar deles, e desvio o olhar do que provavelmente é uma ferida fatal na cauda partida de um grande marrom.

— *Ordens?* — Eu sempre soube que morreria em combate. Só não quero que seja hoje.

— *A torre!* — grita Glane.

Quinn.

Viro a cabeça para a esquerda e meu coração tem um sobressalto. Um dominador das trevas em vestes roxas caminha pelos muros leste da cidade como se fosse seu dono, e outro uniforme de batalha escarlate se aproxima pelo muro norte. Ambos estão indo em direção à torre, onde a única pessoa que amo de verdade neste campo de batalha está trabalhando, e ela provavelmente nem sabe que os venin se aproximam.

— *Conte para Cruth!*

— *Já contei.* — As asas de Glane batem tão rápido quanto meu coração enquanto seguimos para os muros. Não há nada que possamos fazer do ar. Vou ter que desmontar.

Glane rosna.

— *Você sabe que é verdade, e não vou deixar Quinn morrer.* — Desembainho a espada e vou até o ombro de Glane apesar do vento que ruge e empurra minhas costas. Ordens podem vir depois; tenho que ir *agora.*

Soldados de infantaria lutam para interceptar os dominadores das trevas e são arremessados dos muros como se fossem bonecos de pano inconsequentes. Os guardas mergulham de cabeça para a morte a quinze metros, abrindo caminho para os venin.

O terror satura meus pulmões e meu coração martela.

— *Você defenderá a torre dos muros com o Dirigente de Asa* — diz Glane com um rosnado que discorda, virando à esquerda para uma aproximação paralela.

— Ótimo. Me leve para o muro agora.

Os dominadores das trevas estão a menos de dez metros da porta da torre, e os dois guardas que sobraram nas bestas na plataforma parecem prestes a sair correndo.

Inferno. Eles deveriam estar *seguros*. Ninguém tinha como saber, mas os passos firmes dos dominadores das trevas provam que eles sabem exatamente o que está acontecendo naquela torre.

— *Sua morte me irritaria.* — Glane desacelera apenas o bastante para que eu sobreviva e estende a perna da frente enquanto voa acompanhando a arquitetura do muro norte.

— *A sua também.* — Eu desço correndo pelas escamas da perna intacta dela. Não há tempo para medo, não há espaço para erros, não quando Quinn está sendo caçada. Quando chego na altura das garras de Glane, pulo na chuva sem hesitar.

O ruído do meu coração disparado me enche os ouvidos enquanto estou no ar, e o muro norte vem ao meu encontro. Dobro os joelhos para absorver o impacto e então corro assim que minhas botas atingem a pedra para que aquele choque não me mate. Cambaleio à frente e por pouco evito cair de cara no pavimento molhado enquanto corro na direção do venin de roupas vermelhas.

Há doze metros entre nós.

Nove. Uma comoção explode da base da torre, mas foco no dominador das trevas e no cajado que ele segura na mão direita.

— *Estão evacuando as armas a pé* — diz Glane em algum ponto acima de mim.

Ótimo. Meus pulmões ardem, mas respiro um pouco mais fácil. Quinn ficará segura.

Outro par de passos se junta aos meus, e um vislumbre de metal brilha no canto do olho. Aetos chega à minha direita, metade do rosto coberto de sangue, trazendo sua própria adaga e um escudo que tem metade de seu tamanho.

Merda. Isso não é bom.

Seis metros. Canalizo minha raiva, rejeitando qualquer noção de medo, e puxo uma das adagas com cabo de liga metálica da bainha no meu braço, preparando-me para o ataque. Estamos quase lá...

O dominador das trevas se vira para nos encarar com uma velocidade sobrenatural que não consigo acompanhar, e lança o cajado na nossa direção. Fogo irrompe, vindo para nós em uma onda mortal, e eu avalio as opções por um milissegundo enquanto deslizamos até parar. Se atingir? Morremos. Se pularmos? Morremos.

— *Você não vai queimar!* — exige Glane.

Merda. Eu não queria mesmo ter que fazer isso, mas mentalmente abro a porta da minha casa de infância e inundo meu sangue com o poder de Glane.

— Vai... — Aetos começa a gritar.

— Fique atrás de mim! — grito, arrancando o escudo dele. Ele arregala os olhos e solta. Temos *segundos*, então viro o escudo e bato a parte plana entre as fileiras de pedras aos nossos pés e mergulho atrás dele, com a mão na alça de couro.

Aetos pula atrás de mim enquanto o poder corre para meus dedos tão rapidamente que trinco os dentes para não gritar. O calor nos cerca e o couro endurece no meu aperto quando o escudo se transforma em pedra. O fogo ruge, ardente, fluindo ao nosso redor. Somos a pedra no rio, exigindo que a água se desvie.

O calor dissipa quando a explosão termina, e Aetos mergulha para a esquerda e *lança*. Uma adaga de cabo de liga metálica voa de suas mãos e eu me levanto, agarrando a minha.

A expressão de choque do dominador das trevas parece permanente enquanto ele desseca a alguns metros e cai do muro.

Um já foi, mas os guardas não estão no topo da torre, e vejo um vislumbre de roxo desaparecer porta adentro. Pior ainda: outro venin de roupa escarlate se aproxima pelo muro leste.

Aetos fica de pé e pega a adaga que sobrou.

— Eu fico com aquele lá. Você pega o que está na torre. — Ele olha para o escudo de pedra e sai correndo, e eu o sigo, correndo o mais rápido que posso. — E vamos falar sobre seja lá que porra foi *isso* mais tarde — grita ele por sobre o ombro, mas já passei dele, usando magia menor para aumentar minha velocidade.

Cruth ruge, mergulhando fundo na cidade abaixo, mas Draithus é como as outras cidades poromielesas, feita para evitar que dragões pousem nas ruas estreitas.

Duas mulheres carregando crianças pequenas passam pela porta da torre, o horror dominando suas feições. A mais alta me olha quando as alcanço.

— Você tem que ajudar ela! Nos perdemos e entramos na torre errada e ela...

— Vão para o oeste! — grito, apontando na direção da qual acabei de vir enquanto Aetos passa correndo para interceptar o outro dominador das trevas. — *Corram.*

Elas assentem e fazem exatamente isso.

Eu me jogo porta adentro da torre e pisco, com dificuldade de me ajustar à pouca luz enquanto desço a escadaria em espiral cada vez mais para baixo, buscando seja lá quem elas tiverem deixado para trás.

— Cadê você? — Um rugido rouco de frustração enche a torre e meu coração pula para a garganta quando dou a volta no terceiro andar.

Vestes roxas rodopiam enquanto o venin se vira no patamar, golpeando com uma adaga de ponta verde na direção de Quinn enquanto ela pisca no espaço, aparecendo diante dele só para desaparecer dentro de segundos e aparecer em outro lugar. Há duas dela – não, três – circulando o dominador das trevas.

Ela não está aqui. Está projetando. O alívio quase faz meus joelhos cederem.

Paro quando ainda estou longe da vista, e me inclino no corrimão para observar a escadaria lá embaixo, mas não a vejo. Ela provavelmente está a prédios de distância junto de Felix, preparando um novo arsenal. Ajusto meu toque na adaga e me mexo devagar pela escada para conseguir atirá-la.

Espere aí. Quinn, a poucos degraus abaixo de mim com a lábris presa às costas, está de fato se aproximando do dominador das trevas enfurecido que ataca cegamente com a adaga enquanto outras versões de Quinn dançam ao redor dele, servindo como distração.

Viro a adaga e a lanço no mesmo instante em que Quinn corre com a própria adaga e o venin de cabelos pálidos gira. Os olhos dele se iluminam e então ficam embaçados enquanto ele fica cinza e paralisa, caindo aos pés de Quinn com duas adagas enfiadas no peito.

— Peguei ele! — Ergo as mãos em vitória e desço o resto dos degraus enquanto Quinn se vira para mim, os olhos verde-escuros impossivelmente arregalados enquanto ela olha para o próprio peito.

Não. A lâmina do venin está alojada entre as costelas, perto do coração.

O mundo ao meu redor desacelera enquanto ela gira na direção da parede, o olhar horrorizado encontrando o meu.

— Não! — grito, lançando-me até Quinn, para que ela caia sobre mim, e minhas costas raspam na pedra enquanto deslizamos até o piso. Eu a seguro com o máximo de cuidado que posso, prendendo o braço direito ao redor dela para que não caia. — Quinn, *não.*

— Elas conseguiram? — A voz dela fraqueja quando ela me olha, o sangue se espalhando nas camadas do uniforme através da jaqueta de voo onde a lâmina a cortou.

— Podemos consertar isto — prometo, e de repente respirar é difícil *pra caralho*. — Só precisamos levar você pra um regenerador…

— Elas conseguiram? — ela repete, apoiando a cabeça no topo do meu braço.

As mulheres. As crianças. Não estavam me dizendo que deixaram alguém para trás. Estavam dizendo que alguém as *salvou*.

— Sim. — Assinto enquanto os olhos ardem e minha garganta se aperta. — Elas conseguiram. Você tirou elas daqui.

— Ótimo. — Um sorriso leve aparece nos lábios dela.

— Aguente firme, tá? Vou buscar ajuda. — Olho para todos os lados, mas estamos sozinhas. Alguém precisa estar por perto. Aetos, talvez? — *Nos ajude!* — grito para Glane.

— *Sinto muito* — diz ela da forma mais gentil que já falou comigo, de uma forma que jamais quis ouvir.

— Não tem como ninguém me ajudar — sussurra Quinn.

— Mentira. — Balanço a cabeça, e minha visão vira um borrão.

Quinn vai ficar bem. Não existe um mundo em que ela não esteja bem, não esteja rindo com Jax ou deitada na minha cama com os cachos roçando no chão e a cabeça virada para baixo para ficar sentindo o sangue pulsar no cérebro enquanto me dá um sermão sobre *sentimentos*.

Um rugido vibra a pedra às minhas costas. Cruth.

— Não temos nenhum regenerador por aqui, e não temos runas para isso — diz ela com aquele maldito sorriso reconfortante. — Isso é o que você não pode consertar, Gen. — O rosto dela se contorce de dor e juro que sinto no meu peito, puxando músculos e arrancando minhas veias antes que diminua e a respiração dela fique fraca. — Preciso que você diga a Jax que eu a amo.

— Não. — Limpo a lágrima que escapa do meu olho antes que possa pingar no cabelo dela. — Você pode falar pra ela pessoalmente. Você vai se graduar em alguns meses e então vai se casar com ela naquele lindo vestido preto que já escolheu, e você vão ser felizes.

— Diga que ela é a melhor parte da minha vida… — Sua boca se curva e ela olha para algo além de mim. — Você não conta, Cruth. Você se *tornou* a minha vida. — Ela traz o olhar de volta ao meu, e a cor some de seu rosto. — Por favor, Gen. Ela está com os oficiais no sul, e eu não…

Assinto.

— Eu vou falar para ela.

Isso não pode ser real, pode? Como isso é real?

— Obrigada — sussurra Quinn, e relaxa contra mim, piscando devagar. — Diga aos meus pais que valeu a pena. Que bom que é você que está aqui comigo. Desde o Parapeito até as portas de Malek. Sinto muito por eu ter que ir primeiro desta vez. — A respiração dela fica distorcida. — E você precisa contar a ele, Gen. Conte a ele, e *você* seja feliz.

— Quinn... — Minha voz fraqueja. — Não vá. Não me deixe — imploro, limpando outra lágrima enquanto minha visão fica embaçada e depois volta a focar. — Você é minha melhor amiga, e eu te amo. Por favor, fique.

Não é assim que ela vai morrer, não em uma escadaria escura em Draithus. Não pode ser. Eu é que deveria morrer aqui. Ela deveria viver para sempre.

— Você é minha, e eu te amo também. — O sorriso dela falha e outra lágrima cai. — Estou com medo. Não quero ter medo.

Meu rosto se contorce, mas eu disfarço.

— Não fique com medo. — Balanço a cabeça e forço um sorriso. — Minha mãe vai cuidar de você. E Katrina também. — Minha boca estremece. — Ela é um pouco mandona, mas vai ficar feliz de ter outra irmãzinha. Falo de você o tempo todo. Elas vão saber quem você é. Não fique com medo.

A respiração seguinte dela sai com dificuldade, arquejando.

— Elas vão saber quem sou.

Assinto.

— Elas vão saber e vão te amar. É impossível não amar você.

— Imogen — sussurra ela, e fecha os olhos.

— Estou aqui — prometo, mas não posso forçar as palavras mais alto enquanto minha garganta se fecha.

— Foi boa — diz ela. Então, fica frouxa e quando levo meus dedos trêmulos à sua garganta não há pulso. Ela partiu.

Minhas mãos deslizam para a lateral da cabeça de Quinn e eu a seguro firme.

O grito que força caminho pela bagunça emaranhada da minha garganta parte minha alma e reverbera na pedra, estremecendo a base do meu mundo até que não apenas desacelere, pare. Eu paro.

Oi! Sou Quinn Hollis. Decidi que devemos ser amigas. Foi o que ela disse no dia em que subimos a torre no Dia do Alistamento.

Você sabe que estamos prestes a cruzar o caminho da morte, certo?

Bem, então pode ser uma amizade curta, mas vai ser boa.

Encaro o outro lado da escadaria, presa naquela memória, observando as pedras começarem a empalidecer, e então perder a cor uma por uma, cada perda maior que a última. Meu coração de alguma forma continua a bater, marcando o que eu costumava pensar ser o tempo, e a cor desaparece das pedras na curva abaixo de nós tão gradualmente que não posso deixar de me perguntar se Quinn simplesmente levou a cor consigo quando partiu.

— Quinn! — grita alguém lá de cima e passos ecoam pela pedra. — Cadê você? Temos que... — Alguém inspira fundo à minha esquerda. — Imogen? Ah, merda.

Minha cabeça se vira lentamente para a voz e Garrick se agacha no degrau acima de nós, o olhar cor de mel alcançando o meu e se enchendo de tanto sofrimento, tanto *pesar* que faz meus olhos transbordarem e as lágrimas escorrem pelas minhas bochechas.

— Ela morreu.

Dizer não faz parecer mais real.

O rosto dele desmorona.

— Eu sinto muito. — Ele olha para a escadaria. — Mas precisamos ir embora. Tem meia dúzia deles aqui com as mãos nos muros da cidade, drenando a vida da pedra. É hora de ir.

Eu seguro Quinn com mais força, incapaz de entender o conceito de me mexer, como se houvesse uma chance minúscula de que ela volte se eu esperar aqui o suficiente.

— Não posso. Vai embora logo.

— *Estou com você. Você não tem permissão de morrer* — rosna Glane.

Garrick flexiona a mandíbula quadrada.

— Você precisa vir. *Nós* precisamos ir ou eles vão nos drenar também.

— Não vou deixar Quinn aqui!

— Não vou deixar *você*! — Ele se aproxima e desliza a mão pela minha nuca. — Não vou deixar você, Imogen — repete, mais baixinho agora. — Vamos levar Quinn, mas precisamos ir *agora*. Deixe que eu carrego.

Percebo as olheiras escuras sob os lindos olhos dele, a palidez incomum do rosto. Ele está exausto, e pela primeira vez na minha vida não me importo que ele me veja no meu momento mais fraco, porque ele está aqui também. Concordo com a cabeça.

— Tudo bem. — Ele se move rapidamente para o degrau abaixo de nós, chutando algo para longe do caminho e pegando nós duas nos braços. Prendo o meu ao redor de Quinn para que ela não deslize enquanto somos erguidas do chão, e o patamar sob nós perde a cor. — Vamos tirar você daqui.

Ele dá um único passo.

Calor e luz forçam meus olhos a se fecharem e meu estômago embrulha.

Quando eu os abro, estamos em outro lugar. Chuva cai pela porta aberta e o cheiro de fumaça e enxofre enche meus pulmões.

— Ah, deuses! — arqueja a professora Trissa enquanto Garrick pousa Quinn e eu na pedra aquecida de um prédio qualquer.

Uma loja, talvez? O corpo de Quinn desliza e Garrick me ajuda a deitá-la ao meu lado, apoiando a cabeça dela com a mão.

— Venin — Garrick explica a perda dela com uma única palavra. — Vocês estão tecendo? — pergunta ele a Trissa.

— Estamos começando. — O olhar dela dispara para mim. — Estarão fracos até conseguirmos reforçar com mais poder, mas são nossa melhor chance.

— Ainda não é o bastante. — A cabeça de Garrick fica tombada enquanto ele se levanta. — Não posso... — Ele suspira e passa pela porta.

Obedeço ao simples instinto de seguir, colocando-me de pé e forçando meu corpo a se mexer. Tem uma batalha acontecendo. Estamos em guerra. Malek pode reivindicar mais vidas. Eu o sigo além da salinha onde Felix está trabalhando atrás de caixas de adagas com cabo de liga metálica, todas imbuídas, todas zumbindo com poder.

Então, saio para a chuva e encaro o que está lá fora. Casas queimando. Cadáveres de wyvern e grifos caídos no meio de telhados afundados. Civis gritando. Cruth navega pelo céu e leva um wyvern direto para o chão. Bodhi está de quatro na praça da cidade, vomitando.

Se dominadores das trevas estão drenando os muros da cidade, somos os próximos.

— O que você tá fazendo? — grito para as costas de Garrick.

— Não posso andar de novo. Mesmo se eu chegar em Aretia, nunca terei força o bastante para voltar — diz ele por cima do ombro. — Então é melhor eu encontrar um jeito de conseguir fazer alguma coisa, porra.

Desembainho minha última adaga de cabo de liga metálica e encaro o céu tomado de wyvern. Então, volto para dentro, pego a última adaga de Quinn da bainha em sua coxa e falo com Glane:

— *Diga a todos os cavaleiros dentro dos muros para voltar aqui e desarmar. É o único jeito de sobreviver.*

Lá fora, o céu escurece mais. É melhor Sorrengail acabar com a líder deles, ou tudo isso terá sido em vão.

Um presente de uma criada de Dunne para outro. É preciso alertá-lo: apenas aqueles tocados pelos deuses devem brandir sua fúria. Rezarei para que ela não precise usar esse poder para evitar se reencontrar com o outro que a favorece. O caminho dela ainda não está definido.

— Correspondência recuperada da Alta-Sacerdotisa de direito para Sua Alteza real, cadete Aaric Greycastle, príncipe Camlaen de Navarre

CAPÍTULO SESSENTA E QUATRO

VIOLET

Posso jurar que o tornado desacelera enquanto Tairn luta contra o vento na extremidade a leste do campo, voando para o lado da montanha à nossa frente.

— *Está desacelerando* — concorda Tairn.

— *Ela o usou para nos trazer até aqui.*

Theophanie o segura como uma flecha encaixada no arco, esperando por nossa chegada.

Árvores são arrancadas um quilômetro à esquerda, transformando-se em projéteis que voam baixo e são arremessadas pelos campos como bestas. O tornado pode ter desacelerado seu progresso, mas está causando muito mais dano pelo caminho.

O wyvern se lança à nossa frente, vindo em nossa direção, e por meio segundo não posso deixar de me perguntar se acabei de convidar Malek à nossa porta.

Ela é uma Guardiã, e eu sou uma cadete.

Ela domina tempestades com precisão de especialista, e eu preciso de um conduíte para os meus raios.

Ela já derrubou Tairn uma vez.

A coisa mais inteligente a fazer é voar para as égides e nos salvar, nós quatro, considerando Xaden e Sgaeyl, mas não posso deixar essas pessoas morrerem, mesmo que signifique que vou ser dessecada junto com eles.

Cavaleiros não fogem. Nós lutamos.

— *Agora, de preferência* — observa Tairn. — *Se já acabou de aceitar nossa morte.*

— *Não estou aceitando, apenas calculando.* — Tiro poder das minhas veias esturricadas enquanto a distância entre nós fica cada vez menor, agarrando o conduíte na mão esquerda e erguendo a direita.

A energia percorre meu corpo e eu a solto, arrastando o raio para baixo e soltando antes que queime meus dedos. Os raios caem enquanto o wyvern de Theophanie rola para a direita.

Errei. Meu estômago se aperta.

— *Outra vez!* — exige Tairn, virando à direita para segui-la para baixo enquanto a chuva vira gelo.

Granizo bate com pedras do tamanho de ervilhas, e então cerejas, me atingindo com a força de mil flechas cegas enquanto o vento chicoteia meu rosto, mas ergo a mão...

O conduíte se estilhaça.

Vidro corta a palma da minha mão e eu arfo de dor enquanto o sangue se acumula.

Não, não, não! Não consigo mirar sem ele.

— *Você precisa!* — ordena Tairn enquanto rodopiamos para baixo.

Certo. Morrer aqui não é uma opção que estou disposta a contemplar, e não vou deixá-la matar meus amigos, nem Xaden. Rapidamente, desafivelo a alça segurando os restos irregulares no pulso e deixo o que restou da esfera cair, junto com o pedaço do gelo do tamanho de um punho que o destruiu. Minha esperança despenca com os estilhaços.

Terei que matar Theophanie da mesma forma que fiz com aqueles wyvern: focando em quantidade. Desembainho minha última adaga de cabo de liga metálica e a agarro com minha mão ensanguentada para estar pronta para tudo, e então levanto a mão e domino de novo.

Erro a mira enquanto ela gira para o lado oposto e começa a subir. Seguimos, e eu puxo poder, mais e mais, só que se torna mais difícil a cada raio. Ela evita o percurso de todos eles enquanto voamos pela montanha, quase encostando no terreno. Tairn emerge com batidas rápidas de asas, aproximando-se dela.

O calor chamusca meus pulmões e então queima, e então frita, até que eu não sinta nada além de fogo e fúria.

Rochas voam quando acerto o cume à minha direita, errando Theophanie por três metros enquanto voamos para o sol.

O sol.

Giro a cabeça para a esquerda. O tornado parou a meio caminho na direção da cidade, e o céu acima está límpido até o leste.

— *Ela está apaziguando a tempestade para eu não conseguir usar meu poder tão bem!* — Isso explica por que estou queimando mais que antes. Forço o foco de volta para a nossa presa antes que ela possa ir em direção à cidade que estou desesperadamente tentando salvar.

— *Não pegue mais do que pode canalizar* — avisa Tairn, lançando-se à frente. Os dentes se fecham alguns metros atrás da cauda do wyvern.

Eles são rápidos pra caralho.

O wyvern mergulha, fazendo a curva junto com a montanha à direita, e Tairn o segue.

Um rugido de agonia completa enche minha cabeça, tão alto que faz meus ossos vibrarem, e agudo o suficiente para estourar tímpanos.

— *Sgaeyl!* — grita Tairn, as asas perdendo o ritmo, e meu coração se sobressalta.

Ah, Malek, *não*.

Eu me jogo em nossa união, mas o muro de vidro não está apenas firme; ele me repele com força brutal. O pavor pesa em meu estômago enquanto perdemos velocidade...

Ouço o *estalo* um segundo antes que uma sombra recaia sobre nós. Não, não uma sombra. Uma rede gigantesca com pesos do tamanho de mesas presos nas extremidades.

Tairn ruge e mergulha à esquerda, mas não adianta.

— Tairn! — grito quando a rede atinge, esmagando meu torso para baixo contra os pomos e cobrindo cada escama que consigo ver. Ele poderia aguentar facilmente o peso em seu corpo, mas a rede sufoca as asas e os pesos... ah, deuses. — *Recolha suas asas antes que quebrem!*

O rugido de indignação de Tairn faz rochas se desprenderem da lateral da montanha, mas ele as fecha, enrolando-se na rede.

E nós despencamos.

— *Prepare-se!* — avisa Tairn enquanto a montanha passa em um borrão.

Andarna. Xaden. Sgaeyl. Mira. Brennan. Meus amigos. Penso em todos em um turbilhão de imagens que não consigo acompanhar, passando rápido demais para absorver. Tudo o que faço é soltar os pomos, inclinando-me à direita para poupar o inevitável impacto do abdômen enquanto a corda grossa da rede pesa sobre minhas costas.

— *Você foi o melhor presente da minha vida* — digo a Tairn.

— *Ainda não acabou!* — grita ele.

Nós colidimos com um impacto gigantesco, ossos esmagando contra rochas, e meu braço esquerdo se *parte*, deixando a adaga cair.

Um grito irrompe pelos meus lábios enquanto deslizamos pela montanha... assim como da primeira vez que encontramos Theophanie. O som de garras raspando a pedra consome minha existência enquanto luto para bloquear a dor, e Tairn balança o peso do corpo para que mergulhemos de cabeça através das árvores em uma queda infinita e assustadora.

Mantenho a cabeça abaixada para evitar qualquer galho baixo enquanto algo invade dolorosamente minhas costelas, e, por fim, o nosso momentum desacelera.

Puta merda, acho que vamos conseguir sobreviver à queda.

— É óbvio *que sobreviveremos!* — ruge Tairn.

— *Você se feriu?* — pergunto enquanto paramos no que parece ser a extremidade da floresta.

— *Nada que não vá se curar quando nos libertarmos e separarmos os tendões dela dos ossos.* — O cheiro familiar de enxofre enche o ar enquanto Tairn cospe fogo na rede.

Madeira estala e a rede *sibila*. Então, ele avança à frente e a rede estica o suficiente para que eu me sente na tela, que obviamente foi feita para conter dragões, não cavaleiros.

— *Temos que buscar Sgaeyl* — digo.

O que significa libertá-lo, mas vai levar tempo demais para cortar essas cordas usando as adagas com runas que tenho. E, mesmo se conseguir, ainda precisarei usar meu poder para matá-la sem minha adaga de cabo de liga metálica, e já estou a ponto de chamuscar. Meus braços doem sem parar, e cada respiração escalda meus pulmões.

— *Sgaeyl sabe se cuidar sozinha* — rosna Tairn, mas tensão e preocupação irradiam pela união enquanto o fogo sopra outra vez e ele luta para nos libertar. — *E a dominadora das trevas vem ao nosso encontro.*

Dito e feito: o wyvern de Theophanie sobrevoa o campo como se tivesse todo o tempo do mundo, como se estivéssemos exatamente onde ela quer.

Deuses, ela é *implacável*. O fato de meu braço latejar com intensidade excruciante é irrelevante; temos que sair daqui agora, porra. É hora de usar as runas que eu trouxe para uma emergência e torcer para que eu tenha temperado corretamente, porque *isso* com certeza é uma crise.

— *Precisamos sair de baixo desta coisa.* — Segurando o braço esquerdo contra o peito, tento pegar a mochila, mas algo empurra minhas costelas e eu enfio uma mão só dentro da mochila. Descarto o que não preciso e pego a runa para suavizar superfícies e a enfio contra a corda. *Espero que funcione.*

A magia tremula, e as fibras se esticam e cedem.

Ergo a sobrancelha. *Funcionou.*

— *Rasgue o que puder!* — grito para Tairn.

— *Fique sentada para que possamos voar!* — ordena ele, cortando a rede com as pontas dos espinhos dorsais, e aproveito a oportunidade para pegar o que está cutucando meu bolso. *O pacote de Aaric.* Vejo a mensagem escrita às pressas na lateral do pacote, que não vi quando Sloane o entregou para mim.

Para quando você perder a sua. Ataque na escuridão, Violet.

Mas que *porra* é essa? A queda rompeu o selo e o pergaminho se desenrola quando afrouxo o toque, deixando cair um pedaço esculpido de mármore cinza no meu colo: uma adaga que mais parece cerimonial, cheia de entalhes familiares em forma de chamas na empunhadura. Olho para o bilhete da alta-sacerdotisa do templo de Dunne em Aretia, mas as letras se misturam enquanto a dor no meu braço aumenta e Tairn se sacode para nos libertar.

Um presente de uma criada de Dunne para outro. É preciso alertá-lo: apenas aqueles tocados pelos deuses devem brandir sua fúria. Rezarei para que ela não precise usar esse poder para evitar se reencontrar com o outro que a favorece. O caminho dela ainda não está definido.

Meu estômago embrulha. Como Aaric saberia que eu perderia minha adaga, quanto mais pensar que algum pedaço de pedra poderia substituir…

— *À nossa frente!* — grita Tairn, e dou um pulo, voltando minha atenção para a frente enquanto desembainho a adaga de mármore por puro instinto.

Theophanie se aproxima da fileira das árvores, o cabelo escapando da trança, e não há nada de paciente ou entretido em seu rosto.

Às pressas, analiso o que posso ver do céu. O wyvern de Theophanie espera no campo além das árvores, e as únicas outras asas que vejo estão travadas em batalha acima de Draithus na distância. Com sorte, isso significa que ela está sozinha.

— *De quanto tempo você precisa para se liberar?* — pergunto a Tairn, arrancando a fivela da sela e escalando pelo buraco na rede. A dor dispara pelo meu braço esquerdo, mas finjo que pertence a outra pessoa e sigo adiante. A dor não vai importar mais se morrermos.

— *Segundos* — grita Tairn. — *Não...*

— *Não vou deixar que ela mate você como um porco amarrado!* — devolvo, medo e fúria me energizando enquanto caminho até o ombro dele, lutando para manter o braço estável quando ele para. Tairn deve ter aberto as garras antes que a rede o atingisse, porque as pernas dianteiras já estão estendidas, apoiando a mandíbula.

Desembainho uma adaga com runas e a deslizo para baixo, arrastando a extremidade da lâmina pela perna dele enquanto isso. A lâmina não vai cortar a escama, mas a rede se parte por onde rasgo.

— Derrubados por uma *rede*? — zomba Theophanie, caminhando na nossa direção. — Como foi fácil pegar os dois.

Os dois? *O grito.*

— *Eles pegaram Sgaeyl também.* — A fúria de Tairn toma conta de mim como ácido.

Eu me coloco diante de Tairn e abro os portões para o poder dele, dando boas-vindas ao calor escaldante e chamas nas minhas veias queimadas.

— *Prateada* — ruge Tairn em um aviso que acompanha o som da corda se partindo.

— Se eu chamuscar, tudo bem, mas ela não vai tocar em você — digo em voz alta só para que Theophanie saiba que não estou de brincadeira.

— Tomou sua decisão, então? — pergunta ela, aproximando-se passo a passo.

— Tomei. — Ergo a mão direita para o céu e deixo a energia *estalar* por mim, puxando-a para baixo com a ponta do meu dedo.

Theophanie corre dez metros para a direita, movendo-se mais rápido do que jamais vi.

— Você terá que ser...

Domino outra vez antes que ela possa completar a frase e acerto bem onde ela está, ganhando imediatamente o estrondo de um trovão.

Porém, ela já está seis metros à esquerda.

— Mais rápido — termina ela, e eu ataco outra vez, apenas para o padrão se repetir.

De novo e de novo e *de novo.*

Meus pulmões gritam enquanto respiro a mesma coisa que me tornei, calor, poder e fúria, mas ela ainda está longe demais para que eu a acerte e se aproxima de Tairn a cada ataque fracassado.

— *Quase lá* — ele garante enquanto as cordas estalam atrás de mim.

Preciso derrubar ela *agora.*

Seguro o próximo ataque quando ela aparece seis metros à frente.

— Me conte, você sente falta de Unnbriel?

Ela arregala os olhos e se sobressalta.

Vitória. Reúno mais e mais poder, enrolando-o como fio derretido.

— Você não anseia pelo templo? — Uso as mesmas palavras que a alta-sacerdotisa me disse antes.

O rosto de Theophanie se contorce com uma emoção que quase parece saudade, mas é rapidamente mascarada pela fúria.

— *Você* anseia? — devolve ela. — Ou você é imune, tendo apenas sido tocada, mas sem completar a oferta? — Ela continua vindo. — Você conhece a dor de nunca ter permissão para retornar, de saber que romperia a única coisa que me manteve intocada durante todos esses anos?

Deixo uma fração do poder se libertar, acertando o chão diante dela, e Theophanie desliza até parar. *Tocada.* Merda, a alta-sacerdotisa em Unnbriel disse *isso* também. Assim como aquela que enrolou o bilhete ao redor do presente de Aaric.

— Como alta-sacerdotisa, você deveria ter um poder imensurável na ilha. Como é que isso ainda não foi suficiente?

— Por que servir a uma deusa quando você pode *ser* uma deusa? — rosna Theophanie.

Um *medo* pútrido consome a união, seguido por outro rugido que quase faz meus joelhos cederem.

Sgaeyl. Minha cabeça se volta para cima, meu coração se escondendo na caixa torácica enquanto Tairn rosna, as garras se fechando no chão da floresta.

— *Não!* — Terror entope minha garganta quando grito por Xaden, mas ele não me ouve.

Draithus foi coberta pela escuridão, e os gritos estridentes dos wyvern logo seguem, correndo pelo campo e ecoando na rocha acima.

— O que… — Theophanie se vira na direção do barulho.

As sombras se espalham como uma onda em um lago, devorando o campo na fúria de uma tempestade de ônix e vindo em nossa direção em uma velocidade que acaba com a esperança do meu peito e parte meu coração. A dor é como um soco no meio do meu peito.

Ele é aterrorizantemente poderoso com Sgaeyl, mas não dessa forma.

Esse é o tipo de força que destrói mundos.

E está quase aqui.

— *Eu te amo* — sussurro pela união, e o gelo se parte, mas não o suficiente para impedir a onda de escuridão que se aproxima.

Sombras lançam Theophanie no chão um segundo antes de passarem por mim, um sussurro baixo contra minhas bochechas, envolvendo-nos no breu da noite.

— *Ataque!* — grita Tairn, e eu ouço a rede ceder.

A exaustão me prende e se recusa a ser ignorada. Estou cansada demais. Perto demais de chamuscar. De que adianta se não consigo acertá-la?

— *Use a escuridão!* — ordena Tairn.

Meu coração fraqueja. Usar a própria coisa que está arrancando Xaden de mim? Eu nunca sonhei que tentar todos os caminhos possíveis para curá-lo o levaria à sua *escolha*. O fogo me devora de dentro para fora e ameaça consumir meus ossos, e por um segundo penso em deixar que faça isso. Eu não pude deter minha mãe e não posso deter Xaden. Não posso salvá-lo.

Espere. *Ataque na escuridão*. É o que dizia o bilhete de Aaric...

Como se soubesse que isso iria acontecer.

Ofego quando todas as peças se encaixam em um instante sufocante. Os reforços. Falar para mim que deveria proteger o templo de Dunne. Tirar Lynx do caminho antes mesmo que as portas se abrissem para o grande salão. Ele *sabia*. Ele esteve manifestando isto todo esse tempo.

— Ele é a porra de um intuitivo — sussurro, atordoada.

Um intuitivo *de verdade,* não como Melgren, que pode apenas prever o resultado de batalhas. Se Aaric domina a verdadeira intuição, ele viu *isso*, e me deu uma arma feita do templo em ruínas, um templo no qual Theophanie não pode entrar. Não acredito em oráculos, mas acredito em sinetes.

Desembainho a adaga de mármore com a mão direita, e então misturo a dor ao poder fumegante que arde no que sobrou do meu coração acelerado. Ergo o braço quebrado e solto a energia agonizante e quente para cima.

E seguro.

O ataque contínuo ilumina nossos arredores e se espalha pela sombra, revelando as costas de Theophanie. Ela cambaleia e gira para me encarar, arregalando os olhos, e mergulha à esquerda, batendo em uma parede invisível e caindo para trás.

Uma parede que *rosna.*

Escamas brilham do mesmo tom de azul-prateado do meu relâmpago, e um pequeno dragão se aproxima de Theophanie, com a cabeça baixa e dentes expostos.

Andarna.

Theophanie estende a mão, fascínio iluminando os olhos vermelhos.

Não estou nem aí para quais são as intenções dela. Ela não vai colocar as mãos em Andarna. A dor me esmaga e o fogo divide meus pulmões, mas seguro o raio e *corro*. Andarna ir embora foi uma coisa; perdê-la para o toque de uma dominadora das trevas é incompreensível.

— Irid — sussurra Theophanie em reverência, estendendo a mão para Andarna.

Mergulho, e cravo a adaga direto no coração dela. O fogo me consome, até que eu me torne carvão, cinzas e agonia.

Theophanie cambaleia para trás e começa a rir.

Então, vê o sangue e para.

— Como? — Theophanie arregala os olhos e cai de joelhos. — A pedra não pode matar nenhum venin.

— Você nunca foi apenas venin — respondo. — Dunne é uma deusa rancorosa com as altas-sacerdotisas que dão as costas para Ela.

Theophanie abre a boca e solta um grito, e então desseca em um instante.

Deixo o relâmpago apagar, mergulhando-nos em escuridão e me rendendo ao fogo que me consome viva.

— *Violet* — sussurra Andarna.

E então não ouço mais nada.

A única coisa mais imprevisível que a província instável que é Tyrrendor é seu duque. Há um motivo para a aristocracia governante jamais usar preto.

— Diário do general Augustine Melgren

CAPÍTULO SESSENTA E CINCO

XADEN

Uma coisa era me atrair, me chamar, me *invocar* a esse cânion escondido e banhado pelo sol ao sul de Draithus contra a minha vontade, me arrastar dos muros das nossa defesas e me forçar a me afastar dos meus amigos e de uma cidade cheia de civis. Outra coisa completamente diferente é ferir e capturar *Sgaeyl.*

O sangue pinga entre as escamas dela, escorrendo pelo ombro, e a visão do líquido empapando as cordas grossas como braços que a prendem me machuca profundamente e me invade com o poder de uma forma que nada mais poderia. Aceito tudo e invoco ainda mais, mas ela já está exausta de enfrentar tantos wyvern nos muros de Draithus.

A fúria corre como uma corrente sob o gelo sobre o qual estou disposto a deslizar, libertando minhas emoções como os fardos que são para que eu possa ser a arma de que ela precisa. Ela foi a primeira a me escolher, a me elevar acima de todos os outros, a primeira a ver meu lado feio e aceitar tudo que eu tinha para dar, e cada pessoa nessa porra de cânion morrerá antes que removam uma única escama dela.

Violet vai libertar Tairn. Esse é o único resultado que eu permito que exista.

Os dois venin de guarda à minha frente, parados na boca do cânion em suas vestes ridículas, não são uma questão. Eu os dessecarei em um segundo assim que Sgaeyl recuperar poder suficiente. Porém, aquele que avança na direção do idiota traidor e covarde de Panchek, colocando-se entre Sgaeyl e eu... ele é o problema.

Não porque é mais letal.

Nem sequer porque deveria estar *morto.*

É porque eu. Não. Posso. Matá-lo. Eu não poderia levar uma adaga ao pescoço dele mais do que poderia fazer isso com Violet. A união entre Violência e eu é o tipo de magia que não tem explicação.

A união entre Berwyn e eu é do tipo que não deveria existir, e agora que meu Mestre tem outro *irmão* que pode usar contra mim... Estou ferrado.

— Observe com cuidado, meu neófito — diz Berwyn por cima do ombro, com a cicatriz cortando o meio do rosto, de quando eu o joguei na ravina em Basgiath.

Olho para além dele, para além de Sgaeyl e dos venin, para meu novo irmão e o dragão inconsciente caído no vale além do cânion, cercado por sete wyvern. Como *ele* pôde fazer isso? Escolher fazer isso, depois de me ver tropeçar e cair nos últimos cinco meses? Como ele pôde, por livre e espontânea vontade, seguir pelo caminho do qual tanto lutei para escapar? Ele é a última pessoa que eu esperava que se transformasse, e mesmo assim aqui estamos.

Não posso deixar Sgaeyl morrer. Não posso deixar *ele* seguir pelo mesmo caminho que eu. Não posso permitir que meus amigos morram porque, por egoísmo, quero manter Violet ao meu lado. Uma emoção intensa e suplicante bate contra o gelo, mas não posso deixar que entre. Ela precisa trilhar o próprio caminho.

Não importa o que eu escolha, é errado.

Só que apenas um caminho permite que Sgaeyl continue viva.

— Nosso acordo não foi esse! — grita Panchek, cambaleando na direção do próprio dragão preso na rede, aos gritos.

Não me dou ao trabalho de olhar na direção deles. O filho da puta merece sofrer por nos trair. Seja lá o que o Mestre – o que *Berwyn* – fizer não me interessa. Quanta informação ele vendeu ao inimigo? Decerto o suficiente para atrair todos nós até Draithus. Quantas vezes ele entregou a localização de Violet?

Ele morre. A decisão é tomada sem hesitação.

— *Não se perca* — avisa Sgaeyl, debatendo-se contra a rede que a prende ao chão pedregoso a seis metros de mim. — *Você não se transformou como resultado das tramas dele nesta tarde. Não desista agora!*

Só que ele não tinha *ela*, e agora tem.

— *Não existe outro jeito* — respondo, aos poucos desembainhando as duas adagas de cabo de liga metálica que guardo nas coxas e ganhando um olhar feio do dominador das trevas de pé na ponta da cauda de Sgaeyl, os dedos espalmados em uma óbvia ameaça.

— Você não pediu por poder? — rosna Berwyn, segurando duas adagas de cabo de liga metálica enquanto se aproxima de Panchek. — Eu não forneci tal coisa?

— Guarde isso. Nós dois sabemos que você não vai me machucar. — Panchek estende a mão para a rede sobre o dragão dele. — Sou o único que pode te dar acesso ao seu *filho*.

— Tenho outro. — Berwyn afunda as adagas entre as escamas do dragão, e o dragão *desseca*, o verde sendo drenado das escamas e encolhendo-se até só sobrar uma casca.

O terror explode o gelo.

Berwyn acabou de matar um dragão com uma *adaga*.

Como isso é possível, *cacete*?

— Você estava observando? Porque é exatamente o que vai acontecer com o seu. — Ele se vira para mim e vem na direção de Sgaeyl enquanto ela se debate em vão sob a rede. — Você terá que canalizar bem fundo para substituir a perda do poder dela.

Ele ergue a lâmina e eu não apenas deslizo sobre o gelo.

Eu me torno parte dele.

— *Pare!* — ruge Sgaeyl, soprando as vestes de Berwyn. — *Não faça isso para me salvar!*

Fazer isso? Já está feito.

Como eles *ousam* arrancar minha dragão do céu, prendê-la e machucar aquela que ancora minha existência?

Jogo as adagas no ar, e então me ajoelho, abrindo a mão sobre o chão do cânion. Então, eu *cedo*.

Em meu ato final de resistência, eu me torno a exata coisa que odeio. Talvez seja bom que eu não sinta mais coisa alguma.

Inspiro fundo o poder que pulsa sob minha mão como uma criatura viva que respira e expira escuridão. Sombras fluem pelo cânion, grossas como piche e pretas como tinta, escurecendo o sol vespertino e transformando o espaço em um vazio total. Sombras cravam minhas adagas nos peitos dos dois venin que estão de guarda. Sombras arrastam Berwyn para longe de Sgaeyl e derrubam tanto o Mestre quanto meu novo irmão, deixando-os inconscientes. Sombras trazem *silêncio*.

Minha alma parte como pedaços de brasas em uma fogueira, libertando-se e flutuando enquanto o poder consome o espaço que habitou um dia. Não estou mais no gelo; *sou* o gelo.

E ainda assim eu consumo mais, entrando fundo na fonte de magia e explodindo para fora simultaneamente, encontrando batidas de coração idênticas que marcam wyvern e cortando através das escamas com as sombras, arrancando as pedras de runas que os mantêm de pé. Começo com aquele que ousou pôr os dentes no ombro de Sgaeyl, passo para aquele que agora se acha meu irmão, e então destruo os seis wyvern que estavam bloqueando a entrada para o cânion.

Salve-os, imploram as últimas partes de mim, agarrando-se com unhas e dentes para evitar que também sejam arrancadas. Minhas sombras se elevam do cânion, por cima da cidade, acabando com cada wyvern no ar e no chão. Estou em todo lugar ao mesmo tempo, destruindo a rede que prende Sgaeyl, arrancando o coração do wyvern que encurrala Dain e Cath, correndo até Imogen enquanto ela olha para o céu. Estou no desfiladeiro, eliminando cada wyvern, ouvindo com satisfação quando os corpos atingem o chão diante das pessoas que *ela* ama. Subo a lateral do penhasco, encontro a magia que queima ao toque e sigo para o norte.

— *Eu te amo.* — A voz de Violet racha o gelo, e um fio sedoso e carinhoso se esgueira na abertura antes que ela se feche, trancando toda a emoção.

Não. *Espere.* Agarro o fio com mãos desesperadas, lutando para mantê-la enquanto mais partes de mim desaparecem, perdidas para o vazio. Ela é calidez e luz e ar e amor.

Minhas sombras consomem o vale onde ela está, com uma adaga empunhada, defendendo Tairn da mesma rede que prendeu Sgaeyl. Empurro a Guardiã no chão, independentemente da patente que tem, e então deslizo sobre Violet com uma gentileza que precisa de toda a minha dedicação.

Eu amo Violet. Essa é a emoção à qual me agarro, o fogo de puro poder queimando nas extremidades do sentimento, e eu sei que, se levar isso adiante, será a parte que voará a seguir, a última que me resta. Exponho meus dentes e arranco a mão do chão, arfando enquanto meu coração martela no peito.

Nunca me senti tão forte e tão derrotado ao mesmo tempo. Esse era o único jeito. Eu me levanto e solto as sombras, e o cânion ressurge.

Sgaeyl se força a levantar à minha frente, sangue pingando das marcas de dentes no ombro. A rede cai em pedaços e ela abre as asas completamente, tomando quase cada centímetro do cânion. Ela olha para a destruição, para os corpos, e estreita os olhos dourados em uma reprovação silenciosa.

— *Vai renunciar a mim agora?* — pergunto, passando pelo corpo inconsciente de Berwyn.

Eu o mataria se pudesse. Porra, eu pensei que *tinha* matado. Eu me pergunto quantos neófitos se sentem assim sobre seus Mestres. Conheço ao menos um. Porém, além da impossibilidade física disso, ele tem outra coisa de que preciso.

E não sou mais só um neófito.

— *O que sobrou de você para renunciar?* — Sgaeyl abaixa a cabeça e vapor desce pelo cânion, lembrando-me do momento em que ela me encontrou na floresta na Ceifa.

— *Me diz você.* — Saio do gelo e a deixo entrar.

A respiração seguinte de Sgaeyl é carregada de enxofre, e seus olhos se arregalam.

— *Você não tem intenção de…*

— *Você viu o que aconteceu. É o único jeito.*

Ela olha por cima do ombro.

— *E acha que ela vai ajudar?*

— *Ela me ama.*

— *Tairn não ama, e você ainda não se olhou em um espelho. As veias vermelhas saindo de seus olhos se parecem com os relâmpagos dela.*

— *Ela vai ajudar.* — As palavras saem com bem mais certeza do que sinto. — *Ela prometeu.*

— *Ainda que ela concorde, ninguém vai…*

— *Alguém me deve um favor.*

— *Ele jamais deixará você chegar perto dela.* — Sgaeyl balança a cauda. — *Principalmente enquanto ela está em estado vulnerável.*

— *Ela está ferida?* — O órgão que bate entre minhas costelas fraqueja, e sinto a união que conecta minha mente à dela, mas está tomada de inconsciência.

— *Sim* — diz Sgaeyl baixinho, a cabeça se mexendo como uma serpente. — *Mas sobreviverá.* — Ela faz uma pausa. — *Eles finalizaram as égides, mas não se estendem além de Draithus.*

Isso é bom. Ruim. Merda, eu não sei. O que é que eu *sou* agora?

Eu sou *dela.*

— *Convença Tairn* — imploro.

Tudo depende disso.

— *Nós pediremos* — diz Sgaeyl por fim, flexionando as patas no solo rochoso. — *E a decisão dela determinará nosso destino.*

Com esses termos eu posso concordar.

Estamos no ar em menos de um minuto.

Se os cadetes são fortemente encorajados a não formar laços românticos enquanto estudam na Divisão, os tenentes têm permissão para se casar com quem quiserem ao se graduar.

— Artigo Quinto, Seção Sete
Códex do Cavaleiro de Dragão

CAPÍTULO SESSENTA E SEIS

VIOLET

— Violet! — grita Brennan, correndo pelos degraus da Casa Riorson e entrando no pátio iluminado pelo luar.

Sons de celebração fluem pelas portas abertas.

Grogue, eu me levanto ao lado de Imogen e uma silhueta se move nas sombras à direita.

— *Não deixarei que queimem você* — promete Andarna.

— *O quê?* — Giro a cabeça na direção dela. — *Por que meu irmão me queimaria?*

E por que, em nome de Dunne, estou sentada no cascalho no pátio? Meus pensamentos estão... lentos. Algo está estranho.

Algo está errado.

— Você está bem? — pergunto a Brennan quando ele nos alcança.

— Se *eu* estou bem? — Ele arregala os olhos e procura por algum ferimento em mim. — São três da manhã! Onde você estava?

O tom dele aumenta, e um grupo de cavaleiros que não reconheço entra pelo portão à nossa esquerda.

— Weilsen? — chama Brennan, e o mais alto vem na nossa direção. — Relatório. — Ele olha por sobre o ombro. — Baixinho.

Abro a boca e então fecho em seguida. *Onde* eu estive?

— Nós... — O oficial me olha rapidamente.

— Está tudo bem — Brennan garante.

— Números oficiais são quatro cavaleiros, seus dragões e três anciões assassinados no vale no que estimamos serem as últimas horas — relata Weilsen. — E ainda temos cinco cavaleiros desaparecidos... quatro agora — acrescenta ele, olhando para mim. A boca dele fica tensa. — Mas, depois daquela demonstração, sabemos que foi Riorson. Aposto que os outros três já estão mortos.

Meu estômago embrulha e Imogen fica tão tensa que poderia ser feita de pedra.

Espere. Será que isso é um sonho? Fecho o punho direito e cutuco minha palma com a unha o suficiente para sentir dor, mas não acordo.

— As égides estão firmes em Draithus de acordo com o último relatório, mas vai saber quantas daquelas dessecações no meio da batalha foram coisa dele — prossegue Weilsen. — E até agora a contagem está em seis ovos desaparecidos dos ninhos, mas ainda estão fazendo uma conferência.

Ovos desaparecidos? Tento falar com Tairn, mas a união parece embotada, como se ele estivesse dormindo.

— *Ele precisa de um ciclo de descanso para se recuperar* — explica Andarna.

— *Se recuperar de quê?* — Ele estava bem quando o vi da última vez, o que foi há mais ou menos cinco minutos, na floresta na extremidade do campo...

Onde matei Theophanie.

Xaden.

Aquela muralha de sombras... meu coração fraqueja. O que está acontecendo, porra? Como cheguei aqui? Por que minha mente está tão confusa? Sofri uma concussão?

— Você está dispensado — Brennan diz ao cavaleiro. — Essa informação é confidencial até termos um relatório completo.

— Só porque ela é sua irmã não significa que ela não é a forma mais rápida...

— Dispensado! — grita Brennan, e o cavaleiro se afasta. — Sabe onde ele está? — pergunta Brennan baixinho quando o outro cavaleiro não pode mais nos ouvir. — Riorson? Você ouviu o que Weilsen disse. Temos dragões mortos e cavaleiros e ovos desaparecidos, e, se você viu Riorson, nós precisamos saber, Violet.

— Eu...

Fico sem palavras. Por que não consigo *pensar* direito?

— Não sei — respondo, por fim.

Levo as mãos à boca, e um pedaço de pergaminho do meu bolso da frente enrosca no braço e cai.

Brennan pega o papelzinho.

— Cardulo? — Ele olha para Imogen.

— Eu não vejo Xaden desde ontem — diz ela, a voz baixa, quase monótona. — E o tenente Tavis?

— Entre os desaparecidos — responde Brennan baixinho e olha na minha direção, e depois se sobressalta de repente. — Puta merda, Violet.

— O quê? — Abaixo os braços.

Garrick está desaparecido também? Quem são os outros quatro cavaleiros que Weilsen mencionou?

— Seu dedo — diz Imogen, e então encara o chão.

Meu dedo? *O estalo*. Certo.

— Acho que quebrei o braço. — Olho para baixo e fico encarando.

Meu braço esquerdo está com uma tala, e um lindo anel de ouro com uma esmeralda do tamanho da unha do meu dedão está na minha mão. Ah, deuses. Conheço essa joia. Combina com as outras da Lâmina de Aretia na mesinha de Xaden. Era a pedra que estava faltando do cabo? — O que está acontecendo? — pergunto, devagar.

— Você não sabe? — Brennan questiona baixinho.

Balanço a cabeça.

Brennan se vira para o papel do meu bolso.

— Isto tem o selo de Dunne — diz ele. — Posso abrir?

Assinto, boquiaberta, enquanto encaro o anel. Não é qualquer anel em qualquer dedo. É *o* dedo. Mas como? Eu estava no campo de batalha lutando contra Theophanie mais cedo, e agora ela está dessecada e eu devo ter usado tanto poder que fiquei inconsciente. Agora são três da manhã e estou em Aretia, onde cavaleiros e dragões foram assassinados, e outros cavaleiros e ovos estão desaparecidos? Xaden *não faria isso.*

Ou faria?

A tempestade de sombras. Meu sangue fica gelado. Até onde ele tinha ido? Eu tento me conectar à nossa união, mas não há nada lá. Ela *desapareceu.*

Ou ele está longe demais para que você sinta qualquer coisa, digo a mim mesma, para evitar o pânico. Quando foi que ele colocou esse anel na minha mão?

— É uma benção oficial para o seu casamento, válido perante a lei — sussurra Brennan, atordoado, e então rapidamente abre o pergaminho. — Assinada pela alta-sacerdotisa do templo de Dunne.

— Com Xaden? — A gravidade se distorce, retorcendo tudo que pensei saber sobre esta realidade.

Brennan assente.

Arregalo os olhos. Estamos *casados*? Mil emoções tentam se forçar por meus pensamentos bagunçados, mas a onda imediata de fascínio tropeça na lógica do *como*. Eu nunca me esqueceria de um acontecimento desses, porra. Por que ele não está aqui? Para onde ele foi? E por quê?

— Acho que o bilhete no verso do papel é para você. — Brennan me devolve o pergaminho.

Abro a missiva e vejo duas frases escritas na letra de Xaden.

Não me procure. Pertence a você agora.

Ele foi embora.

Tento fazer meu cérebro confuso funcionar, mas não consigo pensar direito. É como se alguém tivesse ferrado com a minha...

Não.

Meu peito se aperta.

— Por quanto tempo fiquei desaparecida?

— Doze horas — responde Brennan.

— O que você fez? — Viro a cabeça para Imogen e uma sensação apavorante de mau agouro se enraíza no meu peito.

Devagar, Imogen me olha.

— O que você pediu que eu fizesse.

AGRADECIMENTOS

Obrigada a meu marido, Jason, por ser minha gravidade. Por me levar a cada consulta médica e por lidar com a agenda apavorante que vem com ter quatro filhos homens e uma esposa com síndrome de Ehlers-Danlons. Obrigada por me manter inteira com abraços e entregas regulares de batatinhas com queijo nos últimos anos caóticos. Agradeço às minhas seis crianças, que são simplesmente meu tudo. Vocês sempre me surpreendem com sua bondade, tenacidade e alegria. À minha irmã, Kate, que nunca reclamou quando estávamos entocadas em um quarto de hotel em Londres fazendo edição em vez de ir turistar... DE NOVO. Te amo, sério. Aos meus pais, que sempre estão presentes quando preciso. À minha melhor amiga, Emily, por ser a parte mais fácil da minha vida e guardar todos os meus segredos.

Agradeço à equipe da Red Tower. Agradeço à minha editora, Alice Jerman, por dedicar seu tempo e coração a este livro e sempre estar disposta para uma reunião no Zoom não importa em qual fuso horário eu estivesse. Agradeço a Liz Pelleter por me dar a chance de escrever meu gênero favorito. A Stacy Abrams por sua sabedoria infinita. A Lizzy Mason por sempre atender o telefone, tirar fotos e acalmar minha ansiedade. A Ashley, Hannah, Heather, Curtis, Brittany M., Brittany Z., Milly, Jessica, Katie, Erin, Madison, Rae e todos na Entangled e Macmillan por responder correntes infinitas de e-mails e por fazer este livro chegar aos consumidores. Aos maravilhosos leitores beta e leitores sensíveis, por seus olhos de águia. A Julia Kniep por sempre se esforçar demais. A Becky West pelo encorajamento infinito, McDonald's, Coca-Cola, e ligações para falar de Taylor Swift. A Bree Archer pela capa fenomenal, e Elizabeth e Amy pela arte maravilhosa. A Meredith Johnson por ser FODA. Agradeço à minha incrível agente, Louise Fury, por sempre estar comigo, e a Shivani Doraiswami por ser uma maravilhosa agente de audiovisual! Agradecimentos infinitos para as equipes da Outlier e da Amazon Studios. É um sonho trabalhar com vocês!

Agradeço à minha gerente de negócios, K. P., por proteger minha frágil sanidade com as mãos e nunca a deixar se despedaçar. Agradeço às minhas esposinhas, nossa trindade diabólica, Gina Maxwell e Cindi Madsen: eu ficaria perdida sem vocês. A Kyla, que tornou este livro possível. A Shelby e Cassie por garantirem que estivesse tudo nos trinques e sempre serem minha maior torcida. A Rachel e Ashley por serem as mulheres mais inteligentes e bondosas que conheço. A cada resenhista que me deu uma chance ao longo dos anos, não posso agradecer o suficiente. Ao meu grupo de leitura, as Flygirls, por serem o lugar mais feliz da internet. Aos meus leitores: sua empolgação me deixa empolgada.

Por fim, porque você é meu começo e fim, agradeço de novo ao meu Jason. Somos eu e você contra o mundo, amor.